HET KWAAD

Peter Straub

HET KWAAD

Uitgeverij Luitingh ~ Sijthoff

Voor Valli Shaio
en Gregorio Kohon

Tweede druk
© Peter Straub
© 1989, 1991 Uitgeverij Luitingh B.V., Utrecht
Alle rechten voorbehouden
Oorspronkelijke titel: *Ghost Story*
Vertaling: Margot Bakker
Omslagdia: The Image Bank
Omslagontwerp: Karel van Laar

CIP-GEGEVENS KONINLIJKE BIBLIOTHEEK, DEN HAAG

Straub, Peter
Het Kwaad / Peter Straub ; [vert. uit het Engels door Margot Bakker]. —
Utrecht : Luitingh/Sijthoff
Vert. van: Ghost story. – New York : Pocket Books, 1980.
ISBN 90-245-1665-x
UDC 82-31 NUGI 336
Trefw.: romans ; vertaald.

De afgrond was slechts een van de muilen van die krocht vol duisternis die onder ons ligt, overal.

NATHANIEL HAWTHORNE, *The Marble Faun*

Geesten zijn voortdurend hongerig.

R.D. JAMESON

Proloog

Rit naar het zuiden

Wat is het ergste dat je ooit hebt gedaan?
Dat zal ik je niet vertellen, maar ik wil je wel vertellen wat het ergste is
dat me ooit is overkomen… het allergruwelijkste…

Omdat hij verwachtte moeilijkheden te zullen krijgen als hij het
kind meenam over de grens met Canada, reed hij naar het zuiden.
Hij vermeed de stenen die aan de route lagen en hield zich aan de
anonieme snelwegen, als het ware een land op zichzelf. De eentonig-
heid ervan was zowel een geruststelling als een stimulans voor hem
en de eerste dag zag hij dan ook kans twintig uur aan één stuk door
te rijden. Ze aten bij een MacDonald of een limonadetent: zodra hij
honger kreeg, ging hij van de snelweg af en volgde de parallel lopende regionale weg in de wetenschap dat hij binnen vijftien tot dertig
kilometer een drive-in zou vinden. Dan maakte hij het kind wakker
en samen verorberden ze hun hamburgers of broodjes met warme
chiliworst; het kind zei alleen wat ze wilde hebben en verder geen
woord. Ze sliep vrijwel doorlopend. Die eerste avond dacht de man
aan de gloeilampen die zijn kentekenplaten verlichtten en al zou het
later overbodig blijken, hij reed van de snelweg een donkere landweg op, lang genoeg om de lampen los te schroeven en in een akker
te gooien. Vervolgens schepte hij een paar handen vol aarde van de
kant van de weg op en streek de grond uit over de kentekenplaten.
Hij liep om de wagen heen, zijn handen aan zijn broek afvegend, en
trok het linkerportier open. Het kind zat te slapen met haar rug
recht tegen de stoel en met gesloten mond. Ze leek zich volkomen
op haar gemak te voelen. Nog altijd wist hij niet wat hij gedwongen
zou zijn met haar te doen.
In West-Virginia werd hij met een schok wakker en begreep dat hij
een paar seconden in zijn slaap had gereden. 'We gaan stoppen en
een dutje doen,' zei hij. Het kind knikte. Even voorbij Clarksburg
ging hij van de snelweg af en reed verder langs een regionale weg tot
hij tegen de lucht een rood ronddraaiend reclamebord zag met de
woorden PIONEER VILLAGE erop in wit. Hij hield zijn ogen alleen
door wilskracht open. Zijn geest voelde niet goed aan: het was alsof

er tranen vlak achter zijn ogen zaten, alsof hij meteen zou gaan huilen zonder het te willen. Nadat hij het parkeerterrein van het winkelcentrum was opgereden zocht hij de rij het verst van de ingang en zette de auto achteruit vlak tegen een gaasomheining. Achter hem stond een rechthoekige steenfabriek waar ze plastic diermodellen maakten voor reclamedoeleinden, zoals op de vrachtwagens van Golden Chickens. Het geasfalteerde fabrieksterrein stond halfvol reusachtige plastic kippen en koeien met daartussen een forse blauwe os. De kippen waren onvoltooid, groter dan de koeien en vuilwit.

Vlak voor hem lag een vrijwel leeg gedeelte van de parkeerplaats, daarna een dichte drom wagens in rijen en tenslotte de reeks lange zandsteenkleurige gebouwtjes die te zamen het winkelcentrum vormden.

'Zullen we naar die grote kippen gaan kijken?' vroeg het meisje.

Hij schudde het hoofd. 'We blijven in de auto, we gaan alleen slapen.' Hij sloot de portieren af en draaide de ramen dicht. Onder de rustige, nietsvermoedende blik van het kind bukte hij zich, tastte onder de stoel en haalde een eind touw te voorschijn. 'Steek je handen uit,' zei hij.

Haast met een lachje stak ze haar kleine, tot vuisten gebalde handen naar hem uit. Hij greep ze beet, wikkelde het touw een paar maal om haar polsen, legde een knoop en bond daarna haar enkels aaneen. Zodra hij zag dat er nog flink wat touw over was, hield hij het overschot met een hand van zich af en trok het kind met de andere ruw tegen zich aan. Hij sloeg het touw in een lus om hen beiden heen en legde de laatste knoop nadat hij zich op de voorstoelen had uitgestrekt.

Ze lag nu boven op hem met haar gebonden handen midden in zijn maag en haar hoofd op zijn borst. Ze ademde licht en regelmatig, alsof ze precies verwacht had wat hij had gedaan. De klok in het dashboard wees halfzes aan en de lucht begon kouder te worden. Hij strekte zijn benen wat en legde zijn hoofd tegen de armsteun. Bij het rumoer van het verkeer viel hij in slaap.

En werd voor zijn gevoel op slag weer wakker met een gezicht nat van het zweet en de enigszins zurige, vettige haarlucht van het kind in zijn neus. Het was nu echt donker, hij moest uren geslapen hebben. Ze waren onontdekt gebleven; hij had zich niet graag op de parkeerplaats van een winkelcentrum te Clarksburg in West-Virginia laten betrappen met een klein meisje op zijn slapende lijf vastgebonden! Hij kreunde, werkte zich op zijn zij en wekte het kind.

Net als hij was ze meteen klaar wakker. Ze boog het hoofd naar achteren en keek hem aan. Het was geen angstige, maar wel een doordringende blik. Snel maakte hij de knopen los en trok het touw naar zich toe. Zijn nek protesteerde toen hij rechtop ging zitten. 'Moet je geen plas gaan doen?' vroeg hij.

Ze knikte. 'Waar?'

'Naast de wagen.'

'Hier? Op de parkeerplaats?'

'Je hebt me gehoord.'

Weer dacht hij dat ze bijna glimlachte. Hij keek het meisje in het gespannen gezichtje, omlijst door zwart haar. 'Laat je me dan los?'

'Ik zal je bij de hand houden.'

'Maar zul je niet kijken?'

Hij schudde het hoofd.

Haar hand schoof naar het portierslot aan haar kant, maar weer schudde hij van nee en greep haar pols, die hij stijf vasthield. 'Aan mijn kant naar buiten,' zei hij. Hij trok zijn eigen slot omhoog en stapte uit, de benige pols van het kind vasthoudend. Ze begon zijwaarts naar het portier te schuiven, een meisje van zeven, acht jaar met kort zwart haar in een jurkje van een dunne soort rode stof. Aan haar blote voeten droeg ze verkleurde blauwe gymschoenen, rafelend achter de hakken. Kinderlijk zette ze het ene blote been eerst op de grond en wurmde zich rond om het andere been uit de wagen te zwaaien.

Hij rukte haar een slag om, met het gezicht naar de fabrieksomheining. Het kind boog het hoofd achterover en keek op. 'Je hebt het beloofd. Je zou niet kijken.'

'Dat doe ik ook niet,' zei hij.

En eerst keek hij ook niet, maar staarde met het hoofd in de nek om zich heen, terwijl zij neerhurkte en hem dwong zijwaarts te leunen. Zijn blik dwaalde langs de groteske plastic beesten achter de omheining. Toen hoorde hij weefsel – katoen – langs huid strijken en keek omlaag. Haar linkerarm was gestrekt om zo ver mogelijk van hem weg te komen. Het voddige dunne jurkje was tot boven haar middel opgetrokken. Ook zij keek naar de plastic beesten. Toen het meisje klaar was, keerde hij zijn blik van haar af, wetend dat ze naar hem zou opkijken. Ze ging staan en wachtte af wat hij haar vervolgens zou opdragen. Hij trok haar terug naar de wagen.

'Wat doe jij voor werk?' vroeg ze.

Hij lachte hardop van verbazing: echt een vraag voor een cocktail-party! 'Niets.'

'Waar gaan we naar toe? Breng je me ergens heen?'
Hij opende het portier en ging achteruit, zodat ze weer in de wagen kon klauteren. 'Ergens,' zei hij. 'O ja, ik breng je ergens heen.' Hij ging naast haar zitten en ze schoof door naar het andere portier.
'Waarheen?'
'Dat zien we wel als we er zijn.'

Weer reed hij de hele nacht door en weer sliep het meisje het grootste deel van de tijd, al werd ze af en toe wakker, waarbij ze strak door de voorruit keek (ze sliep steeds rechtop zittend als een pop in haar rode jurk met de gymschoenen aan haar voeten) en hem rare vragen stelde. 'Ben je een politieman?' vroeg ze eenmaal en toen ze een afslagbord in zicht kreeg: 'Wat is Columbia?'
'Dat is een stad.'
'Net als New York?'
'Ja.'
'Net als Clarksburg?'
Hij knikte.
'Moeten we elke keer in de auto slapen?'
'Nee, niet elke keer.'
'Mag ik de radio aanzetten?'
Hij zei ja en ze boog zich voorover en draaide aan de knop. De auto stroomde vol ruis; twee, drie stemmen praatten door elkaar. Ze drukte een andere toets in en uit de luidspreker kwam hetzelfde lawaaierige ruisen. 'Draai aan de kiesschijf,' zei hij. Fronsend en geconcentreerd begon ze langzaam een station te zoeken. En opeens kreeg ze een ongestoord signaal, Dolly Parton. 'Dat vind ik mooi,' zei ze.
Zo reden ze uren aaneen naar het zuiden bij de liedjes en het ritme van countrymuziek en de stations werden zwakker en veranderden, de discjockeys veranderden van naam en accent, waarbij de sponsors elkaar opvolgden in een wervelende reeks verzekeringsmaatschappijen, tandpasta, zeep, Dr. Pepper en Pepsi Cola, acne-preparaten, begrafenisondernemers, vaseline, voordelige polshorloges, aluminiumwanden en shampoo tegen roos, maar de muziek bleef dezelfde, een eindeloos, zelfbewust verhaal, een soort naadloos in elkaar overgaand epos waarin vrouwen huwden met vrachtrijders en niet deugende gokkers die ze trouw bleven tot ze gescheiden waren en de mannen in kroegen zaten te broeden op het verleiden van vrouwen en hoe ze thuis moesten komen; ze vonden elkaar, zo geil als boter, en gingen walgend uiteen, zich zorgen makend om de

kindertjes. Soms wilde de wagen niet starten, soms was de tv kapot, soms ging de kroeg dicht en werd je de straat op gesmeten met je zakken binnenstebuiten. Er kwam niets in voor dat niet banaal was, geen uitdrukking of het was een cliché, maar het kind zat er tevreden en passief bij, dommelde in bij Willie Nelson en werd wakker bij Loretta Lynn en de man reed maar door, dol wordend van die eindeloze vervolgserie over Amerika's uitschot.

Op zeker ogenblik vroeg hij haar: 'Heb je ooit gehoord van een man die Edward Wanderley heette?'

Ze gaf geen antwoord, maar keek hem zonder emotie aan.

'Nou?'

'Wie is dat?'

'Dat was mijn oom,' zei hij en het meisje lachte tegen hem.

'Of van iemand die Sears James heette?'

Ze schudde het hoofd en bleef lachen.

'Of van een man die Ricky Hawthorne heette?'

Opnieuw schudde ze het hoofd. Het had geen zin door te gaan. Hij snapte niet waarom hij de moeite had genomen het haar te vragen. Het was heel goed mogelijk dat ze die namen nooit eerder had gehoord. Vanzelfsprekend had ze ze niet eerder gehoord.

Nog in South Carolina dacht hij dat een auto van de verkeerspolitie hem volgde: de patrouillewagen zat twintig meter achter hem en hield die afstand aan, wat de man ook deed. Hij meende te zien dat de politieman in zijn radio praatte. Dadelijk minderde hij snelheid met zeven, acht kilometer per uur en wisselde van rijstrook, maar de politiewagen wilde niet passeren. Hij voelde een heftig trillen in zijn borst en buik: hij zag al voor zich dat de politiewagen hem inhaalde, de sirene inschakelde en hem naar de kant van de weg dwong. Daarna zouden de vragen beginnen. Het was ongeveer zes uur 's middags en druk op de snelweg; hij voelde dat hij machteloos werd meegezogen met het verkeer, overgeleverd aan wie er in de politiewagen zaten, hulpeloos, in de val geraakt. Hij moest *nadenken*. Hij werd zonder meer meegevoerd naar Charlestown, door het verkeer meegetrokken door kilometers vlak land vol struiken waarbij doorlopend buitenwijken zichtbaar waren in de verte, armzalige groepen huisjes met houten garages. Hij herinnerde zich het nummer niet van de snelweg waarop hij zat. In de achteruitkijkspiegel zag hij dat achter een lange rij wagens, achter de politiewagen, een oude vrachtauto een lange pluim zwarte rook uitbraakte via een schoorsteenachtige pijp naast de motor. Hij was bang de patrouillewagen naast zich te zullen zien schuiven en te horen: 'Wilt u naar de kant gaan!' En hij kon zich indenken dat hij het meisje met haar hoge blikkerige stemmetje zou horen krijsen: 'Hij heeft me meegenomen, hij bindt me aan zich vast wanneer hij slaapt!' Het was alsof de zuidelijke zon op zijn gezicht aanviel en zijn poriën uitmergelde. De patrouillewagen wisselde van rijstrook en begon hem in te halen. ...Smeerlap, dat is je dochter niet, wie is dat meisje?

En ze zouden hem in een cel stoppen en hem gaan slaan, hem met politieknuppels bewerken tot zijn huid bloederig rood was...

Maar niets van dat alles gebeurde.

3

Even na acht uur zette hij de auto aan de kant van de weg. Het was een smalle landweg en het losse rode puin lag nog in de bermen opgehoopt, alsof de weg pas kort geleden was uitgegraven. Hij wist niet meer in welke staat hij zich bevond, South Carolina of Georgia: het leek alsof die staten vloeibaar waren, alsof ze – de overige staten trouwens ook – in elkaar konden overvloeien, zich opstuwen met de snelwegen mee. Het zag er allemaal niet goed uit. Hij bevond zich op de verkeerde plaats: in dit onherbergzame landschap kon geen mens wonen, kon geen mens nadenken. Onbekende klimplanten, groen en draadachtig, worstelden zich tegen de lage berm naast zijn wagen op. De benzinemeter had al een half uur op leeg gestaan. Er klopte niets van, totaal niet. Hij keek naar het meisje, het kind dat hij had ontvoerd. Daar zat ze te slapen, weer als een pop met haar rug strak tegen de stoel terwijl haar voeten in de gescheurde gymschoenen boven de vloer bungelden. Ze sliep te veel. Als ze nou eens ziek was, als ze nou eens doodging.

Ze werd wakker. 'Ik moet weer plassen,' zei ze.

'Alles in orde? Je bent toch niet ziek of zo?'

'Ik moet plassen.'

'Oké,' gromde hij en wilde zijn portier opendoen.

'Laat me alleen gaan. Ik zal niet weglopen. Ik beloof het.'

Hij keek haar in het ernstige gezichtje, in de donkere ogen en olijfkleurige huid.

'Waar zou ik trouwens heen kunnen? Ik weet niet eens waar ik ben.'

'Ik ook niet.'

'Nou?'

Eens moest het toch gebeuren: hij kon haar niet doorlopend bij de hand houden. 'Je belooft het?' vroeg hij, wetend dat het een dwaze vraag was.

Ze knikte.

Hij zei: 'Vooruit dan maar.'

'En je belooft dat je niet wegrijdt?'

'Ja.'

Ze opende het portier en ging de wagen uit. Het enige dat hem overbleef, was niet naar haar kijken, maar het was een beproeving het niet te doen. Een beproeving. Hij had de allesoverheersende behoefte haar hand in zijn vuist te voelen. Ze kon tegen de berm opklauteren, wegrennen, gaan gillen. Het kwam vaak voor dat de verschrikkelijke dingen die hij zich voorstelde, de ergste dingen, niet gebeurden. De wereld stokte even en alles werd weer zoals het steeds was geweest. Toen het meisje weer in de wagen klom, was zijn opluchting overweldigend – het was opnieuw gebeurd, er had zich geen zwarte afgrond voor hem geopend.

Hij kneep zijn ogen dicht en zag een lege snelweg voor zich uit met witte lengtestrepen.

'Ik moet een motel zoeken,' zei hij.

Ze zat weer recht in haar stoel en wachtte maar af wat hij van plan was. De radio stond zachtjes aan en er kwam een programma uit van een station te Augusta in Georgia met zoete, zangerige gitaarmuziek. Even kreeg hij een beeld voor ogen: het meisje dood, de tong uit de mond en met uitpuilende ogen. Ze bood hem geen weerstand! Toen stond hij – of althans zo leek het – in een straat van New York, ergens in de East Fifties, zo'n straat waar goed geklede vrouwen hun herdershond uitlaten. Er liep daar zelfs zo'n vrouw. Rijzig, gekleed in een fraai gebleekte spijkerbroek en duur shirt, donker gebruind, kwam ze op hem af met de zonnebril boven op het hoofd geschoven. Naast haar stapte een reus van een herder met golvende romp. Ze was haast zo dicht genaderd dat hij de sproeten in de opengeknoopte hals van haar shirt moest kunnen zien.

Aah...

Maar hij was al terug, hij hoorde de zachte gitaarmuziek weer en voor hij de motor startte, klopte hij het meisje op het hoofd. 'We moeten zien dat we een motel krijgen,' zei hij.

Een uur lang reed hij door, beschut door de cocon van verdoving, door het werktuiglijk rijden: hij was vrijwel alleen op de duistere weg.

'Ga je me kwaad doen?' vroeg het meisje.

'Hoe moet ik dat weten?'

'Je doet het vast niet. Je bent mijn vriend.'

Opeens 'leek' hij niet meer in die straat van New York te zijn, hij wás er en zag de vrouw met de hond, die gebruinde vrouw, op zich afkomen. Opnieuw zag hij die willekeurig verspreide sproeten onder haar sleutelbeen – hij wist hoe het zou smaken als hij daar zijn tong tegen hield. Als zo dikwijls in New York kon hij de zon, een zware, agressieve zon, niet zien, maar wel voelen. De vrouw was een onbekende, van geen enkel belang... hij hoefde haar niet te kennen, ze was slechts een bepaald type... er passeerde een taxi, hij was zich bewust van een ijzeren afzetting rechts, van de tekst op de ramen van een Frans restaurant aan de overkant van de straat. Dwars door zijn schoenzolen heen kwam de hitte van de bestrating naar boven. Ergens boven hem riep een man steeds maar hetzelfde woord. Hij wás daar, was er écht: zijn emotie moest zich deels op zijn gezicht aftekenen, want de vrouw met de hond keek hem be-vreemd aan, waarna ze met stug wordend gezicht uitweek naar de rand van het trottoir.

Zou ze kunnen spreken? Zou iemand in wat voor soort ervaring dit ook was zich kunnen uiten in zinnen, hoorbare, normale mensen-zinnen? Zou je kunnen praten met mensen die je in hallucinaties ontmoette en zouden ze antwoord geven? 'Ik moet...' ...*moet hier-uit,* wilde hij zeggen, maar hij was alweer terug in de wagen en remde af. Een klef brok dat ooit twee chips was geweest lag op zijn tong.

Wat was het ergste dat je ooit hebt gedaan?

Volgens de kaarten moest hij maar een paar kilometer van Valdosta af zijn. Gedachteloos reed hij door. Hij durfde niet naar het kind te kijken en wist dus niet of ze wakker was of sliep, maar hij voelde desondanks haar blik op zich gericht. Even later passeerde hij een bord dat hem meedeelde dat hij zich vijftien kilometer van 'de vrien-delijkste stad in het zuiden' bevond.

De plaats zag eruit als elke plaats in het zuiden: aan de buitenrand wat industrie, machinewerkplaatsen en stempelbedrijfjes, surrealis-tische groepen barakken van gegolfd ijzer onder booglampen, ter-reinen vol vrachtauto's voor de sloop. Verderop houten huizen die aan verven toe waren, zwarte mannen die op hoeken bijeenstonden en in het donker allemaal op elkaar leken. Nieuwe wegen liepen als littekens door het land, hielden opeens op en werden alweer door onkruid overwoekerd. In de stad zelf reden tieners onophoudelijk en doelloos rond in hun oude wagens.

Hij passeerde een laag bouwwerk, zonderling blauw, een symbool van het Nieuwe Zuiden, met een bord waarop PALMETTO MOTOR-IN stond. Achteruit reed hij ernaar terug.

Een meisje met opgekamd gelakt haar en rozerode lippenstift onthaalde hem op een dode glimlach zonder betekenis en kon hem een kamer met twee bedden geven 'voor mij en mijn dochter'. In het register schreef hij: Lamar Burgess, Ridge Road 155, Stonington, Connecticut. Nadat hij voor een nacht contant had vooruitbetaald stak ze hem een sleutel toe.

In hun kamertje stonden twee smalle bedden en er lag een sterk bruin karpet. De wanden waren geelgroen en er hingen twee platen, een met een jong katje met de kop scheef en een met een Indiaan die van een rotstop neerkeek in een dicht begroeid ravijn. Er stond een televisie en achter een deur was een blauw betegeld badkamertje. Hij ging op het toilet zitten, terwijl het meisje zich uitkleedde en in bed kroop.

Toen hij door de deur naar haar keek, lag ze al onder een laken met het gezicht naar de wand. Haar kleren lagen op de vloer verspreid en naast haar lag een bijna lege zak chips. Hij trok zich terug in de badkamer, deed zijn kleren uit en stapte onder de douche. Waar hij helemaal van bijkwam. Even kreeg hij bijna het gevoel dat hij terug was in zijn oude bestaan, niet 'Lamar Burgess' maar Don Wanderley, destijds inwoner van Bolinas in Californië en auteur van twee romans (waarvan de een hem wat geld had opgeleverd). Enige tijd de minnaar van Alma Mobley, broer van wijlen David Wanderley. En daarmee was het er weer. Het hielp niet, hij kon er niet aan ontsnappen. De geest was een val, een kooi die rondom je dichtsloeg. Hoe hij ook op de plek was gekomen waar hij zich bevond, hij was er. Opgesloten in de Palmetto Motor-In. Hij zette de douche af en alle sporen van het bijkomen waren verdwenen.

In het kamertje waar alleen het zwakke lampje boven zijn bed zijn spookachtig verblijf verlichtte, trok hij zijn spijkerbroek aan en deed zijn koffer open. Het jachtmes was in een overhemd gewikkeld en hij rolde het uit zodat het mes op het bed viel.

Hij greep het bij het dikke benen heft en ging naar het bed van het meisje. Ze sliep met haar mond open en er glinsterde zweet op haar voorhoofd.

Lange tijd bleef hij naast haar zitten met het mes in zijn rechterhand, gereed toe te steken.

Maar die avond lukte het hem niet. Hij gaf het op, hij gaf toe en hij schudde haar arm heen en weer tot haar oogleden gingen trillen.

'Wie ben je?' vroeg hij.

'Ik wil slapen.'
'Wie ben je?'
'Ga weg. Toe nou.'
'Wie ben je? Ik vraag je wie je bent.'
'Dat weet je wel.'
'Weet ik dat?'
'Ja, ik heb het je verteld.'
'Hoe heet je?'
'Angie.'
'Angie wat?'
'Angie Maule. Dat heb ik toch al gezegd?'
Hij hield het mes achter zijn rug, zodat ze het niet kon zien.
'Ik wil slapen,' zei ze. 'Je hebt me wakker gemaakt.' Ze keerde hem
de rug weer toe. Geboeid keek hij toe terwijl de slaap beslag op haar
legde: haar vingertoppen bewogen, haar oogleden trokken zich
dicht, haar ademhaling werd anders. Het was alsof ze zich om van
hem af te zijn had gedwongen in te slapen. Angie... Angela? Angela
Maule. Het klonk niet als de naam die ze hem had opgegeven toen
hij haar had meegenomen in zijn wagen. Minoso? Minnorsi? Zo'n
soort naam, een Italiaanse naam – geen Maule.
Hij hield het mes met beide handen vast, het zwarte benen heft in
zijn blote buik gedrukt, en stak de ellebogen opzij: hij hoefde het
mes maar met al zijn kracht naar voren te stoten en het terug te
trekken...
Tenslotte ging hij, omstreeks drie uur in de morgen, terug naar zijn
bed.

4

De volgende morgen voor ze het motel verlieten zei ze iets tegen
hem terwijl hij de kaarten bekeek. 'Je moet me niet van die vragen
stellen.'
'Wat voor vragen?' Hij had haar op haar verzoek de rug toegekeerd
terwijl ze het rode jurkje aantrok en plotseling kreeg hij de sensatie
dat hij zich moest omdraaien, op slag, om haar in het oog te houden. Hij zag zijn mes al in haar handen (al zat het alweer in het
opgerolde overhemd), hij voelde het al in zijn huid prikken. 'Mag ik
nu omkijken?'
'Ja hoor.'
Langzaam, terwijl hij het mes, zijn eigen mes, nog zijn huid voelde

binnendringen, draaide hij zich om op zijn stoel. Het meisje zat op haar onafgehaalde bed naar hem te kijken. Dat gespannen gezicht, verre van mooi.

'Wat voor vragen?'

'Je weet wel.'

'Zeg het maar.'

Ze schudde het hoofd en weigerde meer te zeggen.

'Wil je zien waar we heen gaan?'

Het meisje kwam naar hem toe, niet aarzelend maar doelbewust, alsof ze geen argwaan wilde tonen. 'Hier,' zei hij en wees een plek op de kaart aan. 'Panama City in Florida.'

'Kunnen we daar het water zien?'

'Misschien wel.'

'En hoeven we niet in de auto te slapen?'

'Nee.'

'Is het ver weg?'

'We kunnen er vanavond zijn. We nemen deze weg, deze hier, zie je wel?'

'Hm-mm.' Ze had geen belangstelling: ze leunde wat opzij, verveeld en op haar hoede.

Ze zei: 'Vind je me mooi?'

Wat is het ergste dat je ooit is overkomen? Dat je 's nachts je kleren uittrok naast het bed van een negenjarig meisje? Dat je een mes in je hand had? Dat het mes haar wilde doodsteken?

Nee. Andere dingen waren erger geweest.

Niet ver over de staatsgrens en niet aan de snelweg die hij Angie op de kaart had aangewezen maar aan een tweebaans landweg stopten ze voor een wit houten gebouw. *Buddy's Supplies.*

'Ga je mee naar binnen, Angie?'

Ze deed het portier aan haar kant open en stapte uit op die kinderlijke manier, alsof ze een ladder afging. Hij hield de gaasdeur voor haar open. Een dikke man in wit overhemd zat als Humpty Dumpty op een toonbank. 'Jij knoeit met je inkomstenbelasting,' zei hij. 'En je bent de eerste klant vandaag. Had je dat gedacht? Halfeen en jij bent de eerste vent die de deur inkomt. Nee,' zei hij en boog zich naar voren om hen beter te bekijken. 'Verdomd nee. Jij belazert Uncle Sam niet, jij doet wat ergers. Jij bent de vent die pas geleden daar in Tallahassee vier vijf mensen heeft vermoord.'

'Wat...?' zei hij. 'Ik... ik kom hier alleen wat eten kopen. Mijn dochter...'

'Ik heb je door,' zei de man. 'Ben bij de politie geweest. Allentown in Pennsylvania. Twintig jaar. Heb deze tent gekocht omdat die zak me wijsmaakte dat ik er honderd dollar schoon aan kon overhouden. Er lopen wat oplichters rond. Je hoeft hier maar binnen te lopen en ik vertel je wat voor soort oplichter je bent. En nou heb ik jóu te grazen. Jij bent geen moordenaar. Je bent een ontvoerder.'

'Nee, ik...' Hij voelde het zweet langs zijn zijden lopen. 'Mijn dochter...'

'Mij verneuk je niet. Twintig jaar bij de politie geweest.'

Razend vlug zocht zijn blik de winkel af naar het meisje. Al gauw zag hij haar ernstig naar een schap staan kijken waarop potten pindakaas stonden. 'Angie,' zei hij. 'Angie, kom mee...'

'Hé, wacht even,' zei de dikke man. 'Ik probeerde je toch alleen maar te voeren. Moet je nou meteen kwaad worden? Wil jij een pot pindakaas, kleine meid?'

Angie keek hem aan en knikte.

'Nou, haal er een van het schap en breng hem hier. Nog iets anders, meneer? Tja, als je Bruno Hauptmann bent, moet ik je inrekenen. Ik heb mijn dienstrevolver hier nog ergens liggen. Ik zou jóu lens slaan en dat zeg ik je eerlijk.'

Het was, begreep hij, alleen maar maffe grappenmakerij. Toch kon hij zijn trillen nauwelijks verbergen. Was dat niet iets dat een voormalig agent zou opvallen? Hij keerde zich om naar de schappen en paden.

'Zeg, hoor eens,' zei de dikke achter zijn rug. 'Als jij zo in de penarie zit, maak dan als de donder dat je hier wegkomt.'

'Nee nee,' zei hij. 'Ik heb het een en ander nodig...'

'Dat meisje lijkt niet veel op je.'

Blindelings begon hij artikelen van de schappen te trekken, willekeurig. Een pot zuur, een doos appelflappen, een blik ham, een paar andere blikken die hij niet eens de moeite nam te bekijken. Hij nam alles mee naar de toonbank.

De dikke vent, Buddy, keek hem argwanend aan. 'Je maakte me een beetje aan het schrikken,' zei Wanderley tegen de man. 'Ik heb niet veel geslapen, heb al een paar dagen gereden...' De fantasie kwam hem weldadig te hulp. 'Ik moet mijn dochtertje naar haar grootmoeder brengen, die woont in Tampa...' Angie keerde zich onverhoeds om met twee potten pindakaas in de handen en keek hem met open mond aan terwijl hij het zei... 'eh, Tampa, want haar moeder en ik zijn uit elkaar en ik moet werk zoeken, zorgen dat we weer een bestaan krijgen, hè Angie?' De mond van het kind bleef openhangen.

'Heet jij Angie?' vroeg de dikke man haar.

Ze knikte.

'Is deze man je pappa?'

Hij dacht dat hij zou flauwvallen.

'Nu wel,' zei ze.

De dikke man moest lachen. '"Nu wel!" Net wat voor een kind. Als je wil begrijpen wat er in een kind omgaat, mag je wel een soort genie zijn. Goed, zenuwpees, dan zullen we nu maar afrekenen.' Hij bleef op de toonbank zitten, boog zich wat opzij en sloeg de prijzen van de boodschappen op het kasregister aan. 'Als jij eens een beetje slaap pakte? Je doet me denken aan al die kerels die ik vroeger in de cel heb gestopt.'

Buiten zei Wanderley tegen haar: 'Bedankt dat je dat zei.'

'Wat zei?': parmantig, zelfbewust. En nog eens, haast automatisch, griezelig, het hoofd heen en weer draaiend: 'Wat zei? Wat zei? Wat zei?'

5

In Panama City reed hij naar de Gulf Glimpse Motor Lodge, een aantal slecht onderhouden stenen bungalows rondom een parkeerplaats. Bij de ingang stond de behuizing van de beheerder, een losstaand hoekig gebouwtje zoals alle andere, afgezien van een grote spiegelruit, met daarachter in wat een kokende hitte moest zijn een tanige oude kerel die een bril met gouden montuur en een netwerk T-shirt droeg. Hij leek op Adolf Eichmann. De harde, stugge uitdrukking op het gezicht van de man herinnerde Wanderley aan wat de ex-politieman over hemzelf en het meisje had gezegd: met zijn blonde haar en lichte huid zag hij er niet direct uit als de vader van het meisje. Hij reed tot voor het huis van de beheerder en stapte uit met het zweet in de handen.

Maar nadat hij had gezegd een kamer voor zichzelf en zijn dochtertje te willen, keek de oude man eenmaal zonder belangstelling naar het kind met het donkere haar in de wagen en zei: 'Tien dollar vijftig per dag. En het register tekenen. Als u wilt eten, gaat u maar naar de Eat-Mor verderop. Geen gekook in de bungalows. Bent u van plan langer dan een nacht te blijven, meneer...' Hij trok het register naar zich toe, 'Boswell?'

'Weekje misschien.'

'Dan betaalt u de eerste twee nachten vooruit.'

Hij telde eenentwintig dollar neer en de beheerder gaf hem een sleutel. 'Nummer elf, geluksnummer. Overkant parkeerplaats.'

De kamer had witgekalkte muren en rook naar toiletreiniger. Hij keek vluchtig om zich heen: dezelfde onverslijtbare vloerbedekking, twee smalle bedden met schone maar versleten lakens, een televisie met klein beeldscherm, twee afschuwelijke platen met bloemen. De kamer leek meer schaduwplekken te hebben dan te verklaren viel. Het meisje keurde het bed tegen de zijwand. 'Wat is Magic Fingers? Dat wil ik proberen. Mag het? Ja?'

'Dat zal wel niet werken.'

'Mag het? Ik wil het proberen. Ja?'

'Goed. Ga er maar op liggen. Ik moet even weg om wat nieuwe kleren te kopen. Je blijft hier tot ik terug ben. Ik moet een kwartje in die gleuf doen, zie je? Kijk, zo. Wanneer ik terug ben, kunnen we eten.' Het kind lag al op het bed, knikte driftig, lette niet op hem maar op de munt in zijn hand. 'We gaan eten zodra ik terug ben. Ik zal proberen voor jou ook wat nieuwe spullen op de kop te tikken. Je kunt niet steeds in hetzelfde rondlopen.'

'Doe het kwartje erin!'

Hij haalde zijn schouders op, stak het kwartje in de gleuf en hoorde dadelijk een zoemend geluid. Het kind strekte zich behaaglijk met de armen gespreid op het bed uit. Opgewonden zei ze: 'O, wat lekker.'

'Ik ben heel gauw terug,' zei hij en ging weer naar buiten, de felle zonneschijn in. Voor het eerst rook hij water.

De Golf was ver weg, maar zichtbaar. Aan de overkant van de weg waarlangs hij de plaats was binnengekomen daalde het terrein plotseling af naar een wildernis vol onkruid en puin op de bodem, doorsneden door een aantal rails. Voorbij de sporen liep een tweede braakliggend terrein door naar een tweede weg, die afboog naar een stuk of wat pakhuizen en voorraadschuren. Achter die tweede weg lag de Golf van Mexico: grauw, soppig water.

Hij nam de weg in de richting van de stad.

Aan de rand van Panama City liep hij een Treasure Island-discountzaak binnen en kocht een spijkerbroek en twee T-shirts voor het meisje, nieuw ondergoed, sokken, twee overhemden, een kakibroek en Hush Puppies voor zichzelf.

Met twee grote draagtassen kwam hij Treasure Island uit en liep door in de richting van de binnenstad. Dieselstank kwam hem tegemoet; wagens met op de bumper stickers HOUD HET ZUIDEN MOOI reden hem voorbij. Mannen gekleed in hemd met korte mouwen en met kortgeknipt grijs haar liepen langs de trottoirs. Toen hij erg kreeg in een agent in uniform die probeerde een ijsje te eten terwijl hij een parkeerbon uitschreef, dook hij tussen een pickup en een bestelwagen van Trailways en stak de straat over. Uit zijn linker wenkbrauw liep een straaltje zweet in zijn oog. Hij kalmeerde: opnieuw had de ramp zich niet voltrokken.

Hij ontdekte het busstation bij toeval. Een uitgestrekt, modern gebouw dat spleten met zwart glas als ramen had en een half blok in beslag nam. Hij dacht: *Alma Mobley, haar merkteken.* Zodra hij de draaideur door was, zag hij wat verveelde mensen zitten op banken in een grote lege ruimte – het publiek dat je overal in busstations zag – een paar jong-oude mannen met gegroefd gezicht en een ingewikkeld kapsel, een stuk of wat ravottende kinderen, een slapende zwerver, enkele tienerjongens met cowboylaarzen en het haar tot op de schouders. Een volgende agent leunde tegen de muur bij de krantenkiosk. Stond die hem op te wachten? De paniek kwam weer in hem op, maar de agent lette nauwelijks op hem. Hij deed alsof hij iets zocht op het bord met aankomst- en vertrektijden voor hij, overdreven zorgeloos, doorliep naar het herentoilet.

Hij sloot zich op in een wc en trok zijn kleren uit. Nadat hij zich tot aan het middel in de nieuwe kleren had gestoken, verliet hij de wc en waste zich aan een van de wasbakken. Er kwam zoveel vuil af dat hij zich nog eens ging wassen, water op de vloer plenzend en de vloeibare groene zeep krachtig in zijn oksels en langs zijn nek wrijvend. Hij droogde zich af met de rolhanddoek en trok een van de nieuwe hemden met korte mouwen aan, een lichtblauw hemd met dunne rode streepjes. Zijn oude kleren stopte hij in de draagtas van Treasure Island.

Buiten viel hem het zonderling korrelige, grijzige blauw van de lucht op. Het was zo'n lucht die in zijn voorstelling doorlopend boven zandbanken en moerassen van het zuidelijker deel van Florida moest hangen, een lucht die de hitte vasthield en verdubbelde, onkruid en gewassen dreef tot reuzengroei, tot het ontwikkelen van grillige gezwollen ranken... zo'n lucht met gloeiende zonneschijf die, nu hij erbij stilstond, steeds boven Alma Mobley had moeten hangen. Hij stopte de tas met oude kleren in een afvalbak voor een wapenhandel.

In de nieuwe kleren voelde zijn lijf jong en capabel aan, gezonder dan tijdens die lange, gruwelijke winter. Wanderley liep door de armoedige zuidelijke straat, een rijzige, goed gebouwde man van even in de dertig, zich niet langer zo sterk bewust van alles wat hij deed. Hij wreef over zijn wang en voelde de donzige stoppels van de blondharige: hij kon zich twee, drie dagen niet scheren zonder dat het hem was aan te zien. Een pickup met een matroos aan het stuur en een troepje matrozen in wit zomeruniform staande in de laadbak reed hem voorbij en de matrozen riepen een of ander, iets waarom te lachen viel, alsof ze hem op de hak namen.

'Ze bedoelen het niet kwaad,' zei een man die naast Wanderley kwam lopen. Zijn hoofd met een gigantische wrat met haren midden in de ene wenkbrauw, reikte nauwelijks tot Wanderleys borst. 'Het zijn allemaal prima jongens.'

Hij lachte vluchtig, mompelde zinloos een soort instemming en liep weg. Hij kon niet terug naar het motel, hij kon het meisje niet onder ogen komen. Hij had het gevoel te zullen flauwvallen. Zijn voeten zagen er onwezenlijk uit in de Hush Puppies: te ver naar beneden, te ver van zijn ogen. Het drong tot hem door dat hij snel een dalende straat volgde, die uitkwam op een gedeelte met neonreclames en bioscopen. In de grauwe lucht hing de zon hoog en roerloos. Schaduwen van parkeermeters tekenden zich diepzwart af op het trottoir: één moment was hij er zeker van dat er meer schaduwen waren dan parkeermeters. Alle schaduwen die over de straat trilden, waren immens zwart. Hij passeerde de ingang van een hotel en kreeg een indruk van een grote bruine lege ruimte, een bruine koele grot, achter de glazen deuren.

Bijna weerstrevend bij de herkenning van een gevreesde bekende reeks gevoelens liep hij door in de moordende hitte, zich bewust dwingend niet over de schaduwen van de parkeermeters heen te stappen. Twee jaar geleden had de wereld zich op dezelfde dreigende manier samengetrokken, was glibberig en geladen geworden na de episode met Alma Mobley, nadat zijn broer was gestorven. Op de een of andere manier, letterlijk of niet, had zij David Wanderley vermoord; hij besefte dat hij geluk had gehad met zijn ontsnapping aan dat iets dat David had gedwongen door het raam van een Amsterdams hotel te springen. Alleen schrijven had hem teruggehaald in zijn wereld, alleen *erover* schrijven, die schrikwekkende, onontwarbare verwikkeling tussen hem, Alma en David beschrijven als een spookverhaal had hem ervan verlost. Had hij gedacht.

Panama City? Panama City in Florida? Wat had hij daar te zoeken? Wat moest hij met dat zonderling passieve meisje dat hij had ontvoerd? Met wie hij naar het zuiden was verdwenen?

Hij was altijd een beetje labiel geweest, het zorgenkindje, in tegenstelling tot Davids energie. Binnen het gezin was zijn armoede het tegendeel van Davids succes. Zijn ambities en pretenties ('Denk je nou echt dat je je brood kunt verdienen als *romanschrijver?* Zo stom was je oom niet eens': zijn vader) vormden het contrast met Davids ijver en gezond verstand, met Davids geleidelijk aan voltooien van de rechtenstudie en zijn toetreden tot een degelijk advocatenkantoor. En toen David zich plotseling met zijn dagelijks bestaan had bemoeid, had dat zijn dood betekend.

Dat was het ergste dat hem ooit was overkomen. Tot aan de vorige winter: tot aan Milburn.

De armoedige straat leek zich als een graf te openen. Hij kreeg de sensatie dat één stap meer naar de voet van de heuvel en de verlopen bioscoopjes hem zou doen neerstorten in een diepe val waaraan geen einde kon komen. Iets dat er eerst niet was geweest vertoonde zich aan hem en hij tuurde scherp om het beter te kunnen zien.

Zijn adem bleef steken en hij draaide zich haastig om in het stekende zonlicht. Zijn elleboog kwam in botsing met een borst en hij hoorde zichzelf *sorry, sorry* mompelen tegen een vrouw met een witte zonnehoed die hem kwaad aankeek. In een ingeving begon hij hals over kop de straat weer in te lopen tegen de hoogte op. Hij had daar beneden aan de voet van de heuvel een ogenblik de grafsteen van zijn broer gezien. Midden op het kruispunt had een kleine zerk van donkerrood marmer gelegen met de woorden *David Webster Wanderley, 1939-1975* erin gegraveerd. Hij was op de vlucht geslagen.

Ja, het was Davids grafsteen die hij had gezien, maar David had er geen. Hij was in Nederland gecremeerd en zijn as was teruggevlogen naar hun moeder. Davids grafsteen, ja, met Davids naam erop, maar wat hem de heuvel weer had opgedreven was de sensatie dat de steen voor hem was. Als hij zich op het kruispunt op de knieën had laten vallen om de kist op te graven zou hij er zijn eigen rottend lijk in hebben gevonden, dacht hij.

Hij ging de enige koele, gastvrije plaats binnen die hem was opgevallen: de hotellobby. Hij moest gaan zitten om tot rust te komen. Onverschillig bekeken door de man achter de balie en een meisje in de kiosk liet hij zich op een bank vallen. Zijn gezicht kleefde. De stof waarmee de bank was bekleed prikte onbehaaglijk in zijn rug. Hij ging voorover zitten, streek zijn haar glad en keek op zijn horloge. Hij diende er normaal uit te zien, alsof hij gewoon op iemand zat te wachten. Hij moest ophouden met trillen. In de lobby waren hier en daar palmen in potten neergezet. Aan het plafond draaide een ventilator. Naast een open lift stond een magere oude man in scharlakenrood uniform naar hem te staren: betrapt keek hij een andere kant op.

Zodra er geluiden tot hem doordrongen, begreep hij dat hij na het zien van de grafsteen op het kruispunt niets meer had gehoord. Zijn eigen pols had al het andere geluid overstemd. Nu dwaalden de arbeidsklanken van het hotelleven door de vochtige lucht. Een stofzuiger zoemde op een onzichtbare trap, telefoons belden in de verte, liftdeuren gingen zacht zoevend dicht. Overal in de lobby zaten groepjes mensen te praten. Hij begon het gevoel te krijgen dat hij de straat weer onder ogen kon komen.

6

'Ik heb honger,' zei ze.
'Ik heb wat nieuwe kleren voor je.'
'Ik wil geen nieuwe kleren, ik wil eten.'
Hij liep de kamer door en ging in de lege stoel zitten. 'Ik dacht dat je het vervelend vond altijd in dezelfde jurk te lopen.'
'Het kan me niks schelen wat ik aan heb.'
'Ook goed.' Hij smeet de draagtas op haar bed. 'Ik dacht dat je er blij mee zou zijn.'
Ze reageerde niet.
'Je krijgt eten van me als je een paar vragen beantwoordt.'
Ze draaide zich om en begon aan de lakens te plukken, trok de plooien eruit en streek ze glad.
'Hoe is je naam?'
'Heb ik al gezegd. Angie.'
'Angie Maule?'
'Nee, Angie Mitchell.'
Hij liet het lopen. 'Waarom hebben je ouders je niet door de politie laten zoeken? Waarom zijn we nog niet gevonden?'
'Ik heb geen ouders.'
'Iedereen heeft ouders.'
'Behalve weeskinderen.'
'Wie zorgt er voor je?'

26

'Dat doe jij.'

'En daarvoor?'

'Hou op. Hou op.' Haar gezicht begon te glimmen en sloot zich af.

'Ben je echt een wees?'

'Hou op hou op hou op!'

Om een eind aan haar gekrijs te maken, nam hij het blik ham uit de doos met levensmiddelen. 'Goed,' zei hij. 'Ik geef je wat te eten. Laten we dit maar nemen.'

'Oké.' Het was alsof ze nooit had gekrijst. 'Ik wil ook pindakaas.'

Onder het snijden van de ham hoorde hij haar vragen: 'Heb je wel genoeg geld om ons te onderhouden?'

Ze at weer met volle toewijding: eerst beet ze een hap ham af, stak haar vingers in de pindakaas, haalde een klodder uit de pot en at beide tegelijk op. 'Heerlijk,' zag ze kans met volle mond te zeggen.

'Mocht ik in slaap vallen, dan ga je er niet vandoor, hè?'

Ze schudde het hoofd. 'Maar ik mag toch wel een eindje gaan lopen?'

'Ja hoor.'

Hij dronk een blikje bier uit het pak van zes dat hij op de terugweg bij het winkeltje had gehaald. Het bier en het eten samen maakten hem suf. Hij voelde dat hij in de stoel in slaap zou vallen als hij niet naar bed ging.

Ze zei: 'Je hoeft me niet op jezelf vast te binden. Ik kom terug. Je gelooft me toch wel?'

Hij knikte.

'Waar zou ik naar toe moeten? Ik kan toch nergens heen.'

'Afgesproken!' zei hij. Ook nu kon hij niet tegen haar praten zoals hij wilde: zij had de leiding. 'Je mag gaan wandelen, maar blijf niet te lang weg.' Hij gedroeg zich als ouder: hij wist dat zij hem die rol had opgedrongen. Het was een lachertje.

Hij zag haar het povere kamertje verlaten. Toen hij zich later in bed omdraaide, hoorde hij vaag de deur dichtgaan en wist dat ze toch teruggekomen was. Ze was dus van hem.

Die nacht lag hij geheel gekleed in bed naar haar te kijken, terwijl ze sliep. Wanneer zijn spieren pijn gingen doen van het liggen in dezelfde houding zocht hij een andere. Zo kwam hij in de loop van een paar uur van een liggende houding met de hand onder het hoofd via een zittende met opgetrokken knieën en de handen achter het hoofd en een voorover leunende met de ellebogen op de knieën weer in liggende houding met de hand onder het hoofd: het leek alsof al die standen onderdeel waren van een voorgeschreven programma. Hij verloor het meisje vrijwel niet uit het oog. Ze lag volkomen stil; de slaap had haar naar elders gebracht en slechts haar lichaam achtergelaten. Ze lag daar wel, ze lagen er beiden, maar ze was hem ontsnapt.

Hij stond op, ging naar zijn koffer, haalde het opgerolde overhemd eruit en ging naast zijn bed staan. Hij nam het hemd bij het boord en liet de zwaartekracht het jachtmes naar het bed brengen en in de val het hemd uitrollen. Toen het mes op het bed neerkwam, was het te zwaar om op te springen. Wanderley greep het en nam het stevig in de hand.

Het mes weer achter zijn rug houdend greep hij het meisje bij de schouder. Haar trekken leken te vervagen voor ze zich omdraaide en haar gezicht in het kussen drukte. Opnieuw greep hij haar bij de schouder en voelde het lange dunne bot en de driehoek van haar schouderblad. 'Ga weg,' mopperde ze in het kussen.

'Nee. Jij en ik gaan praten.'

'Het is te laat.'

Hij rammelde haar dooreen en toen dat niet hielp, trachtte hij haar met geweld om te draaien. Maar zo tenger en klein als ze was, bleek ze sterk genoeg om zich te verweren. Hij kon haar niet dwingen hem aan te kijken.

En opeens draaide ze zich vrijwillig om, haast minachtend. Gebrek aan slaap tekende haar gezwollen gezicht. Ze zag eruit als een volwassene.

'Hoe is je naam?'

'Angie.' Ze glimlachte onverschillig. 'Angie Maule.'

'Waar kom je vandaan?'

'Dat weet je wel.'

Hij knikte.

'Hoe heetten je ouders?'

'Weet ik niet.'

'Wie zorgde voor je, voor ik je meenam?'

'Maakt niet uit.'

'Waarom niet?'

'Die doen er niet toe. Waren zomaar een paar mensen.'

'En ze heetten Maule?'

Haar lachje werd schaamtelozer. 'Wat zou dat? Je denkt toch dat je alles al weet?'

'Wat bedoel je met: Zomaar een paar mensen?'

'Een paar mensen die Mitchell heetten. Dat is alles.'

'En je hebt zelf je naam veranderd?'

'Ja, en?'

'Ik weet het niet.' En dat was ook zo.

Ze keken elkaar aan, hij zittend op de rand van het bed met het mes achter zich in zijn hand in de wetenschap dat hij niet in staat zou zijn het te gebruiken, wat er ook gebeurde. Hij nam aan dat ook David niet in staat was geweest iemand het leven te benemen behalve zichzelf, als hij dat al had gedaan. Het meisje zou wel weten dat hij het mes in zijn hand had, dacht hij, en schreef het eenvoudig af als dreigement. Maar het was geen dreigement. Hijzelf was waarschijnlijk ook geen bedreiging; ze was geen moment bang voor hem geweest.

'Goed,' zei hij, 'we proberen het nog eens. Wat ben je?'

Voor het eerst sedert hij haar in de wagen had gezet, lachte ze echt. Het was een transformatie, maar niet van het soort dat hem op zijn gemak stelde: ze leek er niet minder volwassen door. 'Dat weet je toch,' zei ze.

Hij zette door. 'Wat ben je?'

Ze bleef lachen bij haar verbijsterend antwoord. 'Ik ben jou.'

'Nee. Ik ben ik. Jij bent jij.'

'Ik ben jou.'

'Wát ben je?' Het kwam er in wanhoop uit en het betekende niet wat hij had bedoeld toen hij het de eerste keer vroeg.

En plotseling was hij een paar tellen lang terug in de straat van New York en tegenover hem zag hij niet de goedgeklede, gebruinde onbekende vrouw, maar zijn broer David met weggeteerd gezicht en gekleed in een gescheurd en wegrottend doodsgewaad.

…het allergruwelijkste…

Deel een

Na het feest van Jaffrey

Don't the moon look lonesome,
shinin' through the trees?
Don't the moon look lonesome,
shinin' through the trees?

Blues

1

Het Chowder Genootschap: De oktoberverhalen

De eerste helden uit Amerika's literatuur waren oude mannen.

ROBERT FERGUSON

Vol nostalgie aan Milburn denkend

Op een dag vroeg in oktober verliet Frederick Hawthorne, een zeventigjarige advocaat die heel weinig tol aan de jaren had betaald, zijn huis aan Melrose Avenue te Milburn in New York om te voet naar zijn kantoor in Wheat Road, uitkomend op de markt, te gaan. De temperatuur was iets lager dan Milburn zo vroeg in de herfst verwachtte, maar Ricky was gekleed in zijn wintertenue: tweed overjas, kasjmier sjaal en een normale grijze hoed. Hij liep tamelijk snel Melrose Avenue af om zijn bloed flink te laten stromen, onder hoge eiken en kleinere esdoorns die al melancholieke tinten oranje en rood toonden, ook vroeg voor de tijd van het jaar. Hij was vatbaar voor verkoudheid en als de temperatuur nog verder daalde, zou hij de auto moeten nemen.

Maar zolang hij zijn hals tegen de wind kon beschermen, ging hij liever lopen. Toen hij Melrose Avenue uit was en doorliep naar de markt had hij het warm genoeg om wat bedaarder te gaan stappen. Ricky had weinig reden zich naar zijn kantoor te haasten: cliënten dienden zich zelden voor twaalf uur aan. Zijn confrère en vriend Sears James zou vermoedelijk pas over zo'n drie kwartier verschijnen en dat gaf Ricky volop tijd rustig door Milburn te kuieren, af en toe iemand groetend en kijkend naar de dingen die hij graag bekeek.

Wat hij in de eerste plaats graag bekeek, was Milburn zelf, de plaats waar hij zijn hele leven had doorgebracht, afgezien van zijn rechtenstudie aan de universiteit en zijn diensttijd in het leger. Hij had nooit de behoefte gehad elders te gaan wonen, al had zijn charmante en ongedurige vrouw in de begintijd van hun huwelijk dikwijls beweerd dat het een saaie plaats was. Stella had naar New York gewild, tot elke prijs. Het was een van de geschillen die hij gewonnen had. Voor Ricky was het onbegrijpelijk dat iemand Milburn saai kon vinden: als je er zeventig jaar van zo nabij naar had gekeken, had je gezien wat er in een eeuw kon gebeuren. Als je even lang naar New York keek, dacht Ricky, had je voornamelijk gezien wat er in New York kon gebeuren. Gebouwen verrezen en werden afgebroken in een tempo dat Ricky te haastig voorkwam; alles ging er te vlug binnen die in zichzelf besloten cocon van energie, wervelde te snel rond om ten westen van de Hudson nog iets op te merken behalve de lichten van Jersey. Bovendien zaten er in New York een paar honderdduizend advocaten terwijl Milburn er maar vijf, zes had die iets betekenden en Sears en hij hadden onder hen veertig jaar een prominente plaats ingenomen. (Al zag Stella niets in Milburns opvattingen van prominentie.)

Hij bereikte de zakenwijk die twee blokken ten westen van de markt besloeg, liep twee straten ver aan de overkant door, passeerde Cinema Rialto van Clark Mulligan en bleef een ogenblik staan om de affiches te bekijken. Hij trok zijn neus op voor wat hij zag: de affiches aan de gevel van Rialto toonden het bebloede gezicht van een meisje. Het soort films waar Ricky van hield, was inmiddels alleen nog op de televisie te zien. Volgens Ricky was de filmindustrie op een dwaalspoor geraakt omstreeks de tijd dat William Powell afscheid had genomen. (Hij had het vermoeden dat Clark Mulligan dit met hem eens was.) Moderne films leken wat al te vaak op zijn dromen, die het afgelopen jaar bijzonder levendig waren geworden. Vol afkeuring liet Ricky de bioscoop achter zich en bekeek een heel wat aangenamer aspect van zijn woonplaats. De originele hoge houten huizen van Milburn hadden de tijd weerstaan, al waren het inmiddels vrijwel allemaal kantoorpanden: zelfs de bomen waren jonger dan de huizen. Hij liep verder waarbij zijn goed gepoetste zwarte schoenen door ritselende bladeren schopten, langs bebouwing die meer op die in Wheat Row leek en vergezeld van herinneringen aan de jongen die hij was geweest in diezelfde straten. Hij lachte in zichzelf en als een van degenen die hij groette hem had gevraagd waaraan hij dacht, zou hij waarschijnlijk (indien hij die moeite had genomen) hebben geantwoord: 'Wel, aan trottoirs. Aan trottoirs liep ik te denken. Een van mijn vroegste herinneringen is dat ze trottoirs aanlegden door Candlemaker Street hier, helemaal tot aan de markt. Ze hesen die grote blokken op met paarden. Ziet u, trottoirs leveren een grotere bijdrage aan de beschaving dan de zuigermotor. In voorjaar en winter moest je vroeger door de modder baggeren en je kon geen salon betreden zonder iets ervan mee naar binnen te nemen. In de zomer was het een en al stof!' Uiteraard, zou hij overwogen hebben, waren salons in onbruik geraakt, juist toen de trottoirs opkwamen.

Bij het bereiken van de markt wachtte hem een tweede trieste verrassing. De bomen rondom het grote grasveld waren hier en daar al geheel kaal en de overige hadden althans een paar kale takken, maar er was nog volop aanwezig van de kleur die hij had verwacht. Maar tijdens de nacht was de balans doorgeslagen en nu hingen daar tussen de bladeren zwarte armen en vingers, de geraamten van de bomen. Op de markt lag een dikke laag dood blad.

'Hallo, meneer Hawthorne,' zei iemand naast hem.

Hij keek om en zag Peter Barnes, een jongen uit de hoogste klas van de middelbare school wiens vader, twintig jaar jonger dan Ricky, tot zijn op een na intiemste vriendenkring behoorde. Zijn intiemste vrienden waren vier heren van zijn eigen leeftijd – het waren er vijf geweest, maar Edward Wanderley was bijna een jaar tevoren overleden. Nog meer somberheid, terwijl hij niet bereid was somber te zijn. 'Zo, Peter,' zei hij, 'moest jij nog niet op school zitten?'

'De school begint vandaag een uur later, de verwarming is weer kapot.'

Peter Barnes kwam naast hem staan, een lange, aardige jongen in skitrui en spijkerbroek. Zijn zwarte haar leek Ricky haast meisjesachtig lang, maar aan de breedte van zijn schouders was al te zien dat hij een stuk groter zou worden dan zijn vader. Misschien zouden meisjes zijn haar niet meisjesachtig vinden. 'Aan de wandel?'

'Inderdaad,' zei Peter. 'Het is wel eens leuk zomaar door de stad te lopen en alles te bekijken.'

Ricky straalde haast. 'Daar heb je helemaal gelijk in! Zo denk ik er zelf ook over. Ik geniet altijd van wandelen door de stad. De gekste dingen schieten me dan te binnen. Net bedacht ik dat trottoirs de wereld hebben veranderd. Ze hebben de beschaving bevorderd.'

'O ja?' Peter keek hem bevreemd aan.

'Ja, ik weet het. Ik zei toch dat me de gekste dingen te binnen schieten? Goeie genade. Hoe is het met Walter de laatste tijd?'

'Goed. Hij is al op de bank.'

'En Christina? Maakt zij het ook goed?'

'O ja', zei Peter en er klonk een vage afweer in zijn antwoord op de vraag naar zijn moeder. Was er sprake van een probleem? Het schoot hem te binnen dat Walter zich enkele maanden geleden tegenover hem had beklaagd dat Christina een beetje humeurig was geworden. Maar Ricky, die zich de generatie van Peters ouders nog als tieners herinnerde, vond hun problemen altijd een beetje gekunsteld – hoe konden mensen die de wereld nog voor zich hadden echt serieuze problemen hebben?

'Zeg,' zei hij, 'we hebben in geen tijden zo met elkaar gepraat. Is je vader er nu mee verzoend dat je naar Cornell gaat?'

Peter lachte zuur. 'Ik geloof het wel. Hij begrijpt waarschijnlijk niet hoe moeilijk je wordt toegelaten tot Yale. Dat was heel wat gemakkelijker toen hij ging studeren.'

'Dat was het zeker,' zei Ricky en op dat moment schoot het hem te binnen wanneer hij voor het laatst een gesprek met Peter Barnes had gehad. Op het feest van Jaffrey: de avond waarop Edward Wanderley was overleden.

'Kom, ik ga maar eens even in het warenhuis kijken,' zei Peter.

'Welja,' zei Ricky en tegen zijn zin kwamen alle bijzonderheden van die avond weer bij hem boven. Vaak had hij het gevoel dat het leven sedertdien was versomberd, dat er definitief iets was veranderd.

'Dan ga ik maar,' zei Peter en deed een stap achteruit.

'Laat ik je niet weerhouden,' zei Ricky. 'Ik dacht even ergens aan.'

'Aan trottoirs?'

'Nee, rakker.' Peter draaide zich om, lachte even en groette, waarna hij met vlotte passen doorliep langs de markt.

Ricky zag de Lincoln van Sears James voorbij het Archer Hotel aan de centrumzijde van de markt rijden, als gewoonlijk kilometers per uur langzamer dan ieder ander. Haastig liep hij door naar Wheat Row. De somberheid was niet geweken: weer zag hij de takkenskeletten door de fel gekleurde bladeren steken, weer zag hij het meedogenloos verwonde gezicht van het meisje op de filmaffiche en het schoot hem te binnen dat hij die avond aan de beurt was het verhaal te vertellen op de bijeenkomst van het Chowder Genootschap. Snel liep hij verder en vroeg zich af waar zijn stralend humeur was gebleven. Maar dat wist hij eigenlijk wel, bij Edward Wanderley. Zelfs Sears was met hen, de overige drie leden van het Chowder Genootschap, tot die somberheid vervallen. Twaalf uur lang had hij nog om iets uit te denken waarover hij wilde praten.

'O, Sears,' zei hij op de stoep van hun pand waar zijn confrère juist bezig was zich uit de Lincoln te werken. 'Goeiemorgen. Het is vanavond bij jou thuis, meen ik?'

'Ricky,' zei Sears, 'het is op dit uur van de ochtend absoluut verboden zo *monter* te doen.'

Sears ging met zware stap naar binnen. Ricky volgde hem en sloot Milburn buiten de deur.

Frederick Hawthorne

1

Van alle kamers waar zij gewend waren bijeen te komen was de bibliotheek in het huis van Sears James voor Ricky de aantrekkelijkste: versleten leren fauteuils, hoge boekenkasten met glazen deuren zonder opvallende kenmerken, dranken op de ronde tafeltjes, gravures aan de wanden, het oude Shiraztapijt in gedempte kleuren onder hun voeten en de rijke geur van belegen sigaren om hen heen. Sears James, die nooit de verplichtingen van een huwelijk was aangegaan, had wat zijn gemakzuchtige opvattingen van comfort betreft nooit water in de wijn hoeven te doen. Na zoveel jaren vergaderen waren de andere heren zich niet meer bewust van wat de bibliotheek van Sears hun aan genoegen, ontspanning en ook afgunst bood, zoals ze zich nauwelijks meer bewust waren van het al even vanzelfsprekend onbehagen dat ze ondergingen in het huis van John Jaffrey, waar huishoudster Milly Sheehan elk ogenblik binnendrong om een of ander te redderen. Maar voelen deden ze het: ieder van hen, Ricky Hawthorne wellicht nog het meest, had zelf graag zo'n huis willen hebben. Sears had echter steeds meer geld gehad dan de anderen, zoals zijn vader meer geld had gehad dan hun vaders. Het verschijnsel ging zelfs vijf generaties terug tot aan de plattelandskruidenier die met koel en zakelijk inzicht een vermogen had opgebouwd en de familie James tot lieden van aanzien had gemaakt: ten tijde van Sears' grootvader waren de vrouwen tenger en hadden hartkloppingen, waren decoratief en nutteloos. De mannen jaagden en gingen naar Harvard en gezamenlijk gingen ze 's zomers naar Saratoga Springs. Sears' vader was hoogleraar klassieke talen aan Harvard geweest en had daar een derde gezinswoning gehad. Sears zelf was advocaat geworden, want als jonge man had hij het onbetamelijk gevonden geen beroep te hebben. Nadat hij omstreeks een jaar les had gegeven, was hem gebleken dat zijn kracht niet in het onderwijs lag. Van de overigen, broers en neven, waren de meesten te gronde gegaan aan het luxueuze leven, ongelukken tijdens de jacht, een leverkwaal of algehele aftakeling, maar Sears, Ricky's oude vriend, had zich erdoorheen geslagen en was inmiddels zo niet de knapste oude man in Milburn – dat was zonder twijfel Lewis Benedikt – dan toch zeker de meest gedistingeerde.

Afgezien van de baard was hij het evenbeeld van zijn vader, rijzig, kaal en fors met een rond, scherpzinnig gezicht boven zijn welgesneden pakken. Zijn blauwe ogen waren nog altijd jong.

Ricky vond dat hij ook op dat magistraal voorkomen afgunstig kon zijn. Zelf had hij er nooit al te innemend uitgezien. Daarvoor was hij te klein en zag hij er te netjes uit. Alleen zijn snor was er met de jaren op vooruitgegaan en leek bij het vergrijzen weliger te groeien. Toen hij hangwangetjes kreeg, hadden die hem niet imposanter gemaakt: ze hadden hem alleen slimmer doen lijken. Maar hij vond zichzelf niet bijzonder slim. Als hij slim was geweest, zou hij een zakelijke schikking waarbinnen hij officieus een soort permanente jongere deelgenoot zou blijven, vermeden hebben. Het was overigens zijn vader, Harold Hawthorne, geweest die Sears in de maatschap had opgenomen. Zoveel jaren terug had hij het plezierig – zelfs een prikkel – gevonden dat hij met zijn oude vriend ging samenwerken. Terwijl hij daar in een ontegenzeglijk gemakkelijke fauteuil zat, meende hij het nog altijd plezierig te vinden. De jaren hadden een verbintenis tussen hen geschapen die even hecht was als zijn verbintenis met Stella en dat zakenhuwelijk was heel wat vrediger geweest dan zijn huwelijk thuis, al richtten cliënten zich steevast tot Sears en niet tot hem wanneer ze zich met beide firmanten in hetzelfde vertrek bevonden. Dat was een schikking die Stella nooit getolereerd zou hebben. (Overigens zou niemand die goed bij zinnen was zich in hun jarenlange huwelijk ooit tot Ricky hebben gewend als hij zich ook tot Stella kon wenden.)

Ja, bekende hij zichzelf voor de zoveelste keer, hij was hier graag. Het ging in tegen zijn principes en zijn opvattingen en waarschijnlijk ook het puritanisme van zijn sedert lang afgezworen geloof, maar die bibliotheek van Sears – dat hele prachtige huis van Sears – was een plek waar een man zich thuisvoelde. Ook Stella had zich niet ontzien overduidelijk te laten blijken dat het eveneens het soort behuizing was waar een vrouw zich kon thuisvoelen. Ze kon zich af en toe gedragen alsof het huis van Sears het hare was. Gelukkig had Sears er geen bezwaar tegen. Twaalf jaar geleden, toen ze de bibliotheek kwam binnenmarcheren, was zij het geweest die hun bij zo'n gelegenheid een naam had gegeven. 'Mijn god, daar zitten ze dan,' had ze gezegd. 'Het Chowder Genootschap. Ben je van plan mijn echtgenoot de hele avond vast te houden, Sears? Of zijn de heren nog niet klaar met het vertellen van hun leugens?' Toch was

het Stella's eindeloze energie waarmee ze hem voortdurend prikkelde, dacht hij, die hem ervoor bewaard had aan ouderdom te gronde
te gaan, wat de arme John Jaffrey was overkomen. Want hun
vriend Jaffrey was 'oud', al was hij een half jaar jonger dan Hawthorne zelf en een jaar jonger dan Sears, in feite maar vijf jaar ouder
dan Lewis, hun jongste lid.

Lewis Benedikt, die ervan verdacht werd zijn vrouw te hebben vermoord, zat recht tegenover Ricky als een toonbeeld van blakende
gezondheid. De tijd die hun allen parten speelde en vaardigheden
ontnam, leek op Lewis de omgekeerde uitwerking te hebben. Wat
niemand had kunnen bevroeden toen hij jonger was: hij toonde de
laatste jaren een bepaalde gelijkenis met Cary Grant. Zijn kin werd
niet slap, zijn haar viel niet uit. Hij was haast absurd knap geworden. Die avond hadden Lewis' forse, kalme en humoristische trekken een uitdrukking van verwachting, die Ricky overigens ook op
de gezichten van de anderen las. Ze wisten dat de beste verhalen
doorgaans hier, bij Sears thuis, werden verteld.

'Wie is vanavond aan de beurt?' vroeg Lewis, alleen voor de goede
orde. Ze wisten het allemaal. De groep die nu het Chowder Genootschap heette, kende slechts weinig regels: men droeg avondkleding
(omdat Sears dat dertig jaar geleden graag had gewild), men dronk
nooit te veel (inmiddels waren ze daar in elk geval te oud voor) en
men informeerde nooit of een bepaald verhaal waar was (de kolos-
saalste leugens bevatten immers altijd toch een kern van waarheid).
En al werden de verhalen volgens een rouleersysteem verteld, men
oefende nooit druk uit op iemand die op zeker ogenblik geen verhaal wist te bedenken.

Hawthorne wilde zich juist melden toen John Jaffrey hem voor was:
'Ik dacht,' zei hij en viel zichzelf bij de vragende blikken van de
anderen in de rede, 'nee, ik ben het niet, weet ik wel, gelukkig niet.
Maar ik dacht daareven dat het over twee weken op de dag af een
jaar geleden is dat Edward stierf. Hij zou hier vanavond zitten als ik
dat vervloekte feest niet had willen geven.'

'Alsjeblieft, John,' zei Ricky. Hij keek niet graag naar Jaffreys gezicht als de emoties zich daarop zo duidelijk aftekenden. Jaffreys
huid wekte de indruk dat je er een potlood door kon steken zonder
dat er een druppel bloed uit zou komen. 'We weten allemaal dat je je
niets te verwijten had.'

'Maar het is in mijn huis gebeurd,' hield Jaffrey vol.

'Rustig maar, dokter,' zei Lewis. 'Hiermee doe je jezelf geen goed.'

'Dat maak ik zelf wel uit.'

'Dan doe je de overigen hier geen goed,' zei Lewis op dezelfde milde, minzame toon. 'We herinneren ons allemaal de datum. Hoe kunnen we die ooit vergeten?'

'Wat gaan jullie er dan aan doen? Zijn jullie van plan eraan voorbij te gaan, alsof het een normale gebeurtenis was? Een ouwe sukkel die de pijp uitging? Laat ik jullie dan zeggen dat dat niet doorgaat.'

Iedereen zweeg geschrokken; zelfs Ricky wist niets te zeggen. Jaffreys gezicht zag grauw. 'Nee,' zei hij, 'dat gaat verdomme niet door. Jullie weten allemaal wat er met ons is gebeurd. We zitten hier bij elkaar te kletsen als een zootje lijkenpikkers. Milly verdraagt het haast niet meer dat we bij mij thuis komen. Zo zijn we niet altijd geweest; we konden over van alles praten. We waren vrolijk, er wás altijd vrolijkheid. Die is er nu wel af. We zijn allen bang. Ik vraag me af of iemand van jullie bereid is dat toe te geven. Nou, het is een jaar geleden en ik durf wel toegeven dat ik het ben.'

'Ik kan niet zeggen dat ik bang ben,' zei Lewis. Hij dronk een teug whisky en glimlachte tegen Jaffrey.

'Je kunt ook niet zeggen dat je het niet bent,' snauwde de dokter.

Sears kuchte achter zijn hand en meteen keken ze hem allen aan. Mijn god, dacht Ricky, het lukt hem wanneer hij maar wil om moeiteloos onze aandacht op te eisen. Hoe is hij ooit op het idee gekomen dat hij geen goed docent zou zijn? Hoe ben ik ooit op het idee gekomen dat ik tegen hem opgewassen zou zijn? 'John,' zei Sears welwillend, 'we kennen allemaal de feiten. Jullie zijn allen zo vriendelijk geweest de koude te trotseren om hier vanavond te zijn en jong zijn we geen van allen meer. Laten we doorgaan.'

'Maar Edward is niet in jóuw huis overleden. En die vrouw, Moore, die zogenaamde actrice, is niet...'

'Zo is het genoeg,' zei Sears streng.

'En je herinnert je vast wel hoe we met die verhalen zijn begonnen,' zei Jaffrey.

Sears knikte en Ricky Hawthorne eveneens. Het was gebeurd tijdens de eerste bijeenkomst na Edward Wanderleys zonderlinge dood. De vier overlevenden waren onzeker geweest; ze hadden zich Edwards afwezigheid niet sterker bewust kunnen zijn als er een lege stoel tussen hen in was gezet. Hun gesprek had gestokt en gehaperd en steeds hadden ze het opnieuw moeten proberen. Ricky had gevoeld dat ze zich afvroegen of ze tegen voortgezette bijeenkomsten bestand zouden zijn. Ricky wist ook dat ze geen van allen bestand zouden zijn tegen het staken ervan. En plotseling had hij een ingeving gekregen. Hij had Jaffrey aangekeken en hem gevraagd:

'Wat is het ergste dat je ooit hebt gedaan?'
Dokter Jaffrey had tot zijn verbazing een kleur gekregen. Daarna had hij de toon bepaald voor al hun volgende bijeenkomsten door te zeggen: 'Dat zal ik je niet vertellen, maar ik wil je wel vertellen wat het ergste is dat me ooit is overkomen... het allergruwelijkste...' Waarna hij iets was gaan vertellen dat in feite een spookverhaal was, spannend, verrassend, schrikwekkend... geschikt om hun aandacht van Edward af te leiden. Sedertdien waren ze op die manier doorgegaan.
'Denk je nu werkelijk dat het enkel toeval was?' vroeg Jaffrey.
'Ik begrijp je niet,' zei Sears ontstemd.
'Je doet alsof en dat is beneden je waardigheid. Kijk, we zijn deze kant uitgegaan, ik als eerste, nadat Edward...' Zijn stem haperde en Ricky begreep dat hij klem zat tussen *overleed* en *werd vermoord*.
'Het loodje legde,' viel hij in, hopend op een luchtiger benadering. Jaffreys harde reptielachtige ogen die zich plotseling op hem richtten, deelden hem mee dat hij daarin gefaald had. Ricky verschool zich diep in de behaaglijke fauteuil en had het liefst in de weelderige achtergrond willen verdwijnen om niet meer aandacht te trekken dan een watervlek op een van de oude kaarten van Sears.
'Hoe kom je aan die term?' vroeg Sears en Ricky herinnerde het zich. Dat had zijn vader altijd gezegd wanneer er een cliënt was overleden. 'Oude Toby Pfaff heeft gisteravond het loodje gelegd... Vanmorgen heeft mevrouw Wintergreen het loodje gelegd. Dat gaat een verdomde hoop successierechten kosten.' Hij schudde het hoofd. 'Ja, het klopt,' zei Sears. 'Maar ik weet niet...'
'Juist,' zei Jaffrey. 'Ik denk dat er iets verdomd eigenaardigs aan de hand is.'
'Wat stel je voor? Ik neem aan dat je dit niet ter sprake hebt gebracht om de gang van zaken op te houden.'
Ricky lachte even boven zijn tegen elkaar gezette vingertoppen ten teken dat hij zich niet gekwetst voelde.
'Ja, ik heb inderdaad een voorstel.' Hij deed zijn best, merkte Ricky, Sears behoedzaam aan te pakken. 'Ik meen dat we Edwards neef hier zouden moeten uitnodigen.'
'Wat zouden we daarmee bereiken?'
'Hij is toch een soort expert in... dit soort dingen?'
'Wat betekent "dit soort dingen"?'
Onder druk gezet gaf Jaffrey geen krimp. 'Wellicht alles wat mysterieus is. Ik denk dat hij ons ... nou ja, ons zou kunnen helpen.' Sears leek zijn geduld te verliezen, maar de dokter gaf hem de kans niet in

te grijpen. 'Ik vind dat we hulp nodig hebben. Of ben ik de enige hier die moeite heeft aan een behoorlijke nachtrust te komen? Die nachten achter elkaar nachtmerries heeft?' Zijn ogen in het ingevallen gezicht keken hen één voor één onderzoekend aan. 'Ricky? Jij bent een eerlijk mens.'

'Je bent niet de enige, John,' zei Ricky.

'Nee, bepaald niet,' zei Sears en Ricky keek hem verbluft aan. Sears had nooit eerder laten blijken dat hij ook moeilijke nachten kende en het was hem zeker nooit van het forse, welwillende, nadenkende gezicht af te lezen geweest. 'Je denkt aan zijn boek, neem ik aan.'

'Ja, uiteraard. Hij moet onderzoek hebben gedaan, hij moet een en ander beleefd hebben.'

'Ik dacht dat hij meer geestelijke instabiliteit had beleefd.'

'Net als wij,' zei Jaffrey moedig. 'Edward moet een reden hebben gehad om zijn huis aan zijn neef te vermaken. Die reden was, denk ik, dat hij, als er iets met hem zou gebeuren, Donald hier wilde laten komen. Hij wist geloof ik dat hem iets zou overkomen. En ik zal jullie zeggen wat ik nog meer geloof. We zouden hem moeten inlichten over Eva Galli.'

'Hem een verhaal zonder slot van vijftig jaar oud vertellen? Belachelijk.'

'De reden waarom het niet belachelijk is, is juist dat het slot ontbreekt,' zei de dokter.

Het ontging Ricky niet dat Lewis even verbaasd was als hij, geschokt zelfs, omdat Jaffrey over de geschiedenis met Eva Galli was begonnen. Het was, zoals Sears had gezegd, een episode die vijftig jaar terug in hun verleden lag. Niet een van hen was er ooit op teruggekomen.

'Menen jullie soms te weten wat er met haar gebeurd is?' lokte de dokter uit.

'Hè, toe nou,' zei Lewis meteen. 'Willen we echt die kant uit? Wat heeft dat in godsnaam voor zin?'

'Dat we moeten proberen erachter te komen wat er werkelijk met Edward is gebeurd. Het spijt me als ik niet duidelijk ben geweest.'

Sears knikte en Ricky meende in het gezicht van zijn deelgenoot sinds vele jaren een spoor van – wat? Opluchting? – waar te nemen. Uiteraard zou Sears dat niet toegeven, maar alleen al het feit dat het zichtbaar was, onderging Ricky als een openbaring. 'De redenering wekt enige twijfel bij mij,' zei Sears, 'maar als het jou zou opluchten, zouden we Edwards neef wel kunnen aanschrijven. We hebben zijn adres in onze dossiers, is het niet, Ricky?' Hawthorne knikte. 'Maar ter wille van de democratische benadering zou ik het eerst in stemming willen brengen. Zullen we maar mondeling ja of nee zeggen en daarmee stemmen? Wat vinden jullie?' Hij dronk een teug en keek hen aan. Allen waren het ermee eens. 'Dan beginnen we met jou, John.'

'Natuurlijk zeg ik ja. Laat hem komen.'

'Lewis?'

Lewis haalde zijn schouders op. 'Het maakt mij niet uit. Laat hem maar komen als jullie er behoefte aan hebben.'

'Is dat ja?'

'Oké, ja dus. Maar ik zou die zaak van Eva Galli niet ophalen.'

'Ricky?'

Ricky keek zijn confrère aan en merkte dat Sears al wist hoe hij zou stemmen. 'Nee. Absoluut nee. Het lijkt me verkeerd.'

'Je wilt liever dat we doorgaan zoals we dat nu een jaar hebben gedaan?'

'Verandering is altijd verandering ten kwade.'

Sears was geamuseerd. 'Hier spreekt de ware advocaat, al past die gedachte een voormalig lid van de Y.P.S.L. geloof ik nauwelijks. Maar ik zeg ja en dat is dus drie tegen één. Voorstel aangenomen. We gaan hem schrijven. Omdat mijn stem de doorslag heeft gegeven, neem ik dat op me.'

'Er schiet me juist iets te binnen,' zei Ricky. 'Het is nu een jaar geleden. Stel dat hij het huis wil verkopen? Het heeft leeggestaan sinds Edward overleed.'

'*Nonsens.* Je maakt problemen. We zullen hem hier des te sneller hebben, als hij wil verkopen.'

'Hoe kun je weten dat de toestand niet zal verergeren? Kun je daar zeker van zijn?' Zoals hij daar zat in een heerlijke stoel waarin hij al ruim twintig jaar mintens eenmaal per maand had gezeten in de mooiste kamer die hij kende, hoopte Ricky vurig dat er niets zou veranderen, dat ze gewoon konden doorgaan en hun angsten eenvoudig in bange dromen en verhalen konden oplossen. Terwijl hij de anderen daar in het gedempte licht voor zich zag en een koude wind de bomen voor de ramen van Sears geselde, wilde hij niets liever dan dat ene: doorgaan. Het waren zijn vrienden, hij was in zeker opzicht evenzeer met hen getrouwd als hij een ogenblik tevoren had gevoeld met Sears getrouwd te zijn en geleidelijk aan werd hij zich bewust dat hij zich grote zorgen om hen maakte. Ze kwamen hem zo schrikwekkend kwetsbaar voor zoals ze hem daar spottend zaten aan te kijken, alsof ze zich geen van allen iets konden

45

voorstellen dat erger was dan wat angstdromen en een spookverhaal om de paar weken. Zij geloofden in kennis als een probaat middel. Maar hij zag een waas van duisternis, veroorzaakt door een lampekap, over het voorhoofd van John Jaffrey glijden en dacht: John is al stervende. Er bestaat een soort kennis waarmee zij nooit geconfronteerd zijn, ondanks de verhalen die ze vertellen. Zodra die gedachte in zijn welverzorgde kleine hoofd was opgekomen, was het alsof dat wat de kennis die hij bedoelde inhield zich ergens daarbuiten bevond in de eerste voortekenen van de winter en geleidelijk vat op hen kreeg.

Sears zei: 'Het besluit is genomen, Ricky, en met de beste bedoelingen. We kunnen niet in ons eigen sop blijven gaarkoken. Wel.' Hij keek de kring rond waarin ze zaten en wreef zich figuurlijk de handen. Hij zei: 'Nu dat is geregeld, wie is vanavond aan de beurt, zoals Lewis al vroeg?'

In Ricky's innerlijk verschoof het verleden plotseling en toonde hem een zo nieuw en volledig beeld dat hij wist zijn verhaal te hebben, al had hij niets voorbereid en meende hij zijn beurt voorbij te moeten laten gaan. Achttien uur uit het jaar 1945 lichtten helder in zijn geest op en hij zei: 'Ja, dat ben ik, geloof ik.'

2

Toen de andere twee vertrokken, was Ricky nog gebleven met het argument dat hij geen haast had die kou in te gaan. Lewis had gezegd: 'Die zal je wat kleur op je wangen geven, Ricky,' maar dokter Jaffrey had alleen geknikt. Het was werkelijk ongewoon koud voor oktober, koud genoeg voor de eerste sneeuw. Terwijl hij alleen in de kamer achterbleef en Sears nieuwe drankjes haalde, hoorde Ricky op straat de ontsteking van Lewis' auto pruttelen. Lewis had een Morgan die hij vijf jaar daarvoor uit Engeland had geïmporteerd en het was de eerste sportwagen die Ricky mooi vond. Maar de linnen kap zou op zo'n avond niet veel beschutting bieden en Lewis leek de grootste moeite te hebben de auto gestart te krijgen. Já. Het was hem bijna gelukt. In de winters van New York had je eigenlijk iets groters nodig dan die kleine Morgan van Lewis. Die arme John zou verkleumd zijn tegen de tijd dat Lewis hem afleverde bij Milly Sheehan in het grote huis aan Montgomery Street, de hoek om en zeven straten ver. Milly zou in het halfduister van dokters wachtkamer alles doen om wakker te blijven zodat ze kon opspringen zodra ze zijn sleutel in het slot hoorde, hem uit zijn overjas helpen en hem een kop hete cacao opdringen. Ricky hoorde de motor van de Morgan nu toch aanslaan, hij hoorde zijn vrienden wegrijden en hij zag Lewis voor zich, die zijn hoed opzette, tegen John grinnikte en zei: 'Zie je wel? Die kleine schoonheid heeft het *weer* klaargespeeld.' Nadat hij John had afgezet zou hij de stad uitrijden en langs Route 17 scheuren tot hij in de bossen was, waar het huis stond dat hij na zijn repatriëring had gekocht. Wat Lewis verder nog in Spanje mocht hebben uitgevoerd, hij had er wel een smak geld verdiend.

Ricky's eigen huis stond letterlijk om de hoek, geen vijf minuten lopen. Vroeger waren Sears en hij dagelijks te voet naar hun kantoor in de binnenstad gegaan. Bij warm weer deden ze het nog wel eens: de onafscheidelijken, zei Stella dan.

Haar ironie was overigens meer tegen Sears gericht dan tegen hem zelf; Stella had Sears eigenlijk nooit gemogen. Uiteraard had die latente afkeer Stella nooit geremd in haar pogingen lichtelijk de baas te spelen over Sears. Het was ondenkbaar dat Stella met hete cacao op hem zou wachten. Ze zou al uren in bed liggen en alleen een ganglampje boven hebben laten branden. Stella was de mening toegedaan dat hij, als hij bij zijn vrienden thuis een drankje ging halen en haar thuisliet, maar in het donker moest rondscharrelen en zijn knieën stoten aan het moderne meubilair van glas en chroom dat ze hem had laten kopen.

Sears kwam weer binnen met twee glazen in zijn handen en een pas opgestoken sigaar in de mond. Ricky zei: 'Sears, jij bent wellicht de enige die ik ken tegenover wie ik zou willen toegeven dat het me soms spijt getrouwd te zijn.'

'Verspil je afgunst niet aan mij,' zei Sears. 'Ik ben te oud, te dik en te moe.'

'Niets van dat alles ben je,' antwoordde Ricky en nam zijn drankje van Sears aan, 'je kunt je alleen de luxe permitteren te doen alsof.'

'Van permitteren gesproken,' zei Sears, 'de reden waarom je dat wat je net hebt gezegd tegen niemand anders zou kunnen zeggen, is dat iedereen stomverbaasd zou zijn. Stella is een vermaarde schoonheid. En als je het tegen haar zelf zou zeggen, zou ze je de hersens inslaan.' Hij maakte het zich gemakkelijk in de fauteuil waarin hij tevoren had gezeten, strekte zijn benen en kruiste ze bij de enkels. 'Ze zou een kist in elkaar timmeren, jou erin smijten, je vliegensvlug begraven en ervandoor gaan met een sportieve veertigjarige die naar zout water en mannenparfum rook. De reden dat je het tegen mij kunt zeggen, is dat...' Sears zweeg en Ricky was bang dat hij ging zeggen: *Dat het mij soms ook spijt dat je ooit getrouwd bent.* 'Is het omdat ik *hors de combat* ben, of moet ik zeggen *hors commerce?*' Luisterend naar de stem van zijn confrère en met zijn glas in de hand dacht Ricky aan John Jaffrey en Lewis Benedikt die onderweg waren naar hun huizen, aan zijn eigen heringerichte huis dat hem wachtte en het werd hem duidelijk hoezeer hun leven gereguleerd was, hoezeer ze tot een comfortabele routine waren vervallen. 'Nou, wat is het?' vroeg Sears en hij antwoordde: 'O, in jouw geval *hors de combat,* zou ik zeggen.' Hij lachte even, zich pijnlijk bewust van hun intimiteit. Hij wist nog goed wat hij eerder op de avond had gezegd: *Verandering is altijd verandering ten kwade,* en dacht: Dat is waar, God sta ons bij. Plotseling zag Ricky hen allen, zijn oude vrienden en zichzelf, als het ware op een fragiel onzichtbaar vlak dat hoog in de duistere lucht zweefde.

'Weet Stella dat je nachtmerries hebt?' vroeg Sears.

'Nou, ik wist niet eens dat jij het weet,' antwoordde Ricky op een toon alsof hij een grap maakte.

'Ik zag geen aanleiding het ter sprake te brengen.'

'En je hebt ze al hoelang?'

Sears nestelde zich dieper in zijn fauteuil. 'Jij hebt ze sinds...?'

'Een jaar.'

'Ik ook. Een jaar. Net als de andere twee blijkbaar.'

'Lewis lijkt niet bepaald ontdaan.'

'Waarover is Lewis ooit ontdaan? Toen de Schepper Lewis maakte, heeft hij gezegd: "Ik geef je een knap gezicht, een gezond lijf en een gelijkmatig temperament mee, maar omdat dit een onvolmaakte wereld is, hou ik je een beetje krap met de hersens." Hij is rijk geworden doordat hij gek was op Spaanse vissersdorpjes, niet doordat hij wist wat ermee ging gebeuren.'

Ricky ging er niet op in; het hoorde allemaal tot de manier waarop Sears zijn vriend Lewis placht te karakteriseren. 'Zijn ze begonnen na de dood van Edward?'

Sears knikte met zijn zware kop.

'Wat denk jij dat Edward is overkomen?'

Sears haalde zijn schouders op. Ze hadden die vraag allemaal te vaak gesteld. 'Het moet je duidelijk zijn dat ik niet meer weet dan een ander.'

'Denk je dat we tot rust zullen komen als we achter de waarheid zijn?'

'Lieve god, wat een vraag! Ook daarop kan ik geen antwoord geven, Ricky.'

'Nou, ik denk van niet. Ik denk dat er iets heel ergs met ons zal gebeuren. Ik denk dat het een ramp wordt als je die jonge Wanderley vraagt te komen.'

'Bijgeloof,' mompelde Sears. 'Onzin. Ik denk *dat* er al iets ergs met ons is gebeurd en dat die jonge Wanderley de man is die daarover wat klaarheid kan verschaffen.'

'Heb je zijn boek gelezen?'

'Het tweede? Ik heb het doorgebladerd.'

Dat kwam neer op toegeven dat hij het had gelezen.

'Wat vond je ervan?'

'Een aardige proeve van dit genre, literair beter dan de meeste. Hier en daar een fraaie zin, een vrij goed ineengezette plot.'

'Maar wat zijn visie betreft...'

'Ik denk dat hij ons niet meteen zal afdoen als een stelletje ouwe gekken. Dat is het belangrijkste.'

'Nou, deed hij dat maar,' zei Ricky mismoedig. 'Ik zou niet graag willen dat een ander in ons leven gaat struinen. Ik wil dat alles doorgaat zoals het gaat.'

'Maar als hij gaat "struinen", zoals jij het noemt, dan kan het toch best zijn dat hij ons overtuigt dat we onszelf voor niets de stuipen op het lijf jagen? Wie weet zal Jaffrey dan ophouden zich te kwellen over dat verdomde feest. Hij heeft het alleen doorgezet omdat hij die waardeloze actrice, die meid van Moore, wilde leren kennen.'

'Ik denk nog vaak aan dat feest,' zei Ricky. 'Ik heb geprobeerd me te herinneren wanneer ik haar die avond heb gezien.'

'Ik heb haar gezien,' zei Sears, 'terwijl ze met Stella stond te praten.'

'Ja, dat zegt iedereen. Iedereen heeft haar met mijn vrouw zien praten. Maar waar is ze daarna gebleven?'

'Je wordt al even erg als John. Laten we wachten tot neef Wanderley komt. Die kan dit met frisse blik bekijken.'

'Ik denk dat we er spijt van krijgen,' zei Ricky in een laatste poging. 'Ik vrees dat het onze ondergang wordt. Ik zie ons zelf als beesten die in hun eigen staart bijten. We moeten dit achter ons laten.'

'De beslissing is genomen. Maak er geen melodrama van.'

Daarbij bleef het. Sears was niet van zijn standpunt af te brengen. Ricky stelde hem nog een vraag over iets anders dat hem bezighield.

'Weet jij op onze avonden altijd van tevoren wat je gaat zeggen, als je aan de beurt bent?'

Sears' ogen keken hem aan in een verrukkelijk wolkeloos blauw. 'Hoezo?'

'Ik namelijk niet. Meestal niet. Ik zit te wachten tot me iets invalt, zoals vanavond. Gaat het bij jou ook zo?'

'Vaak wel. Maar dat bewijst niets.'

'Zou het voor de anderen ook gelden?'

'Ik zie geen reden waarom niet. Wel, Ricky, ik ben aan wat slaap toe, zou je niet eens naar huis gaan? Stella wacht vast al op je.'

Hij kon niet beoordelen of Sears al of niet een ironische opmerking maakte. Hij trok zijn vlinderdas recht. Vlinderdassen waren, evenals het Chowder Genootschap, een onderdeel van zijn leven dat Stella nauwelijks verdroeg. 'Waar komen die verhalen vandaan?'

'Uit ons geheugengoed,' zei Sears. 'Of, zo je wilt, uit ons ongetwijfeld Freudiaans onderbewustzijn. Kom op. Ik wil dat je me nu alleen laat. Ik moet al die glazen nog omwassen voor ik naar bed ga.'

'Mag ik je nog eenmaal verzoeken...'

'Ja, wat?'

'...Edwards neef niet te schrijven.' Ricky ging staan en zijn durf deed zijn hart sneller kloppen.

'Jij weet ook niet van ophouden, zeg. Vragen staat vrij, maar wanneer wij elkaar terugzien, heeft hij mijn brief al ontvangen. Het lijkt me het beste.'

Ricky trok een zuur gezicht en Sears zei: 'Hardnekkig zonder agressiviteit.' Het klonk hem in de oren als iets dat Stella gezegd kon hebben. Het was een schok toen Sears eraan toevoegde: 'Het is een mooie eigenschap, Ricky.'

Bij de deur hield Sears zijn jas voor hem op en hij stak zijn armen in de mouwen. 'Ik vond dat John er vanavond slechter uitzag dan ooit,' zei Ricky. Sears deed de deur open naar de duistere avond, verlicht door de straatlantaren voor het huis. Oranje licht viel over het korte dorre gazon en het smalle trottoir, beide bezaaid met dode bladeren. Zware, donkere wolken dreven langs een zwarte lucht; het had winter kunnen zijn. 'John is stervende,' zei Sears zonder emotie en sprak daarmee uit wat Ricky had gedacht. 'Tot morgen in Wheat Row. De groeten aan Stella.'

De deur ging achter hem dicht, achter de keurige kleine man die al begon te rillen in de koude avondlucht.

Sears James

1

Ze zaten vrijwel dagelijks samen op hun kantoor, maar Ricky hield zich aan de traditie door de vraag die hem al twee weken op de tong brandde, pas te stellen op hun volgende bijeenkomst in het huis van dokter Jaffrey. 'Heb je de brief verzonden?'
'Uiteraard. Dat had ik toch gezegd?'
'Wat heb je hem geschreven?'
'Wat afgesproken was. Ik heb ook naar het huis verwezen en onze hoop uitgesproken dat hij het niet zou willen verkopen alvorens het eerst eens goed te bekijken. Alle spullen van Edward liggen daar natuurlijk nog met inbegrip van de banden. Al hebben wij niet de moed gehad ze door te nemen, hij heeft dat misschien wel.'
Ze stonden apart van de andere twee juist binnen het gangetje naar Jaffreys woonkamers. John en Lewis hadden al een plaats gevonden in Victoriaanse stoelen in een hoek van het volgend vertrek en ze babbelden met Milly Sheehan, de huishoudster van de dokter, die op een kruk tegenover hen zat met een gebloemd blad in de hand waarop hun glazen hadden gestaan. Net als Ricky's vrouw stelde Milly het niet op prijs buitengesloten te worden wanneer het Chowder Genootschap bijeenkwam, maar anders dan Stella bleef ze voortdurend om de vergadering heen hangen en kwam onverhoeds binnen met een emmertje ijsblokjes, met sandwiches of kopjes koffie. Ze irriteerde Sears op vrijwel dezelfde manier als een bromvlieg die steeds maar weer tegen de ruit botst. In veel opzichten was Milly beter te verdragen dan Stella Hawthorne; ze was niet zo veeleisend, niet zo agressief. En ze zorgde goed voor John. Sears kon het altijd waarderen als een vrouw goed was voor een van zijn vrienden. Of Stella goed voor Ricky zorgde, was een vraag die hij nog altijd niet kon beantwoorden.
Hij keek naar de man die door het lot hechter aan hem was verbonden dan ieder ander en voelde dat Ricky van mening was dat hij zich met een smoesje aan het beantwoorden van de laatste vraag had onttrokken. Ricky's kleine schrandere gezicht was gespannen van ergernis. 'Goed dan,' zei Sears, 'ik heb hem geschreven dat we niet geheel bevredigd waren door wat ons omtrent de dood van zijn oom

51

bekend is. Mejuffrouw Galli heb ik niet genoemd.'

'God zij dank,' zei Ricky en liep door naar de hoek waar de anderen zaten. Milly ging staan, maar Ricky lachte tegen haar en zette haar met een handgebaar weer op haar kruk. Als geboren heer was Ricky altijd hoffelijk tegen vrouwen geweest. Een meter van hem af stond een fauteuil, maar hij zou er niet in gaan zitten eer hij hem van Milly aangeboden kreeg.

Sears wendde zijn blik van Ricky af en keek de bekende woonkamer boven rond. John Jaffrey had de benedenverdieping van zijn huis geheel als praktijkruimte ingericht met wachtkamers, spreek- en behandelkamer en een medicijnenkabinet. De overige twee kleine kamers beneden waren Milly's appartement. John bracht zijn vrije tijd door op de bovenverdieping, waar vroeger alleen slaapkamers waren geweest. Sears kende het interieur van John Jaffreys huis al minstens zestig jaar: als kind had hij een paar huizen verder aan de overkant gewoond. Gewoond in zoverre dat hij het pand altijd had beschouwd als zijn 'ouderlijk huis', waar hij zijn vakanties van de kostschool, later van Cambridge, doorbracht. Jaffreys huis was destijds eigendom geweest van een familie Frederickson, een gezin met twee kinderen die veel jonger waren dan Sears. Frederickson was graankoopman, een stoere reus die veel bier dronk, met rood haar en een nog rodere kop die af en toe zonderling blauw aanliep. Zijn echtgenote was de aantrekkelijkste vrouw die de jeugdige Sears van destijds ooit had aanschouwd. Ze was rijzig en had haar van een kleur tussen kastanje- en donkerbruin dat ze droeg in een opgerolde vlecht, een exotisch poezekopje en een paar zeer goed ontwikkelde borsten. Vooral die laatste hadden de jonge Sears machtig gefascineerd en als hij met Viola Frederickson sprak, kostte het hem moeite haar in het gezicht te blijven kijken.

's Zomers wanneer hij thuis was van kostschool was hij kinderoppas bij de familie tussen de uitstapjes naar buiten door. Het echtpaar Frederickson kon zich geen kinderjuffrouw permitteren, maar er was wel een meisje uit de Hollow in huis als dienstbode en keukenmeid. En misschien vond Frederickson het wel leuk dat de zoon van professor James op zijn zoontjes paste. Sears vermaakte zich op zijn manier. Hij hield van de jongens en liet zich graag door hen als held vereren, net als de jongens uit de lagere klassen op de Hill School. Maar de jongens sliepen nog niet of hij begon zijn speurtocht door het huis, nieuwsgierig wat hij zou aantreffen. Hij kreeg zijn eerste liefdesbrief onder ogen uit een toilettafellade van Abel Frederickson. Hij wist best dat hij iets deed dat niet geoorloofd was, dat hij geen slaapkamers hoorde binnen te dringen, maar hij was niet bij machte het te laten. Op een avond trok hij het bureautje van Viola Frederickson open en vond er een foto in van haar zelf waarop ze er waanzinnig verleidelijk uitzag, exotisch en hartstochtelijk, als het ware een ikoon van die andere raadselachtige helft van de soort. Hij zag hoe haar borsten de stof van haar blouse uitstulpten en zijn gedachten vulden zich met sensaties aangaande hun gewicht en hun stevigheid. Hij was zo stijf dat zijn penis als een boomstam aanvoelde en het was voor het eerst dat de seksualiteit hem zo krachtdadig overrompelde. Kreunend en naar zijn kruis grijpend rukte hij zijn blik los van de foto en zag een van haar blouses opgevouwen op de ladenkast liggen. Hij kon er niets aan doen maar hij moest de stof strelen. Hij zag waar de blouse zou opbollen zodra zij die aan had; haar huid leek voelbaar onder zijn handen en hij knoopte zijn gulp los en haalde zijn lid eruit. Hij legde het op de blouse en dacht met dat deel van zijn hersens dat nog kón denken, dat dat *ding* hem dwong te doen wat hij deed. Dat *ding* dwong hem de gezwollen punt ervan neer te drukken op de plek waar haar borsten de stof zouden doen opvullen. Hij kermde en klapte dubbel over de blouse, er trok een kramp door hem heen en hij kreeg zijn lozing. Zijn ballen voelden aan alsof ze vastzaten in een bankschroef. Vlak daarop sloeg zijn schaamte als een vuist toe. Hij rolde de blouse op, stopte hem in zijn boekentas, maakte op weg naar huis een omweg en wikkelde het eens zo smetteloze kledingstuk om een steen, waarna hij het in de rivier smeet. Niemand had ooit met een woord van de gestolen blouse gerept, maar het was wel de laatste keer dat hem werd gevraagd op de kinderen te passen.

Door de ramen achter het hoofd van Ricky Hawthorne zag Sears het licht van de straatlantaren schijnen op de eerste etage van het huis dat Eva Galli had gekocht toen ze in een gril of een opwelling was teruggekomen naar Milburn. Doorgaans slaagde hij erin Eva Galli en het huis waar ze had gewoond te vergeten. Dat hij nu aan haar dacht, aan haar huis daar buiten dat het licht weerkaatste, zou wel komen doordat zijn brein een of ander verband legde tussen haar en het lachwekkende voorval dat hem pas te binnen was geschoten.

Misschien had ik de benen moeten nemen toen ik nog uit Milburn weg kon, dacht hij: de slaapkamer waar Edward Wanderley op de kop af een jaar geleden was gestorven, lag recht boven zijn hoofd. Als bij zwijgende overeenkomst hadden ze geen van allen gezinspeeld op het toeval dat ze op de verjaardag van de sterfdag van hun vriend juist in dit huis bijeenkwamen. Een ogenblik flitste het nood-lotsgevoel fel op in het brein van Sears James, maar toen dacht hij: *Ouwe gek die je bent! Je voelt je nog altijd schuldig over die blouse. Kom nou!*

2

Het is mijn beurt vanavond, zei Sears en hij maakte het zich zo gemakkelijk mogelijk in de grootste leunstoel die Jaffrey had. Hij draaide zijn stoel om er zeker van te zijn dat hij niet het zicht had op het vroegere huis van Galli. Ik ga jullie iets vertellen over bepaalde gebeurtenissen waarmee ik te maken kreeg als jonge man, toen ik in de streek rondom Elmyra pogingen deed me in het onderwijs te bekwamen. Ik zeg pogingen, want zelfs aan het begin van mijn eer-ste jaar twijfelde ik al of ik in dat beroep mijn draai zou kunnen vinden. Ik had een contract voor twee jaar getekend, maar nam aan dat ze me niet konden vasthouden als ik weg wilde. Nu, een van de gruwelijkste dingen in mijn leven is me daar overkomen, of wellicht niet overkomen omdat ik me alles heb verbeeld, maar het joeg me in elk geval de stuipen op het lijf, zodat ik het daar tenslotte niet langer kon uithouden. Dit is het ergste verhaal dat ik ken en ik heb het vijftig jaar lang doorlopend met me meegedragen.

Het is jullie bekend wat destijds de taken van een schoolmeester waren. Dit was geen stadsschool en het was bepaald ook geen Hill School. Mijn god, daar had ik beter kunnen solliciteren, maar ik had in die tijd een aantal uitgesproken ideeën. Ik verbeeldde mezelf een soort Socrates ten plattelande te kunnen zijn die ongeletterden het licht van de rede zou brengen. Niet dat het bepaald een luxe zou zijn geweest. De streek rondom Elmyra was niet veel meer dan een woestenij, herinner ik me, al is er inmiddels zelfs geen buitenwijk meer te bekennen waar het plaatsje heeft gelegen. Precies boven de plek waar de school stond is een klaverblad voor het snelverkeer aangelegd, en de hele zaak ligt onder het beton. Het werd destijds Viersprong genoemd en er is niets meer van over. Maar in die tijd, gedurende mijn verlofjaar buiten Milburn, was het een karakteris-tiek gehucht van tien, twaalf huizen, een dorpswinkel, een postkan-toor, een hoefsmid en de school. Al die bebouwing had in zekere zin hetzelfde aanzien. Alle huizen waren van hout, waren in geen jaren geschilderd en zagen er dan ook allemaal even grauw en miezerig uit. De school had natuurlijk maar één lokaal, één ruimte voor acht

54

klassen. Bij mijn sollicitatiegesprek werd me al gezegd dat ik in de kost zou komen bij de familie Mather; die hadden het laagst ingeschreven en ik merkte al gauw waarom. Mijn werkdag diende om zes uur te beginnen. Ik moest hout hakken voor de schoolkachel, zorgen dat die kachel goed brandde, het lokaal aanvegen, de boeken klaarleggen, water oppompen, de schoolborden schoonmaken en ook de ruiten zemen als dat nodig mocht zijn.

Om halfacht kwamen de leerlingen en aan mij de taak al die acht klassen te leren lezen, schrijven en rekenen, wat aan muziek, aardrijkskunde en geschiedenis te doen, opstellen te laten schrijven, kortom, het 'totale leerprogramma'. Vandaag de dag zou ik op een draf voor zo'n opdracht weghollen, maar toen was ik een idealist en ik wilde het liefst dadelijk aan de slag. Het vooruitzicht verrukte me gewoon. Ik was verblind. Het plaatsje moet toen ook al ten dode opgeschreven zijn geweest, maar ik zag het eenvoudig niet. Wat ik zag, was een prachtig leven, vrijheid en een en al verrukking. De glans ervan mocht een beetje dof zijn geworden, maar de pracht zou er niet minder om zijn.

Zoals jullie begrijpen, wist ik van niets. Ik had er geen vermoeden van welke soort leerlingen ik voor het merendeel zou krijgen. Het was me niet bekend dat onderwijzers op het platteland in dergelijke gaten doorgaans jongens van een jaar of achttien waren, die over nauwelijks meer kennis beschikten dan ze doorgaven. Ik besefte niet hoe saai en vervelend een dorpje als Viersprong het grootste deel van het jaar zou zijn. Ik voorzag niet dat ik doorlopend met honger zou rondlopen. Noch dat het tot mijn taak zou behoren om de andere zondag de kerk in het dichtstbijzijnde dorp te bezoeken, wat nog altijd een wandeling van twaalf kilometer betekende. Ik wist niet hoe moeilijk ik het zou krijgen.

Ik begon er iets van te merken zodra ik me de eerste avond met mijn koffer bij de familie Mather vervoegde. Charlie Mather was beheerder van het postkantoor geweest in het plaatsje, maar nadat de Republikeinen de verkiezingen hadden gewonnen benoemden ze Howard Hummel als kantoorhouder. Charlie Mather was zijn ressentiment nooit te boven gekomen en hij leed doorlopend aan een slecht humeur. Toen hij me de kamer boven liet zien waar ik zou worden ondergebracht, viel het me al op dat deze armoedig was ingericht. De vloer bestond uit ruwe houten planken en als plafond waren er de dakbalken en de pannen. 'Was ik bezig in orde te maken voor onze dochter,' zei Mather. 'Maar ze is doodgegaan. Een mond minder open te houden.' Het bed was een oude uitgezakte matras op de vloer met een oude legerdeken erover. Zelfs een Eskimo had 's winters in die kamer niet warm kunnen blijven. Maar ik zag dat er een bureau stond met een petroleumlamp erop en ik verkeerde nog in de wolken en zei: Ja, gezellige kamer, of iets dergelijks. Mather gromde vol ongeloof en terecht.

Als maaltijd kwamen er 's avonds aardappelen en maïspap op tafel. 'Vlees krijg je hier niet,' zei Mather, 'of je moet het van je eigen geld kopen. Ik krijg een bepaald bedrag om je te voeden, niet om je vet te mesten.' Ik geloof niet dat ik aan Mathers tafel vaker dan een keer of zes vlees heb gegeten en dat was op achtereenvolgende dagen toen iemand hem een gans cadeau had gedaan en we elke avond gans kregen tot het beest op was. Later brachten sommige leerlingen wel eens broodjes met ham of ander vlees voor me mee. Hun ouders wisten blijkbaar dat mijn kostbaas op de penning was. Mather zelf at zijn warme maaltijd in het middaguur, maar mij gaf hij te verstaan dat ik dan op school moest blijven om 'de helpende hand te bieden en straf uit te delen'.

Want ze geloofden daar wel in de roede. Dat ontdekte ik al nadat ik één dag les had gegeven. Ik zeg nu wel *les had gegeven,* maar in feite had ik niet meer kunnen doen dan de kinderen rustig houden, hun namen opschrijven en een paar vragen stellen. Ik was overdonderd. Alleen twee oudere meisjes konden lezen en met rekenen kwamen ze niet verder dan eenvoudig optellen en aftrekken. Van andere landen hadden ze nauwelijks gehoord en er waren er een paar die niet eens geloofden dat ze bestonden. 'Ach, die bestaan toch niet,' zei een broodmagere tienjarige. 'Landen waar de mensen niet eens Amerikaan zijn? Waar ze niet eens Amerikaans praten?' Verder kwam hij niet, want hij moest hard lachen om zo'n idioot idee, waarbij ik in een mond vol ontstellend zwarte tanden keek. 'En de oorlog dan, sufkop?' zei een andere jongen. 'Nooit van de Duitsers gehoord?' Voor ik kon ingrijpen, sprong de eerste jongen uit zijn bank en begon de tweede af te rossen. Het leek wel of hij van plan was hem te vermoorden. Ik probeerde beide knapen uit elkaar te halen onder het gegil van de meisjes en kreeg de aanvaller bij een arm te pakken. 'Hij heeft gelijk,' zei ik. 'Hij had je niet mogen uitschelden, maar gelijk heeft hij. Duitsers zijn de mensen die in Duitsland wonen en de Wereldoorlog...' Ik zweeg opeens, want de knaap begon tegen me te grommen. Het was net een dolle hond en opeens drong het tot me door dat hij geestelijk gestoord moest zijn, wellicht zwakzinnig was. Hij trachtte me te bijten. 'En nu excuus vragen aan je vriend,' zei ik.

'Hij is mijn vriend niet.'

'Vraag excuus.'

'Hij is gek, meneer,' zei de andere jongen. Hij zag bleek en keek heel angstig en een van zijn ogen begon blauw op te zetten. 'Ik had dat nooit tegen hem moeten zeggen.'

Ik vroeg de eerste jongen hoe hij heette. 'Fenny Bate,' zei hij moeizaam en kwijlend. Hij kwam wat tot rust. Ik stuurde de tweede jongen terug naar zijn bank. 'Fenny,' zei ik, 'het spijt me, maar je had ongelijk. Amerika is de hele wereld niet, zoals New York de hele Verenigde Staten niet is.' Dat was te ingewikkeld en ik was zijn aandacht kwijt. Ik nam hem mee, zette hem vooraan in de klas en begon op het bord kaarten te tekenen. 'Kijk, dit zijn de Verenigde Staten van Amerika, hier heb je Mexico en hier de Atlantische Oceaan...'

Fenny schudde somber zijn hoofd. 'Leugens,' zei hij. 'Dat zijn allemaal leugens. Die liggen er helemaal niet. Dat KAN niet!' Hij schreeuwde en gaf een zet tegen zijn lessenaar die omviel.

Ik verzocht hem de lessenaar rechtop te zetten en toen hij zijn hoofd schudde en weer begon te kwijlen, zette ik het ding zelf overeind. Een paar kinderen staarden me verbluft aan. 'Je hebt dus wel eens van andere landen gehoord, je hebt wel eens kaarten gezien?' vroeg ik hem.

Hij knikte. 'Maar het zijn leugens.'

'Wie heeft je dat verteld?'

Weer schudde hij zijn hoofd en weigerde te antwoorden. Als hij tekenen van verlegenheid had getoond, zou ik hebben aangenomen dat zijn ouders hem verkeerd hadden ingelicht, maar hij was alleen kwaad en koppig.

In het middaguur namen de kinderen hun papieren zakjes mee naar buiten en aten op het terrein rondom de school hun boterhammen op. Speelplaats was een te mooi woord voor dat stukje grond, al stonden er achter de school een paar wrakke schommels. Ik hield Fenny Bate in het oog. De meeste kinderen lieten hem links liggen. Zodra hij even wat minder suf was en toenadering zocht tot een groepje, liepen die kinderen demonstratief weg en lieten hem staan met zijn handen in zijn zakken. Af en toe kwam een mager meisje met sluik blond haar naar hem toe en zei iets tegen hem. Ze leek op hem en ik nam aan dat het zijn zusje was. Ik keek het na in mijn namenlijst en onder de vijfde klas stond Constance Bate. Het meisje had zich rustig gedragen.

Toen ik weer naar Fenny keek, viel het me op dat een nogal zonderlinge man van de weg langs de school af dwars over het erf naar hem stond te kijken, net als ik. Fenny Bate zat tussen ons in en merkte niets. Waarom weet ik niet, maar ik schrok van die man. Niet alleen omdat hij er wat vreemd uitzag, al was dat bepaald wel het geval in zijn voddige werkkleren en met dat woeste zwarte haar, het knappe gezicht met de doodsbleke gelaatskleur en zijn krachtige armen en schouders. Ik schrok van de manier waarop hij naar Fenny Bate staarde. Met de blik van een wild beest. Zoals hij daar stond, wekte hij de indruk van een grote mate van vrijheid, een vrijheid die meer was dan gewoon zelfvertrouwen. Hij kwam me voor als bijzonder gevaarlijk en even had ik de sensatie dat ik was verplaatst naar een gebied waar mannen en knapen roofdieren in vermomming waren. Ik keek een andere kant uit want ik werd een beetje bang voor dat woeste gezicht, en toen ik weer naar hem keek, was hij verdwenen.

Mijn eerste indrukken van het dorpje werden 's avonds bevestigd, al was ik de man bij de school toen al bijna vergeten. Ik was naar mijn tochtig optrekje boven gegaan om mijn lessen voor de volgende dag voor te bereiden. Ik zou de hoogste klassen enig begrip van de tafels van vermenigvuldiging moeten bijbrengen en een beetje elementaire aardrijkskunde zou voor niet een van de leerlingen bepaald een luxe zijn... Daaraan dacht ik toen Sophronia Mather binnenkwam. Het eerste dat ze deed, was de petroleumlamp waarbij ik zat te werken laagdraaien. 'Die is voor als het donker wordt, niet voor de schemering,' zei ze. 'Zoveel petroleum kunnen we niet betalen. U moet leren lezen bij het licht dat God u geeft.'

Ik vond het heel vreemd dat ze bij me binnenkwam. 's Avonds aan tafel was ze stil geweest en te oordelen naar haar gezicht, stuurs, bleek en gespannen als een trommelvel, was ze zwijgzaam van nature. Die indruk had ze althans overtuigend gevestigd, vrienden. Ik zou echter merken dat ze haar mond heel goed durfde te roeren, als haar echtgenoot maar niet in de buurt was.

'Ik moet u eens wat vragen, meester,' zei ze. 'Er is gepraat.'

'Nu al?' vroeg ik.

'Een mens eindigt zoals hij begint en zoals hij begint, gaat hij door. Ik hoorde van Mariana Birdwood dat u op school slecht gedrag toestaat.'

'Ik geloof niet dat ik dat heb gedaan,' zei ik.

'Haar Ethel beweert van wel.'

Ik kon me bij de naam Ethel Birdwood geen gezicht voorstellen, maar ik herinnerde me de naam te hebben opgelezen. Het moest een van de oudere meisjes, de omstreeks vijftienjarigen zijn, dacht ik.

'En wat heb ik volgens Ethel Birdwood toegelaten?'
'Het gaat om die Fenny Bate. Hij ging toch een andere jongen te lijf? Waar u bij was?'
'Ik heb met hem gepraat.'
'*Gepraat?* Praten helpt niet. U had hem met de plak moeten geven.'
'Die heb ik niet,' zei ik.
Daar schrok ze werkelijk van. 'Maar... maar je *moet* ze slaan,' hakkelde ze. 'Dat kan niet anders. Elke dag moet u er een paar slaan. En Fenny Bate heeft meer nodig dan de anderen.'
'Waarom juist hij?'
'Omdat hij niet deugt.'
'Ik vind hem verward, traag, wat achterlijk,' zei ik, 'maar of hij nou niet deugt...'
'Nee, hij deugt niet. En de andere kinderen weten al dat hij slaag krijgt. Als u van die ideeën hebt die ons boven de pet gaan, dan kunt u de school wel gedag zeggen. Niet alleen de kinderen verwachten dat u de plak gebruikt.' Ze leek al te willen gaan, maar voegde er nog aan toe: 'Ik vond dat ik maar zo goed moest zijn u te waarschuwen voor mijn man hoort dat u uw plichten niet bent nagekomen. Houdt u zich nu maar aan mijn raad: je moet de geleerdheid erin slaan.'
'Maar waarom loopt Fenny Bate er zo uit?' vroeg ik haar zonder op haar laatste wrede opmerking in te gaan. 'Het zou niet juist zijn een jongen die wellicht hulp nodig heeft, extra hard aan te pakken.'
'De enige hulp die hij nodig heeft, is de plak. Hij is niet slecht, hij is de slechtheid zelf. U moet hem flink afrossen en hem koest houden, onder de *duim* houden. Ik probeer u alleen te helpen, meester. We kunnen dat beetje kostgeld van u best gebruiken.' En daarna ging ze. Ik kreeg niet eens de kans naar de zonderlinge kerel te vragen die ik 's middags had gezien.
En ik was uiteraard niet van plan de lokale zondebok nog verder in de modder te trappen.
(Milly Sheehan zette met een van afkeer vertrokken gezicht de asbak neer die zo nodig geleegd had moeten worden, keek of de overgordijnen goed gesloten waren en sloop de kamer weer uit. Sears, die even was opgehouden, zag dat ze de deur op een kier liet staan.)

3

Sears James, die zijn verhaal een moment had onderbroken en zich ergerde aan het feit dat Milly hen steeds schaamtelozer afluisterde, was niet op de hoogte van iets dat er 's middags in Milburn was gebeurd en dat hun aller leven zou beïnvloeden. Het was op zichzelf een onbeduidend voorval, die aankomst van een charmante jonge vrouw per Trailways-bus nadat ze was uitgestapt op de hoek van het bankgebouw en de bibliotheek en met een blik van voldoening om zich heen had gekeken, alsof ze na geslaagd te zijn in het leven uit nostalgie nog eens een kijkje kwam nemen in haar vroegere woonplaats. Die indruk wekte ze althans met haar kleine koffer in de hand, glimlachend om zich heen kijkend in een plotselinge regen van gekleurde herfstbladeren, en wie haar aandachtig had bekeken zou gevoeld hebben dat de mate van haar succes bepalend zou worden voor haar wraak. In haar lange fraaie jas en met die weelde van donker haar leek ze teruggekomen om heimelijk te genieten van de voorsprong die ze op Milburn had gekregen, een voorsprong die haar waarlijk genoegen deed. Milly Sheehan die boodschappen deed, zag haar bij de halte staan toen de bus doorreed naar Binghamton en meende een ogenblik dat ze haar kende. Stella Hawthorne, die achter het raam van restaurant The Village Pump een kop koffie zat te drinken, dacht hetzelfde. Nog steeds glimlachend liep de donkere vrouw langs het raam en Stella draaide zich om en keek haar na. Ze zag dat de vrouw de markt over ging en de stoep van het Archer Hotel opliep. Haar metgezel, antropoloog en wetenschappelijk medewerker aan het naburig Suny-college Harold Sims, merkte op: 'Zo kritisch als de ene mooie vrouw naar de andere kan kijken! Maar jou had ik het nog nooit zien doen, Stel.'

Stella, die niet graag 'Stel' werd genoemd, zei: 'Vond je haar mooi?'

'Ik zou liegen als ik nee zei.'

'Nou, als je mij ook mooi vindt, zal het wel goed zijn.' Ze lachte enigszins werktuiglijk tegen Sims, die twintig jaar jonger was dan zij en verliefd, en keek nog eens naar het Archer Hotel waar de jonge vrouw juist de toegangsdeur opende en naar binnen ging.

'Als het goed is, waarom kijk je haar dan na?'

'Ach, weet je...' Stella zweeg even. 'Laat maar. Dat is het soort vrouw met wie je moet gaan lunchen, niet met een verweerd oud monument als ik.'

'Jezus, als je er zo over denkt,' zei Sims en trachtte onder de tafel haar hand te grijpen. Ze schoof zijn hand weg met haar vingertoppen. Stella Hawthorne hield niet van liefkozingen in een restaurant. Ze had zijn grijpende hand net zo lief weggeslagen.

'Stella, geef me een kans.'

Ze keek hem recht in de zachte bruine ogen en zei: 'Moet je niet terug naar al die lieve studentjes van je?'

Op dat moment liet de jonge vrouw zich in het hotel inschrijven. Mevrouw Hardie, die na de dood van haar man samen met haar zoon het hotel beheerde, kwam uit haar kantoortje naar de jonge schoonheid aan de andere kant van de balie met de vraag: 'Kan ik u helpen?' en ze dacht: *Hoe moet ik Jim daarbij vandaan houden?*

'Heeft u een kamer met bad?' vroeg de vrouw. 'Ik zou hier graag blijven tot ik een huis heb gevonden dat te huur is.'

'O, dat is leuk,' zei mevrouw Hardie. 'Dat u in Milburn komt wonen. Ja, dat vind ik beslist plezierig. De meeste jongelui hier staan tegenwoordig te trappelen om weg te komen. Neem mijn Jim nou, hij zal uw bagage naar boven brengen, hij beschouwt elke dag hier als weer een dag in de gevangenis. Naar New York wil hij. Komt u daar misschien vandaan?'

'Ik heb er gewoond. Maar familie van mij woonde vroeger hier.'

'Nou, dit zijn onze tarieven en hier is het gastenboek,' zei mevrouw Hardie en schoof een gestencild blaadje en het zware in leer gebonden hotelregister over de balie. 'Ik kan u verzekeren dat het hier een rustig, fatsoenlijk hotel is, de meeste gasten wonen hier vast, net als in een pension, maar dan met de service van een hotel en geen luidruchtige feesten 's avonds.' De jonge vrouw las de tarieven en knikte, waarna ze het register tekende. 'Geen disco, daar houden we hier niet van, en laat ik het u maar meteen zeggen, na elf uur geen mannen op uw kamer.'

'Uitstekend,' zei het meisje terwijl ze het register omdraaide en het over de balie terugschoof. Mevrouw Hardie las meteen de in een duidelijke, sierlijke hand geschreven naam: Anna Mostyn, met eronder een adres in de West Eighties van New York.

'Dat is dan in orde,' zei mevrouw Hardie. 'Je weet maar nooit hoe meisjes dat tegenwoordig opvatten en...' Ze keek op naar de nieuwe gast en werd opeens tot zwijgen gebracht door de onverschillige blik uit de langwerpige blauwe ogen. Haar eerste haast onbewuste gedachte was *da's een kouwe,* gevolgd door de heel bewuste gedachte dat die geen moeite zou hebben zich Jim van het lijf te houden. 'Anna, wat een mooie ouderwetse naam,' zei ze nog.

'Ja.'

Een tikkeltje onthutst drukte mevrouw Hardie op de bel voor haar zoon.

'Ik ben zelf ook een heel ouderwets type,' zei de jonge vrouw.

'U zei dat u hier familie had?'

'Inderdaad, maar het is wel lang geleden.'

'De naam zegt me niets, ziet u.'

'Nee, dat zal wel. Een tante van me heeft hier vroeger gewoond. Ze heette Eva Galli. U zult haar wel niet gekend hebben.'

(Ricky's vrouw, alleen achtergebleven in het restaurant, knipte plotseling met de vingers en riep: 'Wat word ik oud!' Ze wist aan wie de jonge vrouw haar deed denken. De kelner, zo te zien direct van de middelbare school weggelopen, boog zich over haar tafel en was zichtbaar onzeker of hij haar de rekening kon aanbieden, nu de meneer aan haar tafeltje was weggestormd. 'Eh...' zei hij. 'O, ga weg, idioot,' zei ze en vroeg zich af waarom de helft van de jongeren die ontijdig het middelbaar onderwijs verlieten, eruitzag als criminelen en de andere helft als wetenschappers. 'Nee, geef me eerst de rekening maar voor je flauwvalt.')

Jim Hardie begluurde haar volop bij het beklimmen van de trap en zei, nadat hij de deur had geopend en haar koffer had neergezet: 'Ik hoop dat u een hele tijd bij ons blijft.'

'Uw moeder zei meen ik dat u nogal het land hebt aan Milburn.'

'Lang niet zo erg meer,' zei hij en keek haar aan met de blik waarvoor Penny Draeger de avond tevoren op de achterbank van zijn wagen was bezweken.

'Waarom niet?'

'Ach,' zei hij, om een antwoord verlegen nu zij kennelijk niet bereid was te bezwijken, 'nou ja, dat begrijpt u toch wel?'

'O ja?'

'Ik bedoel maar, u bent een verdomd mooie vrouw, dat is het. U begrijpt me wel. U hebt stijl en zo.' Hij deed zich dapperder voor dan hij was. 'Mooie vrouwen met stijl winden me op.'

'Werkelijk?'

'Ja.' Hij knikte. Hij wist niet wat hij aan haar had. Als ze niets wilde, zou ze hem meteen hebben weggestuurd. Maar ze liet hem blijven, al leek ze niet geïnteresseerd, niet eens blij met zijn compliment – ze lachte hem zelfs niet uit. En toen overrompelde ze hem door datgene te doen waarop hij min of meer had gehoopt: ze trok haar jas uit. De borstpartij viel hem niet mee, maar ze had mooie benen. En ineens gebeurde het, werd hij bevangen door het besef van haar lichaam in een stoot pure sensualiteit, heel iets anders dan het kleffe gedoe van Penny Draeger of andere schoolmeisje met wie hij had gevrijd. Het was een golf van zuivere, kille sensualiteit waarvan hij ineenkromp.

'Ja,' zei hij, doodsbang dat ze hem zou wegsturen, 'u hebt in de stad

vast een geweldige baan gehad. Bent u bij de televisie of zo?'
'Nee.'
Hij werd zenuwachtig. 'Nou, ik weet in elk geval waar ik u kan vinden. Mag ik nog eens binnenlopen om wat te praten?'
'Wie weet. Kunt u praten?'
'Reken maar. Tja, dan moest ik nu maar weer eens naar beneden gaan. Ik moet nog heel wat stormramen plaatsen, ziet u, nu we met dat koude weer zitten...'
Ze nam plaats op het bed en stak haar hand uit. Weifelend ging hij naar haar toe. Zodra hij haar hand aanraakte, drukte ze hem een keurig opgevouwen dollarbiljet in de hand. 'Weet je wat ik vind,' zei ze, 'eigenlijk zou een piccolo geen spijkerbroek moeten dragen. Dat staat zo slordig.'
Hij nam de dollar aan, vergat van schrik te bedanken en vluchtte weg.
(Het was Ann-Veronica Moore, dacht Stella, die actrice bij John thuis de avond dat Edward stierf. Stella liet zich door de geïntimideerde kelner in haar bontjas helpen. Ann-Veronica Moore, waarom denk ik aan haar? Ik heb haar maar een paar minuten gesproken en die meid leek totaal niet op haar.)

4

Nee, vertelde Sears verder, ik nam me voor dat arme knaapje, die Fenny Bate, te helpen. Ik geloofde niet dat er één jongen bestond die slecht was, tenzij gebrek aan begrip en wreedheid hem slecht maakten. En daar kon je iets aan doen, dacht ik. Ik begon dan ook aan een korte verbeteringscursus. Toen Fenny de volgende dag weer zijn lessenaar omsmeet, zette ik hem eigenhandig overeind terwijl de oudere kinderen met afkeer toekeken. In de middagpauze verzocht ik hem even in de klas te blijven.
De andere kinderen gingen één voor één naar buiten en fluisterden vol verwachting met elkaar. Ze moeten gemeend hebben dat ik hem een pak slaag zou geven zodra iedereen buiten was. Zijn zusje was achter in de klas in een duister hoekje blijven staan. 'Ik doe hem echt niets, Constance,' zei ik. 'Maar je mag hier best blijven.' De stakkers! Ik zie hen nog voor me met hun zwarte tanden en hun lompen van kleren, hij vol argwaan, haat en angst en zij alleen maar bang... om hem. Ze kroop weg in een bank en ik begon aan mijn poging bepaalde misvattingen van Fenny recht te zetten. Ik vertelde

hem ontdekkingsverhalen die ik kende over Lewis en Clarke, over Cortez, Nansen en Ponce de Leon, leerstof die ik naderhand in de klas wilde behandelen, maar Fenny werd er niet heet of koud onder. Hij wist *zeker* dat de wereld zich buiten Viersprong maar veertig, vijftig kilometer voortzette en dat de mensen die binnen deze cirkel woonden de totale wereldbevolking omvatten. Hij hield aan zijn mening vast met de koppigheid van de domme. 'Wie heeft je dat in vredesnaam wijsgemaakt, Fenny?' vroeg ik. Hij schudde zijn hoofd. 'Of heb je het zelf bedacht?' Weer schudde hij zijn hoofd. 'Heb je het van je ouders?'

In de duistere hoek achterin begon Constance te giechelen, op een vreugdeloze manier, vond ik. Het was een manier van lachen waarvan ik koud werd, die beelden bij me opriep van een haast dierlijk bestaan. En zo moest hun bestaan ook wel zijn, en de andere kinderen wisten het. Pas naderhand kwam ik erachter dat het nog veel erger, veel tegennatuurlijker was dan ik me had kunnen voorstellen. Op dat moment hief ik mijn handen in wanhoop of woede en het arme meisje moet gedacht hebben dat ik hem ging slaan, want ze riep: 'Het was Gregory!'

Fenny keek over zijn schouder naar haar en ik kan er een eed op doen dat ik nooit iemand zo bang heb gezien. En opeens sprong hij op uit zijn bank en rende de klas uit. Ik riep hem nog, maar het hielp niet. Het was alsof hij rende voor zijn leven, regelrecht, en hij nam sprongen als een haas. Het meisje keek hem na vanuit de open deur. Ook zij leek nu bang en ontmoedigd. Ze was doodsbleek geworden. 'Wie is Gregory, Constance?' vroeg ik en haar gezicht vertrok. 'Loopt hij wel eens langs de school? Heeft hij dit soort haar?' Ik legde mijn handen met gespreide vingers over mijn hoofd en weg was ze, even hard rennend als hij.

Wel, 's middags was ik door de overige leerlingen aanvaard. Ze hadden aangenomen dat ik beide kinderen Bate een aframmeling had gegeven en dusdoende mijn plaats in de natuurlijke orde van de dingen had ingenomen. En 's avonds aan tafel kreeg ik van Sophronia Mather zo niet een extra aardappel dan toch een star glimlachje. Ethel Birdwood moest haar moeder hebben meegedeeld dat de nieuwe meester eieren voor zijn geld had gekozen.

Twee dagen verschenen Fenny en Constance niet op school. Het beviel me niets; ik vreesde dat ik zo stuntelig te werk was gegaan dat ze misschien nooit meer zouden komen. De tweede dag was ik zo rusteloos dat ik in de lunchpauze over het schoolerf heen en weer beende. De kinderen staarden me aan alsof ik een gevaarlijke gek was: de meester hoorde kennelijk binnen te blijven, het liefst voor het hanteren van de plak. Toen ving ik iets op en ik draaide me pardoes om naar een groepje meisjes dat nogal nuffig bijeen zat in het gras. Het waren de oudste meisjes en een van hen was Ethel Birdwood. Ik wist zeker dat ik haar de naam van Gregory had horen noemen. 'Vertel me eens wat over die Gregory, Ethel,' zei ik. 'Welke Gregory?' vroeg ze met een onnozel lachje. 'Er is hier niemand die zo heet.' Ze keek me aan met grote koeieogen en volgens mij had ze haar gedachten bij de plattelandstraditie van de schoolmeester die met de oudste vrouwelijke leerling trouwt. Ze was een vrijpostig kind, die Ethel Birdwood. Haar vader heette er dan ook warmpjes bij te zitten.

Ik nam het niet. 'Daareven hoorde ik je zijn naam noemen.'

'Hebt u vast verkeerd verstaan, meneer James,' zei ze poeslief.

'Ik heb het niet op meisjes die liegen,' zei ik. 'En vertel me nu maar eens wat meer over die Gregory.'

Blijkbaar gingen ze er allemaal van uit dat ik haar met een pak slaag bedreigde. Een ander meisje kwam haar te hulp. 'We hadden het erover dat Gregory die nieuwe goot heeft gemaakt,' zei ze en wees naar de zijkant van de school. De goot daar was zichtbaar nieuw.

'Hij zet geen voet meer op het schoolerf als het aan mij ligt,' zei ik en liet hen zitten. Ik werd razend van hun gegiechel achter mijn rug.

Na schooltijd diezelfde dag vond ik dat ik me bij wijze van spreken maar eens in het hol van de leeuw moest wagen en naar het huis van de kinderen Bate gaan. Ik wist al dat het ongeveer even ver buiten de plaats stond als het huis van Lewis buiten Milburn. Ik nam de meest waarschijnlijke weg en had al zo'n vier, vijf kilometer afgelegd toen ik begreep dat ik te ver doorgelopen moest zijn. Ik was geen huis voorbijgelopen, dus het huis van de kinderen Bate moest in het bos zelf staan en niet aan de rand ervan, zoals ik had aangenomen. Ik koos een bospad dat me wel aanstond en begon links en rechts daarvan te zoeken in de richting van het dorp.

Jammer genoeg verdwaalde ik. Ik ging door dalen, over heuvels en door struikgewas en tenslotte wist ik niet eens meer waar de weg liep. Alles om me heen leek op een angstaanjagende manier hetzelfde. En terwijl de schemering inviel, kreeg ik de sensatie bespied te worden. Het was een opmerkelijk griezelig gevoel, zoiets als weten dat er een tijger achter je zit die je elk ogenblik kan bespringen. Ik keerde me om en leunde met mijn rug tegen een hoge iep. Pas daarna zag ik iets. Een man verscheen op een open plek geen dertig meter van me af. Het was de man die ik eerder had gezien, Gregory, nam ik aan. Hij zei niets en ik ook niet. Hij staarde me aan in volmaakt stilzwijgen en zijn haar was nog even woest, zijn gezicht nog even bleek. Ik voelde haat, pure haat van hem uitstralen. Er hing een sfeer om hem heen van totaal redeloos geweld te zamen met die zonderlinge vrijheidszucht die ik eerder had aangevoeld. Hij leek me krankzinnig. Hij had me kunnen vermoorden daar in het bos en er zou geen haan naar gekraaid hebben. En jullie kunnen van me aannemen dat het moordzucht was die ik van zijn gezicht aflas. Op het moment dat ik zijn nadering en aanval verwachtte, verschool hij zich achter een boom.

Heel langzaam liep ik door. 'Wat wilt u?' riep ik met enig vertoon van bravoure. Hij gaf geen antwoord. Ik liep nog wat verder door. Tenslotte bereikte ik de boom waarachter hij was verdwenen en zag hem niet meer; hij leek in het niets opgelost.

Maar ik had nog altijd de weg niet gevonden en voelde me nog steeds bedreigd. Want dat was wat hij met zijn plotseling verschijnen had bedoeld, nam ik aan: mij bedreigen. Ik ging een paar stappen in een willekeurige richting, kwam weer door een groep dicht opeenstaande bomen en bleef staan. Ik was echt bang op dat ogenblik. En opeens stond recht voor me uit een mager, haveloos meisje met slordig blond haar: Constance Bate.

'Waar is Fenny?' vroeg ik.

Ze stak een magere arm uit en wees opzij. Daarop vertoonde hij zich ook, hij kwam als het ware 'als een slang uit een mand omhoog' schoot het door me heen. En terwijl hij daar tussen het hoog opgeschoten onkruid stond, las ik op zijn gezicht dat stuurse schuldgevoel dat zo karakteristiek voor hem was.

'Ik zocht jullie huis,' zei ik en beiden wezen ze in dezelfde richting, maar ze zeiden geen woord. Door een opening in de vegetatie zag ik een schuurtje met asfaltpapier op het dak en voorzien van één ruitje met vetvrij papier in plaats van glas. Er stond een miezerig schoorsteenpijpje op. Nu zag je destijds wel meer van die schuurtjes met asfaltpapier als dakbedekking, al zijn ze inmiddels gelukkig verdwenen, maar zo'n krot als dit had ik nog nooit aanschouwd. Ik weet wel dat ik als conservatief word beschouwd maar ik heb nooit enig verband gelegd tussen deugd en geld of armoede en ondeugd. En toch ademde dat stinkende schuurtje – als je ernaar keek wist je al dat het binnen stonk – voor mij verdorvenheid uit. Nee, het was niet alleen dat de wezens die er woonden slachtoffer zouden zijn van de bitterste armoede, ze moesten geestelijk verwrongen, misvormd zijn... De moed ontzonk me en ik keek een andere kant uit, waar ik een broodmagere hond met de neus zag wroeten in een pak veren dat een kip moest zijn geweest. Dit was het, dacht ik, wat Fenny de reputatie had bezorgd dat hij 'slecht' was. De nette mensen van Viersprong hadden een blik op zijn huis geworpen en hem definitief veroordeeld.

Maar zelf voelde ik er ook niet voor om naar binnen te gaan. Ik geloofde niet in het kwaad, maar het was wel het kwaad dat ik daar om me heen voelde.

Ik draaide me om naar de kinderen en ze staarden me aan met een vreemde, starre blik. 'Jullie moeten morgen weer op school komen,' zei ik.

Fenny schudde zijn hoofd.

'Maar ik wil je *helpen*,' zei ik en bijna was ik aan een preek begonnen: dat ik van plan was hem een ander leven te bezorgen, hem wilde redden, misschien wel dat ik een normaal mens van hem wilde maken. Maar die koppige, verstarde uitdrukking op zijn smoeltje weerhield me ervan. Daar lag namelijk nog iets anders in ook en met schrik kwam ik tot het besef dat Fenny me deed denken aan de mysterieuze Gregory die ik even daarvoor had teruggezien. 'Jullie moeten morgen weer naar school komen,' zei ik.

Constance zei: 'Gregory wil het niet hebben. Gregory zei dat we hier moesten blijven.'

'Goed, dan zeg ik dat hij maar bij mij moet komen. En jullie komen ook.'

'Ik zal het aan Gregory vragen.'

'Met Gregory heb ik niets te maken!' riep ik kwaad. 'Jullie komen op school!' Daarna liep ik weg. Maar het merkwaardige gevoel bleef me bij tot ik de weg weer had gevonden; het was alsof ik een doem ontvluchtte.

Jullie snappen wel wat het resultaat van dit alles was. Ze kwamen niet terug. Een aantal dagen ging het leven zijn gangetje. Ethel Birdwood en nog een paar meisjes keken me zwijmelend aan zodra ik een van hen een vraag stelde en in mijn kale kamertje bereidde ik de lessen voor de volgende dag voor, waarna ik vaker bij het ondergaan van de maan dan bij het opkomen van de zon opstond om tijdig de school aan kant te hebben. Het duurde niet lang of Ethel begon belegde broodjes voor me mee te brengen en al gauw volgden mijn overige aanbidders onder de meisjes haar voorbeeld. Ik stak altijd zo'n broodje in mijn zak om te nuttigen nadat ik 's avonds met het echtpaar Mather had gegeten.

Op zondag ondernam ik de lange wandeling naar Footville voor mijn verplicht bezoek aan de lutherse kerk ter plaatse. De predikant was een bejaarde Duitser, Franz Gruber, die zich dr. Gruber noemde. Zijn doctoraat was echt – hij was een veel ontwikkelder man dan je naar zijn grove lichaam of zijn standplaats Footville te oordelen, zou zeggen. Ik vond zijn preken boeiend en ik besloot eens met hem te gaan praten.

Toen de kinderen Bate tenslotte weer op school verschenen, zagen ze er moe en uitgeput uit, net alcoholisten na een nacht zwaar hijsen. Er begon een patroon te ontstaan: ze bleven twee dagen weg, kwamen weer, bleven drie dagen weg en kwamen er twee terug. En elke keer dat ze verschenen, zagen ze er ellendiger uit. Fenny vooral leek hard achteruit te gaan, alsof hij voortijdig verouderde. Hij werd nog magerder en op zijn voorhoofd en aan de ooghoeken leek zijn huid te ruim en hing in plooien. Zodra hij me onder ogen kwam, begon hij naar mijn overtuiging voldaan te grijnzen en ik had waarlijk niet geweten dat hij de geestelijke bagage daarvoor in huis had. Ik vond het verdorven en het maakte me bang.

Op een zondag sprak ik na de dienst dr. Gruber aan die bij de kerkdeuren stond. Ik zorgde ervoor de laatste te zijn die hem de hand drukte en zodra iedereen de straat had bereikt, deelde ik hem mee zijn raad te willen inwinnen over een bepaald probleem.

Hij moet gedacht hebben dat ik overspel ging bekennen of iets van dien aard. Maar hij was heel vriendelijk en nam me mee naar de pastorie, die tegenover de kerk stond.

Hoffelijk liet hij me binnen in zijn bibliotheek. Het was een groot vertrek met boeken langs alle wanden. Ik had een dergelijke ruimte niet meer aanschouwd sinds mijn vertrek van Harvard. Het was zichtbaar de werkkamer van een geleerde, een kamer waar een man met diepgaande gedachten zich in alle rust daarin kon verdiepen. Het waren voor het merendeel Duitstalige boeken, al waren er nogal wat Griekse en Latijnse bij. Hij bezat de patristische geschriften in folio's met zachtleren banden, bijbelse commentaren, theologische werken en die betrouwbare vraagbaak voor schrijvers van preken, een concordantie bij de bijbel. Op een plank achter zijn bureau zag ik tot mijn verbazing een kleine verzameling boeken van Lully, Fludd, Bruno en andere occulte werken van de renaissance. Wat me nog meer verraste, was een handvol antiquarische boeken over hekserij en duivelaanbidding.

Dominee Gruber was de kamer uitgegaan om bier te halen en bij zijn terugkeer zag hij dat ik naar zijn boeken keek.

'Wat u daar ziet,' zei hij met een keelstem, 'is de reden dat u me hier in Footville aantreft, meneer James. Ik hoop niet dat u me aan de hand van die boeken als een ouwe gek zult beschouwen.' Zonder dat ik erom vroeg, deed hij me zijn verhaal en het is zoals jullie al vermoedden: hij was briljant geweest, hogelijk gewaardeerd door zijn leermeesters. Hij had zelf boeken geschreven, maar zodra hij te veel belangstelling begon te tonen voor wat hij de 'hermetische' materie of de alchemie noemde, had hij de opdracht gekregen zijn studie in die richting te staken. Hij had nog één artikel gepubliceerd en was daarna verbannen naar de meest afgelegen gemeente die de lutherse Kerk had kunnen vinden. 'Hiermee liggen mijn kaarten op tafel,' zei hij. 'Ik heb het in mijn preken nooit over hermetische materie, maar ik maak er nog altijd een studie van. Het staat u vrij heen te gaan of uw probleem ter sprake te brengen.' Het klonk me wat hoogdravend in de oren en deed me even wat aarzelen, maar ik zag geen reden niet verder te gaan.

Ik vertelde hem de gehele geschiedenis met alle bijzonderheden. Hij luisterde heel aandachtig en het was aan hem te merken dat hij een en ander van Gregory en de kinderen Bate afwist.

Meer dan dat, mijn verhaal leek hem zwaar te schokken.

Zodra ik ophield, zei hij: 'En dit alles is precies zo gegaan als u me verteld hebt?'

'Uiteraard.'

'Hebt u er met niemand anders over gesproken?'

'Nee.'

'Ik ben heel blij dat u bij mij bent gekomen,' zei hij. Hierna zweeg hij, haalde een enorme tabakspijp uit een la, stopte hem en begon te roken, me steeds maar aankijkend met zijn uitpuilende ogen. Ik ging me onbehaaglijk voelen en had er half spijt van dat ik de keus waarvoor hij me even tevoren had gesteld zo lichtvaardig had opgevat. 'Uw hospita heeft op geen enkele manier laten blijken waarom ze Fenny Bate "de slechtheid zelf" vindt?'

Ik schudde mijn hoofd en trachtte me te ontdoen van de negatieve indruk die ik van hem had gekregen. 'Weet u waarom ze dat vindt?'

'Het is een bekend verhaal,' zei hij. 'Binnen deze twee kleine plaatjes zelfs een berucht verhaal.'

'*Is* Fenny slecht?' vroeg ik.

'Slecht niet, verdorven is hij,' zei dominee Gruber. 'Maar uit wat u me vertelt, maak ik op...'

'Dat het erger kon zijn? Ik moet bekennen dat ik voor een compleet raadsel sta.'

'Groter nog dan u denkt,' zei hij bedaard. 'Als ik het u tracht uit te leggen, zult u in de verleiding komen me als gestoord te beschouwen.' Zijn ogen leken nog boller te worden.

'Als Fenny verdorven is,' vroeg ik, 'wie is daar dan verantwoordelijk voor?'

'O, Gregory,' was zijn antwoord. 'Gregory natuurlijk. Gregory zit achter dit alles.'

'Maar wie is Gregory?'

'De man die u tweemaal hebt gezien. Daar ben ik van overtuigd. U hebt hem voortreffelijk beschreven.' Hij vouwde zijn mollige handen achter het hoofd. 'Voortreffelijk, moet ik zeggen. Maar wanneer ik u meer vertel, zult u me nauwelijks geloven.'

'In 's hemelsnaam, waarom niet?'

Hij schudde zijn hoofd en ik zag hem trillen. Eén moment vroeg ik me af of ik inderdaad in een gesprek met een krankzinnige terecht was gekomen.

'Fenny's ouders hadden drie kinderen,' zei hij en blies rook uit. 'Gregory Bate was de oudste.'

'Hij is hun broer!' riep ik uit. 'Ik meende al een zekere gelijkenis te zien... ja, ik begrijp het. Maar dat is toch niets tegennatuurlijks?'

'Dat hangt ervan af, zou ik zeggen, wat er tussen hen is voorgevallen.'

Ik probeerde het te verwerken. 'U denkt aan een tegennatuurlijke verhouding met Fenny?'

'En met het zusje.'

Een gevoel van afschuw kwam bij me op. Ik zag dat kille, knappe gezicht voor me en dat hatelijk onverschillig optreden: Gregory's vertoon van absolute vrijheid. 'Tussen Gregory en zijn zusje.'

'En ook, zoals ik zei, tussen Gregory en Fenny.'

'Hij heeft er dus twee verkracht. Waarom wordt Constance door Viersprong minder streng veroordeeld dan Fenny?'

'Wilt u wel bedenken, meester, dat we in een gat leven? Een – eh – tegennatuurlijke verhouding tussen broer en zuster is voor die verpauperde families in hun schuurtjes wellicht niet eens zo tegennatuurlijk.'

'Terwijl het tussen broers...' Het was alsof ik nog op Harvard zat, waar de hoogleraar antropologie een primitieve stam beschreef.

'Zo is het.'

'Mijn god, ja, zo is het!' riep ik en ik zag de sluwe uitdrukking op Fenny's vroegtijdig verouderde gezicht. 'En nu probeert hij zich van mij te ontdoen, hij ziet me als een pottenkijker.'

'Kennelijk. U zult wel begrijpen waarom.'

'Omdat ik het niet toesta,' zei ik. 'Hij wil me kwijt.'
'Ach,' zei hij. 'Wat wil Gregory niet.'
'Hij wil hen voorgoed bij zich houden, bedoelt u.'
'Beiden en voorgoed, maar naar uw verhaal te oordelen vooral Fenny,' zei de dominee.
'Kunnen de ouders hier geen eind aan maken?'
'De moeder is dood. De vader is ervandoor gegaan zodra Gregory oud genoeg was om hem af te ranselen.'
'Wonen ze alleen in dat verschrikkelijke krot?'
Hij knikte.
Het was gruwelijk: het betekende dat die ziekelijke uitwaseming, de doem die er van de plek uitging, afkomstig was van de kinderen zelf en op grond van wat er zich tussen hen en Gregory afspeelde.
Ik kwam in opstand: 'Kunnen die kinderen dan zelf niets doen om zich te beschermen?'
'Dat hebben ze gedaan,' zei hij.
'Wat dan wel?' Ik dacht aan bidden, geloof ik, misschien omdat ik met een predikant praatte; ik dacht aan een pleeggezin, al was het me wat dat betreft inmiddels wel duidelijk hoe ver de liefdadigheid in Viersprong ging.
'U zult me niet op mijn woord geloven,' zei hij, 'dus zal ik het u laten zien.' Hij stond abrupt op en wenkte me met hem mee te gaan. 'Naar buiten,' zei hij. Hij leek me opgewonden maar ook sterk verontrust, en de gedachte flitste door me heen dat hij misschien evenzeer het land aan mij had als ik aan hem met de wolken rook uit zijn pijp en zijn uitpuilende ogen.
Samen met hem verliet ik de werkkamer en we liepen langs een vertrek waar de tafel voor één persoon gedekt was. Ik rook gebraden vlees en er stond een geopende fles bier op tafel, zodat het best kon zijn dat hij alleen de dood in had omdat ik hem van zijn maaltijd afhield.
Hij sloeg de buitendeur achter zich dicht en ging terug naar de kerk. Ik begreep er werkelijk niets van. Terwijl hij de straat overstak, riep hij zonder zijn hoofd om te draaien: 'Wist u dat Gregory de klusjesman van de school was? Allerlei karweitjes deed voor de school?'
'Een van de meisjes had het erover,' antwoordde ik en achter hem aan liep ik langs de zijkant van de kerk. Gaan we een wandeling door de velden maken? dacht ik verbluft. Wat moet ik met eigen ogen zien voor ik het geloof?
Achter de kerk lag een klein kerkhof en terwijl ik de waggelende predikant volgde, had ik volop de tijd de namen op de zware negen-

tiende-eeuwse zerken te lezen: Josiah Foote, Sarah Foote, leden van de familie die het dorpje oorspronkelijk had gesticht, en andere namen die voor mij zonder betekenis waren. Dominee Gruber bleef staan bij een hekje achter aan het kerkhof en keek ongeduldig om.
'Hier,' zei hij.
Nou ja, dacht ik, als jij te beroerd bent om het zelf open te doen... Ik bukte me om de grendel op te tillen.
'Nee, daar niet,' zei hij scherp. 'U moet daar kijken.'
Ik keek naar wat hij aanwees. Het was een ruw houten kruis dat aan het hoofd van een graf stond waar een zerk had moeten staan. Met de hand was op de dwarsbalk van het kruis de naam Gregory Bate geschilderd. Over mijn schouder keek ik dominee Gruber aan en nu was er geen twijfel mogelijk: hij nam me vol afkeer op.
'Dat kan niet,' zei ik. 'Dat is dwaasheid. Ik heb hem met eigen ogen gezien.'
'Geloof me, meester, hier is uw tegenstander begraven,' zei hij en voegde er de onbegrijpelijke opmerking aan toe: 'Althans het sterfelijk deel van hem.'
Ik was sprakeloos en herhaalde wat ik eerder had gezegd: 'Dat kan niet.'
Hij negeerde mijn opmerking. 'Een jaar geleden was Gregory Bate 's avonds bezig met een of ander karweitje op het schoolplein. Onderwijl keek hij naar boven en zag – zo stel ik me voor dat het gebeurd is – dat de regenpijp gerepareerd moest worden. Hij haalde de ladder van achter de school en klom naar boven. Fenny en Constance zagen hun kans schoon onder zijn tirannie uit te komen en trokken de ladder onder hem vandaan. Hij viel, sloeg met zijn hoofd op de hoek van de school en stierf.'
'Wat deden die kinderen daar 's avonds?'
De predikant haalde zijn schouders op. 'Hij nam hen altijd mee. Ze hadden op de speelplaats gezeten.'
'Ik kan niet aannemen dat ze hem doelbewust hebben vermoord,' zei ik.
'Howard Hummell, de kantoorhouder, zag hen wegrennen. Hij was degene die het lijk van Gregory vond.'
'Dus niemand heeft het feitelijk zien gebeuren.'
'Niemand hoefde het ook te zien, meneer James. Het was iedereen duidelijk wat er was gebeurd.'
'Mij is het verre van duidelijk,' zei ik en weer trok hij zijn schouders op. 'Wat hebben ze naderhand gedaan?'
'Ze zijn gevlucht. Het moet hun duidelijk zijn geweest dat hun opzet

geslaagd was. Zijn achterhoofd was verbrijzeld. Fenny en zijn zuster hielden zich drie weken schuil, ergens in het bos. Toen het tot hen doordrong dat ze nergens heen konden, kwamen ze naar huis, maar Gregory hadden we al begraven. Howard Hummell had verteld wat hij had gezien en men nam aan wat men aangenomen heeft. Vandaar, begrijpt u, dat Fenny als "slecht" wordt beschouwd.'

'Maar inmiddels...' zei ik en keek nog eens naar het graf. Ik besefte dat de kinderen dat kruis hadden gemaakt en die naam erop geschilderd en dat leek me nog het gruwelijkste detail van de hele zaak.

'Ja, inmiddels. Inmiddels eist Gregory hen op. En naar wat u vertelt, heeft hij hen gekregen ook, allebei. Maar ik stel me zo voor dat hij erop uit is Fenny aan uw invloed te onttrekken.' Hij sprak die laatste zin op een Duits nadrukkelijke manier uit.

Ik werd er koud van. 'Om met hem te doen wat hij wil.'

'Om met hem te doen wat hij wil.'

'Zou ik hem niet kunnen redden?' zei ik en het klonk smekend.

'Het lijkt me dat althans niemand anders dat zou kunnen,' zei hij en zijn blik hield me op een afstand.

'Kunt u dan niet helpen, in godsnaam?'

'Zelfs niet in Zijn naam. Volgens wat u zegt is het te ver gekomen. We geloven niet in exorcisme in mijn kerk.'

'U gelooft alleen...' Ik was woedend en zei het schamper.

'In het kwaad, ja. Daarin geloven we.'

Ik keerde hem de rug toe. Hij zal gedacht heben dat ik zou terugkomen om hem nog eens om hulp te vragen. Maar ik liep door en hij riep me na: 'Wees voorzichtig, meester.'

Verbijsterd aanvaardde ik de wandeling naar mijn kosthuis. Ik kon haast niet geloven, niet aanvaarden wat me onloochenbaar had geleken toen ik met de dominee sprak. Toch had hij me het graf gewezen en ik had met eigen ogen de verandering in Fenny waargenomen. Ik had Gregory gezien. Ik kan wel zeggen dat ik hem had gevoeld, zo krachtig was de indruk die hij op me had gemaakt.

Ruim een kilometer van Viersprong bleef ik stilstaan. Ik was ervan overtuigd dat Gregory Bate precies wist wat ik te weten was gekomen wat ik met die kennis wilde doen. In een van de boerenakkers daar lag een hoge, brede heuvel die van de weg af te zien was. Van die heuvel staarde Gregory Bate op me neer. Hij verroerde zich niet toen ik hem in het oog kreeg. Hij staarde op me neer alsof hij al mijn gedachten kon lezen. Boven hem tekende zich tegen de bewolking een rondzwenkende havik af. Elk spoor van twijfel viel van me af. Ik was overtuigd dat Gruber de waarheid had gesproken.

Ik moest me bedwingen om het niet op een rennen te zetten. Maar ik wilde hem geen gebrek aan moed tonen, hoe gering mijn moed in feite ook was. Hij wilde me graag zien wegrennen, denk ik. Hij stond daar met neerhangende armen en zijn bleek gezicht was alleen als een lichte plek te onderscheiden, maar hij bleef die uitstraling op me afvuren. Ik dwong mezelf rustig door te lopen naar mijn kosthuis.

Aan tafel kon ik haast geen hap door mijn keel krijgen en ik at opvallend weinig. Mather zei zelfs: 'Als u een hongerkuur wilt doen, hebben wij een beetje meer. Het is mij best.'

Ik keek hem recht in de ogen. 'Had Fenny Bate ook nog een broer, behalve een zusje?'

Hij staarde me aan met alle belangstelling die hij kon opbrengen. 'Nou?'

'Ja, die had hij.'

'Hoe heette die broer?'

'Gregory, maar doe me een plezier en praat niet over hem.'

'Was u bang voor hem?' vroeg ik, want de angst op zijn gezicht en dat van zijn vrouw was onmiskenbaar.

'Toe nou, meneer James,' zei Sophronia Mather. 'Het is beter om daar niet over te praten.'

'Geen mens praat over Gregory Bate,' zei haar man.

'Wat is hem overkomen?' vroeg ik.

Hij hield op met eten en legde zijn vork neer. 'Ik weet niet wat u hebt gehoord en van wie, maar één ding kan ik u zeggen: als er ooit iemand verdoemd is geweest, was het Gregory Bate en wat hem is overkomen had hij verdiend. En verder praten we niet over Gregory Bate.' Hij begon weer te eten en het onderwerp was afgehandeld. Mevrouw Mather hield de blik zedig op haar bord gericht tot aan het einde van de maaltijd.

Ik had het er moeilijk mee. Geen van de beide kinderen Bate verscheen de volgende dagen op school en soms leek het alsof ik het hele verhaal had gedroomd. Automatisch gaf ik les, maar mijn gedachten waren bij hen, vooral bij Fenny die zo'n afschuwelijk gevaar liep.

Wat me bovenal bij al deze gruwelen bepaalde, was dat ik Gregory in het dorp tegen het lijf liep.

Het was op een zaterdag en het was druk in Viersprong met boeren en hun vrouwen die boodschappen deden. Op zaterdagen had het gehucht een haast kermisachtig aanzien vergeleken bij de overige dagen van de week. Het was druk op de trottoirs en druk in de winkel. Tientallen paarden trappelden door de straat en achter in de wagens zaten de tientallen kinderen die met glinsterende ogen rondkeken naar wat het dorp te bieden had. Af en toe herkende ik leerlingen van me en wuifde naar een paar van hen.

Op een gegeven moment werd ik op de schouder getikt door een forse boer die ik niet kende, maar die me vertelde dat zijn zoon bij me op school zat. Hij wilde kennis met me maken. We gaven elkaar een hand en ik luisterde naar wat hij te zeggen had. Opeens zag ik over zijn schouder Gregory die tegen de zijgevel van het postkantoor leunde. Hij had geen aandacht voor alles om hem heen en staarde me aan zoals hij van de heuvel naar me gestaard moest hebben. Ik kreeg een droge mond en op mijn gezicht moet wel iets te lezen zijn geweest, want de vader van mijn leerling hield op met praten en vroeg of ik me niet goed voelde.

'O, jawel,' zei ik, maar hij zal me wel onbeleefd hebben gevonden, want ik keek hem niet aan, maar blikte over zijn schouder heen. Niemand anders zag Gregory: ze liepen hem gewoon voorbij, ze gedroegen zich alsof er niets aan de hand was en keken dwars door hem heen.

En waar ik eerder een soort verdorven vrijheid had gezien, zag ik nu alleen nog maar ontaarding.

Ik maakte een of andere smoes tegen de boer, hoofdpijn of een ontstoken kies, en keek weer naar Gregory. Maar hij was verdwenen. Hij was in het niets opgelost in die paar seconden dat ik afscheid van de boer had genomen.

Hierna wist ik dat de zaak uitgevochten zou worden en dat tijd en plaats door hem zouden worden bepaald.

Toen Fenny en Constance weer op school kwamen, was ik vastbesloten hen te beschermen. Beiden waren ze bleek en stil en straalden een vervreemding uit die voor de andere kinderen reden was hen met rust te laten. Het was geloof ik vier dagen nadat ik hun broer tegen het postkantoor van Viersprong had zien leunen. Ik had er geen idee van wat er met hem was gebeurd sedert ik hen voor het laatst had gezien, maar het was alsof ze door een slopende ziekte waren aangetast. Ze leken zo eenzaam en verloren, die twee achterlijke kinderen in hun lompen. Mijn behoefte hen te beschermen nam toe.

Toen de lessen die dag waren afgelopen, hield ik hen in de klas terwijl de anderen naar huis renden. Gewillig bleven ze in hun banken zitten, verslagen en sprakeloos.

'Mochten jullie naar school van hem?' vroeg ik.

Fenny keek me onnozel aan en zei: 'Van wie?'

Ik stond verstomd, maar zei: 'Van Gregory natuurlijk.'

Fenny schudde zijn hoofd alsof hij een waas om zich heen kwijt moest. 'Gregory? We hebben Gregory al heel lang niet gezien. Nee, al heel lang niet.'

Nu schrok ik: ze waren zich niet bewust van zijn overlijden!

'Wat zijn jullie dan van plan te gaan doen?'

'We gaan over.'

'Jullie gaan over?'

Constance knikte ten teken dat het was zoals Fenny zei. 'We gaan over.'

'Over? Waarheen dan? Over wat?'

Ze keken me beiden met open mond aan, alsof ik wel heel traag van begrip was.

'Ga je over naar Gregory?' Het was een afgrijselijke vraag, maar ik kon geen betere bedenken.

Fenny schudde zijn hoofd. 'Nee, Gregory zien we nooit.'

'Nee,' zei Constance en tot mijn afschuw beluisterde ik spijt in haar stem. 'We gaan gewoon over.'

Fenny leek een helder ogenblik te krijgen. Hij zei: 'Ik heb hem wel een keer gehoord. Hij zei, dit is alles wat er is en meer is er niet. Er is niets anders dan dit. Er is niets van waar u het over had, kaarten en zo. Dat is er allemaal niet.'

'Wat is daar dan wel?'

'Gewoon wat we zien,' zei Fenny.

'Zien?'

'Als we overgaan,' antwoordde hij.

'Wat zien jullie dan?'

'Het is mooi,' zei Constance en legde haar hoofd op de lessenaar. 'Het is heel mooi.'

Ik had niet het flauwste idee waarover ze het hadden, maar het beviel me allerminst en ik nam me voor er op een later tijdstip op terug te komen. 'Nou, vanavond gaat er niemand over,' zei ik. 'Jullie blijven vannacht hier bij mij. Ik wil dat jullie veilig zijn.'

Fenny knikte, maar op een stompzinnige manier en zonder belangstelling, alsof het hem niet kon schelen waar hij de nacht doorbracht. Toen ik keek hoe Constance reageerde, bleek ze in slaap te zijn gevallen.

'Vooruit dan maar,' zei ik. 'We maken straks wel slaapplaatsen en morgen zal ik in het dorp bedden voor jullie zien te krijgen. Jullie zijn veel te jong om daar alleen in het bos te blijven wonen.'

Fenny knikte nog eens flauw en het was me duidelijk dat ook hij bijna sliep. 'Leg je hoofd maar neer,' zei ik.

Een paar seconden later sliepen ze allebei met het hoofd op de lessenaar. Ik kon het op dat ogenblik bijna eens zijn met Gregory's naargeestige bewering: het was werkelijk alsof dit alles was dat er was, alles wat er waar dan ook was, ik zelf en de twee uitgeputte kinderen in een koud hok van een school. Mijn realiteitszin had te veel te verduren gehad. De dag liep ten einde en de hele klas, toch al een duistere ruimte overdag, werd donker en schimmig. Ik durfde geen licht te maken en we zaten daar bijeen als op de bodem van een put. Ik had beloofd de volgende dag bedden voor hen op te scharrelen in het dorp, maar dat ellendige gehucht vijftig meter verderop aan de weg leek opeens mijlen ver weg. En al had ik de moed en het vertrouwen gehad hen alleen te laten, ik kon me niet indenken dat iemand hen in huis zou nemen. Als we al in een put zaten, dan was het die van de wanhoop en ik voelde me al even verloren als de kinderen.

Op een gegeven moment kon ik het niet meer uithouden. Ik ging naar Fenny en schudde zijn arm. Hij werd wakker als een geschrokken dier en ik had al mijn kracht nodig om hem in zijn bank te houden. Ik zei: 'Nu wil ik de waarheid weten, Fenny. Wat is er met Gregory gebeurd?'

'Die is overgegaan,' zei hij, wederom traag.

'Hij is dood, bedoel je?'

Fenny knikte en zijn mond viel open, en opnieuw zag ik zijn rottende tanden.

'En hij komt dus terug?'

Weer knikte hij.

'En zien jullie hem dan?'

'Hij ziet *ons*,' zei Fenny overtuigd. 'Hij kijkt steeds naar ons. Hij wil ons pakken.'

'Pakken?'

'Net als vroeger.'

Ik voelde met mijn hand aan mijn voorhoofd: het gloeide. Bij elk woord dat Fenny uitsprak, opende zich een nieuwe afgrond. 'Maar hebben jullie die ladder omgetrokken?'

Fenny staarde stompzinnig op zijn lessenaar en ik herhaalde mijn vraag. 'Hebben jullie de ladder omgetrokken, Fenny?'

'Hij kijkt maar, hij kijkt maar,' zei Fenny alsof dat het belangrijkste was dat in hem omging.

Ik legde mijn handen om zijn hoofd en dwong hem me aan te kijken en op dat moment verscheen het gezicht van zijn kwelgeest voor het raam. Het was alsof dat afzichtelijk bleke gezicht Fenny wilde beletten mijn vragen te beantwoorden. Ik voelde me belabberd, ik was weer terug in de put, maar ik had ook het gevoel dat de strijd eindelijk was begonnen en ik trok Fenny tegen me aan alsof ik hem lijfelijk wilde beschermen.

'Is hij hier?' riep Fenny schril en bij de klank van zijn stem zakte Constance op de vloer en begon te huilen.

'Wat zou dat?' riep ik uit. 'Hij krijgt je niet – ík heb je vast. Hij weet dat hij je nu voorgoed kwijt is!'

'Waar is hij?' riep Fenny schel en trachtte me weg te duwen. 'Waar is Gregory?'

'Daar,' zei ik en draaide hem met zijn gezicht naar het raam.

Hij keerde zich om en beiden staarden we naar een raam waarachter niets te zien was, alleen een lege, donkere lucht. Ik voelde triomf: ik had gewonnen. Zegevierend hield ik Fenny's arm in mijn greep en hij schreeuwde van pure wanhoop. Hij viel voorover en ik ving hem op alsof hij in de hel zelf wilde springen. Pas enkele seconden later drong het tot me door wát ik had vastgehouden: zijn hart was blijven staan en ik hield een levenloos lichaam vast. Hij was voorgoed overgegaan.

'Dat was het dan,' zei Sears en keek de kring van zijn vrienden rond. 'Ook Gregory was voorgoed verdwenen, Ik werd ziek met een haast nootlottige koorts – daarom had ik mijn voorhoofd voelen gloeien – en lag drie weken in het zolderkamertje van Mather. Toen ik beter was en weer naar buiten mocht, was Fenny al begraven. Hij was werkelijk voorgoed overgegaan. Ik wilde mijn baan opzeggen en weggaan uit het dorpje, maar ze hielden me aan mijn contract en ik ging weer lesgeven. Ik had een zware schok gehad, maar kon mijn rol nog spelen. Naderhand gebruikte ik zelfs de plak. Ik had al mijn progressieve opvattingen verloren en bij mijn afscheid werd ik beschouwd als een bekwame en gewillige onderwijzer.

Maar er is nog iets. De dag dat ik Viersprong verliet, bezocht ik voor het eerst het graf van Fenny. Het lag achter de kerk en weten jullie wat ik voelde? Ik voelde niets. Ik voelde me helemaal leeg. Alsof ik met de hele geschiedenis niets te maken had gehad.'

'Hoe is het met het zusje afgelopen?' vroeg Lewis.

'O, wel goed, geloof ik. Ze was een rustig kind en men had met haar te doen. Ik had de inhaligheid van het dorpje overschat. Een van de ingezetenen nam haar in huis. Voor zover ik weet, werd ze er als een eigen dochter bejegend. Ik meen ergens gehoord te hebben dat ze in verwachting raakte, met de jongeman trouwde en uit het dorp wegging. Maar dat moet dan jaren later zijn geweest.'

Frederick Hawthorne

1

Ricky wandelde naar huis, overrompeld door de vallende sneeuw. *Dat wordt een verdomd strenge winter,* dacht hij, *de seizoenen raken in de war.* In de lichtkring om de straatlantaren aan het eind van Montgomery Street vielen warrelende sneeuwvlokken neer en bleven een moment op de grond liggen voor ze smolten. Kille lucht drong zijn tweed winterjas binnen. Hij had een half uur lopen voor de boeg en het speet hem dat hij zijn auto niet had genomen, de oude Buick waar Stella met geen stok in te krijgen was. Op koude avonden reed hij meestal, maar deze avond had hij tijd tot nadenken willen hebben. Hij had Sears het vuur aan de schenen willen leggen over de inhoud van de brief die hij aan Donald Wanderley had geschreven en hij had willen nadenken over hoe hij dat moest aanpakken, maar hij wist dat hij daar niet in was geslaagd. Sears had hem verteld wat hij kwijt wilde en meer niet. Overigens was het kwaad van Ricky's standpunt uit geschied en welk verschil kon het nog maken dat hij de woordelijke tekst kende? Hij schrok toen hij zichzelf diep hoorde zuchten en zag hoe zijn adem een paar grote, trage vlokken wegblies en in een ingewikkeld patroon deed samensmelten.

De verhalen, met inbegrip van zijn eigen bijdragen, hadden hem de laatste tijd blootgelegd aan een spanning die nog uren na afloop aanhield, maar deze avond was er meer met hem aan de hand. Deze avond voelde hij zich bovenal angstig. De nacht was voor Ricky inmiddels onveranderlijk een gruweltijd en de dromen waarvan hij Sears deelgenoot had gemaakt, achtervolgden hem doorlopend tot aan de dageraad. Hij twijfelde er niet aan dat de geschiedenissen die hij en zijn vrienden elkaar vertelden voedsel gaven aan zijn dromen, maar toch dacht hij niet dat de angst erdoor werd veroorzaakt. Evenmin was het een gevolg van de verhalen, al was dat van Sears verschrikkelijker geweest dan die daarvoor, en werden hun verhalen steeds verschrikkelijker. Ze joegen elkaar de stuipen op het lijf wanneer ze bijeenkwamen en toch bleven ze dat doen, want elkaar mijden zou hun nog meer angst hebben bezorgd. Het was geruststellend samen te zijn en te kunnen constateren dat de anderen zich staande wisten te houden. Zelfs Lewis was bang, anders zou hij er niet voor zijn geweest dat Donald Wanderley werd aangeschreven. Dat was wat hem angstig maakte, angstiger dan tevoren, de wetenschap dat de brief onderweg was, ergens in een postzak zat.

Misschien had ik hier allang weg moeten zijn, dacht hij, kijkend naar de huizen die hij passeerde. Er was er nauwelijks een bij dat hij niet althans eenmaal van binnen had gezien: voor zaken of voor zijn plezier, om een cliënt te bezoeken of voor een etentje. *Misschien had ik naar New York moeten gaan toen ik trouwde, zoals Stella graag wilde.* Het was voor Ricky een overweging die van flagrante trouweloosheid getuigde. Slechts heel langzaam en bepaald niet volledig had hij Stella weten te overtuigen dat hij thuishoorde in Milburn bij Sears James en het advocatenkantoor. Koude wind sneed hem in de hals en rukte aan zijn hoed. Om de hoek zag hij de lange zwarte Lincoln van Sears langs het trottoir geparkeerd staan en in Sears' bibliotheek brandde licht. Sears zou vast niet kunnen slapen na het vertellen van een dergelijk verhaal. Ze kenden inmiddels allen de gevolgen van dit oproepen van het verleden.

Maar het zijn niet alleen de verhalen, dacht hij. *Nee, en het is ook niet de brief als zodanig. Er staat iets te gebeuren.* Dat was de reden waarom ze verhalen vertelden. Ricky was geen man met voorgevoelens, maar de angst voor de toekomst die hij een paar weken eerder had gevoeld tijdens zijn gesprek met Sears greep hem opnieuw bij de keel. Om die reden had hij aan verhuizen naar elders gedacht. Hij sloeg Melrose Avenue in, een echte 'avenue' met die zware bomen aan weerskanten. Hun takken tekenden zich dreigend af, oranje gekleurd door de lantarens. Overdag waren de laatste bladeren gevallen. *Er staat iets te gebeuren met heel Milburn.* Een tak kraakte boven Ricky's hoofd. Een vrachtauto schakelde ver achter hem op Route 17: geluiden droegen ver op zulke koude avonden in Milburn. Toen hij doorliep, zag hij al gauw de verlichte ramen van zijn eigen slaapkamer op de tweede etage van zijn huis. Zijn neus en oren deden pijn van de kou. Na zo'n lang leven als redelijk denkend wezen, hield hij zichzelf voor, kun je nu toch niet bijgelovig gaan worden, jongen. We zullen alle rede nodig hebben die ons ter beschikking staat.

Terwijl hij de plek naderde waar hij zich het veiligst voelde, zichzelf in gedachten moed inpratend, kreeg Ricky het gevoel dat iemand hem volgde, dat iemand zich verschool om de hoek achter hem en hem nakeek. Hij voelde koude ogen die hem nastaarden en het kwam hem voor dat die ogen zelfstandig achter hem zweefden, alsof hij alleen door dat paar ogen werd achtervolgd. Hij wist hoe ze hem zouden aankijken, heldere, lichtende ogen die ter hoogte van zijn eigen ogen zweefden. Hun gevoelloosheid zou angstaanjagend zijn, alsof het ogen in een masker waren. Hij draaide zich om in de verwachting te zullen zien wat hij zo intens voelde. Vanzelfsprekend was de straat verlaten. Het was gewoon een verlaten straat, even normaal op een donkere avond als een kleine straathond.

Dat heb je aan jezelf te danken, dacht hij, aan jezelf en aan het griezelverhaal van Sears. Ogen! Het was iets uit een oude film met Peter Lorre. *De ogen van… van Gregory Bate?* Verdomme. *De handen van dr. Orlac.* Het is volslagen duidelijk, wilde Ricky zichzelf overtuigen, er staat niets te gebeuren, we zijn gewoon vier ouwe idioten die aan het malen slaan. Stel je voor dat ik dacht…

Maar hij had niet gedacht dat de ogen hem nazaten, hij had het geweten. Hij had het zeker geweten.

Onzin, had hij bijna hardop gezegd, maar hij ging zijn huisdeur toch iets sneller binnen dan hij gewend was.

Zijn huis lag in het donker, zoals steeds na een bijeenkomst van het Chowder Genootschap. Door met zijn vingers langs de rand van de bank te strijken wist Ricky de salontafel te ontlopen, die hem op eerdere avonden heel wat kneuzingen had bezorgd. Nadat hij behoedzaam langs dat obstakel was genavigeerd, sloeg hij op de tast een hoek om en was in de eetkamer. Hij scharrelde verder en bereikte de keuken. Hier kon hij licht maken zonder de geringste kans Stella in haar slaap te storen. Hij zou dat pas weer kunnen doen wanneer hij boven was, in de kleedkamer die samen met de afgrijselijk glimmende Italiaanse salontafel de laatste bevlieging van zijn vrouw was geweest. Ze had beweerd dat hun klerenkasten veel te vol waren, dat er geen plaats was om kleding voor andere seizoenen op te bergen, dat het kamertje naast hun slaapkamer toch niet meer werd gebruikt nu Robert en Jane de deur uit waren en voor achthonderd dollar hadden ze er een kleedkamertje van laten maken met klerenrekken, spiegels en een nieuw hoogpolig tapijt. De kleedkamer had Ricky één ding geleerd: hij bezat inderdaad evenveel kleren als Stella, zoals zij steeds had beweerd. Het was een soort openbaring geweest voor Ricky, die zo weinig ijdel was dat hij geen erg had in het feit dat hij zich bij bepaalde gelegenheden wat opzichtig kleedde.

Een openbaring van dat ogenblik was dat zijn handen trilden. Hij was van plan geweest een kop kamillethee te nemen, maar toen hij zag hoe zijn handen beefden, nam hij een fles uit een kast en schonk zich een bodem whisky in. Bange ouwe idioot. Maar het hielp niet dat hij zichzelf uitschold; toen hij het glas naar zijn lippen bracht, trilde zijn hand nog. Het kwam door die vervloekte verjaardag. De whisky smaakte naar dieselolie en hij spuwde de drank weer uit in de gootsteen. Arme Edward. Ricky spoelde zijn glas om, deed het licht uit en ging in het donker de trap op.

In pyjama verliet hij de kleedkamer en ging naar zijn slaapkamer aan de overkant van de gang. Stilletjes deed hij de deur open. Stella lag op haar zij in bed en ademde zacht en ritmisch. Als hij zijn kant wist te bereiken zonder tegen een stoel op te lopen, over haar schoenen te struikelen of in aanraking te komen met de spiegel die altijd begon te rinkelen, zou hij in bed kunnen kruipen zonder haar te storen.

Hij bereikte zijn kant van het bed zonder haar wakker te maken en schoof behoedzaam onder de dekens. Zachtjes streelde hij de blote schouder van zijn vrouw. Hoogst waarschijnlijk had ze weer een verhouding, althans een niet al te onschuldige flirt, en Ricky nam min of meer aan dat het wel weer die professor zou zijn die ze een jaar geleden had leren kennen: wanneer hij de telefoon opnam, hoorde hij altijd zo'n hijgend zwijgen dat hij heel goed met de man kon rijmen. Lang geleden al was Ricky tot het inzicht gekomen dat er ergere dingen waren dan een echtgenote die nu en dan met een andere man naar bed ging. Zij had haar eigen leven en hij maakte er een belangrijk deel van uit. Wat hij soms ook dacht en een paar weken eerder tegen Sears had gezegd, niet getrouwd zijn zou een verarming zijn geweest.

Hij strekte zich uit en wachtte op wat hij wist dat zou komen. Nog altijd voelde hij de sensatie van ogen die zich in zijn rug priemden. Hij had graag gewild dat Stella hem kon helpen, hem op de een of andere manier kon geruststellen, maar hij wilde haar niet ongerust maken, niet in verwarring brengen. Hij had nooit met haar over zijn nachtmerries gesproken; tenslotte hoopte hij elke ochtend dat ze niet terug zouden komen en bovendien was hij van mening dat ze geheel zijn eigen zaak waren. En zo tracht Ricky Hawthorne de slaap te vatten. Liggend op zijn rug terwijl zijn intelligente gezicht geen enkel spoor vertoont van de emoties die erachter schuilen. Hij heeft zijn handen achter het hoofd en de ogen open. Hij voelt zich moe, onbehaaglijk, jaloers. Maar wat hij vooral voelt, is angst.

2

Anna Mostyn stond in haar kamer in het Archer Hotel voor het raam de sneeuwvlokken na te kijken die naar de straat warrelden. Ofschoon de plafondverlichting uit was en het al twaalf uur was geweest, was ze geheel gekleed. De lange jas was over het bed gegooid, alsof ze pas was thuisgekomen of juist wilde uitgaan.

Ze stond aan het raam een sigaret te roken, een rijzige, aantrekkelijke vrouw met donker haar en amandelvormige blauwe ogen. Ze kon Main Street vrijwel geheel afzien, met aan de ene kant de markt met de lege banken en kale bomen, de onverlichte winkeletalages, restaurant The Village Pump en een warenhuis. Twee straten verder sprong een verkeerslicht op groen boven een straat waar niemand reed. Main Street zette zich acht zijstraten voort, maar de gebouwen verderop waren alleen te onderscheiden als donkere winkelpanden en kantoorgebouwen. Aan de andere kant van de markt kon ze de duistere gevels van twee kerken boven de kale bomen zien uitsteken. Op het plein maakte een of andere bronzen generaal uit de Bevrijdingsoorlog tegen Engeland een krijgshaftig gebaar met een musket.

Vanavond of morgen? vroeg ze zich af, trok aan haar sigaret en liet haar blik opnieuw over het plaatsje dwalen.

Vanavond.

3

Toen voor Ricky Hawthorne de slaap eindelijk kwam, was het alsof hij niet alleen droomde, maar lijfelijk en nog wakker naar een andere kamer in een ander pand was getild. Hij lag in bed in een onbekende kamer en wachtte af wat er zou gebeuren. Er was verder niemand in de kamer en het huis leek onbewoond. De wanden en de vloer waren van kale planken, het raam was niet meer dan een leeg kozijn en er viel zonlicht door een aantal spleten. In de felle lichtbundels wervelden stofdeeltjes rond. Hoe hij het wist was hem een raadsel, maar hij wist dat er iets ging gebeuren en dat hij er bang voor was. Hij was niet in staat van het bed op te staan, maar al zouden zijn spieren actief zijn geweest, hij wist even zeker dat hij niet zou kunnen ontsnappen aan dat wat ging komen. De kamer bevond zich op een bovenverdieping van het huis: door het raam kon hij alleen grijze wolken en een bleekblauwe lucht zien. Maar wat er ook op komst mocht zijn, het zou van binnen uit komen, niet van daarbuiten.

Zijn lichaam lag onder een oude gewatteerde deken die zo sterk was verschoten dat sommige vierkanten wit waren. Zijn benen, die verlamd aanvoelden, vormden twee lange verhevenheden van stof. Zodra Ricky om zich heen keek, drong het tot hem door dat hij de details van de planken wanden ongewoon duidelijk kon onderscheiden. Hij zag de nerven van het hout in elke plank omlaaglopen, hij zag de gaten van kwasten in hun werkelijke vorm, hij zag de koppen van loslatende spijkers aan de bovenkant van enkele planken naar buiten steken. Er kwam een briesje de kamer binnen dat het stof deed opwaaien.

Op de benedenverdieping van het huis hoorde hij een klap, het geluid van een deur die opengesmeten werd, een zware kelderdeur die tegen een muur sloeg. Zelfs zijn zolderkamer stond ervan te schudden. Hij kon horen dat een of andere vreemde gedaante zich uit de kelder sleepte, als een dier dat zich door de deuropening moest wringen. Er versplinterde hout en Ricky hoorde het wezen tegen een muur smakken. Toen begon het de benedenverdieping te verkennen, zich traag en log voortbewegend. Ricky kon zich voorstellen wat het zag: een reeks kale kamers als de zijne. Beneden zouden hoog gras en onkruid zijn opgeschoten door de spleten in de vloerplanken heen. Koesterend zou het zonlicht spelen over flanken en rug van wat zich daar zo moeizaam maar doelbewust door de lege ruimten bewoog. Het iets daar beneden maakte een slurpend geluid en gaf daarna een hoge gil. Het zocht hem. Het snuffelde het huis af, wetend dat hij zich daar bevond.

Nog eens trachtte Ricky zijn benen in beweging te krijgen, maar er kwam geen verandering in de twee verhogingen onder de deken. Het wezen beneden schuurde langs wanden op zijn tocht door de kamers, wat een krassend geluid maakte en het hout deed kraken. Hij meende het door een verrotte vloerplank te horen zakken.

Opeens vernam hij het geluid dat hij zozeer gevreesd had: het drong zich door een volgende deur. Het rumoer beneden was plotseling veel luider; hij hoorde het wezen hijgen. Het stond onder aan de trap.

Hij hoorde het op de trap aanvallen.

Stampend beklom het vijf, zes treden en gleed weer omlaag. Daarna ging het behoedzamer te werk, jankend van ongeduld, en nam de treden met twee of drie tegelijk.

Ricky's gezicht was drijfnat van het zweet. Zijn grootste angst was

dat hij niet wist of hij al of niet droomde: zodra hij zekerheid had
dat het maar een droom was, hoefde hij er alleen maar doorheen,
kon hij wachten tot het onbekende iets ergens onder hem boven aan
de trap kwam en de kamer binnendrong, waarna de angst hem wel
wakker zou maken. Maar het leek in het geheel niet op een droom.
Zijn zintuigen waren wakker, zijn geest was helder; de hele ervaring
miste die immateriële en onsamenhangende sfeer van de droom.
Nooit tevoren had hij in een droom gezweet. En als hij wakker was,
zou dat bonkende, stampende wezen op de trap hem te pakken
krijgen, want bewegen kon hij zich niet.

Het rumoer veranderde van karakter en Ricky stelde vast dat hij
zich in feite op de tweede etage van het leegstaande huis bevond,
want het wezen dat hem zocht, bevond zich inmiddels op de eerste.
Het maakte nu veel meer herrie: het jankte en maakte een schurend
geluid terwijl het zijn lijf door deuren wrong en langs wanden wreef.
Het verplaatste zich ook sneller, alsof het hem al rook.

Het stof danste nog hier en daar in de lichtbundels en een paar
wolken dreven nog in een lucht die aan het voorjaar deed denken.
De vloerplanken kraakten toen het wezen de overloop steeds dichter naderde.

Hij hoorde het nu duidelijk zwaar hijgen. Het trachtte de laatste
trap op te komen met het donderend rumoer van een sloperskogel
die de gevel van een huis omverslaat. Ricky's maag voelde aan alsof
hij vol ijs zat en hij had de neiging om te gaan braken: ijsblokjes
uitbraken. Zijn keel kneep dicht. Hij had de behoefte te schreeuwen,
maar tegen beter weten in hoopte hij nog dat hij niet zou worden
ontdekt als hij zich niet liet horen. Het wezen daarbuiten gilde en
jankte en kwam bonkend op de treden steeds hoger. Het klonk alsof
er een traproede brak.

Zodra het de overloop voor zijn kamerdeur had bereikt, begreep hij
wat het was. Een spin, het was een gigantische spin. Het beest wierp
zich tegen de kamerdeur en hij hoorde het weer janken. Als spinnen
konden janken, zouden ze het stellig op die manier doen. Een menigte poten krabde aan de deur en het gejank werd steeds luider.
Ricky verstarde van schrik, van pure angst, erger dan hij ooit had
ervaren.

Maar de deur versplinterde niet; hij werd rustig geopend. Een hoge,
duistere gedaante bleef vlak voor de drempel staan. Het was geen
spin, wat het dan ook mocht zijn, en onwillekeurig nam Ricky's
angst wat af. Het zwarte ding in de deuropening bewoog zich aanvankelijk niet meer, maar leek nog wel naar hem te zoeken. Ricky

probeerde te slikken en zag kans zich met behulp van zijn handen in zittende houding te werken. De ruwe planken schuurden langs zijn rug en weer dacht hij: *dit is geen droom.*

De zwarte gedaante kwam de kamer binnen.

Ricky zag dat het geen dier was, maar een mens. Toen maakte een tweede donkere gedaante zich ervan los en vervolgens een derde, en hij staarde naar drie mannen. Onder de kappen die ze over hun dode gezicht droegen, zag hij bekende trekken. Voor hem stonden Sears James, John Jaffrey en Lewis Benedikt en hij begreep dat ze dood waren.

Schreeuwend werd hij wakker. Hij sloeg zijn ogen op en de ochtend aan Melrose Avenue zag er normaal uit. Hij lag in de crèmekleurige slaapkamer met de etsen die Stella tijdens hun laatste reisje naar Londen had gekocht; buiten het raam zag hij de grote achtertuin en er hing een overhemd over een stoel. Stella had hem hevig bij zijn schouder beet. Het leek merkwaardig schemerig in de slaapkamer. Zonder precies te weten waarom kwam Ricky met een sprong zijn bed uit, voor zover een zeventigjarige nog uit bed kan springen, en vloog naar het raam. Achter hem zei Stella: 'Wat is er?' Hij wist zelf niet wat hij verwachtte te zien, maar stellig niet wat hij te zien kreeg: de hele achtertuin en de daken van naburige huizen lagen onder een dikke laag sneeuw. De hemel was zonderling duister. Hij wist niet wat hij had willen zeggen, maar zodra hij zijn mond opendeed, gooide hij eruit: 'Het heeft de hele nacht doorgesneeuwd, Stella. John Jaffrey had dat vervloekte feest niet moeten geven.'

4

Stella ging rechtop in bed zitten en begon tegen hem te praten alsof hij een zinnige opmerking had gemaakt. 'Maar dat feest van John is toch al meer dan een jaar geleden, Ricky? Ik begrijp niet wat het met de sneeuw van afgelopen nacht te maken heeft.'

Hij wreef zijn ogen uit, voelde langs zijn dorre wangen en streek zijn snor op. 'Gisteravond was het een jaar geleden.' Toen drong het tot hem door wat hij had gezegd. 'Nee, natuurlijk niet. Ik bedoel, het heeft er niets mee te maken.'

'Kom weer in bed en vertel me wat eraan hapert, schat.'

'O, er is niets aan de hand,' zei hij, maar hij kwam weer in bed. Toen hij het dek opsloeg, zei Stella: 'Dat is niet waar, schat. Je hebt angstig gedroomd geloof ik. Wil je me niet vertellen waar het over

ging?'
'Het was een heel onzinnig verhaal.'
'Vertel het me toch maar.' Ze begon zijn rug en schouders te strelen en hij draaide zich om en keek neer op haar hoofd op het donkerblauwe kussen. Zoals Sears had gezegd: Stella was een schoonheid. Ze was mooi geweest toen hij haar leerde kennen en zou vermoedelijk mooi blijven tot aan haar dood. Het was niet de mollige knapheid van de plaatjes op bonbondozen; ze had krachtige jukbeenderen, een vlak voorhoofd en vlakke wangen en haar wenkbrauwen waren gitzwart. Stella's haar was onverbiddelijk grijs geworden toen ze de dertig net gepasseerd was en ze had het niet willen verven. Lang voor ieder ander had ze begrepen hoe seksueel aantrekkelijk grijs haar was in combinatie met een jong gezicht. Ze had nog altijd dat dikke grijze haar en haar gezicht was niet veel ouder geworden. Misschien was het juister te zeggen dat haar gezicht nooit uitgesproken jeugdig was geweest en er nooit echt oud zou uitzien. In feite was ze tot aan haar vijftigste ieder jaar mooier geworden en op dat punt blijven staan. Ze was tien jaar jonger dan Ricky, maar op haar beste dagen leek ze nauwelijks ouder dan veertig.
'Ricky', zei ze. 'Wat is er in vredesnaam aan de hand?'
Toen begon hij haar zijn droom te vertellen en op haar aantrekkelijke gezicht zag hij een uitdrukking van afschuw, liefde en angst. Ze bleef zijn rug strelen en haar hand dwaalde af naar zijn borst. 'Schat,' zei ze toen hij zijn verhaal had verteld, 'heb je echt elke nacht dat soort dromen?'
'Nee,' zei hij, en toen hij haar aankeek, zag hij onder de oppervlakkige emoties van dat ogenblik het egocentrische en de humor die Stella nooit verlieten en altijd samengingen. 'Nee, dit was de ergste.' Met een glimlach omdat hij begreep waar ze met al dat strelen op uit was, zei hij nog: 'Deze overtrof alles.'
'Ik vond je de laatste tijd erg gespannen.' Ze hief zijn hand op en drukte hem tegen haar lippen.
'Dat was ik ook.'
'Hebben jullie allemaal van die enge dromen?'
'Wie bedoel je met allemaal?'
'De leden van het Chowder Genootschap.' Ze legde zijn hand tegen haar wang.
'Ik denk het wel.'
'Nou,' zei ze en ging zitten, kruiste haar armen voor zich met de ellebogen naar buiten en begon de nachtpon over haar hoofd te trekken, 'vinden jullie dwazen dan niet dat jullie er iets aan moeten

doen?' De nachtpon ging uit en ze schudde het haar met een driftige hoofdbeweging naar achteren. Hun twee kinderen hadden haar borsten slapper gemaakt en haar tepels groot en bruin, maar Stella's lichaam was niet veel sneller verouderd dan haar gezicht.

'We weten niet wat we eraan moeten doen,' bekende hij.

'Nou, ik weet het dan wel,' zei ze, liet zich achterover vallen en stak haar armen naar hem uit. Als Ricky ooit had gewenst dat hij vrijgezel was gebleven zoals Sears, die ochtend wenste hij dat bepaald niet.

'Jij oude wellusteling,' zei Stella toen ze klaar waren. 'Daar zou je allang mee zijn gestopt als ik er niet was geweest. En dat zou ik toch jammer hebben gevonden. Zonder mij zou je je schamen je kleren uit te trekken.'

'Dat is niet waar.'

'O nee? Wat zou je dan doen? Achter kleine meisjes aanzitten zoals Lewis?'

'Lewis zit niet achter kleine meisjes aan.'

'Meisjes boven de twintig dan.'

'Nee, dat zou ik niet doen.'

'Precies. Net wat ik zei. Je zou helemaal geen seksueel leven meer hebben, net als je dierbare vennoot Sears.' Ze sloeg de dekens en het laken aan haar kant van het bed op en stapte op de vloer. 'Ik ga eerst douchen,' zei ze. Stella had 's ochtends veel tijd voor zichzelf nodig in de badkamer. Ze trok haar grijs-witte badjas aan en zag er opeens uit alsof ze bevel wilde geven Troje te plunderen. 'En weet je wat jij moet gaan doen? Je moet nu meteen Sears bellen en hem van die afgrijselijke droom vertellen. Je komt tot niets als je er niet althans over praat. Voor zover ik jou en Sears ken, kunnen jullie weken achtereen doorwerken zonder één persoonlijke opmerking tegen elkaar te maken. Ontzettend. Waarover praten jullie in vredesnaam wél?'

'Waar we over praten?' zei Ricky enigszins onthutst. 'Over juridische zaken.'

'Zo, juridisch,' zei Stella en stapte de badkamer in.

Toen ze bijna een half uur later terugkwam, zat hij rechtop in bed met een onzeker gezicht. De wallen onder zijn ogen waren zwaarder dan gewoonlijk. 'De krant is er nog niet,' zei hij. 'Ik heb beneden gekeken.'

'Natuurlijk is er nog geen krant,' zei Stella en gooide een handdoek en een doos tissues op het bed, waarna ze hem de rug toedraaide om de kleedkamer in te gaan. 'Hoe laat denk je dat het is?'

'Hoe laat? Ja, hoe laat is het eigenlijk? Mijn horloge ligt daar op de tafel.'

'Het is even na zevenen.'

'Zeven uur?' Gewoonlijk stonden ze niet voor acht uur op en Ricky hing meestal tot halftien in huis rond voor hij naar zijn kantoor in Wheat Row ging. Ofschoon ze het geen van beiden wilden toegeven, was er niet veel werk meer voor hen. Af en toe kwamen een paar oude cliënten binnenvallen en verder waren er wat ingewikkelde processen die zich nog wel tien jaar konden voortslepen, dienden zich doorgaans wel een paar testamenten aan en moest er eens een belastingprobleem geregeld worden, maar ze hadden twee dagen per week thuis kunnen blijven zonder dat iemand hen gemist zou hebben. Op zichzelf aangewezen in zijn deel van de kantoorsuite had Ricky onlangs het tweede boek herlezen van Donald Wanderley, zichzelf zonder resultaat trachtend wijs te maken dat hij de schrijver naar Milburn wilde laten komen. 'Waarom zijn we dan al op?'

'Mag ik je eraan herinneren dat jij ons wakker hebt gemaakt met je geschreeuw,' riep Stella uit de kleedkamer. 'Je had het aan de stok met een monster dat je te lijf wilde gaan, weet je nog?'

'Hm,' zei Ricky. 'Ik vond dat het buiten nog zo donker was.'

'Draai er niet omheen,' riep Stella en even later stond ze weer naast het bed, geheel gekleed. 'Als je in je slaap begint te schreeuwen, wordt het tijd je eens af te vragen wat er met je aan de hand is. Ik weet dat je weigert naar een dokter te gaan...'

'Ik ga in geen geval naar een psychiater,' zei Ricky. 'Geestelijk is er niets met me aan de hand.'

'Dat zei ik toch. Maar als je niet naar een arts gaat, moet je er toch maar eens met Sears over praten. Ik kan niet aanzien dat je jezelf de das omdoet.' Met deze woorden verliet ze hem en ging naar beneden.

Ricky ging weer liggen en bleef nadenken. Zoals hij Stella had verteld, was dit zijn ergste nachtmerrie geweest. Alleen het denken eraan maakte hem al nerveus, evenals het feit dat Stella naar beneden was gegaan. De droom was buitengewoon levendig geweest, met alle facetten als in een wakkere toestand. Hij zag de gezichten van zijn vrienden nog voor zich, de trieste lichamen waarin geen leven meer aanwezig was. Dat was het gruwelijkst geweest, het onzedelijke ervan, en meer nog dan al die afschuwelijke gebeurtenissen was de botsing met zijn morele gevoelens aanleiding geweest tot zijn geschreeuw. Stella kon wel eens gelijk hebben. Zonder nog te weten hoe hij de zaak ter sprake moest brengen, nam hij de hoorn van het toestel naast zijn bed en draaide het nummer van Sears. Nadat hij bij Sears de bel had horen overgaan, bedacht Ricky dat hij voor zijn doen iets heel ongebruikelijks deed, terwijl hij niet eens begreep waarom Stella meende dat Sears James over deze zaak iets zinnigs zou kunnen zeggen. Maar hij kon niet meer terug: Sears had opgenomen en zei: 'Met James.'

'Met Ricky, Sears.'

Het was die ochtend wel raak met allerlei afwijkend gedrag: gewoonlijk was Sears niet iemand die gewend was spontaan te reageren. 'Ricky, goddank,' zei hij. 'Je moet helderziende zijn. Ik stond op het punt jou te bellen. Kun je over een minuut of vijf langskomen om me te halen?'

'Mag het een kwartier zijn?' vroeg Ricky. 'Wat is er gebeurd?' Toen, denkend aan zijn droom, vroeg hij: 'Is er iemand dood?'

'Waarom vraag je dat?' zei Sears op een andere, scherpere toon.

'Zomaar. Ik vertel het je later wel. Ik neem aan dat we niet naar Wheat Row gaan.'

'Nee. Ik werd net opgebeld door onze Vergilius. Hij wil dat we bij hem komen – hij wenst tegen iedereen binnen bereik een klacht in te dienen. Schiet je een beetje op?'

'Wil Elmer dat we samen naar zijn boerderij komen? Wat is er gebeurd?'

Sears werd ongeduldig. 'Iets schokkends blijkbaar. Kom zo gauw mogelijk, Ricky.'

5

Terwijl Ricky zich haastte onder een te hete douche was Lewis Benedikt aan het joggen langs een pad door zijn bosperceel, zoals hij elke ochtend deed. Hij liep dagelijks een kilometer of drie voor hij aan het ontbijt begon voor zichzelf en eventueel de jongedame die de nacht in zijn huis had doorgebracht. Zoals steeds na een bijeenkomst van het Chowder Genootschap en trouwens vaker dan zijn vrienden dachten, was er die dag geen jongedame aanwezig en Lewis spande zich harder in dan normaal. Hij had de afgelopen nacht de ergste nachtmerrie uit zijn leven gehad en was de gevolgen nog lang niet te boven, zodat het hem verstandig had geleken een flink eind te gaan lopen om de herinnering kwijt te raken. Zoals een ander in zijn dagboek zou gaan schrijven, zijn nood bij zijn vriendin zou hebben geklaagd of een borrel had genomen, nam Lewis lichaamsbeweging. In een blauw trainingspak en op Adidas-sportschoenen rende hij hijgend langs het pad door zijn bos.

Bij het stenen boerenhuis waarop hij op het eerste gezicht verliefd was geworden, hoorden een bosperceel en een stuk weidegrond. Het was net een fort, voorzien van luiken. Een groot huis was het ook. Een rijke hereboer had het aan het begin van de eeuw laten bouwen en zich laten inspireren door de kastelen in de geïllustreerde romans van sir Walter Scott, die zijn vrouw zo graag las. Van sir Walter wist Lewis vrijwel niets af, maar na jaren in een hotel te hebben gewoond had hij behoefte aan een groot aantal kamers om zich heen. In een klein landhuisje zou hij claustrofobie hebben gekregen. Toen hij besloot zijn hotel te verkopen aan de keten die er al zes jaar aaneen een steeds hoger wordende prijs voor bood, had hij na aftrek van de belasting voldoende geld overgehouden om het enige huis in Milburn en naaste omgeving te kopen dat hij echt wilde hebben en hij kon het nog inrichten ook zoals hij wilde. De lambrizering, de geweren en de pieken waren niet altijd naar de smaak van zijn vrouwelijke gasten (Stella Hawthorne, die er drie opwindende middagen had doorgebracht kort nadat Lewis het huis had betrokken, had gezegd dat ze nog nooit in een officiersmess had gevrijd). De weidegrond had hij zo snel mogelijk verkocht maar het bos niet, want hij vond het heerlijk om zoiets te bezitten.

Tijdens het joggen door zijn bos zag hij steeds weer nieuwe dingen die hem nauwer bij het leven betrokken: de ene dag een pol sneeuwklokjes of een groepje monnikskappen in bloei in een holte aan de beek, de volgende een koperwiek zo groot als een katje die hem vanaf een esdoorntak met wijd opengesperde ogen aankeek. Maar nu keek hij nergens naar, hij rende maar door langs het besneeuwde pad en hoopte alleen dat alles wat er gaande was snel zou ophouden. Wie weet kon die jonge Wanderley orde op zaken stellen: naar zijn boek te oordelen had hij de nodige ervaring met occulte aangelegenheden. John kon best gelijk hebben, Edwards neef zou althans in staat zijn uit te zoeken wat er met hen alle vier aan de hand was. Schuldgevoel alleen kon het niet zijn na al die tijd. Het voorval met Eva Galli was al zo lang geleden... Er hadden vijf andere mannen in een ander land bij betrokken kunnen zijn: als je om je heen keek en wat je zag vergeleek met wat het in de jaren twintig was geweest, kon je nauwelijks geloven dat je je op dezelfde plek bevond. Zelfs zijn bos bestond uit opschot, al deed hij graag alsof het oorspronkelijk hout was.

Onder het rennen dacht Lewis graag aan dat gigantische maagdelijke woud dat eens vrijwel geheel Noord-Amerika had bedekt: een brede gordel van bomen en andere vegetatie, zwijgende rijkdom waardoor slechts hijzelf en de Indianen zich voortbewogen. Plus wat geesten. Ja, in een eindeloze bosvegetatie kon je in geesten geloven. De Indiaanse mythologie was er vol van; ze hoorden thuis in het landschap. Inmiddels moesten in een wereld van Burger Kings, supermarkets van Piggly Wiggly en golfbanen die Pitch 'n Putt heetten al die vroegere tirannieke geesten verdrongen zijn.

Ze zijn niet verdrongen, Lewis. Nog altijd niet.

Het leek of er in zijn brein een andere stem sprak. Nee, dat zijn ze om de donder niet, mompelde hij en streek met zijn hand over zijn gezicht.

Hier althans nog niet.

Barst. Hij maakte zichzelf bang. Hij was nog onder invloed van die ellendige droom. Misschien werd het tijd dat ze eens openhartig met elkaar over die dromen gingen praten, tot in alle bijzonderheden. Stel dat ze allen dezelfde droom hadden gehad. Wat wilde dat dan zeggen? Zo ver durfde Lewis niet door te denken. Iets moest het in elk geval betekenen en door erover te praten, werd dat misschien draaglijker. Hij dacht dat hij 's ochtends wakker was geschrokken van zijn eigen angst. Hij trapte in gesmolten sneeuw en hij zag het noodlottig beeld uit zijn droom weer voor zich: de twee mannen die zich van hun kappen ontdeden en hun vergane gezichten toonden.

Nee, nog niet.

Verdomme. Hij liep uit en bleef staan precies halverwege zijn traject en wiste met de mouw van zijn jek zijn voorhoofd af. Het was hem liever geweest dat de ren erop had gezeten, dat hij terug was in zijn keuken, koffie zette en de geur van gebakken spek rook. Zo'n doetje ben je toch niet, ouwe schurk, hield hij zichzelf voor, je hebt het een en ander te verwerken gehad nadat Linda zich van kant maakte. Hij legde zijn armen op de omheining aan het eind van het pad waar het de begroeiing weer inliep, en staarde gedachteloos over het land dat hij had verkocht. Het lag nu onder een laagje sneeuw als een hobbelige vlakte die hier en daar het harde licht weerkaatste. Dat alles was ooit ook bos geweest. *Waar duistere wezens zich schuilhielden.*

Jasses. Nou ja, als ze zich daar al bevonden, waren ze op dat ogenblik toch niet te zien. De lucht was loodgrauw en ijl en je kon over de inzinking in het dal vaag de weg zien waar de vrachtauto's op Route 17 op weg waren naar Binghamton en Elmyra of de andere kant uit naar Newburgh of Poughkeepsie. Slechts even gaf het bos achter zijn rug hem toch een gevoel van onbehagen. Hij draaide zich om en zag alleen het pad tussen de bomen doorkronkelen, hoorde alleen een nijdige eekhoorn klagen dat hij een hongerige winter tegemoetging.

Ouwe jongen, hongerwinters hebben we allemaal gekend. Hij dacht aan de tijd na de dood van Linda. Niets jaagt gasten zo snel weg als een zelfmoord in de krant. Is er ook een mevrouw Benedikt? Jawel, die ligt daar te bloeden op de patio, je weet wel, die vrouw die haar hoofd in zo'n eigenaardige houding hield. Ze waren de een na de ander weggebleven en hadden hem laten zitten met een bezit van twee miljoen dollar, terwijl zijn inkomsten wegvielen. Hij had drie-kwart van het personeel moeten ontslaan en de blijvers uit eigen zak betaald. Het had drie jaar geduurd voor de zaken weer goed gingen en zes jaar voor hij zijn schulden had betaald.

Opeens hunkerde hij, niet naar koffie en gebakken spek, maar naar een fles O'Keefe-bier. Een fles? Een stoop. Hij had een droge keel en voelde een pijnscheut door zijn borst.

Ja, hongerwinters hebben we allemaal gekend, ouwe jongen. Een stoop O'Keefe? Hij had een vat aangekund. De herinnering aan Linda's zinloze, onverklaarbare dood deed hem hunkeren naar dronkenschap.

Het werd tijd om terug te gaan. Geschokt door de herinnering – Linda's gezicht had hem opeens weer zo duidelijk voor de geest gestaan, had hem opgeëist over de negen jaar heen die het inmiddels geleden was – liet hij de omheining los en inhaleerde diep. Rennen in plaats van een stoop bier, dat was nu de remedie voor hem. Het pad door de paar kilometer bos leek hem plotseling smaller en duisterder.

Waar jij last van hebt, Lewis, dat is je lafheid.

Het was de nachtmerrie die de herinneringen had opgehaald. Sears en John in die grafkleren en met die dode gezichten. Waarom Ricky niet? Als er twee van de nog in leven zijnde leden van het Chowder Genootschap gingen, waarom de derde dan niet?

Hij zweette al nog voor hij naar huis begon te rennen. Het pad terug liep lange tijd naar links alvorens om te zwenken in de richting van de boerderij. Normaal was die omweg voor Lewis het plezierigste deel van zijn ochtendloop. Het bos drong vrijwel direct op en als je tien meter had gelopen was je het open veld achter je totaal ver-geten. Meer dan elders langs het pad deed het bos hier denken aan het vroegere oerwoud: dikke eiken en ranke berken vochten om een plaats voor hun wortels, hoge varens hingen over het pad heen. Die dag had hij al heel weinig plezier in zijn ren door dat gedeelte. Al die bomen, zo fors en zo talrijk, hielden een duistere dreiging in: wegrennen van zijn huis was wegrennen van de veiligheid. Lopend over de poedersneeuw in de lichte lucht joeg hij zichzelf op langs het traject naar huis.

Toen het gevoel voor het eerst bij hem opkwam, negeerde hij het. Hij weigerde eenvoudig zichzelf nog meer rampspoed aan te praten. Hij had de indruk dat zich achter hem iemand bevond aan het begin van de terugweg waar de eerste bomen stonden. Hij wist dat daar niemand kon zijn; het was onmogelijk dat de een of ander het stuk weiland was overgestoken zonder dat hij hem had gezien. Maar dat gevoel bleef hardnekkig aanwezig en hij kon het niet wegredeneren. Ogen leken hem gade te slaan terwijl hij dieper de dichte begroeiing inrende. Een troep kraaien streek vlak voor hem neer van de takken van een eik. Normaal zou Lewis het een prachtig gezicht hebben gevonden, nu schrok hij van hun kabaal en struikelde bijna.

Wat hij had gevoeld veranderde van inhoud en werd sterker. Degene die zich achter hem bevond, kwam nu achter hem aan en hield de blik uit reusachtige ogen strak op hem gericht. Gejaagd en zichzelf verachtend zette Lewis alles op alles om snel thuis te komen, zonder dat hij durfde om te kijken. Hij voelde dat de ogen hem in de gaten hielden tot hij was aangekomen bij het pad dat van de bosrand door zijn achtertuin naar de keukendeur liep.

Hij rende het pad af, waarbij zijn borstkas zwoegend op en neer ging. Bij het huis aangekomen draaide hij de deurknop om en vloog naar binnen. Hij sloeg de deur hard achter zich dicht en ging onmiddellijk voor het raam ernaast staan. Het pad bleek verlaten en de enige voetstappen erop waren de zijne. Maar nog altijd was hij bang terwijl hij keek naar de bosrand die zo dichtbij was. Een verraderlijk stemmetje in zijn hersens fluisterde: kun je niet beter alles verkopen en in de stad gaan wonen? Maar er waren geen voetstappen; er kon daarbuiten niemand zijn die zich tussen de bomen schuilhield. Hij zou zich niet uit het huis laten verjagen dat aan zijn behoeften voldeed, zich niet door zijn eigen lafheid laten dwingen om zijn heerlijke, comfortabele afzondering in te ruilen voor het ongerief van de drukke stad. Aan dit besluit, genomen in een koude keuken op de dag dat de eerste sneeuw viel, zou hij zich houden.

Lewis zette een ketel op het fornuis, pakte de koffiekan van de plank, deed bonen in de molen en drukte de schakelaar in tot ze gemalen waren. *O verdomd.* Hij trok de koelkast open, greep een fles bier, haalde de dop eraf en dronk de fles vrijwel geheel leeg

95

zonder iets te proeven, zonder te slikken. Terwijl het bier zijn maag binnenstroomde, werd hij getroffen door een tweeledige gedachte. *Ik wou dat Edward nog leefde – ik wou dat John dat verdomde feest niet uit alle macht had doorgezet.*

6

'Zo, vertel het eens,' zei Ricky. 'Weer onbevoegden op zijn erf gehad? We hebben hem toch duidelijk uitgelegd hoe dat zit. Hij moet weten dat een aanklacht wegens het betreden van zijn erf hem niet genoeg oplevert om zijn kosten te dekken, ook al zou hij winnen.'
Ze kwamen juist in de lage heuvels van de Cayuga Valley. Ricky reed de oude Buick heel behoedzaam. De wegen waren glibberig. Normaal gesproken zou hij zijn sneeuwkettingen hebben aangebracht voor hij zelfs maar aan de twaalf kilometer naar Elmers boerderij was begonnen, maar daar had Sears hem de tijd niet voor gegeven. Sears, een forse verschijning met zijn zwarte hoed en zwarte winterjas met bontkraag, leek zich dat evenzeer bewust als Ricky zelf. 'Hou je aandacht bij het sturen,' zei hij. 'De wegen in de buurt van Damascus moeten beijzeld zijn.'
'We hoeven niet naar Damascus,' merkte Ricky op.
'Desondanks.'
'Waarom kon je je eigen auto niet nemen?'
'De sneeuwkettingen worden er vanochtend opgezet.'
Ricky had plezier. Sears was kennelijk in een weerbarstige bui, wat hem vaker overkwam nadat hij Elmer Scales had gesproken. Hij was een van hun oudste maar ook lastigste cliënten. (Elmer was voor het eerst op hun kantoor verschenen toen hij vijftien jaar was met een lange, ingewikkelde lijst van mensen die hij wilde aanklagen. Ze hadden nooit kans gezien zich van hem te ontdoen, net zo min als hij zijn visie dat een conflict het best met een kort geding kon worden behandeld, ooit had gewijzigd.) Scales, een mager, opgewonden kereltje met flaporen en een hoge stem was door Sears 'onze Vergilius' genoemd vanwege zijn gedichten die hij op gezette tijden naar katholieke bladen en plaatselijke kranten stuurde. Ricky wist dat de bladen de gedichten even regelmatig terugstuurden – Elmer had hem eens een map vol begeleidende weigeringen laten zien – maar de plaatselijke kranten hadden er een paar afgedrukt. Het waren religieus geïnspireerde verzen waarvan de beelden uit Elmers eigen boerenbestaan werden geput: *Koeien loeien, lammeren*

blaten om hun vreten. Gods glorie nadert met donderende schreden.
Zo dichtte Elmer Scales. Hij had acht kinderen en een mateloze hartstocht voor procederen.

Eén-, tweemaal per jaar werd een van de vennoten op de boerderij ontboden en door Elmer meegenomen naar een gat in de omheining, waar een jager of een opgeschoten jongen door zijn akkers had gelopen. Elmer had de indringer dan vaak al door zijn kijker geïdentificeerd en wenste een aanklacht in te dienen. Gewoonlijk wisten ze het hem uit zijn hoofd te praten, maar enkele aanklachten had hij altijd wel lopen. Ricky vermoedde dat er deze keer iets ernstigers aan de hand was dan de gebruikelijke onmin tussen boer Scales en de omwonenden, want het was voor het eerst dat hij zijn beide advocaten tegelijk liet komen.

'Zoals je weet, Sears,' zei hij, 'kan ik best rijden en denken tegelijk. Ik rij niet harder dan hoogstens vijfenveertig kilometer per uur. Je kunt me dus best vertellen wat Elmer op zijn lever had.'

'Een paar van zijn beesten zijn doodgegaan.' Sears zei het met een geknepen stem, alsof hij dacht dat zijn gepraat waarschijnlijk tot gevolg zou hebben dat ze van de weg raakten.

'Waarom rijden we er dan heen? Wij kunnen ze niet weer tot leven wekken.'

'Hij wil dat we ze bekijken. Hij heeft Walter Hardesty ook laten komen.'

'Ze zijn dus niet op een normale manier doodgegaan.'

'Wie zal het zeggen met Elmer? Concentreer je nu alsjeblieft op de weg, Ricky, anders komen we er niet eens. Dit zal toch al een naargeestige ervaring worden.'

Ricky keek even opzij en voor het eerst die ochtend viel het hem op hoe bleek Sears' gezicht was. Onder zijn gladde huid werden hier en daar blauwe aderen zichtbaar en onder de jeugdige ogen hingen grauwe kwabben rimpelige huid. 'Hou je ogen op de weg,' zei Sears. 'Je ziet er niet al te best uit.'

'Ik denk niet dat dat Elmer zal opvallen.'

Ricky richtte zijn blik weer op de smalle landweg, waardoor hij wat meer vrijuit kon praten. 'Heb je slecht geslapen?'

Sears zei: 'Het begint geloof ik al te smelten.'

Omdat het een klinkklare leugen was, ging Ricky er niet op in. 'Héb je slecht geslapen?'

'Jou ontgaat ook niets, Ricky. Ja.'

'Ik ook. Stella vindt dat we erover moeten praten.'

'Waarom dat? Slaapt zij soms ook slecht?'

'Ze denkt dat het zal helpen als we erover praten.'

'Net iets voor een vrouw. Praten haalt de wonden open. Niet praten bevordert de genezing.'

'In dat geval was het verkeerd Donald Wanderley hier uit te nodigen.'

Sears gromde van ergernis.

'Dat was onsportief van me,' zei Ricky. 'Neem me niet kwalijk dat ik het zei. Maar ik vind wel dat we moeten praten, om dezelfde reden waarom jij vindt dat we die jongeman moesten uitnodigen.'

'Een jongeman? Hij is zeker vijfendertig, misschien wel veertig.'

'Je begrijpt me best.' Ricky zuchtte diep. 'En nu vraag ik je bij voorbaat om excuus, want ik ga je vertellen wat ik vannacht heb gedroomd. Stella zegt dat ik schreeuwend wakker werd. Het was in elk geval de ergste droom die ik ooit heb gehad.' De stemming in de auto sloeg om en Ricky voelde dat Sears ogenblikkelijk belangstelling kreeg. 'Ik bevond me in een onbewoond huis op een bovenverdieping en een of ander geheimzinnig beest trachtte me op te sporen. Ik zal je niet het hele verhaal vertellen, maar boven alles was er een gevoel van gevaar. Aan het eind van de droom kwam het wezen de kamer binnen waar ik lag, maar nu was het geen monster meer, jij was het met Lewis en John. Jullie waren alle drie dood.' Toen hij opzij gluurde naar zijn passagier zag hij de lijn van Sears' dooraderde wang en de rand van zijn hoed.

'Jij zag ons alle drie.'

Ricky knikte.

Sears kuchte en draaide het portierraam een stukje omlaag, zodat ijskoude lucht binnenstroomde. Onder de zwarte jas zette zijn borstkas zich uit en de haartjes van de bontkraag lagen vlak door de tocht. 'Heel merkwaardig. Volgens jou waren we het alle drie?'

'Ja. Hoezo?'

'Merkwaardig. Ik heb namelijk een zelfde soort droom gehad. Maar toen dat afschrikwekkende mijn kamer binnendrong, zag ik niet meer dan twee mannen. Lewis en John. Jij was er niet bij.'

Ricky hoorde een klank in de stem van Sears die hij niet meteen kon thuisbrengen en toen hij het had benoemd, was hij zo overdonderd dat hij geen woord meer zei tot ze de lange oprit van Elmer Scales insloegen. Het was afgunst.

'Onze Vergilius,' zei Sears hardop, maar toch in zichzelf, dacht Ricky. Terwijl ze langzaam de oprit afreden naar de alleenstaande, uit twee verdiepingen bestaande boerderij zag Ricky een kennelijk ongeduldige Scales al op de veranda staan wachten met zijn pet op en een geblokte jas aan. En weer viel het hem op dat de boerderij zoveel weghad van een gebouw op een schilderij van Andrew Wyeth. Scales zelf had een portret van Wyeth kunnen zijn, of eigenlijk eerder een model voor Norman Rockwell. Zijn rode oren stonden haaks op zijn hoofd onder de opgeslagen flappen van zijn pet. Een grijze Dodge sedan stond geparkeerd op de gerooide plek naast de veranda en toen Ricky daarnaast parkeerde, zag hij het embleem van de sheriff op het portier. 'Walt is er al,' zei hij en Sears knikte.

De twee mannen stapten uit, hun overjas aan de hals dicht houdend. Scales, nu geflankeerd door twee bibberende kinderen, kwam geen stap van de veranda af. Hij zag er boos en opgewonden uit, zoals steeds wanneer hij aan een nieuwe aanklacht begon. Met hoge piepstem riep hij: 'Nou, dat werd tijd, heren advocaten. Walt Hardesty is er al tien minuten.'

'Die hoefde niet van zo ver te komen,' zei Sears nijdig. De rand van zijn hoed krulde om in de harde wind, die onbelemmerd over de akkers streek.

'Sears James, bij u heeft nog nooit iemand het laatste woord gekregen. Vooruit, jongens, jullie naar binnen of moeten jullie achterwerken bevriezen?' Hij deelde met elke hand een tik uit en de twee jongetjes vlogen naar binnen. Nijdig grinnikend keek Scales op de twee oude heren neer.

'Wat is er aan de hand, Elmer?' vroeg Ricky, nog steeds zijn jas dichthoudend. Zijn voeten in glanzend gepoetste zwarte schoenen waren al ijskoud.

'Kom zelf maar kijken. Jullie heren uit de stad hebben niet de goeie plunje aan om over de akkers te baggeren, maar dat kan ik niet helpen. Wacht even, ik haal Hardesty.' Hij ging naar binnen en kwam onmiddellijk terug met sheriff Walt Hardesty die een openhangende denim jas met lamsvacht aan had en een Stetson op het hoofd. Verontrust door de opmerking van Scales keek Ricky naar de voeten van de sheriff: de man droeg stevige leren laarzen. 'Meneer James, meneer Hawthorne.' De sheriff knikte waarbij damp over zijn snor stroomde die groter en ruiger was dan die van Ricky. In zijn uitmonstering van veeboer zag Hardesty er vijftien jaar jonger uit dan hij was. 'Nu u er bent, kan Elmer ons laten zien wat hier voor onbegrijpelijks is gebeurd.'

'Reken maar,' zei de boer en kwam stampend de verandatreden af. Hij ging hen voor langs het pad dat naar de besneeuwde schuur liep.

'Deze kant uit, heren, en kijk dan maar eens goed.'
Hardesty kwam naast Ricky lopen. Sears volgde in zijn eentje met waardige schreden. 'Het is zo koud als ik weet niet wat,' zei de sheriff. 'Kon wel eens een verdomd lange winter worden.'
Ricky zei: 'Laten we hopen van niet. Daar ben ik een beetje te oud voor geworden.'
Druk gebarend en met een uitdrukking van onmiskenbaar plezier op zijn magere gezicht maakte Elmer Scales een hek open waarachter een stukje weiland lag. 'Nou moet je oppletten, Walt,' riep hij. 'Kijk uit of je sporen ziet.' Hij wees op een rij naar buiten staande voetafdrukken. 'Dat zijn de mijne van vanmorgen vroeg, heen en terug.' De terugkomende stappen stonden ver uit elkaar, alsof Scales heel hard had gelopen. 'Waar is je boekje? Moet je niks opschrijven?'
'Rustig maar, Elmer,' zei de sheriff. 'Eerst moet ik weten wat er aan de hand is.'
'Je was er anders vlug genoeg bij met schrijven toen mijn oudste zoon te hard reed.'
'Nou, vooruit Elmer, krijgen we nog wat te zien?'
'De heren uit de stad zullen hun schoenen verpesten,' zei Elmer. 'Nou ja, niks aan te doen. Kom maar op.'
Hardesty liep met Elmer mee en naast zijn brede rug in de zware jas zag de boer eruit als een kwajongen. Ricky keek achterom naar Sears die het hek inmiddels had bereikt en vol afkeer naar het besneeuwde weiland keek. 'Hij had ons weleens kunnen vertellen dat we sneeuwschoenen nodig zouden hebben.'
'Hij vermaakt zich echt,' zei Ricky verbaasd.
'Hij zal zich niet meer vermaken als ik een longontsteking oploop en een aanklacht tegen hém indien,' mopperde Sears. 'Maar aangezien we geen alternatief hebben, zullen we maar gaan.'
Sportief zette Sears een welgeschoeide voet in het weiland, waarin de schoen onmiddellijk tot aan de veters verdween. 'Brrr.' Hij trok zijn voet terug en schudde de sneeuw eraf. De andere twee bevonden zich al halverwege het weiland. 'Ik ga niet,' zei Sears en stak vastberaden zijn handen in de zakken van zijn dure overjas. 'Verdomme, hij moet maar op kantoor komen.'
'Nou, dan ga ik maar wel,' zei Ricky en volgde de andere twee. Walt Hardesty keek al naar hen om en streek zijn snor op. Hij leek precies op een gezagsdrager die in een besneeuwd weilandje van de staat New York was verdwaald. Het was alsof hij in zichzelf lachte. Elmer Scales baggerde door zonder het op te merken. Ricky zette zijn

voeten behoedzaam in de voetsporen van zijn voorgangers. Achter zich hoorde hij Sears een hoeveelheid lucht uitblazen waarmee een ballon gevuld had kunnen worden en eveneens het weiland opgaan. In ganzemars liepen ze door, Elmer druk pratend voorop. Met een vreemde, triomfantelijke uitdrukking op zijn gezicht bleef hij staan bij wat eruitzag als hopen vuile was, half ondergesneeuwd. Hardesty hurkte neer en begon in een ervan te porren. Hij gromde iets en stond op, en opeens zag Ricky vier zwarte hoefjes terugvallen in de sneeuw.

Met doorweekte schoenen en natte voeten kwam Ricky dichterbij. Sears, die zijn armen opzij hield om zijn evenwicht te bewaren, worstelde naar hem toe terwijl de rand van zijn hoed tegen zijn gezicht waaide.

'Ik wist niet dat jij nog schapen hield,' hoorde hij Hardesty zeggen.

'Dat doe ik ook niet meer!' riep Scales schel. 'Ik had alleen die vier nog en nou zijn ze allemaal weg. Iemand heeft ze afgemaakt. Ik had ze aangehouden uit een soort heimwee naar vroeger. Pa had er een paar honderd, maar er zit geen verdienste meer in die stomme beesten. De kinderen waren er gek mee, da's alles.'

Ricky keek neer op de vier dode beesten die op hun zij lagen met glazige ogen en sneeuw in de warrige wol. Argeloos vroeg hij: 'Waaraan zijn ze gestorven?'

'Ja, dat is nou precies de vraag!' Elmer maakte zich kwaad. 'Waaraan! Nou, Walt, jij vertegenwoordigt hier de wet, vertel het me maar eens!'

Hardesty hurkte neer bij het vuilgrauwe kadaver van het schaap dat hij had omgekeerd en keek vol afkeer op naar Scales. 'Wil jij me vertellen, Elmer, dat je niet eens weet of deze beesten een natuurlijke dood zijn gestorven?'

'Natuurlijk weet ik dat!' Scales stak dramatisch zijn handen omhoog, als een fladderende vleermuis.

'Hoe weet je dat dan?'

'Ik weet dat omdat zo'n schaap verdomme niet dood te krijgen is. En hoe zouden er vier achter mekaar kunnen doodgaan? Allemaal een hartaanval? Kom nou!'

Sears kwam erbij staan en zijn rijzige gestalte deed de hurkende Hardesty klein lijken. 'Vier dode schapen,' zei hij, omlaag kijkend. 'Je doet ze zeker een proces aan?'

'Wat? Als jullie de gek die dit heeft gedaan te pakken krijgen, zorg ik ervoor dat hij een proces aan zijn kont krijgt!'

'Wie zou dat dan kunnen zijn?'

'Weet ik niet, maar...'

'Ja?' Hardesty keek op van de schapen die voor hem lagen.

'Dat vertel ik je binnen wel. Bekijk ze eerst maar eens goed, sheriff, noteer het een en ander en zoek uit wat hij ermee heeft uitgevoerd.'

'Hij?'

'Binnen.'

Hardesty porde nog eens nijdig in de kadavers. 'Dat moet je de veearts vragen, Elmer, mij niet.' Zijn handen zochten de hals van het schaap. 'Ai!'

'Wat is er?' vroeg Scales, popelend van verwachting.

Hardesty gaf geen antwoord, maar verplaatste zich op zijn hurken naar een volgend schaap en stak zijn hand diep in de wol aan de hals.

'Had je dat zelf niet kunnen zien,' zei hij en greep het schaap bij neus en bek om de kop achterover te trekken.

'Jezus,' zei Scales en de beide advocaten zeiden niets. Ricky staarde naar de gapende wonden die zichtbaar waren geworden: in de hals van de dieren gaapte een forse snee, als een brede bek.

'Mooi gedaan,' zei Hardesty, 'heel mooi gedaan. Goed, Elmer, je hebt me overtuigd. Laten we maar naar binnen gaan.' Hij maakte zijn handen schoon met sneeuw.

'Jezus,' zei Elmer nog eens. 'De strot afgesneden? Allemaal?'

Met tegenzin trok de sheriff ook de koppen van de andere twee schapen achterover. 'Allemaal.'

In Ricky's brein lieten zich duidelijk stemmen uit het verleden horen. Hij en Sears keken elkaar aan en toen langs elkaar heen.

'Wie dat heeft gedaan sla ik z'n hersens in!' schreeuwde Elmer. 'Verdomme, ik wist dat er stront aan de knikker was. Ik wist het, verdomme!'

Hardesty stond op en liet zijn blik over het verlaten land gaan. 'Weet je zeker dat je hier naar toe bent gelopen en meteen bent teruggegaan?'

'Ja, *ja!*'

'Hoe kreeg je in de gaten dat er iets mis was?'

'Ik zag ze hier vanmorgen liggen vanuit het venster. Als ik 's morgens mijn gezicht was bij het raam zijn die stomme beesten het eerste wat ik zie. Kijk maar.' Hij wees in de richting van het huis. Ze zagen de glimmende keukenruit. 'Er zit hier nog gras onder. Ze lopen zich hier de hele dag vol te vreten. Als de sneeuw te dik wordt, zet ik ze in de schuur. Ik keek uit het raam en zag ze daar liggen. Het zag er niet best uit, dus trok ik mijn laarzen en jas aan en ging kijken. En toen heb ik jou opgebeld en mijn advocaten. Ik dien een aanklacht in en ik wil dat jij degene arresteert die dit op zijn geweten heeft.'

'Ik zie geen sporen behalve die van jou,' zei Hardesty en streek zijn snor op.

'Ik weet het,' zei Scales. 'Dan heeft hij ze uitgeveegd.'

'Zou kunnen. Maar dat zie je meestal toch op verse sneeuw.'

Jezus ze is hier geweest dat kan niet ze is dood.

'En er is nog iets,' zei Ricky, de argwanende stilte die tussen de twee mannen was ontstaan doorbrekend en meteen de gestoorde stem in zijn hoofd de pas afsnijdend. 'Ik zie geen bloed.'

Eén ogenblik keken ze allemaal naar de schapen en de vers gevallen sneeuw. Het was waar.

'Zijn we nu klaar in deze steppe?' zei Sears.

Elmer stond nog altijd op de sneeuw te staren en slikte. Sears begon terug te lopen naar het hek en al gauw kwamen de anderen achter hem aan.

'Vooruit jongens, de keuken uit jullie. Naar boven,' riep Scales toen ze binnenkwamen en hun overjassen uittrokken. 'We moeten even met elkaar praten. Wegwezen.' Hij maakte een dreigend gebaar tegen een paar kinderen die in het gangetje dicht opeen naar het pistool van Walter Hardesty stonden te kijken. 'Sarah! Mitchell! Vooruit, naar boven!' Hij nam zijn gasten mee de keuken in en bij hun binnenkomst sprong een vrouw die al even mager was als Elmer op uit een stoel en klemde de handen ineen. 'Meneer James, meneer Hawthorne,' zei ze. 'Kan ik u dienen met een kopje koffie?'

'Een doekje graag, mevrouw Scales,' zei Sears. 'Daarna graag koffie.'

'Een doekje...'

'Om mijn schoenen af te vegen. Meneer Hawthorne zal er stellig ook gebruik van maken.'

Verschrikt keek de vrouw naar de schoenen van de advocaat. 'O, goeie genade. Wacht, ik zal u helpen...' Ze haalde een rol keukenpapier uit de kast, scheurde er een lange strook af en wilde aan Sears' voeten neerknielen. 'Dat hoeft nou ook weer niet,' zei Sears en nam haar het ineengefrommelde papier af. Alleen Ricky begreep dat Sears verontrust was, niet zomaar onhebbelijk.

'Meneer Hawthorne...?' Lichtelijk van haar stuk door Sears' afwijzing wendde de vrouw zich tot Ricky.

'Ja, dank u, mevrouw Scales,' zei hij. 'Heel vriendelijk van u.' Ook

103

hij kreeg een handvol keukenpapier.

'De strot was doorgesneden, bij allemaal,' zei Elmer tegen zijn vrouw. 'Wat heb ik je gezegd? Daar is een gek aan het werk geweest. En' – zijn stem schoot uit – 'een gek die kan vliegen, want hij heeft geen sporen nagelaten.'

'Vertel het hem dan,' zei zijn vrouw. Elmer keek haar scherp aan en ze begon haastig koffie te zetten.

Hardesty vroeg: 'Wat vertellen?' Nu hij zich van zijn cowboykledij had ontdaan, was de sheriff teruggebracht tot zijn ware leeftijd: vijftig jaar. *Hij zuipt meer dan ooit*, dacht Ricky bij het zien van de blauwe aders in het gezicht van Hardesty en een toegenomen besluiteloosheid. Ondanks zijn Texas Ranger-imago, zijn haviksneus, gegroefde wangen en staalblauwe ogen was Walt Hardesty te traag om een goede sheriff te zijn. Het was tekenend voor hem dat een ander hem had moeten zeggen ook het tweede paar schapen te onderzoeken. En Elmer Scales had gelijk: hij had aantekeningen moeten maken.

De boer maakte zich kwaad, gereed om zijn bom te gooien. De pezen in zijn hals zetten op en zijn flaporen werden nog roder. 'Wel verdomd, ik heb hem toch gezien?' Zijn mond viel open op een komische manier en hij keek de heren één voor één aan.

'Hij,' zei zijn vrouw ironisch achter hem om ook een duit in het zakje te doen.

'Schiet op, mens, wat anders?' Scales sloeg met zijn vuist op tafel. 'Zet jij nou maar koffie en val me niet in de rede.' Hij richtte zich weer tot zijn bezoekers. 'Hij was net zo groot als ik. Groter nog! Hij keek me aan! Nooit eerder zoiets gezien.' Genietend van zijn triomf breidde hij zijn armen uit. 'Hier, vlak buiten het raam! Een eindje die kant op. Had je niet gedacht, zeker?'

'Heb je hem herkend?' vroeg Hardesty.

'Ik kon hem niet goed zien. Ik zal je zeggen hoe het ging.' Hij begon heen en weer te lopen, niet in staat zich nog langer te bedwingen. Het deed Ricky denken aan wat Sears en hij eens geconstateerd hadden: 'Onze Vergilius' schreef gedichten omdat hij te ongedurig was om te begrijpen dat hij het niet kon. 'Ik zat hier in de keuken, gisteravond laat. Kon niet slapen.'

'Nee, hij kon niet slapen,' bevestigde zijn vrouw.

Van boven klonk geschreeuw en gestommel. 'Wacht even met de koffie en breng die daarboven tot bedaren,' zei Scales. Hij hield even op terwijl zij de kamer verliet. Al gauw klonk een andere stem boven de kakofonie uit en vlak daarop werd het kabaal gestaakt.

'Zoals ik zei, ik zat hier in de keuken met een paar prijslijsten voor landbouwwerktuigen en zaden. En wat gebeurt er? Ik hoor buiten iets in de buurt van de schuur. Een insluiper, verdomme! Ik spring op en kijk uit het raam. Zie dat het sneeuwt. O, o, werk aan de winkel morgen, zeg ik bij mezelf. Dan zie ik hem. Bij de schuur. Of meer tussen de schuur en het huis in.'

'Hoe zag hij eruit?' vroeg Hardesty en nog altijd maakte hij geen aantekeningen.

'Zou ik niet kunnen zeggen. Het was te donker!' Zijn stem schoot omhoog. 'Ik zag hem daar alleen maar staan staren.'

'U zag hem in het donker staan? Brandde er licht op het erf?' vroeg Sears zonder veel belangstelling.

'Meneer de advocaat, meent u dat nou met deze stroomprijzen? Nee, maar ik zag hem wel en ook dat hij groot was.'

'Hoe kun je dat nou weten, Elmer?' vroeg Hardesty. Mevrouw Scales kwam de kale trap af geklost met stevige schoenen op houten treden. Ricky moest niezen. Een kind begon te fluiten, maar stopte daar meteen mee toen de voetstappen ophielden.

'Ik zag zijn ogen toch? Of niet soms? En die staarden me aan. Zo'n één meter tachtig boven de grond.'

'Zag je alleen maar zijn ogen?' vroeg Hardesty ongelovig. 'Wat voor ogen had die vent dan, Elmer, gaven ze licht of zo?'

'Jij zegt het,' zei Elmer.

Ricky keek opeens scherp naar Elmer, die met zichtbare voldoening de kring rondkeek, waarna hij onwillekeurig over de tafel heen Sears' blik zocht. Hij was verstard bij die laatste vraag van Hardesty, al probeerde hij zijn gezicht in de plooi te houden en van het ronde gezicht van Sears las hij dezelfde intentie af. *Sears ook. Het geeft hem ook te denken.*

'Nou verwacht ik dat je hem pakt, Walt, en van de heren advocaten dat ze hem een proces aan zijn kont geven van hier tot gunter,' zei Elmer vastberaden. 'Neem me mijn woordkeus niet kwalijk, vrouw.' Zijn echtgenote was de keuken weer binnengekomen en knikte ten teken dat het excuus was aanvaard, voordat ze de percolator van het gas nam.

'Hebt ú de afgelopen nacht iets gezien, mevrouw Scales?' vroeg Hardesty.

Ricky zag zijn eigen herkenning weerspiegeld in Sears' blik en wist dat hij zich had verraden.

'Ik heb alleen gezien dat mijn man bang was,' zei ze. 'Dat zal hij wel uit zijn verhaal weggelaten hebben.'

Elmer schraapte zijn keel, waarbij zijn adamsappel op en neer ging. 'Nou, het zag er raar uit.'

'Ja,' zei Sears. 'Zo weten we wel genoeg, denk ik. U houdt ons ten goede, maar Hawthorne en ik moeten naar Milburn.'

Drinkt u eerst uw koffie op, meneer James,' zei mevrouw Scales terwijl ze een plastic kop gloeiend hete koffie voor hem op tafel zette. 'Als u van plan bent dat monster een proces aan zijn kont te bezorgen van hier tot gunter zult u uw krachten nodig hebben.'

Ricky dwong zich tot een lachje, maar Walt Hardesty schaterde het uit.

Buiten bukte Hardesty, opnieuw in de schutkleuren van zijn Texas Ranger-pak, zich naar de spleet die Sears in het portierraam had opengedraaid en zei gedempt: 'Gaat u terug naar Milburn? Kunnen we elkaar ergens treffen? Ik wil graag even met u praten.'

'Is het iets belangrijks?'

'Misschien wel, misschien niet. Maar ik wil er even over van gedachten wisselen.'

'Goed. Wij gaan rechtstreeks naar kantoor.'

Hardesty's hand, al in de handschoen gestoken, streelde zijn kin. 'Ik wil hier liever niet over praten als er anderen bij zijn.'

Ricky klemde zijn handen om het stuur en keek Hardesty onderzoekend aan, maar het enige dat hij dacht was: *Het gaat beginnen en we weten niet eens wat het is.*

'Heb je een voorstel, Walt?' vroeg Sears.

'Ik stel voor dat we *sub rosa* ergens onderweg even stoppen waar we rustig kunnen praten. O ja, kent u Humphrey's Place net binnen de gemeentegrens in Seven Mile Road?'

'Heb ik geloof ik wel eens gezien.'

'Ik gebruik hun achterkamer nogal eens als kantoor wanneer ik vertrouwelijk zaken heb. Kunnen we elkaar daar treffen?'

'Als je dat graag wilt,' zei Sears zonder Ricky iets te vragen.

Achter Hardesty's wagen aan reden ze terug, wat vlugger dan op de heenrit. De herkenning van hetzelfde feit – dat ze beiden het angstaanjagende wezen kenden dat Elmer Scales had gezien – maakte een gesprek onmogelijk. Toen Sears eindelijk iets zei, ging het over een schijnbaar neutraal onderwerp. 'Die Hardesty is een incompetente gek. "Vertrouwelijke zaken". Vertrouwelijke zaken handelt hij alleen af met een fles Jim Beam.'

'We weten nu althans wat hij 's middags uitvoert.' Ricky reed van de autoweg Seven Mile Road in. Het café, het enige gebouw in zicht, was een grauwe verzameling hoeken en scherpe punten twee-honderd meter verderop rechts.

'Inderdaad. Hij laat zijn gratis drankjes in die achterkamer van Humphrey Stalladge netjes op de rekening zetten. Zo'n vent hoort thuis in een schoenenfabriek in Endicott.'

'Waar zou hij met ons over willen praten?'

'Dat horen we zo dadelijk wel. Hier hebben we afgesproken.'

Hardesty stond al naast zijn wagen op het grote en nu vrijwel lege parkeerterrein. Humphrey's Place, in feite niet meer dan een dood-gewoon wegcafé, had een gevel met vele spitsen en een timpaan. Aan de voorkant zaten twee brede ramen: achter het ene stond in neonletters de naam van de gelegenheid, achter het andere flitste UTICA CLUB aan en uit. Ricky parkeerde naast de wagen van de sheriff en beide advocaten stapten uit in de kille wind.

'Kom maar mee,' zei Hardesty met enige stemverheffing, waar-schijnlijk als gevolg van de jovialiteit die hij speelde. Nadat ze el-kaar in gemeenschappelijk onbehagen hadden aangekeken, be-klommen de juristen de betonnen stoep. Ricky niesde tweemaal luidruchtig toen ze de gelagkamer binnengingen.

Omar Norris, een van Milburns kleine kring van beroepsdrinkers, keek hen van zijn kruk aan de bar aan, een en al verbazing. Hum-phrey Stalladge liep van de ene box naar de andere asbakken te legen en riep: 'Ha, die Walt,' waarna hij knikte tegen Ricky en Sears. Hardesty's houding was veranderd: eenmaal in het café leek hij forser en gezaghebbender dan daarvoor en de manier waarop hij de twee oudere heren achter hem bejegende, suggereerde min of meer dat ze naar het café waren gekomen om zijn advies in te win-nen. Stalladge keek Ricky recht in het gezicht en vroeg: 'Bent u niet meneer Hawthorne? Zo zo,' en zijn mond vertrok tot een lachje. Het was Ricky duidelijk dat Stella hier wel eens was geweest.

'Achterkamer beschikbaar?' vroeg Hardesty.

'Voor jou altijd.' Stalladge wees naar de deur vlak tegen het uiteinde van de lange toog en keek de drie na terwijl ze de stoffige vloer overliepen. Ook Omar Norris, die zijn verbazing nog niet te boven was, keek hen na: Hardesty stappend als een militair, Ricky die slechts opviel door zijn keurig, sober uiterlijk en Sears als impone-rende verschijning die (Ricky merkte het nu voor het eerst op) wel wat van Orson Welles had. 'Je bent vandaag in goed gezelschap, Walt,' riep Stalladge hen na en Sears kermde inwendig van afkeer, zowel vanwege de opmerking als vanwege het achteloos gebaar van de in handschoen gestoken hand waarmee Hardesty erop reageerde. Vervolgens smeet de sheriff de deur in een weids gebaar voor hen open. Nadat hij hun had gezegd dat ze door de schemerige gang naar de donkere kamer achterin moesten lopen, zakten zijn schouders weer naar voren, zijn gezicht verslapte en hij zei: 'Kan ik iets voor u halen?' Beide mannen schudden hun hoofd. 'Ik heb een beetje dorst gekregen,' zei Hardesty grinnikend en schoot de gelagkamer weer in.

Zwijgend liepen ze de gang door en gingen de donkere achterkamer in. In het vage licht zagen ze in het midden een tafel staan met schroeiplekken van talloze generaties sigaretten. Eromheen stonden zes klapstoelen. Ricky zocht de lichtschakelaar en knipte het licht aan. Tussen de onzichtbare verlichting en de tafel waren haast tot aan de zoldering kratten bier opgestapeld. De ruimte stonk naar rook en verschaald bier en zelfs met het licht aan was het voorste gedeelte nog vrijwel even donker als daarvoor.

'Wat doen we hier eigenlijk?' vroeg Ricky.

Sears liet zich zwaar op een van de klapstoelen zakken, zuchtte, nam zijn hoed af en legde hem zorgvuldig op de tafel. 'Als je bedoelt wat we met dit onzinnige gesprek zullen bereiken, Ricky, niets.'

'Sears,' zei Ricky, 'we moeten echt eens praten over wat Elmer daarbuiten heeft gezien.'

'Niet in bijzijn van Hardesty.'

'Nee, natuurlijk niet. Nu meteen.'

'Alsjeblieft niet meteen...'

'Ik heb nog altijd koude voeten,' zei Ricky en Sears antwoordde met een waterig lachje.

Ze hoorden de deur aan het andere eind van de gang opengaan. Hardesty kwam binnen met in de ene hand een glas bier en in de andere een half leeggedronken fles. Zijn gezicht was een beetje rood aangelopen, alsof hij in de harde wind had gelopen. 'Bier is het beste middel tegen een droge keel,' gaf hij te kennen en nam zijn hoed af. Door de verhullende biernevel heen die met zijn woorden naar buiten kwam, was iets scherpers te ruiken, de lucht van goedkope whisky. 'Een prima smeermiddel voor de luchtpijp.' Ricky rekende uit dat Hardesty kans had gezien een bel whisky en een halve fles bier op te drinken in de paar minuten die hij in de gelagkamer had vertoefd. 'Bent u hier al eens eerder geweest?'

'Nee,' zei Sears.

'Nou, het is een uitstekende tent. Je wordt er niet gestoord als je iets onder vier ogen te bespreken hebt, daar zorgt Humphrey wel voor. En omdat het wat buiten het centrum staat zal het niemand opvallen dat de sheriff en twee bekende advocaten hier stiekem de kroeg ingaan.'

'Behalve Omar Norris dan.'

'Goed, maar die is het zo weer vergeten.' Hardesty zwaaide zijn ene been over een stoel alsof het een fors uitgevallen hond was waarop hij wilde rijden, ging zitten en smeet zijn hoed op de tafel waar hij tegen die van Sears stootte. De fles bier kwam op tafel en Sears trok zijn hoofddeksel iets dichter naar zich toe zodra de sheriff een lange teug uit zijn glas nam.

'Als ik een vraag mag herhalen die mijn confrère daareven stelde, wat doen we hier eigenlijk?'

'Meneer James, ik moet u iets vertellen.' De staalblauwe ogen kregen een glans van dronkemansoprechtheid. 'Dan zult u begrijpen waarom we Elmer daar niet bij konden gebruiken. We zullen er nooit achter komen wie of wat die schapen heeft afgeslacht.' Hij slikte en dempte een boer met de rug van zijn hand.

'O nee?' Het weerzinwekkende optreden van Hardesty verdrong Sears' eigen zorg tenminste naar de achtergrond en hij toonde zich verbaasd en vol belangstelling.

'Nee. Bestaat niet. Dit is niet de eerste keer dat er zoiets gebeurt.'

'O nee?' vroeg Ricky. Hij ging zitten en vroeg zich af hoeveel vee er in de buurt van Milburn was afgeslacht zonder dat hij er iets van had gehoord.

'Nee, op geen stukken na. Ik bedoel, niet hier, maar in andere delen van het land.'

'O.' Ricky leunde achterover in de wrakke stoel.

'U weet nog wel dat ik een paar jaar geleden naar een nationaal politiecongres ben geweest in Kansas City. Vliegreis, verblijf van een week, heel leuke trip.' Ricky herinnerde het zich, want na zijn thuiskomst had de sheriff een lezing gehouden voor de Lion's Club, de Rotary, de National Rifle Association, de Vrijmetselaars, de John Birch Society, de Veterans of Foreign Wars, de Companions of the Forest of America en nog een handvol verenigingen die zijn reis hadden betaald. Van een op de drie was Ricky min of meer verplicht lid. De sheriff had zijn lezing de titel gegeven: 'De behoefte aan een modern en goed uitgerust politieapparaat teneinde wet en orde te handhaven in de kleinere Amerikaanse plaatsen.'

'Nou,' zei Hardesty en hij greep de bierfles beet alsof het een hot dog was, 'op een avond heb ik in het motel met een stuk of wat plaatselijke sheriffs zitten praten. Die jongens kwamen uit Kansas, Missouri en Minnesota, u weet wel. En ze hadden het over precies ditzelfde soort situaties, merkwaardige gevallen van onopgeloste misdaden. En nou zie ik het zo: er waren er een paar bij die met net zulke gevallen te maken hadden gehad als wij vandaag. Beesten die dood in de wei lagen, van de ene dag op de andere. Geen doodsoorzaak te bekennen tot je beter kijkt en ziet... u weet wel. Keurige wonden, alsof een chirurg ze had gemaakt. En geen bloed. Bloed afgetapt, zoals het heet. Een van die jongens vertelde me dat er achter in de jaren zestig een golf van die gevallen was geweest in het dal van de Ohio River. Paarden, honden, koeien – misschien hebben wij de eerste schapen gekregen. En u bracht het me allemaal weer in herinnering, meneer Hawthorne, toen u dat zei, dat er geen bloed te zien was. Klopt, daardoor dacht ik er weer aan. Je zou denken dat die schapen plassen bloed hadden verloren. En in Kansas City was hetzelfde gebeurd, net een jaar voor het congres, omstreeks Kerstmis.'

'Nonsens,' zei Sears. 'Ik wil niet langer naar die onzin luisteren.'

'Neem me niet kwalijk, meneer James, maar dit is geen nonsens. U kunt het nakijken in de *Kansas City Times*. December 1973. Een troep dode beesten, geen voetsporen, geen bloed... en dat ook in de verse sneeuw, net als vandaag.' Hij keek Ricky aan, knipperde met zijn ogen en dronk zijn bier op.

'Is er nooit iemand voor aangehouden?' vroeg Ricky.

'Nooit. In al die plaatsen hebben ze nooit iemand te pakken kunnen nemen. Het leek wel alsof er iets kwaadaardigs was aangekomen dat een nummertje weggaf en weer verder trok. En nou heb ik zo het gevoel dat het een of ander graag zulke grappen uithaalt.'

'Wat?' viel Sears uit. 'Vampiers? Demonen? Krankzinnig.'

'Nee, dat beweer ik niet. Ik weet verdomme ook wel dat vampiers niet bestaan, net zoals dat monster in dat Schotse meer niet bestaat.' Hardesty leunde achterover op zijn stoel met zijn handen achter zijn hoofd. 'Maar geen mens heeft ooit iets gevonden en wij vinden ook niets. Het heeft niet eens zin ernaar te zoeken. Het enige wat ik kan doen, is Elmer koest houden met te zeggen dat ik er hard aan werk.'

'Is dat echt alles wat je van plan bent te doen?' vroeg Ricky Hawthorne verbluft.

'Nou ja, ik stuur wel een mannetje langs de boerderijen in de buurt om te vragen of ze daar gisteravond iets vreemds hebben gezien, maar daar laat ik het bij.'

'En je hebt ons hier laten komen enkel en alleen om ons dat te vertellen?' vroeg Sears.

'In feite wel.'

'Laten we gaan, Ricky.' Sears schoof zijn stoel achteruit en reikte naar zijn hoed.

'En *eigenlijk* dacht ik dat de twee bekendste advocaten van Milburn míj wel iets konden vertellen.'

'Dat zou ik zeker kunnen, maar ik vraag me af of je zou luisteren.'

'Niet zo hoog van de toren blazen, meneer James. We staan toch zeker aan dezelfde kant, neem ik aan?'

Boven het onvermijdelijk *ffft* van de lucht die Sears uitblies uit vroeg Ricky: 'Wat kunnen wij je dan vertellen, denk je?'

'Waarom u denkt dat u meer afweet van wat Elmer gisteravond heeft gezien.' Hij maakte een vingerbeweging tegen zijn slaap en lachte een beetje. 'Ik zag de heren verstarren van schrik toen Elmer dat vertelde. U moet iets weten, iets gezien of gehoord hebben dat u Elmer Scales niet aan zijn neus wilde hangen. Zou u de plaatselijke sheriff niet eens behulpzaam zijn en hem op de hoogte stellen?'

Sears drukte zich op van zijn stoel. 'Ik heb alleen vier dode schapen gezien. Weten doe ik niets. En dat is alles, Walter.' Hij greep zijn hoed van de tafel. 'Ricky, we gaan, we kunnen onze tijd beter besteden.'

'Hij heeft gelijk, nietwaar?' Ze reden juist Wheat Row in. Rechts voor hen doemde het grauwe massief van de St.-Michaelskathedraal op. De groteske heiligenbeelden boven de ingang en naast de ramen droegen mutsen en hemden van verse sneeuw alsof ze ter plekke waren bevroren.

'In welk opzicht?' Sears maakte een gebaar naar hun pand.

'Wonder boven wonder: een parkeerplaats vlak voor de deur.'

'Over wat Elmer heeft gezien.'

'Als Walt Hardesty dat inziet, moet het wel heel duidelijk zijn. Ja.'

'Heb jij werkelijk iets gezien?'

'Ik heb iets gezien dat er niet was. Ik hallucineerde. Ik moet aannemen dat ik oververmoeid was en emotioneel enigszins aangeslagen door het verhaal dat ik heb verteld.'

Ricky reed de wagen voorzichtig achteruit in de lege plek voor de hoge houten gevel van hun kantoor.

Sears kuchte en legde zijn hand op de portierkruk, maar bleef zitten. Ricky kreeg de indruk dat hij al spijt had van wat hij van plan was te zeggen. 'Ik neem aan dat je min of meer hetzelfde hebt gezien als onze Vergilius.'

'Ja, inderdaad.' Hij zweeg even. Toen zei hij: 'Nee, ik heb het gevoeld, maar ik wist wat het was. Tja.' Weer kuchte hij en Ricky's

111

spanning steeg. 'Wat ik zag, was Fenny Bate.'

'Die jongen uit je verhaal?' Ricky was stomverbaasd.

'De jongen die ik heb geprobeerd iets te leren. De jongen die ik waarschijnlijk heb vermoord – of helpen vermoorden.'

Sears trok zijn hand van de portierkruk en liet zich terugvallen in zijn stoel. Eindelijk was hij bereid te praten.

Ricky trachtte het te verwerken. 'Ik had niet begrepen dat…' Hij zweeg midden in de zin, zich bewust dat hij bezig was een van de regels van het Chowder Genootschap te schenden.

'Dat het een waar verhaal was? Ja, het was wel degelijk waar, Ricky. Er was een echte Fenny Bate en die is gestorven.'

Ricky herinnerde zich dat hij nog licht had zien branden bij Sears. 'Stond je uit een van je bibliotheekramen te kijken toen je hem zag?'

Sears schudde het hoofd. 'Ik ging naar boven. Het was al erg laat, een uur of twee. Ik was in de stoel in slaap gevallen na de afwas. Ik voelde me niet zo goed, maar ik zou me nog beroerder hebben gevoeld als ik had geweten dat Elmer Scales me vanochtend om zeven uur wakker zou bellen. Ik had het licht in de bibliotheek uitgedaan, de deur gesloten en ging de trap op. En toen zag ik hem zitten op een van de treden. Hij leek te slapen. Hij had dezelfde vodden aan die ik hem destijds had zien dragen en hij was op blote voeten.'

'Wat heb je gedaan?'

'Ik was veel te bang om wat dan ook te doen. Ik ben geen sterke jonge man van twintig meer, Ricky, dus ben ik blijven staan. Ik weet niet hoelang. Ik dacht dat ik erbij neer zou vallen, ik heb me aan de trapleuning vastgegrepen en toen werd hij wakker.' Sears klemde de handen ineen en Ricky zag dat hij hard toekneep. 'Hij had geen ogen. Alleen oogkassen. Maar verder was het een lachend gezicht.' Sears hief zijn handen op naar zijn gezicht en bedekte zijn ogen onder de brede hoederand. 'Christus, Ricky, hij wilde spelen.'

'Hij wilde met je *spelen?*'

'Dat ging me door de gedachten. Ik was zo geschrokken dat ik niet helder kon denken. Toen de – hallucinatie – opstond, ben ik de trap weer afgevlogen en ik heb me opgesloten in de bibliotheek. Ik heb geslapen op de bank daar. Voor mijn gevoel was hij weg, maar ik kon er niet toe komen weer de trap op te gaan. Uiteindelijk ben ik in slaap gevallen en kreeg de droom waarover we het hadden. 's Ochtends begreep ik natuurlijk wat er was gebeurd: ik "zag spoken", zoals ze het noemen. En ik dacht niet, en dat denk ik nog steeds, dat dergelijke zaken op het terrein van Walt Hardesty liggen. En ook niet op dat van onze Vergilius trouwens.'

'Lieve god, Sears...' zei Ricky.

'Vergeet het, Ricky, vergeet wat ik je heb verteld. Althans tot die jonge Wanderley komt opdagen.'

Jezus ze is hier geweest dat kan niet ze is dood, weerklonk het in zijn gedachten. Hij rukte zijn blik los van het dashboard waarnaar hij had zitten kijken terwijl Sears hem iets onmogelijks verzocht en keek zijn confrère recht in het bleke gezicht.

'Niet nog eens,' zei Sears. 'Wat het ook is, niet nog eens. Ik heb mijn portie gehad.'

...nee eerst haar voeten...

'Sears.'

'Ik kan niet meer, Ricky' zei Sears en stapte moeizaam uit.

Hawthorne verliet de auto aan zijn kant en over het dak heen keek hij naar Sears: een imposante man in het zwart. In een flits ontwaarde hij op het gezicht van zijn vriend de wasachtige trekken die hij in zijn droom had gezien. Achter hem en om hem heen zweefde Milburn zelf in een winterse atmosfeer, alsof ook de plaats ongemerkt was gestorven. 'Maar één ding kan ik je wel zeggen,' zei Sears. 'Ik wou dat Edward nog leefde. Dat denk ik heel vaak.'

'Ik ook,' zei Ricky zacht, maar Sears had hem de rug al toegekeerd en beklom de stoep naar de voordeur. Een opstekende wind verkilde Ricky's gezicht en handen en haastig liep hij Sears na terwijl hij weer moest niezen.

John Jaffrey

1

De arts die destijds het feest had gegeven, werd wakker uit een onrustige slaap omstreeks het tijdstip waarop Ricky Hawthorne en Sears James over een weiland liepen in de richting van iets dat eruitzag als een paar hopen vuile was. Kreunend keek Jaffrey in de slaapkamer om zich heen. Zijn omgeving leek op onnaspeurlijke wijze veranderd en niet ten goede. Zelfs aan de blote schouder van Milly Sheehan die naast hem doorsliep, mankeerde iets; Milly's ronde schouder had iets onstoffelijks, net vleeskleurige rook die in de lucht zweefde. Dat gold ook voor de slaapkamer als geheel. Het verschoten behang (blauwe strepen met rozen van een feller blauw), de tafel met de kleurige hoopjes kleingeld, het boek uit de bibliotheek *(Hoe word ik huisarts)* en een lamp, deuren en handgrepen van de hoge witte kast tegenover hem, het grijze gestreepte pak dat hij de vorige dag had gedragen en zijn smoking van gisteravond slordig over een stoel gegooid: alles leek ontdaan van een aantal kleurlagen, was wazig als het binnenste van een wolk. In deze kamer, tegelijk vertrouwd en onwezenlijk, kon hij niet blijven.
Jezus ze is hier geweest. Het waren zijn eigen woorden die wegstierven in de verbleekte lucht, alsof hij ze hardop had gezegd. Ze dreven hem ertoe haastig zijn bed uit te komen.
Jezus ze is hier geweest, en deze keer hoorde hij het hardop zeggen. De stem klonk vlak, zonder intonatie of trilling, niet als zijn eigen stem. Hij moest het huis uit. Van zijn dromen herinnerde hij zich alleen de laatste schokkende voorstelling; daaraan voorafgaand was het de gebruikelijke ervaring geweest van verlamd in een kale slaapkamer liggen, een slaapkamer die hij nooit eerder had gezien, en de nadering van een dreigend monster dat veranderde in een dode Sears en een dode Lewis, waarbij hij had aangenomen dat ook de anderen die droom hadden. Maar de voorstelling die hem nu zijn bed uitjoeg, was een andere, namelijk het vertrokken en met bloed besmeurde gezicht van een jonge vrouw – een vrouw die niet minder dood was dan Sears en Lewis in de vertrouwde droom – die hem met brandende ogen en grijnzend aankeek. Dat beeld was levendi-

ger dan alles om hem heen, levendiger dan zijn zelfbeeld. *(Jezus ze is hier geweest dat kan niet ze is dood.)*

Maar ze kon zich wel bewegen. Ze ging zitten en begon te grijnzen. Het eind was voor hem in zicht, zoals destijds voor Edward. In zekere zin wist hij het en hij was er dankbaar voor. Een beetje verbluft dat zijn handen niet dwars door de handgrepen van de commodela heen gingen, zocht Jaffrey sokken en ondergoed bij elkaar. De slaapkamer was vol onwezenlijk roze licht. Hij kleedde zich snel aan in wat hij willekeurig en blindelings uit de la had getrokken, verliet de slaapkamer en liep de trap naar de benedenverdieping af. Gehoorzamend aan een impuls waar hij al tien jaar aan gewend was geraakt, verdween hij in een achterkamertje, trok een kast open en haalde er twee ampullen en twee wegwerpspuiten uit. Hij ging op de draaibare bureaustoel zitten, rolde zijn linkermouw op, trok de spuiten uit de verpakking en legde er een op de metalen tafel naast zich.

Het meisje zat rechtop in de bebloede autostoel en grijnsde tegen hem door het portierraam. Ze zei: *Haast je, John.* Hij stak de eerste naald door de rubber dop van de ampul met insuline, zoog de vloeistof op en stak de naald in zijn arm. Zodra de spuit leeg was, trok hij hem terug en liet hem in de afvalbak onder de tafel vallen. Hij stak de tweede spuit in de tweede ampul die morfine bevatte en prikte de naald in dezelfde ader.

Haast je, John.

Geen van zijn vrienden wist dat hij diabeticus was, al sinds het begin van de jaren zestig. Ze wisten ook niet dat hij verslaafd was aan morfine, waarvan hij sinds dezelfde tijd steeds afhankelijker was geworden, ze waren alleen getuige geweest van de verwoestende gevolgen van dit ochtendritueel van de dokter.

De gebruikte spuiten in de afvalbak achterlatend ging Jaffrey zijn vestibule en wachtkamer binnen. De lege stoelen stonden in rijen tegen de wanden en op een daarvan verscheen een meisje in gescheurde kleren, met rode vegen op het gezicht en een mond waaruit iets roods droop. Ze zei: *Haast je, John.*

Hij tastte in een kast naar zijn overjas en verbaasde zich even dat zijn hand daar aan het uiteinde van zijn arm zo'n gaaf en goed functionerend iets was. Het was alsof iemand achter hem hulp bood bij het aantrekken van zijn jas. Hij greep een hoed van de plank boven de klerenhaken en strompelde zijn voordeur uit.

Het gezicht keek met een lachje op hem neer uit een bovenraam in het vroegere huis van Eva Galli. *Schiet nou op.* In een zonderlinge gang en zonder dat zijn voeten in de trijpen pantoffels de kou leken te voelen, liep hij langs het trottoir verder in de richting van het centrum. Tot hij de eerste hoek bereikte, voelde hij dat huis aan de overkant duidelijk achter zich aanwezig. Zijn openhangende overjas klapperde om de broek van zijn grijze pak en zijn smokingjas en bij de hoek kreeg hij een visioen dat het huis in brand stond, dat het was omhuld door transparante vlammen waarvan hij de hitte in zijn rug meende te voelen. Maar toen hij omkeek, bleek het niet in brand te staan, er waren geen doorschijnende vlammen, er was niets gebeurd.

Terwijl Ricky Hawthorne en Sears James in de keuken van een boerderij koffie zaten te drinken in gezelschap van Walt Hardesty, liep dokter Jaffrey, een magere man in een openhangende jas en met een hengelaarshoed op, in de broek van het ene pak en met een smokingjasje van een ander en op trijpen pantoffels, langs de voorkant van het Archer Hotel. Hij schonk er niet meer aandacht aan dan aan de wind die zijn overjas krachtig naar achteren rukte en achter hem aan deed wapperen. Eleanor Hardie, die bezig was het tapijt in de lobby van het hotel te stofzuigen, zag hem passeren, met de hand aan zijn hengelaarshoed, en ze dacht: Arme dokter Jaffrey, dat hij in dit weer naar een patiënt moet. De onderkant van het raam ontnam haar de blik op de trijpen pantoffels van de dokter. Ze zou verstomd hebben gestaan als ze hem op de hoek had zien weifelen en vervolgens de linkerzijde van de markt volgen, in feite terug in de richting van waaruit hij was gekomen.

Toen hij langs de hoge ramen van restaurant The Village Pump kwam, was William Webb, de jonge kelner die door Stella Hawthorne onheus was bejegend, bezig servetten en bestek uit te leggen en al op weg naar de achterzijde van de eetzaal, waar hem een ogenblik rust en een kop koffie wachtten. Hij bevond zich dichter bij de ramen dan Eleanor Hardie even tevoren zodat hij een vollediger beeld kreeg van het bleke, verwarde gezicht onder de vissershoed, de openhangende overjas waardoor de blote hals van de dokter en de smoking over het pyjamajasje te zien kwamen, en de gedachte kwam bij hem op: *die ouwe sukkel lijdt aan geheugenverlies.* De schaarse keren dat Bill Webb dokter Jaffrey in het restaurant had gezien, had hij er gegeten met een boek voor zich en een minimale fooi gegeven. Omdat Jaffrey vlugger begon te lopen, al stond hem op het gezicht te lezen dat hij er geen notie van had waar hij heen ging, liet Webb een handvol bestek op tafel vallen en rende de zaak uit.

Dokter Jaffrey draafde met zwaaiende armen langs het trottoir. Webb vloog hem na en haalde hem in bij de verkeerslichten een straat verder; de voortsnellende dokter had iets weg van een hoekige vogel. Webb trok hem aan de mouw van zijn zwarte overjas.

'Kan ik iets voor u doen, dokter Jaffrey?'

Dokter Jaffrey.

Op het punt over te steken zonder op het verkeer te letten – dat er overigens niet was – draaide Jaffrey zich om naar Webb, want hij had een geluidloos bevel opgevangen. Bill Webb wachtte een schokkende ervaring. Een man die hij van gezicht kende, een man die nooit zelfs maar een beleefde belangstelling voor hem had getoond, keek hem nu aan met een gezicht waarop buitensporige angst stond te lezen. Webb trok zijn hand terug zonder te beseffen dat de dokter niet een onopvallende kelner, maar een overleden meisje voor zich zag dat met bloedende mond tegen hem grijnsde.

'Ik ga al,' zei de dokter. 'Ik ga nu meteen.'

'Eh, goed hoor,' zei Webb.

De arts draaide zich om, vluchtte weg en kwam zonder ongelukken aan de overkant van de straat. Als een fladderende vogel rende hij verder langs het linkertrottoir van Maine Street, met wapperende jas en heen en weer gaande ellebogen. Webb was zo overdonderd door de blik waarmee de dokter hem had aangekeken, dat hij de oude man met open mond nastaarde, tot hij besefte dat hij zelf geen jas aan had en een straat van het restaurant verwijderd was.

3

In het brein van dokter Jaffrey had zich een scherp beeld gevormd, veel duidelijker dan dat van de huizen die hij voorbijrende. Het was dat van een stalen brug met dubbele rijstrook over het riviertje waarin Sears eens een om een zware steen gewikkelde blouse had gesmeten. De hengelaarshoed werd hem door een windvlaag van het hoofd gerukt en ook dat zag hij een ogenblik heel duidelijk voor zich terwijl het hoofddeksel in een gracieuze boog door de lucht zeilde.

117

'Ik ga nu,' zei hij.

Op een normale dag had John Jaffrey recht op die brug kunnen aanlopen zonder zich af te vragen welke straten hij moest passeren, maar deze ochtend dwaalde hij in toenemende paniek door Milburn en slaagde er niet in de brug te vinden. Hij zag de brug helder voor zich – de klinknagels met ronde koppen, de dofgrijze metaalvlakken – maar zodra hij zich de locatie trachtte voor te stellen, werd het beeld wazig. Huizen? Hij sloeg Market Street in, bijna verwachtend dat de brug zou opdoemen tussen Burger King en het warenhuis. Hij zag alleen de brug voor zich, maar dacht daarbij niet aan een rivier.

Bomen? Een park? Het beeld dat de woorden opriepen, was zo krachtig dat hij het als teleurstellend onderging toen hij aan het eind van Market Street alleen verlaten straten zag met opgehoopte sneeuw langs de trottoirbanden. *Doorlopen, dokter.* Hij struikelde en hield zich staande door zich vast te grijpen aan een paal, het embleem voor een kapperszaak.

Bomen? Een paar verspreid staande bomen in een landschap? Nee. En die wazige huizen ook niet.

Half verblind dwaalde de dokter verder, door straten die hij had moeten kennen. Hij ging van het marktplein naar Washington Street aan de zuidkant en vandaar naar Milgrim Lane, en langs deze aflopende straat passeerde hij de houten driekamerwoningen tussen autobedrijfjes en levensmiddelenwinkels. Daarna kwam hij bij The Hollow, waar een grimmige armoede heerste en men hem nauwelijks kende, terwijl hij nog altijd in Milburn was. Hier had hij in moeilijkheden kunnen komen als het niet zo koud was geweest en als het begrip *moeilijkheden* niet allang zijn verstand te boven was gegaan. Niettemin herkenden verschillende mensen hem op zijn tocht. De bewoners van The Hollow die hem zagen passeren, beschouwden hem als de een of andere gek in maffe kleren die niet meer te helpen was. Toen hij bij toeval weer in de goede richting liep en in stillere straten kwam met kale bomen rondom grote gazons, namen degenen die hem zagen lopen aan dat de auto van de dokter ergens vlak bij stond, want Jaffrey liep nu op een drafje en had geen hoed op. Een postbode greep hem bij de arm en vroeg: 'Man, heb je hulp nodig?' Hij deinsde terug voor de starre blik vol angst waarvan Bill Webb zo was geschrokken. Maar geleidelijk aan kwam Jaffrey weer in de buurt van het zakencentrum.

Nadat hij tweemaal Benjamin Harrison Oval was rondgelopen en beide keren de toegangsweg naar de brug niet had gevonden, gaf een geduldige stem in zijn hoofd hem de raad: *Loop nog eenmaal rond en neem de tweede zijstraat rechts, dokter.*

'Bedankt,' fluisterde hij, want hij had behalve geduld ook vrolijkheid beluisterd in de stem die hem destijds onmenselijk, zonder klank had geleken.

En weer dwong John Jaffrey zich, uitgeput en verkleumd, tot de zware gang langs de bandenherstellers en manufacturenwinkels aan Benjamin Harrison Oval, moeizaam zijn knieën optillend als een uitgeput paard voor de melkwagen. Tenslotte vond hij Bridge Approach Lane, de toegang tot de brug.

'Ja, natuurlijk,' zei hij hijgend zodra hij eindelijk de grauwe boog van de brug boven de winterse rivier in zicht kreeg. Voortdraven kon hij niet meer; in feite kon hij nauwelijks meer lopen. Een van de pantoffels was hij kwijtgeraakt en in de voet waaraan hij had gezeten had hij geen enkel gevoel meer. Hij had een stekende pijn in zijn zij, zijn hart klopte zwaar en zijn longen deden ontzettend zeer. De brug was het antwoord op zijn gebed en hij strompelde erheen. Híer hoorde de brug te liggen, op deze stormachtige plek waar de oude bakstenen huizen grensden aan drassig land vol onkruid, waar de wind een hand leek die hem tegenhield.

Nu, dokter.

Hij knikte en toen hij naderbij kwam, zag hij waar hij kon gaan staan. Vier grote halfronde metalen platen, onderling verbonden door dwarsbalken, vormden golvende lijnen aan weerskanten van de brug. Midden op de brug ging een dikke stalen steunbalk recht omhoog.

Toen hij van de betonnen oprit op het stalen brugdek kwam, voelde hij het niet maar wel voelde hij de brug onder zich bewegen, alsof het brugdek bij elke krachtige windstoot even werd opgetild. Zodra hij de bovenbouw had bereikt, trok hij zich aan de leuning voort. Nadat hij de steunbalk in het midden had bereikt, greep hij zich vast aan een van de sporten, zette zijn gevoelloze voet op de onderste sport en trachtte omhoog te klimmen naar de platte leuning. Hij bleek er niet toe in staat.

Hij bleef even staan met zijn handen om de hoge sport en zijn voeten op de lage, een bejaarde gehangene, zo zwaar ademend dat het klonk alsof hij snikte. Hij zag kans zijn voet met pantoffel op te tillen en een sport hoger neer te zetten. Met volle inzet van wat hij voelde als zijn laatste krachten hees hij ook zijn lichaam op, waarbij wat weefsel van zijn blote voetzool aan de bevroren onderste sport bleef zitten. Hijgend bleef hij staan op de tweede sport van onderen

en zag dat hij nog twee sporten hoger moest om op de platte bovenkant van de leuning te kunnen stappen. Eerst verplaatste hij zijn
ene, daarna zijn andere hand naar de volgende sport. Daarna verplaatste hij de voet met de pantoffel, en met wat hem een heroïsche
inspanning leek, ook de andere voet.

De pijn trok door zijn hele been; hij klemde zich vertwijfeld vast en
liet zijn blote voet in de koude wind hangen. Een ogenblik leek het
te veel te zijn geweest en hij vreesde dat hij van ellende zou neervallen op het brugdek. Hij zou geen kracht meer hebben om opnieuw
naar boven te klimmen.

Heel voorzichtig zette hij de fel schrijnende voet op de volgende
sport, alleen de tenen. Dat gaf hem voldoende steun. Opnieuw verplaatste hij zijn verstijfde armen. De voet met de pantoffel ging een
sport hoger, uit zichzelf, leek het. Hij trachtte zich op te trekken,
maar zijn armen trilden behoorlijk. De spieren in zijn schouders
leken uiteen te vallen. Tenslotte gooide hij zich omhoog en voelde
als het ware dat een hand in zijn rug hem verder duwde. Zijn vingers
kregen de hogere sport te pakken en hij was er bijna.

Voor het eerst werd hij zich bewust van zijn blote voet, waaruit
bloed druppelde. De pijn werd erger; het was of zijn hele been in
brand stond. Hij zette de voet op de vlakke bovenkant van de leuning en klemde zich met beide uitgeputte armen vast, terwijl hij de
andere voet optrok.

Onder hem glinsterde vaag het water. De wind greep hem bij zijn
haar en bij de jaspanden.

Staande op een vloer van grauwe wind zag hij Ricky Hawthorne
staan, gekleed in tweed jas en met vlinderdas, zijn handen in een
karakteristiek gebaar ineengeklemd tegen de gesp van zijn broek-
riem. 'Goed gedaan, John,' zei hij met een droge, vriendelijke stem.
De beste van allemaal, de aardigste, die kleine Ricky Hawthorne die
werd bedrogen door zijn vrouw.

'Jij laat je te veel door Sears overheersen,' zei John Jaffrey op zachte
toon.

'Dat weet ik wel,' lachte Ricky. 'Ik ben een geboren ondergeschikte.
Sears is altijd een leidersfiguur geweest.'

'Geen sprake van,' wilde Jaffrey zeggen. 'Dat is hij niet, hij...' Maar
de gedachte ontglipte hem.

'Niet dat het van enig belang is,' zei de luchtige, droge stem. 'Stap
maar van die brug af, John.'

Dokter Jaffrey keek neer in het grauwe water. 'Nee, dat kan ik niet.
Ik had iets anders in gedachten. Ik wilde...' Hij raakte in verwar-

ring.

Toen hij weer opkeek, viel zijn mond open. Edward Wanderley, die hem nader had gestaan dan een van de anderen, stond op de wind in plaats van Ricky. Hij droeg wat hij op die avond van het feest had gedragen: zwarte schoenen, een grijze flanellen broek en een gebloemd overhemd. Een bril met zwart montuur hing aan een zilveren koordje. Hij zag er knap uit met zijn artistieke grijze haar en zijn dure kleren en hij glimlachte tegen hem vol meegevoel, bezorgdheid en vriendschap. 'Dat heeft even geduurd,' zei hij.

Dokter Jaffrey begon te huilen.

'Het wordt tijd met dat gedoe op te houden,' deelde Edward hem mee. 'Je hoeft maar één stap te doen. Zo simpel als wat, John.'

Dokter Jaffrey knikte.

'Doe die stap maar, John. Je bent te moe om iets anders te doen.'

Dokter Jaffrey stapte van de brug.

In de diepte zag Omar Norris, die zich beneden bij de rivier bevond achter de beschutting van een dikke stalen plaat, hem in het water storten. De dokter verdween, kwam even later weer boven en maakte met het gezicht omlaag een halve draai, waarna hij met de stroom de rivier begon af te drijven. 'Verrek,' zei Omar; hij had de enige plek gezocht waar hij wist dat hij zijn fles whisky kon drinken zonder dat advocaten, de sheriff, zijn vrouw of wie dan ook hem aan de kop zeurden en zeiden dat hij op de sneeuwploeg moest stappen en de straten schoonvegen. Hij goot nog wat whisky in zijn mond en kneep zijn ogen dicht. Toen hij ze weer opensloeg, zag hij het weer, maar nu iets dieper in het water, want de zware overjas trok het lichaam al omlaag. 'Verrek.' Hij deed de dop op de fles, kwam overeind en trotseerde opnieuw de straffe wind om op zoek te gaan naar iemand die zou weten wat er gedaan moest worden.

2

Jaffreys feest

Maakt plaats, gij vrouwen, en gaat heen!
Beroemt u niet op u zelven!
Want straks verschijnt er hier een
wiens gelaat u in de schaduw zal stellen.

'A Praise of His Lady',
Tottel's Miscellany, 1557

1

De volgende gebeurtenissen vonden plaats een jaar en een dag eerder, op de avond van de laatste dag van hun gouden eeuw. Niet een van hen wist dat ze hun gouden eeuw beleefden, noch dat die ten einde liep: in feite zouden ze, zoals de meesten met een comfortabel bestaan, voldoende vrienden en de zekerheid van brood op de plank, hun aller bestaan hebben beschouwd als een proces van geleidelijke, hoewel misschien niet waarneembare vooruitgang. Na de crises van jeugd en middelbare leeftijd te hebben overleefd meenden ze over voldoende wijsheid te beschikken om de komende crises van de ouderdom het hoofd te kunnen bieden. Ze hadden oorlogen, echtelijke ontrouw, geschipper en verandering aan zich voorbij zien gaan en waren van mening dat ze vrijwel alles hadden meegemaakt wat ze *wensten* mee te maken; ze verlangden niet naar meer.

Toch waren er dingen die ze niet hadden meegemaakt en die hun nog te wachten stonden.

Een bepalend kenmerk van een 'gouden eeuw' is altijd in menselijke, zo niet in historische zin, de dagelijksheid ervan, dat wil zeggen dat het gaat om een reeks bevredigingen op het niveau van het dagelijks leven. Mogelijk was Ricky Hawthorne het enige lid van het Chowder Genootschap dat hiervoor oog had, al zou het mettertijd tot hen allen doordringen.

2

'Nou, we moeten maar eens gaan.'

'Wat? En je bent zo gek op feesten, Stella.'

'Ik heb een merkwaardig voorgevoel wat dit feest betreft.'

'Wil je die actrice soms niet ontmoeten?'

'Mijn belangstelling voor negentienjarige schoonheden is altijd uiterst beperkt geweest.'

'Edward is blijkbaar weg van haar.'

'Ach, Edward.' Stella, die aan haar toilettafel haar haar zat te borstelen, lachte tegen Ricky's spiegelbeeld. 'Nou ja, alleen de reactie van Lewis Benedikt op Edwards ontdekking zal al boeiend zijn.' Toen veranderde het lachje op haar gezicht, waarbij de dunne spiertjes rondom haar mondhoeken zich samentrokken. 'Het is me nogal iets om uitgenodigd te worden voor een bijeenkomst van het Chowder Genootschap.'

'Dat is het niet, het gaat om een feest,' wees Ricky haar zonder succes terecht.

'Ik ben altijd van mening geweest dat vrouwen toegang behoren te hebben tot die vermaarde avonden van jullie.'

'Dat weet ik,' zei Ricky.

'En om die reden ga ik met je mee.'

'Het gaat niet om het Chowder Genootschap, zeg ik je toch. Het is gewoon een feestje.'

'Wie heeft John dan nog meer uitgenodigd behalve jou en die kleine actrice van Edward?'

'Iedereen, geloof ik,' antwoordde Ricky naar waarheid. 'Maar wat had jij voor een voorgevoel?'

Stella hield haar hoofd scheef, veegde met haar pink langs haar lippenstift, keek zichzelf in de vrolijke ogen en zei: 'Alsof er iemand over mijn graf liep.'

3

Gezeten naast Ricky terwijl hij haar wagen het korte stuk naar Montgomery Street reed, zei Stella, die ongewoon zwijgzaam was geweest nadat ze van huis waren gegaan: 'Wel, als inderdaad iedereen komt, zullen er allicht een paar nieuwe gezichten bij zijn.'

Ricky voelde een beschamende scheut jaloezie door zich heen gaan, wat precies Stella's bedoeling was geweest.

'Het is wel vreemd, hè?' Stella's stem klonk luchtig, welluidend en zelfverzekerd, alsof ze niet meer dan iets heel onschuldigs had bedoeld.

'Wat is vreemd?'

'Dat een van jullie een feest geeft. De enigen die we kennen die feesten geven, zijn we zelf en we doen het niet vaker dan tweemaal per jaar. Ik kan er nog niet bij... John Jaffrey! Ongelooflijk dat Milly Sheehan hem zijn gang heeft laten gaan.'

'De glans van de theaterwereld, neem ik aan,' zei Ricky.

'Het enige dat voor Milly glans heeft, is John Jaffrey,' antwoordde Stella en schoot in de lach bij de gedachte aan hun vriend die ze in elke blik van zijn huishoudster weerspiegeld zag. Stella, die in bepaalde praktische zaken verstandiger leek dan een van de mannen om haar heen, speelde wel eens met het idee dat dokter Jaffrey een of ander verdovend middel gebruikte en ze was ervan overtuigd dat Milly en haar werkgever niet in afzonderlijke bedden sliepen.

Omdat Ricky nog nadacht over zijn eigen opmerking, was de wijsheid van zijn vrouw hem ontgaan. 'De glans van de theaterwereld', hoe ongerijmd en onbekend het te Milburn ook mocht klinken, had blijkbaar vat gekregen op Jaffreys fantasie. Tevoren was zijn geestdrift voornamelijk uitgegaan naar de deskundig aan de haak geslagen forel, maar de laatste drie weken was de jeugdige vriendin van Edward Wanderley meer en meer een obsessie voor hem geworden. Edward had zelf nogal geheimzinnig gedaan over het meisje. Ze was nieuw, ze was heel jong en ze was op dat moment een 'ster', wat dat ook mocht betekenen. Dergelijke figuren had Edward nodig: het was op zichzelf niets bijzonders dat Edward haar had gekozen als hoofdfiguur voor zijn volgende autobiografische spookverhaal. De geijkte procedure was dat Edward zijn hoofdpersoon gedurende een aantal weken en zo lang als het boeiend bleef in een bandrecorder liet praten, waarna hij met grote bekwaamheid de opgenomen herinneringen verwerkte tot een boek. De overige research werd gedaan per post of telefoon met ieder die zijn hoofdpersoon kende of gekend had; zelfs het genealogisch onderzoek werd door Edward niet verwaarloosd. Het opnemen gebeurde voor zover mogelijk bij Edward thuis en de planken langs de wanden van zijn werkkamer stonden vol banden. Edward was trots op dat materiaal en liet doorschemeren dat er heel wat appetijtelijke en ongepubliceerde onthullingen op voorkwamen. Ricky had zelf nauwelijks belangstelling voor het persoonlijke en seksuele leven van acteurs en hetzelfde gold voor zijn vrienden, dacht hij. Maar toen het stuk *Iedereen zag de zon opkomen* een maand met een andere bezetting werd gespeeld, was Ann-Veronica Moore in die tijd naar Milburn gekomen. Tenslotte had John Jaffrey nog maar één doel voor ogen gehad: het meisje bij zich thuis ontvangen. En vreemd genoeg was hij daar ook in geslaagd, want ze had erin toegestemd een feest waarop zij de eregast zou zijn, bij te wonen.

'Mijn hemel,' zei Stella bij het zien van het aantal wagens dat bij Jaffreys huis langs het trottoir geparkeerd stond.

'John stapt vanavond de mondaine wereld in,' zei Ricky. 'Hij wil pronken met zijn verovering.'

Ze parkeerden verderop in de straat en liepen in de koude lucht haastig terug naar de voordeur. Stemmen en muziek kwamen hun ritmisch tegemoet.

'Als je me nou,' zei Ricky. 'Hij gebruikt zijn praktijkruimten ook.'

127

En dat deed hij inderdaad. Een jonge man die door de talrijke gasten tegen de voordeur werd gedrukt, liet hen binnen. Ricky herkende hem als de laatste bewoner van het huis van Eva Galli. Hij nam Ricky's bedankje met een bescheiden gegrinnik in ontvangst en lachte vervolgens tegen Stella. 'U bent mevrouw Hawthorne?' vroeg hij. 'Ik heb u hier en daar wel eens gezien, maar we hebben nog niet kennisgemaakt.' Voor de naam van de man Ricky te binnen schoot, had hij Stella de hand gedrukt met de woorden: 'Freddy Robinson. Ik woon aan de overkant.'

'Aangenaam, meneer Robinson.'

'Het is een pracht van een feest.'

'Dat zal vast wel,' zei Stella en er speelde een verhuld lachje om haar mond.

'Jassen hier in de spreekkamer, drankjes boven. Kan ik iets voor u te drinken halen terwijl u en uw man zich van de jassen ontdoen?'

Stella nam zijn blazer, zijn geruite broek en flodderige fluwelen vlinderdasje op en keek hem in het dwaas enthousiaste gezicht. 'Doet u geen moeite, meneer Robinson.'

Samen met Ricky verdween ze in de spreekkamer, waar overal jassen waren neergegooid.

'Lieve god,' zei Stella. 'Wat zou die jongeman voor de kost doen?'

'Iets in verzekeringen, dacht ik.'

'Ik had het kunnen weten. Zullen we naar boven gaan, Ricky?'

Ricky nam haar bij een koele hand en loodste haar door de drom randfiguren van het feest naar de trap. Op een tafel stond een grammofoon discomuziek te spelen en jongeren stapten of kronkelden heen en weer. 'John heeft inspiratie gehad,' zei Ricky nadenkend.

'Of een zonnesteek,' zei Stella vlak achter hem.

'Hallo, meneer Hawthorne,' zei een lange jongen, een oude tiener, zoon van een cliënt.

'Hallo, Peter. Het is ons hier beneden te rumoerig. Ik ben op zoek naar de Glen Miller-afdeling.'

De helderblauwe ogen van Peter Barnes keken hem uitdrukkingsloos aan. Kwam hij al zo vreemd over op jongeren? 'Kunt u me iets over Cornell vertellen?' vroeg de jongen. 'Ik wil er gaan studeren, misschien kan ik vervroegd toegelaten worden. Dag mevrouw Hawthorne.'

'Het is een goed instituut. Ik hoop dat je er kunt komen,' zei Ricky. Stella prikte hem vinnig in de rug.

'O, vast wel. Ik weet dat ik het haal. Ik had hoge proefwerkcijfers. Pa is boven. Weet u...'

'Ja, wat?' vroeg Stella. Weer prikte ze Ricky in de rug.
'We zijn allemaal uitgenodigd omdat we ongeveer net zo oud zijn als Ann-Veronica Moore, maar ze hebben haar meteen mee naar boven genomen zodra ze met meneer Wanderley binnenkwam. We hebben niet eens met haar gesproken.' Hij gebaarde naar de lui die de herrie veroorzaakten in de beperkte ruimte beneden. 'Maar Jim Hardie heeft haar de hand gekust. Net iets voor hem. Die durft altijd meer dan een ander.'
Ricky zag de zoon van Eleanor Hardie een reeks rituele danspassen uitvoeren, samen met een meisje met lang zwart haar tot aan het middel. Hij herkende Penny Draeger, de dochter van de drugstore-eigenaar die een cliënt van hem was. Ze stapte opzij, draaide zich snel om en zette haar achterste tegen Hardies kruis. 'Hij lijkt me een veelbelovende jongeman,' kirde Stella. 'Peter, wil je me een plezier doen?'
'Eh… natuurlijk,' zei de jongen verbluft. 'Wat?'
'Maak wat ruimte zodat mijn man en ik naar boven kunnen.'
'Doe ik toch. Maar ziet u, we waren uitgenodigd om Ann-Veronica Moore te leren kennen en daarna konden we wel naar huis gaan. We mochten van mevrouw Sheehan niet eens naar boven. Ze dachten zeker dat ze met ons zou willen dansen, maar ze hebben haar de kans niet eens gegeven. En om tien uur gooit mevrouw Sheehan ons er allemaal uit, heeft ze gezegd. Behalve hem zeker.' Hij knikte met zijn hoofd richting Freddy Robinson, die zijn arm om de schouders van een giechelend schoolmeisje had geslagen.
'Heel onrechtvaardig,' zei Stella. 'Maar wees nu zo vriendelijk een pad voor ons te hakken door het kreupelhout.'
'O ja.' Hij werkte hen door de overvolle ruimte naar de trap met een gezicht alsof hij tegen zijn zin een uitje van het plaatselijk gekken-huis begeleidde. Zodra ze op de trap stonden en Stella al statig naar boven stapte, bukte de jongen zich en fluisterde Ricky in het oor: 'Wilt u ook iets voor mij doen, meneer Hawthorne?' Ricky knikte. 'Groet haar dan van me. Ze is echt een stuk…'
Ricky begon luid te lachen en Stella keek hem over haar schouder niet-begrijpend aan. 'Ik kom, schat,' zei hij en volgde haar de trap op naar de stillere regionen van het huis.

Ze zagen John Jaffrey handenwrijvend op de overloop staan. Uit de woonkamers kwam gedempte pianomuziek naar buiten. 'Stella! Ricky! Wat een feest, hè?' Hij maakte een weids gebaar in de richting van de kamers. Het was er even vol als beneden, maar dan met mannen en vrouwen van middelbare leeftijd – de ouders van de tieners, buren en kennissen van Jaffrey. Ricky herkende een paar welvarende boeren van buiten de stad, de drogist Rollo Draeger, Louis Price, een makelaar die hem wel eens bruikbare tips had gegeven, zijn tandarts Harlan Bautz die al aardig aangeschoten leek en nog enkele heren die hij niet kende en die wel van de universiteit zouden zijn – Milly Sheehan had een neef die er college gaf, herinnerde hij zich. Hij zag Clark Mulligan, directeur van de plaatselijke bioscoop, Walter Barnes en Edward Venuti van de bank, beiden in smetteloos witte coltrui, en Ned Rowles, hoofdredacteur van het lokale dagblad. Eleanor Hardie die met beide handen een lang glas ter hoogte van haar borsten hield, had haar gezicht met het hoge voorhoofd opgeheven naar Lewis Benedikt. Sears stond tegen een boekenkast geleund en leek' het niet naar zijn zin te hebben. De gasten weken wat uiteen en Ricky begreep waarom. Op de lege plek stond de vrouw van de drogist, Irmengard Draeger, in haar mans oor te fluisteren en Ricky wist precies wat ze zei: *Ik heb drie jaar gestudeerd voor ik je leerde kennen, Rollo. Ik vind dat ik beter verdiend heb dan dit gat van een provincieplaats. Werkelijk, als het niet om Penny was, zou ik vandaag nog mijn bullen pakken.* Het was het oude, lyrische liedje dat Irmengard tien jaar lang tot vervelens toe had gezongen.

'Ik begrijp niet waarom ik zoiets niet eerder heb gedaan,' zei John met stralend gezicht. 'Ik voel me opeens tien jaar jonger.'

'Dat is geweldig, John,' zei Stella en kuste hem op de wang. 'Hoe vindt Milly het?'

'Zo zo.' Zijn gezicht betrok. 'Ze snapte helemaal niet waarom ik een feest wilde geven, en waarom ik juffrouw Moore wilde uitnodigen snapte ze nog minder.'

Op dat moment kwam Milly juist in zicht met een schaal hapjes die ze de bankiers Barnes en Venuti voorhield. Te oordelen naar de trek op haar gezicht, dacht Ricky, had ze zich van het eerste moment af tegen het idee verzet. 'Waarom wilde jij dat dan?' vroeg hij.

'Excuseer me, John, ik ga me in de menigte storten,' zei Stella. 'Je hoeft geen drankjes voor me te halen, Ricky, ik vind ergens wel een onbeheerd glas.' Ze ging de kamer binnen en zette koers naar Ned Rowles. Lou Price, wat gangsterachtig in een krijtstreepje met twee rijen knopen, greep haar bij de hand en kuste haar op de wang.

'Een prachtmeid,' zei John Jaffrey en beiden keken ze haar na. Stella zei in het voorbijgaan een of ander tegen Price en liep door naar

Ned Rowles. 'Ik wou dat we er meer van haar soort hadden.' Rowles draaide zich om en zag Stella naar zich toe komen, en zijn gezicht begon te stralen. In zijn corduroyjasje met het rossige haar en het serieuze gezicht leek hij eerder op een aankomend verslaggever dan op een hoofdredacteur. Hij kuste Stella ook, maar op de mond, en hield daarbij haar beide handen vast. 'Waarom ik het wilde?' John hield het hoofd scheef en vier diepe plooien tekenden zich opzij in zijn hals af. 'Dat weet ik eigenlijk zelf niet. Edward is zo verslingerd aan dat meisje dat ik haar wilde leren kennen.'

'Verslingerd?'

'Nou en of. Wacht maar, dan zul je het zelf wel zien. Trouwens, ik heb alleen te maken met mijn patiënten, Milly en het Chowder Genootschap, en het leek me tijd eens even uit de band te springen. Er nog wat van te maken voor ik doodval.'

Het was een lichtzinnige opmerking voor John Jaffrey en Ricky wendde de blik af van zijn vrouw en Ned Rowles, die nog hand in hand stonden, en keek zijn vriend aan.

'Weet je waar ik niet over uit kan? Dat een van de beroemdste actrices van Amerika zich op dit moment een verdieping hoger in mijn huis bevindt.'

'Is Edward bij haar?'

'Hij zei dat ze zich even moest opknappen voor ze naar binnen ging. Ik denk dat hij haar uit haar jas moet helpen of iets dergelijks.' Het gehavende gezicht van Jaffrey glom van trots.

'Ik dacht niet dat ze al een van de beroemdste actrices van Amerika was, John.' Stella was doorgelopen en Ned Rowles maakte een geestdriftige opmerking tegen Ed Venuti.

'Nou, dan wordt ze het wel. Dat denkt Edward ook en die heeft altijd gelijk in dat soort zaken. Ricky!' Jaffrey greep hem bij zijn bovenarmen. 'Heb je die jongeren beneden zien dansen? Is het niet fantastisch? Jongeren die feest vieren in míjn huis? Ik dacht dat ze haar graag zouden ontmoeten. Dat is een hele eer, ja toch? Ze blijft hier nog maar een paar dagen. Edward is bijna klaar met banden opnemen en zij moet terug naar New York, weer in het stuk spelen. Maar vanavond is ze mijn gast! Ricky, mijn hemel...'

Ricky kreeg de behoefte Jaffrey een koud kompres op het voorhoofd te leggen.

'Wist je dat ze zomaar uit het niets naar boven is gekomen? Ze was de beste van haar klas dramatiek en binnen een week kreeg ze de rol in *Iedereen zag de zon opkomen*.'

'Nee, dat wist ik niet, John.'

'Ik kreeg daareven een schitterende gedachte. Doordat ze hier in mijn huis is. Ik stond even te luisteren naar die discomuziek van beneden en ik ving wat flarden op van de plaat van George Shearing die ze draaiden, en toen dacht ik: Daar beneden heb je het ruige, dierlijke leven, jongeren die rondspringen op dat soort ritme. Op deze verdieping hebben we het meer intellectuele gezelschap, artsen en advocaten, de respectabele middenklasse, en boven de gratie, het talent, de schoonheid – de geest. Snap je? Het lijkt de evolutie wel. Ze is het meest etherische wezentje dat je je kunt voorstellen. En ze is pas achttien.'

Ricky had John Jaffrey nog nooit zo'n fantastische theorie horen ontwikkelen. Hij begon zich bezorgd te maken over de bloeddruk van de dokter. Op dat moment hoorden ze allebei een deur dicht-gaan op de etage boven hen en de zware stem van Edward die iets zei met de schalkse intonatie van een grapje.

'Stella zei geloof ik dat ze negentien was,' zei Ricky.

'Sssst.'

Een buitengewoon mooi meisje kwam de trap af. Ze droeg een een-voudig groen jurkje en haar haar golfde om haar heen. Even later zag Ricky dat haar ogen dezelfde kleur als de jurk hadden. Ze be-woog zich met trage, ritmische precisie, schonk hun een vluchtige maar betoverende glimlach en liep hen voorbij, even met haar vin-gers langs Jaffreys borst strijkend. Zo'n vrouw had hij niet meer gezien sedert Louise Brooks in *Pandora's Box*.

Hij keek naar Edward Wanderley en zag dat John Jaffrey gelijk had. Edward was zo trots als een pauw. Hij had het duidelijk zwaar te pakken van het meisje en gunde zich niet eens de tijd haar aan zijn oude vriend voor te stellen. Gezamenlijk worstelden ze zich de volle kamer binnen. Edward sloeg zijn arm in een vlot gebaar om Ricky's schouder en zei: 'Ricky, je ziet er goed uit!' Edward was een half hoofd langer dan hij en terwijl ze zich een weg naar binnen baanden, rook Ricky een prijzige eau de cologne. 'Ja, inderdaad. Maar wordt het geen tijd die vlinderdassen eens af te schaffen? De tijd van Ar-thur Schlesinger is voorbij.'

'Ik ben nog van voor die tijd,' zei Ricky.

'Welnee, hoor eens, je bent zo oud als je je voelt. Ik draag niet eens een stropdas meer. Over tien jaar draagt tachtig procent van de Amerikaanse mannen alleen nog een das bij bruiloften en begrafe-nissen. Dan gaan Barnes en Venuti daar in hun coltruien naar de bank.' Hij keek de kamer rond. 'Verdomme, waar is ze zo gauw gebleven?' Ricky, die een nieuwe das het liefst tot in zijn bed droeg, keek naar Edwards blote hals terwijl zijn vriend de volle kamer afzocht. Hij vond dat die hals er nog peziger uitzag dan die van John Jaffrey en besloot maar liever een das te blijven dragen. 'Drie weken ben ik met dat kind opgetrokken en ik heb nog nooit zo'n fantastische hoofdpersoon gehad. Ook al zou ze alles uit haar duim zuigen, wat best mogelijk is, dan nog wordt dit het beste boek dat ik ooit zal schrijven. Ze heeft een *afschuwelijk* leven gehad, werkelijk afgrijselijk. Je krijgt er tranen van in de ogen; ik zit er soms gewoon bij te huilen. Ze is te goed voor dat Broadway-niemendalletje, zeg ik je, veel te goed. Als ze wat ouder is, wordt ze een grote tragédienne.' Met rood hoofd begon Edward te schateren om zijn eigen overdrijving. Net als John was hij over zijn toeren.

'Het lijkt wel of jullie zijn besmet door dat meisje, als een virus,' zei Ricky.

John gniffelde en Edward zei: 'De hele wereld raakt door haar besmet, Ricky. Ze is werkelijk heel getalenteerd.'

Er schoot Ricky iets te binnen. 'O ja,' zei hij, 'je neef Donald heeft groot succes met zijn nieuwe boek. Gelukgewenst.'

'Ja, leuk dat ik niet het enige schrijverstalent in de familie ben. En misschien helpt het hem de dood van zijn broer te boven te komen. Een eigenaardige geschiedenis was dat, heel eigenaardig, ze waren blijkbaar beiden met hetzelfde meisje verloofd. Maar vanavond willen we niet aan sombere dingen denken. Vanavond is het feest.'

John Jaffrey knikte geestdriftig.

4

'Ik heb je zoon beneden gesproken, Walt,' zei Ricky tegen Walt Barnes, de oudste van beide bankiers. 'Hij had het over zijn plannen. Ik hoop dat het hem gelukt.'

'Ja, Pete heeft voor Cornell gekozen. Ik hoopte dat hij althans moeite zou doen voor Yale, waar ik gestudeerd heb. Ik denk nog steeds dat hij het zou hebben gehaald.' Barnes, een corpulente man met hetzelfde koppige gezicht als zijn zoon, had geen behoefte aan Ricky's gelukwens. 'De jongen voelt er niet eens meer voor. Hij beweert dat Cornell voor hem goed genoeg is. "Goed genoeg". Die generatie van hem is nog conservatiever dan de mijne. Cornell is toch maar een kinderachtig instituut, waar ze elkaar nog met eten om de oren smijten. Negen of tien jaar geleden was ik nog bang dat Peter zo'n radicale figuur zou worden met een baard, zo'n bommensmijter, maar intussen ben ik bang dat hij minder zal bereiken dan hij zou kunnen.'

Ricky mompelde iets dat op een sympathiebetuiging leek.

'Hoe gaat het met jouw kinderen? Zitten ze beiden nog aan de west-kust?'

'Ja. Robert is leraar Engels aan een middelbare school. De man van Jane is net benoemd tot vice-president.'

'Vice-president van wat?'

'Beveiliging.'

'Zo zo.' Ze namen een teug uit hun glas en deden geen van beiden een poging commentaar te leveren op de promotie tot vice-president beveiliging binnen een verzekeringsmaatschappij. 'Zijn ze nog van plan met Kerstmis thuis te komen?'

'Dat geloof ik niet. Ze hebben allebei een behoorlijk druk leven.' In feite was het al maanden geleden sinds de beide kinderen Ricky en Stella hadden geschreven. Het waren gelukkige kleuters geweest en onhandelbare tieners en nu ze beiden tegen de veertig liepen, waren het onbevredigde volwassenen. De schaarse brieven van Robert waren nauwelijks verhulde verzoeken om geld. Die van Jane waren oppervlakkig opgewekt, maar Ricky proefde er wanhoop in. ('Ik begin nu echt iets in mezelf te zien', een bewering die voor Ricky het tegenovergestelde betekende, omdat het wat al te vlot klonk.) Ricky's kinderen, die hij had aanbeden, waren inmiddels ver verwijderde planeten. Hun brieven deden hem pijn, hen ontmoeten was nog erger. 'Nee,' zei hij, 'ik denk niet dat ze het deze keer halen.'

'Jane is een knappe meid,' zei Walter Barnes.

'Dochter van haar moeder.'

Ricky begon automatisch de kamer af te zoeken naar Stella en zag dat Milly Sheehan juist bezig was zijn vrouw voor te stellen aan een lange man met hangende schouders en dikke lippen. Het moest de neef van de universiteit zijn.

Barnes vroeg: 'Heb je Edwards actrice al ontmoet?'

'Ze moet hier ergens zijn. Ik zag haar de trap afkomen.'

'John Jaffrey lijkt nogal opgewonden over haar.'

'Ze is werkelijk ontzettend mooi,' zei Ricky en begon te lachen. 'En Edward is dan ook helemaal van zijn stuk.'

'Pete las in een tijdschrift dat ze pas zeventien is.'

'In dat geval zal ze een bedreiging van de openbare rust vormen.'

Toen Ricky van Barnes wegliep om zich bij zijn vrouw en Milly Sheehan te voegen, kreeg hij de jonge actrice in het vizier. Ze danste met Freddy Robinson op een plaat van Count Basie en bewoog zich als een sierlijke robot, met glanzende groene ogen. Freddy Robinson hield haar behoedzaam in zijn armen met een dwaas gelukkig gezicht. De ogen van het meisje schitterden, maar was het van plezier of was het spot? Het meisje draaide haar hoofd om en haar ogen stuurden een bundel emotie door de kamer naar hem toe. Ricky zag de vrouw voor zich die zijn dochter Jane, inmiddels te dik en ontevreden, altijd zo graag had willen zijn. Naar haar kijkend terwijl ze danste met de onnozele Freddy Robinson wist hij dat deze vrouw nooit voor de noodzaak zou komen te staan de vernietigende uitspraak te doen dat ze eindelijk iets in zichzelf begon te zien omdat ze het toonbeeld van zelfbeheersing en gevoel van eigenwaarde was.

'Dag, Milly,' zei hij. 'Wat heb je het weer druk.'
'Ach kom, als ik te oud word om te werken ben ik net zo lief dood. Heb je iets te eten gehad?'
'Nog niet. En dit is je neef?'
'O, neem me niet kwalijk, jullie kennen elkaar nog niet.' Ze tikte de lange man naast zich op de arm. 'Dit is het brein van de familie, Harold Sims. Hij geeft les op het college hier en we hebben zojuist een babbeltje met je vrouw gemaakt. Harold, dit is Frederick Hawthorne, een goede vriend van de dokter.' Sims keek glimlachend op hem neer. 'Meneer Hawthorne is vanaf de oprichting lid van het Chowder Genootschap,' lichtte Milly toe.
'Ja, ik heb ervan gehoord, van dat Chowder Genootschap,' zei Harold Sims. Hij had een hele lage stem. 'Lijkt me heel boeiend.'
'Helaas is het dat bepaald niet.'
'Ik zeg het vanuit de antropologische optiek. Ik heb een studie gemaakt van het gedragspatroon van mannelijke interactiegroepen uit dezelfde leeftijdsklasse. Draagt u als eh... leden van het Chowder Genootschap werkelijk avondkleding tijdens de bijeenkomsten?'
'Ja, dat doen we inderdaad,' zei Ricky. Hij keek Stella om hulp zoekend aan, maar ze had zich mentaal gedistantieerd en staarde zonder betrokkenheid naar de twee mannen.
'Waarom doet u dat eigenlijk?'
Ricky had het gevoel dat de man elk ogenblik een dictaat uit zijn zak kon trekken. 'Een eeuw geleden leek het ons aardig. Milly, waarom heeft John half Milburn uitgenodigd als hij juffrouw Moore geheel aan Freddy Robinson overlaat?'
Voor Milly kon antwoorden, vroeg Sims: 'Kent u het werk van

Lionel Tiger?'

'Tot mijn spijt ben ik schandelijk onwetend,' zei Ricky.

'Ik zou graag een van uw bijeenkomsten als waarnemer willen bij-wonen. Ik neem aan dat dat wel te regelen valt?'

Stella lachte eindelijk en keek hem aan met een blik van *zie je daar maar eens uit te redden.*

'Ik neem aan van niet,' zei Ricky. 'Maar ik kan u wel een uitnodi-ging bezorgen voor een plaatselijke ideële vereniging.'

Sims keek hem onthutst aan en het drong tot Ricky door dat de man te weinig zeker van zichzelf was om een grap te kunnen waar-deren. 'Wij zijn maar vijf ouwe sukkels die het leuk vinden bij me-kaar te komen,' ging hij haastig verder.' Antropologisch zijn we van nul en generlei waarde. Voor niemand interessant.'

'Ik vind jou wel degelijk interessant,' zei Stella. 'Kun je meneer Sims en je vrouw niet samen uitnodigen voor de volgende bijeenkomst?'

'Ja!' riep Sims met verontrustende geestdrift. 'Ik zou graag eerst een bandopname maken en vervolgens met de video...'

'Ziet u die man daar staan?' Ricky knikte in de richting van Sears James die er op dat moment uitzag als een donderwolk in mensen-gedaante. Het was alsof Freddy Robinson, die juffrouw Moore was kwijtgeraakt, probeerde hem een verzekering aan te smeren. 'Die forse kerel? Hij zou me de strot afsnijden als ik met zo'n voorstel kwam.'

Milly trok een verschrikt gezicht. Stella stak haar kin in de lucht en zei: 'Prettig kennis met u te hebben gemaakt, meneer Sims,' en liet hen staan.

Harold Sims zei: 'Antropologisch gezien is dat een heel boeiende verklaring.' Hij bekeek Ricky met nog meer professionele aan-dacht. 'Dat Chowder Genootschap moet wel heel belangrijk voor u zijn.'

'Dat is het zeker,' was Ricky's antwoord.

'Uit wat u zei, maak ik op dat de man die u aanwees de dominante figuur binnen de groep is.'

'Heel knap opgemerkt,' zei Ricky. 'Neem me niet kwalijk, maar ik zie daar iemand die ik even moet spreken.'

Hij had nog geen drie stappen gedaan of hij hoorde achter zijn rug meneer Sims aan Milly vragen: 'Zijn die twee echt met elkaar ge-trouwd?'

Ricky posteerde zich in een hoek van waaruit hij het toneel kon overzien. Hij had er een vrijwel onbelemmerd uitzicht op het feest en hij was voornemens te blijven toekijken tot het tijd was om naar huis te gaan. Zodra de plaat was afgespeeld, verscheen John Jaffrey naast de draagbare stereo-installatie en legde een nieuwe plaat op de draaitafel. Lewis Benedikt, die naast hem kwam staan, begon te lachen en zodra de muziek uit de luidsprekers kwam, begreep Ricky waarom. Het was een plaat van Aretha Franklin, een zangeres die Ricky alleen van de radio kende. Waarom had John die plaat gekocht en wanneer? Hij moest hem speciaal voor dit feest hebben aangeschaft. Het was een fascinerend vermoeden, maar Ricky kon er zich niet verder in verdiepen, want hij werd gestoord door de eerste van een reeks mensen die hem in zijn hoek kwamen opzoeken.

De eerste die hem ontdekte, was Clark Mulligan, de eigenaar van Rialto, Milburns enige bioscoop. Hij droeg ongewoon goed verzorgde Hush Puppies, zijn broek was geperst en zijn buik werd toereikend in bedwang gehouden door zijn dichtgeknoopte jas: Clark had zich opgedoft voor de gelegenheid. Waarschijnlijk wist hij wel dat hij was uitgenodigd vanwege zijn relatie met de showbusiness. Het was de eerste keer dat John hem bij zich thuis had ontvangen. Ricky was zoals steeds verheugd hem te zien. Mulligan was de enige in zijn woonplaats die zijn liefde voor oude films deelde. Van roddel uit Hollywood moest Ricky niets hebben, maar hij was verzot op de films uit Hollywoods gouden tijd.

'Aan wie doet ze jou denken?' vroeg hij Mulligan.

Mulligan zocht met zijn ogen de kamer af. De actrice stond aan de andere kant braaf te luisteren naar wat Ed Venuti haar vertelde.

'Aan Mary Miles Minter?'

'Mij aan Louise Brooks. Al geloof ik niet dat zij groene ogen had.'

'Wie zal het zeggen? Ze moet overigens een verdomd knappe actrice zijn. Zomaar uit het niets omhooggekomen. Niemand kent haar.'

'Edward wel.'

'O ja, die maakt weer zo'n boek met haar, hè?'

'De interviews zijn vrijwel gereed. Edward vindt het altijd moeilijk afscheid van zijn hoofdpersonen te nemen en in dit geval is het blijkbaar heel traumatiserend. Hij zal wel verliefd op haar zijn geworden.' En daar leek het ook op, want Edward kwam zichtbaar jaloers naast Ed Venuti staan en wist zich tussen de bankier en de jonge actrice te dringen.

'Ik zou ook verliefd op haar geworden zijn,' zei Mulligan. 'Zodra ze eenmaal op het doek verschijnen, word ik verliefd, op allemaal. Heb je Marthe Keller weleens gezien?' Hij sloeg zijn ogen ten hemel.

'Nog niet, maar op foto's doet ze me aan een moderne Constance Talmadge denken.'

'Meen je dat nou? En Paulette Godard dan?' Hierna raakten ze gezellig aan de praat over Chaplin en *Monsieur Verdoux,* over Norma Shearer en John Ford, Eugene Pallette en Harry Carey jr., over *Stagecoach* en *The Thin Man,* Veronica Lake en Alan Ladd, John Gilbert en Rex Bell, over Jean Harlow, Charlie Farrell, Janet Gaynor, over *Nosferatu* en Mae West, acteurs en films die Ricky op jongere leeftijd had gezien en nog altijd met jeugdig elan koesterde waarbij de hernieuwde herinnering hem hielp datgene te boven te komen wat een jonge man even geleden aangaande hem en zijn vrouw had gezegd.

'Was dat niet Clark Mulligan?' Zijn tweede gast was Sonny Venuti, de vrouw van Edward. 'Wat ziet die man er slecht uit.'

Sonny zelf was de afgelopen jaren van een slank, knap vrouwtje met een aantrekkelijke lach veranderd in een magere en onherkenbare vreemdeling met een wazige blik van onbehagen in haar ogen die niet meer verdween. Een slachtoffer van het huwelijk. Drie maanden geleden was ze bij Ricky op kantoor geweest om inlichtingen in te winnen over een scheiding: ik ben nog niet besloten, maar ik denk er serieus over. Ik moet weten waar ik aan toe ben. Ja, er was een andere man en ze zou de naam niet noemen, maar 'dit kan ik u wel zeggen: hij is knap en intelligent en niet zo bekrompen als de meesten hier'. Ze had er geen twijfel over laten bestaan dat het om Lewis ging. Dergelijke vrouwen deden Ricky altijd aan zijn dochter denken en hij had haar de mogelijkheden genoemd, uitgelegd welke stappen ze diende te ondernemen en alles zo kort en duidelijk mogelijk toegelicht, al wist hij dat ze niet zou terugkomen.

'Wat een schoonheid, hè?'

'Ja zeker.'

'Ik heb even met haar gepraat.'

'O ja?'

'Ze had niet veel interesse. Ze interesseert zich alleen voor mannen. Op *u* zou ze gek zijn.'

Op dat moment stond de actrice geen drie meter van hem af met Stella te praten, wat de bewering van Sonny Venuti ondermijnde. Ricky keek naar de twee babbelende vrouwen zonder te kunnen verstaan wat ze zeiden en Sonny legde hem nog eens uitvoerig uit waarom de actrice gek op hem zou zijn. Het onderwerp van haar betoog luisterde naar Stella en gaf haar reactie; beide vrouwen waren mooi, ingetogen en hadden gevoel voor humor. Toen zei juffrouw Moore iets dat Stella kennelijk in verwarring bracht want Ricky's vrouw knipperde met de ogen, deed haar mond open en vervolgens weer dicht en streek het haar glad; als ze een man was geweest, zou ze zich ongetwijfeld op het hoofd hebben gekrabd. Ann-Veronica Moore werd door Edward Wanderley opgeëist en ging met hem mee.

'Als ik u was, zou ik maar uitkijken,' zei Sonny Venuti. 'Ze mag er dan uitzien als een engel, maar dat soort vrouwen doet niets liever dan mannen ongelukkig maken.'

'Pandora's Box,' zei Ricky, terugkomend op zijn eerste indruk van de actrice.

'Wat? O nee, ik weet het al, dat is een oude film. Toen ik laatst bij u was, hebt u het tweemaal over Katherine Hepburn en Spencer Tracy gehad.'

'Hoe gaat het inmiddels?'

'Ik doe mijn best. God, wat doe ik mijn best. Hoe kun je in Milburn gaan scheiden? Maar ik moet mijn eigen identiteit zien te vinden.'

Ricky dacht aan zijn dochter en zijn hart deed pijn.

Daarna voegde Sears James zich bij Ricky in zijn hoek. 'Eindelijk alleen,' zei hij, zette zijn drankje op een tafeltje en leunde tegen de boekenkast.

'Reken er maar niet te vast op.'

'Een afschuwelijke jongeman probeerde me een verzekering te verkopen. Hij woont hier tegenover.'

'Ik ken hem.'

En omdat ze het over het onderwerp Freddy Robinson volmaakt eens waren, viel er verder niets te zeggen. Even later verbrak Sears het zwijgen. 'Lewis kan niet alleen naar huis, denk ik. Hij heeft de fles aardig geraakt.'

'Nou ja, dit is tenslotte niet een van onze bijeenkomsten.'

'Hm. Ik denk dat hij wel een vrouw vindt die hem naar huis wil rijden.'

Ricky keek hem aan, hij wilde weten of Sears het persoonlijk bedoelde, maar Sears liet zijn blik over de gasten dwalen en verveelde zich kennelijk. 'Heb je de eregast gesproken?'

'Ik heb haar niet gezien.'

'Ze valt anders nogal op. Ik meen dat ze daar...' Hij hief zijn glas in de richting waar hij haar had gezien, maar de actrice was er niet meer. Edward stond met John te praten, waarschijnlijk over haar, maar Ann-Veronica Moore bevond zich niet meer in de kamer.

'Hou Edward in de gaten. Die gaat haar vast zoeken.'

'Is dat niet de zoon van Walter Barnes, daar bij de bar?'

Ofschoon het inmiddels al ver over tienen was, stonden Peter Barnes en een meisje inderdaad nog bij de bar en de kelner die Milly's taak had overgenomen, maakte drankjes voor hen klaar. Dokter Jaffreys huishoudster had kennelijk niet de moed gehad de tieners beneden weg te sturen en de brutaalsten waren naar het feest boven gekomen. De pianomuziek die in de plaats was gekomen van Aretha Franklin hield plotseling op en Ricky zag Jim Hardie rommelen in een stapel platen, blijkbaar op zoek naar de minst verouderde.

'Wel wel,' zei hij tegen Sears, 'we hebben een nieuwe discjockey.'

'Mooi niet,' zei Sears. 'Ik ben moe en ga naar huis. Van harde muziek krijg ik de neiging om iemand te bijten.' Hij liep moeizaam weg. Milly Sheehan hield hem aan en begon opgewonden op hem in te praten. Ze wist zich blijkbaar geen raad met de invasie van de tieners, dacht Ricky. Sears haalde zijn schouders op; hij zat er niet mee.

Ricky wilde op dat moment ook naar huis, maar Stella was gaan dansen met Ned Rowles en binnen de kortste tijd hadden de getrouwde vrouwen hun echtgenoten meegetroond naar de ruimte rondom de platenspeler. De tieners dansten energiek, sommigen zelfs sierlijk, en de volwassenen sloofden zich uit door te trachten hen na te doen. Ricky kermde: dat ging een lange nacht worden. Er werd veel luider gepraat en de barkeeper maakte een hele rij drankjes tegelijk klaar door met de fles over een aantal glazen met ijs te gaan. Sears had de deur bereikt en verdween.

Christina Barnes, een rijzige blondine met een begerig gezicht, kwam naast Ricky staan. 'Mijn zoon heeft kans gezien het feest over te nemen, Ricky, zou je niet eens met me dansen?'

Ricky lachte mat. 'Ik vrees dat ik onhoffelijk moet zijn, Christina, ik heb in geen veertig jaar gedanst.'

'Dan moet je iets anders goed kunnen om Stella al die jaren vast te houden.'

Ze moest een paar borrels te veel op hebben. 'Ja,' zei hij. 'En weet je wat dat is? Ik ben nooit mijn gevoel voor humor kwijtgeraakt.'

'Ricky, je bent geweldig. Ik zou je graag eens te pakken nemen, eens kijken uit wat voor materiaal je bent gemaakt.'

'Uit oude potloodstompjes en aftandse wetboeken.'

140

Ze gaf hem onhandig een kus, die onder op zijn kaak terechtkwam. 'Is Sonny Venuti een paar maanden geleden bij je geweest? Daarover wil ik je spreken.'

'Kom maar naar mijn kantoor,' zei hij in de wetenschap dat ze dat niet zou doen.

'Neem me niet kwalijk, Ricky, Christina,' zei Edward Wanderley en kwam aan de andere kant naast Ricky staan.

'Ik zal de heren maar niet storen bij hun zaken,' zei Christina en ging op zoek naar een danspartner.

'Heb jij haar gezien? Weet je waar ze is?' Edwards brede gezicht keek hem angstig aan, op een jongensachtige manier.

'Juffrouw Moore? Niet sinds een poosje. Ben je haar kwijt?'

'Verdomme. Ze is gewoon verdwenen.'

'Ze zal wel naar het toilet zijn.'

'Dat duurt toch geen klein halfuur?' Edward streek met zijn hand langs zijn voorhoofd.

'Maak je over haar maar niet bezorgd, Edward.'

'Ik ben niet bezorgd, ik wil alleen weten waar ze is.' Hij rekte zich op zijn tenen uit en keek over de hoofden van de dansende jongelui in het rond, nog steeds met zijn hand over zijn voorhoofd wrijvend. 'Ze zal er toch niet tussenuit zijn gegaan met een van die afschuwelijke tieners?'

'Ik zou het niet weten.' Edward klopte hem op de schouder en verdween haastig weer tussen de gasten.

Christina Barnes en Ned Rowles doemden op in het vacuüm dat Edward aan de rand van het tapijt had achtergelaten, maar Ricky ontweek hen en ging op zoek naar Stella. Hij zag haar meteen samen met Jim Hardie, kennelijk zijn aanbod haar de Bump te leren, van de hand wijzend. Min of meer opgelucht zag ze hem naderen en ze liet de jongen staan.

De muziek ging zo hard dat ze elkaar in het oor moesten schreeuwen. 'Dat is de meest vrijpostige jongen die ik ooit heb ontmoet.'

'Wat zei hij dan?'

'Hij beweerde dat ik op Anne Bancroft leek.'

De muziek hield plotseling op en Ricky's antwoord schalde door de kamer. 'Onder de dertig zouden ze niet in de bioscoop mogen komen.'

Iedereen behalve Edward Wanderley, die een tegenstribbelende Peter Barnes het een en ander vroeg, keek om naar Ricky en Stella. Daarna greep de eeuwig jeugdige Freddy Robinson het vriendinnetje van Jim Hardie bij de hand, er kwam een nieuwe plaat op de draaitafel en iedereen wijdde zich weer aan het feesten. Edward had zacht maar dringend gesproken, Peter Barnes daarentegen liet nijdig zijn stem uitschieten vlak voor de muziek weer begon: 'Jezus, man, misschien is ze naar boven gegaan.'

'Ga je mee naar huis?' vroeg hij Stella. 'Sears is daareven al vertrokken.'

'Ach, laten we nog een poosje blijven. Zoiets hebben we in geen tijden gedaan. Ik vermaak me best, Ricky.' En toen ze zijn teleurgesteld gezicht zag, zei ze: 'Dans met me, Ricky. Eén keer maar.'

'Ik dans niet,' zei hij boven het schetteren van de muziek uit. 'Je vermaakt je wel. Maar zullen we dan over een half uur vertrekken?'

Ze knipoogde, draaide zich om en werd dadelijk opgevangen door Lou Price in zijn gangsterpak, met wie ze nu wel wilde dansen.

Edward snelde langs hen heen zonder iemand op te merken.

Ricky dwaalde nog wat om het feest heen; hij nam geen drankje meer aan van de barkeeper en babbelde wat met Milly Sheehan die uitgeput op de bank lag. 'Ik wist niet dat het zo zou verlopen,' zei Milly. 'Ik zal uren moeten opruimen.'

'Laat John je dan helpen.'

'Hij helpt altíjd,' zei Milly en haar alledaags rond gezicht begon te stralen. 'Hij is echt geweldig wat dat betreft.'

Ricky slenterde verder en belandde tenslotte boven aan de trap. Boven en beneden was het stil. Zou Edwards actrice ergens daarboven met een van de jongens in bed liggen? Hij grinnikte een beetje en ging naar beneden, naar de stilte.

In de praktijkruimte was niemand meer aanwezig. De lampen brandden nog, op de vloer waren sigaretten uitgetrapt en de tafels stonden vol bekertjes, deels gevuld. Overal stonk het naar zweet, bier en rook. De kleine draagbare platenspeler in de voorkamer draaide nog altijd en de naald klikte in loze groeven. Ricky tilde de arm op, legde hem op de stander en zette het apparaat af. Ja, Milly zou hier morgen heel wat te doen hebben. Of morgen? Hij keek op zijn horloge: het was half één. Door het plafond heen hoorde hij het bonken van een bas en vaag wat blikkerige muziek.

Ricky ging op een harde wachtkamerstoel zitten, stak een sigaret op, zuchtte en ontspande zich. Hij overwoog Milly te helpen en beneden vast wat op te ruimen, maar bedacht dat hij daar wel een bezem voor nodig zou hebben. En hij was te moe om op zoek te gaan naar zo'n ding.

Niet veel later werd hij door voetstappen uit een lichte sluimering gewekt. Hij schoot overeind op zijn stoel en hoorde dat er onder aan de trap een deur werd geopend. 'Hallo?' riep hij, want hij wilde een ongehuwd paartje niet in verlegenheid brengen.

'Ben jij daar, Ricky?' John Jaffrey kwam de voorste wachtkamer binnen. 'Wat voer je hier uit? Heb jij Edward gezien?'

'Ik ben beneden wat stilte gaan zoeken. Edward draafde rond op zoek naar juffrouw Moore. Is hij misschien naar boven gegaan?'

'Ik maak me wat bezorgd over hem,' zei Jaffrey. 'Hij zag er zo – zo gespannen uit. Ann-Veronica danste met Ned Rowles. Hij moet haar toch gezien hebben?'

'Ze is een poosje geleden verdwenen. Daarom deed hij zo gejaagd.'

'Arme Edward. Over dat meisje hoeft hij zich anders niet bezorgd te maken. Ze is heel fatsoenlijk, dat zie je meteen. Ze is werkelijk allerliefst. Het leek wel of ze in de loop van de avond steeds knapper werd.'

'Nou.' Ricky drukte zich op van de harde stoel. 'Zal ik je helpen zoeken naar Edward?'

'Nee nee nee. Blijf maar rustig zitten. Ik vind hem wel. Ik ga eens in de slaapkamers kijken. Ofschoon ik niet zou weten wat hij daar te maken zou hebben...'

'Misschien zoekt hij haar daar.'

John draaide zich om, mompelde dat het hem toch niet aanstond en ging via de spreekkamer terug. Langzaam kwam Ricky hem na.

Harold Sims danste met Stella. Hij hield haar dicht tegen zich aan en praatte voortdurend in haar oor. De muziek ging zo hard dat Ricky bijna begon te schreeuwen. Behalve Sears was er nog niemand weggegaan en de jongeren, voor een groot deel inmiddels dronken, wervelden rond met zwaaiende armen en wapperende haren. De kleine actrice danste wild met de hoofdredacteur en Lewis zat op de bank met Christina te praten. Geen van beiden had erg in de slapende Milly Sheehan op een paar decimeter afstand. Hij kreeg hoofdpijn van het lawaai. Zijn oude vrienden, Sears uitgezonderd, leken krankzinnig te zijn geworden. Lewis had zijn hand op Christina's knie gelegd en zijn ogen stonden glazig. Was hij werkelijk bezig de vrouw van zijn bankier te verleiden? In bijzijn van haar man en haar zoon?

Boven viel er iets zwaars om en Ricky was de enige die het hoorde. Hij ging de kamer uit en zag John Jaffrey boven aan de trap staan.

'Ricky.'

'Wat is er, John?'

'Edward. Er is iets met Edward.'

'Heeft hij iets omgegooid?'

'Kom naar boven, Ricky.'

Ricky ging de trap op en bij elke volgende tree viel het hem moeilijker. John Jaffrey zag er behoorlijk geschokt uit.

'Heeft hij iets omgegooid? Heeft hij zich bezeerd?'

Jaffrey opende zijn mond en tenslotte kwam er geluid. 'Ik heb een stoel omvergegooid. Ik weet niet wat ik moet doen.'

Ricky bereikte de overloop en staarde Jaffrey in het ontdane gezicht. 'Waar is hij?'

'In de tweede slaapkamer.'

Omdat Jaffrey stokstijf bleef staan, ging Ricky naar de tweede deur. Hij keek om. Jaffrey knikte, slikte iets weg en kwam uiteindelijk naar hem toe. 'Ja, daarbinnen.'

Ricky's mond was droog geworden. Hij had graag ergens anders willen zijn en iets anders willen doen dan hij nu deed, maar toch greep hij de deurknop en draaide hem om. De deur zwaaide open.

Het was koud in de slaapkamer, die vrijwel leeg was. Over een matras zonder beddegoed lagen twee jassen, die van Edward en die van het meisje. Maar Ricky had alleen oog voor Edward Wanderley. Hij lag op de vloer, zijn brede handen tegen zijn borst geklemd en zijn knieën opgetrokken. Zijn gezicht zag er afschuwelijk uit.

Ricky ging achteruit en struikelde bijna over de stoel die John Jaffrey omver had gegooid. Er was geen sprake van dat Edward nog in leven kon zijn – hoe begreep hij niet, maar hij wist het – maar toch vroeg hij: 'Heb je zijn pols gevoeld?'

'Hij heeft geen pols meer, hij is overleden.'

John stond te trillen bij de deur. Van beneden steeg muziek en dansrumoer op.

Ricky dwong zich bij Edward neer te knielen. Hij trok een van zijn handen los die zich in zijn groene overhemd hadden geklauwd. Vervolgens schoof hij zijn vingers naar de onderkant van de pols. Hij voelde niets, maar uiteindelijk was hij geen arts. 'Wat kan er gebeurd zijn?' Hij kon niet weer naar Edwards verminkte gezicht kijken.

John kwam verder de kamer binnen. 'Hartaanval?'

'Is dat het geweest, denk je?'

'Ik weet het niet. Ja, waarschijnlijk wel. Te veel opwinding. Maar...'

Ricky keek met grote ogen naar Jaffrey op en liet Edwards nog warme pols los. 'Maar wat?'

'Ik weet het niet. Ik kan het niet zeggen. Maar kijk zijn gezicht eens, Ricky.'

144

Ricky keek en zag verstarde spieren, een opengesperde mond alsof hij had willen schreeuwen en lege ogen. Het was het gezicht van iemand die werd gemarteld, die levend werd gevild. 'Ricky,' zei John, 'het klinkt niet erg wetenschappelijk, maar hij ziet eruit alsof hij doodsbang was.'

Ricky knikte en stond op. Dat was precies zoals Edward eruitzag. 'We moeten ervoor zorgen dat er niemand naar boven komt. Ik ga beneden een ambulance bellen.'

6

En dat was het eind van Jaffreys feest: Ricky Hawthorne bestelde telefonisch een ambulance, zette de platenspeler af en deelde mee dat Edward Wanderley 'iets was overkomen' en dat ze niets meer voor hem konden doen, waarna hij de dertig gasten naar huis stuurde. Hij liet niemand naar boven gaan. Hij zocht nog wel naar Ann-Veronica Moore, maar ze was al vertrokken.

Een half uur later was Edwards lijk onderweg naar het ziekenhuis of de morgue en Ricky reed met Stella naar huis. 'Heb jij haar zien weggaan?' vroeg hij.

'Het ene ogenblik danste ze nog met Ned Rowles, het volgende ogenblik was ze verdwenen. Ik dacht dat ze naar het toilet was gegaan. Ricky, wat ontzettend.'

'Ja. Het was heel erg.'

'Arme Edward. Ik kan het allemaal nauwelijks geloven.'

'Ik eigenlijk ook niet.' Er kwamen tranen in zijn ogen en een paar tellen lang reed hij blindelings en zag alleen wazige strepen. Om te blijven praten, om het gezicht van Edward van zich af te zetten, vroeg hij: 'Wat zei ze tegen je, waarvan schrok je zo?'

'Wat? Wanneer? Ik heb haar nauwelijks gesproken.'

'Halverwege het feest. Ik zag je met haar praten en ik dacht dat ze iets zei waarvan je schrok.'

'O, dat.' Stella's stem werd hoger van toon. 'Ze vroeg me of ik getrouwd was. Ik zei: "Ja, ik ben mevrouw Hawthorne." En toen zei ze: "O ja, ik heb uw man daareven ontmoet. Hij lijkt me een goede vijand."'

'Je hebt haar vast verkeerd verstaan.'

'Dat heb ik niet.'

'Dat is toch onzinnig.'

'Ze zei het wel degelijk.'

Een week later hoorde Ricky, toen hij het theater waar het meisje optrad had gebeld omdat hij haar de jas terug wilde sturen, dat ze de dag na het feest was teruggegaan naar New York, op slag haar rol in het stuk had teruggegeven en de stad had verlaten. Niemand wist waar ze was. Ze was voorgoed verdwenen; ze was te jong, te nieuw en ze had niet eens voldoende reputatie opgebouwd om een legende te kunnen zijn. Dezelfde avond had hij tijdens wat de laatste bijeenkomst van het Chowder Genootschap leek te zijn onverhoeds en als bij ingeving aan de somber kijkende John Jaffrey gevraagd: 'Wat is het ergste dat je ooit hebt gedaan?' En John had hen allen gered met zijn antwoord: 'Dat zal ik je niet vertellen, maar ik wil je wel vertellen wat het ergste is dat me ooit is overkomen,' en vervolgens had hij het eerste spookverhaal verteld.

Deel twee

De wraak van dr. Rabbitfoot

Achtervolg een schaduw, hij blijft je ontvluchten;
tracht hem te ontvluchten, hij zal je achtervolgen

BEN JONSON

1

Niet meer dan een akker:
maar wat ze er hebben geplant

Uit het dagboek van Don Wanderley

1

Dat oude idee van dr. Rabbitfoot... het idee voor een nieuw boek, de geschiedenis van de verwoesting van een kleine plaats door dr. Rabbitfoot, een kermisreiziger die zijn tenten aan de rand van de plaats opsloeg, elixers en dranken verkocht en andere kwakzalverijen (was hij een zwarte man?) en daarbij ook nog zijpaden bewandelde met jazzmuziek, danseressen, trombones en ga zo maar door. Allemaal boerenbedrog. Maar als ik ooit een volmaakt decor voor dit verhaal heb aanschouwd, dan is het Milburn wel.

Eerst iets over de plaats en dan over de brave dokter. De stad van mijn oom, Milburn, is zo'n plaats die zijn eigen hel lijkt te scheppen om er vervolgens in te kruipen. Het is in feite stad noch dorp, te klein voor een stad, te sterk bevolkt voor een dorp, en zich daarvoor ook te veel van zijn status bewust. (Het plaatselijk dagblad heet *The Urbanite*. Milburn lijkt zelfs trots op zijn minuscule krottenwijk; de paar straatjes genaamd The Hollow lijken er de aandacht op te vestigen, te zeggen: Kijk, wij hebben ook van die buurten waar je na donker moet uitkijken, de tijd heeft ons niet als een eiland van onschuld achtergelaten. Je zou er bijna om lachen. Als er ooit rellen uitbreken in Milburn zullen ze niet in The Hollow beginnen.) Drie kwart van de mannen heeft elders een baan, meestal in Binghamton, en de plaats is voor haar bestaan op de autoweg aangewezen. Het schept een gevoel van verkeerde ligging, verstarring, van *logheid* en tegelijk een zekere gejaagdheid. (Ik ben ervan overtuigd dat er heel wat wordt afgeroddeld over elkaar.) Gejaagdheid door dat gevoel dat ze voorgoed van iets verstoken zullen blijven, dat de tijd hen tenslotte toch als een eiland heeft achtergelaten. Wellicht dringt dit alleen tot me door omdat ik kan vergelijken met Californië, die zorg heeft men daar althans niet. Het komt me voor als een uitgesproken *noordoostelijk* soort gejaagdheid, typerend voor dergelijke plaatsjes. Vruchtbaar terrein voor dr. Rabbitfoot.

(Van gejaagdheid gesproken, die drie oude heren die ik vandaag heb leren kennen, de vrienden van mijn oom, lijden er hevig aan. Dat staat blijkbaar in verband met de reden waarom ze me geschreven hebben. Ze moesten eens weten dat ik zo misselijk was van

Californië dat ik overal naar toe zou zijn gegaan waar ik verwachtte te kunnen werken.)

Zo te zien is het natuurlijk een schilderachtig plaatsje, dat zijn al die plaatsjes. Zelfs The Hollow, de achterbuurt, heeft een soort jaren dertig-schoonheid in sepiatinten. Verder heb je er de gebruikelijke markt in het centrum, de gebruikelijke bomen – esdoorns, lariksen, eiken, gevallen stammen in de bossen onder het mos – en de sensatie dat de bossen rondom de plaats sterker zijn, *dieper* dan het kleine stratennet dat de bewoners hebben aangelegd. Toen ik Milburn binnenreed heb ik ruime woningen gezien, sommige ervan waren groot genoeg om landhuis te mogen heten.

Maar toch... het is een heerlijke lokatie voor de roman over dr. Rabbitfoot, een geschenk uit de hemel.

Hij is zwart, dat staat vast. Hij kleedt zich opzichtig en met ouderwetse zwier: slobkousen, zware ringen, een wandelstok, een kleurig vest. Hij is een vlotte prater, pakt zijn publiek, babbelt urenlang door en is een tikkeltje bedreigend: hij heeft iets weg van een boeman. Hij doet met je wat hij wil, als je niet oppast. Hij krijgt je waar hij je hebben wil. Hij heeft een moordenaarslachje.

Je ziet hem alleen 's nachts, wanneer je langs een akker loopt die normaal verlaten is: dan staat hij daar op een podium voor zijn tent en laat zijn stok rondwervelen terwijl de jazzband speelt. Om hem heen klinkt levendige muziek die fluit door zijn dichte zwarte haar en een saxofoon doet zijn lippen krullen. Hij staat je strak aan te kijken. Hij nodigt je binnen om naar zijn voorstelling te kijken, een fles elixer te kopen voor een dollar. Hij zegt dat hij de beroemde dokter Rabbitfoot is en dat hij precies verkoopt wat je ziel nodig heeft.

En als je ziel nu eens behoefte heeft aan een bom? Een mes? Een langzame dood?

Dan knipoogt dr. Rabbitfoot tegen je. *Krijg* je toch van me. Haal maar een dollar uit je spijkerbroek.

En om nu maar te zeggen wat voor de hand ligt: achter deze figuur die me al jaren door het hoofd maalt, staat Alma Mobley. Ook zij was bereid je te geven wat je verlangde.

Altijd weer dat olijke lachje, die zwevende handen, die ogen van gebleekt verblindend wit... zijn sinistere vrolijkheid. *En hoe staat het met die kleine Alma Mobley, jongen? Aangenomen dat je haar ziet zodra je de ogen dichtknijpt, wat dan? Zeg, is ze er? Heb je wel eens*

een geest aangeraakt? Heb je ooit je hand op de witte hand van een
geest gelegd? En die kalme ogen van je broer – keken die naar je?

2

Zodra ik in Milburn aankwam, ging ik naar het kantoor van de advo-
caat die me had geschreven, Sears James. Het was een strak wit huis
in Wheat Row vlak bij de markt. De lucht, 's ochtends nog bedekt,
klaarde op en was koud. Voor ik zijn receptioniste had gesproken,
dacht ik nog: misschien wordt dit voor jou het begin van een nieuwe
cyclus, maar de receptioniste deelde hem mee dat zowel de heer
James als de heer Hawthorne naar een begrafenis waren. De nieuwe
secretaresse die ze hadden aangenomen ging ook, maar ze vond het
zelf een beetje overdreven, want ze had dokter Jaffrey niet eens
gekend, nietwaar? O, ze zouden inmiddels wel op het kerkhof zijn.
En bent u de meneer Wanderley die ze verwachtten? U hebt dokter
Jaffrey zeker ook niet gekend? O, het moet een heel aardige man
zijn geweest, hij was toch zo vriendelijk, niet lievig of zo, weet u,
maar als hij je met zijn handen aanraakte, voelde je de liefde eruit
stromen, *ratelde ze door, nam me op van boven tot onder, inspecteer-*
de me, probeerde erachter te komen wat haar chef in godsnaam van
me moest en ten slotte hield de oude vrouw achter haar schakelbord
hem vast met haar blik en een venijnig lachje en smeet haar troef-
kaart op tafel, *ze zei u weet dat natuurlijk niet, maar hij heeft vijf*
dagen geleden zelfmoord gepleegd. Hij is van de brug gesprongen, stel
je voor! Het was een drama. Meneer James en Ricky Hawthorne
waren zo overstuur. Ze zijn er nog niet overheen. En nu moeten ze
voor die juffrouw Anna zo hard werken en elke dag krijgen we die
gekke Elmer Scales aan de telefoon en die begint te schelden over die
vier schapen van hem... kunt u zich voorstellen waarom een aardige
man als dokter Jaffrey zoiets doet?
(Hij luisterde naar dr. Rabbitfoot, meid.)
O, u wilt ook naar het kerkhof gaan?

3

Dat wilde hij inderdaad. Het lag aan een weg met de naam Pleasant
Hill, even buiten de plaats aan een van de staatswegen (ze gaf hem
goede aanwijzingen), eindeloze akkers stervend onder sneeuw die te

vroeg kwam. Telkens weer nam de harde wind een laag losse sneeuw mee, die overeind bleef staan en met de armen zwaaide. *Wat ziet de streek er vreemd verloren uit, al moeten hier sedert honderden jaren mensen bezig zijn geweest. Het land lijkt zo mishandeld en geslagen, alsof zijn ziel op de vlucht is geslagen en afwacht of er iets zal gebeuren waardoor het weer ontwaakt.*

Het bord, *Begraafplaats Pleasant Hill,* was een reep grauw metaal aan de ene kant van een zwart ijzeren hek en als dat hoge hek, dat de toegang leek tot een perceel heuvelachtig terrein, er niet was geweest, zou Don het kerkhof voorbij zijn gereden. Hij zag het hek al uit de verte en vroeg zich af welke boer het zo hoog in zijn bol had dat hij een vorstelijk hek voor zijn trekkerpad zette. Hij minderde vaart, keek langs de klimmende smalle weg – meer dan een trekkerpad – omhoog en zag een aantal wagens geparkeerd staan boven op de heuvel. Eerst toen zag hij het bordje. *Niet meer dan een akker, maar mijn hemel, wat hebben ze er geplant.* Hij nam de bocht en reed het hek door.

Don zette zijn wagen niet bij de andere maar halverwege de heuvel, en liep naar de top. Eerst kwam hij door het oudste deel van het kerkhof met scheefgezakte stenen waarop de teksten pokdalig waren geworden. Stenen engelen hieven de armen waarop een laag sneeuw lag. Jonge vrouwen van graniet beschutten de ogen met een onderarm waarover een draperie hing. Verdorde onkruidskeletten kropen tegen de weggezakte zerken op. De smalle weg verdeelde het oude kerkhof in tweeën en kwam uit op een groter gedeelte met keurige kleine zerken. Donkerrode, grijze en witte stenen die nog kleiner leken tegen het golvende terrein dat zich erachter uitstrekte: al gauw ontdekte Don de omheining van de begraafplaats die honderd meter verderop lag. Op het laagste punt van het terrein stond een rouwwagen. De chauffeur hield een sigaret in de kom van zijn handen om niet betrapt te worden door iemand uit het kleine groepje mensen dat rondom het nieuwste graf stond. Een vrouw in een vormloze blauwe jas klemde zich vast aan een andere, grotere vrouw. De overige rouwdragers stonden stram en roerloos aan de groeve. *Toen ik de twee oude mannen daar aan het open graf zag staan, wist ik dat het de beide advocaten moesten zijn – als het geen advocaten waren, dan waren het voortreffelijke acteurs. Ik ging naar hen toe via de laagte in de smalle weg. Toen dacht ik, als de overledene arts was, waarom zie ik dan niet meer mensen, waar zijn zijn patiënten?* Een grijze man naast de twee advocaten zag hem het eerst en gaf de grootste in een zwarte overjas met bontkraag een por met zijn elleboog. De forse man keek naar hem en even later verloor de kleine man naast hem, die zwaar verkouden leek, eveneens zijn aandacht voor de dominee en staarde nieuwsgierig in Dons richting. De predikant zelf onderbrak zijn grafrede, stak zijn ene verkleumde hand in de zak van zijn overjas en draaide met stomheid geslagen zijn hoofd in de richting van Don.

Tenslotte toch nog een teken van verwelkoming, in tegenstelling met dat behoedzame onderzoek: een van de dames, de jongste (een dochter?) had een vaag maar oprecht glimlachje voor hem over.

De man met het zilvergrijze haar, die Don beter in een film kon plaatsen dan op een kerkhof, maakte zich los uit de groep en kwam met afgemeten passen naar hem toe. 'Bent u een kennis van John?' fluisterde hij.

'Mijn naam is Don Wanderley,' fluisterde hij terug. 'Ik heb een brief ontvangen van een zekere heer Sears James en de receptioniste op zijn kantoor zei dat ik hem hier kon vinden.'

'Verdomd, u lijkt zelfs een beetje op Edward.' Lewis greep hem bij zijn bovenarm en kneep hem stevig. 'Hoor eens, jongen, we maken hier een moeilijke tijd door, kom erbij staan en zeg niets meer tot het afgelopen is. Heb je onderdak voor vannacht?'

En ik ging bij hen staan en zocht hun blikken, maar vermeed ze ook. De vrouw in de blauwe jas leunde zwaar op de pittige vrouw die haar overeind hield, haar gezicht vertrok van emotie en ze huilde nee nee nee. Voor haar voeten lagen verkreukelde, kleurige papieren zakdoekjes die door de wind naar beneden werden geblazen. Steeds weer woei er zo'n vodje als een klein pastelkleurig vogeltje weg en bleef in het gaas van de omheining hangen. Toen we vertrokken, hingen ze er bij tientallen, platgedrukt tegen het gaas.

Frederick Hawthorne

4

Ricky had veel waardering voor wat Stella deed. De drie overgebleven leden van het Chowder Genootschap hadden de handen vol gehad om zich te herstellen van de schok van Johns dood, maar Stella had als enige aan Milly Sheehans toestand gedacht. Sears en Lewis zouden net als Ricky zelf hebben aangenomen dat Milly gewoon in het huis van John zou blijven wonen. Of dat ze, als het huis haar te leeg zou zijn, een kamer in het Archer Hotel zou nemen tot ze wist waar ze naar toe wilde en wat ze zou gaan doen. Hij en Sears wisten dat ze geen financiële problemen had: ze hadden het testament opgesteld waarbij John Jaffrey zijn huis en de bedragen op zijn bankrekeningen aan Milly naliet. Al met al had ze een vermogen van om en bij de tweehonderdduizend dollar geërfd en als ze graag in Milburn wilde blijven wonen, stond er meer dan voldoende op de bank om onroerend-goedbelasting te betalen en in welstand te leven. We zijn tenslotte juristen, dacht hij, we denken nu eenmaal zo. We kunnen er niets aan doen: we denken eerst aan de juridische kanten van de zaak en dan pas aan de mensen.

Uiteraard dachten ze aan John Jaffrey. Het nieuws was tegen de middag gekomen, een dag na die waarop Ricky's voorgevoel het hoogtepunt had bereikt, en hij had dan ook geweten dat er iets rampzaligs was gebeurd zodra hij de trillende stem aan het andere eind van de lijn als die van Milly Sheehan herkende. 'Spreek ik met...' zei ze met bevende, onduidelijke stem, 'de heer Hawthorne...?'

'Ja, met mij, Milly,' zei hij. 'Wat is er gebeurd?' Hij drukte de zoemer in die in de kamer van Sears te horen was en verzocht hem de hoorn van zijn toestel op te nemen. 'Wat is er, Milly?' vroeg hij in de wetenschap dat zijn stem Sears in de oren zou donderen, maar genoodzaakt zich voor Milly verstaanbaar te maken – de speakers die de stem van een cliënt op normaal volume weergaven, versterkten aanzienlijk de stem van iemand die sprak door de andere aansluiting op kantoor. 'Mijn trommelvliezen barsten,' beklaagde Sears zich via zijn toestel.

'Het spijt me,' zei Ricky. 'Milly, ben je daar nog? Het is Milly, Sears.'

'Dat had ik al begrepen. Milly, wat kunnen we voor je doen?'

'*Ooooo*,' huilde ze en er liep een rilling over zijn rug.

De telefoon zweeg. 'Milly?'

'Zachter,' commandeerde Sears.

'Ben je daar, Milly?'

Ricky hoorde de hoorn op een hard oppervlak vallen.

De stem die het overnam, was die van Walt Hardesty. 'Ja, met de sheriff. Met meneer Hawthorne?'

'Ja. De heer James luistert op het andere toestel mee. Wat is er aan de hand, Walt. Voelt Milly zich niet goed?'

'Ze staat nu uit het raam te kijken. Wat is ze eigenlijk, zijn vrouw? Ik meende dat ze zijn echtgenote was.'

Sears viel hem driftig in de rede en zijn stem kwam als een kanon Ricky's kantoor in. 'Ze is zijn huishoudster. En zeg nou eerst eens wat er daar aan de hand is.'

'Nou, ze is zo kapot alsof ze zijn vrouw is. U beiden bent de advocaten van dokter Jaffrey?'

'Ja.'

'Hebt u het al gehoord over hem?'

Beide vennoten zwegen. Als Sears zich net zo voelde als Ricky, dan was zijn keel dichtgeknepen en kon hij niet spreken.

'Nou, hij is naar beneden gesprongen,' zei Hardesty. 'Hé, rustig aan, dame. Ga even zitten of zoiets.'

'WAT HEEFT HIJ GEDAAN?' brulde Sears en zijn stem dreunde door Ricky's kantoor.

'Hij heeft vanmorgen een duik van de brug genomen. Hij is eraf gesprongen. Mevrouwtje, rustig nou, zo kan ik niet praten.'

'De dame heet mevrouw Sheehan,' zei Sears op meer normale sterkte. 'Ze zou denk ik beter luisteren als u haar bij de naam noemt. Omdat mevrouw Sheehan, die ons blijkbaar een mededeling had te doen, niet tot spreken in staat is, horen we graag van jou wat dokter Jaffrey is overkomen.'

'Hij heeft een duik van de brug...'

'Let op uw woorden. Hij is van de brug gevallen. Welke brug?'

'De brug over de rivier, verdomme. Wat dacht u dan?'

'Hoe is het met hem?'

'Morsdood. Wat had u dan verwacht? Zeg eens, wie treft de nodige schikkingen en zo? De dame is niet in staat...'

'Dat doen wij,' zei Ricky.

'En we zouden nog meer kunnen doen,' zei Sears woedend. 'Je gedrag is schandelijk en je woordkeus is niet veel beter. Je bent een uilskuiken, Hardesty.'

'Wel verdomme, hoor eens...'

'En NOG iets! Als jij aanneemt dat dokter Jaffrey zelfmoord heeft gepleegd, dan begeef je je op gevaarlijk terrein, vriend, en ik geef je in overweging die conclusie voor je te houden.'

'Omar Norris heeft het zien gebeuren,' zei Hardesty. 'We hebben een identificatie nodig voor we tot autopsie kunnen overgaan en ik heb graag dat u hiernaar toe komt, zodat we nu de telefoon kunnen neerleggen.'

Vijf seconden nadat Ricky de hoorn had neergelegd kwam Sears al bij hem binnen, bezig zijn jas aan te trekken. 'Het is niet waar,' zei Sears, toen hij de jas aan had. 'Het moet een misverstand zijn, maar laten we er maar naar toe gaan.'

De telefoon ging weer over. 'Niet opnemen,' zei Sears, maar Ricky deed het toch. 'Ja?'

'Er komt hier een jonge vrouw binnen, die u en meneer James wil spreken,' zei de receptioniste.

'Zeg maar dat ze morgen terug moet komen, mevrouw Quast. Dokter Jaffrey is vanmorgen overleden en meneer James en ik gaan naar zijn huis, waar Walt Hardesty op ons wacht.'

'Hoe...' Mevrouw Quast, die bijna indiscreet was geworden, begon haastig over iets anders. 'Neemt u me niet kwalijk, meneer Hawthorne. Zal ik uw vrouw voor u bellen?'

'Ja, zeg maar dat ik zo gauw mogelijk contact met haar opneem.'

Sears stond inmiddels ongeduldig te wachten en terwijl Ricky achter zijn bureau vandaan kwam, stond zijn confrère al op de gang zijn hoed rond te draaien. Ricky greep zijn jas en ging hem haastig na.

Samen liepen ze de gelambrizeerde gang door. 'Die stomme onmogelijke pummel,' foeterde Sears. 'Alsof Omar Norris geloofwaardig is, behalve wanneer het om whisky of de sneeuwploeg gaat.'

Ricky bleef abrupt staan en legde zijn hand op Sears' arm. 'We moeten het onder ogen zien, Sears. John kan zich inderdaad van het leven hebben beroofd.'

Het was nog niet geheel tot hem doorgedrongen en hij merkte dat Sears niet bereid was het tot zich te *laten* doordringen. 'Hij kan geen enkele reden hebben gehad die brug op te lopen, zeker niet in dit weer.'

Het bloed steeg Sears naar het hoofd. 'Als je dat denkt, dan ben jij ook een uilskuiken. Voor mijn part was John bezig naar *vogels* te kijken, hij zal er toch iets hebben gedaan.' Zijn ogen vermeden Ricky's blik. 'Wat weet ik niet en ik kan het me ook niet voorstellen, maar iets moet het toch geweest zijn. Heeft hij op jou gisteravond de indruk gemaakt dat hij van plan was zelfmoord te plegen?'

'Nee, maar...'

'Waar bekvechten we dan over? Laten we naar zijn huis gaan.' Hij draafde Ricky vooruit door de gang en ramde met zijn schouder de deur van de receptie open. Ricky Hawthorne volgde hem snel en was lichtelijk verbaasd een rijzig meisje met donker haar tegenover zich te zien, toen ook hij de receptie inging. Ze had een ovaal gezicht en fijnbesneden trekken.

'Sears, we hebben nu geen tijd, ik heb de jongedame al laten vragen of ze morgen wil terugkomen.'

'Ze beweert...' Sears zette zijn hoed weer af. Hij keek Ricky aan alsof hij een klap op zijn hoofd had gehad. 'Vertel hem wat u mij hebt verteld,' zei hij tegen het meisje.

Ze zei: 'Eva Galli was mijn tante en ik ben op zoek naar een baan.'

(Mevrouw Quast keerde het meisje, dat alleen even tegen haar had geglimlacht, de rug toe en ze had een kleur toen ze het nummer van huize Hawthorne draaide. Het meisje ging de Kitaj-etsen bekijken die Stella enkele jaren geleden had opgehangen ter vervanging van Ricky's oude prenten van Audubon. Niet te begrijpen, modern, vond mevrouw Quast zowel van de etsen als van het meisje. *Ontzettend,* zei Stella nadat ze het nieuws over dokter Jaffrey had gehoord. *Arme Milly. Het is erg voor iedereen, maar ik zal iets voor Milly moeten doen.* Terwijl ze de stekker uit het schakelbord trekt, denkt mevrouw Quast, hemeltje wat is het hier *licht* en daarna denkt ze, jeetje nee, het is hier *donker,* donker als de *zonde,* zijn er lampen doorgeslagen of zo, maar even later is alles normaal, de lamp op haar bureau brandt net als anders en ze wrijft haar ogen uit en schudt haar grijze hoofd – *Milly Sheehan heeft altijd een luizeleventje gehad, het wordt tijd dat ze eens een echte baan gaat zoeken* – en het verbijstert haar dat meneer James tegen dat jonge ding zegt dat ze morgen maar terug moet komen om over een baan als secretaresse te praten. *Ik bedoel, wat is hier in vredesnaam aan de hand?*)

Ricky keek naar Sears en was ook verbijsterd. Een baan als secretaresse? Ze hadden een secretaresse voor halve dagen, die het grootste deel van hun typewerk deed. Mavis Hodge heette ze. Om voldoende werk voor nog een meisje te vinden, zouden ze hun ongevraagde drukwerken moeten gaat beantwoorden. Uiteraard was het niet vanwege de behoefte aan meer personeel dat Sears het meisje op deze manier benaderde. Het was de naam *Eva Galli,* uitgesproken met een stem die als port zou smaken als je stemmen had kunnen drinken... Sears zag er opeens heel moe uit. De slapeloosheid, de nachtmerries, het visioen van Fenny Bate, Elmer Scales met zijn verdomde schapen en nu de dood van John *(hij is gesprongen),* alles had ertoe bijgedragen dat hij een ogenblik van de kaart was. Ricky begreep de angst en uitputting van zijn confrère en het was een openbaring voor hem dat zelfs Sears kon afknappen. 'Ja, kom morgen maar terug,' zei hij tegen het meisje en het ontging hem niet dat het ovale gezicht met de regelmatige trekken meer dan aantrekkelijk was. En als er één ding was waaraan Sears op dat moment niet herinnerd diende te worden, dan was het wel aan Eva Galli. Mevrouw Quast keek hem bevreemd aan en hij gaf haar opdracht alle inkomende gesprekken die middag af te handelen, alleen om toch iets te zeggen.

'Ik begrijp dat er pas een goede vriend van u is gestorven,' zei het meisje tegen Ricky. 'Het spijt me dat ik op zo'n ongelegen moment kom,' en ze glimlachte beschaamd met iets dat op wezenlijke betrokkenheid leek. 'Laat ik u alsjeblieft niet langer ophouden.'

Hij bekeek voor het laatst haar smalle trekken en draaide zich om naar de deur en naar Sears – die nadenkend zijn jas dichtknoopte en bleek zag – en hij overwoog of het instinct van Sears wellicht juist was geweest. Mogelijk was de komst van dit meisje een onderdeel van het raadsel; toeval leek niet meer te bestaan. Het was alsof er een soort plan was gemaakt en als ze alle onderdelen bijeen konden krijgen, zouden ze zien wat dat plan inhield.

'Het is John misschien niet eens,' zei Sears toen ze in zijn wagen zaten. 'Die Hardesty is zo incompetent dat het me niet zou verbazen als hij Omar Norris op zijn woord heeft geloofd...' Zijn stem stierf weg. Beide vennoten wisten dat dit fantasie was. 'Het is koud,' zei Sears en trok op een kinderlijke manier een pruilmond. 'Ja, verdomd koud,' zei Ricky en begon over iets anders. 'Milly zal althans geen honger lijden.' Sears zuchtte, enigszins geamuseerd. 'En dat is maar goed ook, want ze zal nooit een andere baan krijgen waarbij ze iedereen kan afluisteren.' Toen viel er weer een stilte en ieder voor zich gaf toe dat John Jaffrey waarschijnlijk inderdaad van de brug was gesprongen en verdronken in de ijskoude rivier.

Nadat ze Hardesty hadden opgepikt en waren doorgereden naar het kleine cellenblok waar het lijk werd vastgehouden tot de wagen van de morgue het kwam halen, bleek hun dat Omar Norris zich niet had vergist. De overleden man was John, en hij zag er nog afgeleefder uit dan voor zijn dood. Zijn schaarse haar zat tegen zijn schedel geplakt, zijn teruggetrokken lippen onthulden blauw tandvlees en zijn hele wezen ademde leegte, zoals in de nachtmerrie van Ricky Hawthorne. 'Jezus,' zei Ricky. Walt Hardesty grijnsde en zei: 'Dat is niet de naam die we hier hebben staan, meneer de advocaat.'

'Geef ons de formulieren, Hardesty,' zei Sears beheerst en geheel in zijn eigen stijl voegde hij eraan toe: 'We nemen zijn bezittingen ook mee, tenzij je kans hebt gezien ze met zijn kunstgebit kwijt te raken.'

Bij de paar dingen in de gele envelop die Hardesty hun gaf, hoopten ze een verklaring voor Jaffreys dood te vinden. Maar uit de paar zaken afkomstig uit de zakken van John Jaffrey, konden ze niets opmaken. Een kam, zes boordeknoopjes met bijpassende manchetknopen, een exemplaar van het boekje *Hoe word ik huisarts,* een balpen, een sleutelbos in versleten leren etui, drie kwartjes en een dubbeltje. Sears spreidde het allemaal op zijn knieën uit toen ze weer in de wagen zaten. 'Een brief zou al te mooi zijn geweest,' zei Sears terwijl hij ver naar achteren leunde en in zijn ogen wreef. 'Ik begin me een exemplaar van een bedreigde diersoort te voelen.' Hij ging weer rechtop zitten en staarde naar de nietszeggende collectie voorwerpen. 'Wil jij er iets van houden of zullen we de hele boel maar aan Milly geven?'

'Misschien zal Lewis die boordeknoopjes en manchetknopen graag willen hebben.'

'Dan zullen we ze hem geven. O, ja. We moeten Lewis op de hoogte stellen. Wil jij nog terug naar kantoor?'

Als verdoofd zaten ze in de zachte autokussens. Sears haalde een lange sigaar uit zijn koker, knipte de punt eraf en hield er zonder het gewone ritueel van geur opsnuiven en bekijken zijn aansteker bij. Zonder een enkele klacht draaide Ricky zijn portierraam omlaag: hij begreep dat Sears de sigaar in een reflex had opgestoken, dat hij zich daar nauwelijks van bewust was.

'Weet je, Ricky,' zei hij door de rook heen. 'John is dood en wij hebben het over zijn manchetknopen gehad.'

Ricky startte de wagen en zei: 'Laten we maar naar Melrose Avenue rijden en een borrel nemen.'

Sears deed de trieste collectie weer in de gele envelop, vouwde hem dubbel en stak hem in zijn jaszak.

'Wil je een beetje voorzichtig rijden?' zei hij. 'Het zal je toch niet ontgaan zijn dat het alweer sneeuwt?'

'Nee, hoor,' zei Ricky. 'Nu het zo vroeg begint, kunnen we voor het eind van de winter wel eens ingesneeuwd raken, als het een beetje doorzet. Misschien is het verstandig voor alle zekerheid wat blikken voedsel in te slaan.' Ricky schakelde het autolicht in voor Sears hem op de noodzaak daartoe zou wijzen. De grauwe lucht die al weken boven de stad had gehangen was inmiddels zo goed als zwart geworden, voortgedreven door wolken als aanstormende golven.

'Hm,' zei Sears en snoof. 'De laatste keer dat ons dat is overkomen...'

'Toen was ik pas terug uit Europa. In 1947. Het was een heel strenge winter.'

'En de keer daarvoor was in de jaren twintig.'

'Ja, in 1926. De huizen waren bijna bedolven onder de sneeuw.'

'Er zijn toen mensen omgekomen. Een buurvrouw van me heeft in die sneeuw het leven verloren.'

'Hoe kwam dat?' vroeg Ricky.

'Ze heette Viola Frederickson. Ze raakte met haar buggy vast in de sneeuw en is toen doodgevroren. Tussen twee haakjes, de familie Frederickson woonde destijds in het huis van John.' Sears zuchtte vermoeid toen Ricky de markt opreed en langs het hotel kwam. Sneeuwvlokken als wattenproppen dwarrelden langs de hotelramen. 'In godsnaam, Ricky, je raam staat open. Wil je ons ook laten doodvriezen?' Terwijl zijn hand omhoog vloog om de bontkraag dichter om zijn hals te trekken, zag hij de sigaar tussen zijn vingers. 'O, sorry. Macht der gewoonte.' Hij draaide het raam aan zijn kant open en liet de sigaar op de weg vallen. 'Wat een verspilling.'

Ricky dacht aan het lijk van John Jaffrey op een brancard in een cel. Ze moesten Lewis op de hoogte stellen. Hij zag de blauwe huid die zich over Johns schedel spande voor zich.

Sears kuchte. 'Ik begrijp niet dat we nog niets van Edwards neef hebben gehoord.'

'Die zal wel onverwacht voor onze neus staan.' De sneeuw minderde. 'Goed zo.' Toen dacht hij: *Misschien is het ook niet zo goed.* De lucht was merkwaardig donker voor dat tijdstip van de dag en zijn koplampen leken er niet doorheen te komen. Ze waren niet meer dan een paar gloeiende plekken aan de voorkant van de wagen. In plaats daarvan leek alles waar ze aan voorbijreden in een gloed te liggen maar niet in het gele schijnsel van de koplampen, het waren net witte plekken, precies als die in de boven hun hoofd voortjagende wolken.

Ze zagen een tuinhek, een deur, een dakrand, een oude muur, kale populieren op een gazon. Hun kleurloos aanzien deed Ricky op een onaangename manier aan John Jaffreys gezicht denken. En boven al die toevallige zaken die even wit oplichtten, hing een lucht boven de kolkende wolken die nog duisterder was.

'Wat is er volgens jou nu eigenlijk gebeurd?' vroeg Sears.

Ricky sloeg Melrose Avenue in. 'Moet jij eerst nog langs je huis voor het een of ander?'

'Nee. Heb je er een mening over of niet?'

'Ik wou dat ik wist wat er met die schapen van Elmer Scales is gebeurd.'

Ricky parkeerde vlak voor zijn eigen huis en Sears vertoonde tekenen van ongeduld. 'Het kan me geen moer schelen wat er met die rotschapen van Vergilius is gebeurd,' zei hij. Hij wilde de wagen uit, hij wilde een eind aan het gesprek maken en hij zou waarschijnlijk een driftbui hebben gekregen als Ricky op dat moment een toespeling had gemaakt op de verschijning van Fenny Bate met blote voeten op Sears' trap. Ricky voelde het aankomen, maar nadat ze waren uitgestapt en het pad naar de voordeur hadden genomen, zei hij toch: 'Wat dat meisje van vanmorgen betreft...'

'Ja?'

Ricky stak zijn sleutel in het slot. 'Als jij van mening bent dat we een secretaresse nodig hebben, mij best, maar...'

Stella deed de deur al van de binnenkant open en zei pardoes: 'Wat ben ik blij dat jullie allebei hier zijn. Ik was al bang dat jullie je zouden terugtrekken in de stoffige kantoren in Wheat Row en doen alsof er niets gebeurd is. Zogenaamd weer aan het werk gaan en mij in onzekerheid laten! Sears, blijf daar niet in de kou staan, we kunnen de hele plaats niet verwarmen. Kom binnen!' Ze sloften de hal in als twee uitgeputte trekpaarden en trokken hun jas uit. 'Jullie zien er belabberd uit. Er kan geen sprake zijn van een misverstand? Het gaat echt om John?'

'Het was John,' zei Ricky. 'Veel meer kunnen we je eigenlijk niet vertellen, Stella. Hij is blijkbaar van de brug gesprongen.'

'Lieve help,' zei Stella die haar normale levendigheid even kwijt was. 'Het arme Chowder Genootschap.'

'Amen,' zei Sears.

Na de late lunch deelde Stella mee dat ze wat eten op een blad voor Milly ging klaarmaken. 'Misschien heeft ze trek in een hapje.'

'Milly?' vroeg Ricky verschrikt.

'Milly Sheehan, weet je wel? Ik kon haar echt niet alleen laten met haar angst in dat grote huis van John. Ik heb haar gehaald en mee naar huis genomen. Ze is totaal kapot, de stakker, dus heb ik haar in bed gestopt. Toen ze vanmorgen wakker werd, kon ze John nergens vinden en ze heeft uren in angst gezeten daar in dat huis tot die akelige Walter Hardesty aan de deur kwam.'

'Mooi,' zei Ricky.

'Wat je zegt. Als jij en Sears wat minder met jezelf bezig waren geweest, hadden jullie ook eens aan haar kunnen denken.'

Sears voelde zich aangevallen en knipperde met zijn ogen. 'Milly heeft geen zorgen. Ze heeft het huis van John geërfd en meer geld dan ze op kan.'

'Geen zorgen? Als jij dat blad eens naar boven bracht, Sears? Dan kun je haar zeggen hoe dankbaar ze moet zijn. Denk je echt dat ze daar vrolijker van zal worden? Dat John Jaffrey haar een paar dui-

zend dollar heeft nagelaten?'
'Dat kun je geen paar duizend noemen, Stella. John heeft vrijwel alles wat hij bezat aan Milly vermaakt.'
'En terecht,' zei Stella hard en liep weg naar de keuken, hen met enig onbegrip achterlatend.
Sears zei: 'Heb jij wel eens moeite te begrijpen waar ze het over heeft?'
'Zo nu en dan,' antwoordde Ricky. 'We hadden een soort code, maar die heeft ze geloof ik kort na onze trouwdag afgeschaft. Zullen we Lewis dan maar bellen? Dat hebben we al veel te lang uitgesteld.'
'Geef me de hoorn maar,' zei Sears.

Lewis Benedikt

5

Zonder trek te hebben maakte Lewis gewoontegetrouw een lunch voor zichzelf klaar: roomkaas, bolognaworst met mierikswortel en en flinke homp cheddar van Otto Gruebe, door Otto zelf bereid in zijn kaasfabriekje even buiten Afton. Lewis, nog wat aangeslagen na zijn belevenis van die ochtend, dacht met plezier aan de bejaarde Otto. Otto Gruebe was een ongecompliceerd mens met zo ongeveer de bouw van Sears James maar een kromme rug als gevolg van het feit dat hij een leven lang over de karntonnen gebogen had gestaan. Hij had een beweeglijke clownskop en reusachtige schouders en handen. Zijn commentaar op het overlijden van Lewis' vrouw was geweest: 'Je hebt wat moeilijkheden gehad daar in Spanje? Ik hoorde het in Milburn. Wat is dat toch *jammer*, Lewis.' Na de tactvolle benadering van ieder ander had Lewis zich hierdoor sterk ontroerd gevoeld. Otto met zijn deegkleurig gezicht als gevolg van tien uur per dag in zijn fabriek werken, Otto met zijn koppel honden voor de wasberenjacht die vast nog nooit een spook had aanschouwd. Plichtmatig zijn lunch etend, overwoog Lewis gauw weer eens naar Otto te rijden. Hij zou zijn geweer meenemen en wie weet kon hij met Otto en de honden een paar wasberen schieten, als de sneeuw nog wat uitbleef. Otto's Duitse nuchterheid zou hem goed doen.
Maar intussen sneeuwde het alweer. De honden zouden in de kennel staan blaffen terwijl Otto bezig was de wei af te romen en de

vroege winter uit te vloeken.

Jammer. Ja, het was inderdaad jammer geweest en nog iets meer ook: een raadsel. Net als Edwards dood.

Hij stond op van tafel en zette zijn borden in de gootsteen, toen keek hij op zijn horloge en kreunde. Halftwaalf en de lunch al achter de rug. De rest van de dag doemde als een hoge berg voor hem op. Hij had niet eens een avond loos gebabbel met een meisje in het vooruitzicht en in het kader van zijn voornemen het wat kalmer aan te doen kon hij ook niet uitzien naar een veel plezieriger avond met Christina Barnes.

Lewis Benedikt was erin geslaagd te bereiken wat in een plaats zo klein als Milburn doorgaans onmogelijk is: van de eerste maand af nadat hij uit Spanje was teruggekeerd had hij een geheim leven opgebouwd dat geheim bleef. Hij maakte jacht op schoolmeisjes, op jonge leraressen aan middelbare scholen, op schoonheidsspecialistes en op de pittige dingen die in warenhuis Young Brothers cosmetica verkochten, kortom, op iedere meid die mooi genoeg was om kleur aan zijn bestaan te geven. Hij maakte misbruik van zijn knappe verschijning, zijn natuurlijke charme en humor en zijn geld om zich in Milburns mythologie een plaats te veroveren als een betrouwbare, geestige man: de ouder wordende playboy, de aardige oude heer. Jongensachtig en ongedwongen als hij was, nam Lewis die meisjes mee naar de beste restaurants vele kilometers in de omtrek, bestelde de beste maaltijd met een kwaliteitswijn erbij en liet zijn gasten schateren van het lachen. Hij ging zo ongeveer met een op de vijf meisjes naar bed of werd in bed gelokt, dat laatste door degenen die lieten blijken hem niet al te ernstig te nemen. Wanneer een echtpaar – het echtpaar Walter en Christina Barnes bijvoorbeeld – The Old Mill bij Kirkwood of Christo's tussen Belden en Harpersville binnentraden, verwachtten ze al half en half Lewis het grijze hoofd naar een mooi meisje van niet ouder dan twintig te zien buigen. 'Moet je die ouwe snoeper zien,' zei Walter Barnes dan, 'hij heeft er weer een.' Zijn vrouw lachte maar een beetje, maar het was niet duidelijk hoe dat lachje was bedoeld.

Want Lewis benutte zijn reputatie als komiek en losbol ter afscherming van zijn ernstiger gevoelens. Zijn avontuurtjes in het openbaar met jonge meisjes moesten geheimhouding verschaffen aan zijn oprechte en belangrijker relaties met vrouwen. Hij bracht een avond en soms een nacht door met de jonge meisjes, maar vrouwen van wie hij hield, ontmoette hij een- of tweemaal per week in de namiddag, wanneer de echtgenoot naar zijn werk was. De eerste van die vrouwen was Stella Hawthorne geweest en al was ze in zekere zin niet de meest bevredigende geliefde gebleken, ze had de toon gezet voor wie na haar kwamen. Stella was te vlot en te geestig geweest; ze had hem te nonchalant bejegend. Zij genoot ervan en genot als zodanig kon hij ook bij de jonge leraressen en schoonheidsspecialistes vinden. Hij wilde gevoel, hij wilde emotie, daar hunkerde hij naar. Stella was de enige gehuwde vrouw in Milburn die had laten blijken daar geen behoefte aan te hebben. Ze had hem zijn status van playboy voorgehouden, als een spiegel. Hij had kort en heftig van haar gehouden, maar hun verlangens lagen te ver uiteen. Stella taalde niet naar *Sturm und Drang* terwijl Lewis diep in zijn hart wist dat hij op zoek was naar de emoties die Linda in hem had gewekt. De frivole Lewis was Lewis van de buitenkant gezien. Met spijt in zijn hart had hij Stella laten gaan; ze was op geen enkele toespeling van zijn kant ingegaan en zijn emotie was eenvoudig op haar afgestuit. Ze zou wel hebben aangenomen dat hij domweg de reeks avontuurtjes met jonge meisjes had voortgezet.

Maar acht jaar geleden was hij overgestapt op Leota Mulligan, de vrouw van Clark Mulligan. En na Leota kwamen Sonny Venuti, Laura Bautz, de vrouw van tandarts Harlan Bautz, en als laatste een jaar geleden Christina Barnes. Van al die vriendinnen had hij oprecht gehouden. Wat hem in hen aantrok, was hun degelijkheid, de trouw aan hun eigen echtgenoot, hun verlangen en hun humor. Hij hield ervan om met hen te praten. Zij hadden hem begrepen en ieder van hen had precies geweten wat hij had aan te bieden: eerder een geheim pseudo-huwelijk dan een avontuur.

Zodra de emotie verschaalde en een spel werd, was het afgelopen. Lewis beminde hen allen nog wel, hij beminde Christina Barnes nog altijd, maar...

Maar hij stond altijd weer voor een muur. Zo noemde Lewis het moment waarop hij zich realiseerde dat zijn serieuze relaties even triviaal waren als zijn avontuurtjes. Dan was het tijd er een eind aan te maken. Vaak merkte hij in tijden van onthouding dat hij aan Stella Hawthorne dacht.

Nou, op een avond met Stella hoefde hij zich zeker niet te verheugen. Daarover te fantaseren zou hem alleen sterker van zijn eigen dwaasheid overtuigen.

Want was het geen dwaasheid geweest dat hij zich 's ochtends zo had aangesteld? Lewis liep van de gootsteen naar het raam en staarde naar het pad dat het bos inliep. Hij wist nog heel goed hoe hard hij daar gedraafd had, hijgend en met een hart dat bonsde van angst... over dwaasheid gesproken! De sneeuw viel in grote vlokken, de vertrouwde bomen staken witte armen omhoog en het pad waarlangs hij terugliep, kronkelde onschuldig en bekoorlijk het bos in en verdween.

'Wie van zijn paard valt, klimt er weer op, ' hield Lewis zichzelf voor. 'Je gaat meteen weer op die knol zitten.' Wat was er eigenlijk gebeurd? Had hij... stemmen gehoord? Nee, hij had zichzelf horen denken. Hij had zichzelf doodsbang gemaakt door zich de laatste avond van Linda's leven een beetje te duidelijk voor de geest te halen. Daarbij kwam de nachtmerrie met Sears en John die in de kamer verschenen. Dat alles had hem emotioneel in verwarring gebracht en hij was zich gaan gedragen als een figuur uit een verhaal van het Chowder Genootschap. Er had zich geen kwaadwillende onbekende achter hem bevonden op dat bospad waarlangs hij naar huis liep. Je kon niet door het bos lopen zonder gehoord te worden. Alles was verklaarbaar.

Lewis ging naar zijn slaapkamer boven, schopte zijn lage schoenen uit en trok laarzen aan. Hij stak zich in trui en skiparka, ging weer naar beneden en stapte de keukendeur uit.

Zijn voetsporen van 's ochtends vulden zich al met sneeuw. De lucht rook heerlijk fris als een wijnappel. Het sneeuwde nog altijd een beetje. Als de jacht op wasberen met Otto Gruebe niet meer mogelijk zou zijn, kon hij binnenkort misschien wat gaan skiën. Lewis stak zijn flagstone patio over en sloeg het pad in. De lucht boven hem was donker en bedekt met glanzende wolken, maar het licht om hem heen was helder grijs. Op de takken van de naaldbomen glinsterde de sneeuw, wit als maanlicht.

Vastberaden ging hij op weg langs wat normaal zijn weg terug was. Zijn eigen angst bevreemdde hem, hij voelde een tinteling in mond en maag, alsof hij een voorgevoel had.

'Zo, hier ben ik, kom me maar halen,' zei hij en lachte in zichzelf.

Hij voelde geen enkele gewaarwording dan daglicht en bos en zijn eigen huis achter hem. Even later besefte hij dat ook zijn bangheid was verdwenen.

Over de verse sneeuw naar zijn bos lopend begon Lewis anders waar te nemen. Wellicht kwam het doordat hij het bos onder een onbekende hoek zag, doordat hij zijn route had verlegd, mogelijk doordat hij voor het eerst sedert weken gewoon liep in plaats van te joggen. Hoe dan ook, het bos leek hem een illustratie uit een boek, geen echt bos, maar een paginagrote tekening in Oostindische inkt. Het leek wel een bos uit een sprookje, te volmaakt, te goed gecomponeerd om echt te zijn. Zelfs het pad dat zo heerlijk doelloos verder kronkelde, was een sprookjespad.

Het was het heldere licht dat het bos zijn mysterieus karakter gaf. Elke kale, stekelige tak, elk bosje draderige stengels tekende zich apart af, glansden van innerlijk leven. Ergens dichtbij trilde een wrange magie, net niet zichtbaar. Toen Lewis verder het bos inliep, waar de verse sneeuw nog niet was doorgedrongen, zag hij zijn eigen voetafdrukken van 's ochtends en ook die kwamen hem spookachtig en veelzeggend voor, als behorend tot het sprookje. Sporen in de sneeuw die hem tegemoetkwamen...

Na zijn wandeling voelde Lewis zich te rusteloos om thuis te blijven. De leegte in huis vertelde hem overduidelijk dat er geen vrouw aanwezig was. Voorlopig zou er ook geen vrouw komen, tenzij Christina Barnes nog eenmaal voor de slotvoorstelling kwam opdagen. Er waren een paar klussen die hij al weken had uitgesteld: hij moest zijn zinkput uitscheppen, de eetkamertafel moest nodig gepoetst worden en het tafelzilver trouwens ook, maar die karweitjes konden nog wel even wachten. Nog in zijn trui en parka dwaalde Lewis door zijn huis, van verdieping naar verdieping gaand, maar hij kon het nergens vinden.

Hij kwam terug in zijn eetkamer. De grote mahoniehouten tafel keek hem verwijtend aan: het blad was dof en er zaten kleine krasjes in doordat hij er wel eens Spaans aardewerk op had neergezet zonder een onderlegger te gebruiken. De bos bloemen in een pul midden op de tafel was verwelkt en een paar kroonbladeren lagen als dode bijen op het hout. *Had je werkelijk verwacht daar buiten iemand te zien?* vroeg hij zich af. *Ben je teleurgesteld nu je niemand hebt gezien?*

Hij verliet de eetkamer met de pul verwelkte bloemen in zijn handen en weer viel zijn blik op de sprookjesachtige wirwar van het bos. Takken glinsterden, dorens glommen als punaises en riepen verhalen op uit een boek dat hij al uit had.

Wel. Hij schudde zijn hoofd, ging met de dode bloemen naar de keuken en deed ze in de afvalbak. *Wie had je willen ontmoeten. Jezelf?*

Onverwacht kreeg Lewis een kleur. Hij zette de lege pul op het aanrecht, ging opnieuw naar buiten en stak de patio over naar de voormalige stal, die door een eerdere bewoner was verbouwd tot garage en schuur voor gereedschappen. De Morgan stond geparkeerd naast een werkbank vol schroevedraaiers, tangen en verfkwasten in lege blikken. Lewis bukte zich, trok het portier open en kroop achter het stuur.

Achteruit reed hij naar buiten, stapte uit de wagen en sloot de deur weer. Hij keerde op de patio en reed via een laantje met bomen naar de autoweg. Meteen voelde hij zich beter. Het linnen dak van de Morgan klapperde in de wind en zijn haar woei alle kanten uit. Hij had een bijna volle tank.

Een kwartier later zat hij in de heuvels en het open land, met hier en daar een groepje bomen. Hij koos smalle wegen en als hij een recht stuk weg voor zich kreeg, voerde hij zijn snelheid op tot honderd, soms honderdtwintig kilometer per uur. Hij reed langs Chenango Valley, volgde de loop van de Tioughnioga River tot aan Whitney Point en sloeg westelijk af naar Richford en Caroline, ver in de Cayuga Valley. Soms gleed de achterkant van de kleine wagen in de bochten weg, maar Lewis corrigeerde elke slip handig en automatisch. Lewis was van nature een goede rijder.

Het begon tot hem door te dringen dat hij de route volgde waarlangs hij in zijn studietijd was teruggereden naar Cornell. Het enige verschil was dat een duizelingwekkende snelheid destijds beneden de vijftig had gelegen.

Nadat hij bijna twee uur had gereden over smalle wegen, langs boerderijen en beschermde natuurgebieden, alleen om te kijken waar hij terecht zou komen, was zijn gezicht stijf van de kou. Hij bevond zich in Tompkins County dicht bij Ithaca en het landschap was er schilderachtiger dan de omgeving van Binghamton. Van de heuveltoppen af kon hij de zwarte weg door dalen en over beboste verhogingen zien lopen. De lucht was wat donkerder geworden, al was het nog maar halverwege de middag, en Lewis verwachtte meer sneeuw voor de avond viel. Voor zich uit, juist ver genoeg weg om de nodige snelheid te maken, zag hij een wegverbreding groot genoeg om de Morgan een slip van driehonderd zestig graden te laten maken. Hij bedacht tijdig dat hij vijfenzestig was, te oud voor stuntwerk met een wagen, dus benutte hij de wegverbreding om er te keren, richting huis.

Langzaam reed hij door het dal naar Harford, weer naar het oosten. Op het rechte weggedeelte gaf hij wat meer gas, al kwam hij niet meer boven de honderd. Maar hij genoot er nog altijd van, van de snelheid, de koude wind in zijn gezicht en het lekker spelen met zijn wagentje. Zijn hele omgeving gaf hem de sensatie dat hij weer een Tau Kappa Epsilon-leerling was die langs de wegen naar huis raasde. Er warrelden een paar grote sneeuwvlokken neer.

Dicht bij het vliegveld bij Glen Aubrey reed hij langs een groepje ontbladerde esdoorns waar hij de glanzende helderheid van zijn eigen bos in zag. Ze leken doortrokken van magie, leken een verborgen betekenis te hebben die paste in een ingewikkeld verhaal over vossen die door een heks betoverde prinsen waren. Hij zag de voetsporen razend vlug op zich afkomen.

...stel dat je een eind ging wandelen en je zag jezelf naar je toe komen rennen met wapperende haren en een van angst vertrokken gezicht...
Hij werd van binnen net zo koud als zijn gezicht. Voor hem uit stond een vrouw midden op de weg. Hij had alleen maar tijd om de schrik in haar houding en het om de schouders golvende haar in zich op te nemen. Hij gooide het stuur om, zich afvragend waar ze in godsnaam vandaan was gekomen. *Jezus, ze sprong me gewoon voor de wielen...* Hij realiseerde zich dat hij haar wel moest raken. De wagen begon te slippen.

De achterkant van de Morgan kwam traag op de vrouw af. Daarna vloog de hele wagen opzij en hij verloor haar uit het oog. In paniek gaf Lewis tegenstuur. De tijd werd gereduceerd tot een stevige capsule die hem insloot, terwijl hij machteloos in een onbestuurbare wagen zat. Maar het moment veranderde van textuur, de tijd kwam weer op gang en hij besefte zonder veel opwinding dat zijn wagen los was van het wegdek. Alles voltrok zich verbluffend traag, maar de Morgan zweefde inderdaad.

Het was meteen weer voorbij. De wagen kwam met een trillende schok tot staan in een akker, met de motorkap naar de weg. De vrouw die hij wellicht had geraakt was nergens te zien. Lewis kreeg een bloedsmaak in de mond en zijn handen, die het stuur nog vasthielden, beefden. Misschien had hij haar toch wel geraakt en haar lichaam in de greppel gesmeten. Hij worstelde met het portier, kreeg het open en stapte uit. Zijn benen trilden ook. Hij zag meteen dat de Morgan vastzat: de achterwielen waren diep weggezakt in de bevroren modder die daar opgehoopt lag en de wagen niet zou loslaten. Hij zou de takelwagen nodig hebben. 'Hé!' riep hij. 'Bent u er goed afgekomen?' Hij dwong zijn benen tot lopen. 'Alles goed met u?'

Wankelend ging Lewis naar de weg. Hij zag de woeste slipsporen die zijn wagen had gemaakt. Zijn heupen deden pijn. Hij voelde zich opeens heel oud. 'Hé! Mevrouw!' Maar hij zag de vrouw nergens. Met zwaar kloppend hart wankelde hij de weg over, bang voor wat hij in de greppel zou zien liggen met gespreide ledematen en achterovergeknakt hoofd. Maar in de greppel trof hij alleen een laag ongerepte sneeuw aan. Hij keek naar weerskanten de weg af: geen vrouw te zien.

Lewis gaf het op. De vrouw was blijkbaar even snel verdwenen als ze was gekomen. Of hij had zich verbeeld haar te hebben gezien. Hij wreef zijn ogen uit. Zijn heupen schrijnden; het was alsof er botten langs elkaar schuurden. Strompelend liep hij weg in de hoop een boerderij te vinden waar hij de wegenwacht kon bellen. Toen hij na enige tijd een boerderij zag, stond de bewoner, een man met een dichte zwarte baard en dierlijke ogen, hem toe de telefoon te gebruiken, maar hij moest buiten op een open veranda op de takelwagen wachten.

Hij was pas na zeven uur thuis. Hij had honger, maar zijn ergernis was nog groter. De vrouw had zich maar een ogenblik laten zien; ze was als een hert voor zijn wagen gesprongen en hij had haar uit het oog verloren toen hij in de slip raakte. Maar waar kon ze op die lange rechte weg zijn gebleven nadat hij in de akker was beland? Misschien lag ze toch ergens dood in een greppel. Hoewel... zelfs een hond zou een flinke deuk in de carrosserie van de Morgan hebben gemaakt en de wagen was onbeschadigd geweest.

'Verdomme,' zei hij. De wagen stond nog in de oprit; hij was alleen even naar binnen gegaan om warm te worden. De rusteloosheid van die middag, het gevoel dat als hij niet maakte dat hij wegkwam er iets veel ergers met hem zou gebeuren dan met de wagen van de weg raken, alsof er een geweerloop op hem was gericht, was weer terug. Lewis ging de trap op naar zijn slaapkamer en verwisselde zijn trui en parka voor een schoon overhemd, een stropdas en een nette blazer. Hij zou naar Humphrey's Place gaan voor een hamburger en een paar pilsjes. Dat was het beste dat hij kon doen.

De parkeerplaats was zo goed als vol en Lewis moest een plaatsje zoeken in een vak direct aan de weg. De lichte sneeuw was in de vooravond al opgehouden, maar de lucht was koud en zo scherp dat het leek of je er met je blote handen een stuk van kon afbreken. Uit de ramen van het hoge grijze pand flitsten reclamespots voor bier terwijl dreunende countrymuziek van de vierkoppige band Lewis over het parkeerterrein al tegemoet kwam. *Wabash Cannonball*. Zodra hij binnen was, snerpte een jankende noot op de viool door zijn hoofd en Lewis keek kwaad naar de violist met het haar tot op de schouders, die op het podium stond te zagen, zijn linkerheup en rechtervoet meegaand met het ritme. De jongeman hield zijn ogen

gesloten en had nergens erg in. Even later klonk de muziek weer
normaal, maar Lewis' hoofdpijn bleef. Het was druk in de bar en zo
warm dat hij al gauw begon te zweten. De grote, vormeloze
Humphrey Stalladge liep met een voorschoot over zijn witte overhemd heen en weer achter de toog. Alle tafels dicht bij de band
waren in beslag genomen door jongeren met een kruik bier voor
zich. Van achteren gezien kon Lewis de jongens en meisjes niet van
elkaar onderscheiden.

Stel dat je jezelf naar je toe zag komen rennen, op de koplampen van je
wagen afrennen met wapperende haren en een van angst vertrokken
gezicht...

'Wat mag ik je brengen, Lewis?' vroeg Humphrey.

'Twee aspirines en een bier. Ik heb barstende koppijn. En een hamburger graag, Humphrey.'

Aan het andere uiteinde van de toog, zover mogelijk van het podium verwijderd, zat een slonzige Omar Norris een stuk of wat
mannen aangenaam bezig te houden. Zijn ogen sprongen haast uit
zijn hoofd onder het praten en zijn handen maakten weidse gebaren. Lewis kreeg de indruk dat je niet te dicht bij hem moest gaan
zitten, anders zou je Omars speeksel op je revers zien glinsteren.
Toen Omar jonger was, had hij boeiend kunnen vertellen over hoe
hij kans zag onder de duim van zijn vrouw uit te komen en over de
listen die hij bedacht om te ontkomen aan alle mogelijke vormen
van arbeid behalve het besturen van de sneeuwploeg en eens een
klus in warenhuis Santa, listen waarvoor W.C. Fields zich niet had
hoeven schamen. Lewis vroeg zich af waarom er nog altijd iemand
was die naar hem luisterde, maar Norris kreeg zelfs drankjes aangeboden. Stalladge kwam terug met zijn aspirines en zette er een
glas bier naast. 'De burger komt eraan,' zei hij.

Lewis legde de aspirines op zijn tong en spoelde ze weg met bier. De
band was klaar met *Wabash Cannonball* en begon aan iets anders,
een liedje dat hij niet herkende. Een meisje aan een tafel voor het
podium had zich omgedraaid en keek naar hem. Hij knikte tegen
haar.

Hij dronk zijn bier uit en keek om zich heen. Er waren nog een paar
lege boxen aan de voorgevel en hij wenkte Humphrey en wees naar
zijn glas. Met het volle glas ging hij de gelagkamer door naar een
van de vrije boxen. Als hij er nu niet een bezette, zou hij waarschijnlijk de hele avond aan de toog moeten zitten. Halverwege
knikte hij naar Rollo Draeger, de drogist die aan Irmengards eeuwige klaagzangen had weten te ontsnappen, en nu pas herkende hij de

jongen naast het meisje dat naar hem had gekeken: Jim Hardie, Eleanors zoon, die de laatste tijd veel met Draegers dochter optrok. Hij keek nog eens in hun richting en ontdekte dat ze hem nu beiden aanstaarden. Jim Hardie was een wantrouwende knaap, dacht Lewis: fors, blond en sterk, maar hij had iets gewelddadigs. Hij grinnikte bijna altijd. Walt Hardesty had Lewis verteld dat Jim Hardie vrijwel zeker degene was die de oude leegstaande schuur van Pugh in de fik had gestoken en een akker had platgebrand. Hij kon zich voorstellen dat de jongen daar ook bij had gegrinnikt. Het meisje dat hij nu bij zich had, was ouder dan Penny Draeger en ook knapper.

Lewis dacht aan de tijd, zoveel jaar geleden, toen het leven minder gecompliceerd was en hij daar met een meisje naar een band, Noble Sissy of Benny Goodman, zou hebben zitten luisteren, smoorverliefd. Bij die gedachte keek hij als vanzelf de gelagkamer rond, zoekend naar het imponerend gezicht van Stella Hawthorne, al had hij bij zijn komst al geconstateerd dat ze er niet was.

Humphrey kwam hem zijn hamburger brengen, keek naar zijn glas en zei: 'Als u in dit tempo doordrinkt, kan ik u misschien beter een kruik brengen.'

Lewis had niet eens gemerkt dat zijn tweede glas bier leeg was. 'Doe dat,' zei hij.

'U ziet er niet naar uit dat u het te heet hebt,' zei Humphrey.

De band, die enig overleg had gepleegd, ging luidruchtig weer aan de slag en ontsloeg Lewis van de noodzaak tot antwoorden. Humphreys beide assistenten, de barmeisjes Anni en Annie, kwamen binnen en brachten een golf van kou mee. Ze waren voor hem juist voldoende reden nog wat te blijven. Anni was een zigeunerachtig type met krullend zwart haar dat ver uitstond rondom een sensueel gezichtje. Annie was meer het Vikingtype en had mooie, stevige benen en prachtige tanden. Ze waren allebei boven de dertig en konden praten als Brugman. Ze woonden ieder met een vriend ergens buiten en hadden geen kinderen. Lewis mocht die twee erg graag en nam hen beurtelings wel eens mee uit eten. Anni zag hem zitten en stak haar hand op. De gitarist blèrde, begeleid door de jankende viool.

> You lost your hot, I lost mine
> so (feedback) we find
> a spare garden to seed our dreams?

173

Humphrey ging weg om zijn barmeisjes hun instructies te geven en Lewis begon aan zijn hamburger.

Hij keek op en zag dat Ned Rowles naast hem was komen staan. Lewis trok een wenkbrauw op en kauwend op zijn hamburger bood hij Rowles een plaats in zijn box aan. Hij mocht Ned Rowles graag. Ned had *The Urbanite* tot een boeiende krant gemaakt, met wat meer inhoud dan een verslag van het uitje van de brandweer en uitverkoopadvertenties van kruideniers. 'Ook een glas?' bood hij aan en schonk bier uit de kruik die Humphrey zojuist had neergezet in Neds lege glas.

'Voor mij ook wat?' klonk een zwaardere stem achter hem en toen Lewis omkeek, zag hij Walt Hardesty gretig naar de kruik kijken. Dat verklaarde waarom Lewis Ned niet eerder had gezien: hij moest met Hardesty in de achterkamer hebben gezeten waar Humphrey zijn voorraad bier had staan. Lewis wist dat Hardesty, die net als Omar Norris van jaar tot jaar meer aan de drank raakte, vaak hele middagen in die achterkamer zat omdat hij niet wilde dat zijn ondergeschikten hem zagen drinken.

'Zeker, Walt,' zei hij. 'Ik had je niet gezien. Kom erbij zitten.' Ned Rowles keek hem bevreemd aan. Lewis was ervan overtuigd dat de hoofdredacteur Hardesty evenmin mocht als hij zelf en de man liever zag gaan dan komen, maar je kon de sheriff nu eenmaal niet wegsturen. Wat Rowles ook met zijn blik bedoeld mocht hebben, hij schoof door op zijn bank en maakte plaats voor Hardesty. De sheriff had zijn dikke jas nog aan, dus zou het wel koud zijn geweest in die achterkamer. Ned, die graag studentikoos deed, liep zo lang mogelijk zonder overjas in een tweed colbertjasje rond.

Het ontging Lewis niet dat de twee mannen hem op een merkwaardige manier aanstaarden en hij schrok – had hij het meisje dan toch geraakt? Had iemand zijn kenteken genoteerd? Dan had hij zich schuldig gemaakt aan doorrijden na een aanrijding! 'Hoor eens, Walt,' zei hij, 'wil je me ergens over spreken of wil je alleen een biertje?' Terwijl hij sprak, schonk hij Hardesty's glas vol.

'Voorlopig alleen een biertje, meneer Benedikt,' zei Hardesty. 'Dat was me het dagje wel, hè!'

'Ja,' zei Lewis eenvoudig.

'Een verschrikkelijke dag,' zei Ned Rowles en streek het haar weg dat over zijn voorhoofd viel. Zijn gezicht vertrok even toen hij verder ging: 'Je ziet er niet best uit, vriend. Kun je niet beter naar huis gaan en wat slaap pakken?'

Lewis begreep er in het geheel niets meer van. Als hij het meisje had geraakt en ze daarvan op de hoogte waren, zou de sheriff hem toch niet naar huis laten gaan? 'Ach,' zei hij, 'ik werd wat ongedurig thuis. Maar zie ik er echt zo belabberd uit?'

'Tja, het is een belabberde zaak,' zei Rowles. 'Daarover zal iedereen het wel eens zijn.'

'Reken maar,' zei Hardesty en dronk zijn glas uit, waarna hij het weer vulde. Neds gezicht kreeg een pijnlijke uitdrukking van... ja, van wat? Deelneming, dacht hij. Ook Lewis schonk zijn glas weer vol. De violist was overgestapt op gitaar en de muziek was nu zo hard dat ze zich naar elkaar toe moesten buigen om zich verstaanbaar te maken. Lewis hoorde fragmenten van liedjes, overstemd door klanken en teksten die in de microfoons werden gebruld.

wrong way out, baby... wrong way out

'Ik dacht daarnet aan de tijd toen ik nog jong was, toen ik wel eens naar Benny Goodman ging,' zei hij. Ned Rowles keek abrupt op en staarde hem verbluft aan.

'Benny *Goodman*?' zei Hardesty minachtend. 'Geef mij maar country, maar dan echte. Hank Williams. Niet die rotzooi die deze jongens spelen. Dat is geen country. Neem nou Jim Reeves. Dat vind ik mooi.' Lewis rook de adem van de sheriff: bier met daardoorheen iets smerigs, alsof hij afval had gegeten.

'Nou ja, je bent jonger dan ik,' zei hij en ging wat achteruit.

'Ik kwam alleen zeggen hoe erg ik het vind,' liet Ned zich plotseling ontvallen en Lewis keek hem scherp aan, trachtend te bepalen hoe ernstig hij in de puree zat. Hardesty wenkte Annie de Viking en bestelde een volgende kruik. Die kwam op slag en toen Annie hem op tafel zette, gutste het bier eruit. Ze gaf Lewis een knipoog bij het weggaan.

In de loop van die ochtend, dacht Lewis, en ook nog tijdens de rit... kale esdoorns... was hij zich bewust geweest van een vreemde, dromerige helderheid, van haarscherp zien alsof hij een ets bekeek, een spookachtig bos, een kasteel omsloten door stekelige bomen...

wrong way out baby, you're on the wrong

...maar nu voelde hij zich duf en verward en dat knipoogje van Annie hoorde in een surrealistische film thuis...

Hardesty boog zich over de tafel om iets te zeggen. Lewis ontdekte een bloedvlek in het linkeroog van de sheriff, dat vlak onder de blauwe iris trilde als een bevrucht ei. 'Zal ik jou eens wat vertellen?' riep Hardesty keihard. 'We zitten nog altijd met die vier dode schapen, nietwaar? Strot doorgesneden. Geen bloed en ook geen sporen. Wat denk jij daarvan?'

'Jij bent van de politie, vertel het mij maar,' zei Lewis en ook hij moest schreeuwen om boven het kabaal van de band uit te komen.

'Ik zeg je dat het een vervloekt rare wereld... aan het worden is,' brulde Hardesty en keek hem aan als de doorgewinterde handhaver van de wet. 'En dat *meen* ik. Als je het mij vraagt, weten die twee advocaten, je vriendjes, er meer van.'

'Dat lijkt me niet waarschijnlijk,' matigde Ned Rowles hem. 'Maar wat denk je, zou een van hen beiden een stuk voor de krant willen schrijven over dokter John Jaffrey? Tenzij jij het zelf wilt doen, Lewis.'

'Over John Jaffrey schrijven voor *The Urbanite?*' vroeg Lewis.

'Nou ja, honderd woorden, tweehonderd desnoods, een paar waarderende zinnen, zoiets.'

'Waarom in vredesnaam?'

'Nou ja, je wilt het toch niet alleen aan Omar Norris overlaten iets over...' Opeens zweeg Hardesty, stomverbaasd. Lewis rekte zich uit om over de drom gasten heen, naar Omar Norris te kunnen kijken. De man had een rij drankjes voor zich op de bar staan en was nog altijd aan het vertellen, met drukke gebaren. De sensatie die hem de hele dag had achtervolgd, namelijk dat er iets gruwelijks op hem afkwam, werd sterker. Een valse vioolstreek ging snijdend door hem heen: *dit is het, dit is het...*

Ned Rowles greep over de tafel heen zijn hand. 'God, Lewis,' zei hij, 'ik dacht dat je het al wist.'

'Ik ben de hele dag weg geweest,' zei hij. 'Ik was... wat is er gebeurd?' *Een jaar en een dag na Edwards dood,* dacht hij, en begreep dat ook John Jaffrey dood was. Daarop realiseerde hij zich dat Edward na middernacht zijn hartaanval had gekregen en dat dít de verjaardag van zijn dood was.

'Hij is naar beneden gesprongen,' zei Hardesty en Lewis was ervan overtuigd dat de sheriff die vakterm ergens had gelezen en nu ook maar gebruikte. De politieman dronk er een slok bier op en keek

176

Lewis aan met een dreigende uitdrukking op zijn gezicht. 'Hij is in de loop van de morgen van de brug gesprongen. Was waarschijnlijk al morsdood voor hij het water raakte. Omar Norris daar heeft het zien gebeuren.'

'Van de brug gesprongen,' herhaalde Lewis in zichzelf. Om een of andere reden speet het hem dat hij geen meisje had aangereden; het duurde maar even, maar het zou betekend hebben dat John veilig was gebleven. 'Mijn god,' zei hij.

'We namen aan dat Sears of Ricky je op de hoogte had gesteld,' zei Ned Rowles tegen hem. 'Zij waren bereid de schikkingen voor de begrafenis te treffen.'

'Jezus, ja, John moet begraven worden,' zei Lewis en onverwacht sprongen de tranen hem in de ogen. Hij stond op en kwam stuntelig de box uit.

'U kunt me zeker geen bruikbare inlichtingen verschaffen?' vroeg Hardesty.

'Nee, nee. Ik moet ernaar toe. Ik weet er niets van. Ik moet eerst met de anderen praten.'

'Waarschuw me als ik een of ander kan doen,' riep Ned boven de herrie uit.

Zonder te kijken waar hij liep, ging Lewis weg en botste meteen tegen Jim Hardie op, die ongemerkt post had gevat bij zijn box. 'Sorry, Jim,' zei Lewis en hij wilde Jim en het meisje voorbijlopen, maar Hardie greep hem met harde hand bij de arm.

'Deze dame wenst kennis met u te maken,' zei Hardie grinnikend. 'Mag ik u aan elkaar voorstellen? Ze logeert hier in het hotel.'

'Ik heb nu geen tijd, ik moet weg,' zei Lewis en voelde Hardies hand onaangenaam om zijn arm knellen.

'Eventjes geduld. Ik doe wat ze me heeft gevraagd. Meneer Benedikt, dit is Anna Mostyn.' Voor het eerst nadat hij aan de bar haar blik had opgevangen, keek Lewis het meisje aan. Hij zag dat ze niet bepaald jong meer was; ze was dertig met een marge van een paar jaar naar boven of naar beneden. Ze was zeker niet het type waarmee Jim Hardie gewoonlijk optrok. 'Anna, dit is de heer Lewis Benedikt. Hij is ongeveer de knapste ouwe lul in de wijde omtrek en dat wil hij weten ook.' Naarmate hij haar langer aankeek, begon het meisje meer indruk op hem te maken. Ze deed hem aan iemand denken en hij vermoedde dat het Stella Hawthorne was. Hij herinnerde zich overigens niet meer hoe Stella Hawthorne er op haar dertigste had uitgezien.

Een vent met een geteisterd gezicht naast de bar wees naar hem. Het was Omar Norris. Nog altijd boosaardig grinnikend liet Jim Hardie zijn arm los. De jongen met de viool schudde als een meisje zijn lange haar naar achteren en begon af te tellen voor een volgend nummer.

'Ik weet dat u weg moet,' zei de vrouw. Ze had een lage stem met een nasale klank. 'Jim vertelde me dat er een vriend van u is overleden en ik wou alleen maar zeggen dat ik met u meevoel.'

'Ik heb het zelf pas gehoord,' zei Lewis die op springen stond. 'Prettig kennis met u te hebben gemaakt, juffrouw...'

'Mostyn,' zei ze met die doordringende stem. 'Ik hoop dat we elkaar nog eens ontmoeten. Ik heb een baan bij uw vrienden van het advocatenkantoor.'

'Zo? Nou...' De betekenis van wat ze had gezegd begon tot hem door te dringen. 'Hebben Sears en Ricky u een baan gegeven?'

'Ja. Ze hebben mijn tante gekend, heb ik begrepen. U soms ook? Ze heette Eva Galli.'

'Jezus,' zei Lewis en daar schrok Jim Hardie zo van dat hij een stap achteruitging. Lewis liep verdwaasd de gelagkamer weer in voor hij zich bedacht en naar de buitendeur rende.

'De mooie jongen is zich rot geschrokken van het een of ander,' zei Jim. 'O, neem me niet kwalijk, dame. Ik bedoel juffrouw Mostyn.'

Het Chowder Genootschap in staat van beschuldiging

6

Het linnen dak van de Morgan klapperde en de kou golfde naar binnen. Zo snel mogelijk reed Lewis naar het huis van John Jaffrey. Hij wist niet wat hij er verwachtte aan te treffen: wellicht een allerlaatste bijeenkomst van het Chowder Genootschap, waarbij Ricky en Sears beangstigend rationele woorden spraken bij een open lijkkist. Of Ricky en Sears die zelf op raadselachtige wijze gestorven waren en in de zwarte gewaden uit zijn droom op de vloer lagen. Drie lijken in een slaapkamer op de bovenste verdieping...

Nog niet, verklaarde zijn brein.

Hij parkeerde bij het huis in Montgomery Street en kwam zijn wagen uit. De wind rukte de blazer haast van zijn lichaam en trok aan zijn stropdas. Het drong tot hem door dat hij evenmin als Ned

Rowles een overjas aan had. Radeloos keek Lewis omhoog naar de onverlichte ramen. Hij had verwacht dat althans Milly Sheehan thuis zou zijn. Hij liep het tuinpad op en drukte op de bel, die hij ergens in de verte hoorde overgaan. Onder de bel zat een tweede voor de praktijk en ook die drukte hij in, waarna hij aan de andere kant van de voordeur driftig geratel hoorde. Hij begon in zijn blazer te rillen van de kou en op zijn gezicht voelde hij koud vocht. Sneeuw, dacht hij, maar toen merkte hij dat hij weer huilde.

Lewis bonsde op de deur, maar aangezien dat ook niet hielp, keerde hij zich om terwijl tranen van ijs hem langs de wangen liepen en staarde naar het voormalige huis van Eva Galli aan de overkant.

Hij hield zijn adem in. Het was alsof hij haar zag, de verleidster uit hun jonge jaren, alsof ze langs een raam op de benedenverdieping liep.

Een ogenblik kreeg alles weer die keiharde duidelijkheid van 's ochtends en hij werd koud tot op zijn gebeente. Daarna ging de deur open en degene die naar buiten kwam, was een man. Lewis streek met beide handen langs zijn voorhoofd. De man wilde blijkbaar met hem praten. Toen herkende hij hem. Het was Freddy Robinson, de verzekeringsagent die ook stamgast was in Humphrey's Place.

'Lewis?' riep hij. 'Lewis Benedikt? Prettig je te zien, jongen.'

Lewis kreeg weer dat gevoel dat hij in het café had gehad: hij wilde weg. 'Ja, ik ben het,' zei hij.

'Jee, wat spijt me dat van die oude dokter Jaffrey, zeg. Ik hoorde het vanmiddag. Hij was toch een goede vriend van je?' Robinson was nu zo dicht genaderd dat ze elkaar de hand konden drukken en Lewis zag geen kans de greep van die koude vingers om de zijne te vermijden. 'Wat een afschuwelijk bericht hè? Verdomd tragisch, moet ik zeggen. Jongejonge.' Hij schudde wijsgerig het hoofd. 'Ik zal je wat zeggen. Die ouwe dokter Jaffrey was nogal op zichzelf, maar ik mocht hem wel. Eerlijk waar. Toen hij me uitnodigde voor het feest dat hij voor die actrice gaf, was ik in de wolken. En wat voor een feest! Ik heb het geweldig naar mijn zin gehad. Een moord-feest!' Hij zag Lewis blijkbaar verstijven, want haastig voegde hij eraan toe: 'Behalve het slot natuurlijk.'

Lewis staarde naar de grond en ging niet op de gruwelijke opmerkingen in. Freddy Robinson maakte vlug gebruik van de stilte en zei: 'Zeg, je ziet er belabberd uit. Je moet hier niet in de kou blijven staan. Ga even met me mee naar binnen, dan drinken we een stevige borrel. Vertel me eens wat er precies is gebeurd, dan kunnen we er nog wat over nakaarten. En laat ik voor de goede orde even nagaan

hoe het met je verzekeringen staat... er is hier toch niemand thuis.'
Zoals Jim Hardie daarvoor greep hij Lewis bij de arm en Lewis
voelde door zijn eigen gekweldheid en ellende heen dat de man
wanhopige behoefte had aan gezelschap. Als Robinson hem in de
handboeien had kunnen slaan om hem zijn woning binnen te sleuren, zou hij het gedaan hebben. Lewis wist dat als hij de man een
kans gaf, Robinson zich om welke persoonlijke redenen dan ook als
een eendemossel aan hem zou vastklampen.
'Het spijt me, maar ik kan niet,' zei hij, welwillender dan hij zonder
dat idee van Robinsons eenzaamheid zou hebben gedaan. 'Ik moet
een paar mensen opzoeken.'
'Je bedoelt zeker Sears James en Ricky Hawthorne,' zei Robinson,
al verslagen. Hij liet Lewis' arm los. 'Jee, ik vind het zo geweldig wat
jullie doen, dat bewonder ik toch zo, dat jullie die club hebben en
zo.'
'Christus, voor *ons* hoef je geen bewondering te hebben,' zei Lewis,
al op weg naar zijn wagen. 'De een of ander slaat ons als vliegen
dood.'
Het ontglipte hem haast achteloos, als een opmerking bij het afscheid, en binnen vijf minuten was Lewis vergeten wat hij had gezegd.

Hij reed naar Ricky's huis acht straten verderop, want het kwam
hem ondenkbaar voor dat Sears Milly Sheehan mee naar huis zou
hebben genomen. Bij aankomst bleek hem dat hij gelijk had gehad,
want Ricky's oude Buick stond nog in de oprit.
'Je weet het dus al,' zei Ricky die hem opendeed. 'Ik ben blij dat je
bent gekomen.' Zijn neus was rood, van het huilen zeker, dacht
Lewis, maar toen merkte hij dat het van een verkoudheid kwam.
'Ja, ik trof Hardesty en Ned Rowles en die vertelden het. Hoe hebben jullie het gehoord?'
'Hardesty heeft ons op kantoor opgebeld.' Samen gingen ze de huiskamer binnen en Lewis zag het gezicht van Sears, die in een fauteuil
zat, vertrekken van woede zodra de sheriff werd genoemd.
Stella kwam de eetkamer uit, keek hem verbaasd aan en omhelsde
hem. 'Het spijt me zo, Lewis,' zei ze. 'Het is zo verdomd jammer.'
'Het is onvoorstelbaar,' zei Lewis.
'Dat is het inderdaad, maar het was wel degelijk John die vanmiddag naar de districtsmorgue werd gebracht,' zei Sears met verstikte
stem. 'En wat heet onvoorstelbaar? We hebben allemaal onder deze
druk gestaan. Misschien spring ik morgen wel van de brug.' Stella

omhelsde Lewis nog eens en ging naast Ricky op de bank zitten. De Italiaanse salontafel voor hen leek zo groot als een ijsbaan.

'Je hebt vast wel behoefte aan een kop koffie,' zei Stella, Lewis onderzoekend aankijkend, en stond weer op om naar de keuken te gaan.

'Je kunt het onvoorstelbaar noemen,' ging Sears verder, niet gehinderd door de interruptie, 'dat drie volwassen mannen zoals wij bij elkaar moeten kruipen voor wat warmte, maar toch zitten we hier samen.'

Stella kwam binnen met koffie voor iedereen en het haperend gesprek werd een ogenblik gestaakt.

'We hebben geprobeerd je te bereiken,' zei Ricky.

'Ik was een eind gaan rijden,' antwoordde Lewis.

'John was degene die wilde dat we die jonge Wanderley aanschreven,' zei Ricky even later.

'Wie aanschrijven?' vroeg Stella, die hem niet begreep. Sears en Ricky legden het haar uit. 'Dat lijkt me al heel gek,' zei ze daarna. 'Net iets voor jullie om je eerst ik weet niet wat in je hoofd te halen en dan naar een ander te lopen om hulp. Dat had ik niet van John verwacht.'

'Hij wordt als een deskundige beschouwd, Stella,' zei Sears niet zonder ergernis. 'En als ik het mag opmerken, de zelfmoord van John bewijst wel dat we hem meer dan ooit nodig hebben.'

'En wanneer komt hij?'

'Dat weet ik niet,' moest Sears bekennen. Hij zag er wat verfomfaaid uit, net een vette oude kalkoen aan het eind van de winter.

'Volgens mij moeten jullie ophouden met die samenkomsten van het Chowder Genootschap,' zei Stella overtuigd. 'Jullie gaan er kapot aan. Ricky werd vanmorgen schreeuwend wakker en jullie zien er alle drie uit alsof jullie spoken zien.'

Sears beheerste zich. 'Twee van ons hebben Johns lijk bekeken. Dat lijkt me voldoende reden om een beetje verdrietig te kijken.'

'Hoe...?' begon Lewis en hield op. *Hoe zag hij eruit?* was bepaald een stompzinnige vraag.

'Hoe wat?' vroeg Sears.

'Hoe hebben jullie die nicht van Eva Galli als secretaresse kunnen aannemen?'

'Ze kwam om een baantje vragen,' zei Sears. 'En we hadden wat extra werk.'

'Eva Galli?' vroeg Stella. 'Was dat niet die rijke vrouw die hier kwam wonen, een hele tijd geleden? Ik heb haar nauwelijks gekend;

ze was een stuk ouder dan ik. Ze zou toch met iemand hier gaan trouwen? En plotseling was ze verdwenen.'

'Ze zou trouwen met Stringer Dedham,' zei Sears ongeduldig.

'O ja, Stringer Dedham was het,' herinnerde Stella zich. 'Mijn hemel, wat een knappe man was dat. Is er toen niet een ernstig ongeluk gebeurd. Op de boerderij?'

'Hij raakte beide armen kwijt in een dorsmachine,' zei Ricky.

'Brr. Waar praten we over. Het lijkt wel zo'n bijeenkomst van jullie.'

De drie mannen hadden hetzelfde gedacht.

'Hoe wist je dat nou, dat juffrouw Mostyn komt?' vroeg Sears. 'Mevrouw Quast heeft zeker weer gebabbeld.'

'Nee, ik heb haar gesproken. Ze zat met Jim Hardie in Humphrey's Place. Ze stelde zich aan me voor.'

Het gesprek stokte weer.

Even later stelde Sears de vraag of er cognac in huis was, waarop Stella zei dat ze hun allemaal wat zou inschenken en opnieuw in de keuken verdween.

Sears trok rusteloos aan zijn jasje in een poging zich behaaglijk te voelen in zijn metalen fauteuil bekleed met leer. 'Jij hebt John gisteravond naar huis gereden. Heb je iets bijzonders aan hem gemerkt?'

Lewis schudde het hoofd. 'We hebben nauwelijks gepraat. Hij zei dat hij jouw verhaal goed vond.'

'En meer heeft hij niet gezegd?'

'Hij zei dat hij het koud had.'

'Hm.'

Stella kwam terug met een fles Rémy Martin en drie glazen op een blad. 'Jullie moesten jezelf eens zien. Net drie ouwe uilen.'

Ze knikten niet eens.

'Heren, ik laat jullie alleen met de cognac. Jullie hebben vast het een en ander te bespreken.' Stella keek hen aan met de gezaghebbende maar welwillende blik van een onderwijzeres aan een lagere school en verliet snel de kamer zonder afscheid te nemen. Haar afkeuring bleef hun bij.

'Ze is nerveus,' zei Ricky verontschuldigend. 'Maar ja, dat zijn we allemaal. Weet je, Stella trekt zich dit meer aan dan ze wil laten blijken.' Alsof hij het goed wilde maken voor zijn vrouw boog Ricky zich over het glazen tafelblad en schonk een flinke hoeveelheid cognac in de drie glazen. 'Ik ben er ook aan toe. Ik begrijp eenvoudig niet, Lewis, waarom hij het heeft gedaan. Waarom moest

John Jaffrey nu zelfmoord plegen?'
'Dat weet ik niet,' zei Lewis, een glas aannemend. 'En misschien wil ik het ook niet weten.'
'Dat kun je niet menen,' snauwde Sears. 'We zijn mensen, Lewis, geen dieren. We dienen ons niet achter onwetendheid te verschuilen.' Hij nam ook een glas en dronk een teug. 'Als soort dorsten we naar kennis. Naar verlichting.' Zijn lichte ogen keken Lewis nijdig aan. 'Maar misschien heb ik je verkeerd begrepen en was je niet bezig een lans te breken voor onwetendheid.'
'Overkill, Sears,' zei Ricky.
'Spreek je moers taal, Ricky,' zei Sears nijdig. 'Ja hoor, "overkill". Daarmee kun je wellicht Elmer Scales met zijn schapen imponeren, maar mij niet.'
Er was iets aan de hand met die schapen, maar Lewis wist niet meer wat. Hij zei: 'Ik breek geen lans voor onwetendheid, Sears. Ik bedoelde alleen... verdomme, nou weet ik het niet meer. Ik dacht dat ik bedoelde dat we het allemaal niet meer kunnen verwerken.' Wat hij niet duidelijk maakte maar waar hij zich wel min of meer van bewust was, kwam erop neer dat hij zich niet te zeer durfde te verdiepen in de laatste ogenblikken van iemand die zich van het leven beroofde, of het nu zijn vriend of zijn vrouw was.
'*Ja,*' zuchtte Ricky.
'Onzin,' zei Sears. 'Het zou voor mij een opluchting zijn te weten dat John alleen maar wanhopig was. Het zijn de andere verklaringen die me bang maken.'
Lewis zei: 'Ik heb zo'n idee dat ik ergens niet van op de hoogte ben,' en bewees Ricky daarmee voor de zoveelste keer dat hij niet zo'n sufferd was als Sears dacht.
'Gisteravond,' zei Ricky, zijn glas in beide handen en met een berustende glimlach op zijn gezicht, 'heeft Sears nadat wij drieën zijn vertrokken, Fenny Bate bij hem op de trap zien zitten.'
'Christus.'
'Rustig aan,' waarschuwde Sears. 'Ricky, ik wil niet dat je hierover spreekt. Wat hij bedoelt, Lewis, is dat ik meende hem te zien. Ik was doodsbang. Het was een hallucinatie, een verschijning zoals ze vroeger zeiden.'
'Nu redeneer je twee kanten uit,' wees Ricky hem terecht. 'Wat mij betreft, ik hoop dat je gelijk hebt. Ik zie Wanderley junior hier liever niet. Ik vrees dat we spijt van zijn komst krijgen, al kunnen we er misschien niet meer af.'
'Je begrijpt me verkeerd. Ik wil hem hier hebben om van hem te

horen: Denk er niet meer aan. Mijn oom Edward is gestorven door te veel roken en te veel opwinding en John Jaffrey was instabiel. Dat is de reden waarom ik meeging met Johns voorstel. Ik zou zeggen, laat hem maar komen, hoe eerder hoe beter.'

Lewis zei: 'Als je het zo bedoelt, kan ik het met je eens zijn.'

'Is dat fair tegenover John?' vroeg Ricky.

'Fair zijn tegenover John is iets uit het verleden,' zei Sears. Hij dronk zijn glas leeg, pakte de cognacfles en schonk zich nog eens in. Plotseling hoorden ze voetstappen op de trap en allemaal keerden ze hun hoofd om naar de gangdeur. Terwijl Lewis zich omdraaide in zijn stoel zag hij door Ricky's voorraam dat het weer was gaan sneeuwen. Honderden grote vlokken sloegen tegen de zwarte ruit.

Milly Sheehan kwam binnen met haar dat aan de ene kant geplet was en aan de andere kant warrig uitstond. Ze had een oude peignoir van Stella aan. 'Dat hoorde ik net, Sears,' zei ze met een stem als een ambulancesirene. 'Moet je John nog een trap nageven nu hij dood is?'

'Milly, zo bedoelde ik het niet,' zei Sears. 'Kun je niet beter...'

'*Nee*. Ik laat me niet wegsturen. Ik breng jullie nu geen koffie als de gedienstige gastvrouw. Ik heb jullie iets te zeggen. John heeft geen zelfmoord gepleegd. Lewis Benedikt, luister jij ook? Dat heeft hij niet gedaan. Zo was hij niet. John is vermoord.'

'Milly...' zei Ricky behoedzaam.

'Denk je soms dat ik doof ben? Dat ik niet weet wat er gaande is? John is vermoord en weten jullie wie dat heeft gedaan? Nou, ik wel.' Weer kwamen voetstappen, nu die van Stella, haastig de trap af. 'Ik weet wie hem heeft vermoord: jullie. Jullie met je Chowder Genootschap. Jullie hebben hem vermoord met je gruwelverhalen. Jullie hebben hem zo ver gebracht, jullie met je Fenny Bate!' Haar gezicht vertrok en Stella was er te laat bij om Milly's laatste woorden te voorkomen. 'Ze moesten jullie het Moordgenootschap noemen! De B.V. Moord.'

7

En nu stonden ze daar, het Moordgenootschap, onder een heldere lucht in het laatst van oktober. Ze voelden zich verdrietig, kwaad, wanhopig en schuldig – ze hadden elkaar gedwongen een jaar lang over graven en lijken te praten en nu moesten ze een van hun leden begraven. De onverwachte uitslag van de autopsie had hen voor een verbijsterend raadsel gesteld. Sears was woedend geworden en had het niet willen geloven. Ook Ricky had aanvankelijk niet geloofd dat John verslaafd was geweest. 'Onmiskenbare sporen van zwaar, regelmatig en langdurig gebruik van een verdovende stof...' Er was nog heel wat medisch jargon gevolgd, maar het kwam erop neer dat de lijkschouwer John Jaffrey openlijk had belasterd. De woede van Sears had niets opgeleverd; de deskundige was niet bereid zijn mening te herzien. Sears wilde evenmin zijn mening veranderen en tijdens de autopsie was de lijkschouwer van een bekwame vakman veranderd in een gevaarlijke gek. De bevindingen van de lijkschouwer hadden de ronde door Milburn gedaan. Een deel van de inwoners was het met Sears eens, een ander deel aanvaardde de uitslag van de autopsie, maar niemand kwam naar de begrafenis. Zelfs dominee Neil Wilkinson leek ermee in zijn maag te zitten. De begrafenisdienst leiden van een zelfmoordenaar en verslaafde... het was me nogal wat!

Het nieuwe meisje, Anna, was geweldig geweest: niet alleen had ze Sears' woede weten te hanteren, had ze mevrouw Quast voor de ergste gevolgen daarvan weten te behouden en legde ze jegens Milly dezelfde tact aan den dag als Stella, ze had ook het kantoor van aanzien veranderd. Ze had Ricky tot het inzicht gebracht dat Hawthorne en James volop werk zouden hebben indien Hawthorne en James bereid waren dat werk te doen. Zelfs te midden van de afschuwelijke voorbereidingen voor Johns begrafenis, zelfs op de dag waarop hij een pak uit Johns kast haalde en een lijkkist kocht, had hij met Sears meer brieven beantwoord en meer telefoongesprekken gevoerd dan sedert vele weken het geval was geweest. Ze waren bezig geweest naar hun rustige oude dag toe te groeien, ze hadden cliënten vrijwel automatisch naar een confrère verwezen en Anna Mostyn leek hen tot zichzelf te hebben gebracht. Ze had haar tante maar eenmaal genoemd en dat op een heel onschuldige manier: ze had gevraagd wat ze voor een vrouw was geweest. Sears had bijna een kleur gekregen en gestotterd: 'Ze was haast net zo mooi als jij, maar niet zo doortastend.' En ze had geheel aan Sears' kant gestaan wat betreft het rapport van de lijkschouwer. Zelfs een lijkschouwer kan zich vergissen, had ze rustig en nuchter opgemerkt.

Ricky was er niet zo zeker van en vroeg zich trouwens af of het iets aan de zaak veranderde. John had als arts uitstekend gefunctioneerd, en al had zijn eigen lijf hem in de steek gelaten, hij was nog altijd in staat geweest dat van anderen te genezen. Zou een 'zwaar regelmatig enzovoort' gebruik van een verdovend middel geen verklaring vormen voor Johns lichamelijke aftakeling? Door de dagelijkse injecties met insuline moest John vertrouwd zijn geraakt met de naald. En al was hij verslaafd geweest, dat tastte zijn mening over John nauwelijks aan.

En nog iets: het maakte zijn zelfmoord verklaarbaar. Niet Fenny Bate met holle ogen en blote voeten, niet het Moordgenootschap, niet de verhaaltjes hadden hem gedood – het verslavend middel had zijn hersenen afgebroken zoals het zijn lichaam had afgebroken. Wellicht had hij de 'schande' van het verslaafd zijn niet langer kunnen dragen, zoiets moest het geweest zijn.

Soms overtuigde het hem.

Onderwijl bleef zijn neus lopen en hield hij de kriebel op zijn borst. Hij wilde gaan zitten, hij wilde warm worden. Milly Sheehan klampte zich aan Stella vast alsof ze beiden door een orkaan werden bestookt. Af en toe trok ze een schoon papieren zakdoekje uit de doos, bette haar ogen en liet het zakdoekje op de grond vallen.

Ricky trok een natte zakdoek uit zijn eigen zak, snoot discreet zijn neus en stopte de zakdoek weer in zijn zak.

Allemaal hoorden ze de wagen de heuvel bij het kerkhof opkomen.

Uit het dagboek van Don Wanderley

8

Het is me gebleken dat ik erelid van het Chowder Genootschap ben geworden. Het is allemaal een beetje raar en het ongewone van het geheel komt me een tikkeltje verontrustend voor. Het gekste van mijn aanwezigheid hier is dat het lijkt of de vrienden van mijn oom angst hebben betrokken te zijn bij een of ander horror verhaal uit het dagelijks leven, zo'n soort verhaal als *The Nightwatcher*. Het was ook naar aanleiding van *The Nightwatcher* dat ze me hebben geschreven. Ze hebben me blijkbaar als een keiharde professional gezien, expert op bovennatuurlijk terrein – als een soort Van Helsing! Mijn oorspronkelijke indruk bleek te kloppen. Ze lopen allemaal rond met een uitgesproken voorgevoel; het is alsof ze bijna in staat zijn op de vlucht te slaan voor hun eigen schaduw. Mijn taak is een *onderzoek* in te stellen, notabene. En wat ze me niet openlijk hebben verteld maar wel hebben laten doorschemeren, is wat ze van me verwachten: ik moet zeggen, niets aan de hand, jongens. Er is een rationele redelijke verklaring voor dit alles, wat ik trouwens nauwelijks betwijfel.

Ze willen het me tevens mogelijk maken te gaan schrijven: daar staan ze op. Sears James voegde me toe: 'We hebben je niet hier laten komen om je carrière te onderbreken!' Ze verlangen dus dat ik halve dagen aan dr. Rabbitfoot werk en halve dagen aan hun opdracht. Ik heb bepaald de indruk dat het ze grotendeels is begonnen om wat aanspraak. Ze hebben te lang tegen elkaar zitten aanpraten.

Vlak nadat de secretaresse, Anna Mostyn, vertrok, zei de huishoudster van de overledene dat ze wilde gaan rusten en Stella Hawthorne bracht haar naar boven. Zodra ze weer beneden was, voorzag mevrouw Hawthorne ons allen van een groot glas whisky. De notabelen in Milburn, en daar zullen zij wel toe behoren, drinken de whisky op z'n Engels, puur.

We voerden een pijnlijk en haperend gesprek. Stella Hawthorne zei: 'Ik hoop dat u die heren wat gezond verstand bijbrengt,' iets dat ik niet begreep. Ze hadden me nog niet verteld waarom ze me eigenlijk hadden uitgenodigd. Ik knikte en Lewis zei: 'We moeten het bespreken.' Waarna iedereen weer zijn mond hield. 'We willen ook over uw boek praten,' zei Lewis nog. 'Graag,' zei ik. Opnieuw stilte.

'Ik zal maar eens wat te eten maken voor jullie drie arme zielen,' zei Stella Hawthorne. 'Meneer Wanderley, helpt u me een handje?'

Ik ging met haar mee naar de keuken in de verwachting borden of bestek in de handen gedrukt te krijgen. Wat ik niet had verwacht, was dat de elegante mevrouw Hawthorne zich driftig zou omdraaien, de deur achter zich dichtkwakken en vragen: 'Hebben die drie oude gekken u niet verteld waarom ze u hebben gevraagd te komen?'

'Tja, ze hebben vaag iets in die richting gezegd,' zei ik.

'Nou, ik hoop dat u iets van dit soort dingen afweet, meneer Wanderley, want je mag waarachtig Freud zelf wel zijn om met die drie om te springen. Ik zeg u eerlijk dat ik uw aanwezigheid hier niet op prijs stel. Ik vind dat iedereen zijn eigen problemen moet oplossen.'

'Ze gaven me te verstaan dat ze met mij over mijn oom wilden praten,' zei ik tegen haar. Ook al had ze grijs haar, ik schatte haar op niet ouder dan zes-, zevenenveertig jaar en ze was mooi en stoer als een boegbeeld.

'Uw oom! Nou ja, wie weet. Ze hebben nooit de moeite genomen me in te lichten,' zei ze, waarna ik haar woede deels kon begrijpen. 'Hoe goed hebt u uw oom gekend, meneer Wanderley?'

Ik vroeg haar me bij mijn voornaam te noemen. 'Niet zo erg goed,' zei ik. 'Nadat ik ben gaan studeren en me in Californië heb gevestigd heb ik hem zo om de paar jaar ontmoet. En voor zijn dood had ik hem in jaren niet meer gezien.'

'Maar hij heeft je zijn huis nagelaten. Vind je het ook niet merkwaardig dat die drie oude kerels daar binnen je niet hebben voorgesteld in dat huis te gaan wonen?'

Voor ik antwoord kon geven, ging ze verder: 'Ik vind het in elk geval wel vreemd. En niet alleen vreemd, maar ook zielig. Ze zijn bang dat huis van Edward binnen te gaan. Ze hebben een soort... zwijgende afspraak gemaakt. Ze hebben nooit meer een voet in dat huis gezet. Ze zijn bijgelovig, daar gaat het om.'

'Ik meende te voelen... nou ja, toen ik naar de begrafenis ging, meende ik te zien dat...' zei ik hakkelend, niet wetend hoe ver ik met haar kon gaan.

'Knap van je,' zei ze. 'Misschien ben je niet zo stom als zij. Maar één ding zeg ik je, Don Wanderley, als je ze nog gekker maakt dan ze al zijn, krijg je met mij te doen.' Ze zette haar handen op de heupen en het was alsof haar ogen vuur schoten. En opeens liet ze de ingehouden adem ontsnappen. Haar ogen veranderden en ze keek me aan met een verkrampt lachje en zei: 'Zullen we dan maar aan de slag gaan? Anders verdenken ze je nog van oneerbare handelingen.'

Ze opende de koelkast en haalde er een schaal uit met een stuk vlees zo groot als een speenvarken. 'Hou je van koude rosbief? De voorsnijspullen liggen in de la rechts van je. Begin maar vast te snijden.'

Pas nadat Stella abrupt het huis had verlaten voor wat ze een 'afspraak' noemde – na het zonderlinge gesprek in de keuken had ik vluchtig in de gaten welk soort afspraak dat was en de lijdende uitdrukking die even op het gezicht van Ricky Hawthorne verscheen, bevestigde mijn vermoeden – namen de drie mannen me in vertrouwen. Nee, dat zeg ik verkeerd: ze namen me in het geheel niet 'in vertrouwen', althans toen nog niet, maar nadat Stella was weggereden begonnen de drie oude heren me uit te leggen waarom ze me naar Milburn hadden laten komen.

Het begon als een soort sollicitatiegesprek.

'Zo, daar bent u dan eindelijk, meneer Wanderley,' zei Sears James. Hij vulde zijn cognacglas bij en haalde een ferme sigarenkoker uit zijn binnenzak. 'Sigaar? Ik kan de kwaliteit ervan garanderen.'

'Nee, bedankt,' zei ik. 'En noem me maar Don.'

'Prima. Ik heb je eigenlijk nog niet verwelkomd, Don, maar dat ga ik nu doen. We waren allen hecht bevriend met je oom Edward. Ik ben je, en ik spreek ook namens mijn beide vrienden, bijzonder dankbaar dat je van de andere zijde van het land naar ons toe bent gekomen. We denken dat je ons kunt helpen.'

'Heeft dit met de dood van mijn oom te maken?'

'Gedeeltelijk wel. We willen dat je iets voor ons doet.' Vervolgens vroeg hij me of ik over *The Nightwatcher* wilde praten.

'Uiteraard,' zei ik.

'Het is een roman en dus voor een belangrijk deel fictie, maar berust die fictie op een waar gebeurd verhaal? We gaan ervan uit dat je voor dit boek onderzoek hebt gedaan. Maar wat we willen weten, is of je in de loop van dat onderzoek feiten hebt ontdekt die de opvattingen in je boek staven. En of je onderzoek wellicht geïnspireerd werd door een of andere onverklaarbare gebeurtenis in je eigen leven.'

Ik voelde hun gespannenheid tot in mijn vingertoppen en wellicht hadden zij de omgekeerde sensatie. Ze wisten niets van de omstandigheden van Davids dood, maar verlangden wel dat ik het grote mysterie van zowel *The Nightwatcher* als mijn eigen leven zou onthullen.

'De fictie, zoals u het noemt, berust op een werkelijk geval,' zei ik en de spanning was verbroken.

'Kun je ons dat geval beschrijven?'

'Nee,' zei ik. 'Het is me zelf nog niet voldoende duidelijk. En het is ook te persoonlijk. Het spijt me, maar daar kan ik niet op ingaan.'

'Dat respecteren we,' zei Sears James. 'Ben je nerveus?'

'Ja, inderdaad,' zei ik en schoot in de lach.

'De situatie in *The Nightwatcher* berustte op een reële situatie die jou bekend was?' vroeg Ricky Hawthorne, alsof hij niet goed bij de les was gebleven of niet kon geloven wat hij even tevoren had gehoord.

'Dat is juist.'

'En ken je vergelijkbare gevallen?'

'Nee.'

'Maar je wijst het bovennatuurlijke niet bij voorbaat af,' zei Sears.

'Dat kan ik eigenlijk niet zeggen,' was mijn antwoord. 'Net als de meeste mensen.'

Lewis Benedikt ging rechtop zitten en keek me met grote ogen aan.

'Maar je zei daareven...'

'Nee, dat zei hij niet,' viel Ricky hem in de rede. 'Hij zei alleen dat zijn boek *gebaseerd* is op een werkelijke gebeurtenis, niet dat die

gebeurtenis er exact in wordt beschreven. Zo is het toch, Don?'
'Min of meer.'
'Maar je research dan?' vroeg Lewis.
'Zoveel research heb ik niet gepleegd,' zei ik.
Hawthorne zuchtte en gluurde naar Sears met iets van ironie in zijn
blik: *Wat heb ik je gezegd?*
'Ik denk dat je ons toch wel kunt helpen,' zei Sears, alsof iemand het
tegendeel had beweerd. 'Je scepticisme zal ons van pas komen.'
'Misschien,' hoorde ik Hawthorne mompelen.
Ik had nog altijd het gevoel dat ze op klompen door mijn prive-le-
ven banjerden. 'Wat heeft dat allemaal met de hartaanval van mijn
oom te maken?' vroeg ik. Ik stelde de vraag grotendeels uit zelf-
bescherming, maar het was de juiste vraag. En toen rolde het er
allemaal uit: James had besloten open kaart te spelen.
'We hebben hoogst merkwaardige nachten beleefd. John ook, naar
me bekend is. Ik overdrijf niet als ik zeg dat we bang zijn ons verstand te verliezen. Wil een van jullie dat tegenspreken?'
Hawthorne en Lewis Benedikt keken alsof ze zich dingen herinnerden waaraan ze liever niet meer dachten, en schudden het hoofd.
'Daarom willen we je deskundige hulp, plus zoveel tijd als je re-
delijkerwijs voor ons kunt vrijmaken,' zei Sears ter afsluiting. 'Het
heeft ons allen zwaar geschokt dat John zich blijkbaar van het leven
heeft beroofd. Ook al was hij verslaafd, wat ik betwist, hij leek me
geen potentiële zelfmoordenaar.'
'Wat had hij aan?' vroeg ik. Het was iets dat zomaar bij me opkwam.'
'Aan? Dat herinner ik me niet... Ricky, heb jij op zijn kleren gelet?'
Hawthorne knikte. 'Ik moest die spullen wegdoen. Het was een heel
zonderlinge combinatie: zijn smokingjas, een pyjamajasje, de pantalon van een ander pak. Geen sokken.'
'Dat heeft John aangetrokken op de ochtend van zijn dood?' zei
Lewis verbaasd. 'Waarom heb je dat niet eerder gezegd?'
'Aanvankelijk schrok ik ervan, daarna heb ik het vergeten. Er ge-
beurde ineens zoveel.'
'Maar hij zag er doorgaans zo keurig uit,' zei Lewis. 'Verdomme,
als John zo in de war was met zijn kleren moet hij zelf ook behoorlijk in de war zijn geweest.'
'Precies,' zei Sears en lachte tegen me. 'Don, dat was een intelligente
vraag. We hadden er geen van drieën aan gedacht.'
Het was me duidelijk dat hij alle beschikbare rationalisaties begon
te verzamelen. 'Het vereenvoudigt de zaak niet dat we aannemen

dat hij in de war was,' merkte ik op. 'In de zaak die mij voor ogen stond toen ik mijn boek schreef, maakte een man zich van kant en ik weet verdomd zeker dat zijn geest verward was, maar ik ben er nooit achtergekomen wat er echt met hem gebeurd is.'

'Je hebt het over je broer, neem ik aan?' vroeg Ricky Hawthorne opmerkzaam. Natuurlijk. Ze wisten het dus toch; mijn oom moest hen hebben ingelicht over David. 'En dat was het "geval" waarover je het had?'

Ik knikte.

'Zo zo,' zei Lewis.

Ik zei: 'Ik heb er een soort spookverhaal van gemaakt. Wat er werkelijk is gebeurd, weet ik niet.'

Ze keken alle drie enigszins onthutst.

'Nou,' zei Sears James, 'al heb je dan niet zoveel research gedaan, ik ben ervan overtuigd dat je daar best toe in staat bent.'

Ricky Hawthorne leunde achterover op zijn bizarre bank en zijn das zag er nog onberispelijk uit. Maar zijn neus was rood en zijn ogen waren waterig. Hij leek zo klein en verloren midden op dat gigantische meubelstuk. 'Mijn beide vrienden zullen het vast heel plezierig vinden als u voorlopig bij ons blijft, meneer Wanderley.'

'Don.'

'Goed, Don dan. En omdat je daartoe bereid lijkt te zijn en ik aan het eind van mijn krachten ben, stel ik voor elkaar welterusten te wensen. Je logeert zolang bij Lewis?'

Lewis Benedikt zei: 'Ja, dat is uitstekend,' en stond op.

'Ik heb één vraag,' zei ik. 'Wilt u dat ik over het bovennatuurlijke – of hoe u het noemen wilt – nadenk omdat u er dan zelf niet uw hersens over hoeft te pijnigen?'

'Slimme vraag, maar nee, zo is het niet,' zei Sears James en keek me met zijn staalblauwe ogen aan. 'We denken er voortdurend over na.'

'Nog iets,' zei Lewis. 'Willen jullie stoppen met de bijeenkomsten van het Chowder Genootschap? Denkt een van jullie daarover?'

'Nee,' zei Ricky merkwaardig agressief. 'Laten we dat om 's hemels wil niet doen. Laten we ter wille van ons zelf bijeen blijven komen. Ook Don mag erbij zijn.'

En hier zit ik dan. Deze drie mannen, de vrienden van mijn oom, lijken me ieder op hun eigen manier de moeite waard, maar zijn ze al of niet bezig hun verstand te verliezen? Ik ben er niet eens zo zeker van dat ze me alles hebben verteld. Ze zijn in feite bang en twee van hen zijn inmiddels dood, en ik heb eerder in dit dagboek geschreven dat Milburn me een van die plaatsen lijkt waar dr. Rabbitfoot zo aan de slag zou kunnen. Ik voel de werkelijkheid als het ware van me afglijden; het is alsof ik me ga verbeelden dat een van mijn eigen boeken zich rondom mijzelf afspeelt.

De moeilijkheid is dat ik het me niet eens zozeer ten onrechte zou verbeelden. Het probleem schuilt in de beide zelfmoorden, die van David en die van dokter Jaffrey, in die simpele coïncidentie. (En het Chowder Genootschap lijkt niet in te zien dat deze coïncidentie de voornaamste reden is waarom ik me in hun probleem wil verdiepen.) Wat is het waarin ik hier word betrokken? Een spookgeschiedenis? De drie oude heren zijn maar heel vaag op de hoogte van wat er twee jaar geleden is gebeurd en ze kunnen onmogelijk weten wat ze in feite van me verlangen: terug te keren naar het eigenaardigste stuk van mijn leven, terug in de tijd naar die allergruwelijke, verwoestende dagen door me te verdiepen in een boek dat ik zojuist heb geschreven om daarmee in het reine te komen. Maar kan er werkelijk enig verband bestaan, al is het maar dat het ene spookverhaal het andere uitlokt zoals dat binnen het Chowder Genootschap het geval is geweest? En kan er inderdaad enig *feitelijk* verband bestaan tussen *The Nightwatcher* en wat mijn broer is overkomen?

2

Alma

Al wat schoonheid heeft, heeft een lichaam en is een lichaam;
Al wat aanzijn heeft, heeft aanzijn in het vlees:
en dromen komen slechts voort uit lichamen die zijn.

'Bodiless God'
D.H. LAWRENCE

Uit het dagboek van Don Wanderley

1

Er is maar één manier om deze vraag te beantwoorden. Ik moet de komende paar weken wat tijd vrijmaken om tamelijk uitvoerig de feiten weer te geven zoals ik ze me aangaande mezelf, David en Alma Mobley herinner. Toen ik ze in het boek in fictie omzette heb ik ze onvermijdelijk een zwaardere lading aan sensatie meegegeven en zodoende mijn eigen herinneringen gefalsifieerd. Had ik daarmee genoegen genomen, ik zou niet eens hebben overwogen de roman over dr. Rabbitfoot op stapel te zetten. De dr. is tenslotte niet meer dan Alma's duistere variant, Alma met horens, een staart en een geluidsstrook. Zoals 'Rachel Varney' uit *The Nightwatcher* niet meer was dan Alma in baljurk. Alma was veel uitzonderlijker dan 'Rachel'. Wat ik nu van plan ben te doen is niet het bedenken van fictieve situaties en fictieve bijzonderheden, maar het bestuderen van de bestaande bijzonderheden. In *The Nightwatcher* werd alles opgelost, alles kwam op zijn pootjes terecht. In het leven zelf kwam niets op zijn pootjes terecht en werd er niets opgelost.

Ik leerde Alma niet kennen zoals 'Saul Malkin' kennismaakte met 'Rachel Varney', namelijk in een Parijs' restaurant, maar in een tamelijke banale omgeving. Het was aan Berkeley, waar goede kritieken op mijn eerste boek me een leeropdracht voor een jaar hadden bezorgd. De aanstelling was een lot uit de loterij voor een debuterend schrijver en ik vatte mijn taak serieus op. Ik doceerde een college creatief schrijven en twee colleges Amerikaanse literatuur voor eerstejaars. Die literatuurcolleges waren voor mij het bewerkelijkst. Ik moest zoveel teksten lezen die ik niet voldoende kende en zoveel scripties doorkijken en van een cijfer voorzien, dat ik weinig tijd overhield om te schrijven. Auteurs als Howells of Cooper had ik nauwelijks gelezen en wat anderen over hen hadden geschreven wist ik al helemaal niet, maar ik moest het voor de opbouw van mijn cursus wel weten. Ik verviel tot een soort routine: college geven, de proeven van creatief schrijven mee naar huis nemen en lezen voor ik in een bar of café ging eten en 's avonds in de bibliotheek zitten om bibliografieën door te kijken of oude nummers van literaire tijdschriften op te vragen. Soms schreef ik nog wel eens een eigen verhaal wanneer ik terug was in mijn appartement, maar meestal had ik branderige ogen en een bedorven maag van de supermarktkoffie. Mijn gevoel voor proza werd trouwens de kop ingedrukt door academisch geklets. Af en toe ging ik uit met een meisje van de faculteit, een docente met een splinternieuwe graad als Ph.D. aan de universiteit van Wisconsin. Ze heette Helen Kayon en haar bureau stond naast het mijne in de gemeenschappelijke werkkamer die we met nog twaalf anderen deelden. Ze had mijn eerste boek gelezen, maar was er niet van onder de indruk.

Ze stelde hoge eisen aan literatuur, durfde niet goed les te geven, deed weinig aan haar uiterlijk en had nauwelijks belangstelling voor mannen. Haar interesse ging uit naar Schotse tijdgenoten van Chaucer en naar linguïstische analyse: op haar drieëntwintigste had ze al iets van de wereldvreemdheid van de geleerde blauwkous op jaren. 'Mijn vader heette Kayinski en heeft zijn naam veranderd, maar ik ben en blijf Poolse,' zei ze. Het was de klassieke zelfmisleiding: wat ze was en bleef was een aanhanger van Chaucer en zijn Schotse tijdgenoten. Helen was een forse meid met een grote bril en loshangend haar dat doorlopend bezig leek in een andere stijl over te gaan omdat het niet bleef zitten zoals de bedoeling was. Ze was al een tijdje geleden tot de conclusie gekomen dat het enige wat ze de universiteit, de planeet en het manvolk te bieden had, haar intelligentie was. Het was haar enige kant waarin ze vertrouwen had. Ik nodigde haar uit voor de lunch de derde keer dat ik haar in onze werkkamer ontmoette. Ze was bezig een tekst te corrigeren en sprong zo ongeveer uit haar stoel. Ik zal wel de eerste man van Berkeley zijn geweest die haar ergens voor uitnodigde.

Enkele dagen daarna trof ik haar in de werkkamer na mijn laatste college. Ze zat achter haar bureau op haar schrijfmachine te staren. Onze lunch was pijnlijk geweest: ze had de artikelen die ze wilde schrijven vergeleken met mijn werk en gezegd: 'Ik tracht de werkelijkheid te beschrijven, zie je!'

'Ik ga,' zei ik, 'heb je zin om mee te gaan? Ergens iets drinken misschien?'

'Ik kan niet, ik zit niet graag in een bar en moet dit nog afmaken,' zei ze. 'Maar wacht eens, je kunt me wel thuisbrengen, als je wilt. Het is boven op de heuvel. Moet je die kant uit?'

'Ik woon daar zelf ook,' zei ik.

'Ik heb hier toch genoeg van. Wat lees je?' Ik had een boek in mijn hand. 'O, Nathaniel Hawthorne. Voor je college literatuur zeker.'

'Lieberman vertelde me zojuist dat ik over drie weken de grote lezing over Hawthorne moet houden. Ik heb *The House of Seven Gables* niet meer gelezen sedert de middelbare school.'

'Lieberman is gewoon liever lui dan moe.'

Eigenlijk was ik het met haar eens: voor mij hadden al drie andere wetenschappelijk medewerkers colleges voor hem gegeven. 'Ik kom er wel uit,' zei ik, 'ik moet alleen een bepaalde optiek vinden van waaruit ik het totale oeuvre kan belichten en nog heel wat lezen.'

'Jij hoeft tenminste niet wakker te liggen om je vaste aanstelling,' zei ze met een handgebaar naar de machine.

'Nee, alleen om mijn voer.' Het was de toonzetting van onze lunch.

'Sorry.' Ze boog haar hoofd, een beetje gekwetst, en ik klopte haar op de schouder en gaf haar de raad zichzelf niet zo ernstig te nemen. Terwijl we samen de trap afgingen, Helen met een grote versleten boekentas propvol boeken en scripties, ik alleen met het boek van Hawthorne in de hand, schoot een lang blond meisje met sproeten tussen ons door. Mijn eerste indruk van Alma Mobley was dat ze door en door bleek was: ze had een soort spirituele wazigheid die gesuggereerd werd door haar ovale, emotieloze gezicht en het lange, sluike, lichtblonde haar. Haar ronde ogen waren heel lichtblauw. Ik voelde een vreemde sensatie van aantrekkingskracht en afkeer. In het schemerlicht van het trappenhuis kwam ze me voor als een knappe jonge vrouw die geruime tijd in een kelder had gezeten omdat ze van top tot teen een spookachtig witte tint leek uit te stralen.

'Meneer Wanderley?' vroeg ze.

Ik knikte en ze mompelde haar naam, maar die verstond ik niet.

'Ik heb Engels gestudeerd,' zei ze, 'en ik wil graag uw college over Hawthorne bijwonen. Ik zag uw naam staan op het rooster van professor Lieberman in het kantoor.'

'Ja, komt u maar,' zei ik. 'Het is overigens niet meer dan een overzichtscollege. Ik vraag me af of u uw tijd niet beter kunt gebruiken.'

'Nee, ik zal graag komen,' zei ze en liep meteen door naar boven.

'Hoe wist ze wie ik was?' vroeg ik fluisterend aan Helen zonder haar te laten blijken hoe blij ik was met het feit dat ik geen duidelijke bekendheid genoot. Helen tikte op het boek in mijn hand.

Ze woonde maar drie straten van mijn eigen appartement. Het hare bestond uit een aantal kamers boven in een oud pand dat ze deelde met twee andere meisjes. De kamers leken ordeloos gegroepeerd en dat was ook het geval met het meubilair: de woonruimte zag eruit alsof geen mens zich ooit had afgevraagd waar boekenkasten, tafels en stoelen horen te staan. Waar de verhuizers ze hadden neergezet, daar bleven ze staan. Vlak naast een stoel stond een lamp, ergens stond een tafel met opgestapelde boeken tegen een raam geschoven en verder stond alles zo lukraak door elkaar dat het niet meeviel je er een weg doorheen te banen.

De huisgenoten kwamen me ook wat willekeurig voor. Helen had iets over hen verteld terwijl we de heuvel opliepen. Een van hen, Meredith Polk, kwam ook uit Wisconsin en was pas benoemd tot docente in de biologie. Ze hadden elkaar leren kennen toen ze op jacht waren naar woonruimte en omdat ze aan hetzelfde instituut werkten, hadden ze besloten ook samen te gaan wonen. De derde huisgenoten Hilary Lehardie, had de toneelschool doorlopen. Helen zei: 'Hilary komt haar kamer nauwelijks uit en is geloof ik de hele dag high, en 's nachts draait ze meestal rockmuziek. Dan doe ik maar oordoppen in. Meredith is aardiger. Heel emotioneel en een beetje vreemd, maar ik beschouw haar als mijn vriendin. Ze probeert altijd me in bescherming te nemen.'

'Tegen wat?'

'Tegen de boze wereld.'

Beide huisgenoten, waren thuis toen ik het appartement van Helen binnenkwam. Zodra ik achter Helen de kamer betrad, schoot een veel te dik zwartharig meisje in spijkerbroek en sweater de keukendeur uit en staarde me door dikke brilleglazen aan. Ze bleek Meredith Polk te zijn. Helen stelde me voor als schrijver en gastdocent Engels en Meredith vroeg: 'Maakt u 't?' en schoot de keuken weer in. Uit een aangrenzende kamer kwam harde muziek.

Zodra Helen de keuken binnenging om een drankje voor me te halen, kwam het zwartharige meisje met de bril op er weer uit. Ze zwenkte tussen de meubels door naar een klapstoel bij een wand waartegen talloze cactussen en andere plantjes stonden, stak een sigaret in haar mond en staarde me zeer wantrouwend aan.

'U bent geen academicus? U behoort niet tot de vaste staf?' En dat van een pas benoemde docente die nog jaren van een vaste aanstelling verwijderd was.

Ik zei: 'Ik geef dit jaar gastcolleges. Ik ben schrijver.'

'O,' zei ze. Weer staarde ze me aan en vroeg toen: 'Dan bent u degene die met haar is gaan lunchen?'

'Inderdaad.'

'Aha.'

De muziek denderde dwars door de muur heen. 'Hilary,' zei ze met een knik naar de geluidsbron. 'Onze huisgenote.'

'Kunt u daartegen?'

'Ik hoor het meestal niet. Kwestie van concentratie. En het is goed voor de planten.'

Helen kwam binnen met een veel te vol glas whisky waarin een enkel ijsblokje dreef, als een dode goudvis. Ze had een kop thee voor zichzelf in de hand.

'Ik ga maar,' zei Meredith en maakte dat ze wegkwam naar haar kamer.

'Prettig om eens een man te zien in deze rotzooi,' zei Helen. De bezorgde trek van verlegenheid trok weg van haar gezicht en ik onderkende de eerste intelligentie achter haar academische opleiding. Ze leek me kwetsbaar, maar minder dan ik had aangenomen. Een week later gingen we naar bed in mijn appartement. Ze was geen maagd meer en ze verzekerde me dat ze niet verliefd op me was. Ze had in feite besloten met me naar bed te gaan en verrichtte de daartoe noodzakelijk handeling met de precisie waarmee ze de Schotse dichters rondom Chaucer te lijf ging. 'Je zult wel nooit verliefd op me worden,' zei ze, 'en ik verwacht het ook niet van je. Prima geregeld toch?'

In die tijd bleef ze tweemaal een nacht bij me slapen. We gingen 's avonds samen naar de bibliotheek, trokken ons in onze afdelingen terug en deden alsof er geen emotionele band tussen ons bestond. De enige keer dat ik merkte dat het anders lag, was toen ik een week later 's avonds thuiskwam en Meredith Polk voor mijn deur zag staan. 'Jij schoft,' snauwde ze me toe en ik wist niet hoe gauw ik de deur moest openmaken om haar binnen te krijgen.

'Jij gewetenloze schurk,' zei ze. 'Je bent bezig haar kans op een vaste aanstelling te verpesten en je breekt haar hart. Je behandelt haar als een snol. Ze is veel te goed voor je. Jullie hebben niet eens dezelfde normen. Helen wijdt zich aan de wetenschap, dat is het belangrijkste in haar leven. Ik kan dat begrijpen, maar jij vast en zeker niet. Het enige waaraan jij je wijdt, zal wel je seksleven zijn.'

'Eén ding tegelijk,' zei ik. 'Hoe kan ik in godsnaam haar kans op een vaste aanstelling in de weg staan? Vertel me dat eerst eens.'

'Ze zit in haar eerste semester hier. Ze houden ons in de gaten, snap je? Wat maakt het voor indruk, denk je, als een nieuwe lerares in de koffer duikt met de eerste de beste vent die zich aandient?'

'Dit is Berkeley. Ik denk niet dat iemand er erg in heeft en het zal niemand iets kunnen schelen.'

'Jij smeerlap. Jij hebt nergens erg in en het kan je geen barst schelen, om wie het ook gaat... hou je eigenlijk van haar?'

'Eruit,' zei ik, mijn geduld verliezend. Ze was net een nijdige kikker die tegen me kwaakte om het eigen territorium te verdedigen.

Helen zelf kwam drie uur later naar me toe, bleek en gekwetst. Ze wilde niet ingaan op de verbijsterende beschuldiging van Meredith Polk, maar zei dat ze de vorige avond een gesprek met haar vriendin had gehad. 'Ze wil me altijd beschermen,' zei Helen. 'Ze moet zich hier afschuwelijk hebben gedragen. Het spijt me, Don.' Ze begon te huilen. 'Nee, je hoeft me niet te troosten. Het is gewoon te gek om los te lopen. Maar weet je, ik heb al twee avonden niet kunnen werken; ik denk dat ik me niet gelukkig voel als ik jou niet heb gezien.' Dodelijk verschrikt keek ze me aan. 'Dat had ik niet moeten zeggen. Maar je houdt niet van me, neem ik aan? Dat zit er niet in?' 'Daar kan ik geen antwoord op geven. Wil je een kop thee?' Ze lag met opgetrokken knieën op mijn bed, ineengerold als een foetus. 'Ik voel me zo schuldig.'

Ik kwam weer binnen met haar thee. 'Ik zou er zo graag even tussenuit gaan met jou,' zei ze. 'Samen naar Schotland bijvoorbeeld. Ik lees nu al jaren boeken over Schotland, maar ik ben er nog nooit geweest.' De tranen liepen haar uit de ogen achter de grote brilleglazen. 'Ik weet me echt geen raad meer. Ik had hier niet moeten solliciteren. In Madison was ik gelukkig. Ik had niet naar Californië moeten gaan.'

'Je hoort hier meer thuis dan ik.'

'O nee,' zei ze en draaide zich om, zodat ik haar gezicht niet meer kon zien. 'Jij kunt overal binnenlopen en je aanpassen. Ik ben een werkezel en dat zal ik wel blijven ook.'

'Wat is het laatste belangrijke boek dat je hebt gelezen?' vroeg ik.

Ze keerde me haar gezicht weer toe en de nieuwsgierigheid won het van de ellende en schaamte op haar gezicht. Ze moest even nadenken. *The Rhetoric of Irony* van Wayne Booth. Ik heb het pas nog weer herlezen.'

'Dan voel je je op Berkeley als een vis in het water,' zei ik.

'Dat doet een vis in de dierentuin ook,' zei ze.

Het was een verontschuldiging voor alles bij elkaar, voor Meredith Polk en haar eigen gevoelens, maar ik wilde niet doorgaan, ik zou haar alleen maar meer pijn doen. Het was zoals ze zei: ik zou nooit van haar kunnen houden.

Naderhand vond ik dat mijn leven aan Berkeley verstard was tot een patroon, waarbij het komende deel van mijn bestaan zich zou aanpassen. Het was, afgezien van mijn werk, in wezen leeg. Maar was het niet beter met Helen te blijven optrekken dan het nu tot een breuk te laten komen? In het werkende bestaan dat ik als het mijne beschouwde, stond opportuniteit gelijk met welwillendheid. Bij het afscheid spraken we af dat we elkaar een paar dagen niet zouden ontmoeten, maar dat verder alles bij het oude bleef.

Een week later evenwel kwam er een eind aan deze saaie periode in mijn leven. Ik heb Helen Kayon daarna nog maar tweemaal gezien.

2

Ik had mijn onderwerp in verband met de Hawthorne-lezing gevonden en wel in een essay van R.P. Blackmure: 'Wanneer elke mogelijkheid wordt weggenomen, *dan* hebben we gezondigd.' Die gedachte leek er een waarvan Hawthornes werk doortrokken was en ik kon zijn romans en novellen prima in verband brengen met dat sombere christendom via het element van de nachtmerrie dat erin zat, dat haast doelbewust zoeken van de nachtmerrie. Van het bedenken van een nachtmerrie naar het beleven ervan is immers maar één stap. En ik vond bij Hawthorne zelf een uitspraak die onthullend was voor zijn methode: 'Ik heb nu en dan een eigenaardig en niet onaangenaam effect verkregen, voor zover het mijn eigen geest betrof, door een reeks incidenten te verzinnen waarin het spiritueel mechanisme van het gefantaseerde verhaal diende samen te gaan met figuren en handelingen uit het dagelijks leven.' Zodra ik de structuur van de lezing in grote trekken voor me zag, kwamen de details vanzelf in me op; ik had ze voor het opschrijven.

Deze bezigheid en mijn colleges legden de laatste vijf dagen voor de lezing volledig beslag op mijn tijd. Helen en ik zagen elkaar vluchtig en ik stelde haar voor er een weekeind tussenuit te trekken zodra ik door de drukte heen was. Mijn broer David had een 'zomerhuisje' in Still Valley buiten Mendesino en hij had me gezegd dat ik er gebruik van kon maken wanneer ik eens uit Berkeley weg wilde. Het aanbod was typerend voor Davids aandacht voor mij, maar uit een soort koppigheid had ik er nog nooit gebruik van gemaakt. Ik wilde David geen dank verschuldigd zijn. Na de lezing zou ik Helen meenemen naar Still Valley en twee scrupules in één klap opruimen.

De ochtend voor de lezing las ik de paragraaf van D.H. Lawrence over Hawthorne nog eens door waarbij mijn aandacht werd gevestigd op de volgende regels:

En het eerste dat ze doet is hem verleiden.
En het eerste dat hij doet is zich laten verleiden.

En het tweede dat ze doen is hun zonde in het geheim te koesteren
in wellust, pogend haar te begrijpen.
En dat is dan de mythe van New England.

Dát was het waarnaar ik voortdurend had gezocht. Ik zette mijn koffiekop neer en begon mijn opmerkingen eraan aan te passen. De visie van Lawrence verruimde de mijne en ik zag al het werk van Hawthorne in een nieuw licht. Ik streepte alinea's door en schreef nieuwe tussen de doorgehaalde regels... En ik vergat Helen op te bellen, zoals ik had beloofd.

Toen het zo ver was, maakte ik niet eens veel gebruik van mijn aantekeningen. Terwijl ik op een bepaald moment naar een metafoor zocht en me over de katheder boog, zag ik Helen en Meredith Polk samen op een van de achterste rijen zitten, boven in de zaal. Meredith Polk keek boos, wantrouwend als een smeris uit Berkeley. Zodra natuurwetenschappers een literaire lezing moeten aanhoren, reageren ze vaak op die manier. Helen leek vol belangstelling te luisteren en ik was haar dankbaar voor haar komst.

Na afloop kwam professor Lieberman zijn stoel uit en deelde me mee dat hij zeer van mijn uiteenzetting had genoten en of ik mogelijk zijn lezing over Stephen Crane over twee maanden ook van hem kon overnemen? Hij moest in die week naar een congres in Iowa en nu ik me zo 'exemplarisch' van mijn taak had gekweten, zeker gezien het feit dat ik geen academicus was... kortom, wellicht zou hij de mogelijkheid hebben mijn aanstelling met nog eens een jaar te verlengen.

Ik was verbijsterd, zowel door de poging tot omkoping als door zijn arrogantie. Hoewel hij nog jong was, had Lieberman al naam gemaakt, niet zozeer als wetenschapper in Helens zin, maar meer als 'criticus', een man van grote lijnen, een Edmund Wilson in zakformaat. Ik zag niet veel in zijn boeken, maar van hem verwachtte ik wel wat. De studenten dromden naar de uitgangen, een compacte massa T-shirts en spijkergoed. En opeens zag ik een gezicht vol verwachting naar me opgeheven boven een slank lichaam, niet gekleed in denim maar in een wit jurkje. Lieberman werd opeens een storend element en om van hem af te zijn, nam ik de lezing over Crane op me. 'Héél goed, Donald,' zei hij en verdween. Het ging razend snel: het ene moment stond ik oog in oog met de jonge hoogleraar in seersucker pak, het volgende keek ik in de ogen van het meisje in de witte jurk. Het was de studente Engels die Helen en mij op de trap had aangeschoten.

Ze zag er nu heel anders uit: gezonder. Haar gezicht en armen waren licht gebruind door de zon en haar sluike blonde haar glansde. Hetzelfde gold voor haar lichte ogen, waar ik een caleidoscoop van gebroken licht en kleuren in zag. Om haar mond liepen twee onopvallende maar ironische lijntjes. Ze was verrukkelijk, een van de mooiste meisjes die ik ooit had gezien. En dat wilde wat zeggen aan Berkeley: er liepen daar zoveel knappe meisjes rond dat je er twee tegelijk in zicht kreeg zodra je opkeek van je bureau. Maar het meisje voor me had niets van het vrijmoedige of het aanmatigende, irriterend vulgaire van de gebruikelijke stukken onder de vrouwelijke studenten; ze zag er gewoon goed uit, ze zat voortreffelijk in haar vel. Helen Kayon had geen schijn van kans meer.

'Prachtig was dat,' zei ze en de vage lijntjes om haar mond vertrokken even als door een binnenpretje. 'Blij dat ik ben gekomen.' Voor het eerst viel me haar zuidelijk accent op, dat zonnige haaltje, die zangerigheid.

'Ik ook,' zei ik. 'Bedankt voor het compliment.'

'Gaat u het in eenzaamheid vieren?'

'Is dat een uitnodiging?' En op slag begreep ik dat ik te vlug van stapel liep, te ijdel en rechtlijnig dacht.

'Wat? Nee, zo was het althans niet bedoeld.' Haar mond vertrok: *wat een idee.*

Ik keek langs de oplopende stoelen naar de achterzijde van de collegezaal. Helen en Meredith Polk bevonden zich al op het zijpad en liepen naar de deur. Helen moest zijn opgestaan zodra ze me naar het blondje had zien kijken. Als ze me zo goed kende als ze beweerde, moest ze gevoeld hebben wat er in me omging. Helen verdween zonder omkijken door de uitgang, maar Meredith Polk trachtte me met een blik te vermoorden.

'Wacht u op iemand?' vroeg het meisje.

'Nee, het is niet belangrijk,' was mijn antwoord. 'Mag ik u voor een gezamenlijke lunch uitnodigen? Ik heb nog niet gegeten en rammel van de honger.'

Ik besefte dat ik me afschuwelijk zelfzuchtig gedroeg, maar tegelijk besefte ik dat het meisje tegenover me nu al meer voor me betekende dan Helen Kayon. En door Helen te laten schieten – door me te gedragen als de schoft waarvoor Meredith Polk me had uitgemaakt – kon ik weken, wellicht maanden van pijnlijke scènes vermijden. Ik had niet tegen Helen gelogen; ze had van het begin af aan geweten dat het om een vluchtige relatie ging.

Het meisje dat naast me over de campus liep, was in volmaakte harmonie met haar vrouwelijkheid. Zelfs toen, enkele minuten nadat ik haar voor het eerst bij goed licht had gezien, leek ze leeftijdloos, tijdloos zelfs; ze bezat schoonheid in haast hiëratische, mythische zin. Helen, in conflict met zichzelf, had geen kans gehad op gratie en bovendien was ze onmiskenbaar een onderdeel van mijn eigen tijd. Mijn eerste indruk van Alma Mobley was dat ze zich met diezelfde lenige gratie over een Italiaanse piazza uit de zestiende eeuw had kunnen voortbewegen, of in de jaren twintig (dichter bij mijn tijd) op die prachtige benen langs het Plaza Hotel had kunnen schrijden, bewonderend nagekeken door Scott Fitzgerald. Nu ik dit zo neerschrijf, klinkt het belachelijk. Ik had kennelijk oog gehad voor haar mooie benen en ook haar lichaam was me niet ontgaan, maar beelden van een Italiaanse piazza en Fitzgerald in het Plaza zijn geen erg aannemelijke metaforen voor zinnelijkheid. Het kwam me voor alsof iedere cel van haar die soepele gratie bezat en dat was niet bepaald typerend voor een studente Engels aan Berkeley. Die gratie was zozeer met haar verweven dat ik er toen al een teken van sterke passiviteit in zag.

Uiteraard breng ik impressies over zes maanden terug in een enkel moment, maar tot mijn verontschuldiging wijs ik erop dat de kiem voor die impressies al aanwezig was toen we de campus overstaken op weg naar een restaurant. Ze ging zo gewillig met me mee, zo zorgeloos, dat mijn gedachten wel die kant uit moesten gaan, dat ik haar wel als passief moest zien – en daarbij dacht aan de ironische passiviteit van wat waarlijk mooi is, van degenen die in hun schoonheid opgesloten zitten als een prinses in een toren.

Ik nam haar mee naar een restaurant dat ik Lieberman had horen noemen. Het was te duur voor de meeste studenten en voor mij trouwens ook. Maar de ceremonie van luxueus eten sloot aan bij ons beider gevoel dat we iets te vieren hadden.

Het was me toen al duidelijk dat zij het was met wie ik naar Davids huis in Still Valley wilde.

Ik verstond haar naam nu wel, Alma Mobley heette ze. Ze was in New Orleans geboren. Meer uit haar optreden dan uit wat ze me vertelde maakte ik op dat haar ouders vermogend waren geweest. Haar vader was schilder geweest en ze had als kind lange reizen naar Europa gemaakt. Ze sprak in de verleden tijd over haar ouders en ik kreeg de indruk dat ze al enige tijd dood waren. Ook dat paste in haar gedrag, verklaarde dat ze zo los leek van alles behalve van zichzelf.

Net als Helen had ze in het Midden-Westen gestudeerd. Ze had de universiteit van Chicago bezocht, wat me haast ondenkbaar voorkwam, Alma te Chicago, die ruige stad vol herrie, en was als studente Ph.D. tot Berkeley toegelaten. Uit wat ze me vertelde, maakte ik op dat ze maar zo'n beetje door het academisch leven fladderde zonder er net zo sterk bij betrokken te zijn als Helen. Ze had haar studie Engels voltooid omdat ze literaire teksten aanvoelde en intelligent was: het was het leukste dat ze had kunnen bedenken. En ze was naar Californië gegaan omdat het klimaat van Chicago haar niet beviel.

Opnieuw werd ik krachtig overrompeld door het gevoel dat ze volkomen los stond van al wat haar bestaan vulde, door haar passief verdiept zijn in zichzelf. Ik had geen enkele twijfel dat ze haar doctoraalscriptie (over Virginia Woolf) zou kunnen voltooien om met wat geluk lerares te worden aan een van de kleinere instituten overal langs de kust. Maar opeens en tot mijn schrik kreeg ik, op het moment dat ze een lepel gifgroene avocado in haar mond stak, een geheel andere visie op haar. Ik zag haar als prostituée ergens in Storyville omstreeks 1910, het haar in exotische krullen, haar benen als van een danseres hoog opgetrokken, en het scheelde niet veel of ik zag haar naakt voor me. De fantasie van een schrijver staat voor niets, dacht ik, maar waarom had het beeld zich zo krachtig aan me opgedrongen? Ik was er zelfs seksueel door geraakt. Ze praatte over boeken – niet zoals Helen dat deed, meer als lezer uit het grote publiek – en ik keek haar aan en wist dat ik de man wilde zijn die belangrijk was in haar leven. Ik wilde een aanval doen op die passiviteit, haar door elkaar schudden en haar dwingen naar me te kijken.

'Heb je geen vriend?' vroeg ik.

Ze schudde het hoofd.

'Ook niet verliefd?'

'Nee,' zei ze en lachte even over mijn voor de hand liggende vraag. 'In Chicago had ik een vriend, maar dat is uit.'

'Een hoogleraar zeker.'

'Wetenschappelijk medewerker.' Weer dat kleine lachje.

'Was je verliefd op hem? Was hij getrouwd?'

Ernstig keek ze me aan. 'Nee, het was niet wat je denkt. Hij was niet getrouwd en ik was niet verliefd op hem.'

Toen al zag ik in dat ze voor een leugen haar hand niet zou omdraaien. Maar het stootte me niet af, het was een bewijs hoe luchthartig ze had geleefd en ik voegde het toe aan alles wat ik al van plan was aan haar te veranderen. 'Hij was verliefd op jou,' zei ik. 'Was

dat de reden waarom je bent weggegaan uit Chicago?'
'Nee, toen was het al uit. Alan had er niets mee te maken. Hij maakte zich belachelijk, meer niet.'
'Alan?'
'Alan McKechnie. Hij was heel erg aardig.'
'Een heel aardige dwaas.'
'Ben je bezig me uit te horen?' vroeg ze weer met die karakteristieke toevoeging van een vleugje nauwelijks waarneembare ironie die aan haar vraag alle ernst ontnam.
'Nee, alleen een beetje nieuwsgierig.'
'Zo.' Haar ogen, vol van dat gebroken licht, keken recht in de mijne. 'Het is niet zo'n boeiend verhaal. Hij werd... verliefd. Ik zat bij hem in een studiegroep. We waren met ons vieren, drie jongens en ik. Tweemaal per week kwamen we bij elkaar. Ik voelde dat hij verliefd op me werd, maar hij was een heel verlegen man. Hij had totaal geen ervaring met vrouwen.' Weer die milde, lome buiging in haar stem en haar blik. 'Hij ging een paar maal met me uit. Maar hij wilde niet dat anderen ons zagen, dus gingen we niet naar plaatsen waar het druk was.'
'Waar gingen jullie dan heen?'
'Hotelbars, dat soort gelegenheden. Wandelen langs de Loop in het centrum. Het was geloof ik voor het eerst dat hij met een studente uitging en het maakte hem nerveus. Ik denk dat hij niet veel plezier heeft gehad in zijn leven. Tenslotte werd het hem te veel. Ik realiseerde me dat ik hem niet wilde zoals hij mij wilde. Ik weet wat je nu gaat vragen, dus antwoord ik meteen maar. Ja, we zijn naar bed geweest. Een tijdje. Erg leuk was het niet. Alan was – fysiek – geen groot succes. Ik kreeg meer en meer het idee dat hij in feite liever met een jongen naar bed ging, maar daar was hij natuurlijk te verlegen voor. Dat had hij helemaal niet gekund.'
'Hoelang heeft dat allemaal geduurd?'
'Een jaar.' Ze was klaar met eten en legde haar servet naast haar bord. 'Ik zie niet in waarom we dit moeten bespreken.'
'Waar hou je zelf van?'
Ze deed alsof ze diep nadacht. 'Eens even kijken. Waar hou ik van... Zomer. Films. Engelse romans. Om zes uur opstaan en uit het raam naar de aanbrekende morgen kijken. Alles is dan nog zo ruim en puur. Thee met citroen. Wat nog meer? Parijs. En Nice. Nice, daar ben ik echt dol op. Toen ik klein was, zijn we er vier of vijf zomers achtereen geweest. En ik hou van heel lekker eten zoals hier.'

'Dat klinkt niet alsof het academisch leven iets voor jou is,' zei ik. Ik had het gevoel dat ze me alles en desondanks niets had verteld.

'Nee, hè?' Ze begon te lachen alsof we het over iets heel onbelangrijks hadden. 'Wat ik nodig heb, is geloof ik een grote liefde. Met hoofdletters.'

En daar was ze weer, de prinses die opgesloten zat in de toren van haar eigenbelang. 'Zullen we morgenavond naar de bioscoop gaan?' vroeg ik en ze stemde toe.

De volgende dag haalde ik Rex Leslie, die in de werkkamer aan de andere kant van de gang zat, over met mij van bureau te ruilen.

De bioscoop vertoonde *La Grande Illusion* van Renoir, die Alma nog nooit had gezien. Na afloop gingen we naar een coffee-shop waar veel studenten kwamen en van aangrenzende tafeltjes drongen delen van conversaties ons gesprek binnen. Nadat we waren gaan zitten, werd ik bang en voelde me schuldig en een moment later drong het tot me door dat ik bang was Helen Kayon te ontmoeten. Maar in feite was dit geen tent voor Helen en om deze tijd zat ze doorgaans nog in de bibliotheek. Even voelde ik me intens dankbaar dat ik daar op dat moment niet zat te zweten op een vak dat het mijne niet was, dat ik alleen deed omdat mijn baan het vergde.

'Wat een mooie film was dat,' zei ze. 'Ik heb het gevoel dat ik er nog middenin zit.'

'Films doen je dus wel iets.'

'Allicht.' Ze keek me verbaasd aan.

'En literatuur?'

'Ook.' Ze bleef me aankijken. 'Nou ja, ik lees in elk geval graag.'

Een jongen met baard in een lumberjack dicht bij ons zei met ver dragende stem: 'Wenner is naïef en dat is zijn blad ook. Ik koop het wel weer zodra ik een foto van Jerry Brown op het omslag zie.'

Zijn vriend merkte op: 'Wenner ís Jerry Brown.'

'Berkeley,' zei ik.

'Wie is Wenner?'

'Het verbaast me dat je dat niet weet. Jann Wenner.'

'Wie is dat dan?'

'Studeerde aan Berkeley en richtte *Rolling Stone* op.'

'Is dat een blad?'

'Ik snap er niets van,' zei ik. Heb je daar nog nooit van gehoord?'

'De meeste bladen interesseren me niet. Ik kijk ze nooit in. Wat is dat voor een blad? Is het naar die groep genoemd?'

Ik knikte. Van de groep had ze althans gehoord. 'Van welke soort

207

muziek houd je?'
'Muziek interesseert me niet bijzonder.'
'Ik ga je een paar vragen stellen. Weet je wie Tom Seaver is?'
'Nee.'
'Ooit van Willy Maes gehoord?'
'Was dat niet een atleet? Sport interesseert me ook niet erg.'
'Dat blijkt.' Ze giechelde. 'Ik begrijp steeds minder van je. Ken je Barbra Streisand?'
Een charmant pruilmondje vol zelfspot. 'Natuurlijk wel.'
'John Ford?' Nee. 'Arthur Fonzarelli?' Nee. 'Grace Bumbry?' Nee. 'Desi Arnaz?' Nee. 'Johnny Carson?' Nee. 'André Previn?' Nee. 'John Dean?' Nee.
'Vraag maar niet verder of ik ga op alles ja zeggen,' kreeg ik te horen.
'Wat is er met jou? Weet je wel zeker dat je in dit land woont?'
'Nu zal ik jou een paar vragen stellen. Heb je ooit gehoord van Anthony Powell of Jean Rhys of Ivy Compton-Burnett of Elizabeth Jane Howard of Paul Scott of Margaret Drabble of...'
'Dat zijn Engelse romanciers en natuurlijk heb ik van hen gehoord,' zei ik. 'Maar ik begrijp wat je wil zeggen. Je bent niet geïnteresseerd in dingen die je niet interesseren.'
'Precies.'
'Je leest zelfs geen kranten,' stelde ik vast.
'Nee. En ik kijk nooit naar de televisie.' Lachje. 'Zou ik eigenlijk niet tegen de muur gezet moeten worden en neergeschoten?'
'Wat ik graag wil weten, is wie je vrienden zijn.'
'O ja? Nou, jij bent een vriend van me, nietwaar?' Het werd weer gezegd met dat vernisje van onverschillige ironie dat over ons hele gesprek had gelegen. Ik vroeg me af of ze wel helemaal menselijk was: haar vrijwel volledige onbekendheid met de populaire cultuur bewees meer dan alles wat ze had gezegd hoe weinig ze zich van de mening van anderen aantrok. Wat ik als haar integriteit had beschouwd, was vollediger dan ik had kunnen denken. Best mogelijk dat een op de zes studenten in Californië nog nooit van een atleet als Seaver had gehoord, maar hoe kon je in Amerika namen als John Ford of John Dean niet kennen?
'Maar je hebt meer vrienden. Mij heb je toevallig ontmoet.'
'Ja, die heb ik inderdaad.'
'Binnen de faculteit Engels?' Het was niet onmogelijk: voor zover ik mijn tijdelijke collega's kende, kon er best een uitgebreide kring bestaan van Virginia Woolf-aanbidders die nooit een krant inke-

ken. In hun geval zou de vervreemding van hun omgeving evenwel iets huichelachtigs hebben gehad en dat had het bij Alma niet.

'Nee, ik ken daar niet veel mensen. Ik ken wel mensen die zich voor het occulte interesseren.'

'Het *occulte?*' Ik snapte niet waar ze het over had. 'Seances? Ouijaborden? Madame Blavatsky? Planchetten?'

'Nee, ze zijn veel serieuzer. Ze behoren tot een orde.'

Ik stond verstomd, er opende zich een afgrond voor me. Ik had bijeenkomsten van Satanisten bijgewoond; in Californië is de gekste op z'n ergst.

Ze las mijn gedachten en zei: 'Ik zit er zelf niet in. Ik ken die mensen alleen.'

'Wat is de naam van die orde?'

'O.T.O.'

'Maar…' Ik boog me naar voren, ik kon nauwelijks geloven wat ik had gehoord. 'Dat kan toch niet. De O.T.O.? Ordo…'

'Ordo Templi Orientis.'

Ik voelde niets als ongeloof; ik was geschokt. Ik werd bang toen ik naar haar mooie gezichtje keek. O.T.O. was meer dan een groep Californische idioten die zich in gewaden hulden, ze waren figuren om bang voor te zijn. Ze stonden bekend als wreed en zelfs gewelddadig. Er liep een vage lijn van hen naar de familie Manson en dat was de enige reden waarom ik op de hoogte was van hun bestaan. Na de slachtpartij door de familie Manson heette de O.T.O. verdwenen te zijn, naar Mexico, meende ik. Waren ze dan toch nog in Californië? Wat ik had gelezen gaf me de overtuiging dat Alma beter bevriend had kunnen zijn met een paar huurmoordenaars van de mafia, want van die organisatie kon je al of niet rationele drijfveren verwachten in ons stadium van het kapitalisme. De O.T.O. was materiaal voor nachtmerries.

'En met die lieden ben jij bevriend?' vroeg ik.

'Je vroeg ernaar.'

Ik schudde mijn hoofd, nog altijd stomverbaasd.

'Maak je maar geen zorgen, ook niet om hen. Je zult hen nooit te zien krijgen.'

Het gaf me een heel andere kijk op haar leven. Zoals ze daar tegenover me zat met dat vage lachje op haar gezicht vond ik haar min of meer sinister. Het was alsof ik van een zonnig pad in het schemerig oerwoud was gestapt. Ik dacht aan Helen Kayon die zich nu in de bibliotheek zou bezighouden met Schotse poëten rondom Chaucer.

'Ik zie ze zelf ook niet zo vaak,' zei ze nog.

'Maar je hebt hun bijeenkomsten bijgewoond? Je komt bij hen thuis?'

Ze knikte. 'Dat zei ik toch, het zijn mijn vrienden. Denk er maar niet meer aan.'

Het had een leugen kunnen zijn, de zoveelste, want ik betwijfelde of alles wat ze me had verteld wel altijd waar was geweest. Maar haar hele optreden, zelfs de bezorgdheid over mijn gevoelens, overtuigde me dat dit wel degelijk waar was. Ze bracht haar koffiekopje naar haar mond en lachte tegen me met een tikkeltje deernis en opeens zag ik haar bij een vuur staan met iets bloederigs in de handen...

'Je maakt je er nog altijd zorgen over. Ik ben er zelf geen lid van. Ik ken mensen die er lid van zijn. Je vroeg ernaar en ik vond dat je het moest weten.'

'Ben je daar echt naar toe geweest? Wat gebeurt daar zo al?'

'Dat kan ik je niet vertellen. Dat is gewoon een ander stuk van mijn leven. Geen groot stuk. Het raakt jou absoluut niet.'

'Laten we maar weggaan,' zei ik.

Begreep ik toen al dat ze me de stof voor een roman zou leveren? Ik geloof het niet. Ik nam aan dat haar contact met de groep waarschijnlijk geringer was dan ze had gesuggereerd. Pas veel later kreeg ik eenmaal een aanwijzing dat dit misschien toch niet het geval was. Ze fantaseerde, dacht ik, ze deed gewichtig. De O.T.O. plus Virginia Woolf? En *La Grande Illusion?* Het was wel een beetje ver gezocht.

Lieftallig en bijna plagend nodigde ze me uit mee te gaan naar haar appartement. Het was niet ver lopen van de coffee-shop. Toen we uit de drukke straat in de minder goed verlichte wijk met hoge huizen kwamen, begon ze zonder aanleiding over haar leven te Chicago te praten. Voor het eerst hoefde ik geen vragen te stellen om iets meer over haar verleden aan de weet te komen. Ik meende een zekere opluchting in haar stem te beluisteren: omdat ze had 'bekend' relaties met de O.T.O. te onderhouden? Of was het omdat ik haar er niet verder naar had gevraagd? Het laatste, dacht ik. Het was zo'n typische avond voor Berkeley in de nazomer, op de een of andere manier warm en kil tegelijk. Koud genoeg voor een jas, maar met latente warmte in de samenstelling van de lucht. Al had ze me een onaangename verrassing bezorgd, de jonge vrouw die naast me liep met haar onbewuste gratie en de al even natuurlijke humor waarmee ze zich uitte, vrolijkte me op en maakte me gelukkiger dan ik sedert maanden was geweest. Bij haar zijn was zoiets als wakker worden uit een winterslaap.

We stonden voor haar huis. 'Parterre,' zei ze en ging de stoep op. Ik bleef even achter, alleen om het plezier naar haar te kijken. Een mus streek neer op de stoepleuning en keek me met een scheef kopje aan. Ik rook loof dat verbrand werd. Ze keek om en in de schaduw van de portiek was haar gezicht met een bleek waas overtrokken. Ergens blafte een hond. Vreemd genoeg kon ik haar ogen nog onderscheiden, alsof ze licht uitstraalden als bij een kat. 'Ben je even traag als je roman of ga je eindelijk mee naar binnen?'

Ik registreerde gelijktijdig het feit dat ze mijn boek had gelezen en de luchtige kritiek erop en liep de stoep op naar de deur.

Ik had me geen enkele voorstelling gemaakt van haar appartement, al had ik kunnen weten dat het anders zou zijn dan Helen Kayons slonzige inrichting. Alma woonde alleen, maar dat had ik ook verwacht. Alles in de grote kamer waar ze me binnenliet gaf blijk van een en dezelfde smaak, van een strakke visie. Het was, al liep dat niet meteen in het oog, een van de meest luxueuze kamers die ik ooit had gezien. Op de vloer lag een lang en dik Bokhara-tapijt. Naast een beschilderd haardscherm stonden tafels die mij, al had ik er weinig verstand van, Chippendale leken. Voor het raam van de erker stond een groot bureau. Verder waren er gestreepte regency-stoelen, met dikke kussens. Op het bureau stond een Tiffanylamp. Ja, haar ouders moesten inderdaad rijk zijn geweest. Ik zei: 'Je bent niet bepaald een typische eerstejaars, hè?'

'Ik vond dat ik al die dingen beter om me heen kon hebben dan ze ergens op te slaan. Nog een kop koffie?'

Ik knikte. Ze had zoveel dat nu begrijpelijk leek, dat paste in een patroon dat ik daarvoor niet had onderkend. Dat Alma afstandelijk leek kwam doordat ze werkelijk anders was dan anderen. Ze was opgevoed in een stijl die negentig procent van de Amerikanen alleen van horen zeggen kennen, de stijl van de bohémien voor wie geld geen rol speelt. En als ze in wezen passief was, dan moest dat komen doordat ze zelf nooit beslissingen had hoeven nemen. Ter plekke verzon ik een kindertijd met volop kindermeisjes, een schoolopleiding in Zwitserland en vakanties op een luxueus jacht. Dat verklaarde ook, dacht ik, dat tijdloze dat ze had, daarom had ik haar langs het Plaza Hotel zien schrijden in de jaren twintig van Fitzgerald, een soort weelde die in een andere tijd leek thuis te horen.

Toen ze met de koffie binnenkwam, zei ik: 'Zou je het leuk vinden er over twee weken even met mij tussenuit te gaan? We kunnen logeren in een huis in Still Valley.'

Alma trok haar wenkbrauwen op en keek me aan met het hoofd schuin. Het viel me op dat er iets tweeslachtigs was aan haar passiviteit, zoals een prostituée wellicht ook iets tweeslachtigs heeft.

'Je bent een boeiend meisje,' zei ik.

'Het *Readers Digest*-type.'

'O nee,' zei ik.

Ze ging aan mijn voeten op een dik kussen zitten en trok haar knieen op. Ik vond haar tegelijk geweldig sexy en etherisch en ik zette het idee dat ze iets tweeslachtigs had geheel van me af. Ik begreep niet meer hoe het bij me had kunnen opkomen. Ik wist dat ik met haar naar bed zou moeten gaan, wist ook dat ik het zou doen en die laatste zekerheid ontnam me elke keus.

Jus' put yo money on the table, boy...

De ochtend erna was ik smoorverliefd. Naar bed gaan was al heel eenvoudig gebleken. Nadat we een paar uur hadden gepraat, vroeg ze: 'Je wilt toch niet naar huis?' 'Nee.' 'Dan kun je vannacht beter hier blijven.' Wat volgde, was niet zomaar de aanval op elkaar met daarna de wederzijdse bevrediging. Alma bleek in bed even passief als erbuiten. Toch kreeg ze moeiteloos orgasmen, de eerste keer tijdens het voorspel en later nog eens toen ik er werkelijk tegenaan ging. Ze had haar armen als een kind om mijn hals, maar onder mij deden haar heupen wat ze moesten doen en haar benen waren om mijn rug geslagen. En toch bleef ze tijdens die volledige overgave op een afstand. 'O, ik hou van je,' zei ze na de tweede keer en greep met haar handen in mijn haar, maar de kracht in die handen was even licht als haar stem. Nadat ik het ene mysterie in haar had ontraadseld, trof ik erachter een tweede aan. Alma's passie leek uit dezelfde regionen van haar wezen afkomstig als haar tafelmanieren. Ik had met heel wat meisjes gevrijd die 'beter in bed' waren dan Alma Mobley, maar met niet een van hen had ik deze tederheid ervaren, dat gemak waarmee Alma gevoelens wist te doseren. Het gaf me het gevoel dat ik me doorlopend op de grens bevond van een ander soort ervaring: het was alsof ik voor een gesloten deur stond.

Voor het eerst begreep ik waarom meisjes verliefd werden op een Don Juan, waarom ze zich vernederden door hem na te lopen.

En ondertussen was ik me bewust dat ze me een zeer selectieve versie van haar verleden had voorgeschoteld. Ik was overtuigd dat ze links en rechts met mannen naar bed was geweest. Dat klopte met de O.T.O. en met haar plotseling vertrek uit Chicago. Promiscuïteit leek het verborgen element in Alma's leefwijze.

Wat ik wilde, was uiteraard alle anderen overtroeven en al haar mysteries doorgronden. Ik wilde dat die gratie en die subtiliteit zich geheel op mij richtten. In de fabels van de Sufi wordt verhaald van een olifant die verliefd werd op een vuurvlieg en zich verbeeldde dat de vlieg alleen voor hem licht gaf. Toen de vlieg wegvloog, nam de olifant vol vertrouwen aan dat midden in zijn licht het beeld van een olifant stond.

3

Waarmee ik maar wil zeggen, dat de liefde me volkomen klein kreeg. Mijn voornemen door te werken aan mijn roman verdween als sneeuw voor de zon. Ik kon geen gevoelens verzinnen nu ik er zelf zo overvloedig door in beslag werd genomen. Met het raadsel Alma voor mijn ogen leek me dat andere raadsel van verzonnen karakters kunstmatig. Ik zou wel weer gaan werken, maar dat moest ik eerst doen.

Ik dacht voortdurend aan Alma en ik wilde haar zo vaak mogelijk zien: tien dagen lang was ik vrijwel elke minuut bij haar, afgezien van de colleges die ik moest geven. Ongelezen scripties van studenten stapelden zich op mijn bed op, evenals dikke stapels essays over *The Scarlet Letter* op mijn bureau. In die dagen was onze seksuele prestatie buitensporig. Ik vrijde met Alma in lokalen waar even niemand aanwezig was, in het niet afgesloten kantoor dat ik met ruim tien anderen deelde en eenmaal liep ik haar na in een damestoilet in Sproul Hall en drong haar binnen terwijl zij zich vasthield aan de rand van de wasbak. Toen een student van mijn college creatief schrijven me eens vroeg, nadat ik een heel rhetorisch betoog had gehouden: 'Hoe moet je de mens eigenlijk definiëren?' was mijn antwoord: 'Als seksueel en onvolmaakt wezen.'

Ik heb gezegd dat ik wanneer ik geen college had 'vrijwel' elke minuut in haar gezelschap was. Uitzondering daarop waren twee avonden die ze volgens haar zeggen bij een tante in San Francisco doorbracht. Ze noemde me de naam van de bewuste dame, ene Florence de Peyser, maar nadat ze was vertrokken, begon ik te twijfelen. De volgende dag kwam ze echter terug zonder dat ik iets aan haar kon merken; ik kreeg niet de indruk dat ze bij een andere man was geweest of contact had gehad met de O.T.O., wat mijn grootste zorg was. En ze vertelde me zoveel bijzonderheden over die mevrouw De Peyser (een Yorkshire terriër die Chookie heette, een kast vol japonnen van Halston, een dienstmeisje met de naam Rosita), dat mijn wantrouwen verdween. Als je echt een avond had doorgebracht met die griezels van de O.T.O., kwam je niet terug met verhalen over een hond die Chookie heette. Als er al andere minnaars waren, als de promiscuïteit die ik de eerste avond al had verondersteld nog altijd aanwezig was, dan merkte ik daar toch niets van.

In feite was het enige dat me zorgen baarde niet de hypothetische concurrentie van een andere man, maar een opmerking die ze maakte tijdens onze eerste ochtend samen. Wellicht is het niet meer geweest dan een zonderling geredigeerde genegenheidsverklaring: 'Je bent goedgekeurd,' had ze gezegd. Eén krankzinnig moment dacht ik dat ze bedoelde door haar milieu: de Chinese vaas op de nachttafel, de ingelijste tekening van Pisarro en het hoogpolige tapijt. (Al die luxe maakte me onzekerder dan ik me bewust was.)

'Door jou,' constateerde ik.

'Nee, niet door mij. Ja, natuurlijk ook door mij, maar niet door mij alleen.' Daarna legde ze de vinger op mijn lippen.

Binnen twee dagen was ik dit irriterende, overbodige mysterie evenwel vergeten.

Natuurlijk was ik ook mijn werk vergeten, voor een groot deel althans. Ook na de eerste weken van tomeloze seksualiteit gaf ik minder colleges dan ervoor. Ik was nog nooit zo verliefd geweest: het was alsof ik mijn leven lang tot aan de grens van het genot was gegaan, alsof ik er van terzijde naar had gekeken zonder er iets van te begrijpen. Het was Alma die me ermee in aanraking had gebracht. Ik had haar gewantrouwd, ik had aan haar getwijfeld, maar dat alles was door mijn hartstocht tenietgedaan. Al wist ik niet alles van haar af, het kon me geen donder schelen. Wat ik wel wist, leek me voldoende.

Ik weet zeker dat zij de eerste was die het onderwerp huwelijk aanroerde. Ze deed dat in zinnen als: 'Zodra we getrouwd zijn, moeten we veel gaan reizen,' of: 'Wat voor soort huis wil je als we getrouwd zijn?' Onze gesprekken vervielen moeiteloos tot zulke discussies maar ik onderging het niet als dwang, het maakte me nog gelukkiger.

'Ja, je bent bepaald goedgekeurd,' zei ze.

'Kan ik je tante binnenkort eens ontmoeten?'

'Dat zal ik je besparen,' zei ze, wat geen antwoord was op mijn impliciete vraag. 'Als we volgend jaar gaan trouwen, gaan we de hele zomer naar de Griekse eilanden. Ik heb er vrienden bij wie we kunnen logeren, vrienden van mijn vader, ze wonen op Poros.'

'Zouden die me ook goedkeuren?'

'Dat zal me een zorg zijn,' verklaarde ze, greep mijn hand en deed mijn polsslag versnellen.

Verscheidene dagen later kwam ze op het idee dat we na de logeerpartij op Poros een maand naar Spanje moesten gaan.

'En Virginia Woolf dan? Moet je niet afstuderen?'

'Ik deug niet zo erg voor de studie.'

Uiteraard geloofde ik niet dat we maanden aaneen zouden gaan reizen, maar het was een droom die althans een beeld gaf van onze gezamenlijke toekomst, net als die droom dat ik goedgekeurd zou zijn, door wie dan ook.

Toen de dag kwam waarop ik het college over Stephen Crane moest geven voor Lieberman, werd het me duidelijk dat ik me absoluut niet had voorbereid. Ik zei tegen Alma dat ik ten minste een paar avonden naar de bibliotheek moest: 'Het wordt toch een mislukte lezing en Lieberman hoeft geen moeite te doen me hier nog een jaar langer te houden. Ik denk dat we allebei wel uit Berkeley weg willen, maar ik moet toch nog een paar ideetjes bijeenrapen.' Dat was prima, zei ze, want ze was al van plan voor een paar dagen naar mevrouw De Peyser te gaan.

Toen we de volgende dag afscheid namen, omhelsden we elkaar langdurig. Toen reed ze weg. Ik ging lopend terug naar mijn appartement, waar ik de laatste maand weinig was geweest, ruimde wat op en ging naar de bibliotheek.

Op de benedenverdieping zag ik voor het eerst sedert ze met Meredith Polk de collegezaal had verlaten, Helen Kayton terug. Ze zag mij niet: ze stond met Rex Leslie, de docent met wie ik van bureau had geruild, op de lift te wachten. Ze waren druk in gesprek en ik zag dat Helen haar hand tegen Leslies rug legde. Ik lachte in mezelf, wenste haar in gedachten alle goeds en nam de trap.

Die avond en de daaropvolgende werkte ik vruchteloos aan de lezing. Ik had niets te zeggen over Stephen Crane; ik had geen enkele belangstelling voor Stephen Crane. Zodra ik van een tekst opkeek, zag ik Alma Mobley met glanzende ogen en een opengaande mond. De tweede avond dat Alma niet thuis was, liep ik even de deur uit om een pizza met een biertje te halen en zag haar staan in de schaduw naast een bar, The Last Reef. Het was een tent die ik bij voorkeur niet zou binnengaan, een hol voor snollen en homo's van het ruigere soort, had ik horen zeggen. Stokstijf bleef ik staan, niet zozeer omdat ik me verraden voelde, maar ik werd bang. Ze was niet alleen en de man die ze bij zich had, kwam kennelijk net uit die tent – hij had een glas bier in de hand – maar het was geen mannelijke hoer op zoek naar een klant. Hij was lang, had een kaalgeschoren hoofd en droeg een donkere bril. Hij zag heel bleek. En al was hij onopvallend gekleed in bruine broek en sportjasje (over zijn blote lijf? Ik meende sierkettingen op zijn huid te zien), hij had iets dierlijks, een hongerige wolf in mensengedaante. Voor hem op het trottoir zat een klein jongetje dat er uitgeput uitzag en niets aan zijn voeten had. Het was een zonderling heterogeen gezelschap daar op die duistere plek naast de bar. Alma leek zich op haar gemak te voelen bij de man. Ze zei af en toe iets tegen hem en hij gaf antwoord. Ze leken elkaar nader te staan dan Helen Kayon en Rex Leslie, al deden ze niets dat op een seksuele relatie wees. Het kind dat aan de voeten van de man zat te suffen, schrok af en toe op alsof hij bang was een trap te krijgen. Het drietal kwam me voor als een pervers gezin van de duisternis, een gezin door Charles Addams. Naast die weerwolfachtige man en dat zielige kind leek Alma's karakteristieke gratie, haar hele houding haast kwaadaardig. Ik trok me terug in de veronderstelling dat de man agressief zou kunnen worden wanneer hij me zag.

Want zo moet je je een weerwolf toch voorstellen, dacht ik, en de naam O.T.O. kwam bij me op.

Opeens trok de man het spartelende kind omhoog, knikte tegen Alma en stapte in een wagen die langs het trottoir stond, nog altijd met het glas bier in zijn hand. De jongen schoof op de achterbank waarna de wagen luidruchtig wegraasde.

Later op de avond belde ik haar. Ik kon niet zeggen of ik er goed aan deed, of ik niet beter tot de volgende dag had kunnen wachten. 'Ik zag je een paar uurtjes geleden,' zei ik. 'Ik wilde je niet storen. Ik dacht trouwens dat je in San Francisco zat.'

'Het was er niet leuk en ik ben eerder teruggekomen. Ik heb je niet gebeld, want ik wilde je niet van het werk houden. O, Don, arme schat. Je moet iets verschrikkelijks hebben gedacht.'

'Wie was die man met wie je stond te praten? Kaalgeschoren hoofd, donkere bril, klein jongetje bij zich... naast een hoerentent.'

'O, die. Heb je me met hém gezien? Dat is Greg. We kennen elkaar uit New Orleans. Hij wilde hier gaan studeren, maar haalde het niet. Dat jongetje is zijn broertje; hun ouders zijn dood en Greg zorgt voor die jongen. Niet al te best, geloof ik. De jongen is achterlijk.'

'Komt hij uit New Orleans?'

'Dat zei ik toch.'

'Wat is zijn achternaam?'

'Zeg, je bent toch niet wantrouwend? Hij heet Benton van zijn achternaam. Die familie Benton woonde destijds bij ons in de straat.'

Het klonk aannemelijk, als ik even vergat hoe de man die ze Greg Benton noemde eruitzag. 'Is hij bij de O.T.O.?' vroeg ik.

Ze lachte. 'Arme jongen, je hebt het aardig te kwaad, hè? Nee, dat is hij beslist niet. Denk er maar niet meer aan, Don. Ik weet niet waarom ik het je heb verteld.'

'Ken je eigenlijk wel mensen bij de O.T.O.?' vroeg ik met nadruk.

Ze reageerde onzeker. 'Ach, een stuk of wat.' Ik voelde me opgelucht: ze had zich kennelijk een glansrol willen aanmeten. Die 'weerwolf' van me kon natuurlijk best een vroegere buurman uit New Orleans zijn. Zoals ik hem daar in de duisternis naast de bar had zien staan, deed hij me feitelijk toch denken aan Alma toen ik haar de eerste keer ontmoette in het schemerig trappenhuis op de campus: een kleurloze schim.

'Wat doet die... Benton voor de kost?'

'Tja, hij handelt op de een of andere manier in farmaceutische produkten,' zei ze.

Daar kon ik inkomen. Het paste bij zijn uiterlijk en het kon de reden zijn waarom hij rondhing in een bar als The Last Reef. En Alma had het gezegd alsof ze het bijzonder pijnlijk vond.

'Als je klaar bent met je werk, kom dan hierheen om je verloofde een kus te brengen,' zei ze. Binnen een minuut stond ik op straat.

Er gebeurden die nacht twee merkwaardige dingen. We lagen in Alma's bed naar de voorwerpen te kijken die ik al heb opgesomd. Gedurende het grootste deel van de nacht had ik eerder gedoezeld dan geslapen en op een gegeven ogenblik stak ik mijn hand uit om Alma's blote arm te strelen; ik wilde haar niet wakker maken. Maar het was alsof haar arm me een schok in mijn vingers gaf, geen stroomstoot, maar een schok van geconcentreerd aftasten, van weerzin ook, alsof ik een slak had aangeraakt. Ik trok schielijk mijn hand terug en ze draaide zich om, mompelend: 'Alles goed, liefste?' waarop ik een of ander terug mompelde. Alma klopte me op mijn hand en viel weer in slaap. Even later droomde ik van haar. Ik zag alleen haar gezicht, maar het was niet het gezicht dat ik kende, en omdat het me vreemd was, kreunde ik van angst. Voor de tweede keer werd ik klaar wakker en wist niet goed meer waar ik was of wie er naast me lag.

4

Wellicht is de verandering toen al ingetreden, maar oppervlakkig bleef onze relatie bij het oude, althans tot dat lange weekeinde in Still Valley. We vrijden nog vaak en gretig en Alma bleef enthousiast praten over wat we zouden gaan doen als we getrouwd waren. En ik bleef haar beminnen, ook al twijfelde ik aan de waarheid van veel dingen die ze me had verteld. Is een romanschrijver tenslotte ook niet een soort leugenaar? Het was mijn beroep dingen te verzinnen en met voldoende bijzonderheden te omkleden om ze geloofwaardig te maken. Over een paar verzinsels van een ander kon ik me niet opwinden. We hadden afgesproken aan het eind van het voorjaarssemester in Berkeley te gaan trouwen en het huwelijk kwam me voor als een plechtige bezegeling van ons geluk. Maar ik neem aan dat de verandering al was ingetreden, dat het aanraken van haar huid die nacht en het verschrikt terugtrekken van mijn hand betekenden dat er zonder dat ik het besefte toen al enige weken iets aan het veranderen was.

Een factor in die verandering was beslist de 'goedkeuring' die ik op zo'n mysterieuze wijze had gekregen. De ochtend voor ik de lezing over Crane moest houden, vroeg ik er op de man af naar. Ik was nerveus, want ik wist dat ik het er slecht zou afbrengen en zei: 'Hoor eens, als die goedkeuring waar je het over hebt niet de jouwe of die van mevrouw De Peyser is, van wie dan wel? Ik wil het graag weten. Het zal ook niet die van je vriend de drugshandelaar zijn, neem ik aan. Of van zijn achterlijke broertje.'

Ze keek me enigszins geschokt aan, maar begon toen te lachen. 'Laat ik het je maar vertellen. We kennen elkaar nu goed genoeg.'

'Dat zou ik ook zeggen.'

Ze bleef lachen. 'Het klinkt misschien een beetje vreemd.'

'Dat kan me niet schelen. Ik wil het weten.'

'Degene die jou heeft goedgekeurd is een vroegere geliefde van me. Wacht even, Don, kijk me niet zo aan. Ik ontmoet hem nooit meer. Dat zou niet eens kunnen. Hij is dood.'

'Dood?' Ik ging zitten. Mijn stem klonk verbaasd en zo zal ik er ook wel hebben uitgezien, maar ik had geloof ik wel zoiets griezeligs verwacht.

Ze knikte. Ze was nu ernstig, maar ook speels, het 'verdubbelingseffect'. 'Ja, dood. Hij heet Tasker Martin. Ik sta met hem in contact.'

'Je staat met hem in contact.'

'Doorlopend.'

218

'Doorlopend.'

'Ja. Ik spreek met hem. Tasker mag jou graag, Don. Hij mag je erg graag.'

'Hij heeft je zijn fiat gegeven.'

'Ja, zo is het. Ik bespreek alles met hem. En hij heeft me meer dan eens gezegd dat we voor elkaar geschapen zijn. Afgezien daarvan, hij *mag* je gewoon ontzettend graag, Don; je zou een goede vriend aan hem hebben gehad als hij nog leefde.'

Ik bleef haar aanstaren.

'Ik zei toch dat je het vreemd zou vinden.'

'Dat vind ik ook.'

Ze hief haar handen op. *En?*

'Eh... Hoelang is... Tasker al dood?'

'Heel lang. Vijf, zes jaar.'

'Een tweede vriend uit New Orleans.'

'Inderdaad.'

'Een intieme vriend.'

'We gingen met elkaar naar bed. Hij was ouder dan ik, heel wat. Hij is aan een hartaanval overleden. Twee nachten later begon hij tegen me te spreken.'

'Hij had zeker twee dagen nodig om kwartjes voor de telefoon te verzamelen.' Daar ging ze niet op in. 'Spreekt hij op dit moment tegen je?'

'Hij luistert. Hij is blij dat je hem nu kent.'

'Ik vraag me af of die blijdschap wederkerig is.'

'Probeer aan het idee te wennen. Hij mag je echt graag, Don. Het komt wel goed – het zal niet anders zijn dan tevoren.'

'Neemt Tasker zijn telefoon op als wij in bed liggen?'

'Dat weet ik niet. Het zal wel. Die kant van de liefde boeide hem nogal.'

'En fluistert Tasker je misschien ook in wat wij gaan doen wanneer we getrouwd zijn?'

'Het gebeurt weleens. Tasker was degene die me herinnerde aan die vrienden van vader op Poros. Hij zegt dat je gek zult zijn op dat eiland.'

'En wat verwacht Tasker van míj nu je me van zijn bestaan op de hoogte hebt gebracht?'

'Hij zegt dat het eerst een schok voor je zal zijn en dat je mij als gestoord zult beschouwen, maar dat je aan het idee zult wennen. Tenslotte is hij hier en hij gaat niet weg en wij zijn hier en we gaan trouwen. Don, zie Tasker alleen maar als een onderdeel van mij.'

'Dat zal hij dan ook wel zijn,' zei ik. 'Ik kan bepaald niet aannemen dat je werkelijk in contact staat met een man die al vijf jaar dood is.'

In zekere zin was ik gefascineerd door wat ze me had onthuld. Een negentiende-eeuwse gewoonte als spreken met geesten van overledenen paste helemaal bij Alma, was zelfs in harmonie met haar passiviteit. Maar griezelig was het wel. De spraakzame geest van Tasker Martin was kennelijk een waanidee: bij iemand anders dan Alma zou het een symptoom van geesteszieke zijn geweest. En ook die conceptie van goedgekeurd te zijn door een voormalige minnaar vond ik maar eng. Over de tafel heen keek ik naar Alma en zij keek mij aan in welwillende verwachting en ik dacht: Ze heeft echt iets tweeslachtigs; ze kon net zo goed een mooie jongen van negentien met sproeten zijn. Ze bleef vol hoop tegen me lachen en ik wilde met haar vrijen, al voelde ik me ook geremd. Haar lange welgevormde vingers rustten op het gepolitoerde tafelblad aan handen en polsen die al even sierlijk waren. Ook die handen trokken me aan en stootten me af.

'We gaan een geweldig huwelijk tegemoet,' zei Alma.

'Jij, ik en Tasker.'

'Zie je wel? Hij zei al dat je in het begin zo zou reageren.'

Op weg naar de collegezaal dacht ik aan de man met wie ik haar had gezien, Greg Benton uit Louisiana met zijn dode, wrede gezicht, en ik huiverde.

Want één teken van Alma's abnormaliteit, één aanwijzing dat ze anders was dan ieder ander die ik ooit had gekend, was wel dat ze een wereld suggereerde waarin raadgevende geesten en mannen die vermomde wolven waren, konden bestaan. Ik weet niet hoe ik het anders moet uitdrukken. Ik bedoel niet dat ze mij het geloof in de attributen van het bovennatuurlijke bijbracht, maar ze suggereerde dat dergelijke dingen wel degelijk onzichtbaar om ons heen konden zweven.

Stap op wat een stevige bodem lijkt en de grond zakt onder je voeten weg. Kijk omlaag en in plaats van gras, aarde, van het draagvlak dat je had verwacht, kijk je in een diepe afgrond waarin kruipend gedierte wegschiet van het licht. Hé, hier is een gat, een soort afgrond, zeg je. Hoe diep zou het zijn? Loopt het onder alles door en is de stevige bodem alleen maar een brug die eroverheen ligt? Nee, dat is het natuurlijk niet, heel waarschijnlijk niet. Ik hou van Alma, zei ik tegen mezelf. Volgende zomer zijn we getrouwd. Ik dacht aan haar prachtige benen, aan haar mooie, lieve gezichtje. Ik dacht aan het gevoel dat ze me gaf betrokken te zijn in een spel dat ik maar half begreep.

Mijn tweede lezing flopte volledig. Ik kwam aan met verouderde ideeën, wist ze niet in onderling verband te plaatsen en kon geen wijs uit mijn eigen aantekeningen. Ik sprak mezelf tegen. Met mijn gedachten elders deed ik de uitspraak dat *The Red Badge of Courage* niet anders was dan een 'schitterend spookverhaal waarin het spook niet komt opdagen'. Terwijl ik aan het woord was, kon ik mijn gebrek aan voorbereiding en interesse onmogelijk verbergen. Er werd mager en ironisch geklapt toen ik het podium verliet. Ik was dankbaar dat Lieberman veilig in Iowa zat.

Na de lezing ging ik een bar binnen en bestelde een dubbele Johnny Walker Black. Voor ik wegging, liep ik naar de telefooncellen achterin en zocht een gids van San Francisco. Ik keek eerst onder de P, maar vond niets en het zweet brak me uit, maar onder de D bleek een De Peyser te staan, F. Er stond een adres bij in het juiste deel van de stad. Wellicht had ik toch stevige grond onder mijn voeten, natuurlijk had ik dat.

De volgende dag belde ik David op zijn kantoor en zei dat ik graag even naar zijn huis in Still Valley wilde. 'Ja, dat moet je doen,' zei hij. 'Het werd weleens tijd. Ik heb daar een paar mensen zitten die toezicht houden, tegen diefstal en zo, maar ik heb altijd gewild dat je daar eens naar toe ging.'
'Ik heb het nogal druk gehad.'
'Wat voor soort vrouwen heb je daar?' vroeg hij.
'Vreemd, en heel anders,' zei ik. 'Ik ben zo'n beetje verloofd.'
'Dat klinkt niet al te overtuigd.'
'Goed dan, ik ben verloofd. Volgende zomer ga ik trouwen.'
'Hoe heet ze dan, verdomme? Heb je het al aan meer mensen verteld? Zo zo, trouwen! En dat vertel je me zomaar eventjes...'
Ik zei hoe ze heette. 'David, ik heb het nog aan niemand in de familie verteld. Als jij iemand spreekt, zeg dan maar dat ik gauw zal schrijven. Verloofd zijn kost je zowat al je tijd.'
Hij legde me uit hoe ik zijn huis kon bereiken, noemde me de naam van de buren die de sleutel hadden en zei: 'Nou, broertje, ik wens je alle geluk van de wereld.' We beloofden elkaar gauw te schrijven.

David had het huis in Still Valley gekocht toen hij een baan had bij een Californisch advocatenkantoor. Met zijn gewone schranderheid had hij de plaats zorgvuldig uitgezocht en zich ervan overtuigd dat zijn toekomstige vakantiewoning was omgeven door voldoende grond – driehonderdtwintig are – en dat het huis dicht bij de oceaan stond. Zodra de koop rond was, had hij zijn spaargeld besteed om het huis te renoveren en in te richten. Bij zijn verhuizing naar New York hield hij zijn tweede woning aan in de wetenschap dat de prijzen van onroerend goed in Still Valley wel zouden gaan stijgen. Sindsdien was de waarde van het huis waarschijnlijk verviervoudigd, wat eens te meer bewees dat David geen domme jongen was. Nadat Alma en ik de sleutels hadden gehaald bij de schilder en zijn vrouw die pottenbakster was, mensen die kilometers verderop aan de weg door het dal woonden, volgden we de verharde weg in de richting van de oceaan. We konden de Pacific al horen en ruiken voor we het huis in zicht kregen. En zodra Alma het zag, zei ze: 'Don, hier gaan we onze wittebroodsweken doorbrengen.'

Ik had me laten misleiden door David, die zijn bezit hardnekkig een 'zomerhuisje' had genoemd. Wat ik had verwacht was een klein houten optrekje met het toilet waarschijnlijk buitenshuis, een beter soort schuurtje. In plaats daarvan had het precies het aanzien van wat het was: een duur stukje speelgoed van een rijke jonge advocaat.

'Laat je broer zo'n huis zomaar leegstaan?' vroeg Alma.

'Hij zit hier zelf geloof ik een paar weken per jaar.'

'Zo zo.'

Ik had het nog niet meegemaakt dat ze van iets onder de indruk kwam. 'Wat vindt Tasker ervan?'

'Hij vind het ongelooflijk. Hij zegt dat het net New Orleans is.'

Ik had beter moeten weten.

Toch was de omschrijving niet onjuist: Davids 'zomerhuisje' was een fors houten gebouwtje van twee verdiepingen, verblindend wit en Spaans van ontwerp met zwarte smeedijzeren balkons voor de bovenste openslaande deuren en dikke zuilen aan weerskanten van de solide gevel. Achter het huis, veel lager, konden we de eindeloze blauwe oceaan zien liggen. Ik haalde onze koffers uit de bak van de auto, ging de trap op en maakte de voordeur open. Alma kwam achter me aan.

Van een kleine betegelde vestibule kwamen we in een ruime kamer met verhoogde en verzonken gedeelten. Over de hele vloer lag een dik, wit tapijt. In de diverse hoeken van de kamer stonden zware bankstellen met glazen tafels. Langs de zoldering liepen prachtig afgewerkte balken.

Ik wist wat ik zou aantreffen nog voor we het huis hadden bekeken. Vanzelfsprekend was er een sauna, een whirlpool en een ligbad. Verder was er een kostbare stereo-installatie, er was een modelkeuken en in de slaapkamer hing een plank gevuld met het betere soort porno. Dit alles zagen we op onze ronde door het huis. In de keuken een Frans broodrooster dat diende als ondergrond voor een paar art deco-snuisterijen, een bed ongeveer zo groot als een zwembad, in elke badkamer een bidet... en vrijwel onmiddellijk zat ik verstrikt in de droom van een ander. Ik had niet geweten dat David zo grof had verdiend tijdens zijn Californische jaren, en ik had ook niet geweten dat zijn smaak was blijven steken bij die van een yuppie.

'Jij vindt het niet mooi, hè?' zei Alma.

'Het verbijstert me een beetje.'

'Hoe heet je broer?'

'David,' zei ik.

'En waar werkt hij?'

Ze knikte toen ik de firma noemde, niet zoals 'Rachel Varney' zou hebben geknikt, met afstandelijke ironie, maar alsof ze de naam vergeleek met een lijst van namen.

Maar ze had wel gelijk: ik vond Davids Xanadu niet mooi.

Niettemin, we waren er nu eenmaal en we zouden drie nachten in dat huis slapen. Alma nam het in bezit alsof het haar eigendom was. Maar terwijl zij ging koken in de keuken vol overbodige apparaten, terwijl ze zich kostelijk vermaakte met Davids collectie duur speelgoed, kreeg ik steeds meer de pest in. Ik vond dat ze zich op een enge manier aan het huis had aangepast, dat ze op subtiele wijze van het meisje dat Virginia Woolf bestudeerde, was veranderd in een huisvrouw uit de dure buitenwijk, en ik kon me haar voorstellen met een boodschappenwagentje in een supermarkt.

Weer vat ik gedachten aangaande Alma samen in een enkele alinea, maar in dit geval vat ik impressies van twee dagen samen, niet van driemaal zoveel maanden. De verandering die ze vertoonde, was trouwens alleen een kwestie van gradatie. Toch hield ik het onbehaaglijk gevoel dat ze, zoals ze in haar appartement de verpersoonlijking was van de rijke kunstenaarsdochter, in Davids huis blijk gaf van een persoonlijkheid die een luxueus ligbad en een sauna thuis op prijs stelde. Ze werd spraakzamer. Ze hield hele vertogen over de manier waarop we na ons trouwen gingen leven. Er werd me verteld wat onze thuisbasis zou worden als we gingen reizen (Vermont) en hoeveel kinderen we zouden nemen (drie).

Het ergste was dat ze me eindeloos doorzaagde over Tasker Martin. 'Tasker was groot, Don, en had prachtig wit haar en zo'n sprekend gezicht met doordringende blauwe ogen. Tasker hield van... Heb ik je wel eens verteld dat Tasker... Die dag dat Tasker en ik...'
Meer dan iets anders markeerde dat het einde van mijn verliefdheid. Zelf toen vond ik het nog moeilijk toe te geven dat mijn gevoelens waren veranderd. Terwijl zij de karakters van onze kinderen beschreef, kruiste ik in gedachten mijn vingers... huiverend. Beseffend wat ik deed, vroeg ik me af: 'Je houdt toch van haar, hè? Je kunt toch wel leven met haar droom van Tasker Martin? Terwille van haar?'

Het weer maakte de toestand nog erger. We waren bij warm, zonnig weer aangekomen, maar de eerste avond al hulde Still Valley zich in een dichte mist die drie dagen bleef hangen. Wanneer ik uit de ramen aan de achterkant naar de oceaan keek, leek die overal om ons heen te zijn als een grauwe, doffe bedreiging. (Ik geef toe dat 'Saul Malkin' precies hetzelfde voelde in zijn Parijse hotelkamer met 'Rachel Varney'.) Af en toe kon je halverwege tot de weg door het dal kijken, maar even later zat alles weer potdicht. En aan een lantaren had je niets in die vochtige grauwheid.
En daar zitten we dan 's morgens en 's middags opgesloten in Davids huis terwijl de grauwe mistflarden langs de ramen strijken. Het ruisen van de golven die op het strand lopen suggereert dat het water elk ogenblik onder de deur door naar binnen kan stromen. Alma ligt sierlijk ineengerold op een van de banken met een kop thee of een bordje sinaasappelpartjes in de hand. 'Tasker zei altijd dat ik op mijn dertigste de mooiste vrouw van Amerika zou zijn. Ik ben nu vijfentwintig en ik denk dat ik hem zal teleurstellen. Tasker zei altijd...'
Wat ik voelde, was *vrees*.
De tweede nacht kwam ze naakt het bed uit, waardoor ik wakker werd. Ik ging overeind zitten, wreef in mijn ogen en keek om me heen. Alma wandelde door de kille, schemerige slaapkamer naar het raam. We hadden de gordijnen niet dichtgeschoven en met haar rug naar me toe staarde Alma naar... naar niets. De slaapkamerramen keken uit op de oceaan, maar al konden we de hele nacht het water horen, door het raam was niets te zien dan een golvend grijs. Ik wachtte tot ze iets zou zeggen. Haar rug leek heel lang en wit in de half duistere kamer.
'Wat is er, Alma?' vroeg ik.

Ze verroerde zich niet en gaf geen antwoord.

'Is er iets niet in orde?' Haar huid leek levenloos wit marmer. 'Wat is er?'

Ze keerde zich enigszins naar me om en zei: 'Ik zag een geest.' (Dat is althans wat 'Rachel Varney' tegen 'Saul Malkin' zegt, maar had Alma niet gezegd: 'Ik bén een geest?' Ik twijfelde: ze had heel zacht gesproken. Ik had mijn buik vol van Tasker Martin en reageerde aanvankelijk met gekerm. Maar als ze had gezegd *Ik ben een geest,* zou ik dan anders hebben gereageerd?)

'O, Alma,' zei ik, minder geïrriteerd dan ik bij daglicht zou zijn geweest. De kille slaapkamer, het duistere raam en dat lange witte lichaam deden Tasker een veel wezenlijker realiteit lijken. Ik was echt een beetje bang. 'Zeg hem dat hij moet weggaan,' zei ik. 'En kom weer in bed.'

Maar het hielp niet. Ze nam de peignoir van het bed en trok hem aan. Toen schoof ze een stoel bij het raam en ging zitten. 'Alma?' zei ik, maar ze gaf geen antwoord en keek niet eens om. Ik bleef in bed en viel later weer in slaap.

Na het lange weekeinde in Still Valley liepen de zaken op hun onvermijdelijke einde. Steeds weer dacht ik dat Alma behoorlijk gestoord was. Ze gaf geen enkel commentaar op haar gedrag die nacht en na wat er later met David gebeurde, heb ik me afgevraagd of haar hele optreden samengevat kon worden in wat ik eerder een spel noemde: of ze op speelse, bewuste wijze mijn denken en voelen had gemanipuleerd. Passief rijk meisje, occulte terroriste, bewonderaarster van Virginia Woolf, half gestoord – ze zat niet goed in elkaar.

Ze bleef ons in de toekomst projecteren, maar na Still Valley begon ik smoezen te bedenken om haar te ontlopen. Ik had gedacht dat ik van haar hield, maar mijn liefde werd verdrongen door vrees. Tasker, Greg, de griezels van de O.T.O., moest ik dat allemaal op de koop toe nemen wanneer ik met haar trouwde?

Daarna begon ik ook een fysieke afkeer van haar te krijgen. In de twee maanden na Still Valley hadden we het vrijen vrijwel geheel gestaakt. Ik sliep nog wel eens bij haar, maar wanneer ik haar kuste of streelde, hoorde ik mezelf denken: *niet lang meer.*

Mijn colleges waren, afgezien van een schaarse uitschieter tijdens het creatief schrijven, saai en nietszeggend geworden. Met schrijven was ik geheel opgehouden. De dag kwam waarop Lieberman me in zijn spreekkamer ontbood, en toen ik er eindelijk binnenkwam, zei hij: 'Ik hoorde van een van je collega's het een en ander over het

college Stephen Crane. Heb je werkelijk beweerd dat *The Red Badge* een spookverhaal zonder spook is?' Toen ik knikte, vroeg hij: 'Kun je me zeggen wat dat betekent?'
'Dat weet ik zelf ook niet. Mijn gedachten dwaalden af. Ik raakte verward in mijn betoog.'
Hij keek me haast met weerzin aan. 'En je was zo goed begonnen,' zei hij. Ik begreep dat er geen sprake van kon zijn dat ik nog een jaar bleef.

5

Toen verdween Alma. Ze had me geprest, zoals mensen die van anderen afhankelijk zijn dat kunnen doen, voor de lunch naar een restaurant dicht bij de campus te komen. Ik ging erheen, kreeg een tafel, wachtte een half uur en begreep tenslotte dat ze niet zou komen. Ik had me schrap gezet voor het aanhoren van meer tirades over wat we in Vermont zouden gaan doen en al had ik geen honger, ik nam van opluchting een salade en ging naar huis.
Ze belde die avond niet. Ik droomde dat ik haar in de boeg van een bootje zag zitten dat een vaarweg afdreef. Ze glimlachte raadselachtig, alsof de dag en nacht vrijheid die ze me toestond de laatste akte van de charade was.
's Ochtends begon ik me bezorgd te maken. Overdag draaide ik herhaaldelijk haar nummer, maar ze was uit of nam niet op. (Dat laatste beeld stond me scherp voor de geest. Hoe vaak had ik het bij haar thuis niet meegemaakt dat ze de telefoon liet bellen tot hij vanzelf ophield?) 's Avonds begon ik me in te beelden dat ik inderdaad van haar af was en besloot elk weerzien zo mogelijk te vermijden. Ik belde nog een paar keer en tot mijn opluchting werd er niet opgenomen. Tot twee uur heb ik zitten schrijven aan een brief waarmee ik de relatie beëindigde.
Voor mijn eerste college ging ik naar het pand waar ze woonde. Mijn hart klopte te snel: ik was bang haar toevallig te ontmoeten en dan mondeling de zinnen te moeten overbrengen die op papier zoveel overtuigender waren. Ik ging de stoep op en zag dat de overgordijnen voor haar ramen nog dicht zaten. Ik gaf een duw tegen de gesloten deur; bijna had ik op de bel gedrukt. Maar ik schoof mijn brief tussen raam en kozijn, waar ze hem moest zien zodra ze de stoep opkwam. *Alma* had ik er als enige adressering opgeschreven. En ik – er is geen ander woord voor – sloeg op de vlucht.

Ze kende uiteraard mijn lesrooster en ik had half en half verwacht dat ik haar buiten een lokaal of collegezaal zou aantreffen met mijn beleefde brief in de hand en een provocerende uitdrukking op het gezicht. Maar na een hele dag lesgeven had ik haar nog niet gezien. De volgende dag was een herhaling van de vorige. Ik maakte me zorgen dat ze zich van kant had gemaakt, maar zette de angst van me af en gaf mijn lessen. 's Middags belde ik op, maar vergeefs. Ik at in een bar, liep naar haar straat en zag de witte rechthoek van mijn verraad nog in haar raam steken. Eenmaal thuis overwoog ik de hoorn van mijn toestel te leggen, maar ik deed het niet en was bijna zo ver mezelf te bekennen dat ik hoopte op een telefoontje van haar.

De volgende dag moest ik om twee uur een deel van de studenten Amerikaanse literatuur lesgeven. Om het gebouw te bereiken waar de cursus werd gegeven, moest ik een breed plein bestraat met klinkers oversteken. Het was er altijd druk. Studenten zetten er tafels neer waar je petities kon tekenen voor het legaliseren van marihuana, tegen het discrimineren van homoseksuelen of tegen de jacht op walvissen. Onder de studenten die zich om de tafels verdrongen, ontdekte ik Helen Kayton. Het was voor het eerst dat ik haar zag sedert die avond in de bibliotheek. Naast haar liep Rex Leslie en hij hield haar hand vast. Ze zagen er heel gelukkig uit; een soort animale tevredenheid omsloot hen als een luchtbel. Ik bleef niet lang naar hen kijken. Ik voelde me aardig verloederd: ik had me in twee dagen niet geschoren, niet eenmaal in de spiegel gekeken en geen schone kleren aangetrokken.

En ik had Helen en Rex nog niet de rug toegekeerd of ik zag naast een fontein een lange bleke man staan met kaalgeschoren hoofd en donkere bril. De wezenloos kijkende jongen op blote voeten en in haveloze kleren zat voor hem. Ik vond Greg Benton nog schrikwekkender dan ik hem buiten The Last Reef had gevonden. Daar naast de fontein in het zonlicht kwamen hij en zijn broertje me voor als onmenselijke verschijningen, als een paar tarantella's. Zelfs de studenten van Berkeley die heel wat menselijke afwijkingen hadden aanschouwd, liepen met een boog om hen heen. Zodra hij merkte dat ik hem had gezien, veranderde Benton zonder te spreken of één enkel gebaar van optreden. Het scheef houden van het kaalgeschoren hoofd en de houding waarin hij ging staan, hadden een bepaalde betekenis. Er sprak grote woede uit, alsof ik hem had getergd door te ontsnappen aan het een of ander. Ik zag hem als een boosaardige, duistere smet op dat zonnige plein, als een gezwel.

227

Pas daarna drong het tot me door dat hij om welke reden dan ook machteloos was. Hij keek me woedend aan omdat hij niets anders kón doen. Ik was dankbaar voor de bescherming die duizenden studenten me boden, maar tegelijk dacht ik dat Alma wellicht in moeilijkheden verkeerde. In gevaar was. Of dood.

Ik keerde Benton en zijn broertje de rug toe en holde naar het hek aan de andere kant van het plein. Pas toen ik de straat was overgestoken keek ik om naar Benton: ik had gevoeld dat hij me nakeek, met een soort kille voldoening. Maar hij en zijn broertje waren verdwenen. De fontein klaterde en overal krioelden studenten rond. In de verte zag ik Helen en Rex Leslie Sprout Hall binnengaan, maar het duistere gezwel was verdwenen.

Tegen de tijd dat ik Alma's straat had bereikt, kwam mijn angst me dwaas voor. Ik besefte dat ik op mijn eigen schuldgevoel had gereageerd. Maar had ze niet zelf ons uiteengaan bepaald door niet in het restaurant te verschijnen? Dat ik me geen raad had geweten van angst om haar veiligheid leek me een laatste manipulatie. Ik kwam tot ontspanning. Ik zag dat de overgordijnen voor Alma's raam waren opengeschoven. De envelop was weg.

Ik holde door de straat, vloog de stoep op en boog opzij om door haar raam te kijken. Alles was verdwenen. De kamer was geheel ontruimd. Op de vloerplanken waarover Alma's tapijten hadden gelegen, zag ik mijn envelop. Hij was niet geopend.

6

Verdoofd kwam ik thuis en zo bleef ik de eerste weken. Ik begreep niet wat er gebeurd kon zijn. Ik voelde me geweldig opgelucht maar toch ook verloren. Ze moest uit haar appartement zijn vertrokken op de dag waarop we in het restaurant hadden afgesproken, maar wat had haar bezield? Een laatste grap? Of had ze begrepen dat het tussen ons voorbij was, eigenlijk al sedert Still Valley? Was ze wanhopig geweest? Ik kon het nauwelijks aannemen.

En als ik zo blij was van haar verlost te zijn, waarom voelde ik me dan alsof ik door een waardeloze wereld sjokte? Nu Alma weg was, restte me nog slechts de nuchtere wereld van oorzaak en gevolg, de systematische wereld, bevrijd van de zonderlinge angst die ze me bezorgde, maar beroofd van het mysterie. Er restte me nog maar één vraag: waar ze was gebleven, afgezien van de nog belangrijker vraag wie ze was geweest.

Ik dronk veel en had mijn lessen afgezegd. Ik sliep het grootste deel van de dag. Het was alsof ik een of ander virus had opgelopen dat mijn energie wegzoog, zodat ik tot niets anders in staat was dan slapen en denken aan Alma. Toen ik me na verloop van een week iets beter begon te voelen, kwam de herinnering boven aan Benton naast de fontein en ik bedacht dat hij woedend was geweest omdat hij wist waaraan ik was ontsnapt: het verlies van mijn leven.

Ik stond alweer voor de klas toen ik na een les Lieberman tegenkwam in de gang. Eerst keek hij me voorbij, negeerde me, maar toen bedacht hij zich, keek me scherp aan en zei: 'Ga even mee naar mijn kamer, Wanderley.' Ook hij was woedend, maar op een manier die ik kon begrijpen. Ik bedoel, het was enkel menselijke woede. Welke woede is dat overigens niet? Die van een weerwolf?

'Ik ben me bewust dat ik u heb teleurgesteld,' zei ik. 'Maar het liep allemaal een beetje uit de hand. Ik ben ziek geweest. Ik zal dit semester naar eer en geweten uitdienen.'

'Teleurgesteld? Dat is heel zwak uitgedrukt.' Hij ging in zijn stoel achteroverzitten en keek me met laaiende blik aan. 'Ik geloof niet dat we ooit zo zwaar gedupeerd zijn door een tijdelijke kracht. Ik had je een belangrijke lezing toevertrouwd en je hebt er een puinhoop van gemaakt, *rotzooi* was het.' Hij beheerste zich. 'En je hebt meer lessen gemist dan ieder ander sedert die alcoholist van een dichter die hier als docent was en die brand trachtte te stichten in het inschrijfbureau. Kortom, je bent laks, slordig en lui geweest, het is een schande. Ik wilde je alleen zeggen hoe ik over je denk. Je hebt in je eentje het hele programma voor het opleiden van auteurs in gevaar gebracht. Dat programma wordt gecontroleerd, begrijp je? We moeten aan een bestuur rapporteren. En ik zal je tegenover die lui moeten verdedigen, hoezeer het me ook tegenstaat.'

'Ik kan uw mening billijken,' zei ik. 'Ik kwam in een heel vreemde situatie terecht en ben er min of meer onderdoor gegaan.'

'Ik vraag me af wanneer jullie zogenaamde creatievelingen eens zullen inzien dat je niet ongestraft kunt moorden.' Zijn uitbarsting deed hem goed. Hij zette zijn vingertoppen tegen elkaar en keek me over zijn handen aan. 'Je verwacht hoop ik niet van me dat ik je een lovende aanbeveling meegeef.'

'Uiteraard niet,' zei ik. Opeens schoot me iets te binnen. 'Zou ik u iets mogen vragen?'

Hij knikte.

'Hebt u ooit gehoord van een hoogleraar Engels aan de universiteit van Chicago die Alan McKechnie heette?' Hij zette grote ogen op en sloeg zijn handen in elkaar. 'Ik weet eigenlijk niet precies naar wie ik vraag. Maar ik was benieuwd of u hem hebt gekend.'

'Waarom wil je dat in godsnaam weten?'

'Ik ben alleen nieuwsgierig naar hem, meer niet.'

'Wel, voor wat het waard is,' zei hij en stond op. Hij wandelde naar zijn raam dat een fraai uitzicht bood over het bewuste plein. 'Ik heb het land aan roddel, weet je.'

Ik wist dat hij niets liever deed dan roddelen, zoals de meeste academici. 'Ik heb Alan oppervlakkig gekend. We woonden samen een Robert Frost-symposium bij, vijf jaar geleden – een flinke vent. Een beetje te veel de Thomist, maar wat wil je in Chicago. Wel een goed verstand. Had geloof ik een heel fijn gezin.'

'Had hij kinderen? Was hij getrouwd?'

Lieberman keek me bedenkelijk aan. 'Uiteraard. Dat maakte het zo tragisch. Afgezien van het teloorgaan van zijn bijdragen aan ons vakgebied natuurlijk.'

'Vanzelfsprekend. Daar dacht ik niet aan.'

'Hoor eens, in hoeverre ben je op de hoogte? Ik ga geen collega belasteren ter wille van... ter wille van...'

'Het ging om een meisje,' zei ik.

Hij knikte, tevredengesteld. 'Blijkbaar wel, ja. Ik hoorde er onlangs iets van op een congres. Een collega van zijn faculteit vertelde het me. Hij werd *slachtoffer* van dat meisje. Ze achtervolgde hem gewoon, klampte zich aan hem vast. *La belle dame sans merci,* samengevat... hij zal tenslotte onder haar bekoring zijn geraakt. Ze studeerde bij hem. Dergelijke dingen gebeuren natuurlijk, die gebeuren doorlopend. Een meisje wordt verliefd op haar professor, ziet kans hem te verleiden en weet hem een enkele keer tot een scheiding te bewegen, maar meestal niet. De meesten van ons zijn wel wijzer.'

Hij kuchte. Ik dacht: Je bent werkelijk een drol. 'Wel, scheiden ging hij niet, eronderdoor ging hij wel. Het meisje richtte hem te gronde. Hij heeft zich van het leven beroofd. Het meisje is geloof ik met de noorderzon verdwenen. Maar ik kan me niet voorstellen waarom jij je hiervoor interesseert.'

Ze had dat verhaal over McKechnie vrijwel van a tot z verdraaid. Ik vroeg me af waarover ze nog meer had gelogen in haar verhalen. Zodra ik thuis was, belde ik De Peyser, F. Een vrouw nam op.

'Met mevrouw De Peyser?'

Ze was het.

'Neemt u me niet kwalijk dat ik u op goed geluk bel, mevrouw De

Peyser. U spreekt met Richards Williams van de First National of California. We hebben een verzoek om een lening in behandeling van een juffrouw Mobley en ze heeft u als referentie opgegeven. Ik ben bezig met de gebruikelijke routine-controle. Ze geeft u op als haar tante.'

'Als haar wat? Hoe heet die vrouw?'

'Alma Mobley. De moeilijkheid is dat ze heeft verzuimd uw adres en telefoonnummer te vermelden en er wonen meer mensen van die naam in uw wijk Bay. Ik moet natuurlijk de juiste gegevens hebben voor ons archief.'

'Nou, ik ben het in elk geval niet. Ik heb nog nooit van een Alma Mobley gehoord.'

'U hebt geen nicht Alma Mobley die aan Berkeley studeert?'

'Absoluut niet. Als ik u was, zou ik die juffrouw Mobley zelf maar bellen om het juiste adres van haar tante.'

'Dat zal ik meteen doen, mevrouw De Peyser.'

Het tweede semester bestond voornamelijk uit regen. Ik worstelde met een nieuw boek, maar het wilde niet vlotten. Ik had nog niet het goede inzicht in de figuur Alma: was ze La belle dame sans merci, zoals Lieberman het had genoemd, of was ze een vrouw in een geestelijke toestand die aan krankzinnigheid grensde? Ik wist niet hoe ik haar moest benaderen en de eerste versie vertoonde zoveel ontsporingen dat het wel een schoolopstel leek. Ik had het gevoel dat het boek nog een element miste, iets dat ik over het hoofd zag, voor het was zoals het zou moeten zijn.

David belde me op in april. Zijn stem klonk opgewonden en jonger dan ik in jaren had gehoord. 'Ik heb geweldig nieuws,' zei hij. 'Verbijsterend nieuws. Ik weet nauwelijks hoe ik het je moet vertellen.'

'Robert Redford heeft je memoires aangekocht voor een verfilming.'

'Wat? Hè, toe nou. Nee, echt, ik vind het moeilijk je dit te vertellen.'

'Als je eens bij het begin begon?'

'Goed, goed, doe ik, wijsneus. Twee maanden geleden, op 3 februari,' hier sprak de jurist, 'was ik aan Columbus Circle om een cliënt te bezoeken. Het was afschuwelijk weer en ik moest een taxi delen. Erg, hè? Maar toen bleek dat ik naast de mooiste jonge vrouw kwam te zitten die ik van mijn leven had gezien. Ik bedoel, ze was zo ontzettend knap dat ik volkomen van de kaart was. Ik weet nog niet waar ik de euvele moed vandaan haalde, maar toen we het Park bereikten had ik haar uitgenodigd met me te gaan eten. Dat soort

231

dingen doe ik gewoonlijk niet.'

'Nee, dat weet ik.' David was te veel jurist om onbekende meisjes uit te nodigen. Hij had nog nooit een voet in een vrijgezellenbar gezet. 'Dat meisje en ik konden het samen geweldig goed vinden. Ik ben die hele week elke avond met haar uit geweest. En ik ga nog steeds met haar uit. Om je de waarheid te zeggen, we gaan trouwen. Dat is de helft van het nieuws.'

'Gefeliciteerd,' zei ik. 'Ik wens je meer succes dan ik heb gehad.'

'Ja, maar nu komt het moeilijkste. De naam van dit verrukkelijke meisje is Alma Mobley.'

'Dat kan niet,' zei ik.

'Wacht even, Don. Ik begrijp dat je hiervan schrikt. Maar ze heeft me volledig ingelicht over wat er tussen jullie is gebeurd en ik vind dat je moet weten dat ze de gang van zaken betreurt. We hebben er samen langdurig over gesproken. Ze weet dat ze je heeft gekwetst, maar ze wist dat ze niet de juiste vrouw voor je was. En jíj was niet de goede man voor háár. Maar ze zat daar in Californië ook nogal in de knoei. Ze was zichzelf niet, zegt ze. Ze is bang dat je een totaal verkeerd beeld van haar hebt.'

'Ik heb meer het idee dat zíj verkeerd is,' zei ik. 'Alles aan haar is verkeerd. Ze is een soort heks. En destructief is ze ook.'

'Wacht eens even, Don, ik ga met dit meisje trouwen. Ze is niet wat jij denkt. God, we hebben het er toch uitvoerig over gehad. En ik vind dat jij en ik er ook eens verdomd uitvoerig over moeten praten. Ik hoopte eigenlijk dat je dit weekeinde een vliegtuig naar New York zou kunnen nemen zodat we de dingen voor eens en voor al kunnen uitpraten. Het ticket is voor mijn rekening.'

'Dat is belachelijk. Vraag haar maar eens naar Alan McKechnie en kijk wat ze je vertelt. Daarna zal ik je de waarheid vertellen.'

'Wacht nou even, jongen, dat hebben we allemaal al besproken. Ik weet dat ze je een verminkte versie van die zaak McKechnie heeft gegeven. Je snapt toch wel dat ze er min of meer aan kapot ging? Kom nou alsjeblieft hiernaar toe, Don, dan zullen we het met ons drieën uitvoerig uitpraten.'

'Voor geen prijs,' zei ik. 'Alma is net als Circe, een soort tovenares.'

'Hoor eens, ik ben nu op kantoor, maar ik bel je van de week nog terug. Oké? We moeten een en ander rechtzetten. Ik wil niet dat mijn broer een wrok koestert tegen mijn vrouw.'

Een wrok? Wat ik koesterde, was afgrijzen.

Die avond belde David me weer op. Ik vroeg hem of hij al kennis had gemaakt met Tasker. En of hij op de hoogte was van de relatie tussen Alma en de Ordo Templi Orientis.

'Ach, daar heb je een heel verkeerd beeld van. Dat heeft ze toch allemaal verzonnen, Don. Ze was een tikkeltje onstabiel daar bij jou. Bovendien, wie neemt dergelijke dingen nu serieus? Hier in New York heeft geen mens ooit van die O.T.O. gehoord. In Californië maakt iedereen zich altijd zo druk om kleinigheden.'

En mevrouw De Peyser dan? Tegen hem had ze gezegd dat ik haar als mijn bezit behandelde en mevrouw De Peyser was een middel geweest om even alleen te zijn.

'Dan heb ik nog één vraag, David,' zei ik. 'Kun je me naar waarheid verzekeren dat je haar niet eenmaal hebt aangekeken of aangeraakt zonder iets... vreemds te voelen? Ik bedoel dat je, hoezeer je je ook tot haar aangetrokken voelt, het soms eng vindt haar aan te raken?'

'Dat kun je niet menen.'

David stond me niet toe me aan het onderwerp Alma Mobley te onttrekken, zoals ik wilde. Hij liet het er niet bij. Hij belde me die week nog driemaal op uit New York en het begon hem steeds meer dwars te zitten dat ik niet voor rede vatbaar was.

'Don, we moeten die zaak uitpraten. Ik voel me afschuwelijk tegenover jou.'

'Dat is niet nodig.'

'Maar ik begrijp je houding in deze zaak niet. Je moet toch met ontzettend veel ressentiment rondlopen. Jezus, als het andersom was geweest, als ze mij had laten stikken om met jou te trouwen, zou ik toch behoorlijk in de knoop zijn geraakt. Maar zolang jij je ressentiment niet toegeeft, kunnen we weinig aan de situatie veranderen.'

'Ik koester geen enkel ressentiment, David.'

'Kom nou, broertje. We moeten er toch eens over praten. Alma en ik hebben er beiden behoefte aan.'

De moeilijkheid was dat ik zelf niet wist in hoeverre David gelijk had met zijn veronderstelling. Ik koesterde wel degelijk wrok jegens David en Alma, maar was het alleen ressentiment dat een huwelijk tussen hen voor mij zo onverteerbaar maakte?

Omstreeks een maand en heel wat telefonisch heen en weer praten later belde David me op met de mededeling dat ik een poosje niet zou worden achtervolgd door mijn broer. 'Ik heb een paar zaakjes te regelen in Amsterdam, pak morgen het vliegtuig en ben over een dag of vijf terug. Alma is als kind voor het laatst in Amsterdam geweest en gaat met me mee. Ik zal je een ansicht sturen. Maar doe me een lol en denk nu eens serieus over onze situatie na, hè?'

'Ik zal het proberen,' beloofde ik hem. 'Maar je trekt je veel te veel van mijn mening aan.'
'Jouw mening is belangrijk voor me.'
'Prima,' zei ik. 'Pas op jezelf.'
Wat bedoelde ik dáár nou eigenlijk mee?
Soms kwam het bij me op dat zowel ik als David haar berekening hadden onderschat. Stel nu eens, dacht ik, dat Alma haar ontmoeting met David zorgvuldig in scène had gezet? Bij dat vermoeden kwamen Gregory Benton en de uitlatingen over Tasker Martin me nog eens zo sinister voor, alsof die twee samen met Alma een bedreiging vormden voor mijn broer David.

Vier dagen later werd ik gebeld uit New York met de mededeling dat David dood was. Een van Davids vennoten, Bruce Putnam, was aan de lijn. De Nederlandse politie had hun kantoor een telegram gestuurd. 'Wilt u erheen gaan, meneer Wanderley?' vroeg Putnam. 'We zouden het nu verder liever aan u overlaten. Houdt u ons wel op de hoogte? Uw broer was hier zeer geliefd en een gewaardeerde medewerker. We begrijpen absoluut niet wat er gebeurd kan zijn. We hebben begrepen dat hij uit een raam is gevallen.'
'Hebt u iets van zijn verloofde gehoord?'
'O, was hij verloofd? Stel je voor, dat heeft hij ons nooit verteld. Was ze bij hem?'
'Ja, natuurlijk,' zei ik. 'Ze moet gezien hebben wat er is gebeurd. Ze moet op de hoogte zijn. Ik neem de eerste vlucht die ik kan krijgen.'
De volgende dag was er een vlucht naar Schiphol Airport en ik nam een taxi naar het politiebureau dat het telegram naar Davids kantoor had verzonden. Wat ik te horen kreeg, is snel gezegd: David was uit een raam en over een tamelijk hoge balkonleuning gevallen. De hotelier had een schreeuw gehoord maar meer niet, geen stemmen, geen woordenwisseling. Men nam aan dat Alma niet meer bij hem was geweest. Toen de politie een onderzoek in hun kamer instelde, bleek er geen kleding van haar meer in de kasten aanwezig te zijn.
Ik ging naar het hotel, bekeek de hoge ijzeren balkonleuning en onderzocht de hoge openstaande klerenkast. Aan de stang hingen drie van Davids Brooks Brothers-kostuums en eronder stonden twee paar van zijn schoenen. De spullen die David bij zijn dood had gedragen meegerekend moest mijn broer vier pakken en drie paar schoenen bij zich hebben gehad voor een verblijf van vijf dagen. Arme David.

Ik trof schikkingen voor de crematie en stond twee dagen later in een koud crematorium toe te kijken terwijl Davids kist over de rails weggleed naar een groen gordijn met franje.

Twee dagen later was ik terug in Berkeley. Mijn appartement kwam me klein en onbekend voor. Het was alsof ik reddeloos was vervreemd van de man die ik was geweest, toen ik nog ijverig in naslagwerken snuffelde om me te prepareren voor mijn lessen Amerikaanse literatuur. Ik begon een opzet voor *The Nightwatcher* te ontwerpen, al zag ik het boek nog maar heel vaag voor me, en ik bereidde me weer voor op mijn lessen. Op een avond belde ik het appartement van Helen Kayton met de bedoeling haar ergens een drankje aan te bieden, zodat ik althans met iemand over Alma en mijn broer kon praten. Maar Meredith Polk vertelde me dat Helen een week daarvoor met Rex Leslie was getrouwd. Overdag viel ik telkens in slaap en 's avonds lag ik voor tien uur in bed. Ik dronk te veel, maar zag geen kans dronken te worden. Als ik het eind van het studiejaar haalde, nam ik me voor, ging ik naar Mexico om er in de zon te liggen en aan mijn boek te werken.

En aan mijn hallucinaties te ontsnappen. Op een keer werd ik tegen middernacht wakker en hoorde iemand in mijn keuken rondscharrelen. Toen ik mijn bed uitkwam en ging kijken, zag ik mijn broer David bij het fornuis staan met de koffiepot in zijn hand.

'Je slaapt te veel, jongen,' zei hij. 'Ik zal je een kop koffie inschenken.' Een andere keer was ik bezig les te geven over een roman van Henry James en op een bepaalde stoel zag ik niet het meisje met rood haar dat er hoorde te zitten, maar – weer – David met bebloed gezicht en gescheurd pak. Hij knikte goedkeurend bij mijn briljant verhaal over *Portrait of a Lady*.

Er was overigens nog één ding waar ik achter moest zien te komen voor ik naar Mexico vertrok. Dus ging ik op een dag naar de bibliotheek, waar ik me in plaats van letterkundige naslagwerken de *Who's Who?* liet aanreiken. Ik kreeg de jaargang 1960. Het was een tamelijk willekeurig jaar, maar als Alma vijfentwintig was toen ik haar leerde kennen, moest ze in 1960 negen of tien jaar zijn geweest. Robert Mobley stond erin. Als ik me goed herinner, stond onder het trefwoord de volgende tekst, die ik destijds een aantal keren heb doorgelezen, waarna ik er een fotokopie van heb laten maken.

MOBLEY, ROBERT OSGOOD, schilder en aquarellist. Geb. New Orleans, L.A., 23 febr. 1909, z.v. Felix Morton en Jessica (Osgood), A.B. Yale U. 1927, geh.m. Alice Whitney 27 aug. 1936, kinderen: Shelby Adam, Whitney Osgood. Exposeerde bij: Flagler Gallery, New York; Winson Galleries, New York; Galerie Flam, Parijs; Schlegel, Zürich; Galeria Esperance, Rome. Ontving de Golden Palette 1946, Southern Regional Painters' Award 1952, 1955, 1958. Vaste collecties in: Adda May Lebow Museum, New Orleans, Louisiana Fine Arts Museum, Chicago Institute of the Arts, Santa Fe Fine Arts, Rochester Arts Center en vele andere musea. Diende als luitenant ter zee in de Amerikaanse marine van 1941-1945. Lid Golden Palette Society, Southern Regional Arts League, American Water Color Society, American League of Artists: American Academy of Oil Painting. Clubs: Links Golf, Deepdale Golf, Meadowbrook, Century (New York), Lyford Cay (Nassau), Garrick (Londen). Auteur van: *I Came This Way*. Woonadressen: Canal Boulevard 38957, New Orleans L.A.; Church Row 18, Londen NW3 V.K.; 'Dans Le Vigne', Route de la Belle Isnard, St.-Tropez 83 Frankrijk.

Deze kunstenaar, dit welgesteld veelvoudig clublid, had twee zoons, maar geen dochter. Alles wat Alma mij – en David waarschijnlijk ook – had voorgeschoteld, was uit de duim gezogen. Ze droeg een valse naam en had geen voorgeschiedenis. Wat dat betreft had ze een geest kunnen zijn. En ik dacht aan 'Rachel Varney', een brunette met donkere ogen, veel vertoon van rijkdom en een obscuur verleden, en het drong tot me door dat David het ontbrekende element was in het boek dat ik probeerde te schrijven.

8

Het heeft me bijna drie weken gekost om dit alles op te schrijven maar toch heb ik alleen herinneringen opgehaald en ik ben niet tot een grotere mate van begrip gekomen.
Waar ik wel toe ben gekomen, is een wellicht wat dwaze conclusie. Ik ben niet meer bereid zo grif te ontkennen dat er een feitelijk verband zou kunnen bestaan tussen *The Nightwatcher* en datgene wat David en mezelf is overkomen. Ik bevind me in dezelfde positie als het Chowder Genootschap; ik weet niet meer wat ik moet geloven. Mocht ik ooit uitgenodigd worden voor het vertellen van een

verhaal voor het Chowder Genootschap, dan zal ik daarvoor gebruiken wat ik nu heb opgeschreven. Dit rapport van mijn ervaring met Alma – en niet *The Nightwatcher* – is mijn bijdrage voor het Chowder Genootschap. Wellicht heb ik mijn tijd dus toch niet verspild: ik heb een uitgangspunt gevonden voor de roman rondom dr. Rabbitfoot en ik ben bereid op een belangrijk punt – het *belangrijkste* punt misschien op dit moment – van mening te veranderen. Toen ik hier de avond na de begrafenis van dokter Jaffrey aan begon, achtte ik het fataal me in decor en sfeer van een van mijn eigen boeken te verplaatsen. Maar was ik al niet terug in dat decor, terug in Berkeley? Wellicht had mijn fantasie meer literair gehalte dan ik meende.

Er zijn merkwaardige dingen gebeurd in Milburn. Klaarblijkelijk is een aantal agrarische dieren, koeien en paarden, gedood door een of ander wild beest – ik hoorde bij de kruidenier iemand beweren dat ze door inzittenden van een vliegende schotel waren afgeslacht! Erger is dat er ook een man is gestorven of vermoord. Zijn lijk werd gevonden in de buurt van een niet meer gebruikt rangeerspoor. Hij was een zekere Freddy Robinson, een verzekeringsagent. Vooral Lewis Benedikt leek zwaar aan zijn dood te tillen, al zal er toch wel sprake zijn geweest van een ongeluk. Er lijkt trouwens toch iets eigenaardigs met Lewis aan de hand te zijn: hij is verstrooid en wordt kribbig, bijna alsof hij zichzelf de dood van die Robinson verwijt.
Met mezelf is overigens ook iets aan de hand dat ik hier zal optekenen op gevaar af me een idioot te voelen wanneer ik het in latere jaren nog eens onder ogen krijg. Ik loop rond met een totaal niet gefundeerd gevoel, eigenlijk meer een ingeving dan een gevoel. Het is dat ik als het ware voorzie dat ik door me te verdiepen in het reilen en zeilen van Milburn om mijn opdracht van het Chowder Genootschap uit te voeren, erachter zal komen wat het was dat David in Amsterdam over een balkonleuning dreef.

Een nog vreemder gevoel, dat me waarlijk de adrenaline door het bloed jaagt, is dat ik op het punt sta mijn eigen brein binnen te gaan: dat ik het gebied zal bereizen waar mijn boeken ontstaan, maar ditmaal zonder de gemakkelijke komedie van de fictie. Geen 'Saul Malkin' deze keer, alleen ik.

3

Milburn

Narcissus, zijn beeld in de vijver beschouwend, weende. Een vriend die voorbijkwam, zag het en vroeg: 'Narcissus, waarom ween je?'
'Omdat mijn gezicht is veranderd,' zei Narcissus.
'Ween je omdat je ouder wordt?'
'Nee. Ik zie dat ik mijn onschuld heb verloren. Ik heb mezelf lange, lange tijd beschouwd en daardoor heb ik mijn onschuld versleten.'

1

Zoals Don heeft opgetekend in zijn dagboek terwijl hij op kamer 17 van het Archer Hotel opnieuw de maanden met Alma Mobley beleefde, had Freddy Robinson het leven verloren. En, zoals Don eveneens optekende, ook drie koeien van Norbert Clyde, melkveehouder, hadden de dood gevonden. Toen boer Clyde op de avond waarop dat laatste gebeurde naar zijn schuur liep, zag hij iets waarvan hij zo gruwelijk schrok dat de adem hem in de keel bleef steken. Hij rende terug naar zijn woning, sloot zich op en durfde niet meer naar buiten tot hij zag dat het licht werd en hij wel naar buiten moest om aan het werk te gaan. Zijn beschrijving van het wezen dat hij had aanschouwd, deed onder enkelen van de lichtstgelovige geesten in Milburn het verhaal ontstaan van een personage uit een vliegende schotel, dat Don bij de kruidenier had gehoord.

Walt Hardesty en de districtsinspecteur van de veterinaire dienst die de koeien onderzochten, kregen het verhaal ook te horen, maar waren geen van beiden zo onnozel het te geloven. Zoals al is gebleken, had Walt Hardesty zo zijn eigen opvattingen. Hij had goede redenen om aan te nemen dat er nog meer beesten gekeeld en afgetapt zouden worden en dat zouden ze dan wel merken. Na zijn confrontatie met Sears James en Ricky Hawthorne hield hij zijn theorie echter maar voor zich. Hij repte er met geen woord over toen de districtsveearts gemakshalve een paar in het oog springende feiten over het hoofd zag om tot de conclusie te komen dat een of andere grote hond uit de buurt het inmiddels op vee had voorzien. Hij bracht in die zin ook rapport uit en ging na het karwei geklaard te hebben terug naar zijn districtshoofdplaats. Ook Elmer Scales hoorde dat er koeien van Norbert Clyde dood waren en omdat hij van nature al geneigd was in vliegende schotels te geloven, ging hij drie nachten achtereen bij zijn huiskamerraam zitten met een zwaar kaliber jachtgeweer over zijn knieën (*...kom jij van Mars, m'n jongen, dat zal dan wel, maar laten wij eens kijken hoe jij je voelt als ik je een schot hagel door je donder schiet*). Hij kon met geen mogelijkheid voorzien of begrijpen wat hij twee maanden later met datzelfde jachtgeweer zou doen. Walt Hardesty die zich over Elmers rotzooi zou moeten buigen, besloot niets te doen tot er weer iets griezeligs gebeurde. Hij kon beter proberen die twee oude advocaten over te halen hem te zeggen wat ze wisten, samen met hun eigenwijze vriend

Lewis Benedikt. Want ze wisten meer dan ze hem vertelden en ze wisten ook meer van hun andere oude makker, die dokter Jaffrey die verslaafd was geweest. Daar hadden ze niet normaal op gereageerd, vond Hardesty terwijl hij zich installeerde in de extra kamer achter zijn kantoor waar hij een fles County Fair op de vloer naast zijn brits zette. Nee, beslist niet. De heren Hawthorne en Sears, die zich zo ver boven hem verheven waanden, hadden in geen enkel opzicht normaal gereageerd.

Wat Don niet weet en dus ook niet in zijn aantekeningen kan opnemen, is dat Milly Sheehan, die afscheid heeft genomen van huize Hawthorne en terug is in Montgomery Street in het huis waar ze samen met John Jaffrey heeft gewoond, een ochtend bedenkt dat de dokter niet meer de kans heeft gekregen de stormramen te plaatsen. Terwijl ze radeloos omhoogkijkt tegen de ramen (en inziet dat ze die zware dingen nooit zo ver zal kunnen optillen) komt dokter Jaffrey om het huis heen lopen en lacht tegen haar. Hij draagt het pak dat Ricky Hawthorne voor zijn begrafenis heeft gekozen maar geen schoenen en geen sokken, en aanvankelijk is de schok hem op blote voeten buiten te zien erger dan die andere schok. 'Milly,' zegt hij, 'ga de anderen zeggen dat ze weg moeten gaan, dat ze hier vandaan moeten, allemaal. Ik heb de overkant gezien, Milly, en het is *gruwelijk.*' Zijn mond beweegt, maar wat hij zegt, klinkt als een slecht nagesynchroniseerde film. *'Gruwelijk.* Doe wat ik heb gezegd,' zegt hij en Milly valt flauw. Ze is maar een paar seconden buiten kennis en komt jammerend bij. Haar heup doet pijn van de val en bang als ze is, zoekt ze toch naar voetafdrukken in de sneeuw. Die zijn er niet en ze krijgt door dat ze zich iets heeft verbeeld, maar ze zal er met niemand over praten. Ze bergen je op voor dat soort dingen. Er zijn al te veel van die zondige verhalen en er is te vaak sprake van *meneer* Sears, stamelt ze in zichzelf, richt zich met moeite op en strompelt naar binnen.

Don, die in zijn eentje in kamer 17 zit, merkt uiteraard niets van de meeste dingen die zich in Milburn afspelen terwijl hij een excursie van drie weken door zijn verleden maakt. Hij heeft nauwelijks oog voor de sneeuw die overvloedig blijft vallen. Eleanor Hardie licht de hand niet met het stofzuigen van het tapijt in de lobby en beknibbelt ook niet op de verwarming, dus is het aangenaam van temperatuur in zijn kamer. Op een nacht echter hoort Milly Sheehan dat de wind naar het noordwesten draait, staat op om een extra deken te halen en ziet sterren tussen de wolkenflarden. Weer in bed ligt ze te luisteren naar de wind die aanwakkert, steeds meer aanwakkert en aan de ramen rukt, alsof hij binnen wil. Het gordijn waait op en de jaloezie rammelt. Wanneer ze 's ochtends wakker wordt, ziet ze een dikke laag sneeuw op de vensterbank liggen.

Hier volgen nog enkele gebeurtenissen die zich gedurende twee weken afspeelden in Milburn terwijl Don Wanderley bewust, opzettelijk en zonder restrictie de geest van Alma Mobley opriep:
Walter Barnes zat in zijn wagen bij het tankstation en dacht aan zijn vrouw terwijl Len Shaw zijn tank vulde. Christina liep al maanden lang pruilend door het huis, keek vaak naar de telefoon en liet het eten aanbranden en nu begon hij te denken dat ze een verhouding had. Nog steeds zag hij het hinderlijke beeld voor zich van een dronken Lewis Benedikt die Christina over de knie streek op het tragisch geëindigde feest van Jaffrey en van een dronken Christina die hem zijn gang liet gaan. Goed, ze was nog altijd een aantrekkelijke vrouw terwijl hij intussen een te dikke bankier in een kleine plaats was geworden in plaats van het financieel genie waarvan hij had gedroomd. De meeste mannen uit hun klasse in Milburn zouden graag met Christina naar bed gaan terwijl het zeker vijftien jaar geleden was dat een vrouw hem uitdagend had aangekeken. Hij begon zich mistroostig te voelen. Over een jaar ging hun zoon de deur uit en zouden Christina en hij samen overblijven, voorwendend dat ze gelukkig waren. Len kuchte en zei: 'Hoe is het toch met uw vriendin mevrouw Hawthorne? De laatste keer dat ze hier kwam, vond ik dat ze er een beetje pips uitzag, maar misschien had ze griep onder de leden.' Walter Barnes zei: 'Nee hoor, ze maakt het best.' Hij dacht dat Len, net als negentig procent van zijn plaatsgenoten, wel verliefd op Stella zou zijn, evenals hijzelf trouwens. Wat hij eigenlijk moest doen, dacht hij, was ervandoor gaan met Stella Hawthorne. Naar een plaats als Pago-Pago en vergeten dat hij eenzaam was en getrouwd in Milburn. Hij kon nog niet weten dat de eenzaamheid die hem wachtte onvoorstelbaar zou zijn;
en Peter Barnes, de zoon van de bankier, zat bij Jim Hardie in de wagen terwijl ze dertig kilometer boven de maximumsnelheid naar een verlopen kroeg reden. Peter luisterde naar de verhalen van Jim, gespierd, een meter vijfentachtig lang en het type dat veertig jaar daarvoor omschreven zou zijn als 'rijp voor de galg'. Hij had de oude schuur van Pugh in brand gestoken omdat hij had gehoord dat de gezusters Dedham er hun paarden stalden. Hij vertelde allerlei verhalen over zijn relatie met die nieuwe vrouw uit het hotel, Anna, die wel uit zijn duim gezogen zouden zijn;

en Clark Mulligan zat in de projectiecabine van zijn bioscoop voor de zestiende keer naar *Carrie* te kijken en vroeg zich bezorgd af welke schade al die sneeuw voor het bioscoopbezoek zou betekenen en of Leota hem 's avonds weer hamburgers zou voorzetten en of hij ooit nog weer iets belangrijks in zijn leven zou meemaken;

en Lewis Benedikt beende door de kamers van zijn grote huis en werd gekweld door een onmogelijk idee, namelijk dat de vrouw die hij op de autoweg had gezien en bijna overreden zijn overleden vrouw was. De houding van haar schouders, het slingeren van het haar... hoe meer hij terugdacht aan die paar seconden hoe sneller ze vervaagden, angstig snel;

en Stella Hawthorne lag in bed in een motel met de neef van Milly Sheehan, Harold Sims, en vroeg zich af of hij ooit zou ophouden met praten: 'Moet je horen, Stel, er zijn lieden bij mij op de subfaculteit die onderzoek doen naar de mythische overleving bij de Amerinds, want ze zeggen dat die hele groepsdynamiek dode letter is, denk je eens in! Tjee, ik heb pas vier jaar geleden mijn proefschrift geschreven en nu al is het hele onderwerp uit de mode; Johnson en Leadbeater *vermelden* Lionel Tiger niet eens meer en iedereen stapt over op veldwerk. Christus nog aan toe, laatst schoot een student me aan in de gang en vroeg me of ik wel eens iets over de Manitoe had gelezen, de *Manitoe,* god allemachtig. Mythische overleving, goeie god.'

'Wat is een Manitoe?' vroeg ze, maar luisterde niet naar zijn antwoord – er bestond een verhaal over een Indiaan die dagenlang een hert achtervolgde tegen een berg op, maar toen hij de top had bereikt, posteerde het hert zich voor hem en was het geen hert meer...

en een dik ingepakte Ricky Hawthorne die op een ochtend naar Wheat Row reed (hij had zijn sneeuwbanden omgedaan) zag een man in jekker en zeemanspet een kind afranselen aan de noordkant van het plein. Hij remde af en zag de blote voeten van de jongen trappelen in de sneeuw. Hij was zo geschokt dat hij aanvankelijk niets deed. Toen zette hij de wagen langs het trottoir en stapte uit. 'Ophouden!' riep hij. *'Ophouden!'* De man en het kind keken hem beiden zo kwaadaardig aan dat hij weer haastig in zijn wagen stapte;

en de avond daarop, toen hij zijn kamillethee dronk, keek hij uit zijn slaapkamerraam en liet de kop bijna vallen toen hij een spookgezicht naar zich zag staren, dat verdween zodra hij snel opzij stapte. Het volgende ogenblik realiseerde hij zich dat hij zijn spiegelbeeld had gezien;

en Peter Barnes en Jim Hardie komen een buurtkroegje uit en Jim, die niet half zo dronken is als Peter, zegt *hé lul, ik weet iets...* en blijft lachen op de terugrit naar Milburn;

en een vrouw met donker haar zit voor het raam in een duistere kamer van het Archer Hotel naar de vallende sneeuw te kijken en glimlacht in zichzelf;

en om halfzeven 's avonds sluit verzekeringsagent Freddy Robinson zich op in zijn kamer, belt de receptioniste Florence Quast en zegt: 'Nee, ik hoef de heren niet te storen, denk ik. Die nieuwe die bij hen werkt, zal me wel kunnen helpen. Hoe heet ze ook alweer? En waar woont ze?'

en de vrouw in de hotelkamer blijft glimlachend zitten terwijl er nog meer dieren worden afgeslacht die er ook bij horen: twee vaarzen in de stal van Elmer Scales (Elmer is met het jachtgeweer op de knieën in slaap gevallen) en één paard van de gezusters Dedham.

2

Zo raakte Freddy Robinson bij dit alles betrokken. Hij had verzekeringen afgesloten voor de gezusters Dedham, dochters van wijlen de kolonel en zusters van de ook allang overleden Stringer Dedham. Geen mens bemoeide zich eigenlijk nog met de zusters; ze woonden afgelegen in hun oude huis aan Willow Mile Road waar ze paarden hielden maar er zelden een verkochten en ze waren erg op zichzelf. Ze waren net zo oud als de meeste leden van het Chowder Genootschap, maar de jaren waren hun meer aan te zien. Jarenlang waren ze obsessief blijven praten over Stringer, die niet op slag dood was geweest nadat de dorsmachine hem beide armen had afgerukt, maar in drie dekens gerold op de keukentafel was gelegd op een bloedhete augustusdag, wartaal had uitgeslagen, het bewustzijn had verloren en weer wartaal had uitgeslagen tot hij de laatste adem uitblies. De Milburners hadden er geen behoefte aan steeds maar weer te horen wat de stervende Stringer nog had geprobeerd te zeggen, te meer omdat er geen touw aan vast te knopen viel en de twee zusters ook geen toelichting konden verschaffen. Ze wilden alleen kwijt dat Stringer een of ander had *gezien;* hij was ontdaan geweest, hij was niet zo dom geweest dat hij zich door de dorsmachine zou hebben laten grijpen als hij zichzelf was geweest, zo was het toch? En de zusters gaven Stringers verloofde, juffrouw Galli, klaarblijkelijk de schuld. Juffrouw Galli werd er aanvankelijk ook wel op aangekeken, maar toen ze met de noorderzon uit de stad verdween, was men niet langer geïnteresseerd in wat de dames Dedham van haar dachten. Na verloop van dertig jaar waren er maar weinigen in Milburn over die zich meer over Stringer Dedham herinnerden dan dat hij een knappe man was geweest die van de paarden een winstgevende handel zou hebben gemaakt in plaats van een halfslachtige hobby van een paar ouder wordende vrouwen. En de zusters kregen zelf ook genoeg van hun obsessie – ze wisten na al die jaren niet eens meer precies wat Stringer over juffrouw Galli had geprobeerd te zeggen – en kwamen tot het inzicht dat je aan paarden betere vrienden had dan aan de inwoners van Milburn. Twintig jaar na het ongeluk leefden ze nog steeds, maar na een beroerte was Nettie verlamd en de meeste jongeren in Milburn hadden de zusters nog nooit gezien.

Niet lang nadat hij naar Milburn was verhuisd was Freddy Robinson eens langs hun boerderij gereden en wat hem bewoog zijn wagen te keren en de dreef in te rijden, was de naam op de brievenkast: Kol. T. Dedham. Hij kon niet weten dat Rea Dedham haar vaders naam op de kast om de twee jaar overschilderde. Ofschoon de kolonel al in 1910 aan malaria was overleden, was ze bijgelovig genoeg om de naam te laten staan. Rea vertelde hem dat allemaal en ze vond het zo heerlijk een keurig geklede jongeman tegenover zich aan tafel te hebben, dat ze een verzekering afsloot voor drieduizend dollar ten behoeve van haar paarden. Daarbij gingen haar gedachten uit naar Jim Hardie, maar dat vertelde ze Freddy Robinson niet. Jim Hardie deugde niet en hij had iets tegen de zusters Dedham gehad sedert Rea hem als jongetje bij de schuur met de paarden had weggejaagd. En zoals die jongeman Robinson het voorstelde, was een verzekering net wat ze nodig had voor het geval dat die Jim Hardie nog eens zou terugkomen met een blik benzine en lucifers.

In die tijd was Freddy een aankomend verzekeringsagent en zijn ambitie was er rijk van te worden. Acht jaar later was hij bijna zo ver, maar het kon hem allang niet meer schelen; hij wist dat hij het in een grote plaats allang zou hebben gemaakt. Hij had voldoende vergaderingen en congressen bijgewoond om ervan overtuigd te zijn dat hij vrijwel alles wist wat er over het verzekeringswezen viel te weten; hij kende de gang van zaken en hij wist hoe hij een levens- en inboedelverzekering moest slijten aan een angstige jonge boer die toch al met zijn hele hebben en houden eigendom van de bank was en die zijn laatste spaargeld had geïnvesteerd in een nieuwe melkinstallatie, dus zo'n man mocht zich bepaald wel verzekeren. Maar na acht jaar in Milburn te hebben gewoond was Freddy Robinson een andere man geworden. Hij was niet meer zo trots op zijn handige verkoopmethode omdat hij was gaan inzien dat die berustte op zijn vermogen angst en hebzucht te exploiteren. Hij had geleidelijk aan een soort minachting voor de meesten onder zijn collega's gekregen, voor de 'topverkopers' zoals zijn maatschappij hen noemde.

Dat Freddy was veranderd kwam niet door zijn huwelijk of zijn kinderen, maar was een gevolg van het feit dat hij tegenover John Jaffrey woonde. Aanvankelijk had hij de oude heren die hij zo af en toe op bezoek zag komen een beetje lachwekkend en nogal ouderwets gevonden omdat ze altijd in smoking kwamen! En ze hadden zo ontzettend ernstig gekeken: vijfmaal Methusalem op weg naar het einde.

Toen begon het hem op te vallen dat hij na vergaderingen in New York opgelucht terugging naar huis. Met zijn huwelijk ging het slecht (hij voelde zich aangetrokken tot meisjes van de middelbare school zoals zijn vrouw er twee kinderen geleden had uitgezien), maar thuis was meer dan Montgomery Street, thuis was heel Milburn en Milburn was grotendeels een rustiger en prettiger woonplaats dan hij ooit had gekend. Langzaam aan had hij een soort relatie met de stad gekregen; zijn vrouw en kinderen hoorden voorgoed bij hem, maar Milburn was een tijdelijke, stille oase en zeker niet het provincienest dat hij er eerst in had gezien. Tijdens een conferentie had een nieuwe agent die naast hem zat zijn insigne, waarmee de maatschappij hem als topverkoper had onderscheiden, afgedaan en onder de tafel laten vallen met de woorden: 'Ik kan een heleboel hebben, maar deze Micky Mouse-flauwekul staat me tegen.'

Twee andere voorvallen, op zichzelf even onbelangrijk, werkten mee aan Freddy's bekering. Op een avond toen hij doelloos liep te wandelen door een van Milburns woonwijken, passeerde hij het huis van Edward Wanderley in Haven Lane en zag door een raam het Chowder Genootschap bijeen. Daar zaten ze, de vijf Methusalems, over het een of ander te praten; een van hen hief zijn hand, een ander lachte even. Freddy was eenzaam; hij had graag bij hen willen behoren en hij bleef naar hen staan staren. Sinds zijn verhuizing naar Milburn was hij van zesentwintig eenendertig geworden en de mannen kwamen hem minder oud voor: zij waren dezelfden gebleven en hij was bezig hen in te halen. Ze waren ook niet grotesk, maar eerder waardig. En wat hij nooit had verwacht, ze hadden het plezierig met elkaar. Hij vroeg zich af waarover ze praatten en het

247

idee kwam bij hem op dat het om iets *geheims* ging, geen zaken, geen sport, geen seks, geen politiek. Hij kreeg gewoon het idee dat hun gesprek op een niveau lag dat hij niet kende. Twee weken later nam hij een meisje van de middelbare school mee naar een restaurant in Binghamton en daar zag hij Lewis Benedikt zitten met een van de serveersters uit het café van Humphrey Stalladge. (Beide vrouwen daar waren niet op de avances van Freddy ingegaan.) Hij begon jaloers te worden op het Chowder Genootschap en raakte steeds weer verliefd op wat hij beschouwde als hun methode om een hoger leven te combineren met een gezellig samenzijn.

Freddy's aandacht was het meest gericht op Lewis, die qua leeftijd het dichtst bij hem stond en een voorbeeld was van wat Freddy mogelijk kon worden.

Hij bestudeerde zijn idool bij Humphrey's Place, onthield dat Lewis zijn wenkbrauwen optrok voor hij een vraag beantwoordde, het hoofd enigszins scheef hield wanneer hij lachte en met zijn ogen werkte. Uiteindelijk begon Freddy die gedragingen te imiteren, ook ten aanzien van wat hij als het seksueel leefpatroon van Lewis beschouwde, maar reduceerde de leeftijd van de vijfentwintig-, zesentwintigjarige meisjes van Lewis tot zeventien-, achttienjarigen voor zichzelf. Verder kocht hij jasjes zoals Lewis ze droeg.

Toen dokter Jaffrey hem uitnodigde voor het feest ter ere van Ann-Veronica Moore meende Freddy dat de poort van de hemel zich voor hem opende. Hij stelde zich een rustige avond voor met het Chowder Genootschap, hijzelf en de actrice, en had zijn vrouw thuis gelaten. In het bijzijn van al die gasten daar had hij zich als een dwaas gedragen. Hij bleef beneden, omdat hij de oude heren met wie hij vriendschap wilde sluiten niet durfde te benaderen. Hij had Stella Hawthorne opvallend aangestaard en toen hij later toch de moed vond Sears James aan te spreken, was hij over verzekeringen gaan praten alsof het de vloek was die op hem rustte. Nadat het lijk van Edward Wanderley was ontdekt, was hij net als de andere gasten weggeslopen.

Na de zelfmoord van dokter Jaffrey was Freddy wanhopig geweest. Het Chowder Genootschap viel uiteen voor hij kans had gekregen zich dat gezelschap waardig te tonen. Die avond had hij de Morgan van Lewis zien stoppen voor het doktershuis en hij was naar buiten gevlogen om Lewis van dienst te zijn... en indruk op hem te maken. Maar weer was het niet gelukt. Hij was te gejaagd, hij had ruzie met zijn vrouw gehad en opnieuw was hij dwangmatig over verzekeringen begonnen, zodat Lewis hem had laten staan.

Zodoende kon Freddy Robinson, die geen benul had van wat Stringer Dedham misschien aan zijn zusters had willen zeggen toen hij op de keukentafel in dekens gerold lag dood te bloeden, die zijn kinderen inmiddels zag als onbekende herrieschoppers en wiens vrouw van hem wilde scheiden, in het geheel niet voorzien wat hem wachtte toen Rea Dedham hem 's ochtends belde met het verzoek naar de boerderij te komen. Maar hij dacht wel dat wat hij er aantrof – een afgescheurd lapje van een zijden sjaal dat aan een afrastering hing te wapperen – hem de weg kon effenen naar het verheven gezelschap van de vrienden die hij zo dringend nodig had.

Het begon als een gewone werkdag: weer zo'n vervelende claim die hij zou moeten afhandelen. Rea Dedham liet hem tien minuten wachten op haar ijskoude veranda. Nu en dan hoorde hij in de stal een paard hinniken. Eindelijk kwam ze, een en al rimpels en weggedoken in een plaid die ze over haar japon had geslagen. Ze wist wie het had gedaan, zei ze meteen, ja hoor, ze wist het zeker. Maar ze had haar polis erop nagelezen en daar stond niet in dat je niet uitbetaald kreeg als je wist wie de dader was, nietwaar? En of hij koffie wilde?

'Graag,' zei Freddy en haalde de paperassen uit zijn tas. 'Zullen we deze formulieren dan eerst maar invullen? Dan kan de maatschappij ze zo snel mogelijk in behandeling nemen. Ik zal wel de schade moeten opnemen, juffrouw Dedham. Er is zeker een ongeluk gebeurd of zo?'

'Ik zei u al,' voegde ze hem toe, 'dat ik weet wie het heeft gedaan. Het was geen ongeluk. Meneer Hardesty komt hier ook naar toe, wacht u maar even op hem.'

'Het gaat dus om schade ten gevolge van misdrijf,' zei Freddy en kruiste een hokje op een van de formulieren aan. 'Zou u me in uw eigen woorden willen vertellen wat er is gebeurd?'

'De enige woorden die ik heb, zijn die van mezelf, meneer Robinson, maar wacht u maar tot meneer Hardesty er is. Ik ben te oud om het allemaal twee keer te vertellen. En ik ga geen tweemaal de kou in, al zou het me geld kosten. Brr!' Ze klemde de magere armen om haar lijf en rilde theatraal. 'Gaat u nu maar even zitten en drink een kop koffie.'

Freddy, die wat onhandig met zijn formulieren, pen en tas in de handen stond, keek zoekend rond naar een lege stoel. De keuken van de dames Dedham was een smerig hok vol rommel. Op een stoel stonden twee tafellampen, op een andere lag een stapel nummers van *The Urbanite,* geel van ouderdom. Hij zag zichzelf in een hoge spiegel met eikebladlijst aan een van de wanden: een incompetent bureaucraatje met een handvol paperassen. Hij liep naar een donkere muur achter in de keuken en schoof met zijn achterste een kartonnen doos van een stoel, waarna hij met een luide slag op de vloer terechtkwam. Het enige zonlicht in de ruimte wist hem te vinden. 'Lieve hemel,' zei Rea Dedham en trok haar schouders in. 'Wat een lawaai!' Freddy strekte behoedzaam de benen en streek zijn paperassen op zijn knieën bijeen. 'Zeker een paard dood?'

'Precies. En ik krijg geld van jullie, een heleboel geld, als ik het goed heb.'

Freddy hoorde vanuit de woning iets zwaars richting keuken rollen en gromde in zichzelf. 'Dan begin ik maar vast gegevens in te vullen,' zei hij en boog zich voorover, zodat hij niet naar Nettie Dedham hoefde te kijken.

'Nettie komt je gedag zeggen,' zei Rea, dus moest hij wel opkijken. Even later zwaaide de deur knarsend naar binnen om een massa dekens in een rolstoel door te laten. 'Dag, juffrouw Dedham,' zei Freddy. Hij kwam half overeind met zijn tas in de ene en de formulieren in de andere hand, keek haar even aan en vluchtte weer in zijn schrijfwerk.

Nettie riep het een of ander. Haar hele hoofd kwam Freddy als één opengesperde mond voor. Ze was tot aan haar kin in dekens gepakt en haar hoofd werd door een afschuwelijke samentrekking van spieren achterovergetrokken, zodat haar mond permanent open bleef staan.

'Je herinnert je die aardige meneer Robinson toch nog wel,' zei Rea tegen haar zuster en ze zette koppen koffie op tafel. Rea was blijkbaar gewend staande te eten en te drinken, want ze leek niet van plan te gaan zitten. 'Hij zorgt ervoor dat we ons geld krijgen voor Chocolate, die stakker. Hij is al bezig de formulieren in te vullen, hè? Ja, hij vult de formulieren in.'

'*Ruar*' stiet Nettie uit met waggelend hoofd. '*Glr ror.*'

'Zorgt ervoor dat we ons geld krijgen, ja hoor,' zei Rea. 'Er is niets aan de hand met Nettie, meneer Robinson.'

'Dat geloof ik ook niet,' zei hij en keek langs haar heen. Zijn blik viel op een opgezet roodborstje onder een glazen stolp, met donkerbruine bladeren eromheen. 'Zullen we dan maar ter zake komen? De naam van het dier was, dacht ik…'

'Daar is meneer Hardesty,' zei Rea. Freddy hoorde een wagen de dreef oprijden en legde zijn pen op de papieren die op zijn knieën lagen. Vol onbehagen keek hij naar Nettie, die druk haar mond bewoog, maar wezenloos naar de vlekkerige zoldering keek.

Rea zette haar kopje neer en strompelde naar de deur. *Lewis zou die deur voor haar openen,* dacht hij en wilde opstaan, zijn papieren tegen zijn borst geklemd.

'Blijf in godsnaam zitten,' snauwde de vrouw.

Hardesty's laarzen knerpten op de sneeuw en kwamen de veranda-treden op. Hij had al tweemaal geklopt voor Rea bij de deur was. Freddy had Walt Hardesty in Humphrey's Place te vaak om acht uur naar de achterkamer zien sluipen en om twaalf uur wankelend naar buiten komen om hem als sheriff hoog aan te slaan. Hij zag eruit als een narrige mislukkeling, het type politieman dat iemand graag met de kolf van zijn wapen op het hoofd zou slaan. Toen Rea de deur opendeed, bleef Hardesty met zijn handen in de zakken op de veranda staan, zijn ogen beschut door zijn donkere bril: hij maakte geen aanstalten naar binnen te komen. 'Hallo, juffrouw Dedham,' zei hij. 'Zijn er moeilijkheden?'

Rea trok de omslagdoek dichter om zich heen en ging naar buiten. Freddy weifelde nog, maar zag in dat ze niet terug zou komen. Hij legde zijn formulieren op zijn stoel en ging haar na. Nettie waggelde met het hoofd toen hij haar voorbijliep.

'Ik weet wie het heeft gedaan,' hoorde hij Rea tegen Hardesty zeggen en hij kwam bij hen staan. De stem van de oude vrouw schoot hoog uit van verontwaardiging. 'Het was Jim Hardie, die was het.'

'O ja?' zei Hardesty en knikte over Rea's hoofd heen tegen Freddy. 'U bent er vlug bij, meneer Robinson.'

'Schadeformulieren,' zei Freddy binnensmonds. 'Officiële aangifte.'

'Ja, de heren hebben het druk met hun paperassen,' zei Hardesty en lachte, maar niet van harte.

'Het was beslist Jim Hardie,' zei Rea nog eens. 'Die jongen is gek.'

'We zullen het nagaan,' zei Hardesty. Ze liepen naar de stallen. 'U hebt het dode paard gevonden?'

'We hebben een jongen in dienst,' zei Rea. 'Die komt de paarden voeren, ze water geven en het stro verschonen. Hij is een mietje,' voegde ze eraan toe en Freddy keek haar verwonderd aan. 'Hij heeft Chocolate in zijn box gevonden. Daar ligt voor zeshonderd dollar paardevlees, meneer Robinson, wie het ook gedaan mag hebben.'

'Eh... hoe komt u aan dat bedrag?' vroeg Freddy. Hardesty deed de staldeuren open. Ergens hinnikte een paard, een ander trapte tegen het beschot. Voor Freddy als leek waren alle paarden gevaarlijke beesten met die enorme lippen en die blikkerende ogen.

'Omdat de vader General Hershey was en de moeder Sweet Tooth en dat waren twee prachtige paarden, daarom. We hadden General Hershey overal kwijt gekund als dekhengst; hij leek sprekend op Seabiscuit, zei Nettie altijd.'

'Seabiscuit,' zei Hardesty zacht.

'Jullie zijn te jong om die echte toppaarden gekend te hebben,' zei Rea. 'Schrijf dat nou maar op. Zeshonderd dollar.' Ze nam hen mee de stal in en de paarden deinsden in hun box achteruit of schudden hun hoofd, al naar gelang hun aard.

'Die beesten zien er ook niet al te schoon uit,' zei Hardesty. Freddy keek wat beter en zag een groot plakkaat modder aan de flank van een schimmel.

'Schichtig,' zei Freddy.

'De een beweert dat ze schichtig zijn, de ander dat ze vuil zijn. Ik ben te *oud,* dat is het hele probleem. Nou, hier ligt de arme oude Chocolate. De opmerking was overbodig: beide mannen zagen over de deur van de box heen het lijk van een groot, rossig paard op het stro liggen. Freddy vond het net een reusachtige dode rat.

'Wel verdomme,' zei Hardesty en deed de boxdeur open. Hij stapte over de stramme benen heen en ging wijdbeens over de hals staan. Het paard in de box ernaast hinnikte en Hardesty viel bijna. 'Verdomd.' Hij zocht steun door zijn arm tegen het beschot te zetten. 'Verdomd, ik zie het al.' Hij bukte zich, greep het paard in de neus en hees het hele paardehoofd omhoog.

Rea Dedham begon te gillen.

De twee mannen droegen haar tussen hen in de stal uit langs twee rijen angstige paarden. 'Rustig nou maar, rustig,' zei Hardesty steeds maar alsof de oude vrouw zelf een paard was.

'Wie zou in godsnaam zoiets doen?' zei Freddy, nog onpasselijk van de lange snee in de paardehals.

'Norbert Clyde beweert dat het marsbewoners zijn. Zegt dat hij er een heeft gezien. Niets van gehoord?'

'Ik heb zoiets opgevangen,' zei Freddy. 'Gaat u na waar Jim Hardie gisteravond zat?'

'Hoor eens,' zei Hardesty, 'ik zou het op prijs stellen als anderen me niet vertellen hoe ik mijn werk moet doen.' Hij boog zich over de oude vrouw heen. 'Juffrouw Dedham, gaat het een beetje? Wilt u niet liever gaan zitten?' Ze knikte en Hardesty voegde Freddy toe: 'Steun haar even, dan maak ik mijn portier open.'

Ze zetten haar in de wagen met de benen naar buiten bengelend.

'Arme Chocolate, arme Chocolate,' jammerde ze. 'Verschrikkelijk... arme Chocolate.'

'Goed, juffrouw Dedham, nu ga ik u iets vertellen.' Hardesty boog zich over haar heen met zijn ene voet in de wagen. 'Jim Hardie heeft dit niet gedaan, begrijpt u? Jim Hardie is gisteravond biertjes gaan drinken met Pete Barnes. Ze zijn naar een biertent bij Glen Aubrey gereden en hij is daar tot na twee uur nog door ons gesignaleerd. Ik weet dat u iets tegen Jim hebt, dus ik heb tevoren even geïnformeerd.'

'Hij kan het na twee uur hebben gedaan,' zei Freddy.

'Hij heeft met Pete Barnes zitten kaarten in het souterrain bij Pete thuis. Dat zegt Pete althans. Jim trekt veel met hem op, maar het wil er bij mij niet in dat die jongen van Barnes zoiets zou doen of iemand zou dekken die het heeft gedaan. Bij u wel soms?'

Freddy schudde zijn hoofd.

'En als Jim niet bij die jongen van Barnes is geweest, dan was hij wel bij die nieuwe griet, u weet wel. Die knappe, ze lijkt wel een model.'

'Ik weet wie u bedoelt. Dat wil zeggen, ik heb haar ontmoet.'

'Juist ja. Hij heeft dit paard dus niet afgeslacht en de vaarzen van Elmer Scales ook niet. De inspecteur van de veterinaire dienst zegt dat het gaat om een hond die vee aanvalt. Als u dus een vliegende hond ziet met messcherpe tanden, dan hebt u hem te pakken.' Hij keek Freddy scherp aan en vroeg toen aan Rea Dedham: 'Zou u niet eens naar binnen gaan? Het is veel te koud buiten voor een oude dame. Ik breng u naar huis en rij terug en stuur dan iemand om dat paard van u weg te halen.'

Freddy ging een stap achteruit na door Hardesty met een kluitje in het riet te zijn gestuurd. 'U weet heel goed dat het geen hond was.'

'Reken maar.'

'Wat was het dan volgens u? Wat gebeurt er hier?' Hij keek om zich heen met het idee dat hem iets ontging. Opeens begreep hij wat het was en wilde het naar voren brengen, maar op dat moment zag hij een reepje kleurige stof aan het prikkeldraad bij de schuur wapperen.

'Wat wilde u zeggen?'

'Er was geen bloed,' zei Freddy en bleef naar het lapje kijken.

'Goed zo. De inspecteur wilde dat liever niet gezien hebben. Wilt u me even helpen met de oude dame?'

'Ik geloof dat ik daarginds wat heb laten vallen,' beweerde Freddy en hij liep terug naar de schuur. Hij hoorde Hardesty iets grommen, waarna de sheriff juffrouw Dedham overeind hielp. Bij de paardestal keek Freddy nog eens om en zag dat de oude vrouw naar binnen werd gedragen. Freddy liep door naar het prikkeldraad en trok de reep stof eraf. Het was zijde. Hij was van een sjaal gescheurd en hij wist waar hij die sjaal had gezien.

Freddy begon een plan te maken, als een intrigant, al zou hij dat woord zelf niet gebruikt hebben.

Nadat hij thuis zijn rapport had geschreven en met de ingevulde formulieren verzonden draaide hij het telefoonnummer van Benedikt Lewis. Hij wist nog niet precies wat hij tegen Lewis zou zeggen, maar meende wel de sleutel te hebben gevonden die hij zo lang had gezocht.

'Dag, Lewis,' zei hij. 'Hallo, hoe gaat het? Met Freddy.'

'Freddy?'

'Freddy Robinson. Je weet wel.'

'O ja.'

'Zeg, heb je het momenteel erg druk? Er is iets dat ik graag met je wil bespreken.'

'Ga je gang,' zei Lewis niet al te toeschietelijk.

'Goed. Ik beroof je echt niet van je tijd...? Prima. Je weet toch van dat vee dat is afgeslacht? Heb je gehoord dat er weer een dier is gedood? Een van die oude paarden van de zusters Dedham. Ik heb de schadeformulieren ingevuld en ja, ik kan niet aannemen dat het door marsbewoners is gedaan. Jij wel?' Hij wachtte een moment, maar Lewis zei niets. 'Dat is natuurlijk onzin. En, hoor eens, die jonge vrouw die hier pas is komen wonen, die af en toe met Jim Hardie optrekt, werkt die niet bij Sears en Ricky?'

'Ik heb zoiets vernomen,' zei Lewis en Freddy hoorde aan zijn toon dat hij Hawthorne en James had moeten zeggen in plaats van Sears en Ricky.

'Ken jij haar?'

'Totaal niet. Maar mag ik vragen waar het om gaat?'

'Ja, zie je, volgens mij is er meer aan de hand dan sheriff Hardesty begrijpt.'

'Kun je dat nader toelichten, Freddy?'

'Niet via de telefoon. Kunnen we elkaar misschien ergens treffen? Zie je, ik heb iets gevonden bij die boerderij van Dedham en ik wilde het niet aan Hardesty laten zien voor ik met jou had gesproken en misschien met, eh, de heren Hawthorne en James.'

'Freddy, ik heb er geen flauwe notie van waar je het over hebt.'

'Nou, eerlijk gezegd ben ik daar zelf ook niet zo zeker van, maar ik wil je graag even spreken, een paar biertjes pakken en wat ideetjes

naar voren brengen. Proberen of we hieruit kunnen komen.'
'Waaruit in godsnaam?'
'Enkele vermoedens van mijn kant. Ik heb heel veel respect voor jou en je vrienden, zie je, en ik wil weten of jullie mogelijk in een of andere zin worden bedreigd...'
'Freddy, ik ben aan alle kanten dik verzekerd,' zei Lewis. 'En ik voel er niets voor de deur uit te gaan. Het spijt me.'
'Misschien zie ik je dan nog in Humphrey's Place? Daar kunnen we ook wel praten.'
'De kans zit erin,' zei Lewis en maakte een eind aan het gesprek.
Freddy legde zijn hoorn op, voldaan in de wetenschap dat hij Lewis voorlopig voldoende stof tot nadenken had toegediend. Lewis zou hem beslist terugbellen zodra het tot hem doorgedrongen was wat Freddy precies had gezegd. Als wat hij vermoedde juist was, moest hij uiteraard bij Hardesty terechtkomen, maar dat had geen haast; hij wilde eerst de gevolgen overwegen voor hij Hardesty inlichtte. Hij wilde zeker weten dat het Chowder Genootschap geen risico liep. Zijn gedachtengang was ongeveer de volgende: hij had de sjaal waarvan een reep was afgescheurd gezien om de hals van de vrouw die door Hardesty 'die nieuwe griet' was genoemd. Ze had de sjaal gedragen bij Humphrey's Place, toen ze daar samen met Jim Hardie was. Rea Deedham verdacht Jim Hardie van het afslachten van haar paard en Hardesty had beweerd dat de zusters Dedham 'iets tegen' die jongen van Hardie hadden. De sjaal bewees dat de jonge vrouw daar was geweest, waarom Hardie dan niet eveneens? En als dat tweetal om welke reden dan ook het paard had afgeslacht, waarom al dat andere vee dan ook niet? Norbert Clyde had een forse figuur gezien met iets eigenaardigs wat betreft de ogen: het had Jim Hardie kunnen zijn, beschenen door het maanlicht. Freddy had het een en ander gelezen over moderne heksen, krankzinnige vrouwen die geheime samenkomsten hielden. Wie weet was die nieuwe meid er ook zo een. Jim Hardie was een prooi voor elke gek die hem wist te strikken, al wilde zijn moeder dat niet inzien. Maar als zijn vermoedens op waarheid bleken te berusten en naar buiten kwamen, zou het Chowder Genootschap schade worden berokkend. Hardie kon tot zwijgen worden gebracht, maar die meid zou betaald moeten worden, wilden ze haar wegkrijgen uit Milburn.
Hij wachtte twee dagen af.
Toen Lewis niet terugbelde, vond hij dat het tijd werd voor een deugdelijker aanval en draaide nog eens het nummer.
'Met Freddy Robinson nog even.'

'O, ja...' zei Lewis, dadelijk afwerend.

'Ik vind toch echt dat we even moeten praten. Nietwaar? Echt, Lewis, ik meen het. Het zal in je eigen belang zijn.' Toen, even zoekend naar een onweerlegbaar argument, voegde hij eraan toe: 'Als het volgende lijk nu eens dat van een mens zou zijn, Lewis, wat dan?'

'Is dat een bedreiging? Verdomme, waar heb je het over?'

'Natuurlijk niet.' Freddy was verslagen. Lewis had het verkeerd opgevat. 'Hoor eens, kunnen we elkaar morgenavond ergens treffen?'

'Ik ga op wasberen jagen,' zei Lewis meteen.

'Goh,' zei Freddy, overrompeld door deze nieuwe kant van zijn idool. 'Ik wist niet dat je jaagde. Op wasberen? Dat klinkt geweldig, Lewis.'

'Het is heel ontspannend. Ik ga met een oude man die een koppel honden heeft. We trekken erop uit en zitten vrij en blij in de bossen. Ja, het is iets heel bijzonders als je ervan houdt.' Freddy hoorde het onbehagen in Lewis' stem en dat hinderde hem zo dat hij alleen nog zei: 'Nou, tot ziens dan maar, Lewis,' en oplegde.

Met zijn blik nog op de telefoon gericht trok Freddy de la open waarin hij de reep van de sjaal had opgeborgen. Als Lewis op jacht ging, dan moest hij dat maar doen. Zonder te weten wat hem ertoe dreef, liep hij naar de deur van zijn werkkamer en sloot hem af. Hij zocht in zijn geheugen naar de naam van de oudere vrouw die als receptioniste bij het advocatenkantoor werkte: Florence Quast. Vervolgens zocht hij haar nummer op in de gids en bracht de vrouw in verwarring met een lang verhaal over een niet bestaande polis. Toen ze hem de raad gaf meneer James of meneer Hawthorne te bellen, zei hij: 'Nee, ik geloof niet dat ik een van de heren hoef te storen. Die nieuwe secretaresse van hen zal me wel kunnen helpen. Hoe heet ze ook alweer? En waar woont ze?'

(Denk je soms, Freddy, dat ze meteen in je huis zal komen? Heb je daarom je werkkamerdeur op slot gedaan? Probeer je haar buiten te houden?)

Uren later streek hij langs zijn voorhoofd, knoopte zijn jas dicht, wiste zijn klamme handen aan zijn broek af en belde het Archer Hotel.

'Ja, ik zal u graag ontvangen, meneer Robinson,' zei de jonge vrouw zonder enige opwinding.

(Freddy, je bent toch niet bang om vanavond met een mooie jonge vrouw te gaan praten? Wat bezielt je eigenlijk? En waarom denk je dat zij al precies wist waarover je wilt komen praten?)

Snap je? vroeg Harold Sims aan Stella Hawthorne en streelde ver-
strooid haar rechterborst. Begrijp je wat ik bedoel? Het is maar een
verhaal. Met dat soort dingen houden mijn collega's zich tegenwoor-
dig bezig. Verhalen! Waar het om gaat bij datgene dat de Indiaan
najoeg, is dat het zich moet laten zien – het kan de drang zich te
identificeren niet weerstaan – het is niet alleen boosaardig, het is ijdel
ook. En van mij wordt verwacht dat ik dergelijke domme griezel-ver-
halen doceer als de eerste de beste domme loonslaaf…

'Oké, Jim, waar gaat het om?' vroeg Peter Barnes. 'Wat ben je voor
fraais van plan?' De koude lucht die de wagen van Jim Hardie binnenkwam, had Peter grotendeels ontnuchterd: als hij zich concentreerde, kon hij de vier gele bundels uit de koplampen alweer tot
twee in elkaar zien schuiven. Jim Hardie bleef lachen op een heel
gemene manier, alsof hij tot een besluit was gekomen, en Peter wist
dat Jim iemand een loer ging draaien, met of zonder hemzelf.
'Ha, dit is geweldig,' zei Hardie en drukte op de claxon. Zelfs in de
duisternis was zijn gezicht nog een rood masker met spleten als
ogen. Zo keek Jim altijd wanneer hij zijn brutaalste streken uithaalde en als Peter eerlijk tegenover zichzelf was, moest hij bekennen
blij te zijn dat hij over een jaar ging studeren en zich kon ontdoen
van een vriend die er zo gestoord kon uitzien. Of hij nu dronken was
of onder de stimulerende middelen zat, Jim Hardie was tot angstaanjagende dingen in staat. Wat aan de ene kant haast bewonderenswaardig was en aan de andere nog schrikwekkender, was dat hij
nooit zijn fysieke en verbale slagvaardigheid verloor, hoe dronken
hij ook was. Wanneer hij half in de olie was zoals op dat moment,
sprak hij nog niet met dubbele tong en hakkelen deed hij ook niet.
Bij totale dronkenschap was hij een gewone oproerkraaier. 'We
gaan de boel flink op stelten zetten,' zei hij.
'Geweldig,' zei Peter. Hij wist allang dat protesteren geen zin had en
trouwens, wat Jim ook deed, hij wist zich er altijd uit te redden. Al
sedert ze elkaar op de lagere school hadden leren kennen, had Jim
Hardie zich schoon weten te praten wanneer hij tegen de lamp liep.
Zelfs Walt Hardesty had hem nooit iets ten laste kunnen leggen,
ook niet het brandstichten in de oude schuur van Pugh, nadat Peg-
gy Draeger zo onnozel was geweest hem te vertellen dat de gezusters
Dedham, die hij haatte als de pest, er hun paarden stalden.
'Je wilt toch weleens lachen voor je naar Cornell gaat?' zei Jim. 'Ik

zou het maar doen zolang je het nog kunt, want ik heb me laten vertellen dat het daar een dooie boel is.' Jim had steeds beweerd dat hij het nut van studeren niet inzag, maar liet soms wel blijken afgunstig te zijn op Peter, die vervroegd nog wel, tot Cornell was toegelaten. Peter wist dat Jim Hardie niets liever wilde dan doorgaan met het uithalen van streken, alsof ze eeuwig achttien zouden blijven.

'Dat is Milburn ook,' zei Peter.

'Goed gezegd, jongen. Dat is zo zeker als wat. Maar we kunnen de boel altijd een beetje opvrolijken, hè? Dat is dan ook precies wat we vanavond gaan doen, jongen. En als je bang bent dat je in de loop van onze actie dorst zult krijgen, dan heeft je oude vriend James daarin voorzien.' Hardie trok zijn rits los en haalde een fles whisky uit zijn binnenzak. 'Gouden handjes, mafkees, gouden handjes.' Hij schroefde met één hand de dop van de fles en nam al rijdend een paar slokken. Zijn gezicht liep rood aan en spande zich. 'Ook een slok?'

Peter schudde van nee; hij werd al misselijk van de lucht.

'Stomme barkeeper draaide zich even om, hè? *Weg was-ie*. De sukkel wist dat-ie was bestolen, maar de schijtlaars durfde niks te zeggen. Als je het mij vraagt, Pete, is het om je rot te schamen dat je geen betere tegenstanders hebt.' Hij schaterde en Peter lachte mee.

'Wat gaan we nou eigenlijk doen?'

Hardie stak hem nog eens de fles toe en nu dronk Peter mee. De koplampen dwaalden uiteen en werden er vier en hij schudde zijn hoofd om er weer twee van te maken.

'We gaan kijken, m'n jongen, we gaan naar een griet kijken.' Hardie greep de fles en de drank kolkte naar binnen, waarbij de whisky hem langs de kin liep.

'Kijken? Net als gluurders?' Peter draaide loom zijn hoofd om naar Hardie, die blijkbaar kon doorgaan tot het licht werd en de volgende dag verder, terwijl zijn gedrag steeds minder voorspelbaar werd.

'Gluren. Kijken. Een wijf bespieden. Als het je niet aanstaat, stap je maar uit.'

'Een vrouw?'

'Ja, geen man, stomme lul.'

'Je bedoelt achter een struik kruipen en met de kijker...'

'Nee, dat niet, niet achter een struik. Betere plek.'

'Wie is het?'

'Die trut uit het hotel.'

Peter wist niet meer wat hij moest denken. 'Die meid waar je het over had? Die uit New York?'

'Ja, die.' Jim stuurde de wagen de markt rond zonder een blik aan het hotel te besteden.

'Ik dacht dat je haar neukte.'

'Nou, dat heb ik dan gelogen. Ik mag toch zeker wel een beetje overdrijven? Eerlijk gezegd heb ik haar met geen vinger mogen aanraken. Nou ja, ik had je niet voor de gek moeten houden, sorry hoor. Ze gaf me het gevoel dat ik de eerste de beste klootzak was. Ik had haar meegenomen naar Humphrey's Place waar ik probeerde haar aangenaam bezig te houden, en nou wil ik haar wel eens bekijken zonder dat ze weet dat ik er ben.'

Jim bukte zich, keek een gevaarlijk lange tijd niet naar de weg, maar greep onder zijn stoel. Toen hij overeind kwam, grijnsde hij breed, een lange telescoop met koperen afwerking in de hand. 'Hiermee. Verdomd goeie kijker, jongetje. Heeft me zestig dollar gekost in de Apple.'

'Zo…' Peter zakte weer weg in zijn stoel. 'Dat is het smerigste dat ik ooit heb gehoord.'

Een ogenblik later drong het tot hem door dat Jim stopte. Hij drukte zich naar voren en tuurde door de voorruit. 'Nee,' zei hij, 'hier niet.'

'We zijn er, kereltje. Eruit.'

Hardie gaf hem een zet tegen zijn schouder, Peter deed het portier open en rolde ongeveer uit de wagen. Voor hem uit doemde in de duisternis de St.-Michaels kathedraal op, groots en indrukwekkend.

Huiverend bleven de beide jongens in hun windjacks voor een zijdeur van de kathedraal staan. 'Wat ga je nu doen? De deur intrappen? Er zit een hangslot op, zoals je ziet.'

'Hou je kop. Ik heb toch zeker in een hotel gewerkt?' Hardie haalde een ring met een heleboel sleutels uit zijn zak. In de andere hand hield hij zijn kijker en de fles. 'Ga jij daar verderop maar even pissen of zo, dan zoek ik een goeie sleutel.' Hij zette de fles op de stoep en boog zich naar het slot.

Peter liep weg langs de grauwe zijgevel van de kerk. Van die kant leek het gebouw op een gevangenis. Hij ritste zijn gulp los, deed wankelend een dampende plas en bespatte zijn schoenen. Hij zocht met een arm steun tegen de kerkmuur, alsof hij in diep gepeins verzonk, en braakte stilletjes tussen zijn voeten. Ook daar kwam damp af. Hij was het liefst lopend naar huis gegaan, maar Jim Hardie riep: 'Kom maar, jongetje.' Toen hij zich omdraaide, zag hij Hardie, sleutels en fles omhooghoudend, grinnikend bij de open deur staan. Hij had wel iets weg van zo'n gruwelijke waterspuwer aan de voorgevel van de kathedraal.

'Nee,' zei hij.

'*Kom* nou. Of heb je geen haar op je kloten?'

Peter kwam aansukkelen en Hardie greep hem beet en trok hem naar binnen.

Het was koud in de kathedraal en donker, donkerder nog dan buiten. Peter bleef stokstijf staan op de klinkervloer en onderging de immense ruimte om hem heen. Hij stak zijn hand uit en voelde niets dan kille lucht. Achter zich hoorde hij Jim zijn spullen bijeenrapen. 'Hé, waar heb je je poten? Hier, pak aan.' De kijker werd hem in de handen gedrukt. Hardies stappen verwijderden zich naar de zijgevel, hol klinkend op de stenen vloer.

Peter keek hem na en zag Hardies haar in het donker glimmen. 'Schiet een beetje op. Er moet hier ergens een trap zijn...'

Peter kwam een stap dichterbij en botste tegen een kerkbank op.

'*Stil toch!*'

'Ik zie je niet!'

'Val dood, hierheen.' Hij hoorde beweging in de duisternis en meende Jim de hand te zien opsteken en in zijn richting schuiven.

'Zie je de trap? Die gaan we op. Naar een soort galerij.'

'Jij bent hier eerder geweest,' zei Peter verbluft.

'Ja, wat dacht je dan? Doe niet zo achterlijk. Ik ben hier wel eens met Penny geweest en we hebben tussen de banken geneukt. Maakt geen donder uit. Ze is niet eens katholiek.'

Peters ogen begonnen aan het duister te wennen en bij het diffuus licht dat door een hooggeplaatst roosvenster naar binnen viel, kon hij het interieur van de kerk onderscheiden. Hij was nog nooit in de St.-Michaels kathedraal geweest. De kerk was heel wat groter dan het witte schuurtje in hun buitenwijk, waar zijn ouders met Pasen en op eerste kerstdag naar toe gingen. Gigantische zuilen verdeelden de ruimte en het altaarkleed leek spookachtig wit. Hij boerde en proefde braaksel. Jim wees naar een brede wenteltrap langs de binnenkant van de kerkmuur.

'We gaan naar boven en komen precies aan de voorkant uit, aan de markt. Haar kamer is ook aan de markt, snap je? Met een goeie kijker kunnen we er recht inkijken.'

'Ik vind het stom.'

'Ik leg het je later wel uit, klootzak. Vooruit, we gaan naar boven.'

Hardie liep de trap op. Peter bleef staan.

'Wacht even,' zei Hardie en kwam weer naar beneden. 'Je krijgt een sigaret van me.' Hij grinnikte en hield Peter een sigaret uit zijn pakje voor.

'Hier oproken?'

'Welja. Geen mens die het ziet.' Hij stak zelf een sigaret op en gaf Peter vuur. Het vlammetje van de aansteker verlichtte roodachtig de muur, waardoor de rest van de kerk onzichtbaar werd. De rook nam de ellendige smaak uit Peters mond weg en de smaak van kots begon weer op die van bier te lijken. 'Een paar flinke trekken nemen. Kijk, zo. Dat helpt.' Hij blies kennelijk rook uit, maar nu de aansteker was gedoofd kon Peter hem alleen horen uitademen. Hij trok nog eens aan zijn eigen sigaret. Hardie had gelijk; hij werd er rustiger van. 'En nou mee naar boven.' Hij stond alweer op de trap en ditmaal ging Peter mee.

Boven gekomen volgden ze een smalle galerij langs de voorgevel van de kerk, waar een raam met brede stenen vensterbank uitkeek op de markt. Jim zat daar al toen Peter bovenkwam. 'Moet je horen,' zei hij, 'ik heb precies op deze plek eens hemelse ogenblikken met Penny beleefd.' Hij smeet zijn sigaret op de vloer en trapte hem uit. 'Worden ze gek van. Ze snappen niet wie hier heeft gerookt. Hier. Neem een slok.' Hij stak de fles uit.

Peter schudde zijn hoofd en gaf hem de kijker terug. 'Zo, we zijn boven. Kom nou maar op met je verhaal.' Hij ging ook op de kille vensterbank zitten en stak zijn handen diep in de zakken van zijn windjack.

Hardie keek op zijn horloge. 'Eerst een toverkunstje. Kijk eens uit het raam.' Peter zag het marktplein, de gebouwen in het donker en de kale bomen. In het Archer Hotel aan de overkant was geen raam meer verlicht. 'Een twee drie.' Bij *drie* gingen de lantarens op het plein uit. 'Het is twee uur.'

'Wat je toveren noemt.'

'O nee? Laat jij ze dan maar weer eens aangaan.' Hardie draaide zich om, ging op zijn knieën op de vensterbank liggen en richtte de kijker. 'Jammer, ze heeft geen licht aan. Maar als ze in de buurt van het raam komt, kan ik haar toch wel zien. Wil je ook kijken?'

Peter nam de kijker aan en stelde in op het hotel.

'Ze zit in die kamer boven de ingang. Recht vooruit en een beetje naar beneden.'

'Het raam heb ik. Niets te zien.' Maar opeens zag hij een rossige flits in de donkere kamer. 'Wacht eens, ze steekt een sigaret aan.'

Hardie rukte hem de kijker uit handen. 'Ja. Ze zit te roken bij het raam.'

'Leg me dan eens uit waarom we in de kerk moesten inbreken om haar te zien roken.'

'Nou, de dag dat ze het hotel binnenkwam, heb ik geprobeerd haar te versieren, maar ze gaf geen sjoege. En het duurt maar even of ze vraagt míj of ik met háár uitga. Ze zegt dat ze naar Humphrey's Place wil. Dus ga ik er met haar naar toe, maar ze bemoeit zich nauwelijks met me. Man, ze zette me daar gewoon voor schut. Nou, ik hoef mijn tijd toch niet te verdoen als zij niks in me ziet? Weet je waar het nou om ging? Ze wilde Lewis Benedikt leren kennen. Je weet wie dat is? Die vent die zijn vrouw om zeep zou hebben gebracht in Frankrijk.'

'Spanje,' zei Peter die heel gemengde gevoelens jegens Lewis Benedikt koesterde.

'Maakt niet uit. Ik weet in elk geval zeker dat ze daarom met me naar het café wou. Ze valt op vrouwenmoordenaars.'

'Ik geloof niet dat hij het heeft gedaan,' zei Peter. 'Hij is een aardige man, tenminste, dat denk ik. Volgens mij willen vrouwen soms gewoon... je snapt wel...'

'Kan me niet verdommen of hij het heeft gedaan. Hé, ze komt in beweging.' Verder zei hij niets en Peter schrok op toen hij even later de kijker in handen geduwd kreeg. 'Kijk eens, vlug.'

Peter richtte de kijker op zoek naar het raam en zag de bovenkant van de A in de hotelnaam verschijnen. Lager en toen recht naar boven. Hij ging verzitten op de stenen vensterbank. De vrouw stond glimlachend bij het raam met de sigaret in de hand en keek hem recht in de ogen. Even had hij het gevoel weer te moeten braken. 'Zeg, ze kijkt naar ons!'

'Kletskoek. We zitten aan de overkant van de markt. Het is donker buiten. Maar nou zie je wat ik bedoel.'

Peter gaf de kijker terug aan Jim, die meteen weer op het raam met de vrouw richtte. 'Wat bedoel je dan?'

'Nou, ze is gewoon mesjokke. Twee uur in de nacht en ze staat met kleren aan daar in donker bij het raam te roken.'

'Wat zou dat?'

'Hoor eens, ik heb zowat mijn hele leven in dat hotel gewoond en ik weet hoe hotelgasten zich gedragen. Zelfs die ouwe lijken die wij daar hebben. Ze kijken televisie en ze willen op de kamer bediend worden; je krijgt flessen op de commode en kringen op de tafel, ze bouwen feestjes op hun kamer en later kun jij het vloerkleed schoonmaken. 's Nachts hoor je ze in zichzelf praten, ze snurken, spugen – ach, je hoort toch alles wat ze doen? Je hoort ze in de wasbak zeiken. De muren zijn dik maar de *deuren* niet, weet je. Als je op de gang staat, kun je ze praktisch hun tanden horen poetsen.'

'En?' zei Peter.

'Zij doet dat soort dingen niet. Je hoort haar niet eens. Televisie kijken doet ze niet en haar kamer hoef je nauwelijks schoon te maken. Zelfs haar bed hoeft niet opgemaakt te worden. Dat is toch raar? Wat doet zo'n mens nou 's nachts? Op de sprei slapen of de hele nacht opblijven?'

'Is ze er nog?'

'Ja.'

'Laat mij nog es kijken.' Peter nam de kijker over. De vrouw stond nog bij het raam en glimlachte in zichzelf, alsof ze wist dat er over haar gepraat werd. Peter rilde even en gaf de kijker terug.

'Ik zal je nog eens wat vertellen. Ik heb haar koffer naar boven gedragen toen ze kwam. Nou heb ik honderden koffers diezelfde trap opgezeuld en geloof me, die van haar was leeg. Misschien zaten er een paar kranten in, maar meer beslist niet. Toen ze naar haar werk was, heb ik eens in haar kasten gekeken. Niks. Helemaal geen kleren. *Maar ze had niet altijd hetzelfde aan,* jongen. Hoe kan dat nou? Heeft ze een paar lagen over elkaar aangetrokken? Een paar dagen later heb ik nog eens gekeken en toen hing de kast vol kleren, net alsof ze wist dat ernaar gekeken zou worden. Dezelfde avond vroeg ze me met haar naar Humphrey's Place te gaan en ik dacht dat ik ervan langs zou krijgen. Maar nee hoor, ze zei vrijwel niks tegen me. Het enige was zo ongeveer: "Ik wil dat je me aan die man voorstelt." "Aan Lewis Benedikt?" vroeg ik en ze knikte; ze kende zijn naam al. Ik liep samen met haar naar hem toe, maar hij ging er als een haas vandoor.'

'Benedikt? Waarom dat?'

'Het leek wel of hij bang voor haar was.' Jim legde de kijker neer en stak zijn volgende sigaret op. Hij bleef Peter aankijken. 'En zal ik je eens wat vertellen? Ik was ook bang. Ze heeft iets in de manier waarop ze je kan aankijken...'

'Alsof ze weet dat je in haar kamer hebt gesnuffeld.'

'Misschien wel. Maar het is een doordringende blik, jongen. Dat doet je wat. Er is nog iets anders ook. Als je 's avonds door de gangen loopt, kun je zien of de gasten licht aan hebben. Er komt licht onder de deuren door. Nou, zij heeft nooit licht aan. *Nooit.* Maar op een avond... het is gewoon te gek.'

'Wat dan?'

'Op een avond zag ik iets flikkeren onder haar deur. Flikkerend licht, zoiets als radium. Het was een groenachtig, koud licht, geen vuur of zo en het kwam niet van onze lampen.'

'Dat is idioot.'

'Ik heb het gezien.'

'Maar dat slaat toch nergens op... groen licht.'

'Niet zomaar groen, het leek wel of het gloeide. Een beetje zilverachtig. Daarom wilde ik dat we naar haar gingen kijken.'

'En dat hebben we gedaan, zullen we dan nu naar huis gaan? Mijn pa wordt kwaad als ik te laat ben!'

'Wacht even.' Hij keek weer door de verrekijker. 'Er gaat iets gebeuren, dacht ik. Ze staat niet meer bij het raam. Godverdomme!' Hij liet de kijker zakken. 'Ze deed de deur open en ging de kamer uit. Ik zag haar de gang opgaan.'

'Ze komt hiernaar toe!' Peter liet zich van de vensterbank glijden en wilde via de galerij naar de trap.

'Pis niet in je broek, trut. Ze komt hier niet. Ze kon ons toch niet zien? Maar als ze ergens naar toe gaat, wil ik weten waarheen. Ga je mee of niet?' Hij greep zijn sigaretten, de fles en de sleutelbos bijeen. 'Kom nou. Schiet op. Ze staat zo meteen op straat.'

'Ja, ik kom al, ik kom al!'

Ze renden de galerij langs en de trap af. Hardie draafde het zijpad van de kathedraal door en duwde de deur open en Peter, die strompelend volgde, kreeg voldoende licht om zuilen en zijkanten van banken te vermijden. Jim zette het hangslot weer op de deur en in het donker renden ze naar de wagen. Peters hart klopte vlug, deels van opluchting omdat hij de kerk uit was, maar hij bleef gespannen. Hij stelde zich voor dat de vrouw die hij bij het raam had gezien over de besneeuwde markt naar hen toe kwam als de boosaardige koningin uit *Sneeuwwitje,* een vrouw die nooit licht aan had, die nooit in bed sliep en die hem op een donkere avond achter een kerkraam had kunnen zien.

Hij merkte dat zijn hoofd helder was. Toen hij naast Jim in de wagen stapte, zei hij: 'Van angst word je nuchter.'

'Ze kwam deze kant niet uit, sukkel,' zei Hardie, maar hij scheurde zo snel weg van de zijgevel in de richting van de zuidzijde van de markt, dat zijn banden gierden. Peter keek gejaagd de grote ruimte van de markt af – witte grond met kale bomen en het vaag te onderscheiden monument – maar zag geen boosaardige koningin op hen afkomen. Het beeld had zich zo duidelijk in zijn geest gevormd, dat hij nog vol ongeloof omkeek naar de markt toen Jim Wheat Row al insloeg.

'Ze staat op de stoep,' fluisterde Jim toen ze vlak bij de hoek waren. Kijkend langs de kale bomen naar het hotel zag Peter de vrouw rustig de stoep afgaan naar het trottoir. Ze droeg de lange jas, een wapperende sjaal en een hoed. Ze zag er zo absurd normaal uit in die kleren, terwijl ze na twee uur in de morgen de verlaten straat nog opging, dat Peter lachte en huiverde tegelijk.

Jim schakelde zijn licht uit en reed heel langzaam in de richting van de verkeerslichten. Links aan de overkant van de straat stapte de vrouw vlug verder in de duisternis.

'Zeg, zullen we naar huis gaan?' zei Peter.

'Me reet,' zei Jim. 'Ik wil weten waar ze blijft.'

'Als ze ons nu eens ziet?'

'Doet ze niet.' Hij nam de bocht en reed zachtjes langs het hotel, nog steeds met gedoofd licht. Op de markt zelf waren de lantarens uit, maar in de straten die erop uitkwamen, bleven ze de hele nacht branden en de jongens zagen haar bij de eerste zijstraat van Main Street in een lichtpoel verschijnen. Jim reed haar langzaam na en bleef wachten tot ze bij de volgende zijstraat kwam voordat hij volgde.

'Ze maakt gewoon een wandeling,' zei Peter. 'Ze lijdt aan slapeloosheid en gaat 's nachts een eindje om.'

'Om de donder niet.'

'Ik zou dit liever niet doen.'

'Goed, goed. Stap maar uit en loop naar huis,' fluisterde Jim nijdig. Voor Peter langs smeet hij het rechterportier open. 'Eruit, ga maar lopen.'

Peter bleef zitten in de golf kou die het portier binnenkwam, op het punt om uit te stappen. 'Waarom ga jij ook niet naar huis?'

'Jezus, godverdomme! Stap uit of doe dat portier dicht,' siste Jim hem toe. 'Hé, wacht eens...' Ze zagen allebei een tweede wagen de straat voor hen uit inrijden en stoppen bij de straatlantaren een eindje verderop. De vrouw liep bedaard naar de wagen toe, het portier ging open en ze stapte in.

'Die wagen ken ik,' zei Peter. 'Die heb ik wel meer gezien.'

'Ja, natuurlijk, idioot. Blauwe Camaro 1975, is van die oen, die Freddy Robinson.' Hij meerderde vaart zodra de wagen van Robinson wegreed.

'Nou weet je dus waar ze 's avonds heen gaat.'

'Of niet.'

'Of niet? Wat bedoel je? Robinson is getrouwd. Mijn moeder heeft wel van mevrouw Venuti gehoord dat zijn vrouw van hem af wil.'

'Ja, omdat hij rotzooit met schoolmeiden, hè? Freddy Robinson houdt van jonge grietjes, zie je. Heb je hem nooit met een meisje gezien?'

'Jawel.'

'En wie was dat?'

'Een kind van school,' zei Peter, want dat het Penny Draeger was geweest, zei hij liever niet.

'Goed, wat die lul dus ook in de zin heeft, het gaat hem niet om een vrijpartij. Verdraaid, waar gaat hij nou heen?'

Robinson leidde hen door noordwestelijk Milburn, nam overal bochten en verwijderde zich steeds verder van het centrum. De huizen daar onder een zwarte lucht met opgehoopte sneeuw op de gazons kwamen Peter Barnes sinister voor: in de duisternis verkleinden ze tot iets dat groter was dan een poppenhuis, maar niet zo groot als ze in feite waren. De achterlichten van Freddy Robinson gingen hun voor als katteogen.

'Zo. Es kijken... nu gaat hij meteen naar rechts afslaan en rijdt door langs Bridge Road west.'

'Hoe weet je...?' Peter hield zijn mond toen hij Robinsons wagen precies zag doen wat Jim had voorspeld. 'Waar gaat hij naar toe?'

'Naar het enige die kant uit dat geen schommel in de achtertuin heeft.'

'Het oude station.'

'Je hebt een sigaar verdiend. Nee, een sigaret.' Beiden staken ze een Marlboro op. Even later reed Robinsons wagen het parkeerterrein op van Milburns voormalig station. De spoorwegmaatschappij deed al jaren pogingen van het gebouw af te komen; het was niet meer dan een leeg omhulsel met een planken vloer en een kaartjesloket. Op de door onkruid overwoekerde rails stonden al zolang de jongens zich konden herinneren een paar afgedankte goederenwagons.

Terwijl ze uit hun onverlichte wagen toekeken, stapte eerst de vrouw en daarna Robinson uit de Camaro. Peter keek opzij naar Jim; hij wist bijna zeker wat Hardie van plan was. Hardie wachtte tot Robinson en de vrouw om de hoek van het station waren verdwenen en deed toen zijn portier open.

'Niet doen,' zei Peter.

'Jij kunt blijven zitten.'

'Wat is je bedoeling? Ze te betrappen met de broek omlaag?'

'Daar komen ze niet voor, sukkel. Hier buiten? Of in dat koude station vol ratten? Hij heeft geld genoeg om naar een motel te gaan.'

'Wat wil je dan?'

'Ik wil weten wat ze zegt. Zij zal hem wel hier naar toe hebben gebracht, is het niet?'

Hardie deed zacht het portier dicht en sloop haastig naar voren langs Bridge Road.

Peter tastte naar de portierkruk, drukte hem neer en hoorde het slot opengaan. Jim Hardie was gek: waarom zou hij hem nog verder volgen bij zijn zinloos vragen om moeilijkheden? Ze waren al een kerk binnengedrongen, hadden er gerookt en whisky gedronken en nog was Jim Hardie niet tevreden, nee, hij moest ook nog achter die meisjesverleider Robinson en die enge vrouw aan sluipen.

Wat was dat? De grond trilde en een ijskoude wind uit het niets sloeg tegen hem aan. Meer dan twee stemmen leken zich achter het station te verheffen en boven de windvlaag uit te gillen. Het was alsof er een vuist toesloeg in Peters schedel.

Het werd donkerder om hem heen en hij vreesde bewusteloos te raken. Hij hoorde de doffe slag waarmee voor hem uit Jim in de sneeuw viel en daarna leken hij en het oude station een ogenblik lang in een schitterend fel licht gehuld.

Hij stond al buiten de wagen, waar de grond onder zijn voeten leek te dansen. Hij keek naar Jim: zijn vriend zat in de sneeuw en zijn kleren waren wit. Jims wenkbrauwen glinsterden groenachtig zoals de wijzers van een horloge; sneeuw deed dat soms wanneer het maanlicht er onder een bepaalde hoek op viel.

Jim rende door naar het station en Peter kon weer denken: *Zo raakt hij telkens in de nesten, hij is niet alleen gek, hij geeft het nooit op ook...*

en beiden hoorden ze Freddy Robinson gillen.

Peter dook weg bij de wagen alsof hij schoten verwachtte. Hij hoorde Jims stappen in de richting van het station wegsterven. Toen bleven ze staan en Peter keek angstig en behoedzaam om het spatbord heen. Jim deed ongeweten zijn eigen houding na en gluurde om de hoek van het station in zijn van sneeuw glinsterende kleren. Peter had graag een paar honderd meter achteruit gestaan en door een kijker de gebeurtenissen aanschouwd.

Jim kroop verder; hij moest inmiddels langs de achterkant van het station kunnen kijken. Van het perron liepen stenen treden omlaag naar de rails. De twee afgedankte goederenwagons stonden in het hoog opgeschoten onkruid aan weerskanten van het station.

Hij schudde zijn hoofd en zag Jim diep gebogen terugrennen naar de wagen. Jim zei geen woord en keek hem niet eens aan; hij rukte het portier open en liet zich achter het stuur vallen. Peter stapte in, zijn knieën stijf van het bukken, terwijl Jim al startte.

'Wat is er gebeurd?'

'Kop dicht.'

'Wat heb je gezien?'

Hardie gaf een stoot gas en de wagen schoot woest vooruit. Jims kleren zaten nog onder de sneeuw.

'Héb je iets gezien?'

'Nee.'

'Voelde jij de grond ook trillen? Waarom gilde Robinson?'

'Weet ik niet. Hij lag languit op de rails.'

'Je hebt die vrouw niet gezien?'

'Nee, ze moet aan de zijkant hebben gestaan.'

'Nou, je hebt in elk geval iets gezien. Je rende als een gek.'

'Ik ben althans gaan kijken!'

De uitbrander bracht Peter tot zwijgen, maar er kwam nog meer. 'Jij verdomde lafbek, je kroop als een meid achter de wagen weg, wat ben je voor een wezel... Hoor eens, als ze je vragen waar je vanavond bent geweest, dan heb je met mij gepokerd, we hebben gepokerd bij jou in het souterrain net als gisteravond, gesnopen? Er is niets gebeurd, begrijp je? We hebben een paar biertjes genomen en het spel van gisteravond uitgespeeld. Afgesproken?'

'Goed, maar...'

'*Afgesproken!*' Jim keek Peter woedend aan. 'En wil je weten wat ik heb gezien? Nou, het een of ander heeft mij gezien. Weet je wat het was? Boven op het station zat een kleine jongen en hij moet me al die tijd in de gaten hebben gehouden.'

Het was het laatste dat Peter had verwacht. 'Een kleine jongen? Dat kan niet. Het is bijna drie uur in de ochtend. En het is koud en je kunt niet op het dak van dat station klimmen. We hebben het op de lagere school vaak genoeg geprobeerd.'

'Nou, hij zat er en hield me in de gaten. En zal ik je nog eens wat zeggen?' Hardie nam een bocht te krap en kwam bijna tegen een rij brievenbussen aan. 'Hij had blote voeten. En een hemd had hij geloof ik ook niet aan.'

Peter zei niets meer.

'Man, wat was ik bang. Daarom liep ik zo hard. Ik denk dat Freddy Robinson dood is. Dus als iemand ernaar vraagt, wij hebben de hele avond gepokerd.'

'Zoals je wilt.'
'Ja, zo wil ik het.'

Omar Norris wachtte iets onaangenaams na het ontwaken. Nadat zijn vrouw hem de deur had gewezen was hij gaan slapen in wat hij als zijn laatste toevlucht beschouwde, een van de oude goederenwagons bij het leegstaande station. Mocht hij al rumoer hebben gehoord tijdens zijn dronkemansslaap, dan was hij dat inmiddels vergeten. Hij had dan ook zwaar de pest in toen wat hij voor een bundel vodden op de rails aanzag, een menselijk lijk bleek te zijn. Hij zei niet: 'Alsjeblieft niet weer' (hij zei in feite: 'Wat mot dat daar, verdomme') maar wat hij bedoelde, was: 'Alsjeblieft niet weer.'

4

De daaropvolgende nachten en dagen vond in Milburn een aantal gebeurtenissen plaats van uiteenlopend rechtstreeks belang. Er waren dingen bij die de betrokkenen als kleinigheden voorkwamen, anderen vonden ze hinderlijk of vervelend, maar er waren erbij die van indrukwekkende betekenis waren. Toch waren al die dingen onderdeel van het patroon dat tenslotte zoveel verandering zou teweegbrengen in Milburn en als onderdeel van dat patroon waren ze allemaal belangrijk.

De vrouw van Freddy Robinson kreeg te horen dat haar echtgenoot op zichzelf maar een heel karige levensverzekering had afgesloten en dat 'topverkoper' Fred, die het tot zo'n hoog inkomen had gebracht, na zijn dood maar vijftienduizend dollar waard was. Ze belde huilend haar ongetrouwde zuster te Aspen in Colorado en kreeg te horen: 'Ik heb je toch altijd gezegd dat het een vent van niks was. Weet je wat je doet? Je verkoopt je huis en komt hiernaar toe. Wat was het voor een ongeluk?'

Het was dezelfde vraag die de lijkschouwer van het district zich stelde toen hij bij het lijk stond van een vierendertigjarige man uit wie de meeste inwendige organen en al het bloed waren verdwenen. Even overwoog hij als doodsoorzaak op te geven 'Aftapping van het bloed', maar bij nader inzien noteerde hij 'Zwaar inwendig letsel' en voegde er in een noot aan toe, als speculatieve opmerking, dat het 'letsel' mogelijk was toegebracht door een agressief rondzwervend dier.

En Elmer Scales zat weer elke nacht op wacht met het jachtgeweer op de knieën, onwetend van het feit dat de laatste koe was afge- slacht en dat de gedaante die hij beweerde gezien te hebben op zoek was naar groter wild;

en Walt Hardesty bood Omar Norris wat te drinken aan in de ach- terkamer van Humphrey's Place en kreeg te horen dat Omar, nu hij er even over had nagedacht, misschien toch wel een paar auto's had gehoord en hij meende ook nog iets te hebben gemerkt, hij meende dat er wat *herrie* was geweest en een soort *licht*. 'Herrie? Licht? Loop naar de bliksem, Omar,' zei Hardesty, maar zelf ging hij door met bier drinken toen Omar weg was, zich ernstig afvragend wat er in godsnaam aan de hand was;

en de uitstekende kracht die Hawthorne en James hadden aangeno- men als secretaresse, deelde haar werkgevers mee dat ze haar ver- blijf in het Archer Hotel wilde beëindigen en had gehoord dat me- vrouw Robinson haar huis te koop aanbood. Of ze eens met hun vriend de bankier wilden praten over de financiering? Ze beschikte, zoals bleek, over een flinke spaarrekening bij een spaarbank in San Francisco;

en Sears en Ricky keken elkaar haast opgelucht aan, alsof ze het niet leuk zouden hebben gevonden als dat huis leeg bleef staan, en zeiden dat ze waarschijnlijk wel een regeling met de heer Barnes konden treffen;

en Lewis Benedikt nam zich voor zijn vriend Otto Gruebe te bellen om een afspraak te maken voor een dag wasberen jagen met de honden;

en Larry Mulligan, die Freddy Robinsons lijk kwam afleggen voor de begrafenis, keek naar het gezicht van de dode en dacht: *Hij moet de duivel hebben gezien die hem kwam halen;*

en Nettie Dedham, vastzittend in haar rolstoel zoals ze vastzat in haar half verlamde lichaam, keek uit het raam van de eetkamer, wat ze graag deed wanneer Rea 's avonds bezig was de paarden te voe- ren en ze draaide moeizaam haar hoofd om teneinde het avondlicht over het land te kunnen zien. Ze zag iemand rondscharrelen en Nettie, die meer begreep dan zelfs haar zuster beweerde, zag hem vol angst dichter bij huis en schuur komen. Ze stiet wat gesmoorde geluiden uit, al wist ze dat Rea haar niet kon horen. Degene die daar liep, kwam naderbij en had iets bekends. Nettie werd bang dat het de jongen kon zijn over wie Rea het had gehad, de woesteling die ze tegenover de politie een gek had genoemd. Ze begon te trillen en hield de naderende figuur op het land angstvallig in het oog. De gedachte kwam bij haar op hoe ze zich moest redden als die jongen

Rea iets aandeed. Opeens gilde ze van angst en viel bijna om met haar rolstoel. De man die naar de schuur ging, was haar broer Stringer. Hij droeg hetzelfde bruine overhemd dat hij op zijn sterfdag had gedragen; het zat onder het bloed, net zoals toen ze hem op de tafel legden en in dekens wikkelden, maar zijn armen waren weer gezond. Stringer keek over het kleine erf naar haar raam, hield het prikkeldraad met zijn handen uiteen, stapte door de afrastering en kwam naar het raam. Hij lachte even tegen haar en Nettie kon haar hoofd niet meer omhoog houden, waarna hij zich omdraaide en doorliep naar de stal.

En Peter Barnes kwam de keuken binnen voor zijn gebruikelijke jachtige ontbijt, de laatste tijd nog jachtiger doordat zijn moeder alleen nog aandacht voor zichzelf had. Hij trof er zijn vader, die allang de deur uit had moeten zijn, maar met een kop koude koffie aan tafel zat. 'Hé, pa,' zei hij, 'je had allang op de bank moeten zijn.'
'Ik weet het,' zei zijn vader. 'Maar er is iets waarover ik met je wil praten. We hebben de laatste tijd niet veel gepraat, Pete.'
'Nee, dat geloof ik ook niet. Maar kan het niet even wachten? Ik moet naar school.'
'Je gaat naar school, maar het kan niet wachten. Ik heb er al een paar dagen over nagedacht.'
'O.' Peter schonk zich een glas melk in en begreep dat het om iets ernstigs ging. Met ernstige dingen kwam zijn vader nooit meteen voor den dag: hij wikte en woog alsof het om een banklening ging en confronteerde je ermee zodra hij een plan klaar had.
'Ik vind dat je de laatste tijd te veel met Jim Hardie omgaat,' zei zijn vader. 'Hij deugt niet en hij brengt je maar slechte gewoonten bij.'
'Dat geloof ik niet,' zei Peter gekwetst. 'Ik ben oud genoeg om mijn eigen gewoonten te bepalen. Trouwens, Jim is lang niet zo slecht als ze zeggen, al is hij soms een beetje wild.'
'Werd hij vorige zaterdagavond ook wild?'
Peter zette het glas neer en keek zijn vader bestudeerd kalm aan.
'Nee, zijn we niet stil genoeg geweest?'
Walter Barnes nam zijn bril af en begon de glazen te poetsen aan zijn vest. 'Wil je me nog altijd wijsmaken dat je die avond hier beneden zat?'
Peter was zo verstandig zijn leugen niet vol te houden. Hij schudde zijn hoofd.
'Ik weet niet waar je dan wel bent geweest en ik vraag er ook niet naar. Je bent achttien en je hebt recht op je eigen leven. Maar ik zeg

je wel dat je moeder om drie uur die nacht meende iets te horen en ik ben opgestaan en heb rondgekeken. Jij zat niet beneden in het souterrain met Jim Hardie. Je was niet eens thuis.' Walter zette zijn bril weer op en keek zijn zoon ernstig aan en Peter wist al dat hij nu met het plan ging komen dat hij had uitgedacht.

'Ik heb het niet tegen je moeder gezegd, ik wilde niet dat ze zich bezorgd over je maakte. Ze is de laatste tijd toch al zo gespannen.'

'Ja, waarom is ze eigenlijk zo humeurig?'

'Dat weet ik niet,' zei zijn vader, al had hij er voor zichzelf een vaag idee van. 'Ik denk dat ze zich eenzaam voelt.'

'Ze heeft anders vriendinnen genoeg, ze zit bijna elke dag bij mevrouw Venuti en...'

'Probeer nu niet over iets anders te beginnen, Pete. Ik ga je een paar vragen stellen. Jij bent toch niet op enigerlei manier betrokken geweest bij dat paard van de gezusters Dedham dat is afgeslacht?'

Nee,' zei Peter verschrikt.

'En ik veronderstel dat je ook niets afweet van de moord op Rea Dedham?'

Wat Peter betreft, waren de zusters Dedham illustraties uit een geschiedenisboek. 'Is die vermoord? God, ik...' Gejaagd keek hij de keuken rond. 'Dat wist ik niet eens.'

'Dacht ik al. Ik hoorde het gisteren pas. De jongen die daar de boxen schoonhoudt, heeft haar gistermiddag gevonden. Het zal straks wel in het nieuws zijn. En vanavond in de krant staan.'

'Maar waarom vraagt u me dat?'

'Omdat er stemmen opgaan die beweren dat Jim Hardie er mogelijkerwijs bij betrokken is.'

'Dat is krankzinnig!'

'Ik hoop het van harte voor Eleanor Hardie. En om je de waarheid te zeggen, zie ik haar zoon zoiets ook nog niet doen.'

'Nee, daar is hij niet toe in staat. Hij is wel onbesuisd en gaat vaak verder dan andere jongens...' Peter hield zijn mond; meer wilde hij niet zeggen.

Zijn vader zuchtte. 'Ik vond het een beetje vervelend... de mensen weten dat Jim iets tegen die arme oude vrouwen had. Nou ja, ik neem aan dat hij er niets mee te maken had, maar Hardesty zal hem vast wel verhoren.' Hij stak een sigaret in zijn mond die hij niet aanstak. 'Dat was het dan. Hoor eens, we moeten eens vaker praten. Volgend jaar ga je studeren en dit wordt het laatste jaar dat we als gezin bijeen zijn. We geven een feestje het weekeinde na het komende en ik hoop echt dat je eens wat ontdooit en gezellig meedoet. Kom je?'

Dat was het plan dus. 'Natuurlijk,' zei hij opgelucht.

'En je blijft tot het einde van het feest? Ik zou het fijn vinden als je je weer eens een beetje amuseerde.'

'Allicht.' Kijkend naar zijn vader zag Peter hem even als verbijsterend oud. Hij had een gegroefd gezicht met wallen onder de ogen, een gezicht dat getekend was door een lang leven van beslommeringen.

'En zullen we 's ochtends eens wat vaker praten?'

'Goed, als u dat graag wilt. Natuurlijk.'

'En dan zou ik echt wat minder in biertenten rondhangen met Jim Hardie, als ik jou was.' Dat stond gelijk met een bevel, een verzoek was het niet. Peter knikte. 'Hij zou je in grote moeilijkheden kunnen brengen.'

'Hij is niet zo slecht als iedereen denkt,' zei Peter. 'Hij weet alleen niet van ophouden, ziet u, hij gaat maar door en...'

'Ja, het is goed. Ga maar naar school. Wil je meerijden?'

'Ik loop liever. Anders kom ik nog te vroeg ook.'

'Best, jong.'

Vijf minuten later ging Peter met zijn boeken onder de arm de deur uit. Zijn ingewanden waren nog altijd onder invloed van de angst die in hem opkwam toen hij meende dat zijn vader meer zou willen weten over de zaterdagavond – dat was een episode die hij het liefst volledig wilde vergeten – maar de angst was niet meer dan een soort trilling te midden van een zee van opluchting. Zijn vader maakte zich eerder bezorgd over de verwijdering tussen hem en Peter dan over wat hij met Jim Hardie zou hebben uitgevoerd: de zaterdagavond zou wegvagen in de tijd en iets onbestemds worden, net als de zusters Dedham.

Hij sloeg de hoek om. De tact van zijn vader was als een buffer tussen hem en wat er twee avonden geleden daarginds aan onverklaarbaars mocht zijn gebeurd. In zekere zin was zijn vader een bescherming daartegen; de gruwelen zouden zich niet voltrekken. Zelfs zijn onvolwassenheid was een bescherming. Als hij maar niets slechts deed, zouden de verschrikkingen geen vat op hem hebben.

Tegen de tijd dat hij de overkant van de markt had bereikt, was hij zijn angst vrijwel kwijt. Zijn normale route naar school liep langs het hotel maar hij wilde geen enkele kans lopen die vrouw terug te zien, daarom sloeg hij Wheat Row in. De koude lucht beet hem in het gezicht. Op het besneeuwde marktplein waren tsjilpende mussen druk in de weer. Een lange zwarte Buick haalde hem in en door de

273

ruiten zag hij voorin de beide bejaarde advocaten zitten, de vrienden van zijn vader. Ze zagen er allebei grijs en vermoeid uit. Hij wuifde en Ricky Hawthorne stak teruggroetend zijn hand op.

Hij was bijna aan het eind van Wheat Row en liep juist langs de geparkeerde Buick toen rumoer op het marktplein hem deed omkijken. Door de sneeuw liep een gespierde man met een donkere bril op. Hij droeg een schippersjekker en een wollen muts, maar aan de witte huid rondom zijn oren was te zien dat zijn hoofd kaalgeschoren was. De onbekende man klapte in de handen en de mussen vlogen op als een schot hagel uit een jachtgeweer. De man maakte een geprikkelde indruk: net een getergd beest. De zakenlui die de fraaie achttiende-eeuwse stoepen in Wheat Row opgingen en de secretaresses met de lange benen en korte jasjes die hen volgden, zagen de man blijkbaar niet. Hij klapte weer in de handen en het drong tot Peter door dat hij zelf degene was naar wie de man keek. Hij grinnikte als een hongerig luipaard. Hij kwam op Peter af en angstig besefte Peter dat hij zich veel sneller bewoog dan zijn stappen konden verklaren. Peter draaide zich om en zette het op een lopen en op het laatste moment zag hij dat op een van de verzakkende grafzerken voor de St.-Michael een kleine jongen zat met verward haar en een openhangende mond in een grinnikend gezicht. Hij was niet zo angstaanjagend als de man, maar van dezelfde substantie. Ook hij keek Peter aan en Peter dacht aan het kind dat Jim Hardie op het oude station had zien zitten. Het domme gezichtje begon te giechelen. Peter liet zijn boeken bijna vallen. Hij rende weg en keek niet meer om.

Onze juffrouw Dedham zal nu enkele woorden tot u richten

5

In de gang van het University Hospital in Binghamton zaten drie mannen te wachten. Geen van allen zaten ze er voor hun plezier: Hardesty niet omdat hij vreesde er in de grotere plaats uit te zien als een provinciaal die hier niet als sheriff werd herkend en tevens omdat hij van het bezoek niets verwachtte. Ned Rowles niet omdat hij doorgaans niet graag wegging van de redactie van *The Urbanite* en zeker de opmaak van de krant niet graag geheel aan zijn personeel overliet. Don Wanderley niet omdat hij te lang uit het Oosten was weg geweest om instinctief veilig te rijden op beijzelde wegen. Hij was echter van mening dat een bezoek aan de oude vrouw wier zuster op zo'n bizarre manier om het leven was gekomen, het Chowder Genootschap behulpzaam kon zijn.

Het voorstel was gedaan door Ricky Hawthorne. 'Ik heb haar in geen eeuwen ontmoet en ze heeft enige tijd geleden meen ik een beroerte gehad, maar wellicht komen we toch iets van haar te weten. Tenzij jullie niet bereid zijn met dit weer de rit te ondernemen.'

Het was die dag omstreeks de middag al zo donker als het 's avonds zou moeten worden en er hing zwaar weer boven de stad, dat tot uitbarsting kon komen.

'Denkt u dat er enig verband is tussen de dood van haar zuster en uw eigen probleem?'

'Dat zou kunnen,' zei Ricky. 'Ik neem het niet bij voorbaat aan, natuurlijk, maar je kunt dergelijke bijkomstige zaken toch niet buiten beschouwing laten. Enig verband is er volgens mij zeker. We bespreken het later wel uitvoeriger. Nu je hier eenmaal bent, mogen we je geen gegevens onthouden. Sears zal dat wellicht niet met me eens zijn, maar Lewis waarschijnlijk wel.' Enigszins wrang had Ricky eraan toegevoegd: 'Het zou trouwens goed voor je zijn even uit Milburn weg te gaan, denk ik.'

En dat was aanvankelijk ook zo geweest. Binghamton, vier- vijf-maal zo groot als Milburn, was zelfs op een donkere dag met laag-hangende wolken een opwekkender omgeving: veel verkeer, nieuw-bouw en jonge mensen, kortom, de sfeer van het stadsleven. De plaats was met de tijd meegegaan en vergelijkenderwijs was het klei-ne Milburn achtergebleven in een vervlogen tijd vol barbaarse ro-mantiek. Eerst in Binghamton was het tot Don Wanderley doorge-drongen hoezeer Milburn in zichzelf was besloten, hoe goed juist daar de griezelige verzinsels van het Chowder Genootschap konden ontstaan – was het niet het aanzien van het plaatsje geweest dat hem in eerste instantie op het idee van dr. Rabbitfoot had gebracht? Maar inmiddels was hij blijkbaar aan Milburn gewend geraakt. In Binghamton gonsde de lucht niet van macabere zaken, hield het onwerkelijke zich niet verscholen om door oude heren bij de whisky en in hun nachtmerries tot verhalen te worden gemaakt.

Maar op de gang op de tweede etage van het ziekenhuis bleef Mil-burn oppermachtig. Milburn sprak uit de argwaan en gejaagdheid van Walt Hardesty en zelfs uit zijn grove uitval: 'Wat doet ú hier verdomme? U komt uit Milburn, ik heb u gezien – u zat in Humphrey's Place.' Milburn sprak zelfs uit het sluike haar en verkreukeld pak van Ned Rowles: thuis zag Rowles er onopvallend en zelfs goed gekleed uit terwijl hij hier iets provinciaals had. Het viel je op dat zijn jas te kort was en dat zijn pantalon vol kreukels zat. En Rowles, die in Milburn bescheiden en welwillend optrad, leek hier een beetje schichtig.

'Ik vond het raar, oude Rea die opeens dood was vlak nadat het lijk van Freddy Robinson was gevonden. Hij was geen week voor de dood van Rea op de boerderij geweest, ziet u.'

'Hoe is ze gestorven?' vroeg Don. 'En wanneer kunnen we met haar zuster spreken? Is er 's avonds geen bezoekuur?'

'De dokter is nog bij haar,' zei Rowles. 'En hoe ze is gestorven, dat zet ik liever niet in de krant. Je kunt zonder sensatie ook wel je krant slijten. Maar ik had verwacht dat het wel bekend geraakt zou zijn.'

'Ik heb vrijwel doorlopend zitten werken,' zei Don.

'Aha, een nieuw boek. Geweldig.'

'Is dát wat hij doet?' vroeg Hardesty. 'Dat hadden we nou nog net nodig. Een schrijver. Lieve god, mooie boel. Ik moet een getuige horen in bijzijn van een dappere redacteur en een of andere schrijver. En die oude vrouw, hoe moet die verdomme weten wie ik ben? Hoe moet díe weten dat ik de sheriff ben?'

Dat is wat hem hindert, dacht Don, hij loopt erbij als Wyatt Earp omdat hij zich zo onzeker voelt dat hij iedereen duidelijk wil maken dat hij een insigne draagt en een vuurwapen op zak heeft.

Het was alsof zijn gedachten hem min of meer van het gezicht af te lezen waren, want Hardesty werd nog agressiever. 'Zo, vertel me nu maar eens wat meer. Wie heeft u naar het ziekenhuis gestuurd? Wat voert u in Milburn uit?'

'Hij is Edward Wanderleys neef,' zei Rowles vermoeid. 'Hij werkt aan iets voor Sears James en Ricky Hawthorne.'

'Jezus, die twee,' zei Hardesty nijdig. 'Hebben zij je gevraagd die oude vrouw te gaan opzoeken?'

'Meneer Hawthorne vroeg het,' antwoordde Don.

'En nou moet ik zeker gaan liggen en voor rode loper spelen.' Hardesty stak een sigaret op zonder zich iets aan te trekken van het rookverbod aan het eind van de gang. 'Die twee oude bokken hebben ze achter de ellebogen. Achter de *ellebogen*. Haha! Da's een goeie.'

Rowles leek zich te schamen. Don keek hem aan om enige uitleg.

'Vertel het hem maar, hij wil weten hoe ze is omgekomen.'

'Het is geen smakelijk verhaal,' zei Rowles met tegenzin.

'Hij is een grote jongen, gebouwd als een sportman, nietwaar?'
Ook dat was een hebbelijkheid van de sheriff: hij vergeleek ander-
mans lichaamslengte altijd met de zijne.
'Vooruit, het is goddomme geen staatsgeheim.'
'Tja.' Moedeloos leunde Rowles achterover tegen de muur. 'Ze is
doodgebloed. Haar armen waren afgerukt.'
'O god,' zei Don walgend en het speet hem dat hij was gegaan.
'Wie kan...'
'Daar gaat het nou juist om,' zei Hardesty. 'Maar misschien kunnen
uw rijke vriendjes ons op weg helpen. Want zeg me eens, wie gaat er
nou snijden in levende have, zoals dat is gebeurd bij juffrouw Dedham? En daarvoor bij Norbert Clyde? En dáárvoor bij Elmer Sca-
les?'
'U neemt aan dat er voor dat alles een verklaring is?' Dit moest het
zijn wat de vrienden van zijn oom hem verzocht hadden na te gaan.
Er passeerde een verpleegster. Ze keek woedend naar Hardesty en
hij moest zijn sigaret uitmaken.
'U kunt nu naar binnen gaan,' zei de arts die de kamer verliet.

Dons eerste geschokte indruk van de oude vrouw was: *die is ook
dood*. Daarna zag hij haar angstig heen en weer gaande ogen, hij zag
haar mond vertrekken zonder dat er geluid kwam en hij begreep dat
communicatie met Nettie Dedham niet meer mogelijk was.
Hardesty drong binnen en toonde zich beschamend onaangedaan
door de openhangende mond en de tekenen van verontrusting van
de patiënt. 'Ik ben de sheriff, juffrouw Dedham,' zei hij. 'Walt Hardesty, de sheriff van Milburn.'
Don zag de doffe paniek in de blik van Nettie Dedham en wenste
hem succes. Hij keek de hoofdredacteur aan.
'Ik wist dat ze een beroerte heeft gehad,' zei Rowles, 'maar dat ze er
zo slecht aan toe was...'
'We hebben elkaar laatst niet ontmoet,' zei Hardesty tegen de oude
vrouw, 'maar ik heb met uw zuster gesproken. Dat weet u toch wel?
Toen het paard was doodgemaakt.'
Nettie Dedham maakte een reutelend geluid.
'Is dat ja?'
Ze herhaalde het geluid.
'Goed zo. U weet het dus en u weet ook wie ik ben.' Hij ging zitten
en begon gedempt te praten.
'Ik denk dat Rea haar wel kon verstaan,' zei Rowles. 'Ze moeten
vroeger mooie meiden zijn geweest. Mijn vader had het vaak over

277

de gezusters Dedham. Sears en Ricky zullen het ook wel weten.'
'Vast wel.'
'Ik ga u wat vragen over de dood van uw zuster,' zei Hardesty aan het bed. 'Het is heel belangrijk dat u me alles vertelt wat u hebt gezien. U zegt het maar en ik zal proberen u te verstaan. Goed?'
'Gl.'
'U herinnert zich die dag?'
'Gl.'
'Dat wordt niets,' fluisterde Don tegen Rowles en Rowles trok een twijfelend gezicht en liep om het bed heen naar het raam. Hij keek naar de zwarte lucht met neonrode schijnsels.
'Zat u op een plaats waar u de schuur kon zien, de schuur waarin het lijk van uw zuster werd gevonden?'
'Gl.'
'Is dat ja?'
'Gl.'
'Hebt u iemand naar de schuur met de boxen zien gaan voor uw zuster dood was?'
'GL.'
'Kunt u die persoon identificeren?' Hardesty zat de oude vrouw haast op de lip. 'Als we hem hier binnenbrengen, kunt u dan een of ander geluid maken om ons te vertellen dat hij het is?'
De oude vrouw maakte een geluid dat Don al gauw als huilen herkende. Hij voelde zich ongemakkelijk door zijn aanwezigheid in de kamer.
'Was die persoon een jonge man?'
Opnieuw een reeks gesmoorde geluiden. Hardesty's verwachtingen gingen over in keihard ongeduld.
'We nemen dus aan dat het een jonge man was. Was het die jongen van Hardie?'
'Rechtmatig verkregen bewijs,' mompelde Rowles bij het raam.
'Zal me een zorg zijn. Was die het, juffrouw Dedham?'
'Glooorgh,' kreunde de vrouw.
'Verdraaid, bedoelt u daar nee mee? Was die het niet?'
'Glooorgh.'
'Wilt u proberen de naam te noemen van degene die u hebt gezien?'
Nettie Dedham lag te trillen. 'Glngr. Glngr.' Ze kwam tot een krachtsinspanning die Don voelde in zijn eigen spieren. Glngr.'
'Nou, laat dat dan maar even zitten. Ik heb nog een paar vraagjes.'
Hij draaide zijn hoofd om en keek boos naar Don, die meende toch een zekere schroom bij de sheriff waar te nemen. Hardesty keek

weer naar de oude vrouw en dempte zijn stem nog meer, maar Don verstond hem nog altijd.

'U hebt zeker geen vreemde geluiden gehoord? Of vreemd licht gezien – zoiets?'

Het hoofd van de oude vrouw wiebelde en haar ogen flitsten heen en weer.

'Vreemde geluiden, vreemd licht, juffrouw Dedham?' Hardesty geneerde zich die laatste vragen te stellen, maar Ned Rowles en Don keken elkaar verbaasd en nieuwsgierig aan.

Hardesty streek langs zijn voorhoofd en staakte de poging. 'Het heeft geen zin, laat maar. Ze meent dat ze iets heeft gezien, maar hoe kom je erachter wat het was? Ik ga ervandoor. U kunt blijven of niet, dat moet u zelf weten.'

Don volgde de sheriff de kamer uit en bleef op de gang staan toen Hardesty een arts aanklampte. Even later verscheen Rowles met een nadenkende uitdrukking op zijn gezicht.

Hardesty liep weg van de dokter en keek Rowles aan. 'Kon u er een touw aan vastknopen?'

'Nee, Walt. Daar viel geen touw aan vast te knopen.'

'U?'

'Nee,' zei Don.

'Nou, ik mag doodvallen als ik binnenkort niet zelf ga geloven in wezens uit de ruimte, vampiers of zoiets,' zei Hardesty en liep de gang uit.

New Rowles en Don Wanderley volgden hem. Bij de liften zagen ze dat Hardesty in een liftkooi stond en een knop indrukte. De deur schoof dicht zonder dat de sheriff het trachtte te verhinderen. Hij wilde kennelijk alleen zijn.

Even later was de andere lift er en de twee heren stapten in. 'Ik heb geprobeerd na te gaan wat Nettie probeerde te zeggen,' zei Rowles. De deur schoof dicht en de lift daalde soepel. 'Ik waarschuw je, het is iets krankzinnigs.'

'Ik heb de laatste tijd niet anders gehoord.'

'En jij bent de man die *The Nightwatcher* heeft geschreven.'

Daar gaan we weer, dacht Don.

Hij knoopte zijn jas dicht en liep met Rowles mee naar de parkeerplaats. Rowles was in zijn colbert maar leek de kou niet te voelen. 'Zeg, kom even in mijn wagen zitten,' zei hij.

Don stapte rechts in en keek naar Rowles, die over zijn voorhoofd streek. In de wagen zag de hoofdredacteur er opeens ouder uit: schaduwen deden zijn rimpels dikker lijken.

'"Glngr," zei ze dat de laatste keer niet? Heb jij dat ook verstaan? Het klonk wel ongeveer zo, hè? Welnu. Ik heb de man zelf niet gekend, maar de zusters Dedham hebben ooit een broer gehad en ze moeten na zijn dood nog lange tijd over hem hebben gesproken...'

Don reed de autoweg door de velden af onder een dreigende hemel met rossig gloeiende strepen. Terug naar Milburn met een stuk uit de geschiedenis van Stringer Dedham in zijn hoofd. Terug naar Milburn waar de mensen zich meer en meer opsloten, nu de sneeuw zwaarder begon te vallen en de huizen dichter bijeen leken te schuiven. Naar Milburn waar zijn oom was gestorven en de vrienden van zijn oom angstige nachtmerries hadden. Weg ook van zijn eigen tijd, terug naar de beslotenheid van Milburn, die meer en meer congruent werd met die van zijn eigen geest.

De inbraak, deel een

6

'Mijn vader heeft gezegd dat ik niet zoveel meer met je mag omgaan.'
'Zo? En doe je dat nou braaf? Hoe oud ben je eigenlijk, vijf?'
'Hij maakt zich bezorgd om het een of ander. Hij ziet er niet bepaald gelukkig uit.'
'Hij ziet er niet bepaald gelukkig uit,' zei Jim hem na. 'De man is oud, ik bedoel, hoe oud is-ie eigenlijk? Vijfenvijftig? Hij heeft een vervelend baantje en een oude wagen, hij is te dik en zijn lieve zoontje gaat over negen of tien maanden het huis uit. Je moet eens in Milburn rondkijken, jongen. Hoeveel ouderen zie je hier met een brede lach op het rimpelig gezicht lopen? Het stikt hier van de zure ouwe knarren. Maar daardoor laat jij je de wet toch niet voorschrijven?' Jim ging wat achteroverzitten op zijn barkruk en keek Peter lachend aan, blijkbaar veronderstellend dat het oude argument nog altijd overtuigend was.
Peter voelde zich onzeker worden en hij wist niet wat hij moest zeggen; het argument overtuigde hem nog altijd. De zorgen van zijn vader waren de zijne niet en het ging er ook niet om dat hij niet van zijn vader hield, want dat deed hij wel. Maar hij wist niet of hij altijd maar weer moest gehoorzamen als zijn vader hem een enkele keer

iets verbood, of hij zich, zoals Jim het noemde, 'de wet moest laten voorschrijven'.

Had hij goed beschouwd ooit iets verkeerds gedaan samen met Jim? Ze hadden niet eens in de kerk ingebroken, want Jim had sleutels bij zich gehad. En toen hadden ze een vrouw gevolgd, dat was alles. Freddy Robinson was dood en dat speet hem, ook al had hij de man niet gemogen, maar niemand beweerde dat hij geen natuurlijke dood was gestorven. Hij had een hartaanval gehad of hij was gestruikeld en had zwaar hoofdletsel opgelopen...

En er had geen kleine jongen boven op het station gezeten.

En er had geen kleine jongen op die grafzerk gezeten.

'Dan moet ik zeker blij zijn omdat je pa je vanavond heeft laten gaan?'

'Nee, zo erg is het nou ook niet. Hij vindt dat we wat minder met elkaar moeten omgaan, niet dat we elkaar nooit meer zien. Hij vindt het geloof ik niet prettig als ik in dit soort tenten zit.'

'Wat mankeert er aan deze tent?' Hardie nam de hele verlopen kroeg in een weids gebaar op. 'Hé, Sunshine!' brulde hij. 'Is dit een toffe tent of niet?' De barman keek hem over zijn schouder stompzinnig aan. 'Dit is een toffe, sjieke tent, schatje. De Duke daar is het met me eens. Ik weet wel waar je ouwe heer bang voor is. Hij wil niet dat je met tuig omgaat. Nou, ik ben tuig, dat klopt. Maar als ik tuig ben, dan ben jij het ook. Dus het ergste is al gebeurd en nu je hier toch bent, kun je er maar beter van genieten.'

Als je zou opschrijven wat Hardie zei om het later na te lezen, zou je hem geen hoog cijfer geven, maar als je hem hoorde praten, wist hij je letterlijk alles te verkopen.

'Hoor eens, al die ouwe kereltjes denken dat gekte ook een manier is om normaal te blijven; als je hier lang genoeg woont, loop je gevaar houtworm in je kop te krijgen en je moet er doorlopend aan denken dat de hele wereld niet één groot Milburn is.' Hij keek Peter aan, dronk van zijn bier en grinnikte. Peter zag het flakkerend licht in zijn ogen en wist wat hij al die tijd had geweten: dat achter de gekte 'om normaal te blijven' een andere echte gekte aanwezig was. 'Zeg nou eens eerlijk, Pete,' zei Jim, 'heb jij soms ook niet het gevoel dat je deze hele rotplaats in vlammen zou willen zien opgaan? Of afgebroken – de bulldozer erover? Het is een spookstad, man. Het krioelt hier van de Rip van Winkles, de ene Rip van Winkle na de andere, een hele troep Rip van Winkles met een luchtledig waar hersens horen, met een pummel van een alcoholist als sheriff en smerige kroegen voor het sociaal contact...'

'Hoe is het met Penny Draeger?' brak Peter hem af. 'Je bent al drie weken niet met haar uit geweest.'

Jim boog zich over de toog en legde zijn handen om zijn bierglas. '*Ten eerste.* Ze kwam erachter dat ik met die Mostyn uitging en daar werd ze verdomd kwaad om. *Ten tweede.* Haar ouders, ouwe Rollie en Irmengard, kwamen erachter dat ze een paar maal was uitgegaan met wijlen F. Robinson. Toen mocht ze de deur niet meer uit. Mij had ze dat niet verteld, snap je? Maar goed ook, dan had ze wel meer niet gemogen.'

'Zou ze met hem zijn uitgegaan omdat jij met die vrouw naar Humphrey's Place ging?'

'Hoe moet ik verdomme weten waarom zij bepaalde dingen doet? Zie jij hier soms verband, mijn jongen?'

'Jij dan niet?' Soms was het veiliger Jims vragen naar hem terug te spelen.

'Jezus.' Hij boog zich dieper voorover en legde zijn ruige hoofd op het natte hout van de toog. 'Al die vrouwen zijn raadsels voor me.' Hij zei het zacht en alsof het hem speet, maar Peter zag zijn ogen glanzen tussen zijn wimpers en begreep dat het komedie was. 'Ja, nou, misschien heb je wel gelijk. Er zou toch wel enig verband kunnen bestaan, schattebout. Zou kunnen. En in dat geval heeft die mooie Anna, die me meetroonde en toen liet stikken, me ook nog van mijn seksleven beroofd. Als je het van die kant bekijkt, kun je bepaald wel zeggen dat ze me een en ander verplicht is.' Hij draaide zijn hoofd een kwartslag om op de toog en keek Peter met glinsterende ogen aan. 'Wat al bij me opgekomen was, eerlijk gezegd.' Zoals hij daar zat, diep voorover en met zijn hoofd als een apart ding op de toog, had zijn grijns iets maniakaals. 'Ja, werkelijk, ouwe makker.'

Peter slikte.

Jim schoot rechtop en sloeg op de toog. 'Hier nog twee flessen, Sunshine.'

'Wat wil je gaan doen?' vroeg Peter met het gevoel dat hij er onvermijdelijk in meegesleept zou worden. Hij staarde door de vuile ruiten van de kroeg naar een vlak van duisternis doorspikkeld met wit.

'Es kijken... Wat wil ik gaan doen?' zei Jim peinzend, maar Peter besefte mistroostig dat Jim voortdurend had geweten wat hij wilde gaan doen en dat het aanbieden van een biertje in deze kroeg niet meer dan de eerste fase van zijn plan was geweest. Hij was net zo feilloos in de richting van dat gesprek gestuurd als hij de stad was uitgereden, en al die flauwekul van ook een manier om normaal te blijven en dat van wonen in een spookstad had ergens in Hardies hoofd op een lijstje gestaan. 'Wat wil ik gaan doen?' Hij hield het hoofd scheef. 'Zelfs deze luxetent gaat vervelen na een stuk of zes flessen, dus terugrijden naar het dierbare Milburn zou wel plezierig zijn. Ja, ik vind echt dat we terug moeten naar het dierbare Milburn.'

'We kunnen er beter wegblijven,' zei Peter.

Jim ging er niet op in. 'Weet je dat ons lieve verleidelijke vriendinnetje twee weken geleden het hotel heeft verlaten? En ik mis haar zo verschrikkelijk, Peter. Ik mis die ferme kont die de trap opgaat. Ik mis die ogen die opflitsen in de gangen. Ik mis haar lege koffer. Ik mis haar goddelijke lijf. En jij weet vast wel waar ze is gebleven.'

'Mijn vader heeft de hypotheek geregeld. Van zíjn huis.' Peter knikte heftiger dan hij bedoelde en merkte dat hij weer dronken werd.

'Je ouwe heer is ook voor alles te porren, zeg,' zei Jim met een welwillend lachje. 'Kroeghouder!' Hij sloeg hard op de toog. 'Breng mijn vriend en mij een glas van je beste whisky.' De barman schonk met een zuur gezicht twee glazen vol whisky van hetzelfde merk dat Jim had gestolen. 'Om terug te komen op ons onderwerp: onze vriendin die zo bitter wordt gemist, verlaat ons voortreffelijk hotel en betrekt het huis van Robinson. Is dat niet een merkwaardige coïncidentie? Ik neem aan, schattebout, dat jij en ik de enige hier ter plaatse zijn die weten dát het om een coïncidentie gaat. Want wij zijn de enigen die weten dat zij bij het oude station was, toen onze vriend Freddy om het leven kwam.'

'Het was zijn hart,' zei Peter binnensmonds.

'Ja zeker, ze heeft het op je hart gemunt. Op je hart en op je ballen. Maar toch vreemd, hè? Freddy valt op de rails neer – zei ik valt? Nee: *zweeft*. Ik heb het gezien, nietwaar? Hij zweeft neer op die rails alsof hij van vloeipapier is. En dan wil zij met alle geweld zijn huis hebben. Is dat ook zo'n geval, ouwe jongen? Zie je hier ook verband, mannetje?'

'Nee,' fluisterde hij.

'Kom nou, Pete, en dat voor een jongen die vervroegd tot Cornell is toegelaten. Gebruik die machtige hersencellen, knaapje.' Hij legde zijn hand tegen Peters rug, kwam dichterbij en blies Peter pure dranklucht in het gezicht. 'Onze verleidelijke vriendin zoekt iets in dat huis. Stel je haar daar eens voor. Man, dat maakt me nieuwsgierig, jou niet? Dat sexy vrouwtje loopt daar rond in het vroegere huis van Freddy – wat zoekt ze? Geld? Dure sieraden? Drugs? Wie zal het zeggen? Maar ze zoekt iets. Ik zie dat aantrekkelijke lijf van haar door de kamers gaan, alles doorzoekend... moet een prachtig gezicht zijn...'

'Ik ga niet mee,' zei Peter. De whisky golfde als olie in zijn maag.

'Als we nu eens begonnen ons vervoermiddel op te zoeken?' zei Jim.

Peter merkte dat hij alleen in de kou naast de wagen van Jim stond. Hij kon zich niet herinneren waarom hij alleen was. Hij stampte met zijn voeten op de grond, keek naar alle kanten en zei: 'Zeg, Jim.'

Een ogenblik later was Hardie er ineens, grinnikend als een haai. 'Neem me niet kwalijk dat ik je even liet wachten. Ik moest onze vriend binnen zeggen hoezeer we zijn gezelschap op prijs stellen. Ik dacht niet dat hij me geloofde, dus moest ik mijn boodschap een paar maal herhalen. Hij toonde wat je gebrek aan belangstelling zou kunnen noemen. Gelukkig ben ik erin geslaagd ook in onze drankbehoeften voor de rest van deze fantastische avond te voorzien.' Hij trok de rits van zijn jas een eindje los en liet de hals van een fles zien.

'Je bent krankzinnig.'

'Ik ben een slimme vos, wou je zeggen.' Jim ontsloot de wagen, boog zich over de voorbank om het andere portier van het slot te doen en Peter stapte in. 'Om terug te komen op het onderwerp van onze discussie...'

'Jij moest toch ook maar gaan studeren,' zei Peter terwijl Jim de motor startte. 'Met jouw talent voor gezeik ben je zo een Phi Bèta Kappa.'

'Ik heb wel eens gedacht dat ik een aardig goeie advocaat zou kunnen worden,' zei Jim onverwacht. 'Hier, neem een teug.' Hij gaf Peter de fles aan. 'Wat is een goeie advocaat anders dan een topzeiker? Neem die ouwe Sears James nou... Als ik ooit iemand heb gezien die je van hier naar Key West zou kunnen lullen...'

Peter wist nog wanneer hij Sears James het laatst had gezien, breeduit voor in een wagen zittend met een bleek gezicht achter de beslagen ruit. En opeens dacht hij aan het gezicht van de jongen die op de zerk voor de St.-Michael had gezeten. 'Laten we bij die vrouw uit de buurt blijven,' zei hij.

'Dat is nou juist het punt dat ik wilde bespreken.' Hij keek Peter stralend aan. 'Waren we niet op het punt gekomen dat deze mysterieuze vrouw door het huis dwaalt op zoek naar een of ander? Ik meen me te herinneren, dat ik je verzocht je dat voor te stellen.'

Peter knikte mistroostig.

'En geef me die fles terug als je er toch niets mee doet. Nu dan, er is daar in huis iets aanwezig, nietwaar? Ben je ook niet wat nieuwsgierig? Er is daar in elk geval iets aan de hand en jij en ik, maatje, zijn daarvan als enigen op de hoogte. Heb ik gelijk tot dusver?'
'Zou kunnen.'
'CHRISTUS!' schreeuwde Hardie en Peter schrok hevig. 'Jij stomme lul! Wat kan ik anders hebben dan gelijk? Er is een reden waarom ze juist in dát huis trekt, dat is de enige verklaring. Er is daar iets dat zij wil hebben.'
'Je denkt dat ze Robinson uit de weg heeft geruimd.'
'Dat weet ik niet zeker. Ik heb niet meer gezien dan dat hij daar op de rails neerzweefde. Wat kan het ook verdommen. Maar ik kan je één ding zeggen: ik wil in dat huis gaan kijken.'
'Alsjeblieft niet,' jammerde Peter.
'Je hoeft nergens bang voor te zijn,' troostte Jim hem. 'Ze is maar een griet tenslotte. Ze heeft rare gewoonten, maar het blijft een meid, schatje. En verdomme, zo stom ben ik nou ook niet dat ik naar binnen ga wanneer ze thuis is. En als je te schijterig bent om mee te gaan, dan loop je maar terug naar huis.'
Terug langs de donkere buitenweg, terug naar Milburn.
'Hoe kom je erachter of ze uit is? Ze zit 's avonds in het donker, heb je gezegd.'
'Je kunt op de bel drukken, idioot.'

Op de top van de laatste lage heuvel voor de afslag keek Peter, misselijk van angst, omlaag langs de autoweg naar de lichten van Milburn; bijeengeveegd in een kleine inzinking van het land zagen ze eruit alsof ze met één hand waren op te rapen. Het lag daar zo ongerijmd, Milburn, als een tentenkamp van nomaden, en al had Peter de plaats zijn hele leven gekend – al was het ook de *enige* plaats die hij had leren kennen – Milburn kwam hem vreemd voor die avond.
Opeens zag hij waarom. 'Jim, kijk eens. Alle lichten aan de westkant van de stad zijn uit.'
'Stroomdraden bezweken onder de sneeuw.'
'Het sneeuwt toch niet?'
'Het heeft gesneeuwd toen we in de kroeg zaten.'
'Heb je echt een jongetje op het station zien zitten die avond?'
'Welnee. Dat dacht ik alleen maar. Het zal sneeuw zijn geweest of een stuk krant of zo – hoe had dat kind daar moeten komen? Je weet wel beter. Laten we wel wezen, maat, er hing daar die avond een

285

griezelig sfeertje.'
Toen vervolgden ze hun weg naar Milburn door het groeiende duister.

7

In de stad aldaar zat Don Wanderley aan zijn bureau aan de westzijde van Hotel Archer en zag het beneden op straat plotseling donker worden, al bleef zijn bureaulamp branden;

en Ricky Hawthorne schrok toen het opeens donker werd in zijn huiskamer en Stella vroeg hem kaarsen te halen en zei dat het weer dat punt aan de autoweg was, waar de lijnen elke winter een paar maal omlaagkwamen;

En Milly Sheehan, die ook op zoek ging naar kaarsen, hoorde traag kloppen aan de voordeur, maar ze dacht er niet over open te doen;

en Sears James, die zich had opgesloten in zijn bibliotheek waar plotseling het licht uitviel, hoorde voetjes trippelen op zijn trap en maakte zichzelf wijs dat hij droomde;

en Clark Mulligan, die twee weken science-fiction en horrorfilms had gedraaid en een hoofd vol bedreigende beelden had – *je kunt ze vertonen, man, maar niemand kan je dwingen ernaar te kijken* – liep midden onder een film de Rialto uit voor wat frisse lucht en meende in de plotselinge duisternis een man in de gedaante van een wolf de straat te zien oversteken, zich haastend naar waar hij moest zijn om zijn kwaad te kunnen aanrichten *(niemand kan je dwingen naar die rotzooi te kijken, man)*.

De inbraak, deel twee

8

Jim stopte een halve straat van het huis verwijderd. 'Als dat verdomde licht maar niet uitgevallen was.' Ze keken samen naar de voorgevel van het huis met de ramen zonder gordijnen waarachter zich niemand bewoog, waarachter geen enkele kaars brandde.

Peter Barnes dacht nog na over wat Jim Hardie had gezien, het lichaam van Freddy Robinson dat op de overwoekerde rails neerzweefde en over de kleine jongen die niet bestond, maar wel op het station en op een zerk had gezeten. En toen dacht hij: *ik had gelijk de vorige keer. Van angst word je nuchter.* Hij keek naar Jim en zag dat hij gespannen was van opwinding.

'Je had toch gezegd dat ze de lichten nooit aandeed?'

'Man, ik wou dat ze nooit uitgingen,' zei Jim en hij rilde even, zijn gezicht een grijnzend masker. 'In een buurt als deze' – hij vatte in één gebaar de hele respectabele omgeving van grote huizen samen – 'in zo'n poenerige omgeving vol Rotary-leden, zou onze dierbare vriendin misschien de behoefte hebben zich aan te passen. Ze zou misschien lampen aansteken om te voorkomen dat iemand iets vreemds aan haar opmerkt.' Hij hield het hoofd scheef. 'Je kent toch wel dat oude huis aan Haven Lane waar die schrijver heeft gewoond? Wanderley? Loop je daar 's avonds wel eens langs? Alle huizen in de buurt zijn van onder tot boven verlicht en daartussen slaat het oude huis van Wanderley, zo donker als het graf. De rillingen lopen je over de rug, jongetje.'

'Rillingen krijg ik van dít hier,' zei Peter. 'Bovendien is het tegen de wet.'

'Je hebt het wel op je heupen, zeg.' Hardie draaide zich om in zijn stoel en keek Peter strak aan, die zijn nauwelijks beheersbare drang tot actie, tot daden, tot omverlopen van alle obstakels die hem in de weg gezet zouden worden, niet ontging. 'Denk je soms dat onze vriendin zich afvraagt wat tegen de wet is en wat niet? Dat ze ervoor heeft gezorgd dat huis te krijgen om zich daarin aan de wet te houden, in de persoon van Walt Hardesty, godbetert?' Hardie schudde zijn hoofd in echte of gespeelde weerzin en Peter dacht dat hij zichzelf opschroefde voor een onderneming die zelfs hij roekeloos vond. Jim draaide zich weer om en startte de wagen. Peter hoopte nog even dat hij het blok zou rondrijden om naar het hotel te gaan, maar Jim hield de wagen in de eerste versnelling en reed heel zachtjes door tot hij recht tegenover het huis stond.

'Of je doet met me mee of je bent een lul, lul,' zei hij.

'Wat ben je van plan?'

'Eerst eens beneden door de ramen te kijken. Heb je daar het lef voor, jongetje?'

'Je kunt toch niets zien.'

'Jezus,' zei Hardie en kwam de wagen uit.

Peter weifelde maar even, toen stapte ook hij uit en volgde Hardie over het besneeuwde gazon en langs de zijkant van het huis. Ze liepen snel en gebukt om niet door buren gezien te worden.

Even later zaten ze op hun hurken in de sneeuw die zich had opgehoopt onder een zijraam. 'Zeg, je hebt toch wel het lef door dat raam te kijken, schattebout?'

'Noem me niet zo,' fluisterde Peter. 'Ik heb er schoon genoeg van.'

'Net het goeie moment om me dat te zeggen.' Hardie grinnikte een beetje en stak zijn hoofd uit om over de vensterbank te kijken. 'Zeg, kijk eens.'

Peter bracht langzaam zijn hoofd boven de vensterbank. Hij keek in een kleine zijkamer, vaag te zien in het maanlicht dat over hun schouders viel. Er stonden geen meubels en er lag geen tapijt op de vloer.

'Enge tante,' zei Hardie en Peter hoorde de lach in zijn stem. 'Ga mee naar de achterkant.' Hij schuifelde weg, weer gebukt. Peter ging mee.

'Als je het mij vraagt, is ze er niet,' zei Hardie zodra Peter eveneens aan de achterkant van het huis stond. Hij richtte zich op en leunde tegen de muur tussen een klein raam en de achterdeur. 'Ik heb het gevoel dat er niemand thuis is.' Nu ze aan de achterkant stonden, waar niemand hen kon zien, voelden ze zich wat meer op hun gemak.

De langgerekte tuin eindigde bij een witte verhoging die een ondergesneeuwde haag bleek te zijn. Middenin stond een gipsen vogelbad bedekt met sneeuw, een taart met glazuur. Zelfs in het maanlicht kwam het hun voor als een geruststellend alledaags voorwerp. Je kon niet in paniek raken in het aanzicht van een vogelbadje, dacht Peter en hij moest even lachen.

'Geloof je me niet?' daagde Hardie hem uit.

'Daar gaat het niet om.' Ze spraken beiden op normale sterkte.

'Goed, ga jij dan maar eerst kijken.'

'Oké.' Peter draaide zich om en ging stoutmoedig voor het kleine raam staan. Wat hij zag, was een grijs glanzend aanrecht, een hardhouten vloer en een fornuis dat mevrouw Robinson moest hebben achtergelaten. Een eenzaam drinkglas op de ontbijtbar ving een glimp maanlicht op. Het vogelbad had nog iets huiselijks gehad maar dit zag er zo troosteloos uit, dat ene glas dat stoffig stond te worden op de bar, en Peter was het nu met Jim eens dat er niemand thuis kon zijn. 'Geen mens te zien,' zei hij.

Hardie stond al naast hem en knikte. Hij stapte op de lage betonnen trap van de achterdeur. 'Als je iets hoort,' zei hij, 'ga je er met een noodgang vandoor.' Hij drukte op de bel.

Er klonk een daverend geluid door het huis.

Ze zetten zich schrap en hielden hun adem in. Maar er klonken geen stappen; geen stem liet zich horen.

'Nou?' zei Jim en glimlachte sereen tegen Peter. 'Wat zeg je ervan?'
'We pakken het verkeerd aan,' zei Peter. 'We moeten terug naar de voorkant en doen alsof we net komen aanlopen. Als iemand ons ziet, zijn we gewoon twee jongens die haar willen spreken. Wanneer ze niet op de voordeurbel reageert, doen we gewoon wat iedereen doet in zo'n geval: we kijken door het raam. Zien ze ons rondsluipen zoals daarnet, dan bellen ze de politie.'
'Daar zit wat in,' zei Jim een paar seconden later. 'Goed, we proberen het. Maar als er niemand komt, ga ik weer naar de achterkant en naar binnen. Daar zijn we tenslotte voor gekomen.'
Peter knikte: hij wist het.
Alsof hij blij was dat hij niet meer hoefde te sluipen, liep Jim frank en vrij naar de voorkant van het huis. Peter volgde wat trager en Jim stak als eerste het gazon naar de voordeur over. 'Daar gaan we,' zei hij.
Peter kwam naast hem staan en dacht: *ik ben niet in staat dat huis binnen te gaan.* Het was leeg, maar het was ook gevuld met kale kamers, doortrokken van de sfeer van wie daar wilde wonen. Het huis leek verlatenheid voor te wenden.
Jim drukte op de voordeurbel. 'We verdoen onze tijd,' zei hij en ook in zijn stem klonk onbehagen.
'Wacht nou maar. En doe gewoon.'
Jim stak zijn handen in de zakken van zijn jack en schuifelde met zijn voeten. 'Is dit lang genoeg?'
'Eventjes nog.'
Jim blies een golvende zichtbare ademwolk uit. 'Goed, eventjes nog. Een twee drie. Wat nu?'
'Bel nog eens. Wat je ook zou doen als je dacht dat ze wel thuis was.'
Jim drukte opnieuw de belknop in en het trillende geluid plantte zich voort door het huis en stierf toen weg.
Peter keek links en rechts de huizen aan de overkant af. Geen wagens. Geen elektrisch licht. Achter een raam vier huizen verderop flakkerde een kaars, maar hij zag geen nieuwsgierige gezichten van mensen die naar de twee jongens op de stoep van het pas verkochte huis keken. De woning van de overleden dokter Jaffrey recht tegenover hen maakte een sombere indruk.
Uit het niets en volkomen onverklaarbaar klonk plotseling zachte muziek door de lucht. Het geluid van een trombone, een indringende saxofoon: jazz die op grote afstand werd gespeeld.
'Hè?' Jim Hardie hief zijn hoofd op en draaide zich om. 'Dat klinkt als... ja, wat?'

Peter stelde zich een vrachtauto met open laadbak voor waarop zwarte musici stonden te spelen in de avond. 'Als kermis, lijkt het wel.'

'Ja. Dat horen we wel vaker in Milburn. In november.'

'Dit zal wel een plaat zijn.'

'Iemand heeft zijn raam openstaan.'

'Dat moet wel.'

En toch – alsof het idee dat opeens muzikanten op een kermis in Milburn kwamen spelen beangstigend was – wilden ze geen van beiden toegeven dat deze ritmische klanken te echt waren om van een plaat te komen.

'Zullen we nu maar eens door het raam kijken?' zei Jim. 'Eindelijk?' Hij sprong van de stoep en ging naar het grote raam in de voorgevel. Peter bleef op de stoep staan en sloeg geluidloos zijn handen ineen terwijl hij naar de zachter wordende muziek luisterde: de vrachtauto reed naar het centrum, naar de markt, dacht hij. Maar hoe viel dat te rijmen? De klanken stierven weg.

'Je raadt nooit wat ik hier zie,' zei Jim.

Peter schrok en keek om naar zijn vriend. Jim keek hem bepaald vriendelijk aan. 'Een lege kamer.'

'Niet helemaal.'

Peter wist dat Jim het hem niet zou vertellen; hij zou zelf moeten gaan kijken. Dus sprong hij de stoep af en liep naar het raam.

Het eerst zag hij wat hij al had verwacht: een kale kamer waar het tapijt was weggehaald en overal onzichtbaar stof moest zijn neergedaald. Aan de overkant het duistere gat van een deuropening, aan zijn kant de weerspiegeling van zijn eigen gezicht dat door de ruit naar buiten keek.

Even bekroop hem de angst daar in de val te zitten zoals zijn spiegelbeeld, over de kale vloerplanken door die deur te moeten lopen; de angst was even onzinnig als de muziek van de jazzband, maar evenzeer aanwezig.

Toen zag hij wat Jim had bedoeld. Bij een zijwand tegen de plint lag een bruine koffer op de vloer.

'Die is van haar!' zei Jim in zijn oor. 'Weet je wat dat betekent?'

'Dat ze hier nog is, dat ze thuis is.'

'Nee. Wat ze wil hebben, is hier nog.'

Peter ging een stap achteruit en keek naar Jims rode, gespannen gezicht. 'Genoeg geluld,' zei Jim. 'Ik ga naar binnen. Ga je mee... schatje?'

Peter kon geen antwoord meer over zijn lippen krijgen. Jim liep om hem heen en verdween om de hoek van het huis.

Even later hoorde Peter gerinkel van een brekend ruitje. Hij kreunde, draaide zich om en zag weer zijn gezicht in het venster, vertrokken van angst en onzekerheid.

Maak dat je wegkomt. Nee. Je moet hem helpen. Maak dat je wegkomt. Nee, je moet hem…

Hij liep de hoek van het huis om zo snel hij kon maar zonder te rennen.

Jim stond op de achterstoep met zijn arm door het glazen ruitje dat hij had ingeslagen. In het wazig licht en in die gebogen houding had hij alles weg van een inbreker en Peter dacht aan wat Jim had gezegd. *Dus het ergste is al gebeurd en nu je hier toch bent, kun je er maar beter van genieten.*

'O, ben jij het,' zei Jim. 'Ik dacht dat je allang thuis was, weggekropen onder je bed.'

'Als ze nou eens thuiskomt?'

'Dan vliegen we de achterdeur uit, sukkel. Het huis heeft twee deuren, nietwaar? Of ben je bang dat je niet harder kunt lopen dan zo'n griet?' Zijn gezicht verstrakte even in opperste concentratie, toen klikte het slot open. 'Ga je mee?'

'Vooruit dan maar. Maar ik ga niets stelen. En dat doe jij ook niet.' Jim lachte spottend en ging de deur door.

Peter liep de stoep op en keek naar binnen. Hardie was al op weg de keuken door en het huis in zonder om te kijken.

Nu je hier toch bent, kun je er beter van genieten. Hij deed de stap over de drempel. Voor hem uit stapte Hardie in de gang rond en deed deuren en kasten open.

'*Stil toch,*' siste Peter hem toe.

'Wees zelf stil,' riep Jim terug, maar het lawaai hield meteen op en Peter begreep dat Jim ook bang was, al zou hij dat nooit toegeven.

'Waar wil je gaan zoeken?' vroeg Peter. 'Wat zoeken we eigenlijk?'

'Hoe moet ik dat weten? Dat weten we pas als we het te zien krijgen.'

'Het is hier te donker om wat dan ook te zien. Van buitenaf zag je nog meer.'

Jim haalde lucifers uit zijn zak en streek er een af. 'Zo beter?' In feite was dat niet het geval: eerst hadden ze in de hele gang iets kunnen onderscheiden, nu konden ze alleen binnen de kleine lichtkring iets zien.

'Ja, prima, maar we blijven bij elkaar,' zei Peter.

'We kunnen het huis vlugger doorzoeken als we uit elkaar gaan.'

291

'O nee.'

Jim haalde zijn schouders op. 'Jij je zin.' Hij ging Peter voor naar wat de woonkamer moest zijn, die er nog havelozer uitzag dan ze van buitenaf hadden kunnen zien. Op de wanden zagen ze behalve kindertekeningen met krijt ook de lichtere rechthoeken waar schilderijtjes hadden gehangen. Jim zocht de kamer af, beklopte de muren en streek de ene lucifer na de andere af.

'Daar heb je de koffer.'

'O ja, de koffer.'

Jim hurkte neer en deed de koffer open. 'Niets.' Peter keek over zijn schouder toe, terwijl Jim de koffer omkeerde, heen en weer schudde en weer op de kale planken zette.

Hij fluisterde: 'We zullen vast niets vinden.'

'Christus, we hebben een keuken en een kamer gezien en nu wil je het al opgeven.' Jim ging snel staan en zijn lucifer doofde.

Ze stonden in absolute duisternis. 'Nog een lucifer,' fluisterde Peter.

'Liever niet. Zo kunnen ze van buitenaf geen licht zien. Je ogen passen zich wel aan.'

In het donker stonden ze te wachten tot het beeld van het vlammetje van hun netvlies was weggetrokken tot een speldepunt te midden van het zwart. Daarna wachtten ze tot de kamer om hen heen weer vorm begon aan te nemen.

Peter hoorde ergens in het huis rumoer en schrok.

'Rustig, in godsnaam.'

'Wat was dat?' fluisterde Peter en hoorde hysterie in zijn stem opkomen.

'De trap kraakte. Of de achterdeur sloeg dicht. Niets bijzonders.'

Peter streek over zijn voorhoofd en voelde zijn vingers trillen op zijn huid.

'Hoor eens, we hebben gepraat, de muren beklopt en een ruit ingeslagen – als ze thuis is, had ze allang te voorschijn moeten komen.'

'Ja, daar heb je gelijk in.'

'Goed. Laten we dan maar eens op de eerste verdieping kijken.'

Jim greep hem bij de mouw van zijn jack en trok hem de gang weer in. Toen liet hij de mouw los en ging voor Peter uit naar de voet van de trap.

Boven was het aardedonker en daar lag weer een nieuw territorium. Toen Peter omhoogkeek langs de trap, voelde hij zich nog onbehaaglijker dan toen ze het huis binnendrongen.

'Ga jij maar naar boven, ik blijf hier.'

'Wil je hier in je eentje in het donker achterblijven?'
Peter probeerde te slikken, maar kon het niet. Hij schudde zijn hoofd.
'Vooruit dan maar. Het moet daar boven zijn, wat het ook is.'
Jim zette zijn voet op de tweede tree van de ongeverfde trap. Ook hier was de loper blijkbaar verwijderd. Jim klom naar boven en keek om. 'Kom je?' Hij ging de trap met twee treden tegelijk op. Peter keek hem na en toen Jim halverwege de trap was, dwong hij zichzelf hem te volgen.
Zodra Jim boven aan de trap stond en Peter op twee derde was, sprong het licht weer aan.
'Hallo jongens,' zei een zware, bedaarde stem onder aan de trap.
Jim Hardie schreeuwde.
Peter gleed achteruit langs de trap en zag zich, half verlamd van angst, al regelrecht in de greep van de naar hen opkijkende man terechtkomen.
'Ik zal jullie naar de gastvrouw brengen,' zei de man met een levenloze glimlach. Hij zag er merkwaardig uit: over het blond krullend haar als dat van Harpo Marx droeg hij een blauwe wollen muts en hij had een donkere bril op. Verder droeg hij een tuinoverall zonder hemd eronder en zijn gezicht was witachtig als ivoor. Het was de man van het marktplein. 'Ze zal blij zijn jullie terug te zien,' zei de man. 'Als haar eerste gasten in dit huis kunnen jullie op een bijzonder hartelijk welkom rekenen.' De dorre glimlach verbreedde zich terwijl de man hen nakwam op de trap.
Toen hij nog maar enkele treden hoger was, rukte hij de blauwe muts van zijn hoofd waarbij de krullen, die een pruik bleken te zijn, meegingen.
En toen hij de donkere bril afzette, glommen zijn ogen in een egaal goudgele kleur.

9

Don Wanderley, die in zijn hotelkamer uit het raam naar het verduisterde deel van Milburn stond te kijken, hoorde in de verte de saxofoons en trombones door de koude lucht schetteren en dacht: *dr. Rabbitfoot heeft de plaats bereikt.*
Achter hem rinkelde zijn telefoon.

Sears zat tegenover de deur in zijn bibliotheek te luisteren of hij voetstappen op de trap hoorde, toen zijn telefoon zich meldde. Hij nam niet op. Hij deed zijn deur van het slot en trok hem open. Op de trap was niets aanwezig.

Pas toen nam hij de hoorn op.

Lewis Benedikt, die aan de uiterste begrenzing van het door de stroomstoring getroffen gebied woonde, hoorde geen muziek en geen trippelende voetjes. Wat hij wel hoorde – aangevoerd door de wind of komend uit zijn eigen brein of zwevend op een vlaag tocht die door zijn eetkamer streek en om de stijl van de trapleuning golvend naar hem omhoogsteeg – was het wanhopigste geluid dat hij kende: de kwijnende en nauwelijks hoorbare stem van zijn overleden vrouw die steeds maar riep: 'Lewis, Lewis.' Hij had er met onderbrekingen al dagen naar geluisterd. Toen hij zijn telefoon hoorde, nam hij opgelucht op.

Het was tevens een opluchting de stem van Ricky Hawthorne te horen zeggen: 'Ik word gek hier in het donker. Ik heb Sears al gebeld en Edwards neef en Sears was zo vriendelijk te zeggen dat we nu dadelijk bij hem thuis bijeen kunnen komen. We zijn er hard aan toe, zou ik zeggen. Vind je ook niet? We zullen ons ditmaal niet aan de regels houden, we komen zoals we zijn, hè?'

Ricky vond dat de jonge man er als een waardig lid van het Chowder Genootschap begon uit te zien. Achter het masker van vriendelijke welwillendheid dat van Edwards neef verwacht mocht worden, had ook hij de zenuwen. Hij zat achterover geleund in een van Sears' heerlijke fauteuils van zijn whisky te nippen, nam (in een reflex van zijn ooms milde spot?) het gekoesterde interieur van de bibliotheek in zich op (vond hij het ook zo ouderwets als Edward het had gevonden?) en maakte af en toe een opmerking, maar achter dat alles was zijn gespannenheid voelbaar.

Wellicht wordt hij daardoor waarlijk een van ons, dacht Ricky. Het was hem duidelijk dat Don iemand was met wie ze jaren geleden vriendschap hadden kunnen sluiten; was hij veertig jaar eerder geboren, hij zou als bij geboorterecht een van de hunnen zijn geweest. Toch had hij een trek van geheimzinnigheid in zich. Zo begreep Ricky in het geheel niet waarom hij de vraag stelde of zij een van allen muziek hadden gehoord in de vooravond. Bij navraag had hij elke toelichting vermeden. Bij verdere navraag had hij gezegd: 'Ik kreeg het gevoel dat alles wat zich hier afspeelt, in direct verband staat met mijn werk.'

Deze opmerking, die in andere omstandigheden zelfbewust zou hebben geleken, kreeg iets beladens bij het kaarslicht en ze hadden allen in hun stoelen zitten schuifelen.

'Is dat niet de reden waarom we je hier hebben uitgenodigd?' vroeg Sears.

Daarna had hij zijn uitleg gegeven en Ricky luisterde verbaasd naar wat Don vertelde over zijn concept voor een nieuw boek en zijn omschrijving van de figuur dr. Rabbitfoot. Don beweerde dat hij de muziek van de kermisreiziger al had gehoord vlak voor hij door Ricky werd gebeld.

'Bedoel je te zeggen dat alles wat zich in onze plaats afspeelt episodes zijn uit een boek dat nog geschreven moet worden?' vroeg Sears ongelovig. 'Dat is gewoon kletskoek.'

'Tenzij,' zei Ricky peinzend, 'tenzij... ja, ik weet niet goed hoe ik het moet stellen. Tenzij een en ander hier in Milburn zich de laatste tijd heeft geconcentreerd in... in een brandpunt dat er tevoren niet was.'

'U bedoelt dat ik dat brandpunt ben,' zei Don.

'Dat weet ik niet.'

'Wat een onzin,' kwam Sears ertussen. 'Brandpunt, geen brandpunt – wat er aan de hand is, lijkt me niet meer te zijn dan dat we erin slagen onszelf nog angstiger te maken. Dat is je brandpunt. De dagdromen van een romanschrijver hebben daar niets mee te maken.'

Lewis mengde zich niet in de discussie; hij leek verdiept in eigen leed. Ricky vroeg hem naar zijn mening en Lewis antwoordde: 'Sorry, ik dacht even aan iets anders. Zal ik me nog maar eens inschenken, Sears?'

Sears knikte stuurs. Lewis zat tweemaal zo snel te drinken als gewoonlijk, alsof het oude overhemd dat hij droeg en het tweed jasje hem het recht gaven nog een van hun oude regels te overtreden.

'En wat zou dan een aanwijzing vormen op dat mysterieuze brandpunt?' vroeg Sears agressief.

'Dat weet u net zo goed als ik. In de eerste plaats de dood van John.'

'Een coïncidentie,' zei Sears.

'De schapen van Elmer, al dat andere vee dat is gedood.'

'Je begint zeker in Hardesty's marsbewoners te geloven.'

'Weet u nog wat Hardesty tegen ons zei? Dat het een soort *spel* was, een vermaak dat een of ander wezen zich veroorloofde. Wat ik bedoel, is dat de inzetten zijn verhoogd. Freddy Robinson. Die oude vrouw, Rea Dedham. Ik had maanden geleden al het gevoel dat onze verhalen iets oprakelden en ... en ik vrees, ik vrees ten zeerste dat er nog meer mensen zullen sterven. Ik wil maar zeggen dat ons leven en dat van velen in deze plaats in gevaar kan komen.'

'Dan had ik daarnet gelijk, nietwaar? Jij bent er althans in geslaagd jezelf nog angstiger te maken,' zei Sears.

'Angstig zijn we allemaal,' stelde Ricky vast. Door zijn verkoudheid klonk zijn stem schor en zijn keel deed zeer, maar hij dwong zichzelf door te gaan. 'Dat zijn we absoluut. Maar volgens mij is Dons komst naar Milburn zoiets geweest als het laatste stukje van een legpuzzel inpassen; toen wij hier gezelschap van Don kregen, werden de krachten, of hoe je het wilt noemen, verdubbeld. We hebben die krachten zelf opgeroepen, wij met onze verhalen, Don in zijn boeken en zijn fantasie. We zien iets, maar we geloven er niet in. We voelen iets – mensen die naar ons kijken, sinistere wezens die ons achtervolgen – maar we doen het af als verbeelding. We dromen gruwelen bijeen, maar trachten ze te vergeten. En intussen zijn er drie doden gevallen.'

Lewis staarde naar het tapijt en speelde nerveus met de asbak die voor hem op tafel stond. 'Ik herinner me opeens wat ik tegen Freddy Robinson zei toen hij me die avond voor Johns huis aanschoot. Ik zei dat de een of ander ons als vliegen doodslaat.'

'Maar waarom zou deze jongeman, die we tot voor kort geen van allen kenden, nu het laatste stuk van de puzzel zijn?' vroeg Sears.

'Omdat hij de neef van Edward is misschien?' vroeg Ricky. Het was hem uit het niets ingevallen. Even later voelde hij een inmense opluchting dat zijn kinderen met Kerstmis niet naar Milburn kwamen. 'Ja, omdat hij Edwards neef is.'

De drie oudere mannen voelden bijna tastbaar de ernst van wat Ricky 'die krachten' had genoemd om zich heen. Drie bange mannen in het zachte kaarslicht terugkijkend op hun verleden.

'Het zou kunnen,' zei Lewis tenslotte. Hij dronk zijn whisky uit. 'Maar dan begrijp ik de rol van Robinson niet. Hij wilde me spreken, heeft me tweemaal opgebeld. Ik heb hem afgepoeierd. Met een vage belofte dat ik hem in het café wel zou zien.'

Sears vroeg: 'Misschien had hij je iets te vertellen toen hij nog leefde.'

'Dan heb ik hem daar niet de kans voor gegeven. Ik nam aan dat hij me een verzekering wilde aanpraten.'

'Waarom dacht je dat?'

'Hij zei iets over komende moeilijkheden.'

Er viel een stilte. Toen zei Lewis: 'Als ik een afspraak met hem had gemaakt, zou hij misschien nog in leven zijn.'

Ricky zei: 'Lewis, nu klink je net als John Jaffrey. Die verweet zich de dood van Edward.'

Een ogenblik keken ze allemaal naar Don Wanderley.

'Mogelijk ben ik hier niet alleen vanwege mijn oom,' zei Don. 'Ik wil me een plaats in het Chowder Genootschap inkopen.'

'Wat?' barstte Sears uit. 'Inkopen?'

'Met een verhaal. Dat is toch de toegangsprijs?' Hij keek met een vragend lachje de kring rond. 'Ik zie het heel duidelijk voor me, want ik heb dat verhaal zojuist in een dagboek opgeschreven. En,' zei hij en overtrad daarmee weer een regel, 'het is geen fictie. Dit is gebeurd precies zoals ik het zal vertellen; als fictie zou het niet eens bruikbaar zijn, want het heeft geen echt slot. Het was even op de achtergrond geraakt door alles wat er is gebeurd. Maar als meneer Hawthorne ('Ricky', mompelde de advocaat) gelijk heeft, dan zijn er niet vier, maar vijf mensen gedood. En de eerste was mijn broer.'

'Jullie waren allebei met hetzelfde meisje verloofd,' zei Ricky. Het was een van de laatste dingen die hij van Edward had gehoord.

'We waren beiden verloofd met Alma Mobley, een meisje dat ik aan Berkeley had leren kennen,' zei Don en ze gingen allemaal wat behaaglijker in hun stoel zitten. 'En het lijkt wel een spookverhaal, moet ik bekennen.'

Hij kreeg hen in de ban van zijn verhaal, vertellend in de kaarsvlam als in een onrustig gebied in zijn hersenen. Hij vertelde het anders dan in zijn dagboek, toen hij bewust zoveel mogelijk details had genoteerd, maar het was wel nagenoeg volledig. Hij had er een half uur voor nodig.

'Dus wat er in *Who's Who* stond, toonde aan dat alles wat ze had gezegd onwaar was,' besloot Don. 'David was dood en haar heb ik nooit meer gezien. Ze was eenvoudig verdwenen.' Hij streek over zijn gezicht en liet hoorbaar zijn adem ontsnappen. 'Dat was het dan. Is het een spookverhaal of niet? Dat wil ik van u horen.'

Geen van de mannen zei iets. *Zeg het hem*, Sears, smeekte Ricky zonder woorden. Hij keek naar zijn oude vriend, die de vingers tegen elkaar zette voor zijn gezicht. *Zeg het, vertel het hem.*

Sears' ogen ontmoetten de zijne. *Hij weet wat ik denk.*

'Wel,' begon Sears en Ricky sloot zijn ogen. 'Net zozeer als onze verhalen, denk ik. Is dit de reeks gebeurtenissen waarop je je boek hebt gebaseerd?'

'Ja.'

'Ze vormen een beter verhaal dan het boek,' zei Sears.

'Maar ze hebben geen slot.'

'Nog niet, wellicht,' zei Sears. Hij keek ontstemd naar de kandelaars waarin de kaarsen tot in de zilveren houders waren opgebrand. Nú, smeekte Ricky met zijn ogen nog altijd gesloten. 'Deze jonge man die er volgens jou uitzag als een weerwolf heette...eh, Greg? Greg Benton?' Ricky deed zijn ogen weer open en als de anderen op hem hadden gelet zouden ze dankbaarheid op zijn gezicht hebben gelezen.

Don knikte, kennelijk niet begrijpend wat de naam ertoe deed.

'Ik heb hem onder een andere naam gekend,' zei Sears. 'Heel lang geleden heette hij Gregory Bate. En zijn idiote broertje heette Fenny. Ik was erbij toen Fenny stierf.' Hij glimlachte met de verbittering van iemand die iets moet eten wat hij werkelijk niet lust. 'Dat moet wel een hele tijd voor jouw – Benton – zich een kaalgeschoren hoofd aanmat, zijn geweest.'

'Als hij zich in twee gedaanten kan vertonen, waarom dan niet in drie?' zei Ricky. 'Ik heb hem nog geen twee weken geleden op het marktplein gezien.'

Plotseling ging het licht aan, pijnlijk fel na zo lange tijd bij kaarslicht te hebben gezeten. De vier mannen in Sears' bibliotheek die bij het licht van de kaarsen nog een zekere distinctie en rust hadden uitgestraald die door het schellere licht werden weggevaagd, keken elkaar bevreesd aan: *we lijken al half dood te zijn,* dacht Ricky. Het was alsof de kaarsen hen binnen een kring van warmte hadden gehaald, de warmte van de kaars, het gezelschap en het verhaal. Nu werden ze uiteengejaagd, verstrooid op een winterse vlakte.

'Het lijkt wel of hij je heeft gehoord,' zei Lewis, dronken. 'Wie weet heeft Freddy Robinson dat gezien. Misschien zag hij Gregory in een wolf veranderen. Haha!'

De inbraak, deel drie

10

Peter krabbelde overeind op de trap en zonder te beseffen dat hij zich dwong te gaan lopen, rende hij de treden weer op en bleef naast Jim op de overloop staan.

De weerwolf kwam traag maar onstuitbaar dichterbij, niet in het minst gehaast. 'Jullie willen haar toch spreken?' Hij grijnsde wreed. 'Ze zal het zeer op prijs stellen. Er wacht jullie een hartelijk welkom, dat beloof ik jullie.'

Peter keek radeloos om zich heen en zag fosforiserend licht onder een deur naar buiten schijnen.

'Ze is misschien nog niet helemaal gereed om jullie te ontvangen, maar dat maakt het alleen maar interessanter, nietwaar? We zien onze vrienden graag zonder masker op.'

Hij praat om ons hier vast te houden, dacht Peter. *Hij wil ons hypnotiseren.*

'Jullie zijn toch geïnteresseerd in wetenschappelijk onderzoek? In verrekijkers? Hoe plezierig om in aanraking te komen met twee jongelui die een onderzoekende geest hebben, twee kerels die hun kennis willen vergroten. Er zijn al zoveel jongeren die maar wat rondlummelen, hè, die geen risico's durven nemen. Nou, dat kan van jullie zeker niet gezegd worden.'

Peter keek opzij naar Jim Hardie; Jims mond hing open.

'Nee, jullie hebben buitengewone moed getoond. Ik ben dadelijk bij jullie, dus ontspan je een beetje en wacht op me... ontspan je en wacht even.'

Peter gaf Jim een por in zijn ribben, maar Jim reageerde er niet op. Hij keek weer naar de gruwelijke gedaante die hen naderde en beging de fout recht in de lege gele ogen te kijken. Meteen hoorde hij een welluidende stem, niet die van het monster, binnen in zijn hoofd zeggen: *ontspan je, Peter, ontspan je, dan zul je haar zien...*

'Jim!' schreeuwde hij.

Hardie maakte een krampachtige schrikbeweging en Peter wist dat er geen hoop meer voor hem was.

Kalmeer, jongen, er is geen enkele reden tot paniek...

De man met de gele ogen had hen bijna bereikt en stak zijn linkerhand uit. Peter stapte achteruit, te bang om nog samenhangend te kunnen denken.

De witte hand van de man schoof steeds dichter naar Jims linkerhand.

Peter draaide zich om en rende tot halverwege de trap naar de hogere etage. Toen hij omkeek, straalde het licht dat op de overloop onder een deur naar buiten kwam zo fel dat de wanden vaag groen gekleurd werden. Ook Jim was groen in dat licht.

'Pak mijn hand maar,' zei de man. Hij stond nog twee treden lager dan Jim en hun handen raakten elkaar bijna.

Jim streek met zijn vingers langs de handpalm van de man.

Peter keek naar boven, maar kon Jim niet achterlaten.

De man op de trap lachte in zichzelf. Peter verkilde en hij keek weer omlaag. De man greep Jim bij de pols. De wolfsogen gloeiden vervaarlijk.

Jim begon te gillen.

De man die hem vasthield, verschoof zijn handen naar Jims keel en draaide zijn lijf met onmetelijke kracht om, waarna hij zijn hoofd tegen de muur sloeg. Hij zette zijn voeten schrap op de overloopplanken en sloeg Jims hoofd nog eens tegen de muur.

Nu jij.

Jim viel op de kale vloer neer en de man schopte hem opzij alsof hij een papieren zak was. Op de muur zat een rode bloedveeg alsof een kind met de vingers had geverfd.

Peter rende door een lange gang met deuren aan weerskanten, deed een willekeurige deur open en sloop naar binnen.

Hij verstarde meteen. Tegen het raam tekende zich een mannenhoofd af. 'Welkom thuis,' zei de man toonloos. 'Heb je haar al ontmoet?' Hij stond op van het bed waarop hij had gezeten. 'O nee? Nou, als je haar leert kennen, vergeet je haar nooit meer. Een verbijsterende vrouw.'

De man, nog altijd niet meer dan een donkere schim tegen een raam, schuifelde in Peters richting. Peter stond nog als bevroren bij de deur en toen de man naderde, herkende hij Freddy Robinson.

'Welkom thuis,' zei Robinson nog eens.

Ik heb je.

Voetstappen op de gang bleven voor de slaapkamerdeur staan. *Tijd. Tijd. Tijd. Tijd.*

'Zie je, ik herinner me niet precies…'

In paniek stormde Peter op Robinson af, zijn armen voor zich uit om hem opzij te schuiven, maar zodra zijn vingers het overhemd raakten, viel Robinson uiteen in een vormloze massa lichtpuntjes die Peters vingers deden tintelen. Even later waren de lichtpuntjes verdwenen en Peter rende door de plaats waar Robinson had gestaan.

'Kom naar buiten, Peter,' zei een stem aan de andere kant van de deur. 'We willen allemaal dat je naar buiten komt,' en in zijn hoofd herhaalde die andere stem *Tijd.*

Peter stond al bij het bed toen hij de deurknop hoorde omdraaien.

Hij klom op het bed en bonkte met de muis van beide handen tegen de bovenkant van het kozijn.

Het raam schoof soepel omhoog. Koude lucht stroomde over hem uit.

Hij voelde dat het andere brein naar het zijne tastte, hem trachtte te

300

dwingen naar de deur te komen, hem zei dat hij niet zo dom moest doen, hij wilde toch wel zien dat alles goed was met Jim?

Jim!

Hij klauterde het raam uit terwijl de deur openging. Er vloog iets op hem af, maar hij was al over het bovendak heen en sprong op het lagere deel. Vandaar liet hij zich op het dak van de garage vallen en van de garage sprong hij in een sneeuwhoop.

Jims auto voorbijrennend gluurde hij naar het huis: het zag er even degelijk uit als tevoren; alleen in de vestibule en het trappenhuis brandde licht dat een verwelkomende lichte rechthoek op het tuinpad wierp. En zelfs dat gelige licht leek tegen Peter te praten, leek te zeggen: *lijkt het je niet vredig met de handen over de borst gekruist te liggen, lijkt het je niet vredig te slapen onder een laag ijs?*

Hij zette het op een lopen en bleef rennen tot hij thuis was.

11

'Lewis, je bent al dronken,' zei Sears nors. 'Maak je nou niet helemaal belachelijk.'

'Sears,' zei Lewis, ' het is idioot, maar je kunt je moeilijk niet belachelijk maken als je over dit soort dingen praat.'

'Dat beweer jij. Maar drink in godsnaam niet meer.'

'Weet je, Sears,' zei Lewis, 'ik vrees dat ons aller decorum hierna niet veel meer om het lijf zal hebben.'

Ricky vroeg hem: 'Wil je niet meer bijeenkomen?'

'Nou ja, wat zijn we verdomme eigenlijk? De Drie Musketiers?'

'In zekere zin wel, ja. We zijn de overlevenden. Plus Don uiteraard.'

'Ach, Ricky,' zei Lewis en lachte even. 'Het aardigste aan jou is dat je zo verdomd loyaal bent.'

'Alleen voor zover loyaliteit zin heeft,' zei Ricky, waarna hij tweemaal luid moest niezen. 'Neem me niet kwalijk, ik moet naar huis. Wil je de bijeenkomsten werkelijk staken?'

Lewis schoof zijn glas naar het midden van de tafel en zakte weg in zijn stoel. 'Ik weet het niet. Eigenlijk niet, geloof ik. Als we niet meer bijeenkwamen, zou ik die goeie sigaren van Sears niet meer roken. En aangezien we inmiddels een nieuw lid hebben, zou ik zeggen...'

Juist toen Sears wilde uitbarsten, keek Lewis naar hen op als de stralende knappe man die hij altijd was geweest. 'Ik zou geloof ik bang worden als we niet meer bijeenkwamen. Misschien geloof ik alles wat je hebt gezegd, Ricky. Sedert oktober heb ik enkele merkwaardige ervaringen gehad, sinds die avond dat Sears over Gregory Bate vertelde.'

'Ik ook,' zei Sears.

'En ik,' bekende Ricky. 'Maar dat hebben we toch al gezegd?'

'Dus moesten we ons er maar doorheen slaan,' zei Lewis.

'Intellectueel horen jullie in een andere klasse thuis dan ik en die jongeman hier misschien ook, maar het lijkt me zo'n situatie waarin je samenhangt of ieder apart hangt. Bij mij thuis zie ik soms werkelijk spoken – het lijkt wel of er iets is dat de seconden aftelt tot het me te grazen kan nemen. Zoals John te grazen werd genomen.'

'Geloven we werkelijk in weerwolven?' vroeg Ricky.

'Nee,' zei Sears en Lewis schudde zijn hoofd.

'Ik ook niet,' zei Don. 'Maar er is iets...' Hij hield op en dacht na; toen keek hij op en zag de drie ouderen gretig naar zich kijken. 'Ik heb het nog niet uitgewerkt. Het is zomaar een idee. Ik zal er beter over nadenken voor ik probeer het uit te leggen.'

'Ja, het licht brandt alweer enige tijd,' zei Sears nadrukkelijk. 'En we hebben een goed verhaal gehoord. Wellicht hebben we bepaalde vorderingen gemaakt, al zie ik niet welke. Indien de gebroeders Bate zich in Milburn bevinden, hoop ik van harte dat ze zullen doen wat de weergaloze Hardesty verwacht en verder trekken zodra ze ons beu zijn.'

Don zag de uitdrukking op Ricky's gezicht en knikte.

'Een ogenblik nog,' zei Ricky. 'Neem me niet kwalijk, Sears, maar ik heb Don naar het ziekenhuis gestuurd om Nettie Dedham te bezoeken.'

'Zo?' Sears toonde niet de geringste belangstelling.

'Ja, ik ben bij haar geweest,' zei Don. 'En de sheriff en meneer Rowles waren er ook. We waren allen op hetzelfde idee gekomen.'

'Eens kijken of ze iets wilde zeggen,' zei Ricky.

'Maar ze kon het niet. Ze is er niet toe in staat.' Don keek Ricky aan. 'U hebt het ziekenhuis gebeld?'

'Inderdaad,' zei Ricky.

'Maar toen de sheriff haar vroeg of ze iemand had gezien op de dag van haar zusters dood, trachtte ze een naam te noemen. Je kon duidelijk zien dat ze het probeerde.'

'En hoe was die naam?' vroeg Sears.

'Wat ze zei, was niet meer dan een aantal medeklinkers, het klonk als Glngr. Glngr. Ze heeft het een paar keer gezegd. Hardesty liet het erbij; hij kon er geen touw aan vastknopen.'

'Wie wel?' zei Lewis en keek Sears aan.

'Meneer Rowles nam me op de parkeerplaats nog even apart en zei dat ze volgens hem de naam van haar broer had willen noemen. Stringer? Klopt dat?'

'Stringer?' zei Ricky. Hij streek met zijn hand over zijn ogen.

'Ik begrijp het niet helemaal,' zei Don. 'Ik zou graag willen weten waarom dit van zoveel belang is.'

'Ik wist dat het zou gebeuren,' zei Lewis. 'Ik wist het.'

'Beheers je, Lewis,' zei Sears uit de hoogte. 'Don, we zullen dit eerst onder elkaar moeten bespreken. Maar we zijn je geloof ik een verhaal schuldig dat niet onder het jouwe blijft. Je krijgt het vanavond niet te horen, maar nadat we overleg hebben gepleegd zullen we je denk ik het definitieve verhaal van het Chowder Genootschap kunnen vertellen.'

'Dan heb ik een verzoek,' zei Don. 'Mocht u besluiten mij het verhaal te vertellen, zou dat dan in het huis van mijn oom kunnen gebeuren?'

Hij zag de tegenzin die bij de drie mannen opkwam. Ze leken er opeens ouder uit te zien. Zelfs Lewis leek kwetsbaar.

'Dat is misschien geen kwaad idee,' zei Ricky Hawthorne. Hij was een en al verkoudheid, verpakt in snor en stippeltjesdas. 'In het huis van je oom is het voor ons begonnen.' Hij slaagde erin Don een lachend gezicht te tonen. 'Ja, ik denk wel dat je het definitieve verhaal van het Chowder Genootschap te horen krijgt.'

'En moge de Heer ons tot zolang beschermen,' zei Lewis.

'Moge Hij ons ook daarna beschermen,' zei Sears.

12

Peter Barnes kwam de slaapkamer van zijn ouders binnen, ging op het bed zitten en keek toe hoe zijn moeder haar haar borstelde. Ze was weer in zo'n afwezig verstrooide stemming en schommelde al maanden heen en weer tussen deze ijzige kilte – gepaard gaand met kant-en-klaar-maaltijden en lange, eenzame wandelingen – en overdreven moederliefde. In die laatste stemming gaf ze hem telkens een nieuwe trui, deed aan tafel lief tegen hem en zat achter zijn huiswerk aan. Tijdens die moederlijke perioden kreeg hij vaak het gevoel dat ze op het punt stond in snikken uit te barsten; de last van onvergoten tranen klonk door in haar stem en maakte haar gebaren loom.

'Wat eten we vanavond, mam?'

Met het hoofd scheef bekeek ze haar beeld in de spiegel, heel vluchtig. 'Hot dogs met zuurkool.'

'O.' Peter hield wel van hot dogs, maar zijn vader had er een hekel aan.

'Was dat wat je wilde vragen, Peter?' Ze keek hem niet meer aan, ze had alleen oog voor het spiegelbeeld van haar hand die de borstel door haar haar haalde.

Peter was zich er altijd van bewust geweest dat zijn moeder een bijzonder aantrekkelijke vrouw was, misschien geen klassieke schoonheid zoals Stella Hawthorne, maar toch meer dan gewoon knap. Ze had die hoogblonde, jeugdige aantrekkelijkheid, die zorgeloosheid, als een zeilboot die je in de verte in de baai ziet, bijtend in de wind. Mannen vonden haar begeerlijk; hij wist het, al dacht hij er liever niet aan. Op het feest dat Jaffrey voor de actrice had gegeven, had hij gezien dat Lewis Benedikt de knieën van zijn moeder streelde. Tot dat moment had hij blindelings (dacht hij achteraf) aangenomen dat volwassenheid en getrouwde staat een verlossing waren van passie en verwarring in de jeugd. Zijn moeder en Lewis Benedikt hadden even goed Jim Hardie en Penny Draeger kunnen zijn; ze leken een natuurlijker paar dan zij en zijn vader. Niet lang na het feest had hij het gevoel gekregen dat het huwelijk van zijn ouders afbrokkelde.

'Nee, eigenlijk niet,' zei hij, 'maar ik kijk graag naar u wanneer u uw haar borstelt.'

Christina Barnes verstarde met haar hand boven haar hoofd, maar toen bracht ze de borstel in een soepele, krachtige slag weer naar beneden. Ze zocht zijn ogen, maar keek snel en bijna schuldig een andere kant op.

'Wie komen er morgen op uw feest?' vroeg hij.

'Nou, dezelfden als altijd. De vrienden van je vader. Ed en Sonny Venuti. Nog een paar. Ricky Hawthorne en zijn vrouw. Sears James.'

'Komt meneer Benedikt ook?'

Nu keek ze hem onderzoekend aan. 'Dat weet ik niet. Misschien wel. Hoezo? Mag je Lewis niet?'

'Niet zo erg, geloof ik. Ik zie hem haast nooit.'

'Dat geldt voor iedereen, lieverd,' zei ze en zijn stemming werd wat beter. 'Lewis is een kluizenaar voor wie toevallig geen meisje van vijfentwintig is.'

'Hij is toch getrouwd geweest?'

Weer keek ze hem aan en nu had haar blik iets scherps. 'Waar wil je eigenlijk naar toe, Peter? Ik moet mijn haar borstelen.'

'Ik weet het. Sorry.' Nerveus streek Peter de sprei over het bed glad. 'En?'

'Ik vroeg me eigenlijk af of u gelukkig bent.'

Ze legde de borstel op de toilettafel waarbij de ivoren achterkant op het hout tikte. 'Gelukkig? Natuurlijk ben ik gelukkig, jongen. En ga nu maar naar beneden en zeg tegen je vader dat we zo meteen gaan eten.'

Peter ging de slaapkamer uit en naar beneden, de kleine zijkamer in waar zijn vader als gewoonlijk naar de televisie keek. Dat was ook een teken dat het fout ging; Peter kon zich niet herinneren dat zijn vader vroeger ooit na kantoortijd de televisie aanzette, maar de laatste maanden verdween hij met zijn aktentas in die televisiekamer en beweerde dat hij nog wat papieren moest doornemen. Even later drong de themamuziek van *Starsky and Hutch* of *Charlie's Angels* zachtjes door de deur naar buiten.

Hij stak zijn hoofd om de deur, zag de Eames-fauteuil voor het flikkerend toestel getrokken – *The Brady Bunch* was op het scherm – en zag het schaaltje zoute nootjes op de tafel staan met een pakje sigaretten en een aansteker ernaast, maar zijn vader was er niet. Zijn aktentas lag ongeopend op de vloer naast de stoel.

Dus ging Peter de televisiekamer met de sporen van eenzame gezelligheid maar weer uit en de gang door naar de keuken. Toen hij daar binnenkwam, liet Walter Barnes, gekleed in een bruin kostuum en lage bruine gaatjesschoenen, juist twee olijven in een martini vallen. 'Zo, Peter, ouwe jongen,' zei hij.

'Dag, pa. Mam zegt dat het eten dadelijk klaar is.'

'Wat heet dadelijk, over een uur, anderhalf uur? Wat heeft ze trouwens klaargemaakt, weet jij dat?'

'We krijgen hot dogs.'

'Hè, jakkes. Christus nog aan toe. Dan heb ik wel een paar drankjes nodig, wat jij, Pete?' Hij pakte het glas op, lachte een beetje en nam een teug.

'O ja, pa...'

'Wat?'

Peter ging een stap achteruit, stak zijn handen in zijn zakken en wist niet goed meer wat hij wilde zeggen. 'Verheugt u zich op uw feest?' vroeg hij.

'O ja,' zei zijn vader. 'Het wordt best aardig, Pete, zul je zien. We gaan er een fijne avond van maken.'

Walter Barnes wilde van de keuken naar de televisiekamer gaan, maar een soort instinct dreef hem nog even om te kijken naar zijn zoon, die met de handen in de zakken en een bezorgd gezicht in de keuken bleef hangen. 'Hé, jong. Moeilijkheden gehad op school?'

'Nee,' zei Peter, met bedrukt gezicht zijn gewicht van de ene voet naar de andere verplaatsend.

'Ga maar mee.'

Ze liepen de gang door, Peter in de achterhoede. Bij de deur van de televisiekamer zei zijn vader: 'Je vriend Hardie is nog niet terecht, hoor ik.'

'Nee.' Het zweet brak Peter uit.

Zijn vader zette de martini op een onderlegger en liet zich zwaar in zijn fauteuil vallen. Beiden keken ze naar het scherm. Vrijwel alle kinderen Brady kropen met hun vader rond tussen het meubilair in hun huiskamer – ongeveer dezelfde huiskamer als de hunne – op zoek naar een verdwenen huisdier, een schildpad of een jonge poes (of misschien wel een rat met zulke ondernemende kinderen).

'Zijn moeder weet zich geen raad van angst,' zei Peters vader en stopte een handvol noten in zijn mond. Toen hij ze had doorgeslikt, zei hij: 'Eleanor is een aardige vrouw, maar van die jongen heeft ze nooit iets begrepen. Heb jij er enig idee van waar Jim is gebleven?'

'Nee,' zei Peter en bleef naar de jacht op de rat kijken alsof hij er aanwijzigingen ten behoeve van het gezinsleven in hoopte te vinden.

'Hij is met zijn wagen weggereden.'

Peter knikte. Hij was op weg naar school naar Montgomery Street gelopen de dag na zijn ontsnapping uit het huis en had uit de verte al gezien dat de wagen weg was.

'Rollie Draeger zal zich wel opgelucht voelen als je het mij vraagt,' zei zijn vader. 'Voor hetzelfde geld had zijn dochter zwanger kunnen raken.'

'Hm-mm.'

'En je hebt er geen vermoeden van waar Jim naar toe is gegaan?' vroeg zijn vader hem aankijkend.

'Nee,' zei Peter en nam het risico zijn blik niet neer te slaan.

'Hij heeft je niets verteld, als jullie samen een biertje dronken?'

'Nee,' zei Peter mistroostig.

'Je zal hem wel missen,' zei zijn vader. 'Maak je je ook bezorgd om hem?'

'Ja,' zei Peter, op het punt in tranen uit te barsten, net als soms bij zijn moeder het geval leek.

'Moet je niet doen. Zo'n soort jongen maakt het anderen altijd veel moeilijker dan hij het zelf ooit zal krijgen. En zal ik je eens wat zeggen, ik weet waar hij is.'

Peter keek zijn vader verbluft aan.

'Hij zit in New York, vast en zeker. Ik denk dat hij er om de een of andere reden vandoor is gegaan. En ik vraag me af of hij toch niet iets te maken heeft gehad met wat de oude Rea Dedham is overkomen. Wel wat vreemd dat hij is gevlucht, hè?'

'Dat heeft hij niet gedaan,' zei Peter. 'Echt niet. Dat is niets voor hem.'

'Toch ben jij beter af met een paar ouwe lui als wij dan met hem, is het niet?' Toen Peter daar niet mee instemde zoals hij had verwacht, legde Walter Barnes zijn hand op de arm van zijn zoon. 'Eén ding moet je nog leren, Pete. De brokkenmakers van deze wereld lijken hele helden, maar je kunt er beter met een boog omheenlopen. Hou je aan mensen als onze vrienden, mensen met wie je op ons feest zult praten, dan ben je op de goede weg. Het leven is al moeilijk genoeg zonder dat je om moeilijkheden vraagt.' Hij liet Peters arm los. 'Zeg, trek een stoel bij, kunnen we samen naar het programma kijken. Zijn we tenminste een poosje in elkaars gezelschap.'

Peter ging zitten en deed alsof hij naar het scherm keek. Buiten hoorde hij de sneeuwploeg ratelen, hun huis voorbijgaan en doorrijden in de richting van de markt.

13

De volgende dag waren beide stemmingen, zowel de introverte als de extraverte, veranderd. Zijn moeder was in geen enkele stemming: ze was druk in huis bezig met afstoffen en stofzuigen, telefoneerde en luisterde naar de radio. Peter zat boven op zijn kamer naar de door sneeuwberichten onderbroken muziek te luisteren. De wegen waren zo onbegaanbaar dat de scholen gesloten waren. Zijn vader was lopend naar de bank gegaan: uit zijn slaapkamerraam had Peter hem zien weggaan met een hoed op, een overjas aan en met laarzen aan zijn voeten. Hij had er tenger en een beetje Russisch uitgezien. Verscheidene Russen uit hun buurt hadden hem bij de eerste zijstraat al ingehaald. De sneeuwberichten herhaalden hun eentonig thema: *de sneeuwmobiles de weg op, kinderen, twee decimeter in de afgelopen nacht, meer sneeuw voorspeld voor het weekeinde, ongeluk op Route 17 heeft verkeer gestremd tussen Damascus en Windsor... ongeluk op Route 79 heeft verkeer tussen Oughuoga en Center Village doen vastlopen... omgeslagen kampeerbus op Route 11 op zes kilometer ten noorden van Castle Creek... Omar Norris* passeerde met de sneeuwploeg even voor twaalf uur en begroef twee auto's onder lagen sneeuw. Na de lunch liet zijn moeder hem eiwitten tot een stijve schuimmassa kloppen. De dag was net een lange lap grijze stof; er kwam geen eind aan.

Zodra hij weer alleen op zijn kamer zat, zocht hij in de gids *Robinson, F.* op en draaide het nummer, terwijl het hart hem in de keel klopte. De bel ging tweemaal over, waarna iemand de hoorn opnam en onmiddellijk weer neerlegde.

De radio meldde rampen. Een tweeënvijftigjarige man in Lester stierf aan een hartaanval terwijl hij bezig was de sneeuw van zijn oprit te scheppen. Twee kinderen kwamen om toen hun moeder dicht bij Hillcrest met haar wagen tegen de pijler van een brug reed. In Stamford stierf een bejaarde man aan onderkoeling omdat hij geen geld had voor verwarming.

Om zes uur ratelde de sneeuwploeg hun huis weer voorbij. Op dat moment zat Peter in de televisiekamer op het nieuws te wachten. Zijn moeder stak haar hoofd om de deur, een blond hoofd duizelend van de recepten, en zei: 'Vergeet je niet iets anders aan te trekken voor het eten, Peter? Kleed je eens netjes aan en doe een das om.'

'Komen er dan mensen met dit weer?' Hij wees naar het scherm waarop warrelende sneeuw en stagnerend verkeer te zien waren. Broeders droegen op een brancard het lijk van het onderkoelingsslachtoffer, de vijfenzeventigjarige Elmore Vesey, een armoedig, ingesneeuwd krot uit.

'Ja hoor, ze wonen niet ver weg.' Merkwaardig gelukkig stevende ze weg.

Een half uur later kwam zijn vader thuis met een grauw gezicht. Hij keek even naar binnen en zei: 'Hallo, Pete. Alles kits?' Waarna hij de trap opging om een lekker heet bad te nemen.

Om zeven uur kwam zijn vader naar hem toe in de televisiekamer met een martini in de hand en een schaaltje cashewnoten. 'Je moeder zegt dat ze het prettig zou vinden als je een das omdeed. Nu ze in zo'n goed humeur is, zou ik haar dat pleziertje maar gunnen.'

'Doe ik,' zei hij.

'Nog iets van Jim Hardie gehoord?'

'Nee.'

'Eleanor moet gek worden van angst.'

'Dat denk ik ook.'

Even later zocht hij zijn kamer op en ging op zijn bed liggen. Het feest bijwonen, de bekende vragen beantwoorden ('Ben je blij dat je naar Cornell gaat?'), rondlopen met een blad en karaffen drankjes, alles liever dan dat. Hij had zich het liefst in een deken gerold om in bed te blijven zolang ze hem lieten liggen. Daar kon hem niets gebeuren. De sneeuw zou zich ophopen rondom het huis, de thermostaten zouden aan- en uitklikken en hij zou in een diepe slaap vallen...

Om halfacht ging de bel en hij stond op. Hij hoorde dat zijn vader opendeed, het geluid van stemmen en er werden drankjes aangeboden. De gasten waren het echtpaar Hawthorne en nog een man die hij niet aan zijn stem herkende. Peter trok zijn hemd over zijn hoofd en deed een schoon overhemd aan. Hij trok een das onder het boordje door en legde er een knoop in, kamde met zijn vingers zijn haar en ging de kamer uit.

Op de overloop kon hij de voordeur al zien en zijn vader, die bezig was de jassen van de gasten in de kast te hangen. De onbekende was een lange man van in de dertig met dik blond haar en een hoekig, vriendelijk gezicht. Hij droeg een tweed jasje over een blauw overhemd en had geen das om. *Geen advocaat,* dacht Peter.

'Een schrijver,' zei zijn moeder juist en haar stem schoot hoog uit. 'Wat interessant.' Peter kreunde.

'Dit is onze zoon Pete,' zei zijn vader en de drie gasten keken omhoog langs de trap, de heer en mevrouw Hawthorne lachend, de onbekende met een taxerende blik. Hij gaf hun een hand en bij Stella Hawthorne vroeg hij zich weer af hoe een vrouw van haar leeftijd kans zag eruit te zien als een filmster. 'Hoe gaat het, Peter?' zei Ricky Hawthorne en gaf hem een stevige, droge handdruk. 'Je ziet er wat moe uit.'

'Ik voel me prima,' zei Peter.

'En dit is Don Wanderley, hij is schrijver en een neef van meneer Wanderley,' zei zijn moeder. De handdruk van de schrijver was warm en krachtig. 'Ja, we moeten straks eens over uw boeken praten. Peter, wil jij in de keuken vast ijs klaarzetten?'

'U lijkt een beetje op uw oom,' zei Peter.

'Bedankt voor het compliment.'

'Pete, het *ijs*.'

Stella Hawthorne zei: 'Bij dit weer zou ik mijn drankjes haast au bain-marie willen hebben, net als bij mossels.'

Zijn moeder liet hem niet uitlachen – 'Pete, het ijs, toe nou' – en wendde zich toen tot Stella Hawthorne met een haastige, gejaagde glimlach op haar gezicht. 'Nee, de straten zijn op het ogenblik heel redelijk,' hoorde hij Ricky Hawthorne tegen zijn vader zeggen voor hij naar de keuken ging en ijsblokjes losbrak in een schaal. De stem van zijn moeder, die te luid was, achtervolgde hem.

Even later stond ze naast hem, haalde iets onder de grill vandaan en keek in de oven. 'Staan de olijven en de rijstcrackers klaar?' Hij knikte. 'Leg deze dan op een schaal en presenteer ze, Peter.' Het waren toostjes met ei en kippelevertjes in bacon gerold. Hij brandde zijn vingers bij het overbrengen op de schaal en zijn moeder kwam achter hem staan en gaf hem een kus in zijn nek. 'Peter, ik vind je erg lief.' Zonder iets gedronken te hebben, gedroeg ze zich alsof ze dronken was. 'Zo, wat moeten we nu nog doen? Staan de martini's klaar? O ja, als je met die schaal terugkomt, breng die karaf dan naar binnen en een blad met glazen. Je vader helpt je wel. Zo. Wat moet ik nu nog doen? O ja, kappertjes en ansjovis prakken. Je ziet er geweldig uit, Peter, ik ben zo blij dat je een das hebt omgedaan.'

Weer ging de bel en er klonken nog meer bekende stemmen. Harlan Bautz, de tandarts, en Lou Price, die er altijd bijliep als de schurk uit een gangsterfilm. Hun vrouwen waren respectievelijk uitdagend en onderdanig.

Hij ging met het eerste blad rond toen de Venuti's binnenkwamen. Sonny Venuti propte een toostje-ei in haar mond, zei: 'Warm!' en gaf hem een kus op zijn wang. Ze zag er hologig en gejaagd uit. Ed Venuti, de collega van zijn vader, zei: 'Je verlangt zeker naar Cornell, jongen?' en blies hem jeneverlucht in het gezicht.

'Ja, meneer.'

Maar Venuti luisterde niet eens. 'Dat we ze nog maar lang mogen lusten,' zei hij toen zijn vader hem een martini aanreikte.

Toen hij Harlan Bautz het blad voorhield, sloeg de tandarts hem op de schouder en zei: 'Je kunt zeker nauwelijks wachten om naar Cornell te gaan, jongen?'

'Nee, meneer.' Hij vluchtte terug naar de keuken.

Zijn moeder lepelde een groen mengsel in een dampende braadpan. 'Wie kwamen er daarnet binnen?'

Hij vertelde het haar.

'Even die troep erdoor roeren en dan de pan weer in de oven,' zei ze en gaf hem de schaal. 'Ik moet gedag gaan zeggen. O, ik voel me zo *feestelijk* vanavond.'

Ze ging en hij bleef alleen achter. Hij liet de rest van de dikke groene substantie in de braadpan lopen en roerde er een poosje in. Terwijl hij de pan weer in de oven schoof, kwam zijn vader binnen en zei: 'Waar is het dienblad? Ik had niet zoveel martini's moeten maken,

310

bijna iedereen wil whisky. Wacht, ik zal de karaf halen en de andere glazen uit de eetkamer gebruiken. Zeg, de stemming zit er al goed in, Pete. Je moet eens met die schrijver gaan praten, interessante kerel, ik geloof dat hij thrillers schrijft – ik meen dat Edward me destijds zoiets verteld heeft. Interessant, hè? Ik wist wel dat je het naar je zin zou hebben met die vrienden van ons. Dat is toch zo, hè?'
'Wat?' zei Peter en deed de oven dicht.
'Dat je het naar je zin hebt.'
'Ja, hoor.'
'Prima. Ga nou maar naar binnen, praat eens wat met de mensen.' Hij schudde opeens verbaasd zijn hoofd. 'Tjonge, je moeder is toch zo opgewonden. Ze vermaakt zich kostelijk. Prettig haar weer eens zo te zien.'
'Ja,' zei Peter en liep langzaam van de keuken naar de huiskamer met een blad hartige hapjes dat zijn moeder had laten staan.
Daar was ze, 'opgewonden' zoals zijn vader het noemde; ze leek zelfs letterlijk opgewonden: ze praatte snel door een wolk uit-geademde rook heen, schoot weg van Sonny Venuti, greep een schaal zwarte olijven en hield ze Harlan Bautz voor.
'Als het zo doorgaat, zeggen ze, kan Milburn wel eens helemaal afgesneden worden,' zei Stella Hawthorne met haar lage stem, waarnaar het plezieriger luisteren was dan naar de stemmen van zijn moeder en mevrouw Venuti. Misschien was het daarom dat alle andere stemmen zwegen. 'We hebben hier maar één sneeuwploeg; de landelijke ploegen zullen het druk hebben op de autowegen.'
Louis Price, naast Sonny Venuti op de bank, zei: 'En moet je zien wie er op die sneeuwploeg zit. De raad had wijzer moeten zijn toen de vrouw van Omar Norris hem in dat baantje wilde hebben. Hij is meestal te dronken om te zien waar hij rijdt.'
'Kom, kom, Lou, dat is nou net het enige dat Omar Norris in een jaar uitvoert en hij is vandaag tweemaal langs ons huis gereden!' Zijn moeder verdedigde Omar Norris met te veel geestdrift; Peter zag haar telkens naar de deur kijken en begreep dat haar koortsige opwinding werd veroorzaakt door iemand die er nog niet was.
'Hij slaapt tegenwoordig in die oude goederenwagons, geloof ik,' zei Lou Price. 'In de wagons of in zijn garage, als zijn vrouw hem zo dicht in de buurt laat komen. Moet zo'n knaap die tweetonner van een sneeuwploeg voorbij je huis rijden? Hij zou de wagen met zijn drankadem kunnen aandrijven.'
Weer ging de bel en zijn moeder liet haar drankje bijna vallen.
'Ik ga wel,' zei Peter.

Het was Sears James. Onder de brede rand van zijn hoed zag zijn gezicht zo bleek dat zijn wangen bijna blauw leken. Maar toen hij zei: 'Bonjour, Peter,' zag hij er weer normaal uit; hij nam zijn hoed af en verontschuldigde zich voor zijn late komst.

Zo'n twintig minuten lang ging Peter rond met bladen hapjes, vulde glazen bij en vermeed gesprekken. (Sonny Venuti nam zijn wang tussen duim en vinger en zei: 'Jij kunt zeker nauwelijks wachten tot je weg bent uit deze akelige plaats en achter de meisjesstudentjes kunt aanzitten, hè Pete?') Hoe vaak hij ook naar zijn moeder keek, steeds weer brak ze haar zin af en keek naar de deur. Lou Price legde Harlan Bautz met luide stem een of ander uit over sojabonen en de termijnmarkt. Mevrouw Bautz ergerde Stella Hawthorne met adviezen over het opknappen van huizen ('Ik zeg altijd maar, neem palissander.') Ed Venuti, Ricky Hawthorne en zijn vader zaten in een hoek over de vermissing van Jim Hardie te praten. Peter keerde terug naar de steriele rust van de keuken, trok zijn das los en legde zijn hoofd op een aanrecht vol groene spatten. Vijf minuten later ging de telefoon. 'Nee, laat maar, Walt, ik neem hem wel,' hoorde hij in de huiskamer zijn moeder roepen.

Even later hield het keukentoestel op met bellen. Ze had opgenomen in de televisiekamer. Peter keek strak naar de witte telefoon aan de keukenwand. Misschien was het niet wat hij dacht. Misschien was het Jim Hardie die hem wilde zeggen: *hé, maak je maar niet bezorgd, man, ik zit in de Apple...,* maar hij moest het weten. Ook al zou het zijn wat hij dacht. Hij nam de hoorn van het toestel; hij zou maar even meeluisteren.

De stem was van Lewis Benedikt en zijn hart stokte.

'...kan niet komen, nee, Christina,' zei Lewis. 'Ik kan echt niet. Er ligt zo'n twee meter sneeuw op mijn oprit.'

'Er zit iemand op de lijn,' zei zijn moeder.

'Doe niet zo paranoïde,' zei Lewis. 'Trouwens, het zou voor mij verspilde tijd zijn als ik kwam. Je snapt me wel.'

'Pete, ben jij daar? Luister je mee?'

Peter hield zijn adem in, maar legde niet op.

'Ach, Peter luistert niet mee. Waarom zou hij?'

'Wel verdomme, ben je daar of niet?' De stem van zijn moeder, scherp als een gonzende horzel.

'Christina, het spijt me. We blijven toch vrienden? Ga terug naar je gasten en amuseer je.'

'Je bent het doodschoppen niet waard,' zei zijn moeder en smeet de hoorn op de haak. Een paar seconden later legde Peter eveneens op.

Hij was geschrokken.

Zijn benen trilden en hij twijfelde nauwelijks aan de betekenis van wat hij had afgeluisterd. Hij wankelde naar het keukenraam. Voetstappen. De deur achter hem ging open en dicht. Voorbij zijn eigen bleke spiegelbeeld – zo wezenloos als toen hij in Montgomery Street in een lege kamer had gekeken – zweefde dat van zijn moeder met een woedende uitdrukking erop. 'Heb je meegeluisterd, spion?' Op dat moment verscheen er een ander spiegelbeeld tussen hen, nog een bleke vlek die zich tussen hem en zijn moeder schoof. Dat beeld kwam dichterbij en Peter keek in een gezichtje dat geen spiegelbeeld was maar dat zich buiten voor het raam bevond, een smekend, verwrongen, achterlijk gezichtje. De jongen wilde hem naar buiten lokken. 'Nou, zeg op, kleine spion,' zei zijn moeder op bevelende toon. Peter gaf een gil. Hij duwde zijn vuist in zijn mond om het geluid te dempen en kneep zijn ogen dicht.

Meteen voelde hij de armen van zijn moeder om zich heen en haar stem probeerde het goed te maken. Er waren nu geen latente tranen, maar hij voelde ze warm in zijn hals. Boven het praten van zijn moeder uit hoorde hij de stem van Sears James galmen: 'Ja, Don is gekomen om zijn huis in bezit te nemen, maar ook om ons met een probleempje te helpen, een onderzoekje.' Daarna een gedempte stem, mogelijk die van Sonny Venuti. Sears antwoordde: 'Hij zal zich voor ons bezighouden met de achtergrond van die juffrouw Moore, die actrice die opeens verdwenen was.' Nog meer gedempte stemmen: wat verbazing, wat twijfel, wat nieuwsgierigheid. Hij trok zijn vuist van zijn mond weg.

'Ja, het is al goed, mam,' zei hij.

'Peter, het spijt me zo.'

'Ik zal het niemand vertellen.'

'Peter, het is niet... wat je denkt. Blijf er nou niet mee rondlopen.'

'Ik dacht dat het Jim kon zijn toen er werd opgebeld,' zei hij.

Ze hoorden de bel aan de voordeur.

Zijn moeder liet hem los. 'Arme schat, met een weggelopen vriend die niet deugt en een mesjokke moeder als ik.' Ze gaf hem een kus op zijn haar. 'En je schone overhemd is nat van mijn tranen.'

Weer klonk de voordeurbel.

'O, daar is er nog een,' zei Christina Barnes. 'Je vader zorgt wel voor drankjes. Wij moeten eerst even bijkomen voor we ons publiekelijk vertonen, wat jij?'

'Is dat iemand die u hebt uitgenodigd?'

'Ja, natuurlijk Peter, wat anders?'

'Dat weet ik niet,' zei hij en gluurde naar het raam. Er was niets te zien behalve het afgewende gezicht van zijn moeder en zijn eigen gezicht dat in de ruit gloeide als een kleurloze kaars. 'Niemand.'

Ze rechtte haar rug en wiste haar ogen af. 'Ik haal het eten uit de oven. Ga jij maar even gedag zeggen.'

'Wie is het dan?'

'Een kennis van Ricky en Sears.'

Bij de keukendeur keek hij nog eens om, maar ze had de deur van de oven al opengetrokken en stak haar handen erin als een normale vrouw die bezig was aan een feestelijk etentje voor haar gasten.

Ik weet niet meer wat echt is en wat niet, dacht hij. Hij draaide zich om en liep de gang in. De nieuwe kennis, de neef van meneer Wanderley, stond te praten bij de toog van de huiskamer. 'Ja, wat me momenteel bezighoudt, is eerlijk gezegd het verschil tussen verzinsel en werkelijkheid. Om maar iets te noemen, hebt u enkele dagen geleden toevallig muziek gehoord? Een band die ergens in Milburn buiten aan het spelen was?'

'Ik niet,' zei Sonny Venuti fluisterend. 'U wel dan?'

Peter kwam niet verder dan de toog en hij staarde de schrijver met open mond aan.

'Zo, Pete,' zei zijn vader. 'Mag ik je voorstellen aan je tafeldame?'

'Nee, ík wil naast deze schone jongeling zitten,' kirde Sonny Venuti en lachte tegen hem met haar uitpuilende ogen.

'Jij zit met mij opgescheept,' zei Lou Price.

'Kom eens hier, jong,' riep zijn vader.

Hij liet Don Wanderley, die hem bevreemd nakeek, staan en liep door naar zijn vader. Zijn mond was droog. Zijn vader stond daar met zijn arm om een lange vrouw met een mooi, vosachtig gezicht geslagen.

Het was het gezicht dat hij door een kijker over een donker marktplein had gezien en dat naar hem had gekeken.

'Anna, dit is mijn zoon Pete. Pete, juffrouw Mostyn.'

Haar ogen likten hem af. Even was hij zich ervan bewust dat hij zich halverwege tussen de vrouw en Don Wanderley bevond terwijl Sears James en Ricky Hawthorne erbij stonden als toeschouwers bij een tenniswedstrijd. De vrouw, Don Wanderley en hijzelf waren de hoeken van een hoge smalle driehoek, een soort prisma. Opnieuw begon haar blik hem af te tasten en nu was hij zich nog slechts bewust van het gevaar waarin hij verkeerde.

'O, Peter en ik zullen vast heel wat te bepraten hebben,' zei Anna Mostyn.

Uit het dagboek van Don Wanderley

14

Wat mijn introductie tot een bredere kring in Milburn had moeten worden, eindigde in een rampzalige opschudding.

Peter Barnes, een lange jongen met donker haar die me heel intelligent en heel gevoelig lijkt, zorgde voor de opschudding. Aanvankelijk leek hij me alleen weinig spraakzaam, begrijpelijk voor een zeventienjarige die op een feestje van zijn ouders voor kelner moet spelen. Een flits hartelijkheid voor het echtpaar Hawthorne; hij valt ook op Stella. Maar achter dat afstandelijke zat iets anders, iets dat me meer en meer leek op... paniek? Wanhoop? Ik hoorde dat een vriend van hem spoorloos was verdwenen en zijn ouders zagen dat blijkbaar als de reden voor zijn somberheid. Maar er was meer aan de hand en wat ik in hem meende te bespeuren, was angst. Het kan zijn dat het Chowder Genootschap me een duwtje in die richting heeft gegeven, het kan ook zijn dat ik angst proefde waar geen angst was. Toen ik zo hoogdravend tegen Sonny Venuti stond te oreren bleef Peter me stokstijf staan aanstaren. Hij trachtte me recht in de ogen te kijken en ik had het idee dat hij ernaar hunkerde met me te praten... en niet over boeken. Het eigenaardige was dat ik dacht dat ook hij de muziek van dr. Rabbitfoot had gehoord.

En als dat waar is...

als dat waar is...

dan zitten we midden in de wraak van dr. Rabbitfoot. Dan gaat heel Milburn naar de verdommenis.

Merkwaardigerwijs kwam het door iets dat Anna Mostyn voorstelde, dat Peter flauwviel. Hij begon te trillen toen hij haar voor het eerst zag; ik weet het zeker. Hij was bang voor haar. Nu is Anna Mostyn bepaald wel een schoonheid, zelfs vergeleken met Stella Hawthorne. Haar ogen doen denken aan Norfolk en Florence, waar haar voorouders vandaan kwamen, zoals ze beweert. Kennelijk heeft ze zich bij Sears en Ricky onmisbaar gemaakt, al is haar grootste talent denk ik dat ze in alle hoffelijkheid aanwezig is en waar nodig de helpende hand biedt, zoals op de dag van de begrafenis. Ze straalt welwillendheid en intelligentie uit, maar dringt haar voortreffelijkheid niet aan je op. Ze is discreet en rustig, op het eerste gezicht een onafhankelijke, beheerste jonge vrouw. In feite is ze opmerkelijk bescheiden, maar toch heeft ze iets sensueels, op een onverklaarbaar verontrustende wijze. Ze maakt de indruk *kil* te zijn, sensueel kil: het is een op zichzelf gerichte en zichzelf behagende sensualiteit.

Onder het diner zag ik dat ze Peter Barnes op een gegeven moment in verwarring bracht met die behaagzucht. Hij had steeds maar naar zijn bord gekeken, waardoor zijn vader zich geroepen voelde nog luidruchtiger de joviale gastheer uit te hangen en zijn moeder zich begon te ergeren. Hij keek Anna Mostyn niet aan, hoewel hij naast haar zat. De overige gasten lieten hem met rust en kletsten wat over het weer. Het was duidelijk dat Peter het liefst van tafel was weggelopen. Opeens nam Anna hem bij de kin en ik wist op wat voor blik hij getrakteerd werd. Toen vertelde ze hem in alle rust dat ze in haar huis een paar kamers wilde laten schilderen en of hij dat misschien met een paar vrienden van hem wilde komen doen? Op dat moment bezwijmde hij. Dat ouderwetse woord geeft het voortreffelijk aan. Hij viel flauw, ging van zijn stokje, zakte voorover... bezwijmde. Ik dacht eerst dat hij een hartaanval had gehad, wat de meeste andere aanwezigen trouwens ook dachten. Stella Hawthorne stelde ons gerust, hielp Peter van zijn stoel en zijn vader bracht hem naar boven. Kort daarna was het diner afgelopen.

En nu valt me voor het eerst iets op: Alma Mobley. Anna Mostyn. De initialen, de grote overeenkomst tussen beide namen. Ben ik op een punt gekomen waar ik me mogelijk niet meer kan veroorloven iets coïncidenteels 'enkel een coïncidentie' te noemen? Ze lijkt niet alleen op Alma Mobley, ze lijkt *sprekend* op haar.

Ik weet ook waarom. Het komt door dat tijdloze dat ze hebben. Maar waar Alma in de jaren twintig langs het Plaza Hotel had kunnen schrijden, zou Anna Mostyn binnen hebben gezeten, glimlachend naar de mannen met een heupfles op zak, mannen die druk praatten over nieuwe wagens en de effectenbeurs en die zich uitsloofden om indruk op haar te maken.

Vanavond ga ik met de kopij voor de roman over dr. Rabbitfoot naar de verbrandingsoven van het hotel om de tekst daar beneden te vernietigen.

Deel drie

De wasberenjacht

*Maar de geciviliseerde menselijke geest, of men haar nu bourgeois
noemt of het simpel laat bij geciviliseerd, kan zich niet ontdoen van
een besef van het bovennatuurlijke.*

Thomas Mann,
Dr. Faustus

1

Eva Galli en de Manitoe

Het was gewis oktober
Op deze zelfde avond van vorig jaar
Dat ik reisde – ik reisde naar hier –
Dat ik een gruwellast bracht naar hier –

* * *

O, welke demon lokte me naar hier?

E.A. POE, *'Ulalume'*

Lewis Benedikt

1

Twee dagen verandering in het weer: er viel geen sneeuw meer en de zon brak door. Het leken twee dagen van een eigenzinnige nazomer. Voor het eerst sedert anderhalve maand steeg de temperatuur boven het vriespunt en het marktplein ging over in een drassige vlakte, waarin zelfs geen duiven meer neerstreken. Doordat de sneeuw smolt, steeg de rivier – grauwer en sneller stromend dan die dag waarop John Jaffrey van de brug stapte – tot aan de rand van de oevers. Voor het eerst sinds vijf jaar begonnen Walt Hardesty en zijn ondergeschikten zandzakken op te stapelen langs de rivierkant om het water in te dammen, daarbij geholpen door de vrijwillige brandweer. Het was een zwaar karwei de zakken met zand van de vrachtauto te halen, maar Hardesty ontdeed zich geen moment van zijn uniform in de stijl van de 'Wild West'. Een van zijn mannen, Leon Churchill, daarentegen werkte met ontbloot bovenlijf en zal gemeend hebben dat het ergste voorbij was, tot de bitter koude dagen van februari en maart.
Je zou bij wijze van spreken kunnen zeggen dat heel Milburn het bovenlijf ontblootte. Maar Norris wijdde zich weer hele dagen aan de fles en toen zijn vrouw hem de deur uitschopte, nam hij zonder scrupules opnieuw zijn intrek in een van de goederenwagons en fluisterde in de hals van de halflege vijfde een gebedje dat er nooit meer zoveel sneeuw zou vallen. In die verwarmende dagen van tijdelijke verademing kwam de plaats tot ontspanning. Walter Barnes verscheen in een kleurig rood en blauw gestreept overhemd op de bank en voelde zich acht uur lang op een gelukkige wijze geen bankier. Sears en Ricky vertelden afgezaagde moppen over Elmer Scales, die de weerman had aangeklaagd wegens onbetrouwbaarheid. Een paar dagen was het omstreeks lunchtijd tjokvol in The Village Pump met gasten van buiten de plaats die een autorit waren gaan maken. Clark Mulligan deed voortreffelijke zaken de laatste twee dagen van zijn beide films met Vincent Price en hield ze nog een week langer op het programma. Door de straatgoten stroomde snel het zwarte water en wie niet oppaste voor wagens die te dicht langs het trottoir reden, kon van top tot teen nat worden. Penny

Draeger, Jim Hardies vroegere vriendin, vond een nieuwe vriend, iemand van buiten de plaats, een man met kaalgeschoren hoofd die een donkere bril droeg en zich G liet noemen. Niemand kende hem of wist waar hij vandaan kwam. Hij beweerde zeeman te zijn en dat alles was voldoende om Penny het hoofd op hol te brengen. In de zonneschijn en met het geluid van overal ruisend water was Milburn een ruim opgezette plaats. De mensen trokken rubberlaarzen aan om hun schoenen droog te houden en gingen wandelen. Milly Sheehan liet haar stormramen plaatsen door een jongen uit de straat en hij zei: 'Nou, mevrouw Sheehan, misschien hebt u ze tot Kerstmis niet eens nodig!' Stella Hawthorne, gelegen in een geurend bad, besloot Harold Sims weer af te staan aan de ongehuwde juffrouwen in de bibliotheek die wel hoog tegen hem zouden opkijken. Persoonlijk ging ze liever naar de kapper. Zo werden er twee dagen besluiten genomen en lange wandelingen gemaakt. Geen man vond het nog erg 's morgens de autoweg op te gaan naar zijn werk. In deze schijnlente was iedereen vol nieuwe energie.

Maar Eleanor Hardie was op van de zorgen en poetste tweemaal per dag de trapleuningen en de balie in het hotel. John Jaffrey, Edward Wanderley en de anderen waren dood en begraven en Nettie Dedham brabbelde nog de enige twee lettergrepen die ze bereid was uit te spreken toen ze werd overgebracht naar een verpleeghuis. Elmer Scales, toch al vel over been, zat elke nacht met het jachtgeweer over de knieën op wacht en werd nog magerder. Iedere dag ging de zon een beetje vroeger onder en 's nachts kromp Milburn ineen en verstarde. De straten, overdag druk en levendig, leken na donker te versmallen tot landweggetjes waar de zware lucht op neerdaalde. De drie oude heren van het Chowder Genootschap staakten hun flauwe grappen en doorleefden angstige dromen. Twee grote woonhuizen bleven dreigend onverlicht en het huis in Montgomery Street herbergde gruwelen die van kamer naar kamer, van etage naar etage flitsten. In het voormalige huis van Edward Wanderley aan Haven Lane was alles wat zich voortbewoog slechts mysterie, en zodra Don Wanderley daar oog voor kreeg, zou het hem naar Panama City in Florida brengen met een klein meisje dat zei: 'Ik ben jou.'

Lewis besteedde de eerste warme dag aan het schoonscheppen van zijn oprit. Welbewust spande hij zich overmatig in en werkte zo hard dat zijn trainingspak en kaki jack nat werden van het zweet. Omstreeks de middag had hij zo'n verschrikkelijke pijn in zijn rug en armen dat het leek of hij zich nooit eerder lichamelijk had ingespannen. Na de lunch sliep hij een half uur, douchte en dwong zich het werk af te maken. Om halfzeven schepte hij de laatste sneeuw – die toen al nat was en veel zwaarder dan in het begin – van zijn oprit. Toen ging hij naar binnen met achterlating van wat een rijtje heuvels aan de ene kant van zijn oprit leek, nam weer een douche, legde de telefoon van de haak en dronk vier flessen bier leeg, waarbij hij een paar hamburgers at. Hij vroeg zich af of hij nog in staat zou zijn de trap op te komen. Toen hij zijn slaapkamer haalde, trok hij met moeite zijn kleren uit en liet ze op de grond vallen. Hij viel op zijn bed neer en sliep meteen in.

Naderhand kon hij niet zeggen of het een droom was geweest, maar 's nachts hoorde hij een hels kabaal en het was alsof de wind al die sneeuw weer over zijn afrit joeg. Hij had het idee wakker te zijn en hij meende nog een ander geluid te horen: klanken van muziek die vervaagden in de wind. Hij dacht: *dit droom ik*. Maar toen hij zijn bed uitkwam, deden zijn spieren pijn en trilden en zijn hoofd tolde. Hij ging naar het raam in de zijmuur, waar hij op het dak van de oude schuur kon kijken en zicht had op het eerste stuk van zijn oprit. Hij zag een maan in het derde kwartier boven troosteloze bomen hangen. Wat hij nog meer zag, hoorde zo geheel thuis in een horrorfilm dat hij later aannam het niet echt te hebben gezien. Er stond een harde wind zoals hij al had gevreesd en in zijn oprit kwamen dunne lagen sneeuw neer; het vertoonde zich allemaal in schril zwart-wit. Boven op de hoop sneeuw aan de weg stond een man in een minstreelpak. In zijn mond bengelde een saxofoon zo wit als zijn ogen. Toen Lewis naar hem keek, zonder nog moeite te doen met zijn duffe hersens iets van dit visioen te begrijpen, blies de muzikant een paar nauwelijks hoorbare maten de lucht in, liet de saxofoon zakken en knipoogde. Zijn huid leek zo zwart als de lucht en hij stond daar alsof hij geen gewicht had op de berg nattige sneeuw waarin hij tot aan zijn middel had moeten wegzakken. Dat is geen geest, Lewis, die jou je bezit niet gunt en het op je merels en sneeuwklokjes heeft voorzien. Ga weer naar bed en droom iets leukers. Maar hij bleef staan kijken, nog suffig van uitputting, en de gedaante veranderde – nu was het John Jaffrey die hem uit zijn ondenkbare positie grijnzend aankeek. Zijn gezicht en haren waren ingesmeerd met zwarte schoencrème en zijn ogen en tanden glinsterden wit. Lewis strompelde terug naar zijn bed.

Nadat hij de pijn in zijn spieren grotendeels had verdreven met een langdurige hete douche ging Lewis naar beneden en keek vanuit zijn eetkamer stomverbaasd naar buiten. De meeste sneeuw was al verdwenen van de bomen voor zijn huis zodat ze nu glommen van het water. Op het plaatsje tussen zijn huis en de oude schuur lagen donkere plassen. Het rijtje sneeuwheuvels langs zijn oprit was sinds gisteren de helft lager geworden. De weersverandering had doorgezet en de lucht was wolkeloos en stralend blauw. Lewis keek nog eens naar de afgesmolten sneeuwhopen langs zijn oprit en schudde zijn hoofd; hij zou wel weer gedroomd hebben. Edwards neef had dat beeld in zijn brein geplant met zijn verhaal over de hoofdfiguur in zijn nog niet geschreven boek: de zwarte kermismuzikant met die rare naam. *Hij laat ons zijn boeken voor zich dromen,* dacht hij en lachte even.

Hij ging naar de vestibule, schopte zijn schoenen uit en trok zijn laarzen aan.

Met zijn kaki jack los over zijn schouders liep hij het huis door naar de keuken. Hij zette een ketel koud water op het stel en keek door het keukenraam naar buiten. Zijn bos glansde en glinsterde zoals de bomen voor het huis en de sneeuw lag nat en pappig op het gazon, maar onder de druipende bomen verderop was de sneeuwlaag dikker en witter. Hij zou gaan lopen terwijl het water aan de kook kwam, dan kon hij bij zijn thuiskomst meteen ontbijten.

De warmte buiten verraste hem en meer dan dat: de lucht die zo zoel en haast als schoongewassen aanvoelde, kwam hem voor als een bescherming, als een veilig omhulsel. De dreiging die zijn bos had gesuggereerd was weggespoeld. Met die prachtige gedempte tinten van boomschors en mos, met smeltende sneeuw eronder als een penseelstreek in een aquarel, had Lewis' bos niets meer van een zwart-wit illustratie in een boek, zoals hij de dag daarvoor had gemeend.

Hij nam zijn weg weer terug, niet al te snel lopend en diep ademend terwijl hij de humus van natte blaren onder de sneeuw rook. Hij voelde zich jong en gezond met zijn longen vol van die zuivere lucht en hij betreurde het bij Sears thuis zoveel te hebben gedronken. Het was onzin zichzelf de dood van Freddy Robinson te verwijten en dat hij zijn naam hoorde fluisteren, had hij dat zijn hele leven niet gehoord? Er zou wel sneeuw van een tak zijn gevallen, een geluid zonder betekenis waaraan zijn schuldig geweten betekenis wilde toekennen.

Hij verlangde naar vrouwelijk gezelschap, iemand om mee te praten. Nu het definitief uit was met Christina Barnes kon hij Annie, de blonde serveerster bij Humphrey's Place, weleens uitnodigen voor een lekker etentje bij hem thuis. Kon hij eens luisteren naar wat ze te vertellen had over schilders en boeken. Haar intelligente manier van praten kon een goed tegenwicht vormen voor zijn gepieker van de laatste maanden. En dan zou hij Anni ook uitnodigen, konden die twee samen over schilders en boeken praten. Hij zou het allemaal niet zo goed kunnen bijhouden, maar er misschien wel iets van leren.

Meteen daarop vroeg hij zich af of hij Stella Hawthorne niet een paar uurtjes bij Ricky zou kunnen weglokken om gewoon maar een beetje te genieten van dat uitzonderlijk mooie gezicht en die karakteristieke persoonlijkheid tegenover hem aan tafel.

Bijna gelukkig keerde Lewis om en pas nu besefte hij waarom hij altijd in omgekeerde richting had gelopen: op deze langere terugweg die bestond uit twee onder een hoek op elkaar staande stukken, had je zijn huis al bijna bereikt nog voor je het in zicht kreeg. In die omgekeerde richting kon hij zo lang mogelijk de illusie behouden dat hij de enige blanke was op een dicht begroeid continent. Hij bevond zich te midden van zwijgende bomen, neerdruppelend sneeuwwater en stralende zonneschijn.

Er waren echter twee punten in deze route die Lewis' illusie van dappere blanke die zijn weg zocht in een onbekende wildernis verstoorden en het eerste daarvan bereikte hij na tien minuten te hebben gelopen. Halverwege zijn wandeling zag hij de afgeronde bovenhelft van een olietanker waarvan de onderhelft onzichtbaar was doordat het veld tussen hem en de weg afliep. Het schip was op weg naar Binghamton. Daar ging de dappere pionier. Hij sloeg het pad in dat rechtuit naar zijn keukendeur liep.

Hij had honger gekregen en was blij dat hij eraan had gedacht bacon en eieren mee te nemen, toen hij voor het laatst naar Milburn was geweest. Hij moest koffiebonen malen, volkorenbrood roosteren en tomaten bakken. Na het ontbijt zou hij de meisjes bellen, hen uitnodigen voor het eten en zich laten vertellen welke boeken hij moest lezen; Stella kon wachten.

Hij was halverwege zijn huis toen hij eten begon te ruiken. Hij begreep er niets van en hield zijn hoofd scheef. Het was duidelijk de geur van een ontbijt, zoiets als hij in gedachten had: koffie, en bacon met eieren. O, o, mompelde hij, Christina. Zodra Walter naar zijn werk en Peter naar school was gegaan, was zij in de stationcar gestapt en kwam hem de les lezen. Ze had nog altijd een sleutel van de achterdeur.

Even later kon hij tussen de laatste bomen door zijn huis zien en de ontbijtgeuren werden sterker. Op zwaar geworden laarzen stapte hij door, overwegend hoe hij Christina moest aanpakken. Het zou moeilijk worden, zeker als ze zich in een milde, berouwvolle stemming toonde, wat hij gezien de ontbijtgeuren kon verwachten. Pas toen hij het bos vrijwel geheel achter zich had, drong het tot hem door dat haar wagen niet bij de garage stond.

En daar had ze haar wagen altijd geparkeerd; de parkeerplaats bij de keukendeur, waar iedereen zijn auto neerzette, was van de weg af niet te zien. Maar niet alleen stond haar stationcar nu niet op de patio vol gesmolten sneeuw, er was geen enkele wagen te zien.

Hij bleef staan en keek onderzoekend naar het hoge huis van grauwe steen. Er stonden maar een paar bomen in de weg en die waren vergeleken bij de afmetingen van het huis nauwelijks hinderlijk met hun dunne takken. Even leek het huis hem zelfs groter dan hij het kende.

Terwijl een vleug wind geuren van koffie en spek aanvoerde, keek Lewis naar zijn huis alsof hij het voor het eerst zag: het leek wel of een architect het had gebouwd naar een illustratie van een Schots kasteel, een soort dwaze inval. Het huis leek te glinsteren van het water, evenals de bomen. Het was zoiets als het eind van een lange zoektocht. Met zijn doorweekte laarzen aan en zijn hongerige maag keek Lewis met verstarde blik op naar zijn huis. De ruiten glinsterden in de sponningen.

Het was het kasteel van een gestorven, niet van een gevangen prinses.

Behoedzaam begaf Lewis zich uit de betrekkelijke veiligheid van het bos naar zijn woning. Hij stak de patio over, waar de wagen had moeten staan. De ontbijtgeuren werden overweldigend. Vol argwaan deed hij zijn keukendeur open en stapte naar binnen.

De keuken was leeg, maar niet onberoerd. Overal waren sporen van aanwezigheid en handelen. Op de keukentafel stonden twee borden... van zijn mooiste servies. Ernaast lag zilveren bestek dat keurig was gepoetst. Twee kaarsen die niet aangestoken waren, stonden in zilveren kandelaars dicht bij de borden. Voor zijn blender was een kan gekoeld sinaasappelsap neergezet. Lewis ging naar het fornuis: op niet brandende pitten stonden lege pannen. De etenslucht was verstikkend. Zijn ketel floot en hij draaide de vlam uit.

Naast het toostrek waren twee sneden brood klaargelegd.

'Christina?' riep hij, denkend – zij het niet rationeel – dat ze een grap met hem uithaalde. Er kwam geen antwoord.

Hij ging terug naar het fornuis en snoof de lucht boven de pannen op. Bacon. Eieren in boter. Bijgelovig bevoelde hij het koude metaal.

De eetkamer zag eruit zoals hij hem had achtergelaten en toen hij doorliep naar de huiskamer bleek ook daar niets te zijn veranderd. Hij nam een boek van een stoelleuning en keek er verbijsterd naar, al had hij het er de vorige avond zelf laten liggen. Hij keek de huiskamer rond waar kennelijk niemand was geweest, rook nog het ontbijt dat niemand had klaargemaakt en voelde zich een ogenblik veilig. 'Christina?' riep hij. 'Is er iemand?'

Boven werd een deur gesloten met een bekend geluid.

'Hallo?'

Lewis ging naar de trap en keek naar boven. 'Wie is daar?' Er viel zonlicht door het raam op de overloop en hij zag stofdeeltjes traag boven de trap warrelen. Het huis was weer stil en voor het eerst kwam de grootte ervan hem bedreigend voor. Lewis schraapte zijn keel.

'Wie is daar?'

Hij moest iets overwinnen voor hij de trap opging. Halverwege keek hij uit het kleine raampje daar en zag zonlicht en druipende bomen. Hij liep door.

De overloop boven was zonnig, stil en verlaten. Lewis' slaapkamer was rechts en bestond uit twee vroegere vertrekken waarvan de tussenwand was weggebroken. Een van de oorspronkelijke deuren was dichtgemaakt, de andere was vervangen door een plaat hout met een mooie tekening die met de hand tot deur was verwerkt. Hij had een zware koperen knop en sloot met een karakteristieke zware slag, en dat was het geluid dat hij had gehoord.

Lewis bleef staan voor de deur en kon er niet toe komen de knop om te draaien. Weer schraapte hij zijn keel. Hij zag het voor zich: de verdubbelde ruimte van zijn slaapkamer, het tapijt op de vloer, zijn pantoffels naast het bed, zijn pyjama over een stoel, het raam waardoor hij 's ochtends vroeg naar buiten had gekeken. En het bed zag hij ook. De reden waarom hij de deur niet durfde te openen was dat hij voor zich op het bed het al veertien jaar dode lichaam van zijn vrouw zag liggen. Hij wilde kloppen, hij had zijn hand al vlak bij de deur, maar liet hem weer zakken. Toen greep hij de deurknop.

Hij moest zich dwingen de zware knop om te draaien. Het slot ging open. Lewis sloot zijn ogen en duwde.

Toen hij weer keek, zag hij een waas van zonlicht door de hoge ramen tegenover de deur en hij zag een stoelleuning met een blauw gestreepte pyjama erover – en hij rook een lijkenlucht.

327

Welkom, Lewis.

Lewis stapte moedig de deur door en stond in de poel van morgenlicht die zijn slaapkamer was. Hij keek naar het lege bed. De rottingslucht verdween even snel als hij was opgetreden en nu rook hij alleen nog de snijbloemen op de tafel bij het raam. Hij ging naar het bed en betastte aarzelend het onderlaken. Het was warm.

Een minuut later was hij weer beneden waar hij de telefoon greep.
'Otto. Ben jij bang voor de jachtopzieners?'
'Ach, Lewis, die lopen hard weg als ze me zien. Wil je er met dit weer met de honden op uit? Kom liever Schnapps drinken.'
'Als we er daarna opuit gaan,' zei Lewis. 'Toe nou maar.'

2

Peter verliet zijn klasselokaal toen de bel ging en liep de gang door naar zijn kastje. Terwijl talrijke leerlingen hem passeerden op weg naar andere delen van het gebouw en de meesten van zijn klasgenoten Millers klas binnenliepen voor de geschiedenisles, deed hij alsof hij een boek zocht. Tony Drexler, een vriend van hem, bleef een ondraaglijk aantal ogenblikken bij hem rondhangen en vroeg tenslotte: 'Zeker nog niets van Jim Hardie gehoord?'
'Nee,' zei Peter en stak zijn hoofd verder in de kast.
'Die zit natuurlijk allang in Greenwich Village.'
'Ja.'
'We moeten naar geschiedenis. Heb je het hoofdstuk doorgelezen?'
'Nee.'
'Ook stom,' zei Drexler. 'Nou, ik zie je zo wel.'
Peter knikte. Even later was hij alleen. Hij liet zijn boeken in zijn kastje achter, maar nam zijn jas mee. Hij smeet de metalen deur dicht en rende de gang door naar de toiletten. Hij sloot zich op in de wc en wachtte tot de bel voor het eerste uur klonk.
Tien minuten later gluurde hij door de deur van de toiletruimte. De gang was leeg en hij rende weg. Ongezien kwam hij de trap af en de buitendeur uit.
Honderd meter van de zijkant van het gebouw zwoegde een klas die het eerste uur ritmische gymnastiek had op een drassig sportveld en twee meisjes liepen strafrondjes langs de zijlijn. Niemand zag hem gaan; de school was al verzonken in de routine van door de bel van het volle uur geregelde activiteiten.

Op School Road sloeg Peter de eerste zijstraat in en koerste de stad door, waarbij hij de markt en de winkelstraten vermeed. Hij bereikte Underhill Road, die naar Route 17 liep. Hij rende hard Underhill Road af tot hij goed en wel buiten de stad was en alleen nog kale akkers met groepen bomen aan de achterkant om zich heen zag.

Zodra hij de snelweg in zicht kreeg, klauterde hij een drassig heuveltje over en werkte zich over de dubbele strook dik aluminium langs witte paaltjes. Hij stak snel de rijstroken over naar de middenberm, klauterde weer over het aluminium en wachtte tot er een gat in het verkeer kwam. Toen rende hij naar de overkant van de autoweg. Hij stak zijn arm uit met de duim omhoog en begon achterwaarts de weg af te lopen.

Hij moest Lewis spreken; hij moest met Lewis over zijn moeder praten.

In zijn achterhoofd zweefde het beeld van hemzelf terwijl hij Lewis aanviel, hem met zijn vuisten in het knappe gezicht timmerde.

Maar toen kwam een ander beeld in hem op van een lachende Lewis die zei dat hij zich niets in zijn hoofd moest halen: hij was toch niet helemaal uit Spanje teruggekomen om met iemands moeder naar bed te gaan...

Als Lewis dat zou zeggen, kon Peter met hem over Jim Hardie praten.

Peter stond al een kwartier te liften toen er eindelijk een blauwe wagen naar de berm reed. De oudere man achter het stuur reikte opzij en deed het rechterportier open. 'Waar moet je heen, jongen?' Hij was een dikke man in een gekreukt grijs pak met een groene stropdas die te stijf was geknoopt. Over de achterbank lagen reclamefolders voor het een of ander verspreid. 'Negen of tien kilometer verderop langs de weg,' zei Peter. 'Ik zeg het u wel als we er bijna zijn.' Hij stapte in.

'Dit is eigenlijk tegen mijn principes,' zei de man onder het wegrijden.

'Wat bedoelt u?'

'Ik ben er eigenlijk tegen. Liften is gevaarlijk werk, vooral voor knappe jongeren zoals jij. Je kunt het beter niet doen.'

Peter begon hardop te lachen en de chauffeur schrok ervan, evenals hij zelf.

De man stopte bij de oprit van Lewis, maar liet Peter niet gaan zonder nog een welgemeende raad. 'Hoor eens, jongen, je weet

329

maar nooit wie je treft langs de weg. Je hebt er ook perverse figuren onder.' Hij greep Peter, die het portier al opendeed, bij de arm.

'Beloof me dat je het niet meer doet. Beloof het me, jongen.'

'Goed, ik beloof het,' zei Peter.

'De Here heeft het je horen zeggen.' De man liet zijn arm los en Peter was snel de wagen uit. 'Wacht even, jongen, wacht nog eventjes.' Peter stond ongedurig naast de wagen en de man rekte zich uit en nam een van de folders van de achterbank. 'Dit zal je helpen, jongen. Lees het en hou het bij je. Je vindt er een antwoord in.'

'Een antwoord?'

'Dat heb je goed gehoord, laat het ook aan je vrienden lezen.' Hij stak Peter een goedkoop gedrukt pamflet toe: *De Wachttoren*.

De chauffeur gaf gas en reed de weg weer op. Peter stak het blaadje in zijn zak en keerde zich om naar Lewis' oprit.

Er was hem aangewezen waar hij moest zijn, maar hij had het huis van Lewis nog nooit gezien, alleen de grijze spitse daken die van de snelweg af te zien waren en die nu uit het zicht verdwenen terwijl hij verder de oprijlaan afliep. De opgehoopte sneeuw was gesmolten en de weg glinsterde terwijl het zonlicht erin weerkaatste met talloze lichtpuntjes. Toen hij het huis uit de auto had gezien, had Peter niet begrepen hoe ver het van de weg stond, hoe dicht het was ingesloten door bomen. Nadat hij de eerste bocht van de oprijlaan voorbij was, kon hij tussen de stammen door een deel van het huis weer zien en voor het eerst vroeg hij zich af wat hij hier te maken had.

Hij kwam dichterbij. Een aftakking van de oprijlaan liep naar de voorgevel van het huis, die zo lang leek als een huizenblok in de stad. Ruiten van spiegelglas weerkaatsten het licht. De bredere aftakking van de inrit liep om het huis heen naar een verharde plaats, waaraan ook een schuur stond die Peter gedeeltelijk kon zien. Hij kon zich nauwelijks voorstellen dat hij dit paleis zou binnengaan; het zag eruit alsof je er een week kon ronddwalen zonder de buitendeur te vinden. Dit bewijs van het feit dat Lewis anders was dan anderen, dat hij op een ander niveau leefde, maakte Peter nog onzekerder dan hij al was.

Het vooruitzicht hier binnen te gaan, herinnerde hem dreigend aan het betreden van het stille huis in Montgomery Street.

Peter liep door naar de achterkant van het huis, trachtend zich een mening te vormen over Lewis gezien deze riante behuizing. Aangezien hij niets afwist van de voorgeschiedenis van het huis, leek het hem dat wie in zo'n vorstelijk verblijf woonde, een overeenkomstige stijl van leven moest hebben: Maar de achterkant van het huis kwam hem weer wat gewoner voor: een met flagstones belegde plaats met een deur, een heel gewone houten schuur waarvan hij nu de voorkant kon zien; dit was meer het niveau dat hij gewend was. Hij stond juist naar de beide paden te kijken die het bos inliepen, toen hij een stem in zijn hoofd hoorde.

Als Lewis nu eens met je moeder in bed ligt, Peter. Als hij nu eens boven op haar ligt.

'Nee,' fluisterde hij.

Hoe zou dat eruitzien als ze naakt onder hem op en neer ligt te gaan, Peter? Hoe…

Peter bleef stokstijf staan en op hetzelfde ogenblik zweeg de stem. Een wagen was van de autoweg de inrit ingereden. Lewis kwam thuis. Peter overwoog op de plaats te blijven staan tot Lewis hem ontdekte, maar de wagen was al dicht genaderd en hij durfde Lewis niet onder ogen te komen met de echo nog in zijn hoofd van wat die stem had gezegd. Hij rende naar de zijkant van de schuur en dook weg. Even later reed de stationcar van zijn moeder de verharde plaats op.

Peter kreunde in zichzelf en hoorde zachtjes lachen langs de geverfde planken van de oude schuur.

Hij ging in de sneeuw liggen en keek door de knoestige takken van een rozenstruik naar zijn moeder terwijl ze uit de wagen stapte. Haar gezicht was vertrokken; ze zag bleek van een diepe emotie, op haar gezicht een gespannen, boze uitdrukking die hij nooit eerder had gezien. Terwijl hij toekeek, stak ze haar hand in de wagen en drukte tweemaal op de claxon. Toen kwam ze overeind, liep voor de wagen langs waarbij ze de plassen op de flagstones vermeed en liep naar de achterdeur. Hij wachtte tot ze zou kloppen, maar ze zocht in haar tas, vond een sleutel en ging naar binnen. Hij hoorde haar de naam van Lewis roepen.

3

Lewis stuurde de Morgan om een kuil vol water de inrit op, die naar de achterkant van de kaasfabriek liep. Het houten bedrijfje, niet groter dan een bungalow, was door Otto zelf gebouwd in een dal buiten Afton aan de voet van een beboste heuvelketen. In de kennels aan de zijkant van de fabriek jankten honden. Lewis parkeerde zijn wagen vlak naast het platform dat Otto als laadbordes gebruikte, sprong op de stenen en opende de metalen buitendeuren. Hij ging naar binnen en snoof de doordringende geur van gestremde melk op.

'Lew-iss!' Otto stond in schemerig licht aan de andere kant van het bedrijfje tussen witte apparaten toezicht te houden terwijl de kaas in ronde platte houten vormen werd gegoten. Wanneer ze vol waren, werden ze door de zoon van Otto, Karl, naar de bascule gebracht waar gewicht en nummer van de vorm werden genoteerd, waarna de vorm in een hoek werd opgeslagen. Otto zei iets tegen Karl, kwam over de planken vloer naar Lewis toe en drukte hem krachtig de hand. 'Hallo vriend, wat fijn je weer eens te zien! Maar, Lew-iss, je ziet er godvergeten moe uit! Je bent aan een zelfgemaakte Schnapps toe!'

'En jij hebt het druk,' zei Lewis. 'Maar een Schnapps zou me goed doen.'

'Druk, wat heet druk? Tegenwoordig regelt Karl het allemaal en die hoef ik niet op de vingers te kijken. Hij is een goede kaasmaker, bijna net zo goed als ik.'

Lewis glimlachte en Otto sloeg hem op de schouder en nam hem mee naar zijn kantoor, een klein hokje bij het laadbordes. Achter zijn bureau liet Otto zich in zijn oude stoel vallen, waarbij de veren kraakten. Lewis ging tegenover het bureau zitten. 'Zo, vriend.' Otto bukte zich en nam een fles en twee heel kleine glaasjes uit een bureaula. 'We nemen er een. Daar krijg je weer kleur van op je wangen.' Hij goot voorzichtig wat drank in de glaasjes.

De drank brandde Lewis in de keel, maar smaakte als een aftreksel van diverse bloemen. 'Heerlijk.'

'Natuurlijk is dat lekker. Die maak ik altijd zelf. Je hebt je geweer zeker bij je, Lew-iss?'

Lewis knikte.

'Zo. En ik dacht nog wel dat jij een vriend was die bij mij op kantoor mijn Schnapps komt drinken en mijn heerlijke jonge kaas komt eten' – Otto werkte zich uit zijn stoel en liep naar een kleine koelkast vlak bij zich – 'maar intussen denk jij alleen maar aan jagen in de bossen, aan schieten.' Hij zette een stuk met wijn dooraderde kaas voor Lewis neer en sneed er met zijn mes een paar stukjes af. Het was een van de specialiteiten die Otto onder zijn eigen naam verkocht: een kaasje dat iets weghad van Cheddar maar met een Duits smaakje. 'Zeg het maar, heb ik gelijk?'

'Je hebt gelijk.'

'Dat dacht ik al. Maar het is goed, Lew-iss. Ik heb een nieuwe hond gekocht. Een goeie hond. Dat beest kan twee, drie kilometer ver kijken en ruiken als de beste! Ik denk dat ik hem binnenkort Karls werk laat doen.'

De wijnkaas was al even goed als Otto's Schnapps. 'Zou het niet te nat zijn voor een hond buiten?'

'Welnee. Onder die hoge bomen is het niet zo nat. Jij en ik vinden wel iets dat zich laat schieten. Wie weet een vos.'

'En je bent niet bang voor de jachtopzieners?'

'Nee, die gaan voor mij op de loop. Daar heb je die gekke ouwe Duitser, zeggen ze, en hij heeft een geweer bij zich!'

Luisterend naar Otto's opschepperij daar in het kantoor met een tweede glaasje van het sterke drankje en de geraffineerde kaassmaak in zijn mond dacht Lewis dat Otto eigenlijk een alternatief Chowder Genootschap vertegenwoordigde, een wat minder gecompliceerde maar even waardevolle vriendschap.

'Laat me die hond eens zien,' zei hij.

'Jij wilt de hond zien? Lew-iss, als jij mijn nieuwe hond ziet, val je voor haar op de knieën en vraagt haar ten huwelijk.'

Ze trokken hun jas aan en gingen naar buiten. Lewis zag een grote, magere jongen van ongeveer de leeftijd van Peter Barnes die op het laadbordes stond. Hij droeg een rood hemd en een nauwe spijkerbroek en hij was bezig de zware kaasvormen op te stapelen tot ze zouden worden opgehaald. Hij keek even naar Lewis, toen boog hij zijn hoofd en glimlachte.

Op weg naar de kennels vroeg Lewis: 'Heb je een nieuwe knecht aangenomen?'

'Ja. Heb je op hem gelet? Hij is de jongen die het lijk heeft gevonden van de oude dame die paarden hield. Ze woonde bij jou in de buurt.'

'Rea Dedham,' zei Lewis. Over zijn schouder zag hij dat de jongen hem nakeek, nog altijd een vage glimlach op zijn gezicht. Lewis slikte en draaide zich om.

'Ja. Hij was er nogal ontdaan van en kon daar niet blijven, zei hij. Hij lijkt me nogal gevoelig, Lew-iss. Hij kwam me om een baantje vragen en in Afton kon hij een kamer krijgen. Ik heb hem een bezem in de hand gedrukt en hem de apparaten laten schoonmaken en de kaas opstapelen. Tot na Kerstmis kan hij blijven, daarna hebben we in feite geen werk meer voor hem.'

Rea Dedham. Edward en John. Het achtervolgde hem zelfs hier.

Otto liet de nieuwe hond uit de kennel, hurkte bij haar neer en streek met zijn vingers door de pels. Het was een grijze magere teef, gespierd in schoft en achterhand; ze jankte niet met de andere honden mee en sprong niet van blijdschap rond bij het vrijlaten uit de kennel, maar ging vol attentie naast Otto staan en keek met schrandere blauwe ogen om zich heen. Lewis bukte zich om haar te strelen en de hond verdroeg zijn hand en snuffelde aan zijn laarzen. 'Dat is Flossie,' zei Otto. 'Wat een hond, hè? Je bent een schoonheid, Flossie. Ga je mee uit?'

Voor het eerst toonde de hond belangstelling en kwispelde met de kop scheef. Deze goed afgerichte hond met daarnaast een gelukkige Otto, de bossen in de buurt en de alles overheersende lucht van de kaasmakerij, dat alles leek Lewis mijlen ver weg van de jongen in spijkerbroek achter hem en daarachter het Chowder Genootschap. Hij zei: 'Otto, ik zou je graag iets vertellen.'

'O ja? Dat is best. Vertel het maar, Lew-iss.'

'Ik wil je vertellen hoe mijn vrouw is overleden.'

Otto hield zijn hoofd scheef en leek even op een absurde manier op de hond die aan zijn voeten zat. 'Ja, dat is prima.' Hij knikte en bewoog in gedachten zijn vinger rondom de oorinplanting van de jachthond. 'Je kunt het me vertellen wanneer we een paar uurtjes de bossen ingaan, hè? Ik zal het graag horen, Lew-iss, heel graag.'

Als Lewis en Otto er met geweren en een hond op uittrokken, noemden ze het wasberenjacht. Otto had het wel eens grinnikend over een te schieten vos, maar het was minstens een jaar geleden dat ze iets hadden geschoten. De geweren en de hond waren voornamelijk een excuus om door het lange stuk bos boven de kaasfabriek te dwalen; voor Lewis was het een sportievere versie van zijn ochtendwandeling. Ze lieten weleens een schot horen en af en toe joeg een van de honden een of ander beest een boom in, waarbij Lewis wel had willen schieten. Maar meestal keek Otto eens naar het in het nauw gedreven blazende beest op de boomtak en zei lachend: 'Kom mee, Lew-iss, deze is te mooi. Laten we een lelijker exemplaar zoeken.'

Lewis had het idee dat ze zoiets ditmaal niet hoefden te proberen zonder iets met Flossie te regelen. Het slanke hondje wist waarvoor het was opgeleid. Ze zette geen vogels of eekhoorns na, zoals de meeste jachthonden, maar liep pittig voor hen uit, naar beide kanten kijkend, en kwispelde. 'Flossie gaat ons aan het werk zetten,' zei hij.

'Ja. Ik heb tweehonderd dollar neergeteld om me tegenover een hond belachelijk te maken, hè?'

Zodra ze het dal uit waren en tussen de bomen liepen, voelde Lewis zijn spanning afnemen. Otto gaf een demonstratie met zijn hond, floot om haar de actieradius te laten verbreden en floot haar terug.

Ze bevonden zich inmiddels in dicht bos. Zoals Otto al gezegd had, was het hier kouder en droger dan beneden in het dal. Op plekken zonder schaduw liep de smeltende sneeuw in smalle stromen weg en de drassige grond onder de sneeuwresten zoog aan hun zolen. Onder de dichte kruinen van coniferen leek het echter of er nog geen dooi was ingetreden. Lewis verloor Otto uit het oog en pas tien minuten later zag hij het rode jack tussen de groene naaldbomen waar Otto nog steeds met zijn hond bezig was. Lewis zette de Remington aan zijn schouder en richtte op een denneappel. De hond voor hen uit schoot naar links en rechts op zoek naar een spoor.

Toen ze er een half uur later een vond, was Otto te moe om het te volgen. De hond begon te blaffen en vloog rechts van hen weg. Otto liet zijn oude jachtgeweer zakken en zei: 'Ach, laat maar lopen, Flossie.' De hond jankte en keek de twee mannen vol ongeloof aan: *zijn jullie nou helemaal gek geworden?* Haar staart ging hangen en de hond kwam terug. Tien meter verder ging ze zitten en begon haar achterhand te likken.

'Flossie heeft ons opgegeven,' zei Otto. 'We zijn niet van haar klasse. Neem er een.' Hij stak Lewis een fles toe. 'We moeten warm zien te blijven, wat jij, Lew-iss?'

'Kunnen we hier geen vuurtje aanleggen?'

'Natuurlijk wel. Even terug zag ik een stapeltje gekapt hout liggen, daar zit genoeg droog spul tussen. Je graaft een gat in de sneeuw, neemt wat dunne takjes en je hebt een vuurtje.'

Lewis, die de top van de heuvel twintig meter boven hen in zicht kreeg, liep door; Otto ging terug naar de houtstapel. Flossie, die geen belangstelling meer had, keek hen na.

Lewis trof niet aan wat hij had verwacht; ze zaten verder dan hij had gemeend en onder zich, aan de voet van een lange beboste helling, zag hij een deel van de autoweg. Aan de overkant van de weg zetten de bossen zich voort, maar de paar wagens die er reden, ontnamen hem zijn illusie en deden een aanslag op de plezierige stemming waarin hij zich bevond.

En ineens was het alsof Milburn zelfs tot hier reikte en naar hem wees daar op de top van die begroeide heuvel: een van de wagens die er passeerde, was die van Stella Hawthorne. 'O god,' mompelde hij in zichzelf toen hij Stella's wagen door de open ruimte vlak voor hem zag rijden. De wagen en zijn bestuurster herinnerden hem pijnlijk aan de afgelopen nacht en ochtend. Hij had even goed een tent op de markt kunnen opslaan want zelfs in de bossen werd hij achtervolgd door Milburn. Stella reed verder de weg af, toen stak ze

335

de rechter knipperlamp aan en reed een parkeerhaven in. Even later parkeerde een tweede wagen naast de hare. Er stapte een man uit die naar Stella's portierraam ging en klopte tot het portier werd geopend.

Lewis draaide zich om en ging de glibberige heuvel af, terug naar Otto.

Er brandde al een vuurtje. Onder in het in de sneeuw gegraven gat lekte op een onderlaag van stenen een vlammetje aan heel dunne takjes. Otto deed er een dikkere tak bij, nog een, toen een handvol waarna de ene vlam zich uitbreidde tot een stuk of tien. Otto bouwde een tentje van takken van enkele decimeters hoog. 'Zo, Lew-iss,' zei hij, 'je kunt je handen warmen.'

'Is er nog Schnapps?' Lewis nam de fles aan en ging naast Otto op een gevallen stam zitten waarvan de sneeuw was weggeveegd. Otto haalde een zelfgemaakte worst te voorschijn, die hij netjes in tweeën sneed. Hij gaf Lewis een helft en nam zelf een hap van de andere. Het vuur laaide op naar de opgestapelde takken en Lewis voelde zijn enkels warm worden door zijn laarzen heen. Hij stak zijn handen en voeten uit naar het vuur en zei met een mond vol worst: 'Op een avond gingen Linda en ik dineren in een van de suites in het hotel dat ik daar had. Linda heeft de avond niet overleefd. Otto, ik denk dat ik word bedreigd door hetzelfde wezen dat mijn vrouw heeft vermoord.'

4

Peter kwam overeind naast de schuur. Hij stak de plaats over en keek door het keukenraam. Er stonden pannen op het fornuis en er was een ronde tafel, gedekt voor twee. Zijn moeder kwam ontbijten. Hij hoorde haar verderop in het huis lopen, kennelijk op zoek naar Lewis. Wat zou ze doen wanneer ze merkte dat hij er niet was? Natuurlijk loopt ze geen gevaar, bedacht hij, het is háár huis niet. Ze kan niet in gevaar zijn. Ze zal zien dat Lewis er niet is en dan gaat ze wel naar huis. Maar het leek te veel op die vorige keer, toen hij door een raam keek en een ander op zoek ging in een leeg huis. *Ze gaat gewoon naar huis terug.* Hij duwde tegen de deur, die een eindje openging.

Nee, hij ging niet naar binnen. Er was te veel waarvoor hij bang was, niet alleen dat hij in het huis tegen zijn moeder zou opbotsen en iets zou moeten verzinnen om zijn aanwezigheid te verklaren.

336

Dat was op zichzelf niet zo moeilijk. Hij zou kunnen zeggen dat hij Lewis wilde spreken over... over wat? Over Cornell University bijvoorbeeld. Over gezelligheidsverenigingen voor studenten.

Hij zag het verbrijzelde hoofd van Jim Hardie voor zich, dat langzaam afgleed langs een vlekkerige muur.

Peter trok zijn hand terug en stapte weer terug op de flagstones. Hij ging een paar stappen achteruit en keek omhoog langs het huis. Hij maakte zichzelf wat wijs: zijn moeder had zo kwaad gekeken dat ze vast geen smoesjes over advies aangaande gezelligheidsverenigingen zou accepteren.

Hij ging nog verder achteruit en even leek de achtergevel van het huis, het leek wel de muur van een fort, uit het lood te zakken en op hem neer te komen. Er bewoog een gordijn en Peter kon van schrik geen stap meer doen. Achter dat gordijn stond iemand, maar zijn moeder was het niet. Hij zag alleen witte vingers die het gordijn opzij hielden. Hij trachtte te vluchtten, maar zijn benen wilden niet mee.

De gedaante met de witte handen bracht zijn gezicht naar de ruit en keek grijnzend op hem neer. Het was Jim Hardie.

In het huis hoorde hij zijn moeder gillen.

Opeens waren Peters benen niet meer verstijfd en hij rende de plaats over en de achterdeur door.

Hij vloog de keuken door en stond toen in een eetkamer. Door een brede toog zag hij woonkamermeubilair staan in het licht dat door de ramen aan de gevel viel. 'Mam!' Hij draafde de woonkamer binnen. Vluchtig zag hij een paar leren banken staan bij een open haard met antieke wapens erboven. 'Mam!'

Jim Hardie kwam glimlachend de kamer binnen. Hij hield zijn handpalmen naar boven om Peter aan te tonen dat hij geen gewelddadige bedoelingen had. 'Hi,' zei hij, maar niet met Jims stem. Het was niet eens de stem van een mens.

'Je bent toch dood,' zei Peter.

'Ja, dat is het gekke,' antwoordde het wezen dat Hardie niet was. 'Zo voel je je eigenlijk niet, nadat het gebeurd is. Je voelt zelfs geen pijn, Pete. Je voelt je bijna lekker. Nee, je voelt je helemaal lekker. En je hebt natuurlijk geen zorgen meer. Dat is een groot voordeel.'

'Wat heb je met mijn moeder gedaan?'

'O, niets. Hij is nu bij haar boven. Je kunt niet naar haar toe. Ik moest je aan de praat houden.'

Peter keek radeloos om naar de antieke speren en pieken aan de wand, maar ze hingen te ver van hem af. 'Jij *bestaat* niet eens,' riep hij met tranen in zijn stem. 'Ze hebben jou vermoord.' Hij greep een lamp van de tafel naast een van de banken.

'Moeilijk te zeggen,' zei Jim. 'Je kunt niet beweren dat ik niet besta. Ik ben hier toch. Heb ik al Hi gezegd? Dat moest ik doen. Laten we…'

Peter smeet de lamp zo hard hij kon tegen de borst van het wezen. Het praatte door tot de lamp hem trof. '… gaan zitten en…'

De lamp sloeg het wezen uiteen tot een vonkenregen en werd verbrijzeld tegen de wand.

Peter rende de huiskamer uit, snikkend van woede. Hij passeerde de brede toog en gleed bijna uit op zwart met witte tegels. Rechts was de monumentale voordeur, links een trap met loper. Peter vloog de trap op.

Op de eerste overloop bleef hij staan: de trap liep verder door naar boven. Aan het einde van de gang die wel een galerij leek, zag hij een tweede trap naar boven, die kennelijk naar een ander deel van het huis liep. 'Mam!'

Vlak bij hem hoorde hij jammeren. Hij vloog de slaapkamer binnen.

Verstijfd bleef hij staan. De man uit het huis van Anna Mostyn stond bij het bed dat van Lewis moest zijn. Er hing een gestreepte pyjama over een stoel. De man droeg de donkere bril en de wollen muts en hij had zijn handen om de keel van Christina Barnes. 'Jongeheer Barnes,' zei hij, 'waarom moeten jongeren zich toch altijd bemoeien met dingen die hun niet aangaan? Je zou een pak met de karwats moeten hebben.'

'Mam, ze bestaan niet echt,' zei hij. 'Je kunt ze laten verdwijnen.' De ogen van zijn moeder puilden uit en haar lichaam bewoog krampachtig. 'Je hoeft niet te luisteren naar wat ze zeggen; ze komen in je hoofd en hypnotiseren je.'

'O, dat hoefden we niet eens te doen,' zei de man.

Peter liep naar een raam en greep een vaas bloemen die op de brede vensterbank stond.

'Jongen,' zei de man.

Peter bracht zijn arm naar achteren. Het gezicht van zijn moeder was blauw geworden en haar tong stak uit haar mond. Hij brulde diep in zijn keel van razernij en mikte in de richting van de man. Twee koude handjes sloten zich om zijn pols. Een golf bedorven lucht, de stank van een dood beest dat dagen in de zon heeft gelegen, sloeg over hem heen.

'Goed zo, jongen,' zei de man.

338

De hoedespeld

5

Harold Sims stapte woedend in, zodat Stella opzij moest schuiven op de voorbank. 'Wat haal je je in je hoofd? Wat bezielt je om me zo te behandelen?'
Stella haalde haar sigaretten uit haar tas, stak er een op en hield Harold zwijgend het pakje voor.
'Ik zei, wat haal je je in je hoofd? Ik heb zowat veertig kilometer moeten rijden om hier te komen.' Hij duwde de sigaretten van zich af.
'Ik meen dat jij de afspraak wilde maken. Dat zei je althans aan de telefoon.'
'Ik bedoelde bij jou thuis, verdomme, dat wist je heel goed.'
'En ik wilde hier afspreken. Je was niet verplicht te komen.'
'Maar ik wilde je spreken!'
'Nou, wat maakt het voor jou dan uit dat we hier zijn en niet in Milburn? Wat je te zeggen hebt, kun je ook hier zeggen.'
Sims sloeg met zijn vuist op het dashboard. 'Wel verdomme. Ik zit al met stress. Met aanzienlijke stress. Ik heb geen behoefte aan problemen van jouw kant. Waarom wilde je op dit godvergeten stuk snelweg afspreken?'
Stella keek om zich heen. 'Ach, ik vind het nogal een aardige plek. Jij niet dan? Het is hier toch mooi? Maar om je vraag te beantwoorden, het punt is natuurlijk dat ik je thuis niet wilde ontvangen.'
Hij zei: 'Je wilt me niet thuis ontvangen,' en hij zag er opeens zo dom uit dat Stella begreep zich niet duidelijk te hebben uitgedrukt. En Stella had het niet op domme mannen.
'Nee,' zei ze mild, 'dat wilde ik niet.'
'Ja, Jezus, we hadden ook in een café kunnen afspreken of ergens kunnen gaan eten – je had naar Binghamton kunnen komen...'
'Ik wilde onder vier ogen met je praten.'
'Goed, ik geef het op.' Hij hief zijn handen op alsof hij letterlijk iets wilde weggeven. 'Het interesseert je zeker niet eens wat het probleem is waar ik mee zit.'
'Harold,' zei ze, 'je hebt me nu al maanden over je problemen verteld en ik heb je aangehoord alsof het me interesseerde.'

Opeens zuchtte hij luid, greep Stella's hand en zei: 'Wil je soms van me af? Ik wil dat je met me meegaat.'

'Dat kun je wel vergeten.' Ze klopte hem op de hand en schoof die vervolgens van zich af. 'Zet dat maar uit je hoofd, Harold.'

'Ga dan volgend jaar met me weg. Dan hebben we ruim de tijd Ricky voor te bereiden.' Hij kneep opnieuw in haar hand.

'Je bent niet alleen onbeschaamd, je bent ook onnozel. Jij bent zesenveertig. Ik ben zestig. En je hebt een baan.' Stella had bijna het gevoel dat ze het tegen een van haar kinderen had. Nu ontdeed ze zich met kracht van zijn hand, die ze op het stuur deponeerde.

'Verdomme,' zei hij huilerig. 'Verdomme, godverdomme. Die baan heb ik maar tot het eind van het jaar. De faculteit draagt me niet voor promotie voor en dat betekent dat ik weg moet. Holz heeft het me vandaag verteld. Hij deed het met spijt, beweerde hij, maar hij wilde de koers van de faculteit wat verleggen en daar paste ik niet in. Ik heb ook niet voldoende gepubliceerd. In feite heb ik in geen twee jaar iets gepubliceerd, maar dat ligt niet aan mij. Ik heb drie artikelen geschreven en elke antropoloog in het land krijgt ze altijd gedrukt, terwijl ik...'

'Dat héb ik allemaal al gehoord,' onderbrak Stella hem. Ze drukte haar sigaret uit.

'Ja. Maar nu gaat het er werkelijk om spannen. De nieuwkomers binnen de faculteit hebben mij er gewoon uitgewerkt. Leadbeater heeft een beurs gekregen om volgend semester in een Indianenreservaat te gaan wonen, plus een contract met de Princeton University Press, en van Johnson komt er volgend najaar een boek uit... maar ik ga voor de bijl.'

Wat hij in feite beweerde, drong tenslotte met het geluid van zijn stem door Stella's woede heen. 'Je vroeg me dus met je weg te lopen, Harold, terwijl je wist dat je zonder werk komt?'

'Ik wil je bij me hebben.'

'Waar had je naar toe willen gaan?'

'Dat weet ik niet. Californië of zo.'

'O, Harold, je bent toch ook wel ontzettend stom,' barstte ze uit. 'Had je soms in een woonwagenkamp willen gaan wonen en hamburgers eten? In plaats van je nood bij mij te klagen zou je brieven moeten schrijven om een andere baan te krijgen. En waarom denk je dat ik je armoe zou willen delen? Ik ben met je naar bed geweest, maar ik ben je vrouw niet.' Op het laatste moment hield ze 'goddank' binnen.

Met een gesmoorde stem zei Harold: 'Ik heb je nodig.'

'Dat is belachelijk.'

'Dat is het niet. Ik heb je echt nodig.'

Ze zag dat hij op het punt stond in snikken uit te barsten. 'Je bent niet alleen banaal, je lijdt ook nog aan zelfbeklag. Je zwelgt er gewoon in, Harold. Het heeft even geduurd voor ik het doorhad, maar als ik de laatste tijd aan je denk zie ik je met een stuk karton om je hals met de tekst "miskend figuur". Je weet zelf, Harold, dat het tussen ons niet meer zo goed gaat.'

'Nou, als je zo'n afkeer van me hebt, waarom ga je dan nog met me om?'

'Je had weinig concurrentie. En ik ben trouwens niet van plan met je te blijven omgaan. Jij zult het in elk geval te druk krijgen met solliciteren om mijn nukken te verdragen. En ik zal het te druk hebben met mijn man om naar je jammerklachten te luisteren.'

'Druk met je man?' vroeg Sims verbijsterd.

'Ja. Hij betekent heel wat meer voor me dan jij en hij heeft me op het ogenblik echt hard nodig. Ik moet het hierbij laten. We maken geen afspraken meer.'

'Dat dorre... die oude ijdeltuit? Dat meen je niet.'

'Let op je woorden,' waarschuwde Stella.

'Hij is zo onbetekenend,' zei Sims huilerig. 'Je hebt hem jarenlang belachelijk gemaakt!'

'Dat is waar. Maar hij is bepaald niet dor en ik laat hem niet door jou beledigen. Ik mag dan zo af en toe eens iets met een andere man hebben gehad, Ricky heeft zich daaraan aangepast en dat zie ik jou nog niet doen. Als ik iemand belachelijk heb gemaakt, dan ben ik dat zelf. En het wordt tijd, vind ik, dat ik wat respectabeler ga worden. En als je niet inziet dat Ricky tienmaal zoveel waard is als jij, dan overschat je jezelf.'

'Jezus, wat een kreng ben je toch af en toe,' zei Harold, zijn kleine oogjes zo ver open als hij kon.

Ze glimlachte. '"Je bent het verschrikkelijkste en meest gewetenloze schepsel dat ik ooit heb ontmoet," zoals Melvyn Douglas tegen Joan Crawford zei. De titel van de film ben ik vergeten, maar Ricky is dol op die regel. Als je hem belt, kun je hem vragen hoe die film heette.'

'God, als ik denk aan al die mannen die jij tot drek hebt gereduceerd.'

'Slechts weinigen hebben de transformatie zozeer tot een succes gemaakt.'

'Kreng,' zei Harold en kneep zijn mond dreigend samen.

'Weet je, Harold, zoals alle mannen die sterk aan zelfbeklag doen, ben je in feite ongelooflijk grof. En wil je nu uit mijn wagen verdwijnen?'

'Je bent kwaad,' zei hij ongelovig. 'Ik raak mijn baan kwijt en jij maakt het uit en dan word jij kwaad.'

'Ja. En stap nu alsjeblieft uit, Harold. Kruip maar weer terug naar je hemeltje van zelfrespect.'

'Dat zou ik kunnen doen, ik zou nu kunnen uitstappen.' Hij boog zich naar haar toe. 'Maar ik zou je ook tot rede kunnen brengen door je te dwingen te doen wat je zo graag doet.'

'Zo zo. Je bedreigt me met verkrachting, Harold?'

'Het is meer dan een dreigement.'

'Je gaat het dus echt doen?' Voor het eerst onderkende ze brute redeloosheid in hem. 'Nou, voor je over me heen gaat kwijlen, zal ik jou iets zeggen.' Stella tastte achter haar revers en trok een lange hoedespeld te voorschijn die ze al jaren bij zich had, vanaf de dag waarop een man haar in Schenectady winkel in winkel uit was nagelopen. Ze hield de hoedespeld naar voren. 'Zodra je dichterbij komt, steek ik je hiermee in je keel.' Ze lachte even en door dat lachje gebeurde het.

Hij krabbelde de wagen uit alsof hij een elektrische schok had gevoeld en smeet het portier achter zich dicht. Stella reed achteruit tot de omheining aan de achterkant, schakelde en schoot door het naderend verkeer heen de weg op.

'GODVERDOMME!' Hij sloeg met een vuist in de palm van zijn andere hand. 'IK HOOP DAT JE EEN ONGELUK KRIJGT!'

Sims greep een steen die op de parkeerplaats lag en smeet hem de wagen achterna. Zwaar hijgend bleef hij nog even staan. 'Jezus, wat een kreng.' Hij streek door zijn kortgeknipte haar; hij was veel te veel over zijn toeren om naar de universiteit terug te rijden. Hij keek naar het bos dat onder aan de heuvelwand begon en zag de plassen sneeuwwater tussen de stammen. Vervolgens keek hij over de vier rijstroken van de autoweg naar het hoger gelegen, drogere terrein.

Een verhaal

6

'We hadden even daarvoor ruzie gehad,' zei Lewis. 'Dat kwam niet vaak voor en als het gebeurde, had ik meestal ongelijk. Die keer ging het over een meisje dat ik had ontslagen. Een of ander meisje uit de buurt van Malaga. Haar naam herinner ik me niet meer, maar ze was een beetje wild, althans, dat vond ik.' Hij kuchte even en schoof dichter naar het vuur. 'En de reden was dat ze totaal opging in het occulte. Ze geloofde in magie, in boze geesten – Spaans spiritualisme van het platteland. Dat was voor mij nog geen reden haar te ontslaan, al joeg ze een deel van het personeel de stuipen op het lijf door overal kwade voortekens te zien. Vogels op het gazon, regen die niet verwacht werd, een gebroken glas – allemaal kwalijke voortekenen. De reden waarom ik haar ontsloeg, was dat ze weigerde een bepaalde kamer schoon te maken.'

'Dat lijkt me een verdomd goeie reden,' zei Otto.

'Zo dacht ik er ook over. Maar Linda zei dat ik te hard voor het kind was. Ze had nooit eerder geweigerd die kamer schoon te maken. Het kind was overstuur door de gasten die er zaten, beweerde dat ze slecht waren of zoiets. Het was gewoon idioot.'

Lewis nam een teug Schnapps en Otto legde nog een tak op het vuur. Flossie kwam dichterbij en ging liggen met haar staart naar het vuur.

'Die gasten, waren dat Spanjaarden, Lew-iss?'

'Amerikanen. Een vrouw uit San Francisco, ene Florence de Peyser, en een meisje, haar nichtje. Die heette Alice Montgomery. Een knap ding van een jaar of tien. Verder had mevrouw De Peyser een dienstmeisje bij zich, Rosita, en dat was een Mexicaans-Amerikaanse. Ze logeerden in de grote suite boven in het hotel. Werkelijk, Otto, je kunt je geen mensen voorstellen die er normaler uitzagen. Natuurlijk had Rosita de suite kunnen schoonhouden en dat zal ze ook wel hebben gedaan, maar het was nu eenmaal de taak van ons kamermeisje daar een keer per dag haar werk te doen en dat weigerde ze. Dus ontsloeg ik haar. Linda wilde dat ik het werkrooster veranderde, zodat een van de andere meisjes de suite deed.'

Lewis keek strak in het vuur. 'Anderen hoorden ons er ruzie over maken en dat was nogal ongewoon. We zaten in de rozentuin en ik heb geloof ik nogal hard geschreeuwd. Voor mij was het een kwestie van principe. Voor Linda ook. Eigenlijk was het nogal stom van me. Ik had het rooster moeten veranderen, zoals Linda wilde. Maar ik was koppig; binnen een paar dagen zou ze me tot haar zienswijze hebben overgehaald, maar zolang heeft ze niet meer geleefd.'

Lewis beet een stukje van zijn worst af en begon er zwijgend op te kauwen. Toen ging hij verder: 'Mevrouw De Peyser nodigde ons uit diezelfde avond in haar suite te komen dineren. Meestal aten we 's avonds samen zonder de gasten te storen, maar af en toe nodigden gasten ons uit voor de lunch of het diner. Ik dacht dat mevrouw De Peyser haar best deed vriendelijk voor ons te zijn en nam de uitnodiging aan.

Dat had ik beter niet kunnen doen. Ik was doodmoe, gewoon uitgeput. Ik had de hele dag hard gewerkt. Na die ruzie met Linda had ik geholpen tweehonderd kisten wijn in het magazijn op te slaan en 's middags moest ik meedoen met een tenniswedstrijd. Twee dubbels had ik gespeeld. Ik had meer behoefte aan vlug een hapje eten en dan naar bed, maar toch gingen we tegen negen uur naar de suite boven. Mevrouw De Peyser voorzag ons van drankjes en de ober kreeg opdracht het eten omstreeks kwart voor tien op te dienen. Rosita zou aan tafel bedienen, want de kelner moest terug naar de eetzaal.

Na één drankje voelde ik me al wat dronken. Florence de Peyser schonk me een tweede in en daarna was ik alleen nog een gesprekspartner voor kleine Alice. Ze was een schattig kind, maar praten deed ze niet, ze gaf alleen antwoord als je haar iets vroeg. Ze was volgepropt met goede manieren en zo passief dat ze haast achterlijk leek. Ik begreep dat haar ouders haar voor de zomer aan haar tante hadden overgedragen.

Ik heb me naderhand afgevraagd of er iets verdovends in die drankjes heeft gezeten. Ik begon me vreemd te voelen, niet direct ziek en ook niet echt dronken maar eerder afwezig, alsof ik boven mezelf zweefde. Maar Florence de Peyser, die ons een tochtje aan boord van haar jacht had beloofd? Ik kon het niet geloven. Linda zag dat ik niet in orde was, maar mevrouw De Peyser wuifde het weg en ik zei natuurlijk dat ik me prima voelde.

Toen gingen we aan tafel. Ik kreeg een hapje naar binnen, maar voelde me erg licht in mijn hoofd. Alice zei geen woord onder het eten, maar af en toe keek ze wat verlegen naar me, een beetje lachend alsof er iets grappigs aan me was. Maar zo voelde ik me niet. Ik denk dat het kwam door de alcohol in combinatie met vermoeidheid dat er iets mis was met mijn zintuigen – dove vingers, een stijve kaak, de kleuren in de kamer die valer leken dan ik ze kende – en mijn eten proefde ik niet eens.

Na de maaltijd werd Alice door haar tante naar bed gestuurd. Rosita serveerde cognac die ik niet aanraakte. Ik was nog wel in staat om te praten en wellicht heeft niemand iets aan me gemerkt behalve Linda, maar ik wilde niets liever dan naar mijn bed. De suite, toch groot genoeg, leek me in te sluiten, ons alle drie trouwens zoals we aan tafel zaten. Rosita was ongemerkt verdwenen.

Toen riep het kind me vanuit haar kamer. Ik hoorde haar zeggen: "Meneer Benedikt, meneer Benedikt", telkens weer en heel zacht. Mevrouw De Peyser vroeg: "Wilt u even naar haar toe gaan? Ze vindt u erg aardig." En ik zei dat ik het kind graag even welterusten wilde zeggen, maar Linda stond op voor ik het kon doen en zei: "Lieverd, je bent te moe om een stap te doen. Ik ga wel." "Nee," zei mevrouw De Peyser, "ze wil uw man zien." Maar het was te laat, Linda ging al naar de slaapkamer van het meisje.

En toen was het voor alles te laat. Linda ging de slaapkamer binnen en een seconde later wist ik dat er iets mis was. *Want ik hoorde niets.* Ik had het kind wel gehoord toen ze me zachtjes riep, en ik had Linda dus ook moeten horen praten. Het was de luidste stilte die ik ooit heb ervaren. En al was ik behoorlijk wazig, ik merkte wel dat mevrouw De Peyser me aanstaarde. De stilte duurde voort. Ik stond op en begon naar de slaapkamer te lopen.

Linda gilde voor ik halverwege was. Het was een afschuwelijke kreet... zo snerpend...' Lewis schudde zijn hoofd. 'Toen ik de deur opensmeet en binnendrong, hoorde ik brekend glas rinkelen. Linda zat vast in het raam, onder de glasscherven. Vlak daarop was ze weg. Ik was zo geschrokken dat ik geen geluid kon uitbrengen. Eerst kon ik me niet eens bewegen. Ik keek naar Alice. Ze stond boven op het bed met haar rug tegen de muur. Een ogenblik dacht ik dat ze gemeen tegen me grinnikte.

Ik kwam bij het raam en achter me begon Alice te snikken. Het was natuurlijk al te laat om Linda nog te helpen. Ze lag beneden op de patio, dood. Er stonden wat mensen om haar heen, die vanuit de eetkamer een luchtje waren gaan scheppen. Enkelen keken naar boven en zagen me uit het raam met de gebroken ruit leunen. Een vrouw uit Yorkshire zette het op een gillen toen ze me daar zag.'

'Ze dacht zeker dat jij haar een duw had gegeven,' zei Otto.

'Ja. Ze heeft het me bij de politie bijzonder lastig gemaakt. Het scheelde maar even of ik had de rest van mijn leven in een Spaanse gevangenis gezeten.'

'Lew-iss, konden die mevrouw De Peyser en dat kind niet uitleggen wat er was gebeurd?'

'Ze gingen weg. Ze zouden nog een week blijven, maar terwijl ik vragen van de politie beantwoordde, hebben zij hun koffers gepakt en zijn verdwenen.'

'En de politie heeft niet geprobeerd hen op te sporen?'

'Dat weet ik niet. Ik heb ze nooit meer gezien. En nog iets raars, Otto. De geschiedenis eindigt als een slechte mop. Mevrouw De Peyser rekende af met een creditcard van American Express. Ze heeft tegen de man achter de balie nog gezegd dat het haar speet dat ze moest vertrekken, maar zij en Alice hadden zo'n schok gehad dat ze niet konden blijven. Een maand later hoorden we van American Express dat de kaart niet in orde was. De echte mevrouw De Peyser was overleden en het bedrijf kon geen rekeningen meer voor haar betalen.' Lewis lachte zowaar hardop. Een tak in het vuur viel op de as neer en sproeide vonken over de sneeuw. 'Ze had me getild,' zei hij en lachte weer. 'Wat denk jij van mijn verhaal?'

'Ik vind het allemaal erg Amerikaans klinken,' zei Otto. 'Je moet dat kind toch hebben gevraagd wat er was gebeurd, waarom ze op het bed stond.'

'Dat heb ik ook gedaan! Ik heb haar beetgepakt en door elkaar gerammeld. Maar ze deed niets dan huilen. Ik heb haar naar haar tante gebracht en ben naar beneden gerend. En ik heb nooit meer de kans gehad nog eens met haar te praten. Otto, waarom vind je dit een Amerikaans verhaal?'

'Omdat, mijn vriend, iedereen erin is behekst, tot de creditcard aan toe. In de eerste plaats de verteller. En dat noem ik *echt amerika-nisch*.'

'Ik weet het niet,' zei Lewis. 'Otto, ik moet even alleen zijn, een paar minuten de benen strekken. Ik ben gauw terug. Je vindt het niet erg?'

'Neem je je fraaie geweer mee?'

'Nee, ik ben niet van plan iemand neer te schieten.'

'Flossie wil ook graag mee.'

'Goed, kom maar, Flossie.'

De hond sprong op, plotseling weer alert, en Lewis die werkelijk niet meer kon stilzitten en doen alsof de herinneringen die hij had opgehaald hem onberoerd hadden gelaten, liep het bos in.

Een getuige

7

Peter Barnes liet de vaas vallen, misselijk van de stank die hem tegemoetsloeg. Hij hoorde giechelen, op een hoge toon. Zijn pols

346

werd al koud waar de onzichtbare jongen hem had beetgepakt. Wetend wat hij te zien zou krijgen, draaide hij zich om. De jongen die op de zerk had gezeten, klemde zich met beide handen aan zijn pols vast en keek weer naar Peter op met zijn zwakzinnige grijns. Zijn ogen waren zuiver geel.

Peter sloeg naar hem met zijn vrije hand in de verwachting dat het stinkende scharminkel uiteen zou spatten, net als Jim Hardie beneden. Maar de jongen ontweek de slag en gaf hem met zijn benige voet een trap tegen zijn enkels, die verpletterend hard aankwam en Peter op de grond deed belanden.

'Dwing hem toe te kijken, jong,' zei de man.

De jongen stond al achter Peter, hij klemde zijn hoofd tussen twee keiharde handen en draaide Peters gezicht om. De walgelijke stank werd sterker. Peter voelde dat het hoofd van de jongen zich vlak achter dat van hemzelf bevond en schreeuwde: 'Ga weg!' maar de greep om zijn hoofd werd nog krachtiger. Het was alsof zijn schedelwanden werden ingedrukt. 'Laat me los!' krijste hij, bang dat de jongen zijn hersens zou verpletteren.

De ogen van zijn moeder waren gesloten en haar tong stak nog verder naar buiten.

'Je hebt haar vermoord,' zei hij.

'O nee, ze is nog niet dood,' zei de man. 'Ze is alleen maar bewusteloos. We moeten haar levend hebben, wat jij, Fenny?'

Achter zich hoorde Peter een afschuwelijk gekrijs. De jongen verminderde de druk van zijn handen, maar bleef hem vasthouden als een bankschroef.

'Nee hoor, ze is nog níet dood,' zei de man spottend. 'Ik zal haar luchtpijp wat hebben beschadigd en de arme schat zal wat pijn in haar keel hebben, maar ze heeft wel een fraaie hals, nietwaar, Peter?'

En opeens tilde hij Christina Barnes met één hand op alsof ze niet meer woog dan een kat. Ze had grote rode kneuzingen aan haar hals.

'Je hebt haar pijn gedaan,' zei Peter.

'Dat heb ik inderdaad. Het spijt me alleen dat ik jou dezelfde dienst niet mag bewijzen. Maar onze weldoenster, de charmante vrouw bij wie jij met je vriend hebt ingebroken, heeft besloten jou voor zichzelf te houden. Op het ogenblik is ze met belangrijker dingen bezig, maar er staat je heel wat te wachten, jongeheer Barnes, en dat geldt ook voor je bejaarde vrienden. Dan zullen jullie niet weten waar je blijft, je zult je afvragen wie er wind heeft gezaaid en wie storm

oogst. Wat jij, achterlijk broertje?'
De jongen hield Peters hoofd in een pijnlijke greep en maakte een hinnikend geluid.
'Wat ben je?' vroeg Peter.
'Ik ben jou, Peter,' zei de man. Hij hield zijn moeder nog met één hand omhoog. 'Is dat geen mooi eenvoudig antwoord? Al is het natuurlijk niet het enige antwoord. Een zekere Harold Sims, die je oude vrienden wel kennen, zou me vast en zeker een Manitoe noemen. De heer Donald Wanderley heeft te horen gekregen dat ik Gregory Benton heet en in de stad New Orleans woon. Nu heb ik wel eens een paar plezierige maanden in New Orleans doorgebracht, maar je kunt niet zeggen dat ik er woon. Ik ben geboren als Gregory Bate en zo stond ik bekend tot mijn dood in 1929. Gelukkig had ik een overeenkomst gesloten met een charmante dame die bekendstond als Florence de Peyser, wat me de gebruikelijke onwaardigheden die gepaard gaan met de dood, waarvoor ik nogal bang was, bespaarde. En waar ben jij bang voor, Peter? Geloof je in vampiers? In weerwolven?'
Peter was verdoofd door de galmende stem die door zijn hoofd had gedreund, en het drong niet meteen tot hem door dat hem een directe vraag was gesteld. Hij fluisterde: *'Nee'*, en toen
(*Leugenaar,* klonk het in zijn hoofd)
veranderde de man die zijn moeder bij de hals omhooghield en Peter wist met elke cel van zijn hersens dat hij geen wolf voor zich zag, maar een bovennatuurlijk wezen in de gedaante van een wolf. Een wezen dat maar één doel kende: doden, angst en chaos veroorzaken en leven zo wreed mogelijk vernietigen; een wezen dat zich alleen maar bezighield met kwellen en doden. Hij zag dat dit wezen niets menselijks meer had, dat het was verstopt in het lichaam dat het vroeger had bezeten. En nu het hem deze blik in zijn aard had gegund, begreep Peter ook dat deze pure vernietigingskracht niet meer zeggenschap over zichzelf had dan een hond, dat een ander wezen hem bezat en hem stuurde, terwijl het wezen zelf een kwaad in zijn absolute vorm bezat. Dit alles overzag Peter in een flits. Het volgende moment kwam hij tot een pijnlijke erkenning: dat in al dit duistere kwaad een verlokking schuilging die moreel fataal kon worden.
'Ik begrijp niet...' hakkelde hij met trillende stem.
'O ja, je begrijpt het wel degelijk,' zei de weerwolf en zette zijn bril weer op. 'Ik zag het aan je. Ik had even goed vampier kunnen zijn. Dat is nog mooier. En misschien dichter bij de waarheid.'

'Wat ben je?' vroeg Peter opnieuw.

'Je mag me dr. Rabbitfoot noemen,' zei het wezen. 'Of nachtwaker. *The Nightwatcher,* zeg maar.'

Peter knipperde met zijn ogen.

'Nu zullen we je alleen moeten laten. Onze weldoenster zal te zijner tijd voor een volgende ontmoeting met jou en je vrienden zorgen. Maar voor we gaan, moeten we onze honger stillen.' Het wezen begon te lachen waardoor zijn blikkerend witte tanden zichtbaar werden. 'Hou hem goed vast,' commandeerde het en de handjes knelden zich met geweldige kracht om Peters hoofd. Hij begon te huilen.

Nog altijd lachend trok het wezen Christina Barnes dicht tegen zich aan, duwde zijn hoofd in haar hals en liet zijn mond over haar huid glijden. Peter wilde toespringen, maar de kille handjes hielden hem vast. Het wezen begon zich te voeden.

Peter probeerde te schreeuwen, maar het dode kind sloeg hem de handjes voor de mond en knelde Peters hoofd tegen zijn borst. De rottingslucht, zijn gruwelijke angst en zijn wanhoop, de afschuw van het weerzinwekkende iets dat hem vasthield en de nog grotere afschuw van wat er met zijn moeder gebeurde, het werd Peter allemaal te veel en hij verloor het bewustzijn.

Toen hij bijkwam, was hij alleen. De stank van bederf hing nog in de kamer. Peter kreunde en werkte zich in knielende houding. De vaas die hij had laten vallen, lag gekanteld naast hem. De bloemen lagen door elkaar in een plas water op de vloer. Toen hij over zijn gezicht streek, namen zijn handen de lucht aan van de dode jongen die hem had vastgehouden. Hij kokhalsde. Zijn mond stonk doordat de jongen zijn hand ertegenaan had gehouden; het was alsof zijn mond en wang in staat van ontbinding verkeerden.

Hij liep de slaapkamer uit en de gang door, op zoek naar de badkamer. Daar zette hij de warme kraan open en boende telkens opnieuw zijn gezicht en handen; hij smeerde schuim over zijn gezicht en spoelde het weer af, hij greep het stuk zeep en wreef snikkend zijn handen in. Zijn moeder was dood: ze was Lewis komen opzoeken en ze hadden haar vermoord. Ze hadden haar afgeslacht als een beest, deze dode wezens die leefden van bloed, net als vampiers. Maar het waren geen vampiers en ook geen weerwolven, al wilden ze je dat wijsmaken. Ze hadden zich lang geleden verkocht aan wie hen nu bezat. Peter herinnerde zich een groen licht dat onder een deur vandaan kwam en braakte bijna in de wasbak. Zíj was degene die hen bezat. Het waren nachtwakers, wezens van de nacht. Hij smeerde Lewis' zeep langs zijn mond en bleef boenen om de lucht van Fenny's handen kwijt te raken.

Jim Hardie had tegenover hem gezeten in een verlopen kroeg en gevraagd of hij Milburn graag in vlammen zou zien opgaan, en hij wist dat tenzij hij sterker, moediger en intelligenter zou blijken dan Jim, Milburn een erger lot dan dat zou wachten. De nachtwakers zouden stelselmatig de plaats verwoesten; ze zouden er een spookstad van maken en er alleen de stank van de dood achterlaten.

Dat is het enige dat ze willen, dacht hij met het gezicht van Gregory Bate voor ogen, *ze willen alleen maar vernietigen.* Hij zag het vertrokken gezicht van Jim Hardie voor zich, Jim die altijd weer met een gewaagd plan aankwam wanneer hij dronken was. Hij zag Sonny Venutie met de uitpuilende ogen voor zich, die zich naar hem toe boog. Hij zag zijn moeders gezicht toen ze op de stenen plaats uit de stationcar stapte. En huiverend zag hij de actrice op het feest van vorig jaar, die hem glimlachend en nietszeggend aankeek.

Hij liet Lewis' handdoek op de vloer vallen.

Er was er maar één die hem kon helpen, die hem niet als fantast of krankzinnige zou beschouwen. Hij moest terug naar Milburn om de schrijver in het hotel op te zoeken.

Ze zijn hier eerder geweest.

Weer dacht hij aan het verlies van zijn moeder en de tranen stroomden hem over de wangen. Maar hij had nu geen tijd meer om te huilen. Hij liep de gang in en kwam voorbij de zware sierdeur. 'O, mam,' zei hij. 'Ik zal het ze beletten. Ik zal ze krijgen. Ik zal…' Maar het waren loze woorden, de woorden van een jongen die in verzet kwam. *Zij laten je zo denken.*

Peter keek niet meer om naar het huis toen hij langs de afrit rende, maar hij voelde het achter zich, spottend met zijn kinderlijke voornemens, alsof het huis wist dat zijn vrijheid niet meer was dan die van een aangelijnde hond. Elk ogenblik konden ze hem terughalen, en zou zijn hals worden dichtgeknepen zodat hij stikte…

Pas toen hij de oprit achter zich had, zag hij dat er reden was voor angst. In de berm van de snelweg stond een wagen met achter het stuur de Jehova's getuige die hem een lift had gegeven en die nu naar hem zat te kijken. Hij knipperde met zijn koplampen; het waren net gloeiende ogen. 'Kom hier,' riep de man. 'Kom maar hier.'

Peter rende de drukke weg op. Een naderende wagen gooide het stuur om en miste hem, een volgende wagen kwam slippend tot staan. Claxons loeiden. Hij bereikte de middenberm en stak de lege

andere helft van de snelweg over. Hij hoorde de Getuige roepen: 'Kom terug, dat is gevaarlijk.'
Peter dook de struiken aan de overkant van de snelweg in. Boven het verkeersrumoer uit hoorde hij de Getuige zijn wagen starten om ook naar Milburn te gaan.

8

Vijf minuten nadat hij Otto's vuur had verlaten begon Lewis zich al moe te voelen. Hij had pijn in zijn rug doordat hij een dag eerder al die sneeuw van zijn inrit had verwijderd en zijn benen lieten hem in de steek. De hond liep voor hem uit en dwong hem zijn weg te vervolgen, hoewel hij liever de andere kant van de heuvel was afgegaan, terug naar zijn wagen. Zelfs dat zou nog een half uur lopen betekenen. Hij moest de hond maar volgen, even uitrusten en dan terug naar het vuur.
Flossie besnuffelde de voet van een boomstam, keek om of hij er nog was en trippelde verder.
Het ergste was dat hij Linda alleen naar die kinderkamer had laten gaan. Suffig aan tafel zittend, veel vermoeider nog dan hij nu was, had hij aangevoeld dat de situatie niet normaal was, dat hij ongeweten een rol in een of ander spel speelde. Dat was wat hij Otto niet had verteld: dat gevoel dat er iets fout zat, dat onder het eten bij hem opgekomen was. Hij had gemerkt dat hij zijn eten niet proefde, maar desondanks had hij wel gemeend een vage rottingslucht te ruiken. Hij had gevoeld dat achter het luchtig gebabbel van Florence de Peyser iets anders schuilging waardoor hij het gevoel kreeg dat hij net een marionet was die aan touwtjes danste. Waarom was hij dan blijven zitten en had hij zijn best gedaan niets te laten merken, waarom had hij Linda niet bij de arm genomen om snel die suite te verlaten?
Don had ook zoiets gezegd: dat hij zich bij een spel betrokken voelde.
Zij kenden je voldoende om te weten wat je zou doen. Je bent gebleven en dat wisten ze van tevoren.
De lichte bries veranderde enigszins van richting; het werd kouder. De jachthond stak haar neus op, snoof en keerde zich recht in de wind. Ze begon sneller te lopen.
'Flossie!' riep hij. De hond, al dertig meter verder en alleen nog zichtbaar tussen de stammen, bereikte een open plek en keek ach-

terom naar Lewis. En opeens ging de kop van de hond ver omlaag en ze gromde. Een ogenblik later ging ze er als een pijl vandoor.

Voor zich uit zag hij alleen nog ruige naaldbomen voor zich met daartussen kale geraamten van loofbomen op de witgevlekte grond. De smeltende sneeuw zakte pappig omlaag. Hij had koude voeten. Even later hoorde hij Flossie blaffen en ging op het geluid af.

Toen hij de hond eindelijk zag, begon ze te janken. Ze stond in een ondiepe kuil bedekt met ijs en Lewis bevond zich aan de rand daarvan. Op de bodem van de kuil lagen beelden als van de Paaseilanden, bedekt met kwarts. De hond keek naar hem op en jankte weer, kronkelde zich en ging naast een van de zwerfkeien liggen. 'Hier, Flossie,' zei hij. De hond drukte zich tegen de grond en kwispelde. 'Wat is er?' vroeg hij.

Hij wilde ook naar beneden gaan en gleed twee meter omlaag over koude modder. De hond blafte eenmaal scherp, draaide zich om haar eigen as en ging weer liggen. Ze keek scherp naar een dennenbosje aan de andere kant van de kuil. Terwijl Lewis door de modder baggerde, kroop Flossie in de richting van de bomen.

'Daar niet,' zei hij. 'Hier.' Maar de hond kroop door naar de eerste bomen, jankte nog eens en verdween onder de takken.

Hij riep de hond, maar ze kwam niet terug en hij hoorde ook geen geluid uit het dichte bosje. Nijdig keek Lewis naar de lucht en zag zware wolken, voortgejaagd door de noordenwind. De twee dagen respijt van de sneeuw waren om.

'Flossie.'

De hond kwam niet te voorschijn, maar terwijl hij trachtte door een dicht gordijn van dennenaalden heen te kijken, zag hij iets verbazingwekkends. Het was de omtrek van een deur, verwerkt in het patroon van naalden en takken. De kruk bestond uit een klompje donkere naalden. Het was de meest perfecte optische illusie die hij ooit had gezien; zelfs de scharnieren waren nagebootst.

Lewis ging een stap verder en bevond zich op de plek waar Flossie zich tegen de grond had gedrukt. Hoe dichter hij de dennen naderde, hoe duidelijker werd de illusie. Het was alsof de naalden zelfs de tekening in het hout nabootsten. Het kwam door de afwisseling van tinten, donkergroen, lichter groen, dan weer donkerder, een willekeurig patroon dat vaste vorm aannam in de tekening van een kostbare plaat hout.

Hij herkende de deur van zijn slaapkamer.

Langzaam klom Lewis aan de andere kant uit de kuil en ging naar de deur. Hij naderde hem dicht genoeg om het hout te kunnen aanraken.

De deur vroeg erom geopend te worden. Lewis stond daar met natte laarzen in een koude, aanwakkerende wind en besefte dat alle onverklaarbare incidenten in zijn leven sedert die dag in 1929 hem hier hadden gebracht: ze plaatsten hem voor een ondenkbare deur naar een onvoorspelbare ervaring. Als hij al had gedacht dat het verhaal van Linda's sterven geen zin had en geen slot – zoals Don van het verhaal over Alma Mobley had opgemerkt – dan lag daar de bedoeling, achter die deur. Lewis begreep dat de deur geen toegang tot één kamer, maar tot vele kamers gaf.

Lewis kon er geen weerstand aan bieden. Otto, handenwrijvend bij een takkenvuurtje, hoorde thuis in een bestaan dat te triviaal was om eraan te hechten. Lewis, die zijn keus al had gemaakt, vond zijn verleden en met name de laatste jaren in Milburn grauw en saai, één langdurige kwelling van verveling en nutteloosheid, waaruit hem nu een uitweg werd geboden.

Daarom draaide Lewis de koperen knop om en viel op zijn plaats in de legpuzzel.

Zoals hij al had verwacht, kwam hij een slaapkamer binnen en onmiddellijk volgde de herkenning: een zonnig vertrek vol Spaanse bloemen, het appartement parterre waar hij met Linda had gewoond in zijn hotel. Onder zijn voeten een Chinees zijden kleed tot in de hoeken van de kamer, vazen met bloemen die verlangden naar de zon en de gouden, rode en blauwe kleuren van het vloerkleed opnamen en weer uitstraalden. Hij keek om zich heen: de deur sloot zich en hij lachte even. Door beide ramen stroomde zonlicht binnen. Buiten zag hij een groen gazon en daarachter een afgrond met een leuning erlangs en de bovenste treden van de trap die afdaalde naar de in de diepte glinsterende zee. Lewis ging naar het hemelbed. Op het voeteneind lag een opgevouwen peignoir van donkerblauw fluweel. Op zijn gemak nam hij de hele prachtige kamer in zich op. De deur naar de lounge ging open en Lewis keek glimlachend naar zijn vrouw. In een stemming van volmaakt geluk strekte hij zijn armen naar haar uit. Tot zijn schrik zag hij dat ze huilde.

'Liefste, wat is er? Is er iets ergs gebeurd?'

Ze stak haar handen uit met daarin het lijk van een kortharig hondje. 'Een van de gasten vond het op de patio. Iedereen kwam juist naar buiten na de lunch en toen ik was gehaald, stonden ze allemaal om het arme diertje heen. Het was afschuwelijk, Lewis.'

Lewis kuste haar op de wang over het hondelijkje heen. 'Ik zal er verder wel voor zorgen, Linda. Maar hoe kwam het beestje daar in godsnaam?'

'Ze zeiden dat iemand het uit het raam zou hebben gegooid... o, Lewis, wie zou in vredesnaam zoiets doen?'

'Ik neem het van je over. Arme schat. Ga jij maar even zitten.' Hij nam zijn vrouw het hondelijkje af. 'Ik regel het wel, denk er maar niet meer aan.'

'Wat ga je ermee doen?' vroeg ze huilend.

'In de rozentuin begraven naast John, denk ik.'

'Ja, dat is goed. Dat is mooi.'

Met de hond in zijn handen bleef hij bij de deur naar de lounge staan. 'Verliep de lunch overigens goed?'

'Ja, prima. Florence de Peyser nodigt ons uit vanavond in haar suite te komen dineren. Heb je er zin in na al dat tennissen? Denk eraan dat je vijfenzestig bent.'

'Nee, dat ben ik niet.' Lewis keek haar niet-begrijpend aan. 'Ik ben met jou getrouwd, dus ben ik vijftig. Je maakt me oud voor mijn tijd!'

'Ik ben een beetje verstrooid,' zei Linda. 'Ik kan mezelf wel een klap geven.'

'Ik kom gauw terug en ik heb een beter idee,' zei Lewis en liep de lounge in.

De dode hond gleed uit zijn handen en alles werd anders. Zijn vader kwam op hem af in de huiskamer van de pastorie. 'Twee dingen nog, Lewis. Zoals je weet, moet je moeder een beetje ontzien worden. Je beschouwt dit huis als een hotel; je komt 's nachts thuis wanneer het je schikt.' Zijn vader kwam bij de leunstoel waarachter Lewis stond, zwenkte af naar de open haard en liep langs de andere muur van de kamer terug, steeds maar pratend. 'Ik heb gehoord dat je wel eens drinkt. Nu ben ik geen stijve kerel, maar dat sta ik niet toe. Je bent tenslotte vijfenzestig...'

'Zeventien,' zei Lewis.

'Zeventien dan. Val me niet in de rede. Je denkt zeker dat je al volwassen bent. Maar jij drinkt niet zolang je onder mijn dak woont, begrepen? En begin je volwassenheid maar eens te tonen door je moeder een handje te helpen. Voor deze kamer ben jij in het vervolg verantwoordelijk. Eenmaal per week moet je hier stoffen en schoonmaken. En 's morgens de haard leeghalen. Begrepen?'

'Yes sir,' zei hij, zoals dat toen de gewoonte was.

'Mooi. Dat was punt één. Punt twee betreft je vrienden. De heren James en Hawthorne zijn allebei voortreffelijke lieden en ik mag wel zeggen dat ik een uitstekende relatie met hen heb. Maar leeftijd en omstandigheden scheiden ons. Ik zou hen geen vrienden noemen. Ten eerste zijn ze van de episcopale Kerk en dat is maar één stap van de paperij. Ten tweede hebben ze veel geld. Meneer James moet een van de rijksten in de staat New York zijn. Weet je wat dat betekent anno 1928?'

'Yes sir.'

'Het betekent dat jij niet met zijn zoon mee kunt doen. En evenmin met de zoon van Hawthorne. We zijn respectabele, godvruchtige mensen, maar welgesteld zijn we niet. Als jij blijft omgaan met Sears James en Ricky Hawthorne, voorzie ik daarvan hele nare gevolgen. Zij leven als ruikeluiszoontjes. Kijk eens hier, ik laat je in het najaar nu wel naar de universiteit gaan, maar je zult aan Cornell een van de armste studenten zijn en je moet hun manier van leven niet overnemen, Lewis, je kunt eraan te gronde gaan. Het spijt me nog altijd dat je moeder zo gul was uit haar eigen middelen een auto voor je te kopen.' Hij begon aan zijn tweede ronde door de kamer. 'En er wordt al geroddeld over jullie drieën en die Italiaanse uit Montgomery Street. Ik weet dat domineeszoons altijd uit de band heten te springen, maar... ach, ik kan er niet de juiste woorden voor vinden.' Hij bleef staan halverwege het traject van de ene kamerhoek naar de andere en keek Lewis ernstig aan. 'Ik neem aan dat ik duidelijk ben geweest.'

'Yes sir. Ik begrijp het. Dat was het?'

'Nee. Er is iets waarvan ik geen jota begrijp, dit.' Zijn vader hield hem het lijk van een kortharig hondje voor. 'Dat lag op het pad naar de kerkdeur. Als een van de gemeenteleden het nu eens had gezien? Wees zo goed het onmiddellijk op te ruimen.'

'Geef maar hier,' zei Lewis. 'Ik zal het in de rozentuin begraven.'

'Doe het dan nu meteen, alsjeblieft.'

Lewis ging met de hond de kamer uit en zei bij de deur over zijn schouder: 'Hebt u uw preek voor zondag al klaar, vader?'

Niemand antwoordde. Hij bevond zich in een niet gebruikte slaapkamer boven in het huis in Montgomery Street waar alleen een bed stond. Er lag geen kleed op de kale planken en het enige raam was afgeplakt met vetvrij papier. De wagen van Lewis stond met een lege band en Sears en Ricky waren de aftandse auto gaan lenen van Warren Scales, die samen met zijn zwangere vrouw boodschappen was gaan doen. Op het bed lag een vrouw, maar ze gaf geen antwoord; ze was dood en was toegedekt met een laken.

Lewis beende heen en weer op de plankenvloer, ongeduldig wach-

tend tot zijn vrienden met de wagen van de boer zouden terugkomen. Hij wilde liever niet naar die toegedekte vrouw op het bed
kijken, dus ging hij voor het raam staan, maar door het vetvrij
papier zag hij alleen wat schemerig oranje licht. Hij keek achterom
naar het bed. 'Linda,' zei hij verdrietig.

Hij stond in een metalen kamer met grijze metalen wanden. Aan de
zoldering hing een enkele gloeilamp. Zijn vrouw lag onder een laken
op een metalen tafel. Lewis boog zich over haar lichaam en snikte:
'Ik zal je niet in de poel begraven. Ik breng je naar de rozentuin.' Hij
pakte onder het laken de dode vingers van zijn vrouw en voelde ze
bewegen. Hij deinsde achteruit.

Voor zijn ontstelde blik kropen Linda's handen omhoog onder het
laken. Vervolgens sloegen haar witte handen het terug van haar
gezicht en ze ging zitten en opende haar ogen.

Lewis kromp ineen in de verste hoek van het kamertje. Toen zijn
vrouw haar benen van de mortuariumtafel zwaaide, begon hij te
gillen. Ze was naakt en de linkerkant van haar gezicht was gewond
en zat vol schaafplekken. In een kinderlijk gebaar van afwering stak
hij zijn handen uit. Maar Linda lachte tegen hem en vroeg: 'Wat doe
je met die arme hond?' Ze wees naar het kale blad van de tafel, waar
een kortharig hondje op zijn zijkant in een plas bloed lag.

Vol afschuw keek hij zijn vrouw aan, maar nu was het Stringer
Dedham met een middenscheiding in zijn haar en een bruin overhemd over zijn stompen, die naar hem toe kwam. 'Wat heb je daar
gezien, Stringer?' vroeg hij.

Stringer glimlachte met bebloede lippen. 'Jou. Daarom sprong ik
uit het raam. Wat ben je toch een stommeling.'

'Heb je míj gezien?'

'Zei ik dat? Nou, dan ben ik zelf een stommeling. Ík heb je niet
gezien, het was je vrouw die jóu zag. Wat ík zag, was mijn meisje. Ik
zag haar dwars door haar raam, op die ochtend dat we met de
dorsmachine werkten. God, wat heb ik me laten verlinken.'

'Maar wat zag je haar doen? Wat wilde je tegen je zusters zeggen?'

Met het hoofd in de nek begon Stringer te lachen en het bloed gutste
hem uit de mond. Hij hoestte. 'Goeie hemel, ik kon mijn ogen niet
geloven, jongen. Het was krankzinnig. Heb je ooit een slang gezien
met afgehakte kop? En die tong die maar in en uit springt, uit een
stomp kop niet langer dan je duim? Heb je zo'n slangelijf weleens
zien spartelen in het zand?' Stringer lachte daverend door het rode
schuim om zijn mond heen. 'Lieve god, Lewis, wat een godvergeten
vertoning. Eerlijk waar, daarna heb ik eigenlijk nooit meer helder

kunnen denken, net alsof mijn hersens helemaal in de war zijn, alsof ze mijn oren uitdruipen. Net als toen ik in 1940 een beroerte kreeg, weet je nog wel? Toen ik aan één kant verlamd was? En jij me pap voerde met een lepeltje? Brrr, wat een rotsmaak!'

'Dat was jij niet,' zei Lewis. 'Dat was mijn vader.'

'Nou, wat zei ik je? Ik haal alles door elkaar, alsof ze mijn kop hebben afgehakt en mijn tong maar blijft doorpraten.' Stringer lachte beschaamd met bebloede mond. 'Zeg, moest jij dat arme ouwe hondje niet in de poel smijten?'

'Ja, zodra we terug zijn,' zei Lewis. 'Daar hebben we de wagen van Warren Scales voor nodig. Zijn vrouw is zwanger.'

'De vrouw van een rooms-katholieke boer interesseert me op het ogenblik niet,' zei zijn vader. 'Je bent er niet op vooruitgegaan, Lewis, na één jaar studeren.' Van zijn tijdelijke standplaats naast de schoorsteenmantel keek hij zijn zoon met bedroefde blik aan. 'Ik weet ook wel dat we in een tijd van zedenverwildering leven. Maar wie met pek omgaat, Lewis... Onze tijd is pek. We zijn tot verdoemenis geboren en voor onze kinderen is er geen hoop. Ik had je zo graag in rustiger tijden grootgebracht, Lewis. Eens was dit land een paradijs. Een paradijs! Akkers zover de blik reikte. Vol van de door de Here geschonken overvloed. Mijn zoon, toen ik een jongen was, las ik de Schrift in de spinnewebben. De Here sloeg ons toen gade, Lewis, je voelde Zijn tegenwoordigheid in zonlicht en regen. Maar nu zijn we spinnen die dansen boven de vlammen.' Hij staarde in de echte vlammen die zijn knieën verwarmden. 'Het is begonnen met de trein. Dat is mijn heilige overtuiging, zoon. De spoorlijn bracht geld naar mensen die van hun leven niet meer dan twee dollar bij elkaar hadden gezien. Het ijzeren paard heeft het land verdorven en de financiële instorting zal zich als een olievlek over het land ver-breiden.' Hij keek Lewis aan met de heldere, schrandere blik van Sears James.

'Ik heb beloofd haar in de rozentuin te begraven,' zei Lewis. 'Ze komen dadelijk terug met de wagen.'

'De *wagen*.' Zijn vader wendde in afgrijzen het hoofd af. 'Je hebt nooit geluisterd naar al die belangrijke dingen die ik je te zeggen had. Je hebt me in de steek gelaten, Lewis.'

'U moet u niet kwaad maken,' zei Lewis. 'U zult uzelf een beroerte bezorgen.

'Zijn wil geschiede.'

Lewis keek naar de stramme rug van zijn vader. 'Dan ga ik het nu maar doen.' Zijn vader gaf geen antwoord. 'Dag.'

Zonder om te kijken zei zijn vader: 'Je hebt nooit geluisterd. Maar let op mijn woorden, jongen, het blijft je achtervolgen. Jij hebt jezelf verleid, Lewis. En dat is het treurigste wat je van iemand kunt zeggen. Een knap gezicht en zaagsel in je hoofd. Je lijkt op je oom Leo van moederskant, toen hij vijfentwintig was, stak hij zijn arm in de brandende kachel tot zijn hand was verkoold, zwart als notehout.' Lewis ging weg door de eetkamerdeur. Linda sloeg het laken weg van haar naakte lichaam in de lege slaapkamer boven. Ze glimlachte met bebloede tanden. 'Daarna,' zei ze, 'is oom Leo van moederskant altijd een godvruchtig man gebleven.' Haar ogen gloeiden en ze zwaaide haar benen van het bed. Lewis liep achteruit tot hij tegen de kale houten wand stond. 'Daarna las hij de Schrift in de spinnewebben, Lewis.' Ze kwam naar hem toe en ging bijna door haar gebroken heup. 'Je was van plan me in de poel te gooien. Heb jij ooit de Schrift gelezen in de poel, Lewis? Of werd je geboeid door je knappe gezicht?'
'Het is nu voorbij, nietwaar?' zei Lewis.
'Ja.' Ze was hem zo dicht genaderd dat hij de lijkenlucht rook. Hij drukte zich stijf tegen de ruwe planken. 'Wat heb je gezien in de slaapkamer van dat meisje?'
'Jou heb ik gezien, Lewis. Wat jij had moeten zien. Dit.'

9

Zolang Peter zich schuilhield in het struikgewas voelde hij zich veilig. Een warrig netwerk van takken verborg hem voor blikken van de weg. Een meter of tien naar de andere kant groeiden bomen zoals die voor het huis van Lewis. Behoedzaam sloop Peter die kant uit om nog beter beschut te zijn tegen de man in de wagen. De Jehova's getuige zat nog altijd op de snelweg: Peter zag de bovenkant van zijn wagen als een acryl blauw vlak boven de dorre braamstruiken uit. Hij verschool zich achter de ene stam na de andere en de wagen schoof met hem mee. Zo ging het enige tijd door: Peter vorderde traag op de natte grond en de wagen bleef bij hem als een haai die hem als loodsmannetje had. Af en toe raakte de auto van de Getuige hem iets voor of bleef iets achter, maar nooit meer dan een meter of vijf, en de enige troost die Peter daaruit putte, was dat de chauffeur hem kennelijk niet kon zien. Hij reed op zijn gemak de weg af en wachtte tot de begroeiing ergens ophield.
Peter trachtte zich het terrein aan zijn kant van de snelweg voor

ogen te halen en hij herinnerde zich dat er alleen tot aan het huis van Lewis gronddekking voor hem was; verderop lag vlak terrein tot aan de plek waar een aantal tankstations en drive-in markten bijeenstonden aan de rand van Milburn. Tenzij hij tien kilometer door de greppels kroop, zou de man in de wagen hem in zicht krijgen zodra hij het beboste stuk achter zich liet.

Kom eruit, jongen.

De Getuige zond doelloos zijn boodschap uit in een poging hem weer in de wagen te lokken. Peter sloot zich zo goed mogelijk af tegen zijn gefluister en baggerde verder door het bos. Als hij bleef doorrennen, zou de Getuige misschien ver genoeg van hem vandaan raken dat hij in alle rust kon nadenken.

Kom, jongen. Kom daaruit. Ik breng je naar haar toe.

Beschut door hoge bramen en de bomen begon Peter te rennen tot hij een dubbele prikkeldraadomheining in zicht kreeg, die aan zware eikestammen was bevestigd. Achter het prikkeldraad lag een lange gebogen strook akkers, vlak wit terrein. De wagen van de Getuige was nergens te zien. Peter keek opzij, maar daar stonden de bomen zo dicht opeen en waren de bramen zo hoog opgeschoten dat hij het stuk snelweg naast zich niet kon zien. Hij bereikte de laatste stammen met het prikkeldraad en overzag het veld, zich afvragend of hij het ongezien kon oversteken. Als de man hem daar zonder dekking zag lopen, zou hij geen kans meer hebben. Hij kon wegrennen, maar de man zou hem toch te pakken krijgen, net als dat wezen in Montgomery Street Jim te pakken had gekregen.

Ze stelt veel belang in je, Peter.

Weer een schot in de ruimte dat geen doel trof.

Ze zal je geven wat je wilt.

Ze zal je alles geven wat je wilt.

Ze zal je je moeder teruggeven.

De blauwe wagen schoof zijn blikveld binnen en stopte ter hoogte van de plaats waar het kale veld begon. Peter trok zich haastig terug in de begroeiing. De man in de wagen legde zijn arm over de voorbankleuning en keek in een houding van geduldig wachten opzij naar de akkers die Peter zou moeten oversteken. *Kom eruit, dan geven we je je moeder terug.*

Jawel, dat zouden ze doen. Ze zouden hem zijn moeder teruggeven. En ze zou net zo zijn als Jim Hardie en Freddy Robinson: lege ogen, verwarde uitlatingen en niet meer substantie dan een manestraal.

Peter ging op de natte grond zitten en probeerde zich te herinneren of er nog meer wegen in de nabijheid liepen. Hij moest in het bos blijven, anders zou de man hem bij het oversteken van het vlakke terrein zien. Liep er niet nog een weg parallel aan de autosnelweg naar Milburn?

Hoeveel avonden had hij niet met Jim rondgereden door de naaste omgeving van Milburn, hoeveel weekeinden en zomers had hij er niet rondgedwaald in zijn middelbare-schooltijd; hij kende Broom County even goed als zijn kamer thuis, dacht hij.

Maar de geduldig wachtende man in de blauwe wagen belemmerde hem in zijn denken. Hij kon zich niet herinneren hoe het eruitzag aan de andere kant van het bos, een nieuwbouwwijk, een fabriek misschien? Aanvankelijk wilde zijn brein hem niet de informatie verstrekken die er toch in moest zitten en gaf hem in plaats daarvan beelden van leegstaande huizen waarin duistere wezens zich achter gesloten jaloezieën bewogen. Maar wat er ook lag aan de andere kant van het bos, het was nu eenmaal de richting die hij uit moest.

Peter stond op en trok zich nog enkele meters verder in het bos terug, voor hij de snelweg de rug toekeerde en wegliep van de wagen. Even later wist hij ook waar hij naar toe ging. Er liep daar een oude macadamweg met twee rijstroken, die in Milburn nog altijd 'de oude Binghamtonweg' werd genoemd omdat het vroeger de enige verbinding tussen de twee plaatsen was geweest. Inmiddels was het een weggetje vol kuilen, verouderd en niet al te veilig meer, zodat het verkeer het nauwelijks meer gebruikte. Vroeger was er nogal wat bedrijvigheid langs de weg geweest: fruitkramen, een motel, een levensmiddelenzaak. Nu stonden ze voor het merendeel leeg of waren gesloopt. Alleen de Bay Tree Market deed er nog goede zaken en werd druk bezocht door de beter gesitueerden in Milburn. Zijn moeder kocht er altijd fruit en groenten.

Als hij de afstand tussen de oude en de nieuwe weg juist schatte, zou hij over twintig minuten die markt bereikt hebben. Hij zou gaan liften naar Milburn en zonder ongelukken het hotel bereiken.

Binnen een kwartier had hij natte voeten, een steek in zijn zij en een scheur in zijn jack, afkomstig van een stekelige braamstruik, maar hij wist dat hij in de buurt van de oude weg kwam. De bomen stonden minder dicht op elkaar en de bodem liep zacht glooiend af. Zodra hij tegen de egaal grijze lucht voor hem uit zag dat het bos eindigde, waagde hij zich dichter bij het prikkeldraad en volgde het in gebukte houding over de laatste dertig meter. Hij wist nog steeds niet of de fruitmarkt links of rechts stond en hoe ver weg het nog was. Hij hoopte alleen dat hij de markt snel in zicht kreeg, met een parkeerplaats vol wagens.

Hij ploeterde verder en tuurde tussen de resterende stammen naar voren.

Het zal je niet baten, Peter. Wil je je moeder niet terugzien?

Hij gromde toen hij als het ware de vederlichte aanraking van het brein van de Getuige onderging. Toen zonk de moed hem in de schoenen. Voor hem uit stond de blauwe wagen op de weg geparkeerd. Op de voorbank zat de Getuige rustig achterover, wachtend tot Peter te voorschijn zou komen.

De Bay Tree Market stond nog geen vierhonderd meter links van Peter aan de oude weg en de wagen stond met de voorkant naar rechts. Als hij het op een rennen zette, zou de man eerst de wagen moeten keren op die smalle weg...

Maar de tijd zou nog altijd te krap zijn.

Peter keek weer naar de markt: volop wagens op de parkeerplaats. Er moest een chauffeur bij zijn die hem kende. Hij hoefde er alleen maar voor te zorgen dat hij er kwam.

Hij voelde zich niet meer dan vijf jaar oud, een bibberend jongetje, hulpeloos en niet opgewassen tegen het moorddadig wezen dat in de wagen op hem zat te wachten. Als hij zijn windjack nu eens in repen scheurde, die aan elkaar knoopte en het uiteinde in de benzinetank stak – maar dat moest hij op een derderangs film hebben gezien. Hij kon niet bij de wagen komen zonder dat de man hem zag.

Het enige wat hij kon doen, afgezien van naar de man toe stormen, was het open terrein oversteken naar de markt en afwachten wat er zou gebeuren. De man keek de andere kant uit en dat zou hem een kleine voorsprong geven.

Peter boog het prikkeldraad uit elkaar en stapte erdoor. Vierhonderd meter hemelsbreed van hem af lag de parkeerplaats achter de Bay Tree Market. Hij hield zijn adem in en stapte de akkers op.

De wagen keerde snel en kwam naast hem rijden. Hij kon hem uit zijn ooghoeken volgen. *Flinke, brave jongen. Nette jongens moeten toch niet gaan liften?* Peter kneep zijn ogen dicht en strompelde verder.

Domme, brave jongen. Hij vroeg zich af hoe de man hem wilde tegenhouden.

Het duurde niet lang voor hij daarachter kwam.

'Peter, ik moet je spreken. Doe je ogen open, Peter.' Het was de stem van Lewis Benedikt. Peter sloeg de ogen op en zag Lewis twintig meter verder voor zich staan in wijde broek met laarzen en

361

een openhangend kaki legerjack.

'Jij staat daar niet,' zei Peter.

'Doe normaal, Peter,' zei Lewis en begon hem te naderen. 'Je ziet me toch? Je hoort me toch praten? Ik ben hier. Je wilt me wel aanhoren. Ik wil het over je moeder hebben.'

'Mijn moeder is dood.' Peter bleef staan, niet bereid nog dichter bij het Lewis-achtige wezen te komen.

'Nee, ze is niet dood.' Ook Lewis bleef staan, alsof hij Peter niet bang wilde maken. Naast hen op de weg was de wagen ook gestopt. 'Zo zwart-wit liggen de zaken niet. Ze was niet dood toen je haar in mijn huis aantrof, nietwaar?'

'Dat was ze wel.'

'Dat kun je niet weten, Peter. Ze had het bewustzijn verloren, net als jij.' Lewis maakte een verontschuldigend gebaar en keek Peter glimlachend aan.

'Nee hoor. Ze hebben… hebben haar keel doorgesneden. Ze hebben haar vermoord. Precies zoals dat vee is afgeslacht.' Hij sloot zijn ogen weer.

'Pete, je vergist je en ik kan het bewijzen. Die man daar in de wagen heeft geen kwaad in de zin. Kom, laten we naar hem toe gaan.'

Peter deed zijn ogen weer open. 'Ben je echt met mijn moeder naar bed geweest?'

'Mensen van onze leeftijd begaan wel eens fouten. Ze doen dingen die ze naderhand betreuren. Maar het betekende niets, Pete. Je zult het zien wanneer je thuiskomt. Ga maar met ons mee naar huis dan zal je zien dat ze gewoon thuis is, net als altijd.' Lewis glimlachte naar hem met duidelijke bezorgdheid. 'Je moet haar niet veroordelen omdat ze eenmaal een misstap heeft begaan.' Hij kwam weer dichterbij. 'Vertrouw me maar. Ik heb altijd gehoopt dat we vriendschap zouden sluiten.'

'Ik ook, maar je kunt nu niet meer mijn vriend worden want je bent dood,' zei Peter. Hij bukte zich, schepte twee handen natte sneeuw op en kneedde er een bal van. 'Ga je me met een sneeuwbal gooien? Ben je daar niet te groot voor?'

'Het spijt me voor je,' zei Peter; hij smeet de sneeuwbal weg en blies het wezen dat Lewis leek te zijn uiteen tot een regen van vallende vonken.

Alsof hij een shock had, liep hij blindelings door de plek waar Lewis had gestaan. De lucht prikkelde op zijn huid. Weer voelde hij iets kriebeligs zijn hersens afzoeken en zette zich schrap.

Maar er kwamen geen woorden meer. In plaats daarvan kwam een golf van verbittering en woede die hem bijna tegen de grond wierp. Het was dezelfde blinde woede die hij had gevoeld toen het wezen dat zijn moeder omhooghield de donkere bril afnam. De geweldige kracht van de emotie deed hem wankelen, al voelde hij er ook een brede onderstroom van een nederlaag in.

Verrast keek Peter opzij: de blauwe wagen op de macadamweg meerderde vaart.

Van opluchting ging hij bijna door zijn knieën. Hoe het kon begreep hij niet, maar hij had gewonnen. Moeizaam en zwaar liet Peter zich in de sneeuw zakken en probeerde zijn tranen binnen te houden.

Even later stond hij weer op en liep door naar de parkeerplaats. Hij was te verdoofd om iets te voelen; hij had al zijn aandacht nodig om zijn benen in beweging te houden. Met het ene been vooruit en dan met het andere. Zijn voeten waren ijskoud. Weer deed hij een stap. Nu was hij niet ver meer van de parkeerplaats af.

Toen overviel hem een nog grotere blijdschap: zijn moeder vloog de parkeerplaats af en rende naar hem toe. 'Pete!' riep ze snikkend. 'God zij dank!'

Ze had de laatste rij geparkeerde wagens bereikt en rende het veld in. Hij stond stil en zag haar komen, te zeer overweldigd door emotie om iets te zeggen, en strompelde toen weer door. Op haar ene wang zat een grote schaafplek en haar haar hing slordig om haar hoofd. De om haar hals geslagen sjaal toonde een rode streep in het midden.

'U bent ontsnapt,' zei hij vol ongeloof.

'Ze brachten me het huis uit... die man...' Een paar meter van hem af bleef ze staan en greep naar haar keel. 'Hij heeft me in mijn hals gesneden en ik raakte bewusteloos... ik was bang dat ze jou zouden vermoorden.'

'Ik dacht dat je dood was,' zei hij. 'O, mam.'

'Arme Pete.' Ze sloeg haar armen om haar lichaam. 'Laten we zorgen dat we hier weg komen, zien dat we een lift naar Milburn krijgen. Zo ver zullen we samen nog wel komen.'

Dat ze nog probeerde een grap te maken, bewoog hem weer bijna tot tranen. Hij streek langs zijn ogen.

'Huilen doe je later maar,' zei ze. 'Ik denk dat ik een week blijf huilen wanneer ik eenmaal zit. Kom, we gaan een lift zoeken.'

'Hoe bent u ontsnapt?' Hij liep naast haar mee en wilde zijn arm om haar heenslaan, maar ze ontweek hem en ging hem voor naar de parkeerplaats. Hij volgde.

'Ze dachten zeker dat ik me van angst niet durfde verroeren. De frisse lucht buiten bracht me weer wat tot mijn positieven. Die man hield mijn arm nog maar losjes vast en ik heb me onverwacht om-gedraaid en hem een harde klap met mijn tas gegeven. Toen ben ik het bos ingerend. Ik hoorde ze naar me zoeken en ik ben nog nooit zo bang geweest. Later gaven ze het op. Hebben ze ook naar jou gezocht?'

'Nee,' zei hij. 'Nee,' en de spanning viel uit hem weg. 'Er was wel iemand anders, maar die is weg; hij heeft me niet te pakken gekre-gen.'

'Ze laten ons nu wel met rust,' zei ze. 'Nu we daar weg zijn.'

Hij keek haar recht in de ogen en ze sloeg haar ogen neer. 'Ik heb je heel wat uit te leggen, Pete,' zei ze. 'Maar nu niet. Ik wil naar huis om mijn keel te verbinden. We moeten afspreken wat we tegen je vader zullen zeggen.'

'Vertelt u hem niet wat er is gebeurd?'

'Ik wou het maar gewoon vergeten, jij niet?' vroeg ze en keek hem smekend aan. 'Ik leg het je later allemaal wel uit, wanneer de tijd is gekomen. Laten we dankbaar zijn dat we nog leven.'

Ze gingen het verharde parkeerterrein op.

'Oké,' zei Peter. 'Mam, ik ben...' Hij vocht met zijn emotie, die te zwaar was om in woorden uit te drukken. 'Maar we moeten toch met iemand praten. Diezelfde man die jou te pakken had, heeft ook Jim Hardie vermoord.'

Ze keek om zodra ze midden op het parkeerterrein was gekomen, waar de meeste wagens stonden. 'Ik weet het.'

'Weet u dat?'

'Ik bedoel, ik kon het wel raden. Schiet nou op, Pete. Mijn keel doet pijn. Ik wil naar huis.'

'U zei dat u het wist.'

Ze maakte een geïrriteerd gebaar. 'Neem me geen kruisverhoor af, Peter.'

Angstig keek Peter de parkeerplaats rond en zag de blauwe wagen langs de rand van de markt rijden. 'O mam,' zei hij, daar zijn ze. U bent niet ontsnapt.'

'*Peter*. Hou nou op. Ik zie iemand die ons een lift kan geven.'

De blauwe wagen draaide de rijstrook achter haar in en Peter ging naar zijn moeder. 'Goed, ik ga mee.'

'Fijn. Peter, alles wordt weer net als vroeger, ik beloof het je. We hebben allebei iets heel angstigs beleefd, maar na een heet bad en een nacht lekker slapen zijn we het wel weer te boven.'

'Uw hals moet gehecht worden,' zei Peter en kwam naar haar toe.
'Dat is echt niet nodig,' zei ze lachend. 'Een verband is voldoende.
Het was maar een schram, Peter. Zeg, wat ga je doen? Niet aankomen, dat doet pijn. Dan gaat het weer bloeden.'
De blauwe wagen had het uiteinde van hun rijstrook tussen de wagens bereikt. Peter haalde uit.
'Niet doen, Pete, we hebben zo een lift en...'
Hij kneep zijn ogen stijf dicht en sloeg met zijn arm tegen het hoofd van zijn moeder. Zijn vingers begonnen te tintelen. Hij gilde en een claxon begon oorverdovend te loeien.
Toen hij zijn ogen opendeed, was zijn moeder verdwenen en de blauwe wagen kwam op hem afrazen. Peter zocht beschutting tussen twee geparkeerde auto's en de blauwe wagen scheurde hem voorbij en ramde twee bumpers, zodat de wagens stonden te trillen.
Hij keek toe terwijl de auto de oprit overstak en tussen de andere wagens doorreed en op dat moment zag hij Irmengard Draeger, de moeder van Penny, aan de achterkant de markt verlaten met een grote zak levensmiddelen in de armen. Tussen de geparkeerde wagens door rende hij naar haar toe.

Verhalen

10

Toen Peter het hotel binnenkwam, keek mevrouw Hardie hem weliswaar bevreemd aan, maar ze gaf hem toch het nummer van Don Wanderleys kamer en keek hem na terwijl hij de trap aan het eind van de lobby opging. Hij had natuurlijk iets tegen haar moeten zeggen, maar na de terugrit in gespannen sfeer met mevrouw Draeger was hij niet in staat tot een luchtig babbeltje met de moeder van Jim Hardie.
Hij zocht Dons deur en klopte.
'Meneer Wanderley,' zei hij toen de schrijver opendeed.
Voor Don betekende het bezoek van een geschokte tiener aan zijn kamer de bevestiging van een vermoeden. De periode waarin de consequenties van het laatste verhaal van het Chowder Genootschap – dat hij nog niet kende – beperkt zouden blijven tot de leden en een paar buitenstaanders was voorbij. De uitdrukking van schrik

en verbijstering op het gezicht van Peter Barnes was voor Don voldoende bewijs dat alles wat hij op zijn kamer had overdacht niet meer het bezit van hemzelf en enkele oudere heren was.

'Kom binnen, Peter,' zei hij. 'Ik dacht al dat we elkaar spoedig zouden terugzien.'

Wezenloos kwam de jongen de kamer binnen en ging op de eerste de beste stoel zitten. 'Neem me niet kwalijk,' zei hij en hield zijn mond. 'Ik wilde... ik moet...' Hij knipperde met zijn ogen en kon blijkbaar niet verder.

'Wacht even,' zei Don en haalde een fles whisky uit de kast. Hij schonk een klein beetje drank in een glas en reikte het Peter aan. 'Drink op, kom tot jezelf. En vertel me daarna wat er is gebeurd. Je hoeft niet bang te zijn dat ik je niet zal geloven, want dat zal ik zeker doen. En de heren Hawthorne en James ook wanneer ze je verhaal te horen krijgen.'

'Mijn oudere vrienden,' zei Peter. Hij dronk wat van de whisky. 'Zo noemde hij ze. Hij zei dat u hem als Greg Benton had gekend.'

Peter maakte een zenuwachtig gebaar bij het uitspreken van de naam en voelde de schok waarmee een plotseling besluit tot zijn bewustzijn doordrong: hoeveel risico hij zelf ook mocht lopen, hij zou Greg Benton vernietigen.

'Je hebt hem ontmoet,' zei Don.

'Hij heeft mijn moeder vermoord,' antwoordde Peter met matte stem. 'Zijn broertje had me vast en dwong me toe te kijken. Ik denk... dat ze haar bloed hebben gedronken. Net als bij dat dode vee. En Jim Hardie heeft hij ook vermoord. Ik was erbij, maar kon nog net wegkomen.'

'Ga door,' zei Don.

'Hij beweerde dat iemand – ik herinner me de naam niet – hem een Manitoe zou noemen. Weet u wat dat is?'

'Ik heb ervan gehoord.'

Peter knikte, alsof het antwoord hem tevredenstelde. 'Hij veranderde zich in een wolf. Ik zag het gebeuren.' Peter zette het glas op de vloer; hij keek ernaar, pakte het weer op en nam nog een slok. Zijn handen trilden zo hevig dat de whisky over de rand van het glas dreigde te gaan. 'Ze *stinken* – het zijn net lijken in ontbinding – ik moest me eindeloos wassen. Waar Fenny me had aangeraakt.'

'Je hebt Benton in een wolf zien veranderen?'

'Ja. Of nee, eigenlijk niet. Hij nam zijn bril af. Ze hebben gele ogen. Hij liet zich aan me zíen. Hij was... niets dan haat en dood. Net een

366

laserstraal.'

'Ik begrijp het,' zei Don. 'Ik heb hem ook gezien. Maar nooit zonder die donkere bril.'

'Als hij hem afzet, kan hij je dingen laten doen. Hij kan zijn stem laten horen in je hoofd. Een soort buitenzintuiglijke waarneming. En ze kunnen je dwingen doden te zien, geesten, maar als je die aanraakt, spatten ze uiteen. Maar zij zelf niet. Ze grijpen je vast en doden je, maar zelf zijn ze ook dood. Ze zijn van nog weer iemand anders... hun weldoenster. Ze doen precies wat zij zegt.'

'Zij?' vroeg Don en dacht aan de mooie vrouw die tijdens een etentje de kin van deze jongen in haar hand had genomen.

'Die Anna Mostyn,' zei Peter. 'Maar ze is hier eerder geweest.'

'Ja, inderdaad,' zei Don. 'Als actrice.'

Peter keek naar hem op, dankbaar en verwonderd tegelijk.

'Ik had me ook al in het verhaal verdiept, Peter,' zei Don. 'Vooral de laatste dagen.' Hij keek naar de jongen die zat te beven in zijn stoel. 'Maar jij bent blijkbaar meer te weten gekomen en in veel kortere tijd.'

'Hij zei dat hij *mij* was, zei Peter en zijn gezicht vertrok. *Hij zei dat hij mij was*. Ik ga hem *vermoorden*.'

'Dan zullen we dat samen doen,' zei Don.

'Ze zijn hier omdat ik hier ben,' zei Don. 'Ricky Hawthorne heeft gezegd dat toen ik me bij het Chowder Genootschap voegde, we deze dingen – deze wezens – zelf hebben opgeroepen. Dat we hen hier hebben bijeengebracht. Als ik was weggebleven, waren er wellicht ook wat schapen of koeien afgeslacht, maar daar zou het bij gebleven zijn. Maar dat kon niet, Peter. Ik kon niet wegblijven... en zij wisten dat ik moest komen. En inmiddels kunnen ze doen wat ze willen.'

Peter onderbrak hem: 'Wat zíj hen wil laten doen.'

'Zo is het. Maar we zijn niet machteloos. We kunnen ons verdedigen. En dat zullen we doen ook. We zullen ze op de een of andere manier zien kwijt te raken. Dat is afgesproken.'

'Maar ze zijn al dood,' zei Peter. 'Hoe kunnen we ze dan ombrengen? Ik weet zeker dat ze dood zijn; ze hebben zo'n stank bij zich...'

Hij begon weer in paniek te raken en Don greep zijn hand. 'Ik weet er alles van uit bestaande verhalen. Deze dingen zijn niet nieuw. Ze bestaan vermoedelijk al eeuwen, of nog langer. Er wordt al honderden jaren over gepraat en geschreven. Ik denk dat ze zijn wat de mensen vroeger vampiers en weerwolven noemden en ze vormen waarschijnlijk de achtergrond van een heleboel spookverhalen. Zie je, in die verhalen hebben de mensen, en dat slaat op het verleden, middelen gevonden om hen opnieuw te laten sterven. Staken door het hart en zilveren kogels, je kent dat vast wel. Het gaat erom dat ze te vernietigen zijn. En als dat met zilveren kogels moet gebeuren, dan zullen we die daarvoor gebruiken. Maar ik denk niet dat we ze nodig hebben. Jij wilt wraak en dat wil ik ook, dus zullen we wraak nemen.'

'Dan hebben we met die wezens afgerekend,' zei Peter, Don recht aankijkend. 'Maar wat doen we met *haar?*'

'Dat wordt moeilijker. Zij is als het ware de generaal. Maar de historie is vol dode generaals.' Het was een gemakkelijk antwoord, maar het leek de jongen gerust te stellen. 'Het lijkt me beter dat je me nu ook alles maar vertelt, Peter. Begin met de dood van Jim Hardie, als dat het begin is. Hoe meer je je herinnert, hoe meer je ons helpt. Probeer dus niets over te slaan.'

'Waarom heb je er nooit met een ander over gesproken?' vroeg Don zodra Peter zijn verhaal had beëindigd.

'Niemand zou me geloofd hebben, behalve u. U had die muziek gehoord.'

Don knikte.

'En geen mens zal me geloven, hè? Ze zullen me op één hoop vegen met boer Scales en zijn marsbewoners.'

'Toch niet. Het Chowder Genootschap zal je geloven, neem ik aan.'

'Dat zijn meneer James en meneer Hawthorne en...'

'Ja.' Ze keken elkaar aan en beiden wisten ze dat Lewis dood was.

'Het zijn er genoeg, Peter. We zullen met ons vieren zijn tegen haar.'

'Wanneer beginnen we? Wat gaan we doen?'

'Ik spreek de anderen vanavond. Ik denk dat jij nu beter naar huis kunt gaan. Je moet met je vader gaan praten.'

'Die zal me niet geloven. Vast niet. Niemand zou dit geloven, tenzij...' De stem van de jongen stierf weg.

'Zal ik met je meegaan?'

Peter schudde zijn hoofd.

'Ik wil het best doen.'

'Nee. Ik ga het hem niet vertellen. Het heeft geen zin. Hij krijgt het later wel te horen.'

'Dat is misschien beter. En als je te zijner tijd steun nodig hebt, ik sta achter je, Peter, ik vind dat je je verdomd dapper hebt gedragen. Menig volwassene zou dit niet gekund hebben. Maar van nu af aan zul je nog dapperder moeten zijn. Wie weet zul je zowel je vader als jezelf moeten beschermen. Laat niemand binnen als je niet zeker weet wie het is.'

Peter knikte. 'Dat zal ik niet doen, vast niet. Maar waarom zijn ze hier eigenlijk? Waarom is zíj hier?'

'Dat hoop ik vanavond te horen.'

Peter stond op en trok zijn jack aan. Toen hij zijn hand in zijn zak stak, vond hij een opgevouwen papier. 'Dat was ik nog vergeten. Dat heb ik van de man in de blauwe auto gekregen toen hij me bij het huis van meneer Benedikt afzette.' Hij trok *De Wachttoren* uit zijn zak en streek het blaadje op Dons bureau glad. Onder de kop stond op het goedkope papier met grote zwarte letters DR. RABBIT-FOOT HEEFT ME TOT ZONDE VERLEID.

Don verscheurde het blaadje.

11

Harold Sims zwierf door het hoger gelegen bos, nijdig op zichzelf en Stella Hawthorne. Zijn schoenen en de randen van zijn broekspijpen waren doorweekt en zijn schoenen kon hij wel afschrijven. Maar wat niet? Zijn baan was naar de knoppen. En nu hij Stella eindelijk had gevraagd met hem weg te gaan en ze had geweigerd, kon hij zijn relatie met haar ook wel vergeten. Wel verdomme, dacht ze soms dat hij het haar in een opwelling had gevraagd? Kende ze hem zo slecht? Hij knarsetandde.

Ik was echt niet vergeten dat ze zestig is, piekerde hij, ik heb me er bezorgd genoeg over gemaakt. En opeens zei hij hardop: 'Ik ben met schone handen bij het kreng gekomen,' en zag zijn woorden voor zijn lippen in damp overgaan. Ze had hem voor de gek gehouden en gekwetst en ze had hem nooit – dat zag hij nu wel in – serieus genomen.

En wat was ze nou helemaal? Een oud wijf zonder moreel en met een ongewoon mooi gezicht. Intellectueel telde ze nauwelijks mee. En veel aanpassingsvermogen had ze ook niet. Wat ze had gezegd over Californië als iets met woonwagenkampen en hamburgers... Ze was gewoon oppervlakkig en volkomen op haar plaats in Milburn waar ze met haar duffe echtgenoot over oude films kon klet-

369

sen.

'Ja?' zei hij. Hij had een snel, hijgend geluid opgevangen van vlak bij.

'Hebt u hulp nodig?' Geen antwoord. Hij zette zijn handen op zijn heupen en keek rond.

Het was een menselijke stem geweest, een kreet van pijn. 'Ik kom u helpen, als u maar zegt waar u bent,' zei hij. Hij haalde zijn schouders op en liep naar de plek waar volgens hem het geluid vandaan was gekomen.

Hij bleef staan toen hij het lijk aan de voet van een den zag liggen. Het was een man, of wat er van hem over was. Sims dwong zich beter te kijken. Dat had hij niet moeten doen, want hij keerde bijna zijn maag om. Maar hij begreep dat hij toch opnieuw moest kijken. Zijn oren gonsden zwaar. Sims boog zich over het verminkte hoofd heen. Het was, wat hij al had gevreesd, Lewis Benedikt. Dicht bij zijn hoofd lag het lijk van een hond. Aanvankelijk had Sims er een afgerukt lichaamsdeel van Lewis in gezien.

Trillend kwam Sims overeind. Hij wilde wegrennen. Welk beest dat ook had aangericht, het moest nog in de buurt zijn. Lewis was nog maar korte tijd dood.

Toen hoorde hij gekraak in de struiken en van angst kon hij niet meer wegkomen. Hij had het gevoel dat een reusachtig beest hem van de begroeiing uit zou bespringen, misschien wel een grizzlybeer. Hij opende zijn mond, maar er kwam geen geluid uit.

Een man met een kop als een pompoen kwam uit de bebossing naar hem toe. Hij hijgde zwaar en hield een ouderwets jachtgeweer op Sims' maag gericht. 'Blijf staan,' zei de man. Sims verwachtte dat de angstaanjagende figuur hem zou neerknallen en hij deed het in zijn broek.

'Eigenlijk moest ik je hier meteen doodschieten,' zei de man.

'Luister eens...'

'Maar je hebt geluk, moordenaar. Ik neem je mee naar een telefoon en laat de politie komen. Wat zeg je daarvan? Waarom heb je Lewiss dat aangedaan? Nou?'

Toen Sims niet in staat was om te antwoorden omdat hij begreep dat die afschuwelijke boer hem niet ter plekke zou neerschieten, draaide Otto behoedzaam om hem heen en prikte hem met de dubbele loop van het jachtgeweer in de rug. 'Zo. Je bent erbij, *Scheisskopf*. Lopen. *Mach schnell.*'

Oude geschiedenis

12

Don zat in zijn wagen voor het oude huis van Edward Wanderley te wachten tot Sears en Ricky zouden komen. Intussen kwamen alle emoties in hem op waarvan Peter Barnes eerder op de avond blijk had gegeven, maar de jongen had gemaakt dat hij zich schaamde over zijn angst. In enkele dagen had Peter meer gedaan en begrepen dan hij en de vrienden van zijn oom in ruim een maand hadden ontdekt.

Don pakte de twee boeken die hij voor het bezoek van Peter al uit de bibliotheek had gehaald. Ze ondersteunde wat hij had gedacht toen hij bij Sears in de bibliotheek met de drie mannen zat te praten. Hij meende nu te weten waar ze tegen vochten, en Sears en Ricky moesten hem het waarom onthullen. En als hun verhaal paste in zijn theorie zou hij doen wat hem was verzocht toen hij in Milburn werd uitgenodigd: de verklaring geven die ze verlangden. En al leek die krankzinnig en was het misschien niet de juiste verklaring, uit Peters verhaal en het nummer van *De Wachttoren* zou blijken dat iets uit een ver verleden was doorgedrongen in een tijd waarin krankzinnigheid veelal een juister beeld van de gebeurtenissen gaf dan gezond verstand. Als zijn geest en die van Peter Barnes in verwarring waren geraakt, dan was die overgeslagen op heel Milburn. En toen waren Gregory, Fenny en hun weldoenster uit hun ondergrondse wereld gekropen en ze zouden hen allen moeten vernietigen.

Al gaan we eraan te gronde, dacht Don. Want wij zijn de enigen die de kans krijgen het te doen.

In een warreling van sneeuw doemden de koplampen van een auto op. Even later zag Don de omtrekken van de hoge zwarte wagen erachter die parkeerde aan de overkant van Haven Lane, waarna de lichten doofden. Eerst stapte Ricky en na hem Sears uit de oude Buick. Ook Don stapte uit zijn wagen en stak de straat over.

'Nu is het Lewis,' zei Ricky tegen hem. 'Wist je het al?'

'Niet zeker. Ik vermoedde het.'

Sears knikte driftig. 'Je vermoedde het. Ricky, geef hem de sleutels.'

Don ontsloot de deur en achter hem mopperde Sears: 'Ik hoop dat je ons wilt vertellen hoe je aan die informatie bent gekomen. Als Hardesty zich als stadsomroeper opwerpt, zal ik ervoor zorgen dat hij eruit wordt getrapt.'

Ze betraden een duistere vestibule en Sears vond de lichtschakelaar. 'Peter Barnes is vanmiddag bij me geweest,' zei Don. 'Hij heeft Gregory Bate zijn moeder zien vermoorden. En hij heeft gezien wat de geest van Lewis moet zijn geweest.'

'O god,' zei Ricky geschokt. 'O, lieve god, die arme Christina.'

'Laten we allereerst de verwarming aanzetten voor we iets anders doen,' bedong Sears. 'Als we straks de volle laag krijgen, wil ik het in elk geval warm hebben.' Ze liepen door de benedenverdieping van het huis en haalden stoflakens van de meubels. 'Ik zal Lewis erg missen,' zei Sears. 'Ik heb vaak op hem afgegeven, maar ik mocht hem toch wel. Hij hield altijd de moed erin, net als je oom.' Hij liet een stoflaken op de vloer vallen. 'En nu ligt hij in het mortuarium van Chenango County, zogenaamd slachtoffer van een aanval van een of ander wild dier. Een vriend van Lewis beschuldigde Harold Sims van de moord. Onder andere omstandigheden zou je erom lachen.' Sears' gezicht betrok. 'Laten we nog even in het kantoor van je oom kijken,' zei hij, 'en dan de verwarming inschakelen. Ik weet niet hoelang ik nog tegen dit alles bestand ben.'

Sears ging hun voor naar een groot vertrek aan de achterkant terwijl Ricky de verwarmingsketel inschakelde. 'Dit was zijn kantoor.' Hij haalde een schakelaar over waarna staaflampen aan het plafond hun licht verspreidden over een oude leren bank, een bureau met elektrische schrijfmachine, een dossierkast en een fotokopieerapparaat. Op een brede plank, uitstekend onder smallere planken met witte dozen, stonden een videorecorder en een bandrecorder.

'Die dozen, zitten daar de banden in die hij voor zijn boeken opnam?'

'Dat denk ik wel.'

'U en Ricky en de anderen zijn hier niet meer geweest na zijn dood?'

'Nee,' zei Sears en keek om zich heen in het ordelijke kantoor. Het zei meer over Dons oom dan een foto had kunnen doen: het straalde de tevredenheid uit van een man die hield van zijn werk. Het was een indruk die mede een verklaring inhield voor Sears' volgende woorden. 'Stella zal je wel verteld hebben dat we bang waren het huis in te gaan. En voor een deel zal dat wel waar zijn. Maar wat ons werkelijk weghield, was geloof ik schuldgevoel.'

'En dat had te maken met de reden waarom u me naar Milburn hebt laten komen.'

'Ja. We dachten allemaal, behalve Ricky, dat je ons...' Hij maakte een afwerend gebaar. 'Dat je op magische wijze onze schuld zou wegnemen. Vooral die van John Jaffrey. Maar ja, het is wijsheid achteraf.'

'Omdat John Jaffrey dat feest heeft gegeven.'

Sears knikte even en keek naar de deur van het kantoor. 'Er moet nog bijna een vaam hout liggen. Ga er eens wat van halen, dan maken we de open haard aan.'

'Dit is het verhaal dat we niet hadden verwacht ooit te zullen vertellen,' zei Ricky later. Op de stoffige tafel voor de leren bank stonden een fles Old Parr en een aantal glazen. 'Die open haard was een goed idee. Dan kunnen Sears en ik in de vlammen staren. Het begon toen ik John vroeg wat het ergste was dat hij in zijn leven had gedaan. Hij zei dat hij het niet wilde vertellen en kwam met een spookverhaal aan. Ik had beter moeten weten. We wisten allemaal wat het ergste was.'

'Waarom vroeg u er dan naar?'

Ricky niesde krachtig en Sears zei: 'Het was in 1929 – oktober 1929. Dat is lang geleden. Toen Ricky vroeg naar het ergste dat John ooit had gedaan, waren onze gedachten nog vol van je oom; hij was pas een week dood. Aan Eva Galli hebben we zeker niet gedacht.'

'En nu zijn we de Rubicon dan overgestoken,' zei Ricky. 'Tot jij de naam noemde was ik er nog niet zeker van dat we het zouden vertellen, maar nu zou ik meteen willen beginnen. Wat Peter Barnes je heeft verteld kan beter wachten, Don, tot wij klaar zijn. Als je na ons verhaal tenminste nog met ons in één kamer wilt zitten. En wat met hem is gebeurd, moet verband houden met de zaak Eva Galli. Zo, nu heb ik die naam ook uitgesproken.'

'Ricky wilde niet dat je iets wist over Eva Galli,' zei Sears. 'Toen ik je destijds schreef, vond hij het onjuist dat allemaal weer op te halen. Ik denk dat we dat wel met hem eens waren. Ik in elk geval wel.'

'Ik dacht dat het de zaak zou vertroebelen,' zei Ricky met verkouden stem. 'Het had volgens mij niets met ons probleem te maken. Het waren spookverhalen, nachtmerries, voorgevoelens. Vier oude dwazen die hun verstand verloren. Ik vond het irrelevant. Het was ook zo'n verward verhaal. Ik had dat meisje niet moeten aannemen toen ze om een baantje vroeg. En nu Lewis er niet meer is...'

'Zeg,' zei Sears, 'we hebben Lewis de manchetknopen van John niet meer gegeven.'

'Dat is ons ontschoten,' zei Ricky en nipte van zijn Old Parr. Hij en Sears waren al zo in hun verhaal verdiept dat Don, die toch vlak bij hen zat, zich onzichtbaar voelde.

373

'Wat was dat met die Eva Galli?' vroeg hij.

Sears en Ricky keken elkaar aan, toen dwaalden Ricky's ogen af naar zijn glas en die van Sears naar de vlammen. 'Dat lijkt me nogal duidelijk,' zei Sears. 'We hebben haar vermoord.'

'U beiden,' vroeg Don onthutst. Dit antwoord had hij niet verwacht.

'Met ons allen,' zei Ricky. 'Het Chowder Genootschap. Je oom, John Jaffrey, Lewis, Sears en ik. In oktober 1929. Drie weken na Zwarte Maandag, toen de beurs instortte. Zelfs hier in Milburn kon je een begin van paniek waarnemen. De vader van Lou Price, een makelaar, schoot zich in zijn kantoor dood. En wij doodden een meisje genaamd Eva Galli. Het was geen moord, niet echt tenminste. We zouden nooit zijn veroordeeld, misschien niet eens wegens doodslag. Maar een schandaal zou het wel geworden zijn.'

'En dat konden we niet gebruiken,' zei Sears. 'Ricky en ik hadden ons pas als advocaten gevestigd en werkten op het kantoor van zijn vader. John was een jaar daarvoor voor zijn artsexamen geslaagd. Lewis was de zoon van een dominee. We zaten allemaal klem. Het zou onze ondergang zijn geworden. Geleidelijk aan, maar wellicht ook op slag.'

'Daarom besloten we tot wat we hebben geprobeerd te doen,' zei Ricky.

'Ja,' zei Sears. 'Het was obsceen wat we deden. Als we allemaal tien jaar ouder waren geweest, zouden we denk ik naar de politie zijn gegaan, het erop gewaagd hebben. Maar we waren nog zo jong; Lewis was nog een tiener. We probeerden de zaak te verdoezelen. En naderhand...'

'Naderhand,' zei Ricky, 'waren we figuren uit onze verhalen. Of uit jouw roman. Ik beleef die laatste tien minuten nu al twee maanden steeds weer. Ik hoor zelfs onze stemmen, wat we gezegd hebben toen we haar in de wagen van Warren Scales zetten...'

'Laten we bij het begin beginnen,' zei Sears.

'Ja, dat lijkt mij ook beter,' zei Ricky.

'Goed dan,' zei Ricky. 'Het begint met Stringer Dedham. Hij moest en zou met haar trouwen. Eva was nog geen twee weken in Milburn of Stringer liep al achter haar aan. Hij was ouder dan Sears en ik, een-, tweeëntertig schat ik. Hij was in een positie om met haar te trouwen. Hij beheerde de boerderij en de stallen van de overleden kolonel, samen met zijn zusters, en Stringer werkte hard en had kijk op de zaak. Kortom, hij was een vent in goeie doen, door iedereen geacht, en hij zou voor elk meisje uit de buurt een goede vangst zijn geweest. Hij zag er ook goed uit. Mijn vrouw zegt dat hij de knapste man was die ze ooit heeft gezien. Alle meisjes boven de schoolgaande leeftijd probeerden hem aan de haak te slaan. Maar toen Eva Galli hier kwam wonen met al haar geld, haar stadse manieren en haar knappe gezicht, was Stringer verkocht. Hij was totaal van de kaart. Toen kocht ze dat huis in Montgomery Street...'

'Welk huis?' vroeg Don. 'Het huis waar Freddy Robinson heeft gewoond?'

'Ja, dat. Tegenover het huis van John. En nu is het van juffrouw Mostyn. Nou, ze kocht het huis, zette er nieuw meubilair in met een piano en een grammofoon. En ze rookte sigaretten, ze dronk cocktails en droeg het haar kort, echt het moderne type uit die tijd.'

'Niet helemaal,' zei Sears. 'Ze was geen oppervlakkig leeghoofd. Dat was trouwens alweer uit de mode. Nee, ze was ontwikkeld, ze las veel en veelzijdig. Ze kon een intelligent gesprek voeren. Eva Galli was een betoverende vrouw. Hoe zou jij haar uiterlijk beschrijven, Ricky?'

'Als een Claire Bloom uit de jaren twintig,' zei Ricky vlot.

'Typisch Ricky Hawthorne. Hij beschrijft iedereen aan de hand van een filmster. Maar het klopt wel zo ongeveer. Eva Galli had al dat opwindende dat zo modern was – wat dan in Milburn voor modern doorging – maar ze bezat ook een zekere verfijning, een soort gratie.'

'Dat is waar,' zei Ricky. 'En ze had iets mysterieus dat we geweldig aantrekkelijk vonden. Net als Alma Mobley trouwens. We wisten niet meer van haar af dan wat ze zelf losliet: ze had in New York gewoond, ze had een tijdje doorgebracht in Hollywood als actrice bij de stomme film. Ze had een kleine rol gespeeld in een romantische film getiteld *China Pearl*. Een film van Richard Barthelmess.'

Don haalde papier uit zijn zak en noteerde de naam van de film.

'En ze was blijkbaar voor een deel van Italiaanse afkomst, maar tegen Stringer zei ze dat haar grootouders van moederskant Engelsen waren. Haar vader was een vooraanstaand man geweest, beweerde ze, maar ze was als klein kind wees geworden en door familie in Californië grootgebracht. Dat was alles wat we van haar afwisten. Ze vertelde dat ze in Milburn was komen wonen vanwege de rust en de beslotenheid.'

'De vrouwen probeerden haar onder hun hoede te nemen,' zei Sears. 'Het was voor hen ook een leuke aanwinst natuurlijk. Een rijke jonge vrouw die Hollywood de rug had toegekeerd, heel ontwikkeld en beschaafd – elke vrouw van stand in Milburn nodigde haar uit. De kleine clubjes die vrouwen hier destijds hadden, wilden haar allemaal als lid. Ik denk dat ze haar in feite wilden temmen.'

'Haar een zekere identiteit wilden geven,' zei Ricky. 'En ja, ook temmen. Want naast al haar kwaliteiten had ze nog iets. Iets geëxalteerds. Lewis beschikte destijds over een romantische verbeelding en hij beweerde dat Eva Galli hem deed denken aan een aristocrate, aan een prinses of zo die het hofleven de rug had toegekeerd en haar leven in de provincie wilde slijten.'

'Ja, wij waren ook diep onder de indruk,' zei Sears. 'Uiteraard was ze voor ons buiten bereik. We idealiseerden haar. We bezochten haar nu en dan...'

'We maakten haar het hof,' zei Ricky.

'O ja. We maakten haar allemaal het hof. Ze had beleefd elke invitatie van de dames afgewezen, maar ze had niets tegen opgeschoten slungels die haar op zaterdag of zondag een bezoekje kwamen brengen. Je oom Edward was de eerste. Hij had meer lef dan de overige vier van ons. Inmiddels wist iedereen dat Stringer Dedham over zijn oren verliefd op haar was, dus dachten we dat ze min of meer onder Stringers bescherming stond, alsof ze voortdurend een onzichtbare begeleider naast zich had. Edward glipte tussen de mazen van de conventie door. Hij bracht haar een bezoek waarbij ze hem heel aardig ontving, en het duurde niet lang of we bezochten haar allemaal. Stringer had er blijkbaar geen bezwaar tegen. Hij mocht ons graag, al verkeerde hij in een ander milieu.'

'Dat van de volwassenen,' zei Ricky. 'En Eva was ook volwassen. Ze was waarschijnlijk maar een paar jaar ouder dan wij, maar het hadden er ook twintig kunnen zijn. Er was niets op onze bezoekjes aan te merken, al waren er oudere dames die er schande van spraken. Lewis' vader was er ook niet over te spreken, maar we hadden net voldoende sociale speelruimte om ongestraft te kunnen doorgaan. We legden onze bezoekjes af in een groep, nadat Edward als eerste schaap over de dam was gegaan, zo om de paar weken. We waren veel te jaloers om elkaar alleen te laten gaan. Die bezoekjes waren altijd heel bijzonder; de tijd leek weg te vallen. Niet dat er vreemde dingen gebeurden of dat onze gesprekken boven het alledaagse uitkwamen, maar die paar uurtjes bij haar thuis bevonden we ons in een betoverde wereld. Ze haalde ons uit de dagelijkse werkelijkheid. En omdat ze met Stringer verloofd heette te zijn, konden we er weinig kwaad mee.'

'We werden niet zo snel volwassen in die tijd,' zei Sears. 'Dit hele verhaal – jongens van boven de twintig die zwijmelden over een vrouw van vijf-, zesentwintig alsof ze een onbereikbare prinses was – zal je belachelijk in de oren klinken. Maar zo dachten we nu eenmaal over haar, als iemand die buiten ons bereik was. Ze was van Stringer en we gingen er allemaal van uit dat we na de trouwdag in zijn huis even welkom zouden zijn als in dat van haar.'

De oude heren vervielen tot zwijgen. Ze keken naar de vlammen in Edward Wanderleys haard en dronken zijn whisky. Don joeg hen niet op; het was hem duidelijk dat het verhaal een cruciaal punt had bereikt. Ze zouden wel verder vertellen zodra ze eraan toe waren.

'We leefden in een soort geslachtloos pre-Freudiaans paradijs,' zei Ricky uiteindelijk. 'In een betoverde wereld. Soms dansten we met haar, maar ook als we haar in de armen hielden of haar bewegingen volgden, dachten we niet aan seks. Niet bewust. We gaven het niet toe. En ja, in oktober 1929, kort na de beurskrach en Stringers ongeluk, verdween het paradijs.'

'Ja, het verdween,' zei Sears, 'en we keken de duivel in het gezicht.' Hij draaide zijn hoofd om naar het raam.

13

Sears zei: 'Kijk het eens sneeuwen.'

Ricky en Don volgden zijn blik en zagen de witte vlokken tegen de ruiten slaan. 'Als zijn vrouw hem kan vinden zit Omar Norris op de sneeuwploeg voor het licht wordt.'

Ricky nam nog een slokje whisky. 'Het was *tropisch* heet,' zei hij, alsof hij de ongewone warmte van een halve eeuw geleden vergeleek met de vroeg invallende winter van dat jaar. 'Ze waren laat met dorsen. De mensen leken niet goed aan de slag te kunnen komen. Er werd gezegd dat Stringer niet oplette doordat hij geldzorgen had. De zusters Dedham spraken dat tegen; hij was 's ochtends langs het huis van juffrouw Galli gelopen en had daar een of ander gezien.'

'Stringer stak zijn armen in de dorsmachine,' zei Sears, 'en zijn zusters gaven Eva de schuld. Hij praatte terwijl hij op de keukentafel in dekens gerold lag te sterven. Maar je kon geen touw vastknopen aan wat ze dachten dat hij had gezegd. "Begraaf haar" en "Snij haar kapot" zou hij nog gezegd hebben, alsof hij haar in zijn lot wilde laten delen.'

'Nog iets,' zei Ricky. 'De meisjes Dedham beweerden dat hij ook iets anders had geschreeuwd, maar omdat het dwars door zijn andere geschreeuw heen ging, hadden ze het niet goed kunnen horen. "Slanguil". Of "slang-olie". Zoiets was het. Hij ijlde natuurlijk; hij zal wel gek van shock en pijn zijn geweest. Hij is op die tafel gestorven en een paar dagen later is hij netjes begraven. Eva Galli verscheen niet op het kerkhof. Half Milburn was naar Pleasant Hill gekomen, maar de verloofde van de overledene ontbrak. Dat maakte nog meer tongen los.'

'De oudere vrouwen, die ze links had laten liggen,' zei Sears, 'uitten beschuldigingen tegen haar. Ze beweerden dat ze Stringers ondergang was geworden. Ze hadden natuurlijk zelf ook huwbare dochters die al een oogje op Stringer hadden voor Eva Galli verscheen. Ze zeiden dat hij iets aan de weet was gekomen, een gescheiden echtgenoot of een onwettig kind, zoiets. Ze maakten een soort Izebel van haar.'

'We wisten niet goed wat we moesten doen,' zei Ricky. 'Na Stringers dood durfden we haar niet meer te bezoeken. Ze zou misschien treuren als een weduwe, maar ze was nu een ongebonden vrouw. Het lag meer op de weg van onze ouders haar te troosten. Als we haar waren blijven bezoeken, zou er door de vrouwen nog meer gekletst worden. Dus wachtten we maar af, verre van rustig. Iedereen dacht dat ze haar koffers wel zou pakken en teruggaan naar New York. Maar wij konden die middagen niet vergeten.'

'Achteraf werden ze nog magischer, nog pikanter,' zei Sears. 'We begrepen nu wat we verloren hadden. Een ideaal, plus een romantische vriendschap gezien in het licht van dat ideaal.'

'Zo is het,' zei Ricky. 'Achteraf gingen we haar nog meer idealiseren. Ze werd het symbool van het verdriet van het gebroken hart. We wilden niets liever dan haar bezoeken. We stuurden haar een condoleancebrief en we zouden door het vuur zijn gegaan om haar weer eens te zien. Waar we niet doorheen konden komen, was de starre sociale conventie die haar de rug toekeerde. Er waren geen mazen meer waar we doorheen konden glippen.'

'Maar toen kwam ze ons opzoeken,' zei Sears. 'In het appartement waar je oom destijds woonde. Edward was de enige die een eigen onderkomen had. We zaten er te praten en cider te drinken. We praatten over alles wat we wilden gaan doen.'

'We praatten ook over haar,' zei Ricky. 'Ken je dat gedicht van Ernest Dowson: "Ik ben u trouw geweest, Cynara! Op mijn manier"? Lewis kwam het tegen en las het ons voor. Dat gedicht sneed ons door het hart. "Uw bleke vergane lelies". Dat vroeg om nog meer cider. "Bezetener muziek en krachtiger wijn". Wat een idioten waren we toch. Hoe dan ook, op een avond verscheen ze in Edwards appartement.'

'Ja, en ze was *wild*,' zei Sears. 'Ze was schrikwekkend. Ze kwam binnen als een wervelstorm.'

'Ze zei dat ze eenzaam was,' zei Ricky. 'Dat ze ziek werd van Milburn met al zijn hypocrieten. Ze wilde drinken en ze wilde dansen en het kon haar niet schelen wie dat gênant vond. Ze zei dat dit dooie plaatsje met al die dooie, onbenullige mensen wat haar betrof naar de hel kon lopen. En als wij mannen waren, geen kleine jongens, dan zouden we de plaats ook vervloeken.'

'We waren sprakeloos,' zei Sears. 'Daar was onze onbereikbare godin en ze vloekte als een ketter, ze was razend... ze gedroeg zich als een hoer. "Steeds krankzinniger muziek en sterkere wijn". Dat was precies wat we kregen. Edward had een kleine grammofoon en een paar platen en we moesten het ding opwinden en de hardste jazz spelen die hij in huis had. Ze gedroeg zich heel onstuimig! Het was gewoon te gek; we hadden geen vrouw ooit zo tekeer zien gaan en voor ons was ze dan ook een soort kruising tussen het Vrijheidsbeeld en Mary Pickford. "Dans met me, onderkruipsel," zei ze tegen John en maakte hem zo bang dat hij haar nauwelijks durfde aan te raken. Haar ogen straalden vuur uit.'

'Ik denk dat ze vol haat was,' zei Ricky. 'Ze haatte ons, Milburn en Stringer. Maar het was een haat die haar op het kookpunt bracht. Een uitbarsting van haatgevoelens. Ze kuste Lewis onder het dansen en hij sprong achteruit alsof hij zich had geschroeid. Hij liet haar los en ze wervelde door naar Edward, greep hem beet en dwong hem tot dansen. Haar gezicht was niet om aan te zien, totaal verstard. Edward was meer man van de wereld dan wij, maar hij was net zo min bestand tegen Eva's razernij. Rondom ons heen brokkelde ons paradijs af en zij schopte het tot puin bij elke danspas, bij elke blik. Ze gedroeg zich als een duivelin, als een bezetene. Je weet hoe het is wanneer een vrouw goed kwaad wordt, dan kan ze putten uit een reserve aan woede waar geen man tegen opgewassen is en waarbij er niets aan hem heel blijft. Zo was het ook die avond. "Kom op, mietjes, waarom drinken jullie niet?" zei ze. Dus dronken we.'

'Ik weet niet hoe ik het moet verklaren,' zei Sears. 'Ze leek opeens tweemaal zo groot als wij. Ik wist geloof ik wat er ging gebeuren. Het was het enige dat er kón gebeuren. We waren gewoon te onvolwassen om het te kunnen keren.'

'Ik weet niet of ik het zag aankomen,' zei Ricky, 'maar het gebeurde inderdaad. Ze probeerde Lewis te verleiden.'

'Hij was de slechtste keus,' zei Sears. 'Lewis was nog een jongen. Hij zal voor die avond weleens een meisje hebben gekust, maar meer beslist niet. We hielden allemaal van Eva, maar Lewis het meest; hij was ook met dat gedicht van Dowson aangekomen. En juist daarom werd hij het hardst getroffen door haar optreden die avond, door haar haat.'

'En ze wist het,' zei Ricky. 'Ze genoot ervan. Ze vond het heerlijk Lewis zo geschokt te zien dat hij geen woord meer kon uitbrengen. En toen ze Edward wegduwde en Lewis greep, verstarde hij van afgrijzen. Alsof het zijn moeder was die zich zo gedroeg.'

'Zijn moeder?' vroeg Sears. 'Ja, dat zou best kunnen. Het verklaart althans dat hij haar aanbad, wat we allemaal deden, eerlijk gezegd. Hij was totaal van de kaart. Eva sloeg haar armen om hem heen en kuste hem. Het leek alsof ze zijn halve gezicht verslond. Denk het je eens in, die van haat doortrokken kussen over je hele gezicht, die razernij die zich in je mond vastbijt. Alsof je een scheermes kust. Toen ze haar hoofd terugtrok, zat zijn gezicht onder de vegen lippenstift. Normaal zouden we hem uitgelachen hebben, maar dit vonden we afschuwelijk. Alsof zijn gezicht onder het bloed zat.

Edward ging naar haar toe en zei: "Beheers u, juffrouw Galli," of zoiets. Ze draaide zich naar hem om en weer voelden we de kracht van die haat. "Wil jij ook, Edward?" vroeg ze. "Wacht je beurt af. Eerst wil ik Lewis. Hij is zo'n knap jongetje."'

'En toen,' zei Ricky, 'kwam ze naar mij toe en beloofde mij ook een beurt. En de anderen. Maar eerst Lewis. Ze zou laten zien wat die onuitstaanbare Stringer Dedham had gezien toen hij door haar raam gluurde. Ze maakte haar blouse los.'

'Ik herinner me dat Edward zei: "Alstublieft, juffrouw Galli,"' wist Sears zich te herinneren, 'maar ze blafte hem af en trok haar blouse uit. Ze droeg geen beha. Ze had de borsten van die tijd. Klein en stevig, net appeltjes. Ze zag er heel wellustig uit. "Laat eens zien, Lewis, wat je klaar kunt maken?" Ze begon zijn gezicht weer af te grazen.'

Ricky zei: 'We meenden dus te weten wat Stringer door het raam had gezien: Eva Galli vrijend met een andere man. Het was een morele schok voor ons, net als haar naaktheid en wat ze deed met Lewis. We wisten ons geen houding te geven. Sears en ik hebben haar tenslotte elk bij een schouder gepakt en van hem weggetrokken. Toen begon ze pas goed te vloeken. Het was walgelijk. Of we onze beurt niet konden afwachten, waarna ze de grofste woorden uitbraakte. Terwijl ze ons uitvloekte, maakte ze haar rok los. Edward had tranen in zijn ogen. "Eva," zei hij, "alsjeblieft, niet doen." Maar ze liet de rok gewoon vallen en stapte eruit. "Wat heb je, slappeling? Ben je bang om me bloot te zien?"'

'We waren absoluut radeloos,' nam Sears het verhaal over. 'Ze trok haar slip uit en danste naar je oom toe. "Zal ik dan eerst maar een hap van jou nemen, Edward," zei ze en boog haar hoofd... naar zijn hals. Toen sloeg hij haar.'

'En behoorlijk ook,' zei Ricky. 'En zij sloeg nog harder terug. Ze zette haar volle kracht erachter en het klonk als een schot uit een vuurwapen. John, Sears en ik stonden er machteloos bij. We waren niet meer in staat ons te verroeren.'

'Anders hadden we Lewis nog kunnen tegenhouden,' zei Sears. 'Maar we stonden als tinnen soldaatjes naar hem te kijken. Hij vloog bijna letterlijk de kamer door en viel haar aan. Hij huilde en snikte; hij was helemaal over zijn toeren. Hij tekkelde haar als een volleerde voetballer. Ze gingen tegen de vlakte als een opgeblazen gebouw. Het maakte net zo'n lawaai als dat van de beurskrach. Eva is niet meer opgestaan.'

'Ze kwam met haar hoofd op de rand van de open haard,' zei Ricky. 'Lewis kroop tegen haar rug omhoog, ging op haar zitten en hief zijn vuisten, maar ook hij zag bloed uit haar mond komen.'

Beide oude mannen hijgden naar adem.

'Het was gebeurd,' zei Sears. 'Ze was dood, naakt en wel, en met ons vijven stonden we er verbijsterd omheen. Lewis braakte op de vloer en wij waren er net zo aan toe. We konden nauwelijks geloven wat er was gebeurd, wat we gedaan hadden. Het is geen excuus, maar we waren echt in shocktoestand. Ik denk dat we daar een hele tijd bevend in de stilte hebben gestaan.'

'Ja, het was opeens ontzettend stil,' zei Ricky. 'Het was alsof we ingesloten werden door die stilte, zoals die sneeuw daarbuiten. Tenslotte zei Lewis: "We moeten de politie waarschuwen." "Nee," zei Edward. "Dan gaan we allemaal de bak in. Wegens moord."

Sears en ik trachtten hem te overtuigen dat er geen moord was gepleegd, maar Edward zei: "Zou je het leuk vinden geroyeerd te worden als advocaat? Want dat zal zeker gebeuren."

John controleerde nog haar pols en ademhaling, maar er viel niets meer te doen. "Volgens mij is het moord," zei hij. "We zijn de klos."

'Ricky vroeg toen hoe het verder moest,' zei Sears, 'en John zei: "Er is maar een ding dat we kunnen doen, haar lijk laten verdwijnen.

We moeten het zo goed verbergen dat het niet wordt gevonden."
We keken allemaal naar haar lijk en haar bebloede gezicht en voelden ons door haar verslagen; of zij uiteindelijk had gewonnen. Zo ondergingen we het. Haar haat had ons geprovoceerd tot iets dat verdomd veel op moord leek, al zou dat voor de wet niet opgaan. En nu wilden we onze daad uitwissen, juridisch zowel als moreel, een stap die niet goed te praten was. En we werden het erover eens.'
Don vroeg: 'Waar besloot u het lijk te verbergen?'
'Zo'n kleine tien kilometer buiten de stad lag een oude poel. Een diepe. Hij is er nu niet meer. Ze hebben hem volgegooid en er later een winkelcentrum op gebouwd. Maar destijds was hij zeker zeven meter diep.'
'De auto van Lewis had een lekke band,' zei Sears. 'We hebben Lewis achtergelaten met het lijk dat we in een laken hadden gerold en zijn op zoek gegaan naar Warren Scales. We wisten dat hij boodschappen deed met zijn vrouw in het centrum. Hij was een goedhartige man en hij mocht ons wel. We hadden al afgesproken dat we hem zouden vertellen dat we zijn wagen in de prak hadden gereden en dat we een andere voor hem zouden kopen waarvan Ricky en ik het leeuwendeel zouden betalen.'
'Was Warren Scales de vader van die boer die het altijd had over marsbewoners die hij wilde neerschieten?' vroeg Don.
'Elmer was het vierde kind van Warren en de oudste zoon. Hij telde toen nog niet mee. We troffen Warren in het centrum aan, leenden zijn wagen en beloofden hem binnen het uur terug te brengen. Toen reden we terug naar Edwards huis, haalden het lijk op en zetten het in de wagen. Dat probeerden we althans.'
'We waren nerveus en bang en konden nog altijd niet geloven wat we hadden gedaan en zouden gaan doen,' zei Ricky. 'We konden haar niet in de wagen krijgen. "Eerst de voeten," zei iemand van ons en we schoven het lijk over de achterbank, maar toen ging het laken los en Lewis vloekte dat haar hoofd klem zat. We trokken haar weer half naar buiten en John gilde dat ze bewoog. Edward noemde hem een idioot; hij wist toch dat ze niet kon bewegen, hij was toch arts?'
Sears nam het over. 'Uiteindelijk kregen we haar naar binnen en Ricky en John moesten naast het lijk achterin gaan zitten. Het was een nachtmerrie, die rit door Milburn.' Sears zweeg en keek in de vlammen. 'Mijn god, ja, ik herinner me dat ik degene was die reed. Ik was zo ontzettend bang dat ik niet meer wist hoe ik bij die poel moest komen. Ik moest een keer achteruit en reed eromheen. Maar ik raakte steeds verder weg. Tenslotte wees een van de anderen hoe

ik moest rijden en vonden we het smalle, onverharde pad naar de poel.'

'Alles leek opeens heel duidelijk,' zei Ricky. 'Elk blad, elk steentje was zo helder en scherp als een tekening in een boek. We kwamen de wagen uit en opeens konden we niet verder. "Moeten we dit echt doen?" vroeg Lewis. Hij huilde. En Edward zei: "Mijn god, ik wou dat het niet hoefde."

'Edward ging weer achter het stuur zitten,' zei Sears. 'De wagen stond ruim tien meter van de poel, die op die plek steil afdaalde naar de volle diepte. Toen maakte Edward contact en ik slingerde de wagen aan. Edward zette hem in zijn één, liet de koppeling los en sprong eruit. De wagen reed heel langzaam voorwaarts.'

Beide mannen zwegen weer en keken elkaar aan. 'En toen…' zei Ricky en Sears knikte. 'Ik weet niet hoe ik het moet zeggen…'

'Toen zagen we iets,' vertelde Sears. 'We hallucineerden of zo.'

'U zag dat ze weer leefde,' zei Don. 'Dat ken ik.'

Ricky keek hem aan, lichtelijk verwonderd. 'Ik geloof het direct. We zagen haar gezicht door de achterruit. Ze keek naar ons – ze grinnikte. Ze dreef de spot met ons. We kregen zowat een hartaanval. Vlak daarop plonsde de wagen in de poel en begon te zinken. We schoten toe en probeerden in de zijruiten te kijken. Ik was gek van angst. Ik wist dat ze dood was geweest in Edwards appartement, dat wist ik heel zeker. John sprong in het water vlak voor de wagen naar de bodem ging. Toen hij weer op de kant stond, zei hij dat hij door de zijruit had gekeken en…'

'En hij had niets op de achterbank gezien,' zei Sears tegen Don. 'Dat zei hij.'

'De wagen zonk en is nooit meer naar boven gekomen. Hij moet er nu nog staan onder dertigduizend ton zand,' zei Ricky.

'Is er toen nog meer gebeurd?' vroeg Don. 'Denk goed na, het is van belang.'

'Twee dingen,' zei Ricky. 'Maar eerst moet ik een drankje hebben.' Hij schonk zich nog wat whisky in, nam een slokje en zei toen: 'John Jaffrey zag een lynx aan de overkant van de poel. Even later zagen we hem allemaal en we schrokken ons dood. We voelden ons nog schuldiger nu iemand ons had gezien, al was het maar een beest. De lynx zwaaide zijn staart en verdween in het bos.'

'Kwamen er hier vijftig jaar geleden veel lynxen voor?'

'Beslist niet. Verder naar het noorden misschien wel. Nou, dat was het ene. Het andere was dat Eva's huis in brand raakte. Toen we terugliepen naar Milburn zagen we de buren staan toekijken, terwijl de vrijwillige brandweer probeerde het vuur te doven.'

'Wisten ze hoe de brand was ontstaan?'

Sears schudde zijn hoofd en Ricky vertelde verder. 'Blijkbaar was hij uit zichzelf ontstaan. Toen we ernaar stonden te kijken, hadden we het gevoel dat we ook dat veroorzaakt hadden.'

'Een van de vrijwilligers zei iets vreemds,' herinnerde Sears zich. 'We moeten er ontdaan hebben uitgezien toen we daar stonden, want de brandweer dacht dat we ons bezorgd maakten om de huizen ernaast. Een van hen zei dat de gebouwen eromheen geen gevaar liepen, omdat de brand al begon af te nemen. Hij zei dat het had geleken alsof een deel van het huis *naar binnen toe* explodeerde; hij kon het niet uitleggen, maar zo had het geleken. En het huis had ook alleen daar gebrand, op de bovenverdieping. Ik begreep wat hij bedoelde. Er waren een paar balken te zien en die waren doorgezakt naar de brand toe.'

'En de ruiten!' zei Ricky. 'Die waren gesprongen, maar er lag buiten geen glas op de grond; ze waren naar binnen gesprongen.'

'Geïmplodeerd,' zei Don.

Ricky knikte. 'Ja. Ik kon niet op het woord komen. Wel, de brand had de bovenetage verwoest, maar op de middenetage was nauwelijks schade. Enkele jaren later kocht iemand het huis en liet het herstellen. Wij waren allemaal weer aan het werk en niemand vroeg zich nog af waar Eva Galli was gebleven.'

'Behalve wij dan,' zei Sears. 'En wij praatten er niet over. We beleefden een paar angstige ogenblikken toen de projectontwikkelaars vijftien, twintig jaar geleden die poel begonnen dicht te gooien, maar ze ontdekten de wagen niet. Ze hebben hem gewoon bedolven. Met wat erin zat.'

'Er zat niets in,' zei Don. 'Eva Galli is hier inmiddels weer terug. Voor de tweede keer. Als Anna Mostyn. En eerder was ze Ann-Veronica Moore. Als Alma Mobley ontmoette ze mij in Californië en in Amsterdam vermoordde ze mijn broer.'

'Juffrouw *Mostyn*?' vroeg Sears ongelovig.

'Is dat de manier waarop Edward vermoord is?' vroeg Ricky.

'Vast en zeker. Waarschijnlijk heeft hij gezien wat Stringer zag: ze liet het hem zien.'

'Ik kan niet aannemen dat juffrouw Mostyn iets te maken heeft met Eva Galli, Edward of Stringer Dedham,' zei Sears. 'Dat is belachelijk.'

'Wat was het dan?' vroeg Ricky. 'Wat liet ze hem zien?'

'Zichzelf, terwijl ze veranderde van gedaante,' zei Don. 'Ik denk dat ze het volgens plan heeft gedaan, omdat ze wel wist dat hij zich letterlijk dood zou schrikken.' Hij keek de twee bejaarde heren aan. 'En nog iets. Hoogst waarschijnlijk weet ze dat we hier vanavond zijn. We zijn namelijk een onafgemaakt karwei, ziet u.'

New Orleans

14

'Veranderde van gedaante,' zei Ricky.
'Iemand die van gedaante verandert, nou ja,' zei Sears minder welwillend. 'Je beweert dat Eva Galli, Edwards kleine actrice en onze secretaresse een en dezelfde persoon zijn?'
'Geen persoon. Een wezen. De lynx die jullie aan de overkant zagen, zal zij ook geweest zijn. Dus niet direct een persoon, meneer James. Toen jullie Eva Galli's haat voelden op die avond in het appartement van mijn oom, hebben jullie vermoedelijk de meest wezenlijke kant van haar leren kennen. Ik denk dat ze naar jullie toe is gekomen om jullie te provoceren tot destructief optreden, waarmee ze jullie onschuld om zeep hielp. En ik denk dat het zich toen tegen haar heeft gekeerd en dat jullie haar zelf hebben omgebracht. Dat bewijst althans dat het mogelijk is. Nu is ze teruggekomen om het jullie betaald te zetten en mij ook. Ze heeft zich even van me afgewend om mijn broer te pakken te nemen, maar ze moet geweten hebben dat ik hier vroeg of laat weer zou komen opdagen. Daarna zou ze ons één voor één te pakken kunnen nemen.'
'Was het dit wat je ons wilde meedelen?' zei Ricky.
Don knikte.
'Wat doet je in vredesnaam denken dat je dit waar kunt maken?' vroeg Sears.
'Wat Peter Barnes me vertelde bijvoorbeeld,' was Dons antwoord. 'En mocht dat niet toereikend zijn, dan zal ik u een passage uit een boek voorlezen. Maar eerst Peter. Ik heb al verteld dat hij vandaag naar het huis van Lewis is gegaan. Hij deed verslag van alles wat Peter Barnes hem had verteld: de rit naar het leegstaande station, de dood van Freddy Robinson, de dood van Jim Hardie in het huis van Anna Mostyn en de laatste gruwelijke gebeurtenissen van die ochtend. 'Het lijkt me heel waarschijnlijk dat Anna Mostyn de "weldoenster" is over wie Gregory Bate het had. Zij bezielt Gregory

en Fenny; Peter voelde intuïtief dat Gregory bezit was van iets anders, dat hij een dolle hond was die een boosaardige baas gehoorzaamde. Samen zijn ze van plan de hele plaats te vernietigen. Zoals dr. Rabbitfoot in de roman die ik had willen schrijven.'

'Dus ze willen die roman tot werkelijkheid maken?' vroeg Ricky.

'Dat denk ik. Ze noemden zich zelfs nachtwakers. Ze houden van een grapje. Denk maar aan die initialen. Anna Mostyn, Alma Mobley, Ann-Veronica Moore. Dat was een grap; wij moesten de gelijkenis opmerken. Ze stuurde Gregory en Fenny omdat meneer James hen al had ontmoet. Of ze kwamen jaren geleden opdraven om hen nu te kunnen inzetten. En het is geen toeval dat toen ik Gregory in Californië zag, ik vond dat hij net een weerwolf was.'

'Waarom is het geen toeval dat je beweert dat hij een weerwolf is?' vroeg Sears.

'Dat beweer ik niet. Maar wezens als Anna Mostyn of Eva Galli vormen de achtergrond van elk spookverhaal, van elke bovennatuurlijke geschiedenis,' zei Don. 'Het zijn de vlees geworden figuren van alles wat ons in het bovennatuurlijke angst aanjaagt. In verhalen maken we ze natuurlijk hanteerbaar, maar diezelfde verhalen tonen aan dat ze te vernietigen zijn. Gregory Bate is geen weerwolf, net zo min als Anna Mostyn. Hij is wat men heeft beschreven als een weerwolf. Of een vampier. Hij voedt zich met levende lichamen. Hij heeft zich aan zijn weldoenster verkocht ter wille van onsterfelijkheid.'

Don greep een van de boeken die hij had meegebracht. 'Dit is een naslagwerk, *Standaard woordenboek voor folklore, mythologie en legenden*. Er staat een lange verklaring in van het begrip "gedaanteverandering", geschreven door een professor R.D. Jameson. Hoort u maar: "Al is er geen volkstelling verricht onden hen die van gedaante kunnen wisselen, hun aantal is in alle landen ter wereld astronomisch." Hij verklaart dat ze in de folklore van alle volken voorkomen. Zo gaat hij drie kolommen door; het is een van de langste artikelen in het woordenboek. In de praktijk zullen we er weinig aan hebben, maar er blijkt wel uit dat er in de folklore van duizenden jaren altijd sprake is geweest van deze wezens. Helaas vermeldt Jameson niet op welke manier dergelijke wezens eventueel onschadelijk gemaakt kunnen worden. Laat ik alleen het slot van zijn artikel nog voorlezen: Onderzoek van vossen, otters e.d. die van gedaante veranderen is betrouwbaar, maar gaat niet in op het kernprobleem van de gedaantewisseling zelf. De gedaanteverandering binnen de folklore is duidelijk gerelateerd aan de hallucinatie in de pathologische psychologie. Tot de fenomenen op beide terreinen zorgvuldiger zijn onderzocht, moeten we ons dan ook beperken tot de algemene opmerking dat niets in feite is wat het lijkt te zijn.'

'Zo lust ik er nog wel een,' zei Ricky.

'Precies. Niets is wat het lijkt te zijn. Dat is een algemene waarheid, die ook hier van toepassing is. Deze wezens kunnen je het gevoel geven dat je krankzinnig wordt. We hebben het allemaal ervaren – we hebben dingen gezien en gevoeld die we naderhand hebben weggeredeneerd. Dat kan niet, zeggen we, dergelijke dingen gebeuren niet. Maar ze gebeuren wel en we hebben het gezien. Jullie zagen Eva Galli op de achterbank zitten en even later verscheen ze als lynx.'

'Stel nu eens,' zei Sears, 'dat een van ons die dag een geweer bij de hand had gehad en op de lynx had geschoten. Wat zou er dan gebeurd zijn?'

'Ik denk dat jullie iets vreemds zouden hebben gezien, al kan ik me er geen enkele voorstelling van maken. Misschien zou het beest dood zijn geweest. Misschien zou het een andere gedaante hebben aangenomen of, als het veel pijn had, een aantal malen van gedaante zijn veranderd. En misschien zou het machteloos zijn geweest.'

'Aan misschien hebben we niet veel,' zei Ricky.

'Het is het enige dat we hebben.'

'Als we tenminste met je theorie meegaan.'

'Als u een betere hebt, dan hoor ik die graag. Maar van Peter weten we hoe Freddy Robinson en Jim Hardie om het leven zijn gekomen. Ik heb contact opgenomen met de agent van Ann-Veronica Moore en ze bleek letterlijk uit het niets te zijn opgekomen. In haar zogenaamde woonplaats stond ze niet ingeschreven. Er heeft geen Ann-Veronica Moore bestaan, tot ze zich liet inschrijven voor die toneelcursus. Ze meldde zich goed voorbereid bij een gezelschap en vroeg om een rol, wetend dat het een manier kon zijn om Edward Wanderley te benaderen.'

'Die... eh... wezens waarin jij gelooft, lijken me des te gevaarlijker omdat ze gevoel voor humor hebben,' zei Sears.

'Ja, dat hebben ze inderdaad. Ze houden van grappen en ze beramen plannen voor de lange termijn, en net als de Manitoe van de Indianen willen ze graag gezien worden. Dit tweede boek geeft daar een goed voorbeeld van.' Hij pakte het op en liet de twee mannen de titel lezen: *I came this way*, door Robert Mobley. 'Dat was de schilder van wie Alma Mobley zei dat hij haar vader was. Ik heb zijn autobiografie helaas nu pas ingekeken. Ik denk dat ze wilde dat ik het zou lezen en eruit zou opmaken dat ze zich Mobley noemde in verband met een eerdere verschijning. Het is niet bepaald een goed geschreven boek, maar ik wil jullie een paar alinea's voorlezen uit hoofdstuk vier, "Duistere wolken".'

Don sloeg het boek open op een aangemerkte pagina. Geen van beide mannen zei iets.

'"Zelfs in een zo fortuinlijk leven als het mijne lijkt te zijn, komen duistere verwarrende tijden voor met maanden of jaren vol onuitwisbaar leed. Dat deed zich voor in het jaar 1958. In dat jaar heb ik alleen door me met opperste concentratie op mijn werk te storten, meen ik, kunnen voorkomen dat ik krankzinnig werd. Zij die de vrolijke kleuren van mijn aquarellen kenden en wisten hoe serieus ik de vijf voorafgaande jaren met olieverven had geëxperimenteerd, hebben me gevraagd waaruit de stijlverandering voortkwam die mijn zogenaamde bovennatuurlijke periode kenmerkte. Achteraf kan ik alleen zeggen dat mijn geest waarschijnlijk onevenwichtig was en dat de heftige emotionele verwarring waaraan ik onderhevig was tot uitdrukking kwam in het werk waartoe ik me dwong.

De eerste tragische gebeurtenis dat jaar was het overlijden van mijn moeder, Jessica Osgood Mobley, wier genegenheid en wijze raad..." Ik sla enkele pagina's over.' Don bladerde in het boek. 'Hier heb ik het. "Het tweede en zo mogelijk nog ontstellender verlies was de zelfdoding van mijn oudste zoon Shelby, destijds achttien jaar. Ik zal hier alleen de omstandigheden vermelden die rechtstreeks leidden tot mijn werk uit de zogenaamde bovennatuurlijke periode, aangezien dit boek in de eerste plaats een verslag wil zijn van mijn leven als kunstenaar. Overigens moet ik er de nadruk op leggen dat mijn zoon een opgewekte, onbedorven en ondernemende jongeman was en ik ben er zeker van dat slechts een zware morele schok, het ontdekken van een tevoren onvermoed kwaad, hem geprest kan hebben zich het leven te benemen.

Korte tijd na de dood van mijn moeder werd een grote villa naast de onze verkocht aan een kennelijk vermogende, aantrekkelijke vrouw van omstreeks vijfenveertig jaar, wier enig familielid een veertienjarig nichtje was over wie ze na het overlijden van de ouders de voogdij op zich had genomen.

Mevrouw Florence de Peyser was een vriendelijke, gereserveerde vrouw met charmante manieren die evenals mijn ouders de winters in Europa doorbracht; ik vond haar dan ook eerder representatief voor de tijd die aan de onze was voorafgegaan en ik heb zelfs overwogen een waterverfportret van haar te maken. Ze had een collectie schilderijen, zoals ik zag toen ik bij haar werd uitgenodigd, en ze kende ook mijn werk, ofschoon mijn abstracte produkten uit die tijd nauwelijks bij haar Franse symbolisten zouden hebben gepast! Maar al was mevrouw De Peyser nog zo charmant, de grootste attractie van haar huis werd al spoedig haar nichtje. Amy Moncktons schoonheid was bijna etherisch en ik geloof dat ik nooit eerder een zo vrouwelijk wezen had ontmoet. Uit alles wat ze deed sprak een stille, verfijnde gratie, of ze nu gewoon binnenkwam of een kopje thee inschonk. Het kind was bepaald betoverend, heel rustig en bescheiden en even delicaat (zij het wellicht intelligenter) als Pansy Osmond uit het werk van Henry James, voor wie Isobel Archer zich zo bereidwillig opofferde. Amy was dan ook een welkome gast in ons huis en allebei mijn zoons voelden zich tot haar aangetrokken.''

'Daar is ze dan,' zei Don. 'Een veertienjarige Alma Mobley onder de hoede van mevrouw De Peyser. Die arme Mobley wist ook niet wat hij in huis haalde. Hij gaat dan verder: "Hoewel Amy van dezelfde leeftijd was als Whitney, mijn jongste zoon, was het Shelby, een heel gevoelige jongen, die het intiemst met haar werd. Ik heb het destijds opgevat als een blijk van Shelby's *politesse* dat hij zoveel tijd offerde aan een vier jaar jonger meisje. En zelfs nog toen ik duidelijke tekenen van genegenheid waarnam (de arme Shelby bloosde wanneer de naam van het meisje werd genoemd) kwam de gedachte niet bij me op dat zij zich overgaven aan gedragingen van morbide, vernederende vroegrijpe aard. Het was me zelfs een uitzonderlijk genoegen mijn rijzige, knappe zoon met dat prachtige kind door de tuin te zien wandelen. Ik was dan ook niet verbaasd, hoogstens wat geamuseerd, toen Shelby me kwam vertellen dat hij met Amy Monckton ging trouwen zodra zij achttien was.

In de loop van de maanden viel het me op dat Shelby zich meer en meer in zichzelf terugtrok. Hij stelde geen belang meer in zijn vrienden en de laatste maanden van zijn leven bracht hij opvallend veel tijd door in huize De Peyser... met juffrouw Monckton. Kort daarvoor had men daar een huisbediende aangenomen met een sinister latino-uiterlijk, genaamd Gregorio. Ik wantrouwde de man op het eerste gezicht en heb nog geprobeerd mevrouw De Peyser tegen hem te waarschuwen, maar ze deelde me mee dat ze hem en zijn familie al jaren kende en dat hij een uitstekende chauffeur was. Wat had ik meer kunnen doen?

In dit kort verslag kan ik slechts vermelden dat mijn zoon tijdens de laatste weken van zijn leven zijn uiterlijk verwaarloosde en zijn openheid verloor. Voor het eerst in mijn leven trad ik als strenge vader op en verbood hem nog contact te onderhouden met huize De Peyser. Zijn gedrag deed me vermoeden dat hij onder invloed van Gregorio samen met het meisje met verdovende middelen experimenteerde en wellicht eveneens met ongeoorloofde sensualiteit. In die tijd was het giftige en verlagende marihuana al in omloop in de lagere kringen van New Orleans. Daarnaast vreesde ik dat ze zich inlieten met een of andere vorm van creools mysticisme. Dat soort dingen tiert welig in het verslavingsmilieu.

Waarin Shelby ook betrokken was geraakt, de gevolgen waren vreselijk. Hij sloeg mijn verbod in de wind en bleef heimelijk veelvuldige bezoeken aan huize De Peyser brengen. Op de laatste dag van augustus kwam hij thuis, nam de dienstrevolver die ik in mijn nachtkastje had liggen en schoot zich dood. Ik was degene – ik zat in mijn atelier te schilderen – die het schot hoorde en zijn lijk aantrof.

Wat er daarna gebeurde, moet een gevolg zijn geweest van shock. Het kwam niet bij me op de politie te waarschuwen en een ambulance te laten komen. Ik liep naar buiten, aannemend dat de een of ander wel hulp zou halen. Ik bleef staan op de weg langs ons huis en keek naar de villa van mevrouw De Peyser. Wat ik zag, deed me bijna het bewustzijn verliezen.

Ik verbeeldde me dat ik die chauffeur Gregorio achter een bovenraam zag, spottend op me neerkijkend. Hij leek niet alleen boosaardigheid uit te stralen maar ook triomf. Ik wilde schreeuwen, maar kon het niet. Toen ik weer naar beneden keek, zag ik iets dat nog erger was. Amy Monckton stond naast het huis en ze keek me aan, maar met een rustige blik zonder uitdrukking en een ernstig gezicht. *Haar voeten raakten de grond niet!* Ze leek enkele centimeters boven het gazon te zweven. Hun blikken beangstigden me zozeer dat ik mijn handen voor mijn gezicht sloeg. Toen ik ze wegtrok en weer helder kon zien, waren beiden verdwenen.

Mevrouw De Peyser en Amy zonden bloemen voor Shelby's begrafenis, maar zelf waren ze toen al naar Californië vertrokken. Al was en ben ik ervan overtuigd dat mijn laatste aanblik van het meisje en de chauffeur aan verbeelding moest worden toegeschreven, ik heb de bloemen verbrand; ik wilde ze niet op Shelby's kist leggen. De schilderijen uit mijn zogenaamde bovennatuurlijke periode, waar ik het nu over zal hebben, zijn uit deze ervaring voortgekomen."'

Don keek de bejaarde heren aan. 'Dit heb ik vandaag voor het eerst gelezen. U begrijpt wat ik bedoel met "ze willen graag gezien worden". Ze willen dat hun slachtoffers weten, althans vermoeden, wat er met hen gebeurt. Robert Mobley kreeg een schok die hem bijna gek maakte, waarna hij de beste schilderijen van zijn leven vervaardigde. Alma wilde dat ik erover las en zou weten dat zij met Florence de Peyser onder een andere naam in New Orleans had gewoond en daar een jongen de dood had ingedreven, net zoals ze mijn broer heeft vermoord.'

'Waarom heeft Anna Mostyn ons dan nog niet gedood?' vroeg Sears. 'Ze heeft er genoeg gelegenheid voor gehad. Ik geef toe dat ik overtuigd ben door wat je ons hebt verteld, maar waar wacht ze dan op? Waarom zijn wij nog niet dood, net als al die anderen?'

Ricky kuchte. 'Edwards actrice heeft destijds tegen Stella gezegd dat ik een goede vijand zou zijn. Ik denk dat ze gewacht heeft tot wij precies weten met welk kwaad we te maken hebben.'

'Dat is dus nu,' zei Sears.

'Heb je een plan gemaakt?' vroeg Ricky.

'Nee,' zei Don, 'maar ik ga wel mijn spullen uit het hotel halen en betrek dit huis. Misschien vind ik in de banden die mijn oom van haar maakte informatie die we kunnen gebruiken. En ik ga inbreken in het huis van Anna Mostyn. Ik hoop dat u beiden meegaat. Wie weet vinden we er iets.'

'Daar vind je alleen een ontijdige dood,' zei Sears.

'Nee, ze zullen er niet meer zijn. Die drie weten dat we in het huis gaan kijken. Ze hebben zich vast al elders gevestigd.'

Don keek de heren aan. 'Eén ding nog,' zei hij. 'De heer James vroeg wat er zou zijn gebeurd als u de lynx had geschoten. Dat zullen we moeten nagaan. Deze keer moeten we de lynx schieten, wat dat ook mag betekenen.'

Hij lachte even. 'Het gaat een barre winter worden.'

Sears mompelde instemmend. Ricky vroeg: 'Hoe groot achten jullie de kans dat wij en Peter Barnes hieraan een eind kunnen maken?'

'Bedroevend klein,' antwoordde Sears. 'Maar Don heeft zeer zeker de opdracht uitgevoerd waarvoor we hem hadden uitgenodigd.'

'Zullen we nog iemand inlichten?' vroeg Ricky. 'Zouden we moeten proberen Hardesty te overtuigen?'

'Dwaasheid,' zei Sears. 'Dan eindigen we allemaal in de cel.'

'Laten ze maar denken dat ze tegen marsbewoners vechten,' zei Don. 'Meneer James heeft gelijk. Maar mag ik me aan een voorspelling wagen?'

'Welke dan?'

'Dat uw volmaakte secretaresse morgen niet op haar werk verschijnt.'

Zodra de bejaarde heren hem in het huis van zijn oom alleen hadden
gelaten, gooide Don nog wat hout in de haard en nestelde zich op de
warme plek dicht bij het vuur waar Ricky had gezeten. Terwijl de
sneeuw zich ophoopte op de daken en zich vastzette langs raam- en
deurkozijnen herinnerde hij zich een warme avond waarin al de
kilte van de herfst te voelen was, de geur van brandend loof, een
mus die op een hek neerstreek en een bleek en al zo geliefd gezicht
dat hem vanuit een open deur met stralende ogen aankeek. En een
naakte jonge vrouw die weerspiegeld werd in een donkere ruit en
hem toevoegde: 'Je bent een geest.' Woorden die hij nu pas begreep.
Jij, Donald, jij. Het was de trieste waarneming die de kern vormde
van elk spookverhaal.

2

Milburn belegerd

*Narcissus weende, starend naar zijn beeld in de vijver. Toen zijn
vriend die voorbijkwam hem naar de reden vroeg, antwoordde
Narcissus: 'Ik ween omdat ik mijn onschuld heb verloren.'
Zijn vriend antwoordde: 'Je kunt beter wenen omdat je die ooit hebt
gehad.'*

December in Milburn: Milburn op weg naar het kerstfeest. De plaats heeft een langdurige traditie en deze maand heeft altijd zoveel betekend: snoepjes van esdoornsuiker, schaatsen op de rivier, kerstbomen in de winkels en skiën in de heuvels buiten de stad. Onder de sneeuw had Milburn er in december altijd feestelijk, haast sprookjesachtig uitgezien. Op de markt stond een grote boom en Eleanor zorgde ervoor dat de gevel van Hotel Archer al even mooi verlicht was. In het warenhuis Young Brothers stonden de kinderen in de rij voor Santa Claus met hun onvervulbare wensen voor Kerstmis en alleen de ouderen viel het op dat Santa een beetje leek op en rook naar Omar Norris. (In december verzoende Omar zich niet alleen met zijn vrouw, maar ook met zichzelf; hij dronk de helft minder en had het tegenover de paar vrienden die hij nog had over 'bijklussen in het warenhuis'. Net als zijn vader voor hem mende Norbert Clyde de oude paardenslee door Milburn en liet de kinderen instappen om te laten horen hoe echte sledebellen klonken, te laten voelen wat het was achter twee goede paarden door geurend dennenbos te glijden. En net als zíjn vader had gedaan, zette Elmer Scales het hek van een van zijn weilandomheiningen open om de Milburners met hun sleden van een heuvel aan de rand van zijn grond te laten glijden: er stond altijd wel een rij stationcars langs de omheining en even veel jonge vaders trokken sleden vol juichende kinderen tegen Elmers heuvel op. In de keuken werden toffees gemaakt, in de open haarden werden kastanjes gepoft. Humphrey Stalladge hing rode en groene lampjes boven de bar en mengde cocktails. Huisvrouwen gaven elkaar recepten voor kerstkoekjes. De slagers noteerden bestellingen voor kalkoenen van twintig pond en gaven er recepten bij voor de saus. De kleintjes op de lagere school knipten bomen van gekleurd papier uit en plakten ze op de schoolramen. Leerlingen van de middelbare school hadden meer aandacht voor hockey dan voor Engels en geschiedenis en bedachten welke platen ze zouden kopen voor het geld dat ze met Kerstmis van ooms en tantes zouden krijgen. De Rotary en andere verenigingen gaven een feest in de balzaal van Hotel Archer, waarvoor drie barkeepers uit Binghamton werden aangetrokken, en zamelden duizenden dollars in voor goede doelen. Na dit feest en de cocktail-party's die jongere, nieuwere inwoners van Milburn gaven – de mensen die Sears en Ricky nog niet bekend voorkwamen, al hadden ze misschien al jaren in Milburn gewoond – kwamen velen met hoofdpijn en een bedorven maag op hun werk.

Dit jaar werden er nog wel een paar cocktail-party's gegeven en vrouwen bakten ook nog wel kerstkoekjes, maar de december-maand in Milburn was anders. Als mensen elkaar ontmoetten, zei-den ze niet: 'Leuk, een witte kerst', maar: 'Ik hoop dat die sneeuw niet te lang blijft liggen.' Omar Norris kwam de hele dag niet van de gemeentelijke sneeuwploeg af en een paar jeugdige winkelbedien-den zeiden dat ze zijn kerstmanpak niet zouden aantrekken als het niet eerst naar de stomerij ging. De burgemeester en Hardesty's ondergeschikten zetten een enorme kerstboom neer, maar Eleanor Hardie kwam er niet toe de gevel van het hotel te verlichten. Ze begon er zo afgetobd en wezenloos uit te zien dat een paar toeristen uit New York City haar maar eenmaal hoefden aan te kijken voor ze besloten door te rijden naar een motel. En voor het eerst haalde Norbert Clyde zijn slee niet uit de schuur voor de gebruikelijke rit: sedert hij dat 'wezen' op zijn land had gezien, was hij in de versukke-ling geraakt. In de kroegen vertelde hij dat de inspecteur van de veeartsenijkundige dienst te stom was om voor de duvel te dansen en dat de mensen wat beter moesten luisteren nar Elmer Scales, die nog elke nacht met het geladen jachtgeweer over zijn knieën op wacht zat. Zijn kinderschare moest alleen sleetjerijden van de heu-vel en voelde zich uitgestoten. De sneeuw viel de hele dag en de hele nacht. De sneeuwhopen bedolven eerst omheiningen en bereikten vervolgens de dakgoten. In de tweede helft van december gingen de scholen voor een week dicht; op de middelbare school viel de ver-warming uit en het bestuur sloot de deuren tot half januari, toen een monteur uit Binghamton eindelijk de plaats wist te bereiken. Enkele dagen later werden de lagere scholen gesloten: de wegen waren niet te vertrouwen en nadat de schoolbus op één ochtend tweemaal van de weg was geraakt, zouden de ouders hun kinderen toch thuis-gehouden hebben. Mensen uit de leeftijdsklasse van Ricky en Sears – die het geheugen van de stad waren – keken terug op de winters van 1947 en 1926, toen er twee weken lang geen verkeer naar of van Milburn mogelijk was geweest, toen de brandstof opraakte en be-jaarden (niet ouder dan Sears en Ricky nu) waren doodgevroren, net als Viola Frederickson met het kastanjebruine haar en het exoti-sche gezicht.

Die decembermaand leek Milburn nauwelijks op een plaatsje op een kerstkaart; het had eerder een belegerde stad kunnen zijn. De paarden van de zusters Dedham, zelfs door Nettie vergeten, hongerden dood in hun boxen. De inwoners bleven vaker thuis en het ongenoegen bouwde zich op en barstte soms los. Philip Kneighler, importeur in Milburn, ging nadat zijn sneeuwblazer het op zijn inrit had begeven naar binnen om zijn vrouw af te ranselen. Ronnie Byrum, neef van Harlan Bautz en met verlof van de marine, werd kwaad over een argeloze opmerking van een man naast hem aan de bar en brak de man z'n neus; hij zou hem ook zijn kaak hebben gebroken als een paar schoolvrienden van Ronnie hem niet de armen op de rug hadden gedraaid. Twee jongens van zestien sloegen een kleinere jongen die in de Rialto-bioscoop door de eerste voorstelling van *Night of the Living Dead* heen praatte een hersenschudding. In heel Milburn maakten in hun huizen opgesloten echtparen ruzie over kinderen, geld of televisieprogramma's. Een diaken van de Heilige Geest-kerk – de presbyteriaanse kerk waarvan de vader van Lewis vroeger predikant was geweest – sloot zich twee weken voor de kerst in het onverwarmde bedehuis op en bad vloekend en huilend de hele nacht door omdat hij krankzinnig meende te worden: hij dacht dat hij het naakte kindeke Jezus op een sneeuwpop voor een kerkraam had zien staan, hem smekend naar buiten te komen.

In de Bay Tree Market rukte Rhoda Flagler een pluk blond haar uit Bitsy Underwoods hoofd omdat ze ruzie kregen over de laatste drie blikken pompoenpuree; de vrachtauto's konden Milburn niet meer bereiken en de voorraden minderden snel. In The Hollow stak een werkloze barkeeper, Jim Blazek, de mulat Washington de Souza dood omdat een lange man met kaalgeschoren hoofd, gekleed als zeeman, hem had verteld dat De Souza het met zijn vrouw aanlegde.

Tijdens de tweeënzestig dagen van 1 december tot 31 januari overleden tien inwoners van Milburn door natuurlijke oorzaken: George Fleischer (62) aan een hartaanval, Whitey Rudd (70) aan ondervoeding, Gabriel Fish (58) aan bevriezing, Omar Norris (61) aan bevriezing na hersenschudding, Marion Le Sage (73) aan een beroerte, Ethel Birt (76) aan de ziekte van Hodgkin, Dylan Griffen (5 maanden) aan hypothermie, Harlan Bautz (55) aan een hartaanval, Nettie Dedham (81) aan een beroerte en Penny Draeger (18) aan een shock. De meesten stierven toen de sneeuwval op het hoogtepunt was en hun lijken moesten met dat van Washington de Souza en verscheidene anderen in lakens gewikkeld worden opgestapeld in een cel van Walter Hardesty's kleine cellenblok; de wagen van het mortuarium in de districtshoofdstad kon Milburn niet bereiken.

De plaats sloot zich op en er werd zelfs niet meer op de rivier geschaatst. Aanvankelijk was dat nog wel gebeurd; zolang het nog licht was, zwierden zo'n tien, twintig leerlingen van de middelbare school over het ijs en tussen hen in krabbelden de jongere scholieren: een plaatje van Currier en Ives. Maar al merkten de jongeren de dood van drie oude vrouwen en vier oude mannen nauwelijks op en waren ze niet bijzonder onder de indruk van het overlijden van hun tandarts, zodra ze de bevroren rivier opreden, werden ze geconfronteerd met een ander verlies. Jim Hardie was de beste schaatser van Milburn geweest en samen met Penny Draeger had hij figuren uitgevoerd waarmee hij onder zijn leeftijdgenoten een Olympisch niveau bereikte. Peter Barnes was bijna net zo goed geweest, maar weigerde dat jaar het ijs op te gaan. Ook als het weer tijdelijk opklaarde, bleef hij thuis. Maar in feite was Jim degene die ze het meest misten: al was hij 's ochtends met rode ogen en baardstoppels op het ijs verschenen, hij was voor hen allen een aansporing geweest; alleen al door naar hem te kijken, voelde je de uitdaging het zelf beter te doen. En Penny kwam ook niet meer. Net als Peter Barnes had ze zich teruggetrokken. De meeste anderen deden al gauw hetzelfde; elke dag werd het vegen van de baan moeilijker en de jongens die het op zich namen, vroegen zich af of Jim Hardie werkelijk in New York was. Ze voelden aan dat hem iets was overkomen, maar wilden er niet te veel aan denken. Zij wisten dat Jim Hardie dood was, dagen voordat het werd bevestigd.

Tijdens zijn middagpauze haalde Bill Webb zijn oude hockeyschaatsen uit de kast, liep naar de rivier en keek mismoedig naar de halve meter ongerepte sneeuw op het ijs. Het schaatsen was voor hem die winter afgelopen.

Clark Mulligan nam niet eens de moeite de nieuwe Disney-film te draaien, zoals hij met Kerstmis gewend was, maar bleef die hele winter horrorfilms vertonen. Er kwamen weinig bezoekers; soms zaten er maar drie of vier en het gebeurde meermalen dat hij zelf de enige was die naar *Night of the Living Dead* zat te kijken. De matinee op zaterdag werd bezocht door zo'n vijftien kinderen die de film al eerder hadden gezien maar niets beters te doen wisten, en hij begon hen zonder kaartje binnen te laten. Elke dag kostte hem geld, maar Rialto was althans een reden de deur uit te gaan. Zolang hij stroom had, kon hij warm en aan de gang blijven en meer verlangde hij niet. Op een avond kwam hij zijn cabine uit omdat hij dacht dat iemand door de nooduitgang naar binnen was gekomen. Hij zag Penny Draeger zitten naast een man met een wolfachtig gezicht en een donkere bril op; Clark repte zich terug naar zijn projectiecabine, maar voor hij zich omdraaide, zag hij de man tegen zich grijnzen. Waarom wist hij niet, maar hij werd bang, doodsbang.

Voor het eerst gingen de meeste mensen in Milburn het weer zien als een boosaardige, vijandige macht die het op hun leven had voorzien. Wie niet op zijn dak klom om de sneeuw eraf te halen, liep kans dat zijn balken het zouden begeven onder het gewicht van de witte massa, waarna het huis binnen tien minuten een puinhoop zou zijn, niet meer bewoonbaar tot herstel in het voorjaar. Wind en sneeuw deden de temperatuur tot vijftien graden onder nul dalen en als je langer buiten bleef dan nodig was om van de wagen naar je voordeur te lopen, voelde je de wind in je oren grinniken omdat je zo machteloos was. Dat was de ene vijand, de ergste die ze kenden. Maar nadat Walt Hardesty en een van zijn agenten de lijken van Jim Hardie en Christina Barnes hadden gevonden en herkend en toen bekend werd in welke toestand de lijken waren aangetroffen, schoven de inwoners van Milburn hun overgordijnen dicht en zetten de televisie aan in plaats van hun vrienden te bezoeken. En ze vroegen zich af of het werkelijk een beer was geweest die de knappe Lewis Benedikt had afgeslacht. En wanneer ze, zoals Milly Sheehan, zagen dat de sneeuw zich ondanks de stormramen een weg naar binnen had gebaand en in bevroren toestand op de vensterbank lag, begonnen ze zich af te vragen wat er nog meer zou kunnen binnendringen. Dus sloten ze zich op, net als de stad zelf, en kropen weg, trachtend te overleven. Enkelen dachten aan Elmer Scales die voor het standbeeld was gaan staan, zwaaiend met zijn geweer en wartaal uitslaand over marsbewoners. Slechts vier personen echter kenden de identiteit van een vijand die nog wreder was dan het klimaat.

Sentimental Journey

2

'Ik zag op het nieuws dat het in Buffalo nog erger is,' zei Ricky meer voor zichzelf dan omdat hij dacht dat de anderen erin geïnteresseerd waren. Sears reed zijn Lincoln in zijn eigen karakteristieke stijl: tijdens de rit naar Edwards huis, waar ze Don hadden gehaald en nu terug naar de westkant van Milburn, had hij diep over het stuur gebogen gezeten bij een vaartje van weinig meer dan twintig kilometer per uur. Bij elke kruising drukte hij de claxon in om al het overige verkeer te waarschuwen dat hij niet zou stoppen.

'Mond houden, Ricky,' zei hij op zijn claxon drukkend en reed Wheat Row voorbij op weg naar de noordzijde van de markt.

'Je hoefde je claxon niet in te drukken,' zei Ricky, 'het licht stond op groen.'

'Hm. Anderen rijden veel te hard om tijdig te kunnen stoppen.'

Don hield op de achterbank zijn adem in en bad dat het verkeerslicht aan de overkant van de markt op groen zou springen voor Sears het bereikte. Toen ze het bordes van het hotel voorbijreden, zag hij de lichten bij Main Street op geel springen. Ze schakelden over naar groen terwijl Sears met zijn volle handpalm de claxon indrukte en de lange wagen als een galjoen Main Street inreed.

Zelfs met ingeschakelde koplampen waren er eigenlijk geen andere dingen te zien dan de verkeerslichten en de rode en groene lampjes in de kerstboom. Al het overige loste zich op in de witte warreling. De weinige tegenliggers verschenen aanvankelijk slechts als gele lichtbundels en vervolgens als vormloze gedaanten, net als grote dieren. De kleur van de wagens was pas tijdens het passeren te bepalen.

'Wat gaan we daar doen, als we er komen?' vroeg Sears.

'Een beetje rondkijken. Misschien hebben we er iets aan.' Ricky keek hem aan met een blik die woorden overbodig maakte en Don voegde eraan toe: 'Nee, ze zal er beslist niet meer zijn en Gregory ook niet.'

'Heb je een wapen bij je?'

'Nee, dat heb ik niet. U wel?'

Ricky knikte en stak een vleesmes op. 'Het is idioot, ik weet het, maar...'

Don vond het helemaal niet idioot en het speet hem dat hij zelf geen mes bij zich had, of een handgranaat of een vlammenwerper.

'Niet om het een of ander,' zei Sears, 'maar waar denk je op dit moment aan?'

'Ik?' zei Don. De wagen begon opzij te glijden en Sears stuurde even bij om het te corrigeren.

'Ja.'

'Ik dacht aan de tijd waarin ik voorbereidend wetenschappelijk onderwijs volgde in het Midden-Westen. Bij het kiezen van onze vakken hielden de leraren altijd lange toespraken over "Het Oosten". "Het Oosten", daar wilden ze ons naar toe hebben, uit puur snobisme, en bij ons waren ze heel ouderwets op dat punt: de school sloeg een beter figuur als er veel geslaagde leerlingen naar Harvard, Princeton of Cornell gingen, al was het maar naar een staatsuniversiteit aan de Oostkust. Ze spraken het woord uit zoals een moslim het woord Mekka zal uitspreken. En daar zijn we dus nu.'

'Ben je in het Oosten gaan studeren?' vroeg Ricky. 'Edward heeft het er nooit over gehad.'

'Nee, ik ben naar Californië gegaan, waar ze in mystiek geloofden. Daar verdronken ze de heksen niet, ze lieten ze in een talkshow optreden.'

'Omar Norris is niet meer toegekomen aan het schoonvegen van Montgomery Street,' zei Sears. Don keek uit het portierraam en zag dat ze tijdens hun gesprek het einde van Anna Mostyns straat hadden bereikt. En Sears had gelijk. Op Maple, waar ze zich nu bevonden, liepen diepe groeven platgedrukte sneeuw, de sporen van Omars sneeuwploeg. Op Montgomery lag de sneeuw meer dan een meter hoog. Diepe voetstappen die zich alweer vulden met vallende sneeuw, gaven aan waar een paar mensen zich een weg naar Maple hadden gebaand.

Sears schakelde de motor uit en liet zijn parkeerlichten branden. 'Als we het toch gaan doen, zie ik niet in waarom we het zouden uitstellen.'

De drie mannen stapten uit op de beijzelde vlakte van Maple Street. Sears zette zijn bontkraag op en zuchtte. 'Dat ik ooit bezwaar heb gemaakt tegen die paar centimeter sneeuw op het land van "onze Vergilius".'

'Ik moet er niet aan denken om dat huis weer binnen te gaan,' zei Ricky.

Ze konden het huis al onderscheiden door de warrelende sneeuw heen. 'Ik heb eerlijk gezegd nog nooit ingebroken,' zei Sears. 'Hoe pak je zoiets aan?'

'Peter zei dat Jim Hardie een ruitje aan de achterkant heeft ingeslagen. We hoeven onze hand er maar door te steken en de klink naar beneden te duwen.'

'En als ze er zijn? Als ze ons opwachten?'

'Dan zullen we slag leveren,' zei Ricky.

'Laten we dan maar gaan,' zei Don en stapte op de door de sneeuwploeg achtergelaten sneeuwhopen. Zodra ook Ricky boven was, staken ze Sears ieder een hand toe en hesen hem op. Van de sneeuw-hopen stapten ze in de dikke laag verse sneeuw in Montgomery Street, waar ze tot over hun knieën in wegzakten.

Don voelde dat de beide oude heren de leiding aan hem overlieten en hij begon naar het huis van Anna Mostyn verderop in de straat te baggeren. Hij probeerde zoveel mogelijk in de voetstappen te lopen van iemand die hem was voorgegaan en Ricky, die na hem kwam, deed hetzelfde. Sears, die iets van hen af door ongerepte sneeuw zwoegde, kwam achteraan, de onderkant van zijn zwarte overjas als een sleep achter hem aan trekkend.

Het kostte hun twintig minuten het huis te bereiken. Toen ze ten-slotte langs de gevel omhoogkeken, merkte Don dat de beide oude vrienden niet zonder enige overreding van zijn kant het huis zouden betreden.

'Binnen is het in elk geval warmer,' zei hij.

'Ik moet er echt niet aan denken dat huis weer in te gaan,' zei Ricky gedempt.

'Dat heb je al gezegd,' zei Sears. 'Naar de achterkant, Don?'

'Ja, naar de achterkant.'

Opnieuw ging hij hun voor. Achter zich hoorde hij Ricky niezen terwijl ze door de sneeuw baggerden, die hun haast tot aan het middel reikte. Zoals eerder Jim Hardie en Peter Barnes keken ze door het zijraam naar binnen en ook zij zagen alleen een duistere, kale kamer. 'Verlaten,' zei Don en zwoegde verder naar de achter-kant van het huis.

Hij zag het raampje dat Jim Hardie had ingedrukt. Toen Ricky naast hem op de stoep kwam staan, had hij zijn hand er al ingesto-ken en tastte naar de klink van de keukendeur. Zwaar hijgend kwam Sears naar hen toe.

'Laten we naar binnen gaan,' zei Sears. 'Ik bevries hier in de sneeuw.' Don vond het een van de dapperste opmerkingen die hij ooit had gehoord en hij wilde niet minder dapper lijken. Hij duwde de deur open en stapte de keuken van Anna Mostyns huis binnen. Sears en Ricky volgden hem op de voet.

'Nou, we zijn er,' zei Ricky. 'Dat is zo'n halve eeuw geleden. Gaan we ieder een kant uit?'

'Ben je er bang voor, Ricky?' vroeg Sears en sloeg driftig sneeuw van zijn jas. 'Ik geloof pas in die monsters wanneer ik ze zie. Ga jij met Don de kamers boven en de overloop doorzoeken, dan neem ik de benedenetage en het souterrain.'

Zoals zijn eerdere uitlating een vertoon van moed was geweest, wist

Don, was dit een vertoon van vriendschap: niet een van hen wilde graag alleen in het huis zijn. 'Prima,' zei hij, 'al zou het me verbazen als we iets vinden. Laten we maar gaan.'

Sears verliet als eerste de keuken en ging de gang in. 'Ga nu maar,' zei hij en het klonk als een bevel. 'Ik red me wel. Op deze manier besparen we tijd en hoe sneller dit achter de rug is, hoe liever.' Don stond al op de trap, maar Ricky draaide zich om naar Sears. 'Mocht je iets zien, roep ons dan.'

3

Don en Ricky Hawthorne stonden samen op de trap. 'Zo zag het er vroeger niet uit,' zei Ricky. 'Absoluut niet. Het huis was toen prachtig ingericht. De kamers beneden en haar kamer boven. Schitterend.'

'Dat waren Alma's kamers ook,' zei Don. Beneden hoorde ze Sears' stappen op de kale planken van de woonkamer. Het geluid riep kennelijk een herinnering op bij Ricky, want Don zag zijn gezicht veranderen. 'Wat is er?'

'Niets.'

'Vertel het nu maar. Ik zag het aan uw gezicht.'

'Dit is het huis waarover we dromen. Onze nachtmerries spelen zich hier af. Kale planken, lege kamers, en dan hoor je dat er beneden iets rondloopt, zoals Sears op het ogenblik. Daarmee begint de nachtmerrie. Zelf zijn we in een slaapkamer daar.' Hij wees langs de trap naar boven. 'Op de hoogste verdieping.' Hij klom een paar treden hoger. 'Ik moet erheen, ik moet die kamer zien. Misschien helpt dat... de nachtmerrie te voorkomen.'

'Ik ga mee,' zei Don.

Op de overloop bleef Ricky opeens staan. 'Heeft Peter je niet gezegd dat het hier was waar...' Hij wees naar een donkere veeg langs de muur.

'Waar Bate Jim Hardie heeft vermoord.' Don slikte. 'Laten we hier niet onnodig blijven staan.'

'Ik vind het niet erg om uit elkaar te gaan,' zei Ricky. 'Als jij hier Eva's vroegere slaapkamer en de overige kamers neemt, dan doorzoek ik de bovenste verdieping. Dat schiet vlugger op. Als ik iets vind, dan roep ik je. Ik wil hier ook zo gauw mogelijk vandaan, ik kan er slecht tegen.'

Don knikte, hij was het geheel met Ricky eens. Ricky nam de volgende trap en Don deed de deur van Eva Galli's slaapkamer open.

Die was kaal en verlaten maar meteen hoorde hij geruchten van een onzichtbaar gezelschap: geschuifel van voeten, gefluister en het ritselen van papieren. Weifelend ging Don een stap verder de lege kamer in en de deur sloeg achter hem dicht.

'Ricky?' zei hij en zijn stem was niet luider dan het gefluister om hem heen. Het vale licht nam af en zodra hij geen wanden meer kon zien, kreeg Don het gevoel dat hij zich in een veel grotere ruimte bevond; de wanden en het plafond hadden zich teruggetrokken en hem achtergelaten in een denkbeeldige ruimte waarvan hij de uitweg niet zou kunnen vinden. Een koude mond drukte zich tegen zijn oor en zei of dacht het woord 'Welkom'. Hij haalde uit naar waar het geluid vandaan kwam en bedacht te laat dat zowel de mond als de begroeting niet meer dan een gedachte was geweest, zodat zijn vuist slechts lucht ontmoette.

Alsof hij op een speelse manier werd gestraft, werd hij beentje gelicht en kwam pijnlijk op handen en knieën terecht. Hij voelde een tapijt onder zijn handen dat geleidelijk aan een bepaalde kleur kreeg – donkerblauw – en hij besefte dat hij weer kon zien. Don keek op en zag een witharige man in een blazer van dezelfde kleur blauw als het tapijt en grijze pantalon boven glimmend gepoetste lage zwarte schoenen voor zich staan; de blazer spande over een welvarend buikje. De man keek met een berouwvolle glimlach op hem neer en stak hem zijn hand toe. Achter hem roerden zich meer mensen. Don wist ogenblikkelijk wie hij was.

'Een ongelukje gehad, Don?' vroeg de man. 'Hier, pak mijn hand.' Hij trok Don overeind. 'Blij dat je kon komen. We wachtten al op je.'

'Ik weet wie je bent,' zei Don. 'Je naam is Robert Mobley.'

'Ja, uiteraard. En jij hebt mijn memoires gelezen. Je had je best wat vleiender over de stijl kunnen uitlaten. Maar het geeft niet, jongen, het geeft niet. Je hoeft je niet te verontschuldigen.'

Don keek de ruimte rond die een lange, enigzins aflopende vloer had met aan het eind een klein podium. Hij zag geen deuren en de grauwe wanden verhieven zich bijna tot kathedraalhoogte. Boven zijn hoofd knipperden en flitsten lampjes. Onder deze schijnhemel krioelden tientallen mensen door elkaar, alsof ze op een feest waren. Aan de andere smalle kant van de ruimte, waar een kleine bar was ingericht, zag hij Lewis Benedikt met een glas bier in zijn hand staan praten met een oude man met holle wangen en treurig glinsterende ogen, gekleed in een grijs kostuum, die hij voor dokter John Jaffrey hield.

'Uw zoon is hier zeker ook?' vroeg Don.

'Shelby? Ja, die is er. Kijk, daar staat hij.' De man knikte in de richting van een jongen van tegen de twintig die even tegen hem lachte. 'We zijn hier allemaal om ons wat te amuseren en het belooft een goede voorstelling te worden.'

'Het wachten was alleen nog op mij.'

'Wel, Donald, zonder jou hadden we dit niet eens kunnen arrangeren.'

'Maar ik ga weer weg.'

'Weg? Dat kun je niet doen, mijn jongen! De show moet doorgaan, vrees ik – je zult al gezien hebben dat er geen deuren zijn. En je hoeft niet bang te zijn, er overkomt je niets. Het is alleen maar amusement, zie je, wat schimmen en wat beelden, meer niet.'

'Loop naar de bliksem,' zei Don. 'Waarom zet ze die hele charade op?'

'Amy Monckton, bedoel je? Dat is toch nog maar een kind. Je denkt toch niet dat...'

Maar Don was al op weg naar een zijwand van het theater. 'Dat helpt je niet, beste jongen,' riep Mobley hem na. 'Je zult hier moeten blijven tot het is afgelopen.' Don drukte zijn handen tegen de wand en voelde dat alle aanwezigen naar hem keken. De wand was bekleed met een vale, lakenachtige stof, maar wat eronder zat, was hard als ijzer. Hij keek omhoog naar de knipperende lichtpuntjes. Vervolgens beklopte hij de wand met zijn vlakke hand: er was geen ruimte achter, geen gemaskeerde deur, niets dan een glad vlak.

Het indirecte licht doofde en de namaaksterretjes gingen uit. Twee mannen grepen hem bij de schouders. Ze dwongen hem naar het toneel te kijken, dat door een enkele spot werd verlicht. In het midden stond een reclamebord met daarop de woorden:

RABBITFOOT-DE PEYSER PRODUKTIES

HEBBEN HET GENOEGEN

U TE PRESENTEREN

Er verscheen een hand in de lichtkring die het bovenste blad weghaalde. Nu stond er

Het doek ging op en onthulde een televisieontvanger. Don zag eerst geen beeld, maar even later ontdekte hij iets op het lege scherm – een rode gemetselde schoorsteen en 'sneeuw' die echte sneeuw was. Toen begon het beeld te bewegen.

Het was een opname van bovenaf van Montgomery Street, genomen vanaf het dak van Anna Mostyns huis. Zodra hij het decor had herkend, kwamen de spelers op. Hij zag zichzelf, zwoegend met Sears James en Ricky Hawthorne door de dikke sneeuw van Montgomery Street. Hij en Ricky keken op naar het huis al de tijd dat ze in beeld waren, Sears keek naar de grond, alsof het zijn bedoeling was geweest contrast in de opname te brengen. Er was geen geluid bij en Don herinnerde zich ook niet wat ze tegen elkaar hadden gezegd voor ze naar het huis gingen. Drie gezichten in close-up, met sneeuwkorsten in de wenkbrauwen, net soldaten bezig een haard van verzet op te ruimen in een of andere pooloorlog. Het was duidelijk te zien dat Ricky zwaar verkouden was. Het viel Don meer op dan het buiten op straat had gedaan, dat hij zich bepaald niet lekker voelde.

Nu een opname van hem terwijl hij zijn hand door het kapotte ruitje stak. Een buitencamera volgde de drie mannen het huis in, de keuken door en de duistere gang in. Hun gesprekken waren niet te horen. Een derde camera nam Ricky en hem over terwijl ze de trap opgingen en Ricky de bloedvlek aanwees. Op Ricky's beschaafde gezicht lag een uitdrukking van pijn die hij eerder had gezien. Ze gingen uit elkaar en de camera liet Don los terwijl hij de deur van Anna Mostyns slaapkamer opendeed.

Angstig keek Don toe terwijl de camera Ricky volgde naar boven. Het beeld versprong naar het einde van een lege gang met Ricky in silhouet, staande op de overloop vanwaar hij naar de bovenverdieping gaat. Weer een verspringend beeld: Ricky die de bovenverdieping bereikt en de eerste deur door gaat.

Een beeld van het interieur: Ricky gaat de kamer binnen terwijl de camera hem in het oog houdt. Vervolgens Ricky die zichtbaar hijgend met open mond en grote ogen het vertrek rondkijkt: dat moest de kamer zijn waarin de nachtmerrie zich afspeelde. De camera begon hem dichterbij te halen... en besprong hem, althans, dat deed het wezen achter de camera.

Twee handen knelden zich om Ricky's hals en wurgden hem. Hij

verzette zich, wilde de polsen van zijn moordenaar wegtrekken, maar hij was te zwak om zich los te maken. De handen knepen steeds krachtiger en Ricky begon te sterven, niet op een zindelijke manier zoals in televisieprogramma's waar deze 'commercial' een imitatie van wilde zijn, maar smerig, met lopende ogen en een bloedende tong. Zijn rug kromde zich machteloos, uit zijn ogen en neus stroomde een natte substantie en zijn gezicht werd donker.
Peter Barnes zei dat ze je dingen kunnen laten zien, dacht Don. *Dat is precies wat ze nu doen.*
Ricky Hawthorne stierf voor zijn ogen, in kleur, op een 66 cm beeldscherm.

4

Ricky moest zich dwingen de eerste slaapkamerdeur op de bovenverdieping open te doen. Hij wou dat hij thuis was bij Stella. Ze was erg geschokt geweest door de dood van Lewis, al kende ze het achtergrondverhaal van Peter Barnes niet.
Wellicht komt nu het einde, dacht hij en ging de kamer binnen.
En bleef stokstijf staan: zelfs zijn adem stokte. Het was de kamer uit de droom en elk deeltje ervan leek doortrokken met de misère van het Chowder Genootschap. Hier hadden ze elk voor zich gezweet van angst. Op dit bed – met een legerdeken over de matras – had elk van hen zich machteloos gevoeld, niet in staat zich te bewegen. Opgesloten in dat afschuwelijke bed hadden ze het einde van hun leven afgewacht. Deze kamer was een uitbeelding van de dood, een zinnebeeld van de dood zelf met die kale, kille grauwheid.
Hij bedacht dat Sears zich nu wel in het souterrain zou bevinden. Maar er zou geen monster in die kelder zijn, net zo min als een zwetende Ricky Hawthorne machteloos op het bed lag. Hij draaide zich langzaam om en keek de hele kamer rond.
Aan een zijwand hing de enige afwijking: een kleine spiegel.
(Spiegeltje, spiegeltje aan de wand... wie is de bangste in het land?)
(Ik niet, zei het rode kippetje.)
Ricky liep om het bed heen naar de spiegel waarin een deel van de lichte lucht werd weerkaatst. Langs het oppervlak dwarrelden kleine sneeuwvlokken en verdwenen in de onderkant van de lijst.
Toen Ricky vlak voor de spiegel stond, streek een vleug wind langs zijn gezicht. Hij kwam nog dichterbij en nu dwarrelden sneeuwvlokjes tegen zijn wang.

Hij maakte de vergissing recht in de spiegel te kijken, maar inmiddels dacht hij dat het een openstaand raampje was.

Er verscheen een gezicht dat hij kende, met een woeste en verloren uitdrukking. Toen zag hij Elmer Scales met zijn geweer door de sneeuw strompelen. Net als de eerste verschijning was de boer met bloed bespat; het hoofd met de flaporen was vel over been geworden, maar desondanks lag er iets in dat grimmige gezicht van Scales wat bij Ricky de gedachte deed opkomen: *Hij heeft iets moois gezien – Elmer wilde altijd naar mooie dingen kijken.* Het idee zweefde boven Ricky's onderbewuste uit en plofte uit elkaar. Elmer liep te krijsen in de harde sneeuwstorm, zette het geweer aan zijn schouder en schoot iets kleins, dat bloederig uiteenspatte...

Elmer en zijn buit vervaagden en hij keek Lewis op zijn rug. Voor Lewis stond een naakte vrouw die geluidloos tegen hem praatte. *De Schrift,* begreep hij, daarna: *Heb je de Schrift in de poel gelezen, Lewis?* De vrouw was niet levend en ook niet mooi, maar Ricky zag trekken van opgelaaide seksuele begeerte in het dode gelaat en begreep dat hij de vrouw van Lewis zag. Hij wilde weg van die spiegel en dat visioen, maar was niet in staat zich te bewegen.

Op het moment dat de vrouw Lewis greep en met hem versmolt tot een onherkenbare gedaante zag Ricky dat Peter Barnes in een hoek zat weggedoken van een kamer die hem bekend voorkwam, maar die hij niet herkende. Een versleten armatuur... een man die op een wolf leek boog zich over de doodsbange Peter Barnes en grijnsde hem aan met lange, witte tanden. En nu was er geen barmhartige sneeuwval die het gruwelijke dat daar gebeurde aan Ricky's blik onttrok: het wezen greep de weerstrevende Peter Barnes, tilde hem op en brak hem de nek, zoals een leeuw doet bij een gazelle. En net als een leeuw beet hij in de jongen en begon te eten.

5

Sears James had de voorkamers van het huis doorzocht en er niets gevonden. En meer zouden ze waarschijnlijk elders in het huis ook niet vinden, dacht hij. Eén lege koffer was nauwelijks voldoende reden om zich bij dit weer buiten de deur te wagen. Hij ging terug naar de gang, hoorde Don rondlopen in een kamer boven en stelde een haastig onderzoek in de keuken in. Hij zag natte voetsporen op de vloer, maar die waren van hen zelf. Op een stoffig aanrecht stond een beslagen waterglas. Verder een lege steen en lege schappen.

Sears wreef zijn koude handen en ging de duistere gang weer in. Don was boven bezig de wanden te betimmeren, zeker op zoek naar een verborgen paneel, dacht Sears en schudde zijn hoofd. Dat zij alle drie nog in leven waren en dit huis doorzochten, was voor hem het bewijs dat Eva verder was getrokken zonder iets achter te laten. Hij trok de kelderdeur open. Houten traptreden liepen een totale duisternis in. Sears zocht de schakelaar en boven de trap ging een gloeilamp branden. Hij kon de treden nu zien en ook de betonnen vloer beneden, voor zover die binnen de lichtkring viel. Blijkbaar was dit de enige verlichting in het souterrain, dus zou de kelder waarschijnlijk niet gebruikt zijn, dacht Sears. De familie Robinson had er blijkbaar nooit een speel- of knutselruimte van gemaakt.

Hij daalde een paar treden af en tuurde in de duisternis. Voor zover hij iets kon onderscheiden bevond hij zich in een gewone kelder zoals elke andere in Milburn: een ruimte die onder het hele huis doorliep, ruim twee meter onder de zoldering, met betonnen wanden die geverfd waren. Tegen de muur aan de achterkant stond de oude verwarmingsketel en wierp een zwarte, veelarmige schaduw die weer in de duisternis oploste. Aan de zijkant stond de hoge heetwaterboiler en er lagen nog twee metalen gootstenen die waren afgedankt.

Boven zijn hoofd hoorde Sears een bons en hij schrok hevig; hij was toch veel nerveuzer dan hij zichzelf wilde toegeven. Omhoogkijkend naar de trap bleef hij luisteren naar meer rumoer, naar stemmen, maar hij hoorde niets meer: er zou wel een deur dichtgeslagen zijn.

Kom hier beneden in het donker spelen, Sears.

Sears ging nog een trede omlaag en zag zijn reusachtige schaduw over de betonnen vloer schuiven. *Kom dan, Sears.*

Hij hoorde de woorden niet met zijn oren en hij zag geen beelden, maar hij had het bevel ontvangen en volgde zijn wanstaltig grote schaduw naar beneden.

Kijk eens, ik heb speeltjes voor je achtergelaten, Sears.

Hij stond op de betonnen vloer en onderging een wrange schok van blijdschap, die niet uit hemzelf voortkwam.

Sears draaide zich snel om, bang dat hij zou worden aangevallen door iets dat zich schuilhield onder de trap. Het licht viel in strepen tussen de houten treden door tot op de vloer: er was niets. Hij zou uit de bescherming van het licht moeten komen om de kelder tot in alle hoeken te inspecteren.

Behoedzaam ging hij verder en het speet hem dat híj geen mes bij zich had. Zijn schaduw versmolt met de duisternis in de kelder; daarna hoefde hij niet meer te twijfelen. 'O, mijn god,' zei hij.

Uit de schemering naast de ketel kwam John Jaffrey te voorschijn. 'Sears, oude vriend,' zei hij met een stem die geen klank had. 'De hemel zij dank dat je bent gekomen. Het was me gezegd, maar ik wist niet... zie je...' Hij schudde zijn hoofd. 'Het was allemaal zo *verward.'*

'Blijf bij me vandaan,' zei Sears.

'Ik heb Milly gesproken,' zei John. 'En weet je, Milly laat me niet meer binnen. Maar ik heb haar gewaarschuwd... of nee, ik heb gezegd dat ze jullie moest waarschuwen voor het een of ander. Ik ben vergeten wat.' Hij hief zijn holle gezicht op en bracht het tot een spookachtig lachje. 'Ik ben overgegaan. Zo noemde Fenny dat toch in je verhaal? Zo ís het. En nu wil Milly... me niet meer... binnenlaten... en...' Hij bracht zijn hand naar zijn voorhoofd. 'O, het is vreselijk, Sears. Kun je me niet helpen?'

Sears trok zich van hem terug en kon geen woord uitbrengen.

'Help me. Wat vreemd om hier weer terug te zijn. Ze hebben me gestuurd; ik moest op jou wachten. Help me, Sears, alsjeblieft. De hemel zij dank dat je er bent.'

Jaffrey verscheen zwevend in het licht en Sears zag dat zijn gezicht, uitgestoken handen en blote voeten waren bedekt met fijn grijs stof. Hij liep moeizaam en als seniel in een kring rond, alsof ook zijn ogen dichtzaten met het stof en opdrogende tranen. Het bewees beter dan zijn verwarde uitlatingen en zijn onzekere loop dat hij leed, en toen Sears zich het verhaal van Peter Barnes over Lewis herinnerde, won zijn deernis het van zijn angst.

'Ik zal je helpen, John,' zei hij en dokter Jaffrey, die zelfs in het licht van de gloeilamp niets kon zien, draaide zich om naar zijn stem.

Sears kwam dichterbij om de uitgestrekte hand aan te raken. Op het laatste moment kneep hij zijn ogen dicht. Een tintelend gevoel trok door zijn vingers tot aan zijn elleboog. Toen hij zijn ogen weer opendeed, was John weg.

Hij strompelde naar de trap en stootte pijnlijk zijn ribben. *Speeltjes.* Automatisch veegde Sears zijn hand langs zijn jas schoon; zou hij nog meer wezens tegenkomen, zo wankelend en versuft als John?

Nee, dat zou niet gebeuren. Maar even later begreep Sears waarom er in meervoud was gesproken. Hij ging uit de lichtkring terug naar de ketel en zag er een hoop kleren tegen de muur liggen zoals afgedankte laarzen en lompen, die hem op een griezelige manier aan de dode schapen op de boerderij van Elmer Scales deden denken. Hij wilde weggaan: daar was alle wanhoop en angst begonnen, op die boerderij waar Ricky en hij hadden staan kleumen op een kille witte heuvel. Toen zag Sears een slappe hand, een blonde krul. En in een van de lompen herkende hij de mantel van Christina Barnes. De jas was neergesmeten over een grauw, leeggezogen ding dat eindigde in blond haar: het lijk van Christina.

Instinctief slaakte Sears een kreet en hij wilde gaan schreeuwen, maar toen beheerste hij zich en liep naar de trap waar hij luid en zonder enige terughoudendheid hun namen begon te roepen.

6

'Dus jullie hebben ze toch gevonden,' zei Hardesty. 'Jullie zien er nogal geschokt uit.' Sears en Ricky zaten op de bank in Jaffreys huis en Don zat in een fauteuil ernaast. De sheriff, zijn jack nog aan en zijn hoed op, leunde tegen de schoorsteenmantel en trachtte het feit te verdoezelen dat hij behoorlijk kwaad was. De natte sporen van zijn voeten op het vloerkleed, een bron van ergernis voor Milly tot hij haar de kamer uitstuurde, toonden een cirkelvormig patroon van stevige hielindrukken en buitenwaarts staande tenen.

'Jij ook,' zei Sears.

'Ja, dat zal wel. Lijken als die twee heb ik nooit eerder gezien. Zelfs Freddy Robinson zag er niet zo uit. Hebt u wel eens zulke lijken gezien, meneer James? Nou?'

Sears schudde zijn hoofd.

'Nee, dat hebt u zeker niet, verdomme. Zoiets heeft geen mens ooit gezien. En ik moet ze in de nor opbergen tot de vleeswagen erdoor kan komen. En dan ben ik ook nog de klootzak die mevrouw Hardie en meneer Barnes moet gaan halen om die vervloekte lijken te identificeren. Of doet u dat voor me, meneer James?'

'Het is jouw werk, Walt,' zei Sears.

'Kom nou. Mijn werk? Het is mijn werk uit te zoeken wie die mensen dat heeft aangedaan. En de heren blijven daar lekker op hun achterste zitten. U hebt ze toevallig gevonden, zeker? U ging toevallig een eindje wandelen in dit hondeweer, u kwam toevallig op het idee juist in dat huis in te breken – Jezus, ik moest jullie met de slachtoffers in één cel opsluiten. Met die verscheurde Lewis Bene-

411

dikt erbij en die nikker De Souza en dat kind van Griffin dat is doodgevroren omdat zijn pa en moe een paar hippies waren die geen centen voor de verwarming hadden. Ja, verdomd, dat moest ik doen.' Hardesty, die geen moeite meer deed zijn woede te verbergen, spuwde in de haard en schopte tegen het haardscherm. 'Jezus, ik moet in die nor wonen en ik moest jullie ermee naar toe sleuren, dan kon je zien wat het is.'

'Walt,' zei Sears, 'beheers je een beetje.'

'Ja hoor. Maar god, als jullie niet van die bejaarde, aftandse advocaten waren, zou ik er toe in staat zijn.'

'Ik wilde zeggen, Walt,' zei Sears kalmerend, 'dat als je even ophoudt ons te beledigen, we je zullen vertellen wie Jim Hardie en mevrouw Barnes heeft vermoord. En Lewis.'

Stilte. Daarna zei Hardesty: 'Ik luister.'

'Het was de vrouw die zich Anna Mostyn noemde.'

'Leuk. Aardig bedacht. Goed, het was Anna Mostyn. Het was haar huis, dus moet zij het geweest zijn. Prachtig speurwerk. En wat heeft ze dan wel gedaan? Ze als een ei leeggezogen? En wie heeft ze vastgehouden? Ik weet wel dat geen enkele vrouw die woeste jongen van Hardie alleen had kunnen vermoorden. Nou?'

'Ze heeft hulp gehad,' zei Sears. 'Van een man die zich Gregory Bate of Benton noemde. En zet je nu schrap, Walt, nu komt het moeilijkste. Die Bate is al bijna vijftig jaar dood. En Anna Mostyn...'

Hij zweeg. Hardesty had zijn ogen stijf dichtgeknepen.

Ricky nam het over. 'Sheriff, in zekere zin heb je dit alles van het begin af aan goed gezien. Weet je nog dat we naar Scales' schapen hebben staan kijken? En dat je ons daarna andere gevallen kon noemen, een heleboel, uit de jaren zestig?'

Hardesty's ogen gingen open; ze zagen rood.

'Het betreft hier hetzelfde,' zei Ricky. 'Dat wil zeggen, waarschijnlijk gaat het om hetzelfde. Maar hier gaat het om mensen in plaats van vee.'

'En wat is die Anna Mostyn dan wel?' vroeg Hardesty. Hij was verstard. 'Een spook? Een vampier?'

'Iets dergelijks,' zei Sears. 'Eigenlijk iets dat van gedaante verandert, maar wat jij zegt, komt er ook aardig mee overeen.'

'En waar is ze gebleven?'

'Dat wilden wij ook weten. Daarom zijn we in haar huis naar aanwijzingen gaan zoeken.'

'En dat willen jullie dan wel kwijt. Meer niet.'

412

'Meer is er niet,' zei Sears.

'Er is niemand die beter kan liegen dan een stokoude advocaat,' zei Hardesty en spuwde weer in het vuur. 'Goed, dan zal ik jullie ook iets vertellen. Ik ga een opsporingsbevel voor die Anna Mostyn ophangen en dat is alles wat ik doe. Wat mij betreft mogen de heren met de jongere meneer de hele winter op spoken blijven jagen. Jullie zien ze vliegen; er is er een op de loop bij jullie. En als ik verdomme een moordenaar te pakken krijg die bier drinkt en hamburgers eet en op zondag een eindje gaat rijden met zijn kindertjes, dan bel ik jullie op en lach jullie in je gezicht uit. En ik zal ervoor zorgen dat de mensen hier in Milburn blijven lachen zodra de heren genoemd worden. Begrepen?'

'Spaar je stem, Walt,' zei Sears. 'We begrijpen je echt wel. En we begrijpen nog iets.'

'Wat dan, verdomme?'

'Dat je doodsbang bent, sheriff. Maar dat zijn velen met je.'

Gesprek met G

7

'Ben je echt een zeeman, G?'

'Hm-m.'

'Ben je overal geweest?'

'Ja.'

'En kun je wel zo lang in Milburn blijven? Moet je niet naar je schip terug?'

'Walverlof.'

'Waarom wil je nooit eens iets anders dan naar de film?'

'Zomaar.'

'Nou, ik vind het fijn bij jou.'

'Hm.'

'Waarom zet je die donkere bril nooit af?'

'Daarom niet.'

'Zal ik hem dan maar afnemen?'

'Later.'

'Beloof je dat?'

'Ik beloof het.'

Gesprek met Stella

8

'Ricky, wat gebeurt er met ons? Wat gebeurt er met Milburn?'
'Iets vreselijks. Ik kan het je nu niet zeggen. Pas wanneer het voorbij is.'
'Je maakt me bang.'
'Ik ben ook bang.'
'Eigenlijk ben ik bang omdat jij het bent.' Een poosje hield het echtpaar Hawthorne elkaar zwijgend omklemd.
'Jij weet waardoor Lewis is vermoord, hè?'
'Dat denk ik wel.'
'Weet je, ik heb iets raars over mezelf ontdekt. Ik kan erg laf zijn. Vertel het me dus maar niet. Ik vroeg erom, ik weet het, maar zeg maar niets. Ik wil alleen weten of er ooit een eind aan komt.'
'Sears en ik gaan er een eind aan maken. Met de hulp van Don Wanderley.'
'Kán hij jullie dan helpen?'
'Ja. Dat heeft hij al gedaan.'
'Als die verschrikkelijke sneeuw maar wilde ophouden.'
'Ja, maar dat gebeurt niet.'
'Ricky, heb ik het je erg moeilijk gemaakt?'
'Moeilijker dan de meeste vrouwen,' zei hij. 'Maar ik heb eigenlijk nooit naar andere vrouwen getaald.'
'Het spijt me, Ricky, dat ik je wel eens heb moeten kwetsen. Ik heb om geen enkele man zoveel gegeven als om jou. Ondanks mijn slippertjes. Je weet dat ik daar een streep onder heb gezet?'
'Dat dacht ik al.'
'Hij was een vreselijke man. Hij zat bij me in de wagen en opeens drong het tot me door dat jij zoveel meer waard bent. Toen heb ik hem uit de auto gezet.' Stella begon te lachen. 'Hij schold me uit. Ik moet toch wel een kreng zijn.'
'Dat ben je soms inderdaad.'
'Soms. Weet je, vlak daarna moet hij het lijk van Lewis hebben gevonden.'
'Zo. Ik had me al afgevraagd wat hij daar in het bos deed.'
Stilte: Ricky had zijn arm om zijn vrouw geslagen en voelde haar leeftijdloos profiel naast zijn gezicht. Zou hij haar zo lang hebben verdragen als ze er anders had uitgezien? Maar als ze er anders had

uitgezien, zou ze Stella niet zijn geweest, dus was het een zinloze speculatie.

'Zeg eens, lieverd,' fluisterde ze, 'heb je echt nooit naar een andere vrouw verlangd?'

Ricky lachte ook en het was voorlopig de laatste keer dat ze samen lachten.

9

Het waren verstarde dagen: Milburn lag bedolven onder een steeds dikker wordende sneeuwlaag. Garagehouders legden de telefoon van de haak in de wetenschap dat ze niet eens voldoende materieel hadden om hun vaste klanten uit te graven. Omar Norris had in elke diepe jaszak een fles en ramde tweemaal zoveel geparkeerde auto's als voor zijn doen gebruikelijk was. Hij maakte talrijke overuren op de sneeuwploeg; vaak moest hij dezelfde straten twee- of driemaal per dag schoonvegen. Bij zijn terugkomst in de gemeentegarage was hij soms zo dronken dat hij op een brits in het kantoor van de voorman neerviel en niet eens naar huis ging. *The Urbanite* stond in pakken gebundeld achter in de drukkerij; de krantenjongens kwamen niet meer naar de afhaalpunten. Ned Rowles sloot in arren moede het bedrijf voor een week en stuurde iedereen met een kerstgratificatie naar huis. 'Bij dit weer,' zei hij op de redactie, 'gebeurt er niets anders dan nog eens datzelfde weer. Ik wens jullie een gelukkig kerstfeest.'

Maar zelfs in een verstarde stad gebeurt er weleens iets. Tientallen wagens raakten van de weg en bleven met de voorkant omlaag steken, waar ze onder nieuwe sneeuwlagen werden begraven. Walter Barnes zat in zijn televisiekamer aan één stuk door te drinken en staarde naar een lange reeks shows met dure prijzen, met het geluid afgezet. Peter kookte voor hen beiden. 'Ik begrijp een heleboel dingen,' zei Barnes tegen zijn zoon, 'maar dít kan ik onmogelijk begrijpen.' Waarna hij doorging zich gestaag en geleidelijk te bedrinken. Op een vrijdagavond zette Clark Mulligan de eerste filmspoel van *Night of the Living Dead* in de projector voor de zaterdagmiddagvoorstelling, doofde alle lichten, trok de deur van de nooduitgang met het nog altijd kapotte slot achter zich dicht en ging de sneeuwjacht in, waar hij Penny Draeger half onder de sneeuw naast een lege auto zag liggen. Hij beklopte haar wangen en wreef haar polsen maar wat hij ook deed, het bracht haar ademhaling niet weer op

gang en veranderde de uitdrukking op haar gezicht niet – G had haar eindelijk toegestaan zijn donkere bril af te nemen.
En Elmer Scales ontmoette eindelijk zijn marsman.

10

Dat laatste gebeurde op de dag voor Kerstmis. De datum zei Elmer al niets meer. Wekenlang had hij in blinde woede zijn werk gedaan en wanneer zijn kinderen te dicht bij hem kwamen, sloeg hij driftig toe. De kerstvoorbereidingen had hij aan zijn vrouw overgelaten; zij had de cadeautjes gekocht en de boom opgetuigd en wachtte tot Elmer zou beseffen dat het *iets* waarvoor hij elke nacht opbleef niet bestond, dat hij het nooit onder schot zou krijgen. De avond voor Kerstmis gingen de boerin en de kinderen vroeg naar bed en Elmer bleef zitten met het geweer over zijn knieën en potlood en papier voor zich op tafel.

Elmers stoel stond voor het brede raam en met de lamp uit kon hij tot aan de schuur kijken die zich vaag aftekende, als een donker gevaarte in de nacht. Behalve waar hij had geveegd lag de sneeuw meer dan een meter hoog: welk wezen het ook op zijn overgebleven vee mocht hebben voorzien, het zou moeite hebben vooruit te komen. Elmer had geen licht nodig om de losse regels die bij hem opkwamen neer te schrijven, hij hoefde niet eens meer naar het papier te kijken. Hij schreef terwijl hij uit het raam bleef staren.

's zomers waren die oude bomen zo hoog dat ze overgingen in

en

God God boeren is een vak waar je je nek op breekt

en

wat zit daar te krabben onder de dakgoot het is geen eekhoorn

regels waar niets op zou volgen, geen enkel gedicht, die onzin waren, maar die hij toch moest neerschrijven omdat ze nu eenmaal in

416

hem opkwamen. Af en toe kwamen er ook andere regels in hem op, onderdeel van een gesprek dat anderen met zijn vader hadden gevoerd, en ook die schreef hij op: *Warren, mogen we je wagen lenen? We brengen hem dadelijk terug, zo snel mogelijk. We hebben iets dringends te doen.*

Soms had hij het gevoel dat zijn vader bij hem was in de duistere kamer en probeerde hem iets duidelijk te maken over de oude ploegpaarden, die hij later door een machine had vervangen. Het was alsof hij zei dat het goede paarden waren geweest, je moest ze goed verzorgen, jongen, dan had je er veel aan, al die kinderen van jou zouden heel wat plezier met zulke paarden kunnen hebben; ze waren nu al vijfentwintig jaar dood, die beesten! Hij wilde hem blijkbaar ook iets vertellen over een wagen. *Pas op voor die beide advocaten, jong, ze hebben me een auto gekost, ze hadden hem in een plas gereden of zoiets, hebben me de schade contant vergoed, maar zulke heren kun je niet meer vertrouwen, hoe rijk hun pa ook is* – hij hoorde de krakende stem net als toen de oude man nog leefde. Elmer schreef alles op tussen de regels poëzie die geen poëzie was.

Vervolgens zag hij een schim naar zijn raam zweven die met gloeiende ogen door sneeuw en duisternis naar hem keek. Elmer liet het potlood vallen en greep zijn geweer, en hij had bijna beide lopen dwars door de ruit leeggeschoten voor het tot hem doordrong dat het wezen niet op de vlucht sloeg, dat het hem ook zag en naar hem toe kwam.

Elmer schopte de stoel weg en ging bij het raam staan. Hij beklopte zijn zakken om na te gaan of hij reservepatronen had, hief het geweer op en tuurde langs de lopen. Hij wachtte tot hij zou kunnen zien wat voor wezen het was.

Terwijl het naderbij kwam, begon hij te twijfelen. Als dat daar wist dat hij klaarstond om het overhoop te schieten, waarom ging het dan niet op de vlucht? Hij spande de hamers. Het wezen kwam zijn dreef in en liep tussen de sneeuwhopen door. Elmer zag dat het veel kleiner was dan wat hij eerder had gezien. Het stak van de dreef over naar zijn raam, drukte het gezicht tegen de ruit en Elmer zag dat het een kind was.

Elmer liet het geweer zakken, sprakeloos van verbazing. Hij kon niet op een kind schieten. Het gezicht voor de ruit keek hem radeloos, smekend aan – de blik van iemand in nood, een rampzalige. Het vroeg hem met die gele ogen naar buiten te komen en zich over hem te ontfermen.

Toen Elmer naar de buitendeur ging, hoorde hij zijn vaders stem achter zich. Hij bleef met zijn hand op de kruk en het geweer bengelend in de andere hand staan. Toch deed hij de deur open.

IJskoude lucht en poedersneeuw sloegen hem in het gezicht. Het kind stond op het straatje en keek niet meer naar hem. Hij hoorde zeggen: 'Bedankt, meneer Scales.' Driftig keek Elmer om en zag een lange man links van hem op een hoop sneeuw staan. De man balanceerde daar boven hem heen en weer en keek glimlachend omlaag. Zijn gezicht was wasbleek en zijn ogen waren – dacht Elmer – samengesteld uit talloze vibrerende tinten goud.

Elmer had nog nooit zo'n mooie man gezien en hij dacht er niet aan op hem te schieten.

'U... wat... eh...' stamelde de boer.

'Juist, meneer Scales,' zei de mooie man en zweefde bijna van de sneeuwhoop het straatje op. Zodra hij tegenover Elmer stond, leken de gouden ogen verheven wijsheid uit te stralen.

'U bent niet van Mars,' zei Elmer. Hij voelde de kou niet eens meer.

'Nee, natuurlijk niet. Ik ben een deel van *jou,* Elmer. Dat begrijp je toch wel?'

Elmer knikte verdwaasd.

Het schone wezen legde zijn hand op Elmers schouder. 'Ik kom eens met je praten over je gezin. Zou je met ons mee willen gaan, Elmer?'

Weer knikte Elmer.

'Dan zul je een paar dingetjes moeten regelen. Je hebt meen ik wat moeilijkheden op het ogenblik? Je kunt je nauwelijks voorstellen, Elmer, wat je naaste familie je heeft aangedaan. Er zijn dingen die je eigenlijk zou moeten weten.'

'Vertel ze dan,' zei Elmer.

'Met genoegen. En daarna zul je weten wat je te doen staat.'

Elmer keek de man met grote ogen aan.

11

Enkele uren later die avond voor Kerstmis werd Walt Hardesty in zijn bureau wakker en zag dat zijn Stetson er een vlek bij had gekregen; hij was achter zijn bureau in slaap gevallen en had een glas omgestoten waardoor het staartje whisky in het glas in de rand van zijn hoed was getrokken. 'Klungels,' zei hij, doelend op zijn ondergeschikten, waarna het tot hem doordrong dat de agenten al uren naar huis waren en de komende twee dagen niet zouden verschijnen. Hij zette het glas overeind en keek slaapdronken om zich heen. Het licht in zijn wanordelijk kantoor hinderde hem, al leek het zachter dan gewoonlijk – een beetje vaal en rossig, zoals hij het veertig jaar geleden in Kansas vroeg in de ochtend had gezien. Hardesty begon te hoesten en zijn ogen uit te wrijven; hij voelde zich min of meer als de ruige knaap uit het verhaal die in slaap viel en wakker werd met grijs haar en een lange baard, een stokoude kerel. 'Dat vervloekte rotweer,' mopperde hij en trachtte het slijm uit zijn keel op te hoesten. Daarna probeerde hij met zijn hemdsmouw de vlek op de hoederand te verwijderen, maar die had zich intussen al vastgezet, ofschoon hij nog nat was. Hij hield de hoed onder zijn neus: County Fair was het merk. *Wat kan het me ook verdommen,* dacht hij, en likte even aan de vlek waarbij hij pluizen, stof en een spoortje whisky in zijn mond kreeg, samen met het vieze smaakje van nat vilt.

Hardesty ging naar de wasbak in zijn bureau, spoelde zijn mond en keek in de spiegel. Het beeld verzoende hem weer met het leven en hij wilde zich net weer omdraaien, toen hij in de spiegel zag dat links achter hem de deur naar het blokje cellen openstond.

En daar klopte niets van. Hij deed de deur alleen van het slot wanneer Leon Churchill of een andere agent weer een lijk binnenbracht dat voorlopig niet naar het districtsmortuarium kon; het laatste was dat van Penny Draeger geweest en haar lange, zachte, donkere haar had vol sneeuw en modder gezeten. Sedert het begin van de zware sneeuwstormen en het ontdekken van het lijk van Jim Hardie en dat van mevrouw Barnes had hij de tijd een beetje uit het oog verloren, maar het moest zeker twee dagen gelegen zijn dat Penny Draeger was binnengebracht en daarna was die deur op slot gebleven. Maar nu stond hij open – wagenwijd nog wel – alsof een van de lijken daarbinnen was weggewandeld, hem met het hoofd op zijn bureau had zien slapen en was teruggegaan naar de cel om zich weer in zijn laken te rollen.

Langs de dossierkast en om zijn gehavende bureau heen ging hij naar de deur, zwaaide hem een paar maal peinzend dicht en weer open en liep de gang naar de cellen in. Het blok werd afgesloten met een stevige metalen deur die eveneens open was.

'Jezus Christus nog aan toe,' zei Hardesty. De agenten hadden sleutels van de deur in zijn bureau, maar van deze deur had alleen hij de sleutel en hij wist zeker dat hij hem niet meer had geopend nadat het lijk van het meisje Draeger daar binnen was gebracht. Hij pakte de grote sleutel aan de ring naast zijn holster, stak hem in het slot en hoorde het mechanisme zich vergrendelen. Even staarde hij naar de

419

grote sleutel, alsof hij vreesde dat die vanzelf de deur weer zou openen, toen draaide hij hem weer om. Het ging moeilijk zoals altijd en hij moest kracht gebruiken om de sleutel om te krijgen. Langzaam trok hij de deur naar het cellenblok open.

Hij dacht aan het idiote verhaal dat Sears James en Ricky Hawthorne hem hadden willen verkopen. Iets uit een horrorfilm van Clark Mulligan, maar natuurlijk om te verdoezelen wat ze werkelijk wisten. Je moest wel stapelgek zijn om zoiets te geloven. Als het jonge kerels waren geweest, zou hij ze een lel verkocht hebben. Ze maakten hem belachelijk en hielden feiten voor hem verborgen. Het was dat hij met twee respectabele advocaten te maken had, anders...

Hij hoorde iets in de cellen.

Hardesty rukte de metalen deur wijd open en ging het smalle gangetje tussen de cellen in. Het had er donker moeten zijn, maar er leek een vreemd rossig schijnsel te hangen, wazig en heel vaag. De lijken lagen in hun lakens als mummies in het museum. Hij kon onmogelijk iets gehoord hebben; misschien had er in het gebouw zelf iets gekraakt.

Hij merkte dat hij bang was en kreeg de pest in. Hij wist niet eens meer welke lijken het allemaal precies waren, het waren er zoveel en ze lagen allemaal onder een laken... maar de lijken in de eerste cel rechts waren die van Jim Hardie en mevrouw Barnes en die zouden waarachtig geen lawaai meer maken. Door de tralies heen keek hij in hun cel. Hun lijken lagen op de harde vloer naast de brits tegen de wand: twee roerloze witte gedaanten. Niets mee aan de hand. *Wacht eens even,* dacht hij, had hij mevrouw Barnes niet *op* de brits gelegd? Hij wist het haast wel zeker... *Hier klopt ergens iets niet,* dacht hij en begon te zweten in het ijskoude cellenblok, waar geen verwarming brandde. Op de brits lag een wit bundeltje dat alleen het kindje Griffin kon zijn, doodgevroren in de wieg. 'Wel verdomme,' zei hij hardop, 'dat kán toch niet.' Hij wist zeker dat hij het kleine kind bij De Souza in een cel aan de andere kant van de gang had gelegd.

Het liefst had hij de deuren weer achter zich op slot gedaan om een nieuwe fles open te trekken – *maak dat je hier wegkomt* – maar in plaats daarvan deed hij de celdeur open en ging naar binnen. Er moest een verklaring voor zijn: een van de agenten zou de lijken hebben verlegd om meer ruimte te krijgen... maar dat kon niet, ze konden hier zonder hem niet in... en toen zag hij Christina's blonde haar buiten het laken uitsteken terwijl het even daarvoor stevig om haar hoofd gewikkeld was geweest.

Hij trok zich achterwaarts terug naar de celdeur, niet meer in staat zo dicht bij het lijk van Christina Barnes te blijven. Buiten de cel keek hij gejaagd om zich heen naar al die andere lijken. Ze leken op subtiele manier veranderd, alsof ze een beetje waren verschoven, zich hadden omgedraaid of de benen over elkaar hadden geslagen, terwijl hij met zijn rug naar hen toe stond. Hij durfde de andere lijken nauwelijks de rug toe te keren, maar hij kon het niet laten weer naar Christina Barnes te kijken. Hij dacht dat er nog meer haar van onder het laken te voorschijn was gekomen.

En toen hij weer naar het bundeltje op de brits keek, bleef zijn hart bijna stilstaan. Alsof het kind wat had gesparteld in zijn laken stak het kale ronde schedeltje door een gat in de stof naar buiten, een groteske parodie op de geboorte.

Hardesty schoot achteruit het gangetje in. Hij zag niets, maar wist zeker dat alle lijken in beweging waren.

Uit een van de laatste cellen, die voor zover hij wist leeg was, kwam een dor, schrapend, toonloos geluid. Een onderdrukt gegrinnik. Vrolijkheid zonder reden, die hij eerder in zijn hoofd dan met zijn oren waarnam. Hardesty trok zich met knikkende knieën ruggelings terug uit het gangetje, tot hij tegen het kozijn van de metalen deur stootte. Hij draaide zich om, schoot naar buiten en smeet de deur dicht.

De banden van Edward

12

Don keek bezorgd het raam uit in de richting van Haven Lane – ze hadden er al een kwartier moeten zijn, tenzij Sears James aan het stuur zat. Als Sears reed, viel de duur van een rit niet te voorspellen. Hij kroop inmiddels met tien kilometer per uur door de straten en liep bij elk kruispunt of verkeerslicht kans op een aanrijding. Er zouden geen doden vallen bij de snelheid die hij hanteerde, maar als ze waren aangereden tussen Ricky's huis en dat van zijn oom of van de weg waren geraakt en de auto hadden moeten achterlaten, had Gregory vrij spel met twee bejaarde mannen die moeizaam door de sneeuw ploeterden.

Don keek om en zei tegen Peter Barnes: 'Wil je koffie?'

'Nee, laat maar,' zei de jongen. 'Ziet u al iets?'

'Nog niet, maar ze zullen zo wel komen.'

'Het is vreselijk slecht weer. Zo hebben we het nog niet mee-gemaakt.'

'Nou ja, ze kunnen elk ogenblik hier zijn,' zei Don. 'Vond je vader het niet erg dat je de avond voor Kerstmis van huis ging?'

'Nee,' zei Peter en voor het eerst die avond zag hij er bepaald on-gelukkig uit. 'Hij... hij rouwt, geloof ik. Hij vroeg me niet eens waar ik naar toe ging.' Peter probeerde zijn intelligente gezicht in de plooi te houden; hij wilde geen verdriet laten blijken door zijn tranen te voorschijn te laten komen, hoewel Don wist dat hij daar na aan toe was.

Don keek weer naar buiten met zijn handen tegen het koude glas. 'Ik zie iemand aankomen,' zei hij.

Peter kwam naast hem staan.

'Ja. Ze stoppen. Ze zijn het.'

'Logeert meneer James nu bij meneer Hawthorne?'

'Dat wilden ze zelf. Het leek ons allemaal veiliger.' Hij zag Sears en Ricky uitstappen en over het trottoir door de sneeuw baggeren.

'Ik wou u nog iets zeggen,' zei Peter. Don keek om. 'Ik ben erg blij dat u hier bent.'

'Peter,' zei Don, 'als we die wezens te pakken krijgen voor ze ons pakken, dan is dat voornamelijk aan jou te danken.'

'We krijgen ze te pakken,' zei Peter bedaard en toen Don naar de voordeur ging, begreep hij dat hij en de jongen elkaar wederzijds dankbaar waren.

'Kom binnen,' zei hij tegen de twee oude heren. 'Peter is er al. Hoe is het met de verkoudheid, meneer Hawthorne?'

Ricky Hawthorne schudde zijn hoofd. 'Hetzelfde. Je wilde ons iets laten horen?'

'Een paar banden van mijn oom. Ik zal u uit uw jassen helpen.'

Ze gingen naar binnen. 'Het was een beetje moeilijk de goede ban-den te vinden,' zei hij. 'Mijn oom had geen etiketten op de dozen geplakt. Daarom ziet het er hier zo uit.' De vloer lag vol lege witte dozen en spoelen met bandjes. Op het bureau lagen nog meer witte dozen.

Sears schoof een opgespoelde band van een stoel en ging zitten. Ricky en Peter namen een kruk vlak bij de boekenwand.

Don zette zich achter het bureau. 'Oom Edward zal wel een soort opbergsysteem hebben gehad, maar dat heb ik niet kunnen ontdek-ken. Ik moest banden afspelen tot ik die van juffrouw Moore te pakken had. Als ik een ander soort schrijver was, zou ik nooit meer om kopij verlegen zitten. Mijn oom kreeg in vertrouwen meer smeerlapperij te horen dan Woodward en Bernstein destijds.'

'In elk geval heb je ze gevonden,' zei Sears en strekte doelbewust zijn benen om een stapel witte dozen omver te stoten, 'en je wilt ons iets laten horen. Ga je gang.'

'Er staat iets te drinken op tafel,' zei Don. 'U zult het nodig hebben. Bedien u maar.' Ricky en Sears schonken zich whisky in, Peter nam cola en Don begon de opnametechniek van zijn oom toe te lichten. 'Hij liet de band gewoon lopen; hij wilde alles meenemen wat zijn subject losliet. Uiteraard tijdens de interviews, maar ook onder het eten, bij een drankje of tijdens het televisiekijken. Nu en dan liet hij zijn subject alleen in de kamer waar de band liep. We zullen een paar van die momenten beluisteren.'

Don draaide rond in de bureaustoel en drukte de toets 'on' in op de recorder achter hem op de plank. 'Ik heb het goede stuk al opgezocht,' zei hij. 'Luister maar.' Hij drukte de toets 'Play' in en uit de grote speakers die aan de wand achter het bureau hingen, klonk de stem van Edward Wanderley door de kamer.

'Hij sloeg je dus omdat je geld uitgaf aan toneellessen?'

Een meisjesachtige stem antwoordde: 'Nee, hij sloeg me omdat ik bestond.'

'Hoe sta je er inmiddels tegenover?'

Even stilte, toen zei de meisjesstem: 'Wil je iets te drinken voor me halen? Ik vind het moeilijk erover te praten.'

'Ja, natuurlijk. Ik begrijp het. Campari soda?'

'Je weet het nog. Heerlijk.'

'Ik ben zo terug.'

Een bureaustoel die even knarste, voetstappen, een deur die gesloten werd.

In de paar seconden stilte die volgden, hield Don de oude heren in het oog. Ze keken gespannen naar de spoelen die de band af- en opwikkelden.

'Luisteren mijn oude vrienden op dit ogenblik naar me?' Het was een andere stem, ouder, droger, ook levendiger. 'Dan wens ik u allen goedenavond.'

'Dat is Eva,' zei Sears. 'De stem van Eva Galli.' Hij leek niet bang, eerder kwaad. Ricky Hawthorne zag eruit alsof zijn verkoudheid opeens was verergerd.

'We zijn de laatste keer dat we met z'n allen bijeen waren zo schandelijk uit elkaar gegaan, dat ik u wil zeggen hoe goed ik me u allen herinner. Jij, lieve Ricky, en Sears, die een waardig man is geworden! En dan Lewis, die knappe jongen. Wat een geluk dat je nu ook meeluistert. Heb jij je weleens afgevraagd wat er zou zijn gebeurd als je zelf de kamer van dat meisje was binnengegaan in plaats van je vrouw te laten gaan? En die arme John die zo lelijk was... mag ik u bij voorbaat danken voor het heerlijke feest? Ik verheug me er alvast op, John, en ik zal een geschenkje achterlaten, een voorschot op toekomstige geschenkjes voor jullie allen.'

Don nam de spoel uit de recorder en zei: 'Wacht even met een reactie, luister eerst naar de volgende.' Hij zette een volgende band in het apparaat en liet hem aflopen tot aan een nummer dat hij op een bloknote had geschreven. Toen drukte hij de toets 'Play' weer in.

Edward Wanderley: 'Wil je liever even ophouden? Ik kan wel iets voor de lunch klaarmaken.'

'Graag. Bekommer je maar niet om mij. Ik ga wat in je boeken neuzen tot het eten klaar is.'

Zodra Edward de kamer uit was, klonk weer de stem van Eva Galli uit de speakers.

'Dag, oude vrienden. Is uw jonge vriend ook aanwezig?'

'Ze bedoelt jou niet, Peter, maar mij,' zei Don.

'Is Don Wanderley daar? Don, ook jou zal ik graag weer ontmoeten. Dat gebeurt zeker. Ik kom jullie allen een bezoek brengen om jullie persoonlijk te bedanken voor de behandeling van destijds. Hopelijk zien jullie uit naar de uitzonderlijke ervaringen die jullie wachten.' Stilte... toen ging de stem verder met korte zinnetjes.

'Ik breng jullie waar jullie nog nooit zijn geweest.'

'En ik zal het leven uit jullie zien wegvloeien.'

'En ik zal jullie zien sterven als insekten. Als *insekten*.'

Don zette de bandrecorder af. 'Er is nog een band die ik wil laten horen, maar u begrijpt nu al wel waarom ik u heb verzocht hier te komen.'

Ricky zag er geschrokken uit. 'Ze wíst het. Ze wist dat we hier bijeen zouden zitten en naar haar luisteren. Naar haar dreigementen.'

'Maar ze richtte zich ook tot Lewis en John,' zei Sears. 'Dat zegt heel wat.'

'Precies,' zei Don. 'Het ligt voor de hand wat het betekent. Voorspellen kan ze niet, ze gokt alleen heel aardig. Ze had verwacht dat een van u dadelijk na het overlijden van mijn oom die banden zou afspelen. Om er een jaar over te piekeren tot zij precies een jaar na de dood van mijn oom John Jaffrey zou vermoorden. Kennelijk heeft ze verwacht dat u me zou schrijven en dat ik zou komen om het huis in bezit te nemen. Alleen al door mijn naam in dat bandje op te nemen dwong ze u zo ongeveer me te schrijven. Het is altijd een onderdeel van haar plan geweest mij hier te krijgen.'

Ricky zei: 'Ook zonder die banden hebben we het ieder voor onszelf al moeilijk genoeg gehad.'

'Ik denk dat zij jullie die nachtmerries heeft bezorgd. In elk geval wilde ze ons hier bijeen hebben om ons één voor één te pakken te nemen. Luister nu naar de laatste band.' Hij verwisselde beide banden.

Uit de speakers kwam een zangerige, zuidelijke stem.

'*Don.* Hebben we het niet heerlijk gehad samen? Hebben we niet van elkaar gehouden, Don? Ik vond het vreselijk om je te moeten verlaten, echt, ik was gek van verdriet toen ik uit Berkeley wegging. Herinner je je nog die geur van brandend loof toen je me thuisbracht? Die hond die ergens blafte? Het was allemaal zo heerlijk, Don. En je was zo goed op weg, ik was zo trots op je! Je dacht steeds over me na en je kwam zo dicht bij de waarheid. Ik wilde dat je het begreep, ik wilde je inzicht geven in alle mogelijkheden die wij vertegenwoordigen, je dwars door Tasker Martin en de O.T.O. laten heenkijken...'

Hij zette de band af. 'Alma Mobley,' zei hij. 'U zult er geen prijs op stellen de rest ook te horen.'

Peter Barnes zat opgewonden op zijn kruk. 'Wat is haar bedoeling?'

'Ons van haar almacht te overtuigen. Ons zo bang te maken dat we ophouden.' Don boog zich ver over het bureau. 'Maar deze banden bewijzen dat ze niet almachtig is. Ze begaat fouten. En dus kunnen die lijken etende geesten van haar fouten maken. Ze zijn te verslaan.'

'Nou, jij bent Knut Rockne niet en het is niet erop of eronder,' zei Sears. 'Ik ga naar huis. Naar Ricky's huis, bedoel ik. Tenzij je ons nog meer geesten wilt laten horen.'

Merkwaardig genoeg was het Peter die hem antwoord gaf. 'Meneer James, neem me niet kwalijk, maar ik denk dat u ongelijk hebt. Het is wel degelijk erop of eronder. Ik vind het een idiote uitdrukking en daarom zult u hem wel gebruikt hebben, maar het uitroeien van deze wezens is het belangrijkste dat we ooit zullen doen. Ik ben blij dat we erachter zijn gekomen dat ze fouten kunnen begaan. Het lijkt me niet juist daar sarcastisch over te doen. U zou zo niet praten als u ze ooit... iemand had zien vermoorden.'

Don wachtte gelaten af of Sears de jongen op zijn nummer zou zetten, maar de advocaat dronk zijn whisky uit en zei in volmaakte rust tegen Peter: 'Je vergeet iets. Ik heb hen gezien. Ik heb Eva Galli gekend en ik zag haar overeind zitten nadat ze overleden was. En ik ken het monster dat je moeder heeft vermoord en ook zijn zielige broertje... dat jou vasthield en je dwong toe te kijken. Toen hij nog een achterlijk schooljongetje was, heb ik geprobeerd hem van Gregory te redden, zoals jij zult hebben geprobeerd je moeder te redden, maar net als jij ben ik er niet in geslaagd. En net als jij voel ik me moreel gekwetst door de stem van dat wezen, in welke gedaante ook. Ik vind het beledigend om naar haar te moeten luisteren en het is gewoon onvoorstelbaar dat ze ons durft te honen na alles wat ze heeft aangericht. Wat ik in feite bedoelde, was dat ik me beter met een en ander zou kunnen verenigen als we een welomlijnd plan hadden.' Hij stond op uit zijn stoel. 'Ik ben een oude man en ik ben gewend de dingen bij hun naam te noemen. Dat kan best weleens grof uitpakken en ook dat kan moreel kwetsend zijn. Ik hoop dat je het me niet kwalijk neemt.'

Als ik ooit een advocaat nodig heb, dacht Don, neem ik jou.

Ook op de jongen leek het een goede uitwerking te hebben. 'Ach, in uw plaats zou ik misschien net zo hebben geredeneerd,' zei Peter.

En dus, dacht Don nadat iedereen was vertrokken, hadden de stemmen op de banden hun doel niet bereikt maar hen alle vier juist dichter bij elkaar gebracht. Peters commentaar op Sears' uitlatingen was een beetje onvolwassen geweest, maar had er toch ook iets aan bijgedragen. En Sears had er sympathiek op gereageerd.

Don zette de recorder weer aan met daarin de stem van Alma Mobley, gevangen in een smalle reep gele kunststof.

Zijn voorhoofd fronsend drukte hij de toets 'Play' in. Haar stem, aanvankelijk honingzoet en vrolijk, ging verder.

'...en door Alan McKechnie en al die andere verhalen waarmee ik de waarheid voor je trachtte te maskeren. Het is waar: ik wilde je tot inzicht brengen, je begreep intuïtief zoveel meer dan ieder ander. Zelfs Florence de Peyser kreeg belangstelling voor je. Maar ach, wat zou het gebaat hebben? Evenals jouw "Rachel Varney" heb ik geleefd sinds de tijden waarin jouw continent slechts werd verlicht door kleine vuurtjes in de bossen, sinds de Amerikanen rondliepen in dierevellen en zich tooiden met veren en ook toen al hadden onze soorten een afschuw van elkaar. Jouw soort is zo vriendelijk en braaf, zo zelfverzekerd aan de buitenkant en zo neurotisch, angstig van binnen, nog altijd hunkerend naar het kampvuur. Eerlijk gezegd verafschuwen we jullie omdat we jullie niet vervelend vinden. We hadden jullie civilisatie allang kunnen uitroeien, maar we zijn er doelbewust omheen gedraaid en hebben ons beperkt tot wat opstanden, twisten en plaatselijke ontsporingen. We leven liever in jullie dromen en fantasie, want alleen daarin boeien jullie ons.

Don, je begaat een grote vergissing als je ons onderschat. Zou je een wolk, een droom, een gedicht kunnen verslaan? Jullie zijn overgeleverd aan je menselijke fantasie en als je ons zoekt, zoek ons dan in het gebied van je fantasie, van je dromen. Maar ondanks al dit gepraat over verbeeldingskracht zijn we toch onverbiddelijke werkelijkheid, niet minder dan kogels en messen. Want ook dat zijn werktuigen van de verbeelding nietwaar? En als we jullie bang willen maken, maken we jullie dodelijk bang. Omdat je toch zult sterven, Don. Eerst je oom, dan de dokter en daarna Lewis. Vervolgens Sears en na hem Ricky. En dan jij en wie je maar bereid hebt gevonden je te helpen. In feite ben je al dood, Donald. Met jou is het afgelopen. En Milburn zal met je ten onder gaan.' Het zuidelijk accent was verdwenen: de stem had niet eens meer een vrouwelijke klank. 'Ik zal Milburn verwoesten, Donald. Mijn helpers en ik zullen de ziel uit dit trieste plaatsje rukken en zijn botten kraken tussen onze tanden.'

Er volgde een suizende stilte: Don rukte de band uit het apparaat en smeet hem in een kartonnen doos. Een kwartier later had hij alle banden van zijn oom weer in dozen gedaan. Hij pakte ze bij elkaar, ging ermee naar de huiskamer en smeet ze één voor één in het houtvuur waar ze lagen te roken, om te krullen en te stinken en uiteindelijk versmolten tot kleine zwarte bolletjes op de brandende houtblokken. Als Alma hem had kunnen zien, zou ze gelachen hebben. Daar was hij van overtuigd.

In feite ben je al dood, Donald.

'Dat dacht je maar,' zei hij hardop. Hij dacht aan het vermagerde gezicht van Eleanor Hardie, waarin de ouderdom zo plotseling groeven had getrokken. Alma had al tientallen jaren gelachen om hem en het Chowder Genootschap, had hen vernederd en rampen over hen doen komen. Ze had zich verborgen achter een vals gelaat, het ogenblik afwachtend waarop ze te voorschijn kon springen om boe te roepen.

En Milburn zal met je ten onder gaan.

'Niet als we jou eerst te pakken krijgen,' zei hij, starend in de vlammen. 'Niet als we de lynx deze keer schieten.'

3

Het einde van het Chowder Genootschap

Zou je een wolk, een droom, een gedicht kunnen verslaan?

ALMA MOBLEY

'En wat is onschuld?' vroeg Narcissus aan zijn vriend.
'Dat is je in te beelden dat je leven een geheim is,' antwoordde zijn
vriend. 'Meer in het bijzonder je in te beelden dat het een geheim is
tussen jou en de spiegel.'
'Ik begrijp het,' zei Narcissus. 'Het is de ziekte waarvoor kijken in de
spiegel het geneesmiddel is.'

1

Tegen zeven uur draaide Ricky zich om in zijn bed en kreunde. Hij voelde een sensatie van paniek, van een noodtoestand, en de duisternis was als een waarschuwing: hij moest opstaan, hij moest de deur uit om een of andere gruwelijke ramp te voorkomen. 'Ricky?' vroeg Stella naast hem. 'Niets aan de hand,' zei hij en ging rechtop zitten in bed. Het raam aan de andere kant van de kamer toonde donkergrijs met traag vallende sneeuw, vlokken zo groot als sneeuwballen. Ricky hoorde zijn hartslag: *doem, doem.* Er was iemand in groot gevaar; even voor hij wakker schrok, had hij een beeld gezien en hij wist wanhopig zeker wie het was. En hij wist ook dat hij niet in bed kon blijven liggen. Hij sloeg de dekens op en stak een been naar buiten.

'Had je die nachtmerrie weer, lieverd?' fluisterde Stella schor.

'Nee, die niet. Het is goed, Stella.' Hij klopte haar op de schouder en kwam uit bed. De nood drong. Ricky schoof in zijn pantoffels, trok een kamerjas aan en slofte naar het venster.

'Schat, je bent nerveus, kom weer in bed.'

'Dat kan ik niet.' Hij streek over zijn gezicht; nog steeds had hij dat gejaagde gevoel dat als een vogel in zijn borst zat opgesloten dat iemand die hij kende in levensgevaar was. De sneeuw had Ricky's achtertuin veranderd in een heuvellandschap.

En door die sneeuw werd hij aan iets herinnerd: aan de spiegel in het huis van Eva Galli waaruit sneeuw was gedwarreld, en aan een glimp van Elmer Scales in de ban van een wrede, verblindende schoonheid die verdwaasd door de sneeuw liep. Die het geweer aan zijn schouder zette en een kleine gedaante bloederig uiteen liet spatten. Ricky's maag kromp met geweld ineen en veroorzaakte een felle pijnscheut in zijn buik. Hij drukte zijn hand tegen het zachte weefsel onder zijn navel en kreunde weer. De boerderij van Elmer Scales. Waar de laatste fase van de doodsstrijd van het Chowder Genootschap was begonnen.

'Ricky, wat is er toch?'

'Ik dacht dat ik iets in de spiegel zag,' zei hij, en toen hij zich oprichtte, trok de pijn weg. Hij begreep dat zijn antwoord Stella niets zou zeggen. 'Het heeft met Elmer Scales te maken,' zei hij. 'Ik moet naar zijn boerderij.'

'Ricky, het is zeven uur in de ochtend op eerste kerstdag.'
'Dat kan me niet schelen.'
'Ik wil niet dat je gaat. Bel hem eerst maar op.'
'Goed,' zei hij en op weg naar de badkamer zag hij het witte verschrikte gezicht van Stella. 'Ik zal het proberen.'
Op de overloop voor de slaapkamer, terwijl het toenemend besef van naderend onheil nog in zijn bloed klopte *(doem, doem)* weifelde hij nog tussen zich haastig aankleden zodat hij naar buiten kon en beneden gaan bellen.
Toen hij beneden iets hoorde, was zijn besluit genomen. Ricky greep de trapleuning en ging de trap af.

Sears, geheel gekleed en zijn overjas met bontkraag over de arm, kwam de keuken uit. De uitdrukking van welwillende agressiviteit, normaal voor Sears, was verdwenen. Ook hij was nerveus en gespannen.
'Jij ook,' zei Sears.
'Ik schrok opeens wakker,' zei Ricky. 'Ik weet waaraan je denkt en ik ga met je mee.'
'Bemoei je er liever niet mee,' zei Sears. 'Ik rij er alleen even naar toe en kijk of alles in orde is. Ik voel me als een kat op een heet dak.'
'Stella had een goed voorstel. Laten we hem eerst bellen. Zo nodig rijden we er samen heen.'
Sears schudde zijn hoofd. 'Ik wacht niet op je, Ricky. Ik ga liever alleen.'
'Hoor nou eens...' Ricky nam Sears bij de elleboog en stuurde hem de huiskamer binnen. 'Jij gaat nergens heen voor we gebeld hebben. Daarna kunnen we nog altijd overleggen wat ons te doen staat.'
'Overleg is niet nodig,' zei Sears, maar hij ging toch op de bank zitten. Hij keek toe terwijl Ricky de telefoon voor hen op de salontafel zette. 'Weet je zijn nummer?' vroeg hij.
'Natuurlijk,' zei Ricky en draaide het. De telefoon bij Elmer Scales ging wel over, maar bleef bellen. 'Ik geef hem nog even de tijd,' zei Ricky en liet tot twaalfmaal toe doorbellen. Hij had weer dat heftig kloppen in zijn oren: *doem, doem.*
'Daar hebben we niets aan,' zei Sears. 'Ik kan maar beter gaan, al zal ik er misschien niet eens komen met deze wegen.'
'Sears, het is nog vroeg in de ochtend,' zei Ricky en legde de hoorn neer. 'Misschien kunnen ze boven de telefoon niet horen.'
'Om...' Sears keek op zijn horloge. 'Om tien over zeven op de mor-

gen van eerste kerstdag? In een huis met al die kinderen? Dat meen
je niet. Ik weet dat er daar iets fout zit en als ik kans zie er te komen,
kan ik misschien erger verhinderen. Ik wil niet wachten tot jij je hebt
aangekleed.' Sears stond op en trok zijn overjas aan.
'Bel Hardesty toch op, laat hij gaan. Je weet wat ik daar in dat huis
heb gezien.'
'Dat vind ik een flauwe grap, Ricky. Hardesty? Kom nou. Elmer zal
echt niet op me schieten, dat weet je net zo goed als ik.'
'Ja, dat weet ik,' zei Ricky mistroostig. 'Maar ik maak me bezorgd,
Sears. Dit is iets waar Eva achter zit, net zoiets als wat ze John heeft
aangedaan. We moeten ons niet door haar uit elkaar laten drijven.
Als we allemaal een andere kant uitgaan, krijgt ze vat op ons en
richt ons te gronde. Laten we Don bellen en vragen of hij met ons
meegaat. Hoor eens, ik weet heus wel dat daar iets verschrikkelijks
aan de hand is, daar ben ik van overtuigd, maar als je er alleen naar
toe gaat, vraag je om nog meer moeilijkheden.'
Sears keek naar Ricky Hawthornes smekende gezicht en weifelde.
'Stella zou het me nooit vergeven als ik je met die zware verkoudheid nog eens de deur liet uitgaan. En Don zal hier op z'n vlugst
over een half uur kunnen zijn. Je kunt niet van me verlangen dat ik
daarop wacht, Ricky.'
'Ik heb je nooit kunnen dwingen tot iets dat je niet wilde.'
'Zo is het,' zei Sears en knoopte zijn jas dicht.
'Ook jouw krachten zijn niet onuitputtelijk, Sears.'
'Wiens krachten wel? Ik zou niemand weten, Ricky, en ik kan me
niet langer laten ophouden door je argum...'
'Waar hebben jullie het toch over?' Stella kwam de kamer binnen,
haar haar gladstrijkend met haar handpalmen.
'Bind je echtgenoot op die bank vast en geef hem een hete grog tot
ik weer terug ben,' zei Sears.
'Laat hem niet gaan, Stella,' zei Ricky. 'Hij mag niet alleen gaan.'
'Is het zo dringend?' vroeg ze.
'In 's hemelsnaam,' mompelde Sears en Ricky knikte.
'Laat hem dan gaan. Ik hoop dat hij de wagen aan de gang krijgt.'
Sears ging de kamer uit. Bij de deur draaide hij zich om en keek
eerst Stella aan en toen Ricky. 'Ik kom wel weer terug. Vreet je over
mij maar niet op, Ricky.'
'Je begrijpt best dat het vermoedelijk toch al te laat is.'
'Waarschijnlijk is het al vijftig jaar te laat,' zei Sears. Hij keerde zich
om en ging weg.

2

Sears zette zijn hoed op en kwam buiten in de koudste ochtend die hij zich kon herinneren. Zijn oren en de punt van zijn neus begonnen ogenblikkelijk te prikken en even later beet de kou in zijn voorhoofd. Hij liep voorzichtig over het gladde trottoir en merkte dat er de afgelopen nacht minder sneeuw was gevallen dan de afgelopen drie weken; er lag een tot anderhalve decimeter verse sneeuw op de oude laag. Vermoedelijk zou hij er wel in slagen met de zware Lincoln op de autoweg te komen.

De portiersleutel ging er maar half in en vloekend van ongeduld rukte Sears de sleutel naar zich toe, trok een handschoen uit en zocht in zijn zak naar zijn aansteker. De kou beet venijnig in zijn vingers, maar de aansteker deed het en Sears streek met de vlam heen en weer langs de sleutel. Met een gevoel alsof zijn vingers zouden afvallen probeerde hij het opnieuw en de sleutel schoof naar binnen. Hij opende het portier en viel in de leren stoel neer.

Vervolgens probeerde hij eindeloos de motor te starten. Hij zette zijn tanden op elkaar en trachtte de motor tot lopen te bewegen door hem zijn wil op te leggen. Hij zag het gezicht van Elmer Scales voor zich zoals hij het had gezien toen hij wakker schrok. Het staarde hem nog altijd aan met wazige, starre ogen en hij hoorde zeggen: *U moet hiernaar toe komen, meneer James, ik weet niet wat ik gedaan heb, maar kom in godsnaam hiernaar toe…* De startmotor knarste en sputterde en was zo barmhartig aan te springen. Sears liet snel het gaspedaal op en neer gaan en de motor begon te loeien. Hij reed de wagen vooruit en toen achteruit om hem uit de sneeuw te krijgen waarin hij was weggezakt.

Zodra de wagen naar de weg gekeerd stond, haalde Sears de krabber uit het handschoenenkastje en begon de rijp van de voorruit te halen waarbij grote, zachte vlokken in de geluidloze dageraad om hem heen dwarrelden. Hij kreeg de ruit niet schoon, maar krabde met de achterkant van zijn apparaatje een vierkantje ijs van een paar decimeter tegenover het stuur weg. De rest moest de kachel maar doen.

'Sommige dingen kun je beter niet weten, Ricky,' mompelde hij en dacht aan de kindervoetjes die hij al drie ochtenden achtereen buiten zijn raam in de sneeuw had zien staan. De eerste morgen had hij de gordijnen dichtgetrokken om Stella de aanblik te besparen wanneer ze de logeerkamer kwam opruimen. De volgende dag had hij begrepen dat Stella als huisvrouw niet veel voorstelde en voor geen geld een logeerkamer zou betreden; ze wachtte wel tot de werkster uit The Hollow weer kon komen. Nog tweemaal had hij 's ochtends die afdrukken van blote voetjes gezien die zich door de sneeuw tot aan zijn raam voortzetten. En die ochtend had hij, nadat Elmers wezenloos gezicht hem zo ruw uit de slaap had gehaald, de voetstappen gezien op de vensterbank buiten. Hoelang zou het nog duren voor Fenny zich in huis vertoonde en vrolijk de trap op en af sprong? Nog één nacht? Als Sears hem kon weglokken, zou hij Ricky en Stella wellicht wat respijt kunnen geven.

Maar nu moest hij naar Elmer Scales die hem had gesmeekt *in godsnaam te komen.* Ricky had datzelfde signaal ontvangen, maar gelukkig was Stella binnengekomen en had hem thuis weten te houden.

De Lincoln reed de weg op en begon zich door de sneeuw te ploegen. Er was één troost, dacht Sears, zo vroeg op eerste kerstdag zal er geen mens op de weg zijn behalve Omar Norris.

Sears dwong het gezicht en de stem van Elmer Scales uit zijn bewustzijn en concentreerde zich op het rijden. Omar was kennelijk weer de hele nacht in touw geweest, want bijna alle straten in het centrum van Milburn waren schoongeveegd op een decimeter harde, bevroren sneeuw na. Het enige risico hier was dat hij op het gladde wegdek onder zijn wielen in een slip raakte en tegen een bedolven wagen botste... hij dacht aan Fenny Bate die op zijn vensterbank stond, het raam omhoogschoof en het huis binnensloop, op zoek naar de geur van levende wezens... Maar dat kon niet, er waren stormramen geplaatst en hij had gecontroleerd of de binnenramen goed op slot zaten.

Was het wel goed wat hij deed? Kon hij niet beter keren en terugrijden naar Ricky's huis?

Nee, dacht hij, dat kan ik niet doen. Hij draaide de wagen door het rode licht aan het eind van de markt en nam zijn voet van het gaspedaal, waarna hij hem liet uitlopen tot voorbij de voorkant van het hotel. Nee, hij kon niet meer terug: Elmers stem leek krachtiger te worden en er was leed en verwarring in te horen. (*'Jesus Christus, meneer James, ik begrijp er geen bliksem van – wat is hier gebeurd?*) Hij gaf een ruk aan het stuur en trok de wagen recht: het enige dat hem nu nog bedreigde, was de autoweg, die enkele kilometers verraderlijke rij heuvels met aan weerskanten verongelukte auto's in de bermen... misschien zou hij moeten lopen.

Jezus, meneer James, ik snap geen barst van al dat bloed... die indrin-

gers zijn hier toch naar binnen gekomen en ik ben zo bang, meneer
James, doodsbang...
Sears trapte het gaspedaal wat verder in.

3

Aan het eind van Underhill Road stopte hij: het was erger dan hij
had verwacht. Door de sneeuw en de ochtendschemering heen zag
hij de rode lichten van Omars sneeuwploeg die tergend langzaam
naar de autoweg reed. Over de ongeveegde bermen van Underhill
Road hing een drie meter hoge sneeuwbank, als de ideale golf voor
surfers. Als hij trachtte Omars voertuig te passeren, zou hij de Lincoln in de sneeuwbank begraven.
Even kreeg hij de krankzinnige ingeving precies dat te doen: plank-
gas te geven, de vijftig meter tot de heuvelvoet af te razen en de
Lincoln door de sneeuwbank te jagen, om Omar op zijn troon in
slowmotion heen, en verderop nog eens door de sneeuwbank te
scheuren om weer op de autoweg te komen. Het was alsof Elmer
hem dat vroeg. *Rij harder, meneer James, ik heb u dringend nodig...*
Sears drukte de claxon in, lang en krachtig. Omar staarde hem over
zijn schouder aan: hij herkende de Lincoln, stak zijn vinger op en
door de achterruit heen zag Sears hem waggelen op zijn bank als
een labiele sneeuwpop. Twee dingen werden Sears duidelijk: Omar
was dronken en bovendien uitgeput, en hij waarschuwde Sears dat
hij moest keren, dat hij niet de heuvel moest afgaan. De banden van
de Lincoln zouden gaan glijden op die helling.
Elmers koppige, smekende stem had hem dat uit het oog doen verliezen.
Hij zette de wagen vrij en de Lincoln rolde nog wat verder de lange
helling af. Omar zette zijn motor af en boog zich half uit zijn cabine,
zich vasthoudend aan een van de steunen van zijn mes. Als een
verkeersagent stak hij zijn hand op. Sears trapte krachtig zijn rem-
pedaal in en de zware Lincoln begon te schudden op het glibberige
schoongemaakte wegdek. Omar maakte een rondgaande beweging
met zijn vrije hand: hij moest keren of achteruitrijden.
Sears' wagen gleed nog enkele decimeters de hellende weg af en hij
greep naar de handrem in een uiterste poging tot staan te komen.
Hij hoorde Elmer zeggen: *Meneer James – vlug – vlug* – met zijn
koppige hoge stem die hem nog steeds opjoeg.
Opeens zag hij Lewis Benedikt van de heuvelvoet in zijn richting

rennen. Hij zwaaide met zijn armen om hem te laten stoppen waarbij zijn kaki jack achter hem aan wapperde en zijn haar stond recht overeind in de wind.

– *vlug – vlug –*

Sears liet de handrem los en zette zijn voet op het gaspedaal. De Lincoln maakte een schuiver naar voren, de achterbanden gierden en de wagen schoot de lange helling af, hevig slingerend. Achter de hollende Lewis zag Sears een vage Omar Norris die stokstijf op de sneeuwploeg stond.

Met meer dan honderd kilometer per uur raasde de Lincoln door de gedaante van Lewis Benedikt heen. Sears gaf een schreeuw en trachtte het stuur nog naar links te gooien. De Lincoln maakte een driekwart slip en botste met het achterspatbord tegen de sneeuwploeg alvorens in de hoog opgeworpen sneeuwbank te duiken.

Met dichtgeknepen ogen hoorde Sears het weke, wanhopige geluid van iets dat tegen zijn voorruit sloeg: even later werd het donkerder en een eindeloze seconde later was de wagen vastgelopen alsof hij tegen een muur was gebotst.

Sears deed zijn ogen open en alles was donker om hem heen. Zijn hoofd deed pijn waar het tegen de voorruit was geslagen. Hij betastte zijn slaap en voelde bloed; met zijn andere hand knipte hij de binnenverlichting aan. Hij zag dat het met rijp bedekte gezicht van Omar Morris tegen de voorruit was geslagen en hem met één oog aankeek. Anderhalve meter sneeuw hielden de wagen vast als cement.

'Vooruit maar, broertje,' zei een zware stem achter in de wagen.

Een kleine hand met vuil onder de nagels werd naar voren gestoken en streek Sears langs de wang.

Sears was zelf verrast door de heftigheid van zijn eigen reactie: hij schoot weg over de voorbank en maakte zijn lichaam vrij van het stuur zonder zich dat bewust te zijn, met een schok, alsof hij een stroomstoot had gekregen. Zijn wang schrijnde fel waar hij door het kind was aangeraakt en in de dichte wagen kon hij hun lijkenlucht al ruiken. Ze zaten voorover op de achterbank en keken hem met hun gloeiende ogen aan. Hun mond was opengevallen: ook zij waren van hem geschrokken.

Hij voelde afkeer van die obscene wezens die hoog in hem oplaaide. Hij was niet van plan zich passief door hen te laten ombrengen. Grommend deelde hij zijn eerste stomp sedert zestig jaar uit: hij trof Gregory op zijn jukbeen en toen zijn hand de huid openscheurde, gleed hij in een zachte, stinkende massa. Langs de opengereten wang druppelde glinsterend vocht.

'Je kunt dus gewond raken,' zei Sears. 'Mijn god, het kan.'

Grauwend vlogen ze hem aan.

Eerste kerstdag, twaalf uur

4

Ricky wist dat Hardesty dronken was zodra Walt twee woorden door de telefoon had gezegd. Nadat hij twee zinnen had aangehoord, wist hij dat Milburn zonder sheriff zat.

'Weet u wat u met die klus kunt doen?' zei Hardesty en liet een boer. 'U kunt hem van me cadeau krijgen. Begrepen, meneer Hawthorne?'

'Ik heb je verstaan, Walt.' Ricky zat op de bank en gluurde naar Stella, die met de hand onder het hoofd een andere kant uitkeek. Ze heeft al berouw, dacht hij, omdat ze hem alleen had laten gaan, omdat ze hem zonder waarschuwing, zonder een woord van dank had weggestuurd. Don Wanderley zat naast Stella's stoel gehurkt met zijn arm om haar schouder.

'Zo, dus u verstaat me. Nou, luister dan goed. Ik ben bij de commando's geweest, meneer de advocaat. In Korea. Drie strepen heb ik gekregen.' Toen een luide klap: Hardesty was met zijn stoel omgevallen of had een lamp omgegooid. Ricky gaf geen antwoord.

'Drie verdomde rotstrepen. Een dappere marinier. Een held kon je me noemen. Nou, ik had u niet nodig om me naar die boerderij te sturen. Een buurman kwam er vanmorgen om elf uur binnen en heeft ze allemaal gevonden. Scales heeft ze doodgeschoten. En daarna is hij onder een boom gaan liggen en heeft zichzelf een kogel door z'n kop gejaagd. De Staatspolitie heeft alle lijken per helikopter afgevoerd. En vertel me nou eens waarom hij het heeft gedaan, meneer de advocaat. En vertel me dan meteen even hoe u kon weten dat er daar op die boerderij iets aan de hand was.'

'Omdat ik ooit de wagen van zijn vader heb geleend,' zei Ricky. 'Dat hoef je niet te begrijpen, Walt.'

Don keek naar hem op maar Stella begroef haar gezicht nog dieper in haar handen.

'Hoef niet te... barst. Mooi hoor. Nou, u zoekt maar een nieuwe

sheriff voor Milburn. Ik ben vertrokken zodra de districtssneeuw-
ploeg binnenkomt. Ik kan overal terecht met mijn staat van dienst.
Overal! Het is niet om wat er gebeurd is, om de slachtpartij van
Scales. U en uw rijke vriendjes hebben me al die tijd iets verzwegen –
al die tijd! – en wat het ook is dat hier de mensen uitmoordt, het
werd opgeroepen, hè? Het is Elmers boerderij binnengedrongen,
nietwaar? Het is zijn *kop* binnengedrongen. En dat kan het overal
doen, waar of niet? En wie heeft dit alles over ons heen gehaald,
meneer de advocaat? Jullie.'
Ricky zei niets.
'Je kunt het nou wel Anna Mostyn noemen, maar dat is gewoon
advocatengelul. Godverdomme, ik heb u altijd een sukkel gevonden, Hawthorne. Maar ik zeg u dit: als er hier iets op me afkomt om
mij te grazen te nemen, dan knal ik het neer. U en uw vriendjes
wisten zo goed wat er aan de hand was, nou, als u nog vriendjes over
hebt, knapt u die klus daar zelf maar op. Ik blijf hier tot de wegen
vrij zijn; de agenten heb ik naar huis gestuurd en als iets hier binnen
wil dringen, dan schiet ik eerst en stel daarna de vragen. En dan
verdwijn ik.'
'En Sears?' vroeg Ricky, overtuigd dat Hardesty hem uit zichzelf
niet zou inlichten. 'Is er iets bekend over Sears?'
'O, Sears. Meneer *James*. Ja, ook zo'n vreemd geval. De Staatspolitie heeft hem ook gevonden. Ze zagen zijn wagen uit de sneeuw
steken onder aan Underhill Road. Tegen de sneeuwploeg ge-
knald... u kunt uw vriend begraven zodra u wilt. Als niet iedereen
in dit bezeten gat tenminste wordt doodgestoken, leeggezogen of
neergeknald.' Weer een boer. 'Ik ben hartstikke lazerus, meneer de
advocaat. En ik hoop het te blijven tot ik hier weg kan. U kunt
doodvallen en uw vrienden erbij.'
De verbinding werd verbroken.
Ricky zei: 'Hardesty is krankzinnig geworden en Sears is dood.'
Stella begon te huilen. Don hield haar tegen zich aan en Ricky
kwam naar hen toe en sloeg zijn armen om hen allebei heen. Zo
vormden ze een kring die hun toch nog wat troost verschafte. 'Ik
ben de enige die nog over is,' zei Ricky met het hoofd op de schouder van zijn vrouw. 'Mijn god, Stella, ik ben de enige die nog over
is.'

's Avonds laat hoorden ze – Ricky en Stella in hun slaapkamer,
Don in de logeerkamer – de muziek door Milburn trekken, schelle
trompetten en trillende saxofoons, de arcadische muziek uit de

diepte van de ziel, de melodieuze muziek van Amerika's zuiden. Ze luisterden ernaar in een sfeer van berusting. Het orkest van dr. Rabbitfoot gaf een feestelijke uitvoering.

5

Na Kerstmis kwamen zelfs naaste buren niet meer bij elkaar op bezoek. De schaarse optimisten die al plannen voor oudejaarsavond hadden gemaakt, dachten er niet eens meer aan. Alle openbare gebouwen bleven gesloten, evenals warenhuis Young Brothers en de bibliotheek, de winkels, de kerken en de kantoren. In Wheat Row kropen de sneeuwhopen tegen de gevels op, soms tot aan de dakgoten. Zelfs de cafés bleven dicht en de gezette Humphrey Stalladge zat in zijn houten huis achter de kroeg naar de wind te luisteren en bezique te spelen met zijn vrouw. Hij dacht aan al het geld dat zou binnenstromen zodra de districtsploegen de wegen vrijmaakten – de zorgen drijven de mensen naar de kroeg, zei hij tegen zijn vrouw. 'Je kletst als de eerste de beste doodgraver,' zei zijn vrouw en hiermee kwam er voorlopig een eind aan het gesprek en het kaartspel. Iedereen wist van Sears James, Omar Norris en, het allerergste, Elmer Scales en wat hij had gedaan. Als je lang genoeg naar die neervallende sneeuw luisterde, was het alsof je niet alleen hoorde dat ook jij aan de beurt kwam, maar alsof je een verschrikkelijk geheim werd verteld, een ondragelijk geheim zelfs. Sommigen in Milburn schrokken wakker in de kleine uurtjes en meenden een van Scales' kinderen grinnikend aan hun voeteneind te zien staan; ze zagen niet goed wie van de kinderen het was, maar het moest Davey of Butch of Mitchell zijn. Vervolgens namen ze een slaappil om weer te kunnen slapen en even te vergeten hoe kleine Davey of Butch of wie dan ook eruit had gezien met ribbetjes die door de huid schenen en een hol gezichtje waar een glans van afstraalde.
Ook het nieuws over Hardesty verspreidde zich: de sheriff had zich in zijn bureau opgesloten met al die lijken in zijn cellenblok. Twee zoons van Pegram die op de sneeuwmobiles zaten, reden tot vlak voor het bureau om na te gaan of de sheriff zo gek was als iedereen beweerde. Zodra ze van de sneeuwmobiles klommen verscheen een ongeschoren kop voor het raam; Hardesty liet duidelijk zijn pistool zien en brulde door de ruit dat ze als de donder die skimasters moesten afzetten. Hij wilde hun gezichten zien en anders zouden ze geen gezicht meer hebben. Mensen die daarvoor langs het bureau

waren gelopen, hadden Hardesty binnen horen schreeuwen en tieren tegen niemand of tegen zichzelf... of tegen iets anders dat zich in dit weer vrij door Milburn kon bewegen, dat hun dromen binnengleed en dat schaduwen achter hen opriep zodra ze zich omkeerden, datzelfde iets dat de muziek kon verklaren die sommigen op kerstavond tegen twaalf uur 's nachts hadden gehoord, raadselachtige muziek die vrolijk had moeten klinken maar niets dan somberheid verspreidde. Ze stopten hun hoofd in het kussen en maakten zichzelf wijs dat het een radio was of het bedrieglijk geluid van de wind; ze wilden zichzelf liever van alles wijsmaken dan aan te nemen dat er buiten iets bezig was die helse muziek voort te brengen.

Peter Barnes kwam die avond zijn bed uit, wakker geworden van de muziek en denkend dat de gebroeders Bate en Anna Mostyn en die dokter Rabbitfoot van meneer Wanderley hem kwamen halen. (Al wist hij diep in zichzelf dat er een andere reden voor de uitvoering was.) Hij deed zijn deur op slot en kroop weer in bed met zijn handen tegen zijn oren, maar het woeste geluid zwol aan, kwam zijn straat binnen en schetterde nog harder.

Vlak voor zijn huis stopte de muziek, midden in een maat, alsof de toets van een bandrecorder werd ingedrukt. De stilte was zwaarder beladen met dreiging dan de muziek was geweest. Peter was niet meer tegen de spanning opgewassen; hij kwam opnieuw zijn bed uit en keek uit het raam.

Beneden hem, waar hij niet zo heel lang geleden zijn vader naar de bank had zien stappen met laarzen aan als een echte Rus, stond een rij mensen in het felle maanlicht. Hij herkende hen allemaal die daar op straat in de verse sneeuw stonden. Ze keken naar hem op met holle ogen en open mond, de doden van Milburn, en het was hem niet duidelijk of ze er alleen in zijn fantasie stonden of dat Gregory Bate en zijn weldoenster deze facsimile's hadden opgewekt en in beweging gebracht. Of hadden de cellen van Hardesty en een aantal graven zich geopend om de doden daar te laten gaan? Hij zag Jim Hardie opkijken naar zijn raam en de verzekeringsagent Freddy Robinson, de oude dokter Jaffrey, Lewis Benedikt en Harlan Bautz, die onder het sneeuwruimen dood was neergevallen. Naast hem stonden Omar Norris en Sears James. Peters hart ging uit naar Sears James; zijn dood moest de reden zijn waarom de muziek opnieuw klonk. Achter Sears kwam een meisje naar voren dat Penny Draeger bleek te zijn en haar levendige gezicht van vroeger was even leeg en dood als dat van alle anderen. Rondom een lange, magere kerel met een geweer stond een troepje kinderen en Peter knikte en mompelde: 'Scales' – hij had nog niet van de tragedie gehoord. De schare ging uiteen en zijn moeder kwam naar voren.

Ze was niet meer de levende dode die hij in Bay Tree Market op het parkeerterrein had ontmoet; net als de anderen was zijn moeder ontdaan van alle leven, te leeg zelfs voor vertwijfeling. Ze leek alleen gedreven door een soort schijn van leven, beneden elk gevoelsniveau. Verkort vanuit zijn gezichtshoek liep Christina Barnes naar de omheining van hun erf; ze strekte haar armen naar hem uit en haar mond bewoog. Hij wist dat uit die mond, vanuit dat gedreven lichaam, geen menselijke taal meer kon voortkomen, misschien hoogstens een gekreun of een kreet. Zij en alle anderen smeekten hem naar buiten te komen, of smeekten ze dat het mocht ophouden, smeekten ze om rust? Peter begon te huilen. Ze waren eerder meelijwekkend dan angstaanjagend. Zoals ze daar onder zijn raam stonden, zo zielig en leeg, had hij hen gedroomd kunnen hebben. Bate en zijn broertje hadden hen samen met hun weldoenster hierheen gestuurd, maar ze smeekten hem om hulp. Met kille tranen op zijn wangen keerde Peter zich van het raam af. Het waren er zoveel, zo ontzettend veel.

Hij ging op zijn rug op bed liggen en staarde met open ogen naar het plafond. Hij wist dat ze weer zouden verdwijnen, of zouden ze daar morgen nog staan wanneer hij naar buiten keek, verstard als sneeuwpoppen? Maar toen kwam de muziek weer daverend tot leven en hij dacht: Ja, ze zullen weer weggaan, in het snelle tempo van dr. Rabbitfoot.

Toen de muziek was weggestorven, stond Peter weer op en keek uit het raam naar beneden. Ja, ze waren weg. Ze hadden niet eens sporen in de sneeuw achtergelaten.

Zonder licht te maken ging hij naar beneden. Onder aan de trap zag hij de streep licht onder de deur van de televisiekamer. Hij deed zachtjes de deur open.

Op het scherm zag hij een patroon van bewegende punten waarover een zwarte balk onophoudelijk naar boven schoof. In het vertrek hing een whiskylucht. Zijn vader zat achterover in zijn stoel met open mond en losgetrokken das en zijn gezicht en hals zagen er grauw uit, als perkament. Hij ademde met het zachte, reutelende geluid van een baby. Naast hem stonden een vrijwel lege fles en een vol glas waarin het ijs was gesmolten. Peter deed het televisietoestel uit en schudde zijn vader zachtjes bij de arm.

'Hè?' Zijn vader sloeg zijn ogen op en staarde hem wezenloos aan.

'Pete. Ik hoorde muziek.'

'U hebt gedroomd.'

'Hoe laat is het?'

'Bijna één uur.'

'Ik zat aan je moeder te denken. Je lijkt op haar, Pete. Je haar heb je van mij, je gezicht van haar. Gelukkig maar, stel dat je op mij had geleken.'

'Ik heb ook aan haar gedacht.'

Zijn vader stond op, wreef zijn wangen en keek Peter onverwacht met heldere ogen aan. 'Je bent groot geworden, Pete. Gek, het valt me nu pas op. Je bent een volwassen vent.'

Peter wist niet wat hij daarop moest zeggen.

'Ik wilde het je niet eerder vertellen. Ed Venuti belde me vanmiddag; hij had het van de Staatspolitie gehoord. Elmer Scales, je weet wel, die boer even buiten Milburn, die had zijn hypotheek bij ons lopen. Hij had toch zoveel kinderen? Ed vertelde me dat hij ze één voor één heeft neergeschoten. Allemaal, daarna zijn vrouw en tenslotte zichzelf. Pete, Milburn is krankzinnig aan het worden. Helemaal ziek en stapelgek.'

'Laten we maar naar boven gaan,' zei Peter.

6

Een paar dagen leek het leven in Milburn stil te staan, net als het kaartspel van Humphrey Stalladge was onderbroken nadat zijn vrouw hem had vergeleken met een doodgraver, een woord dat net als de dood zelf een taboe was geworden nu iedere inwoner wel een familielid of een bekende had onder een van de in lakens gewikkelde doden in het cellenblok. Men bleef voor de televisie zitten, at pizza's uit de vrieskast en bad dat de stroomdraden omhoog zouden blijven. Men vermeed elkaar. Wie buiten zijn naaste buur over het gazon naar zijn voordeur zag baggeren, wist zeker dat de man tot het uiterste gespannen was; je wist dat hij iemand die een hand naar zijn slinkende voedselvoorraad zou uitsteken, zou aanvallen.

De straten waren alleen te voet nog begaanbaar. De sneeuwhopen waren drie, vier meter hoog, de witte warreling uit een dreigend blauwe lucht hield niet op. De huizen in Haven Lane en Melrose Avenue zagen er onbewoond uit: men hield de overgordijnen dicht om de troosteloze buitenwereld buiten te houden. Heel Milburn had in een laken gerold in het cellenblok kunnen liggen en mannen als Clark Mulligan of Rollo Draeger, die in Milburn geboren en getogen waren, herkenden hun woonplaats niet meer.

Zo was het overdag. Tussen Kerstmis en nieuwjaar gingen de gewone mensen – zij die nooit van Eva Galli of Stringer Dedham hadden gehoord en het Chowder Genootschap, als ze er al iets van afwisten, beschouwden als een aantal museumstukken – steeds vroeger naar bed: om tien uur, later om halftien of nog vroeger. Het sombere weer buiten deed hen ernaar verlangen vroeg de ogen te sluiten en ze niet meer open te doen voor het licht werd. Als de dagen al bedreigend waren, dan waren de nachten angstaanjagend. De wind gierde om de huizen, rammelde aan luiken en stormramen, en een paar maal per nacht werd het huis bestookt door een hevige stormvlaag zodat de lampen begonnen te slingeren. En maar al te vaak dachten de gewone mensen in Milburn door al dat natuurgeweld heen stemmen te horen, stemmen die hun vrolijkheid niet konden verbergen. De zoons van Pegram hoorden iets aan hun slaapkamerraam kloppen en 's morgens zagen ze afdrukken van blote voeten in de sneeuw. En de rouwende Walter Barnes was niet de enige die dacht dat de hele plaats krankzinnig werd.

De laatste dag van het jaar wist de burgemeester eindelijk de drie agenten te bereiken en hij gaf hun opdracht Hardesty uit zijn bureau te halen en naar het ziekenhuis te brengen. De burgemeester was bang dat er zou worden geplunderd als de straten niet snel begaanbaar werden gemaakt, dus benoemde hij inderhaast Leon Churchill – de grootste en domste van de drie die waarschijnlijk het meest bereid was bevelen uit te voeren – als plaatsvervangend sheriff en deelde hem mee dat hij, tenzij hij eigenhandig de sneeuwploeg van Omar Norris repareerde en de straten schoonmaakte, langdurig werkloos zou worden. Op nieuwjaarsdag ging Leon Churchill te voet naar de gemeentegarage en zag dat de schade aan de sneeuwploeg wel meeviel. De zware wagen van Sears James had wat beplating ingedrukt, maar mechanisch was het voertuig te gebruiken. Hij ging er dezelfde morgen met de sneeuwploeg op uit en een uur later had hij meer respect voor Omar Norris dan hij ooit voor de burgemeester zou krijgen.

Maar toen de agenten het bureau van de sheriff openbraken, troffen ze niets anders aan dan een leeg kantoor en een stinkende brits. Walt Hardesty had waarschijnlijk al vier dagen geleden de benen genomen. Hij had zes lege whiskyflessen achtergelaten, maar geen briefje of een adres waarop hij te bereiken was. En zeker niets dat verslag deed van de paniek waarin hij was geraakt toen hij zijn hoofd optilde van het bureaublad om zijn glas vol whisky te schenken en weer rumoer in het cellenblok had gehoord. Eerst had het Hardesty aan een gesprek doen denken, even later aan het geluid dat een slager maakt wanneer hij een rauwe biefstuk klopt op het hakblok. Hij had niet afgewacht wie er in het gangetje zouden verschijnen maar zijn hoed en jack gegrepen en was de sneeuwstorm ingerend. Hij kwam tot aan de middelbare school waar een hand hem bij de elleboog greep en een bezadigde stem vlak bij zijn oor zei: 'Zouden wij niet eens moeten praten, sheriff?' Toen Leons sneeuwploeg hem blootlegde, zag Walt Hardesty eruit als bewerkt ivoor: een levensgroot ivoren beeld van een negentigjarige man.

7

Het weerstation had nog meer sneeuw voorspeld in de eerste week van januari, maar het bleef twee dagen droog. Humphrey Stalladge opende zijn kroeg weer en stond de hele dag achter de tap; Annie en Anni die buiten de plaats woonden, waren nog ingesneeuwd. Hij deed goede zaken, zoals hij had voorspeld, en maakte lange dagen van zestien, zeventien uur. En wanneer zijn vrouw hamburgers kwam klaarmaken, zei hij: 'De zaken beginnen weer te lopen. De wegen worden eindelijk een beetje schoon, zodat de mensen hun wagens weer kunnen gebruiken. En het eerste waar ze naar toe gaan, is het café waar ze de hele dag blijven hangen. Ben je dat met me eens?'
'Je zal wel gelijk hebben,' zei ze alleen.
'In elk geval wordt er goed verteerd bij dit weer,' zei Humphrey.

Weer om goed te verteren? Niet alleen dat: Don Wanderley, die met Peter Barnes naar huize Hawthorne reed, dacht dat zo'n donkere grauwe dag, nog striemend koud ook, het weer was dat in het brein van een dronkaard moest woeden. Het had niets meer te maken met de plotselinge opklaringen die hij in het begin van de winter nog wel eens had gezien: geen deurposten of schoorstenen die glinsterden, geen kleuren die in het oog sprongen. Die betovering was voorbij. Alles wat niet wit was van de sneeuw zag er grauw en wazig uit. Zonder schaduwen en bij een zon die verborgen bleef, leek alles in schemer gehuld te zijn.
Hij keek over zijn schouder naar een opgerold pak op de achterbank. Het was alles wat hij aan wapens in het huis van Edward had

kunnen vinden. Ze waren haast lachwekkend amateuristisch. Nu hij een plan had en ze met hun drieën tot de aanval wilden overgaan, leek zelfs dit grauwe, deprimerende weer hun nederlaag te voorspellen. Hij, een gespannen tiener en een zwaar verkouden oude man: het leek hem uitzichtloos en hij begon bijna te lachen. Maar zonder hen was er geen hoop meer.

'Die agent ploegt niet zo goed als Omar,' zei Peter naast hem. Hij wilde kennelijk alleen de stilte verbreken en Don knikte: de jongen had gelijk. De agent had moeite gehad de ploeg recht op de weg te houden; de straten waar hij was geweest zagen eruit alsof het wegdek op verschillende niveaus lag en de wagen hotste eroverheen. Aan weerskanten van de straat stonden brievenkasten scheef – Churchill moest ze geraakt hebben met de zijkanten van de ploeg.

'Deze keer gaan we werkelijk iets doen,' zei Peter, maar het klonk als een vraag.

'Dat gaan we proberen,' zei Don en keek even opzij. Peter zag eruit als een jonge soldaat die in een paar weken tientallen keren in de vuurlinie had gelegen: hij rook bijna naar adrenaline.

'Ik ben er klaar voor,' zei hij, maar Don hoorde ook iets van nervositeit in zijn stem en hij vroeg zich af hoeveel deze jongen, die al zoveel meer had gepresteerd dan hij en Ricky, nog kon verdragen.

'Wacht even tot je weet wat ik van plan ben,' zei Don. 'Misschien doe je dan niet eens meer mee. En dat is je goed recht, Peter. Ik zou er begrip voor hebben.'

'Ik ben er klaar voor,' zei de jongen nog eens, maar Don voelde hem huiveren. 'Wat gaan we dan doen?'

'We gaan nog eens naar het huis van Anna Mostyn,' zei hij. 'Ik leg het bij Ricky thuis wel uit.'

Peter blies langzaam zijn adem uit. 'Ik ben er nog altijd klaar voor,' zei hij.

8

'Het was onderdeel van de boodschap op de band van Alma Mobley,' zei Don. Ricky zat voorovergebogen op de bank met een doos papieren zakdoekjes bij de hand. Peter keek hem even aan, maar liet zijn hoofd toen zijwaarts tegen de bank rusten. Stella was naar boven gegaan, maar niet voor ze Don indringend en waarschuwend had aangekeken.

'De boodschap was voor mij bestemd en ik wilde anderen er niet mee belasten,' zei Don. 'Jou vooral niet, Peter. Jullie begrijpen wel om wat voor soort boodschap het ging.'

'Psychologische oorlogvoering,' zei Ricky.

'Ja. Maar over iets dat ze zei, heb ik toch nagedacht. Het zou een aanwijzing kunnen zijn waar ze zich bevindt. Ik denk dat ze het ook als een wenk of iets dergelijks bedoelde.'

'Ga verder,' zei Ricky.

'Ze beweerde dat wij – dat mensen – overgeleverd zijn aan onze verbeeldingskracht en als we haar of iets zoals zij willen vinden, dan moeten we in het gebied van onze dromen zoeken. In het gebied van onze fantasie.'

'In het gebied van onze dromen,' zei Ricky hem na. 'Ik snap het. Ze zal Montgomery Street bedoeld hebben. Ja, ik had kunnen weten dat we met dat huis nog niet klaar zijn.' Peter legde zijn arm langs de bovenkant van de bank en zakte nog dieper weg; hij voelde zich buitengesloten. Ricky merkte het en zei: 'We hebben je de eerste keer opzettelijk niet meegenomen. Maar nu heb je natuurlijk nog veel meer reden om niet mee te gaan. Hoe denk je erover?'

'Ik moet meegaan,' zei Peter.

'Dat moet ze zo'n beetje bedoeld hebben,' zei Ricky en bleef de jongen onderzoekend aankijken. 'Sears, Lewis, John en ik droomden alle vier van dat huis. Een jaar lang hebben we er bijna elke nacht van gedroomd. En toen Sears, Don en ik er inbraken, toen we je moeder en Jim Hardie vonden, heeft ze ons niet fysiek aangevallen, maar ze viel onze fantasie aan. Als het een soort troost voor je is, Peter, ik ben ook doodsbang dat huis weer in te gaan.'

Peter knikte. 'Ja, natuurlijk.' En alsof het toegeven van angst van iemand anders hem moed schonk, ging hij rechtop zitten. 'Wat zat er in dat pak, meneer Wanderley?'

Don tilde het opgerolde pak naast zijn stoel op. 'Een paar dingen die ik in het huis van mijn oom heb gevonden. Misschien hebben we er iets aan.' Hij legde de bundel op tafel en rolde de deken uit. Op de tafel lagen een lange bijl en een glinsterend jachtmes.

'Ik heb ze de hele morgen staan slijpen. De bijl was roestig; oom Edward kapte er brandhout mee. Het mes was een geschenk van een acteur – hij had het in een film gebruikt en mijn oom kreeg het van hem bij het verschijnen van zijn boek. Het is een heel mooi mes.'

Peter leunde naar voren en pakte het op. 'Het is behoorlijk zwaar.' Hij draaide het om en om in zijn handen; het lemmet was twee decimeter met een venijnige inkeping aan de punt en een groef van boven naar beneden, en het was in een fraai gesneden heft gestoken.

Het mes zag eruit alsof het voor één enkel doel was gemaakt: om te doden. Maar Don wist dat dat niet zo was; dat was maar schijn. Het was gemaakt voor de hand van een acteur; het moest er op film goed uitzien. Maar daarnaast zag de bijl er grof en bedreigend uit. 'Meneer Hawthorne heeft zelf een mes,' zei Don. 'Neem jij dit maar, Peter.'

'Gaan we nu meteen?'

'Ik denk dat wachten geen enkele zin heeft.'

'Een ogenblik,' zei Ricky. 'Ik moet even naar boven om Stella te waarschuwen dat we weggaan. Ik zal haar zeggen dat als we niet binnen het uur terug zijn, ze het politiebureau moet bellen en de dienstdoende sheriff zeggen dat hij een wagen naar het huis van Robinson stuurt.' Hij ging de trap op.

Peter nam het mes opnieuw in de hand. 'Dat zal geen uur duren,' zei hij.

9

'We gaan aan de achterkant naar binnen, net als de vorige keer,' zei Don tegen Ricky. Ze stonden voor het huis. Ricky knikte. 'We zullen zo min mogelijk herrie moeten maken.'

'Dat is oké wat mij betreft,' zei Ricky. Zijn stem klonk ouder en vermoeider dan Don ooit eerder had gehoord. 'Zeg, ik heb gezien waarin dat mes voorkwam. Een lange, prachtige scène waarin het werd gesmeed. Een man stond een stuk asteroïde of meteoriet te smelten dat hij ervoor wilde gebruiken. Stel nu eens…' Ricky bleef een ogenblik hijgend staan en wachtte tot Peter bij hen was. 'Stel nu eens dat het bijzondere eigenschappen heeft. Het moet een van de hardste stoffen zijn die er bestaan. Magie uit de ruimte of zo.' Ricky lachte. 'Typische filmonzin. Maar het is wel een mooi mes.'

Peter haalde het uit zijn zak en even keken ze er alle drie naar, bijna alsof ze zich geneerden.

'Laten we gaan,' zei Don met een blik op Peter om hem te beduiden stil te zijn.

Met hun handen groeven ze de sneeuw voor de achterdeur weg voor ze naar binnen konden. Vervolgens gingen ze achter elkaar de keuken in. Het was er haast even donker, dacht Peter, als die avond toen Jim en hij hier hadden ingebroken. Zijn angst was nog groot; het leek wel of het huis hem fluisterend bedreigde.

In de gang wees Don de kelderdeur aan. Peter en Ricky trokken hun messen en Don deed de deur open en ging hun zwijgend voor naar beneden.

Peter begreep dat hij het daaronder en op de overloop het moeilijkst zou krijgen. Hij keek haastig om zich heen, maar zag niets dan een losgeraakt spinneweb. Samen met Don liep hij langzaam door naar de oude verwarmingsketel met de buizen en Ricky volgde aan de andere kant van het souterrain; het mes lag stevig in zijn hand en leek hem een soort macht te geven.

Ze bereikten de verwarmingsketel en de diep in de schaduw liggende ruimte ernaast. Don stapte zonder enige aarzeling achter de ketel en Peter volgde hem, het mes stevig in zijn hand geklemd. *Je moet omhoog steken, herinnerde hij zich uit een of ander jongensboek dat hij vroeger had gelezen. Als je omlaag steekt kunnen ze je het mes gemakkelijker afhandig maken.* Ricky kwam al terug van de andere kant en haalde zijn schouders op.

Don liet de bijl zakken. De twee mannen tuurden onder de werkbank aan hun kant en Peter voelde een rilling langs zijn rug lopen. Daar hadden de lijken gelegen. Nu lag er natuurlijk niets meer; aan de manier waarop de twee mannen overeind kwamen, wist hij dat ze geen Gregory Bate waren tegengekomen... er zouden niet eens bloedvlekken te zien zijn.

'Naar de bovenverdieping,' fluisterde Don en Ricky knikte.

Toen ze bij de bruine veeg op de muur stonden, kneep Peter in het heft van zijn mes en slikte iets weg. Hij keek vlug achterom; hij wilde weten of daar niet een grinnikende Bate stond met de pruik van Harpo Marx en een donkere bril op. Toen ging zijn blik naar de boventrap. Ricky keek hem vriendelijk aan, een vragende blik in zijn ogen en Peter knikte: hij ging met hen mee.

Voor de eerste slaapkamerdeur boven bleef Ricky staan en knikte. Peter hield zijn mes gereed: dit moest de slaapkamer zijn waarvan de oude heren hadden gedroomd, maar het was ook de kamer waar hij Freddy Robinson had gezien, waar hij misschien was gestorven. Langs Ricky heen greep Don naar de deurknop. Ricky keek hem aan en knikte met samengeknepen lippen. Don draaide de knop om en duwde de deur open. Peter zag dat het zweet hem van het gezicht liep en zelf had hij een droge mond. Don stapte snel de kamer binnen met de bijl in zijn hand, klaar om hem te gebruiken. Peters benen brachten hem het vertrek in alsof hij aan een touw werd meegetrokken.

Hij nam de kamer in zich op in een aantal fragmentarische beelden:

Don die naast hem gehurkt zat met de bijl in zijn vuist, een leeg bed, stof op de vloer, een kale muur, het raam dat hij destijds had opengebroken, Ricky die naast hem stond met het mes uitgestoken, alsof hij bereid was het af te staan, aan de wand een kleine spiegel. Een ongebruikte slaapkamer.

Don liet de bijl zakken en de spanning trok weg van zijn gezicht. Ricky Hawthorne begon door de kamer te lopen, alsof hij elke decimeter moest zien voor hij geloofde dat Anna Mostyn en de gebroeders Bate zich niet ergens hadden verstopt. Peter merkte dat ook hij het mes losjes in zijn hand had; ook bij hem was de spanning verdwenen. Deze kamer was veilig. En als deze kamer veilig was, zou het hele huis wel veilig zijn. Hij keek naar Don, die een beetje lachte. Hij voelde zich opeens onnozel zoals hij daar stond, lachend naar Don. Toen begon ook hij rond te lopen en bekeek nog eens alle plaatsen waar Ricky Hawthorne al had gekeken. Niets onder het bed. Een lege kast. Hij liep de kamer door en een spier in zijn lendenstreek ontspande zich alsof er een elastiekje losschoot. Peter streek langs de muur: die was koud. En smerig. Zijn vingertoppen waren grijs van het stof. Hij keek in de spiegel.

Van de andere kamermuur riep Ricky Hawthorne zo luid dat hij schrok: 'Niet in de spiegel kijken, Peter!'

Maar het was al te laat. Hij had een zuchtje wind uit de spiegel voelen komen en had zich onwillekeurig omgedraaid om erin te kijken. Zijn eigen gezicht verbleekte tot een wazige omtrek en uit de spiegel kwam het gezicht van een vrouw op. Hij kende haar niet, maar hij keek naar haar alsof hij verliefd was: lichte sproetjes, zijdezacht blond haar, lieve ogen en de mooist gevormde mond die hij ooit had gezien. Ze wekte alle spanning, al het gevoel dat hij in zich had en hij las dingen in haar gezicht die hij wist nooit te kunnen begrijpen: zoete beloften, maar ook verraad, dingen die nog ver buiten zijn bereik lagen. Hij voelde hoe oppervlakkig en benepen zijn relaties waren geweest met meisjes die hij in zijn armen had gehouden, die hij had gekust. En hij begreep dat de kanten in hem die de vrouwen hadden gezocht zeer ontoereikend, zeer onvolledig waren verkend. In een golf van tederheid, een aureool van ontroering om haar heen sprak ze tegen hem. *Mooie Peter. Je wilt een van ons zijn. Je bent al een van ons.* Hij kon niet spreken, maar hij knikte van ja. *En ook je vrienden zijn dat, Peter. Jullie mogen tot in eeuwigheid leven, dat ene lied zingen dat mijn lied is – je kunt voor altijd bij mij en bij hen zijn, zwevend als een lied. Je moet alleen je mes gebruiken, Peter, gebruik je mes, je weet hoe het moet, op een mooie manier,*

hef het mes, til het op, hef je mes op en...
Hij stond al met het mes omhoog toen hij zag dat de spiegel naar beneden viel met nog altijd die muzikale stem erin. Toen hoorde hij een klap en een stem bij zijn oor: de spiegel viel op de grond in tweeën.
'Dat was een truc, Peter,' zei Ricky Hawthorne. 'Ik had je tevoren moeten waarschuwen, maar durfde niet hardop te praten.' Zijn gezicht en zijn wijze ogen waren zo dicht bij Peters gezicht dat Peter de knoop in zijn stropdas in een surrealistische close-up kon volgen. 'Een truc.' Peter begon te trillen en omarmde hem.
Toen ze elkaar loslieten, bukte Peter zich naar de twee helften van de spiegel en legde zijn hand op een van de stukken. Er steeg een prachtige melodie uit op *(dat ene lied dat mijn lied is)*. Hij zag of voelde Ricky naast zich verstarren: onder zijn hand glansde de helft van een verleidelijke mond, net zichtbaar. Hij trapte een paar keer met zijn hak op de stukken spiegel en verbrijzelde het zilverige glas tot het een legpuzzel met minieme stukjes was geworden.

10

Een kwartier later zaten ze weer in de wagen en reden langzaam langs het tamelijk willekeurige net van schoongemaakte straten terug naar het centrum van Milburn. 'Ze wil van ons maken wat Gregory en Fenny zijn geworden,' zei Peter. 'Dat is wat ze bedoelde. "Tot in eeuwigheid leven". Ze wil ons veranderen in dat soort wezens.'
'Dat hoeven we niet te laten gebeuren,' zei Don.
'U klinkt altijd zo dapper.' Peter schudde zijn hoofd. 'Ze beweerde dat ik al een van hen wás. En toen ik Gregory zag veranderen in... u weet wel... beweerde hij dat hij mij was. Het was net als met Jim. Die ging ook maar door. Die hield nooit op. Die twijfelde nooit.'
'En jij bewonderde dat in Jim Hardie,' zei Don en Peter knikte met tranen op zijn wangen. 'Dat zou ik ook hebben gedaan,' zei Don. 'Energie is bewonderenswaardig.'
'Maar zij begrijpt dat ik de zwakke schakel ben,' zei Peter en bedekte zijn gezicht met zijn handen. 'Ze trachtte me te gebruiken en dat was haar bijna gelukt. Ze zou misbruik van me kunnen maken om u en meneer Hawthorne te pakken te nemen.'
'Het verschil tussen jou – tussen ons allemaal – en Gregory Bate,' zei Don, 'is dat Gregory zich liet gebruiken. Hij koos ervoor. Hij

heeft het gezocht.'

'Ze had mij er ook bijna voor laten kiezen,' zei Peter. 'Wat haat ik dat soort.'

Op de achterbank zei Ricky: 'Ze hebben je moeder, mijn meeste vrienden en Dons broer te pakken gekregen. We haten hen allemaal. Ze zou met ieder van ons kunnen uithalen wat ze jou daar in die kamer leverde.'

Ricky's geruststellende stem bleef van de achterbank klinken en Don bepaalde zich tot het rijden en schonk nauwelijks meer aandacht aan de door de sneeuw veroorzaakte troosteloosheid: over een uur zou het weer sneeuwen en anders over een dag, twee dagen. En als er nog veel sneeuw viel, was Milburn niet alleen van de buitenwereld afgesloten, maar zou Milburn een dichtgeslagen val zijn. Een nieuwe vracht sneeuw en een golf sterfgevallen zouden de bevolking halveren.

'Stop!' riep Peter. *'Stop!'* Hij lachte. 'Ik weet waar ze zijn. Het gebied van de dromen.' Hij lachte hoog en schel, trillend en bijna hysterisch. 'Het gebied van de dromen, waar zou dat zijn? Wat is het enige in Milburn dat tijdens al die sneeuwstormen is open gebleven?'

'Wat bedoel je in vredesnaam?' vroeg Don die de wagen aan de kant had gezet en naar Peters gezicht staarde, dat plotseling zo open en zelfverzekerd leek.

'Daar,' zei Peter en Don volgde de richting van zijn wijsvinger.

Aan de overkant van de straat stond in reusachtige rode neonletters:

RIALTO

En daaronder stond in kleinere, zwarte letters als een laatste proeve van Anna Mostyns humor:

NIGHT OF THE LIVING DEAD

11

Stella keek voor de zoveelste keer op haar horloge en vergeleek haar tijd met die van de pendule op de schoorsteenmantel. Ricky en de beide anderen waren nu ruim een half uur weg. Ze wist wat het doel van hun tocht was geweest, ze wist in welke toestand haar echtgenoot verkeerde en het was haar duidelijk dat Ricky, als zij zichzelf niet met spoed naar het voormalig huis van Robinson begaf, groot gevaar zou lopen. Hij had gezegd een uur op hen te wachten, maar dat leek Stella veel te lang. Datgene waarvoor Ricky en de overige leden van het Chowder Genootschap altijd zo bang waren geweest, bevond zich in dat huis en wachtte de kans af om opnieuw toe te slaan. Stella zou zichzelf geen feministe noemen, maar ze wist allang dat mannen er ten onrechte van uitgingen moeilijke dingen zelf te moeten opknappen. Vrouwen als Milly Sheehan deden hun deuren op slot en gingen hallucineren – of wat daarvoor doorging – wanneer hun echtgenoot stierf of zijn geluk elders beproefde. Als een onverklaarbare ramp hen van hun mannen beroofde, verscholen ze zich achter vrouwelijke passiviteit en wachtten het openen van het testament af.

Ricky had eenvoudig aangenomen dat Stella niet in staat was met hen mee te gaan. Aan een jongen van nog geen twintig hadden ze meer, dachten ze. Ze keek weer op haar horloge. Er was nauwelijks een minuut verstreken sinds de vorige keer.

Stella ging naar beneden en trok haar jas aan; toen trok ze hem weer uit in de overweging dat ze bij nader inzien toch niet veel voor Ricky zou kunnen doen. 'Flauwekul,' zei ze even later hardop, trok de jas opnieuw aan en verliet het huis.

Het sneeuwde niet meer en Leon Churchill, die haar had nagelopen sedert hij twaalf jaar was, had al wat straten schoongeveegd. Len Shaw van het tankstation, ook een verovering op afstand, had hun inrit schoongeveegd zodra hij met zijn sneeuwploeg het huis van Hawthorne kon bereiken – in deze onrechtvaardige wereld zag Stella geen reden om haar knappe uiterlijk niet tot haar eigen voordeel te gebruiken. Haar Volvo (door Len met veel liefde onderhouden) startte vlot en ze reed de inrit uit en de straat op.

Nu Stella eenmaal had besloten naar Montgomery Street te rijden, wilde ze er ook zo snel mogelijk zijn. De directe route daarheen was geblokkeerd door ongeveegde straten en ze trapte het gaspedaal in en volgde de doolhof van straten die Leon wel had schoongemaakt. Ze kreunde zodra ze zich realiseerde dat ze helemaal langs de middelbare school zou moeten omrijden en bedacht welke route ze vervolgens zou moeten nemen. Met het beeld van de plattegrond in haar hoofd reed Stella vrijwel met haar gebruikelijke snelheid door. De forse oneffenheden in het wegdek, veroorzaakt door het ondeskundig gebruik van de sneeuwploeg door Leon Churchill, smeten haar tegen het stuur, maar ze nam de bocht naar School Road met hoge snelheid en zag in het vale licht niet dat het wegdek daar een niveauverschil van bijna twee decimeter had opgelopen. Toen de voorkant van de wagen neerbonkte op de vastgereden sneeuw gaf Stella, met haar gedachten nog bij de route die ze vanaf de middelbare school moest nemen, vol gas.

Het achtereinde van de wagen slipte weg, raakte een ijzeren hek en een brievenkast en bleef doorslippen, zodat Stella dwars over de weg kwam te staan. In paniek gaf ze een ruk aan het stuur juist terwijl de wagen weer in een afgrond van Churchill viel. De wagen kantelde, de wielen draaiden dol en de Volvo smakte met draaiende motor tegen de metalen omheining.

'*Verdomme,*' zei ze, zich aan het stuur vastklemmend, en ademde diep in om het trillen van haar lichaam te bedwingen. Ze zwaaide het portier open en keek omlaag. Als ze van haar stoel schoof en haar benen liet hangen, was ze maar ruim een meter van de grond. Ze zou de wagen moeten achterlaten – uiteraard. Ze moest de takelwagen laten komen om hem van de omheining te trekken. Stella liet haar benen buiten de wagen bengelen, haalde nog eens diep adem en sprong.

Ze kwam hard neer, maar bleef op de been en begon School Road af te lopen zonder nog eenmaal naar de wagen om te kijken. Met openstaand portier en de sleutel in het contact bleef hij daar tegen het ijzeren hek liggen, maar dat kon haar niet schelen; ze moest naar Ricky. Enkele honderden meters verderop zag ze de middelbare school als een wazige bruine wolk voor zich.

Juist toen Stella had ingezien dat ze zou moeten liften kwam een blauwe wagen haar achteroprijden. Voor het eerst in haar leven draaide Stella zich om naar een naderende auto en stak haar duim omhoog.

De blauwe wagen begon te remmen en Stella liet haar arm zakken zodra de auto naast haar schoof. Ze bukte zich en zag een dikke man met een schuwe maar vriendelijke blik naar buiten kijken. Hij reikte naar rechts en deed het portier voor haar open. 'Het is tegen mijn principes,' zei hij, 'maar ik denk dat u wel een lift kunt gebruiken.'

Stella stapte in en liet zich tegen de rugleuning vallen, vergetend dat de behulpzame chauffeur vermoedelijk geen gedachten kon lezen. Pas toen ze wegreden, zei ze: 'O, neem me niet kwalijk, ik heb net een ongeluk gehad en ik kan niet helder meer denken. Ik moet...'

'Laat maar, mevrouw Hawthorne,' zei de man en keek haar lachend aan. 'Bespaar u de moeite. U wilde zeker naar Montgomery Street? Laat het maar aan mij over. Het was allemaal een misverstand.'
'Kent u mij?' vroeg Stella. 'Maar hoe weet u dat...'
De man onderbrak haar door haar bliksemsnel in het haar te grijpen. De eerst zo schuwe, welwillende stem klonk nu zeer zelfverzekerd. 'Lekker zacht,' zei hij.

12

Don zag als eerste het lijk van Clark Mulligan. De bioscoopdirecteur lag ineengekrompen op het tapijt achter de balie en ook zijn lijk droeg de sporen van de vraatzucht van de gebroeders Bate. 'Ja, Peter,' zei hij en ging met zijn rug naar de dode staan, 'je had gelijk. Ze zijn hier.'
'Meneer Mulligan?' vroeg Peter zonder paniek.
Ricky wierp een blik over de balie en schrok. Hij haalde zijn mes uit zijn zak. 'We weten nog steeds niet of het mogelijk is wat we van plan zijn,' zei hij. 'Ik dacht dat je staken of zilveren kogels of een vuur nodig had om...'
'Nee,' zei Peter. 'Al die dingen heb je niet nodig. We hebben hier alles bij de hand.' Hij zag bleek en vermeed over de balie naar Mulligans lijk te kijken, maar Don zag dat zijn gezicht een vastberaden trek aannam. Hij keek er geboeid naar: dit was wat je de negatie van de angst kon noemen. 'Daarmee doodden ze weerwolven en vampiers, of wat ze ervoor hielden. Ze hadden net zo goed iets anders kunnen gebruiken.' Hij keek Don aan. 'Dat denkt u toch ook?'
'Ja,' zei Don, zonder erbij te zeggen dat er enig verschil was tussen het geven van een theorie in een gerieflijk vertrek en het wagen van je leven om de juistheid van die theorie te toetsen.
'Ik ook,' zei Peter. Hij stak zo driftig zijn mes op, dat Don het samentrekken van zijn spieren kon voelen. 'En ik weet dat ze hier binnen zijn. Gaan we?'
Ricky zei het voor de hand liggende: 'We hebben geen keus.'
Don nam zijn bijl in de hand met het blad tegen zijn borst. Hij sloop naar de toegangsdeur tot de stalles en ging onhoorbaar naar binnen, gevolgd door de twee anderen.

In de bioscoopzaal drukte Don zich haastig tegen de muur: hij had niet verwacht dat de film zou lopen. Op het witte doek bewogen gigantische gedaanten, brullend en tierend. De gebroeders Bate moesten Clark Mulligan nog geen uur geleden hebben vermoord. Mulligan moest de film hebben gestart, zoals hij dat tijdens het noodweer dagelijks had gedaan, en naar beneden zijn gegaan waar Gregory en Fenny in de lobby voor hem klaarstonden. Don schoof langs de muur naar voren en speurde naar bezette stoelen.

Naarmate zijn ogen zich aan het duister in de zaal aanpasten, kon hij de ronde rugleuningen van de stoelen beter onderscheiden. Het zware blad van de bijl drukte tegen zijn borst. Hij had hinder van het geschreeuw en geraas van de geluidsband van een film die voor een lege zaal werd vertoond. De vijand had hun al de nodige schrikwekkende taferelen bezorgd, maar dit vond Don een van de ergste: de griezeligheid van beelden, de herrie van rauwe stemmen en hectische muziek die over al die rijen lege stoelen werden uitgegoten. Hij keek opzij naar Peter en bij het licht van de film zag hij de vastberaden uitdrukking op het gezicht van de jongen. Hij wees naar de andere kant van de zaal en Peter begreep hem en stak de zaal over. Don keek naar Ricky die als een schim tegen de muur stond en wees hem het middenpad van de zaal aan. Ricky liep langzaam weg en in het middenpad keek hij nog naar links en rechts om op één hoogte te blijven met de andere twee. Ze trokken op naar voren en controleerden elke rij stoelen om zich ervan te vergewissen dat Gregory of Fenny zich daar niet had verstopt.

Als Ricky hen nu eens vindt? dacht Don. *Kunnen we dan tijdig bij hem zijn? Hij is daar midden in de zaal wel erg kwetsbaar.*

Maar Ricky liep rustig verder door het brede middenpad, het mes in zijn rechterhand, en speurde aan weerskanten de rijen stoelen af, alsof hij zijn kaartje had verloren.

Ze vonden van alles: wikkels van snoepgoed, snippers papier, een dikke laag stof op de vloer, stoelzittingen die scheuren vertoonden en geplakt waren en hier en daar een gebroken stoelleuning. Schuin boven hen bleef de film beelden en geluid over hen uitstorten en wanneer Don even opkeek, kon hij geen touw aan het verhaal vastknopen. Lijken die uit hun graven kwamen, wagens die op twee wielen door bochten gingen, een meisje met dodelijk bang gezicht…

Op zeker ogenblik kreeg Don het gevoel dat hij naar een film over zichzelf in het souterrain van Anna Mostyn keek.

Maar dat kon natuurlijk niet, het was een scène uit een bestaande film met een man die iets op hemzelf leek in een souterrain zoals dat van Anna Mostyn. De acteurs erin hadden zich opgesloten en de deur gebarricadeerd en het geluid liet dichtslaande deuren horen bij de tekst: *Misschien kun je je op deze manier tegen hen verdedigen, je sluit je op tot ze weggaan... je kruipt weg en je knijpt je ogen dicht en hoopt dat ze je broer, je vriend of een ander zullen grijpen voor ze jou te pakken krijgen...* en dat was precies wat de nachtwakers hadden gedaan, dacht Don. Hij zag de rijen stoelen bezet met Gregory's slachtoffers en merkte dat Ricky en Peter naar hem omkeken. Hij was twee rijen stoelen achtergeraakt en haastte zich hen in te halen.

Toen ze de voorste rij hadden bereikt zonder iets te hebben gevonden, voegden Don en Peter zich bij Ricky in het middenpad. 'Niets,' zei Don.
'En toch zijn ze hier,' fluisterde Peter. 'Ik weet het zeker.'
'We moeten nog in de projectiecabine kijken,' zei Don, 'en in de toiletten. En Mulligan moet toch een kantoortje hebben gehad.'
Op het doek sloeg een deur dicht: leven dat werd opgesloten in gezelschap van de dood.
'En het balkon?' zei Peter. Hij keek omhoog naar het doek: 'Wat zou daarachter zitten?'
Weer een dichtslaande deur. Niet-menselijke stemmen, niet minder luid dan die van de mensen op het doek, vol onechte emotie, daalden uit de luidsprekers op hen neer.
De deur ging met een doffe klik open: het geluid van een metalen kruk die wordt neergedrukt om een grendel op te tillen. Nog eens sloeg de deur dicht.
'Natuurlijk,' zei Ricky, 'daar moeten ze...' De andere twee luisterden niet. Ze hadden het geluid herkend en keken naar de toegang tot een verlichte tunnel rechts van het doek. Erboven hing een verlicht bord: UITGANG.
Het geluid braakte schetterende klanken over hen uit en opzij van hen voerden de reuzengedaanten een pantomime op die paste bij de muziek. Maar waar ze naar luisterden, was een zacht, droog geluid dat uit de noodingang naar de zaal kwam, alsof er in de handen werd geklapt. Maar in werkelijkheid was het het ploffen van blote voeten op de grond.
Aan het eind van de gang verscheen een kind en bleef bij de ingang naar de zaal staan. Het keek naar hen: een tekening uit een boek over de armoede op het platteland in de jaren dertig. Een min jongetje met trillend, mager lijfje en een groezelig, hol gezichtje onder een hoofd waarin nooit een gedachte zou opkomen. Het kind stond te kwijlen aan de toegang tot de zaal. Het hief zijn samengevouwen handen op en maakte een pompend gebaar. Toen boog hij zijn

hoofd achterover en giechelde, waarna hij weer die pompende beweging maakte: het op en neer bewegen van een staaf.

'Mijn broertje wil jullie duidelijk maken dat de deuren op slot zitten,' zei een stem uit de hoogte. Ze zagen Gregory Bate aan de zijkant van het toneel staan tegen de achtergrond van een opengetrokken rood gordijn. 'Maar dat zal de heren wel niet ontmoedigen. U bent toch gekomen om het hier uit te vechten? U vooral, meneer Wanderley, u zelfs helemaal uit Californië! Het speet Fenny en mij dat we u daar maar zo vluchtig hebben ontmoet.' Gregory verplaatste zich naar het midden van het toneel en de filmbeelden projecteerden zich deels op zijn lichaam. 'Denkt u nu werkelijk dat u ons met die middeleeuwse wapens te lijf kunt gaan? Wel heren…'

Hij spreidde zijn armen uit en zijn ogen gloeiden. Ieder deel van de film werd in een gigantische grootte geprojecteerd: een geopende hand, een vallende lamp, een versplinterde deur.

En dwars door dit alles heen zag Don wat Bate aan Peter Barnes had laten zien: die beschaafde uitspraak, dat theatrale optreden waren een camouflage voor zijn gruwelijke concentratie, zijn doorzettingsvermogen als van een robot. Van het toneel keek Bate glimlachend op hen neer. *'Nu,'* zei hij en het klonk alsof een schepper beval: *Er zij licht.*

Don sprong opzij en hoorde iets langs zich heen suizen, waarna hij het lijfje van Fenny tegen Peter Barnes zag botsen. Ze hadden het kind niet eens zien komen. Peter viel en Fenny zat meteen boven op hem en drukte zijn armen tegen de vloer met het mes nog in de machteloze rechterhand. Hij maakte piepende, gillende geluiden die werden overstemd door de herrie uit de speakers.

Don hief de bijl op en voelde een hand die zich om zijn pols sloot. (*Onsterfelijk,* hoorde hij fluisteren, *zou je niet onsterfelijk willen zijn?*)

'U wilt toch wel het eeuwige leven?' zei Gregory hardop en de stank sloeg Don in het gezicht. 'Ook al moet u er eerst voor sterven? Het is toch eerlijke christelijke handel?'

De hand draaide hem moeiteloos rond en Don voelde zijn krachten wegvloeien, alsof de hand van Bate om zijn pols ze uit hem wegzoog als een magneet. Met zijn andere hand tilde Bate zijn kin op en hij dwong Don hem aan te kijken. Don wist van Peter hoe Jim Hardie was gestorven, hoe Bate hem met zijn ogen had opgezogen, maar het was onmogelijk om niet in die ogen te kijken. Het was alsof zijn voeten geen contact meer met de vloer hadden, zijn benen werden slap en diep in de glanzende gouden ogen las hij een allesomvattende wijsheid met daarachter verborgen de geestelijke dood, de geelddadigheid en de kilte van een winterse wind die door een bos raast.

'Vuile schoft,' hoorde hij Ricky zeggen. Bate raakte uit zijn concentratie en de weerwolfachtige kop bewoog zich als in slow motion langs zijn gezicht. Hij zag zijn profiel met de marmeren huid en een volmaakt gebeeldhouwd oor voor Bate hem van zich afsmeet.

'Zie je dit mes, smeerlap!' schreeuwde Ricky en Don die de bijl niet meer in zijn macht had *(waarvoor had hij die eigenlijk meegenomen?)* kroop weg onder een stoel op de voorste rij, waar hij suffig volgde wat er gebeurde. Ricky Hawthorne stak Fenny met het mes in zijn nek.

'Slecht geraakt,' mompelde hij en zonder nog goed te weten of hij een stukje film of de werkelijkheid waarnam, zag hij dat Gregory Bate de oude man neersloeg. Ricky Hawthorne viel boven op Peter Barnes, die bewegingloos op de vloer lag.

13

'U gaat toch geen kabaal maken, mevrouw Hawthorne?' zei de man die haar bij het haar had gegrepen. 'Hoort u me?' Hij trok zo hard aan haar haar dat het pijn deed.

Stella knikte.

'U hebt gehoord wat ik zei? U hoeft niet meer naar Montgomery Street. Het was een misverstand; uw man is daar niet meer. Hij vond niet wat hij zocht, dus hij is weer weggegaan.'

'Wie bent u?' vroeg Stella.

'Een vriend van een vriendin, van een goede vriendin.' Hij bleef haar bij het haar vasthouden en reed met één hand weg. 'En die vriendin zal u graag ontmoeten.'

'Ik wil uitstappen,' zei Stella.

Hij rukte Stella aan haar haar naar zich toe. 'Niet zeuren, mevrouw Hawthorne. U gaat een heel boeiende tijd tegemoet. Ophouden, u gaat toch niet vechten? Anders vermoord ik u hier ter plaatse en dat zou me bijzonder spijten. Beloof me dat u zich koest houdt. We gaan alleen maar naar The Hollow. U blijft stil zitten. Afgesproken?'

Stella werd bang dat hij een pluk haar uit haar schedel zou rukken en nog banger voor haar leven. 'Ja,' zei ze.

'Heel verstandig.' Hij liet haar los en streelde haar wang. 'Je bent een heel mooie vrouw, Stella.'

Ze kromp ineen onder de aanraking.

'Rustig?'

'Rustig,' zei ze hijgend en de man reed kalm door naar de middelbare school. Even keek ze om door de achterruit en zag geen wagens op de weg behalve de hare, schuin tegen het ijzeren hek, die gaandeweg kleiner werd.

'Je gaat me vermoorden,' zei ze.

'Alleen als u me ertoe dwingt, mevrouw Hawthorne. Ik ben een heel vrome man in mijn huidig leven. Ik zou het heel erg vinden u te moeten doden. We zijn pacifisten, weet u.'

'We?'

Hij glimlachte niet zonder ironie en wees naar de achterbank. Er lagen tientallen nummers van *De Wachttoren*.

'Dan zal je vriendin me wel vermoorden, net als Sears en Lewis en al die anderen.'

'Niet helemaal, mevrouw Hawthorne. Nou ja, enigszins op de wijze van Lewis Benedikt. Dat was de enige die onze vriendin zelf voor haar rekening nam. Maar ik kan u verzekeren dat de heer Benedikt ongewoon boeiende dingen te zien heeft gekregen voor hij heenging.'

Ze reden langs de school en Stella hoorde een knarsend geluid dat ze dadelijk herkende: gejaagd keek ze door het portierraam en zag de sneeuwploeg op een metershoge sneeuwbank aanvallen.

'Je kunt wel zeggen,' ging de man verder, 'dat hij nog nooit zo had genoten. En u wacht een ervaring die menigeen u zou benijden – u zult inzicht krijgen in een mysterie, mevrouw Hawthorne, dat zich binnen uw cultuur al eeuwen heeft weten te handhaven. Sommigen zouden ervoor willen sterven. U wellicht ook, als het alternatief een bloederige dood hier in mijn wagen is.'

De sneeuwploeg bevond zich alweer een straat achter hen. De volgende straat die al was schoongemaakt, Harding Lane, lag vlak voor hen en Stella begreep dat ze op weg was naar een afschuwelijk gevaar, willoos overgeleverd aan deze maniakale Jehova's getuige.

'Nu u zo aardig meewerkt, mevrouw Hawthorne,' zei de man, 'mag u wat mij...'

Stella schopte zo hard ze kon met de punt van haar laars tegen zijn enkel. De man schreeuwde van pijn en boog zich naar haar toe. Ze greep het stuur, liet zich tussen het stuur en de chauffeur vallen terwijl de man haar met zijn vuist op het hoofd sloeg en reed de wagen een sneeuwbank in die daar door de ploeg was achtergelaten.

Ze bad in stilte dat Leon haar in de gaten zou krijgen, maar de wagen bleef vrijwel geluidloos in de sneeuw steken.

De man rukte haar weg van het stuur en drukte haar tegen het portier waarbij ze haar benen bezeerde. Stella sloeg hem in het gezicht, maar de man wierp zich met mijn volle gewicht op haar en schoof haar handen weg. *Koest!* weerklonk het in haar hoofd. *Stom wijf dat je bent!*

Met opengesperde ogen keek ze in het gezicht boven haar. Ze zag de wallen onder zijn ogen, de dikke kop, de grote zwarte poriën op de brede neus, het zweet op zijn voorhoofd, de willoze, met bloed doorlopen ogen: typisch het gezicht van een brave burgerman die tegen lifters zegt dat het tegen zijn principes is hen mee te nemen. Hij sloeg haar van opzij tegen het hoofd en besproeide haar bij elke klap met zijn speeksel. *Stom wijf!*

Grommend zette hij zijn knie tegen haar kruis en zijn handen sloten zich om haar keel.

Stella timmerde hem op de ribben en wist daarna een hand onder zijn kin te krijgen. Het hielp haar niet: haar keel werd verder dichtgedrukt en de stem in haar hoofd herhaalde steeds weer *stom stom stom...*

Toen kreeg ze een ingeving.

Stella liet de man los, greep met haar rechterhand naar haar revers en vond het parelknopje van de hoedepen. Met alle kracht die ze met haar rechterarm kon uitoefenen dreef ze de lange speld zijn slaap binnen.

De willoze ogen puilden uit en het monotoon in haar hoofd herhaalde woord ging over in een mengeling van verbijsterde stemmen. *Wat wat (zij) nee die (dolk) vrouw die....* Toen verslapten de handen van de man om haar keel en hij viel als een blok op haar neer.

Pas toen was ze in staat te gillen.

Stella kreeg het portier open en viel ruggelings uit de wagen. Hijgend bleef ze op de grond liggen. Ze proefde bloed vermengd met vuile sneeuw en iets ziltigs. Ze krabbelde overeind, zag het kalende hoofd over de rand van de voorbank hangen, jammerde even en stond op haar benen.

Ze liep weg van de wagen en rende School Road af naar Leon Churchill, die naast de ploeg stond te staren naar iets dat hij blijkbaar had blootgelegd. Ze riep zijn naam, begon langzamer te lopen en zag dat de agent zich omkeerde en haar naderbij zag komen.

Leon keek nog eens naar het donkere iets in de sneeuw en kwam naar haar toe. Stella was te zeer van de kaart om op te merken dat de agent bijna even hard was geschrokken als zij zelf. Nadat hij haar had opgevangen draaide hij haar om en zei: 'Nee, mevrouw Hawthorne, daar moet u maar niet naar kijken. Wat is er gebeurd? Hebt u een ongeluk gehad?'

'Ik heb net een man vermoord,' zei Stella. 'Hij had me een lift gegeven en wilde me wurgen. Ik heb hem een hoedepen door zijn hoofd gestoken. Hij is dood.'

'Hij wilde u wurgen?' zei Leon. 'Eh...' Hij keek achterom naar de sneeuwploeg en vervolgens weer naar Stella. 'We gaan even kijken. Is het daar gebeurd?' Hij wees naar de blauwe wagen. 'Had u een ongeluk gehad?'

Samen met haar liep hij naar de wagen terwijl ze trachtte uitleg te geven. 'Ik was met mijn wagen omgeslagen en hij stopte om me een lift te geven en toen probeerde hij me te wurgen. Hij was daar al mee bezig, maar ik had een lange hoedepen...'

'Nou, u hebt hem toch niet vermoord,' zei Leon en keek haar bijna vertederd aan.

'Ik weet nog wel wat ik zeg.'

'Hij ligt niet in de wagen,' zei Leon. Hij greep haar bij de schouders en liet haar door het openstaand portier naar de voorbank kijken... die leeg was.

Stella viel bijna flauw.

Leon hield haar staande en trachtte een verklaring te geven. 'Kijk, wat er denk ik is gebeurd, is dat u een shock had nadat de wagen in de sneeuw was vastgereden. De man die u een lift heeft gegeven is misschien wel hulp gaan halen en ik denk dat u eventjes buiten kennis bent geweest. U zult uw hoofd gestoten hebben toen de wagen van de weg raakte. Zal ik u op de sneeuwploeg naar huis brengen, mevrouw Hawthorne?'

'Hij is weg,' zei Stella.

Een grote witte hond sprong van het erf van een naburig huis op de sneeuwbank, liep eroverheen en sprong er aan de andere kant weer af in een wolk van sneeuw.

'Ja, breng me maar naar huis, Leon,' zei Stella.

Leon keek bezorgd naar het schoolgebouw. 'Goed, ik moet toch naar het bureau. Blijf hier maar staan, ik ben er in een paar seconden met de ploeg.'

'Prima.'

'Het is geen luxevervoer,' zei Leon en lachte even.

14

'Zo, meneer Wanderley,' zei Bate, 'om op ons onderwerp terug te komen...' Hij kwam op Donald af.

Door de zaal klonk geschreeuw, gekerm en het geluid van een loeiende wind.

– *eeuwig leven*
– *eeuwig leven*

Don was gaan staan en keek neer op de lichamen voor het toneel. De oude man keerde hem zijn witte gezicht toe en wilde zich oprichten van het kind met de blote voeten. Onder hen beiden lag Peter Barnes en hij bewoog zijn handen.

'We hadden de zaak twee jaar geleden moeten afmaken,' zei Bate welwillend. 'Het zou ons heel wat moeite hebben bespaard. U weet toch wat ik bedoel twee jaar geleden?'

Don hoorde Alma Mobley zeggen: *Hij heet Greg. We kennen elkaar uit New Orleans.* Hij herinnerde zich een bepaald moment zo levendig dat het was alsof hij daar weer in Berkeley op een hoek stond te kijken naar een vrouw naast een bar, The Last Reef. Hij voelde zich zo schandelijk verraden dat hij geen stap kon doen.

'Al die moeite,' zei Bate nog eens. 'Maar het maakt dit moment tot een dubbel genoegen, nietwaar?'

Peter Barnes kwam met een bloedende wang half onder de andere twee lichamen uit.

'Alma,' zei Don haperend.

Bate's bleke gezicht lichtte op. 'Ja, uw Alma. Maar ook de Alma van uw broer. Denk eens aan David. Die was heel wat minder amusant dan u.'

'Amusant.'

'Welja, wij houden van amusement. Dat is ons goed recht, we verschaffen daar toch ook een heleboel van? Kijk me eens aan, Donald.' Hij wilde Don naar zich toe trekken en zijn glimlach was koud als ijs.

Peter kreunde en maakte zich helemaal vrij. Don keek hem in verwarring aan en zag ook Fenny overeind komen met een stille, dwaze grijns op zijn smerige gezicht.

'Fenny is gewond,' zei Don op het moment dat Bate zijn hand naar hem uitstak. In een onverhoedse beweging schoot hij om hem heen zodat hij zich halverwege tussen Bate en Peter bevond, die...

– *eeuwig leven* –

neerkeek op de omhoogkrabbelende Fenny met de zotte grijns op het gezicht. 'Fenny is *gewond*,' zei Don, maar het leek niet tot Bate door te dringen. Het keiharde geluid van de filmmuziek begon hem weer in de oren te schetteren.

'Het is niet waar,' zei hij tegen Bate en keek weer onder de stoelen. De bijl lag buiten zijn bereik.

'Wat niet?'

'Jullie leven niet eeuwig.'

'Maar we leven veel langer dan jij,' zei Bate en het vernis van beschaving viel van hem af waardoor de gewelddadige werkelijkheid eronder werd onthuld. Don liep achteruit naar Peter, Bate niet langer in de ogen kijkend.

'Jij leeft geen minuut meer,' zei Bate en kwam een stap dichterbij.

'Peter...' zei Don en keek de jongen over zijn schouder aan.

Peter hield het jachtmes boven het spartelend lijfje van Fenny.

'*Doe* het,' riep Don en Peter stak het mes in Fenny's borst waaruit een vuile witte substantie opspoot als een stinkende fontein.

Gregory Bate stortte zich brullend op Peter en smeet Don in het voorbijgaan over de voorste rij stoelen.

Ricky Hawthorne meende aanvankelijk dat hij nauwelijks meer in leven was. Hij had zo'n afschuwelijke pijn in zijn rug dat hij op z'n minst op sterven moest liggen. Maar toen zag hij het versleten tapijt onder zijn gezicht en hij hoorde Don roepen, dus moest hij nog in leven zijn. Hij bewoog zijn hoofd heen en weer; het laatste dat hij zich kon herinneren was dat hij Fenny in de nek had gestoken. Toen was het alsof een locomotief op hem was ingereden.

Naast hem bewoog iets. Hij tilde zijn hoofd op om te zien wat het was en zag Fenny's borstkas waaruit smurrie kwam die bijna een meter de lucht in schoot. Op zijn witte huid kropen witte wormpjes rond. Ricky deinsde terug en ofschoon het leek of zijn rug was gebroken, dwong hij zichzelf rechtop te gaan zitten.

Aan zijn andere kant was Gregory Bate bezig Peter Barnes van de grond te tillen, brullend als een dolle stier. De lichtbundel uit de projector streek over Gregory's armen en Peters lichaam en even speelde het beeld over hen heen. Met een onmenselijke schreeuw smeet Bate de jongen door het filmdoek heen.

Ricky was zijn mes kwijt en ging op zijn knieën liggen om ernaar te zoeken. Even later sloten zijn vingers zich om het benen heft en het lange lemmet weerkaatste een streep vaal licht. Fenny lag naast hem te kronkelen waarbij hij op Ricky's hand terechtkwam en liet een ijl *ieeee* horen, terwijl de dode lucht uit hem wegstroomde. Ricky trok zijn mes onder Fenny's rug vandaan; hij voelde dat zijn hand nat werd en dwong zichzelf te gaan staan.

Gregory Bate sprong het toneel op om Peter door de scheur in het filmdoek heen na te zitten en Ricky greep hem bij de kraag van zijn jekker. Bate verstijfde, maar zijn reflexen waren even goed als die van elk roofdier en Ricky had de verpletterende zekerheid dat die wurgende handen, die vampiertanden hem zouden doden als hij niet het enige deed dat er nog te doen viel.

Voor Bate zich had hersteld, stak Ricky hem met kracht het lange mes in de rug.

Hij kon opeens niets meer horen, noch het geluid van de film noch de schreeuw die Bate moest hebben uitgestoten; met het benen heft nog in zijn hand was hij letterlijk verdoofd door wat hij had gedaan. Bate stortte neer en terwijl hij op zijn rug viel, toonde hij het gezicht dat Ricky nooit meer zou kwijtraken: ogen als een loeiende storm en voortjagende sneeuw en een zwarte mond zo wijd als een spelonk.

'Tuig,' zei Ricky bijna snikkend.

Toen viel Bate tegen hem aan.

Met de teruggevonden bijl sprong Don over de stoelen om Bate te kunnen grijpen voor hij Ricky de keel openscheurde. Even later zag hij dat het gespierde lijf slap tegen Ricky aan viel, die het hijgend van zich af duwde. Bate viel neer voor het toneel en bleef op zijn knieën liggen. Er liep vocht uit zijn mond.

'Ga opzij Ricky,' zei Don, maar de bejaarde advocaat kon geen stap meer doen. Bate begon naar hem toe te kruipen.

Don ging naast Ricky staan en Bate hief zijn hoofd naar hem op en keek hem recht in de ogen.

– eeuwig leven

Snel hief Don de bijl op en liet het scherp geslepen blad op Bate's keel neerkomen, waarbij het tot diep in zijn borstkas doordrong. Met de volgende slag hakte hij het hoofd af.

Peter Barnes kroop terug door het filmdoek, verblind van pijn en door de lichtbundel uit de projector. Hij wankelde naar de rand van het toneel, hoorde weer de opgewonden filmstemmen en begon naar zijn mes te zoeken. Als hij het vond voor Gregory Bate hem zag, zou hij Don misschien nog kunnen redden. Ricky moest bij de eerste klap dood zijn geweest; hij had gezien hoe hard die was aangekomen. Toen gleed de lichtbundel boven zijn hoofd langs en hij zag wat Don aan het doen was. Gregory Bate lag zonder hoofd te kronkelen onder de bijlslagen terwijl naast hem Fenny zich machteloos rondwentelde, besmeurd met een dikke witte vloeistof.

'Laat mij maar,' zei hij en Ricky en Don keken met een spierwit gezicht naar hem op.

Toen hij naast hen in de zaal stond, nam Peter de bijl van Don over en hief hem met slappe armen omhoog. Zijn nervositeit en afkeer waren oorzaak van de mislukking, maar toch voelde hij zich plotseling sterker, sterk als een houthakker. Hij begon te gloeien van binnen en zijn gezicht straalde; hij voelde geen pijn meer en moeiteloos liet hij de bijl steeds weer opnieuw neerkomen. Daarna ging hij naar Fenny.

Zodra er niet veel meer van hen over was dan wat flarden huid en verbrijzelde botten tilde een luchtige wind hun verminkte lijken op waarna ze bleven ronddwarrelen in de lichtbundel van de projector, maar het gebeurde met zoveel kracht dat Peter opzij werd gesmeten. Peter bukte zich en raapte uit de smurrie het lange mes met het bewerkte benen heft op.

'Mijn god,' zei Ricky en liet zich in een bioscoopstoel vallen.

15

Don en Peter sleepten Ricky Hawthorne naar huis door de sneeuwstorm, waarna huize Hawthorne twee patiënten had. Peter legde het zijn vader als volgt uit: 'Ik ben bij meneer en mevrouw Hawthorne thuis en ik kan hier niet weg, pa. Don Wanderley en ik hebben meneer Hawthorne op een brancard thuis moeten brengen. Hij ligt in bed en mevrouw ook, die heeft een ongelukje met haar wagen gehad...'

'Ongelukjes op de weg zullen er vanmiddag wel meer gebeuren,' zei zijn vader.

'We hebben uiteindelijk een dokter kunnen vinden die haar een kalmerend middel heeft gegeven en meneer Hawthorne is verschrikkelijk verkouden. De dokter zei dat het longontsteking kon worden als hij niet naar bed ging, dus moeten Don Wanderley en ik hen verzorgen.'

'Begrijp ik het goed, Peter, dat jij ergens naar toe was met die meneer Wanderley en meneer Hawthorne?'

'Ja,' zei Peter.

'Nou, je had wel wat eerder kunnen bellen. Ik heb me erg ongerust gemaakt. Je bent alles wat ik nog heb, zie je.'

'Het spijt me, pa.'

'Nou, je bent in ieder geval in goed gezelschap. Kom maar zo gauw mogelijk thuis, maar neem geen enkel risico met dit noodweer.'

'Goed, pa,' zei Peter en legde op, dankbaar dat de stem van zijn vader nuchter had geklonken en dat er geen verdere vragen waren gesteld.

Samen met Don maakte hij soep klaar en ze brachten Ricky een kop in de logeerkamer, waar de oude man lag te rusten terwijl zijn vrouw in hun eigen kamer in een diepe slaap lag als gevolg van het kalmerend middel.

'Ik snap niet wat me mankeerde,' zei Ricky. 'Ik kon opeens geen stap meer doen. Als ik alleen was geweest, zou ik daar doodgevroren zijn.'

'Wie van ons daar ook alleen zou zijn geweest,' zei Don en nam niet de moeite zijn zin af te maken.

'Ook als we met ons tweeën waren geweest,' zei Peter, 'zouden we nu dood zijn. Hij had ons zonder meer kunnen vermoorden.'

'Ja, maar dat is gelukkig niet gebeurd,' zei Ricky. Don had gelijk wat hem betreft. 'En twee derde van wat we moeten doen, is nu volbracht.'

'U bedoelt dat we haar nog moeten opsporen,' zei Peter. 'Denkt u dat we het zullen klaarspelen?'

'O ja,' zei Don. 'Misschien kan Stella ons het een en ander vertellen. Zij kan iets gezien of gehoord hebben. Die man in de blauwe wagen is uiteraard dezelfde man die jou achtervolgde. We zullen haar vanavond het een en ander vragen.'

'Heeft dat zin?' vroeg Peter. 'We zijn weer ingesneeuwd. We kunnen nergens komen, ook al zou mevrouw Hawthorne ons kunnen zeggen waar we moesten zijn.'

'We kunnen nog altijd gaan lopen,' zei Don.

'Ja,' zei Ricky, 'als het moet, gaan we lopen.' Hij liet zijn hoofd terugvallen in het kussen. 'Zie je, *wij* zijn nu het Chowder Genootschap. Wij drieën. Nadat Sears' lijk was gevonden, dacht ik… zei ik dat ik als enige nog over was. Ik voelde het als een zwaar verlies. Sears was mijn beste vriend; ik beschouwde hem als een broer. En ik zal hem mijn hele leven missen. Maar ik weet dat Sears van zich afgeslagen heeft toen Gregory Bate hem in het nauw bracht. Lang geleden heeft hij een poging gedaan Fenny te redden en hij heeft zeker geprobeerd het tegen Fenny op te nemen toen zijn tijd was gekomen. Nee, we moeten niet treuren om het verlies van Sears, hij zal waarschijnlijk meer hebben gedaan dan ieder van ons alleen had kunnen doen.'

Ricky zette de lege soepkop op het nachtkastje. 'Maar nu hebben we weer een Chowder Genootschap en we zijn allemaal bij elkaar. Er is alleen geen whisky meer, geen sigaren, geen avondkleding... en lieve hemel, kijk mij eens! Ik heb niet eens een vlinderdasje om!' Hij greep naar de open kraag van zijn pyjamajasje en lachte even. 'En ik zal jullie nog iets vertellen. Er zullen geen gruwelverhalen en geen nachtmerries meer zijn. God zij dank.'

'Wat de nachtmerries betreft, ben ik niet zo zeker,' zei Peter.

Nadat Peter Barnes naar zijn kamer was gegaan om een uurtje te slapen, ging Ricky rechtop zitten en keek Don Wanderley door zijn brilleglazen met open blik aan. 'Don, toen je hier kwam, moet je gemerkt hebben dat ik bezwaren tegen je had. Ik vond het niet juist dat je hier was en tot ik merkte hoeveel je op je oom leek, mocht ik je persoonlijk ook niet. Ik hoef je zeker niet te vertellen dat er in dat opzicht veel veranderd is? Goeie god, wat zit ik toch te kleppen als een ekster! Wat zat er in die prik die de dokter me heeft gegeven?'

'Een hoge dosis vitaminen.'

'Nou, ik voel me veel beter. Weer vol energie. Ik ben uiteraard nog snipverkouden, maar dat ben ik al zo lang. Hoor eens, Don, na wat we samen hebben doorgemaakt, ben ik aan je gehecht geraakt. Sears was een broer voor me, jij zou een zoon kunnen zijn. Meer dan mijn biologische zoon eigenlijk. Mijn zoon Robert kan niet met me praten en ik met hem trouwens ook niet. Dat is al zo sedert hij een jaar of veertien was. Dus denk ik dat ik je in geestelijke zin maar zal adopteren, als je er geen bezwaren tegen hebt.'

'Bezwaren? Het is iets om trots op te zijn,' zei Don en greep Ricky's hand.

'Zaten er echt alleen vitaminen in die injectie?'

'Tja...'

'Als je je zo voelt na een verdovend middel, kan ik begrijpen dat John verslaafd is geraakt.' Hij ging weer liggen en sloot zijn ogen. 'Wanneer dit achter de rug is en we zijn nog in leven, laten we dan contact met elkaar houden. Eerst ga ik met Stella naar Europa en ik zal je een flink aantal ansichten sturen.'

'Dat zou ik fijn vinden,' zei Don en hij wilde nog meer zeggen, maar Ricky sliep al.

Even na tienen gingen Peter en Don, die beneden hadden gegeten,

468

naar de logeerkamer met een blad waarop een gegrild runderlapje, een salade en een flesje bourgogne. In een apart schaaltje hadden ze voor Stella ook een stukje vlees meegebracht. Don klopte aan en toen Ricky zei: 'Kom binnen,' liep hij met het zware blad de kamer in. Stella Hawthorne lag met een sjaal om haar hoofd naast Ricky in het logeerbed. 'Ik werd een uurtje geleden wakker,' zei ze, 'en ik voelde me zo alleen dat ik maar naar mijn man ben gegaan. Wat is dat, eten? O, wat aardig van jullie.' Ze lachte tegen Peter die verlegen op de drempel was blijven staan.

'Terwijl jullie ons beneden de oren van het hoofd aten, heb ik het een en ander met Stella besproken,' zei Ricky. Hij nam het blad en zette het op Stella's benen, waarna hij een van de borden nam. 'Wat een verwennerij, Stella! We hadden allang een dienstmeisje moeten hebben.'

'Ik dacht dat ik dat ook wel eens had voorgesteld,' zei Stella. Ofschoon ze de shock duidelijk nog niet te boven was, had ze zich in de loop van de avond behoorlijk hersteld. Ze zag er alleen niet meer uit als een vrouw van in de veertig en misschien zou ze er ook nooit meer zo uitzien, maar haar ogen stonden helder.

Ricky schonk Stella en zichzelf een glas wijn in en sneed een stukje vlees af. 'De man die Stella meenam was dezelfde als de man die jou heeft achtervolgd, Peter,' zei hij. 'Hij beweerde ook dat hij een Jehova's getuige was.'

'Maar hij was *dood*,' zei Stella en de schrik stond haar weer duidelijk op het gezicht. Ze greep Ricky's hand alsof ze houvast nodig had. 'Dat was hij echt.'

'Ik weet het,' zei Ricky en keerde zich weer tot de beide anderen. 'Maar toen mijn vrouw met hulp terugkwam, was het lijk verdwenen.'

'Wil je me alsjeblieft vertellen wat zich hier afspeelt?' vroeg Stella bijna in tranen.

'Jawel,' zei Ricky, 'maar niet nu. Het is allemaal nog niet voorbij. Ik leg het je van de zomer wel uit, wanneer we ver van Milburn vandaan zijn.'

'Ver van Milburn?'

'Ik neem je mee naar Frankrijk. We gaan naar Antibes, Saint Tropez, naar Arles en overal waar het maar leuk is. Als een paar bejaarde toeristen. Maar eerst moet je ons helpen. Zou je dat willen doen?'

'Als dit een eerlijk aanbod is en niet een of andere omkoperij.' Stella's praktische zin liet haar ook nu niet in de steek.

'Heb jij iets gezien in de buurt van die wagen toen je met Leon

Churchill terugkwam?' vroeg Don.

'Nee, er was verder niemand,' antwoordde Stella.

'Ik bedoel niet een of ander persoon. Maar een dier misschien?'

'Niet dat ik me herinner. Maar ik voelde me... wat onwezenlijk. Nee, niet dat ik weet.'

'Bent u er zeker van? Probeert u zich nog eens voor te stellen hoe het eruitzag. De wagen, het open portier, de sneeuwbank waarin de auto was blijven steken...'

'O,' zei ze en Ricky keek haar aan met zijn vork halverwege zijn mond. 'Ja, je hebt gelijk. Er was een hond. Is dat van belang? Hij sprong van een erf op de sneeuwhoop en aan de andere kant op de straat. Hij viel me op omdat het zo'n mooie hond was. Een witte.'

'Dat is het,' zei Don. 'Kunt u zich nog herinneren wat de man zei?'

'Nee,' zei Stella. 'Het was allemaal zo griezelig... Ik dacht dat hij stapelgek was. Hij kende me, want hij noemde me bij mijn naam en hij zei ook dat ik niet meer naar Montgomery Street hoefde omdat mijn man daar niet meer was... waar waren jullie eigenlijk?'

'Dat vertel ik je later wel eens bij een Pernod. In het voorjaar,' zei Ricky.

'Herinnert u zich nog meer?' vroeg Don. 'Heeft hij gezegd waar hij met u naar toe wilde?'

'Naar een vriendin, beweerde hij.' Stella rilde even. 'Ik zou een mysterie te zien krijgen. En hij had het over Lewis.'

'Hij heeft niet gezegd waar die vriendin was?'

'Nee. Of... nee, toch niet.' Ze keek neer op haar bord en schoof het blad naar het voeteneind. 'Arme Lewis. En vraag me nou alsjeblieft niets meer.'

'Laat ons nu maar alleen,' zei Ricky.

Don en Peter waren al bij de deur toen Stella zei: 'Ik herinner me wel iets. Hij zei dat we naar The Hollow gingen. Dat weet ik zeker.'

'En nu is het genoeg geweest,' zei Ricky. 'Tot morgen, heren.'

De volgende ochtend troffen Don en Peter hun gastheer al in de keuken aan toen ze beneden kwamen. Hij stond roereieren te maken, maar moest elk ogenblik zijn neus snuiten in een papieren zakdoekje. 'Goedemorgen. Zullen we het allereerst over The Hollow hebben?'

'U hoort in bed te liggen,' zei Don.

'Ik in bed liggen? Om de drommel niet,' zei Ricky. 'Ruiken jullie dan niet hoe dicht we in de buurt zijn?'

'Ik ruik alleen eieren,' zei Don. 'Peter, zet eens een paar borden

klaar.'
'Hoeveel huizen staan er in The Hollow? Vijftig? Zestig? Vast niet meer. En zíj zit in een daarvan.'
'Op ons te wachten,' zei Don. Peter, die bezig was borden uit te zetten op de keukentafel, hield daar even mee op. 'Er zal vannacht zeker meer dan een halve meter sneeuw zijn gevallen en het sneeuwt nog steeds. Het is niet direct een sneeuwstorm, maar vanmiddag kan er weer een komen. In de meeste staten hier is de noodtoestand uitgeroepen. Wilt u lopend naar The Hollow om er aan vijftig, zestig deuren te kloppen?'
'Nee, ik wil dat we er samen over nadenken,' zei Ricky. Hij kwam met de pan roerei naar de tafel en legde op ieder bord een portie. 'We zullen er wat geroosterd brood bij nemen.'
Even later zaten ze te ontbijten met toost, koffie en sinaasappelsap uit de diepvries. Ricky leek niets meer te mankeren zoals hij daar zat in zijn blauwe kamerjas, bijna uitbundig. En hij had kennelijk al nagedacht over The Hollow en Anna Mostyn.
'Het is de enige stadswijk die we niet zo goed kennen,' zei hij. 'Daarom heeft ze daar haar intrek genomen. Ze wil niet dat we haar nu al vinden. Waarschijnlijk weet ze intussen dat die schepsels van haar dood zijn. Op dit moment zal ze haar plannen moeten uitstellen en hulptroepen laten komen, of van het kaliber Bate of van haar eigen kaliber. De enige van dat type is door Stella met een hoedepen uitgeschakeld.'
'Waarom zou hij de enige van dat soort zijn?' vroeg Peter.
'Als het er meer waren, hadden we ze wel ontmoet,' zei Ricky.
Zwijgend aten ze door.
'Ik denk dat ze is weggekropen, in een leegstaande woning bijvoorbeeld, tot de hulp aankomt. Ze zal ons niet verwachten. Ze zal denken dat we de deur niet uit kunnen met al die sneeuw.'
'En ze is op wraak uit,' merkte Don op.
'Ze kan ook wel bang zijn geworden.'
Peter keek plotseling op. 'Waarom denkt u dat?'
'Omdat ik al eens eerder heb geholpen haar om zeep te brengen. En nog iets, als we haar niet snel vinden, is alles wat we tot nu toe hebben gedaan vergeefs geweest. Stella en wij drieën hebben heel Milburn wat respijt gegeven, maar zodra er weer verkeer de stad binnenkomt...' Ricky hapte in een stuk toost. 'Het zou nog erger kunnen worden dan eerst. Ze is niet alleen op wraak uit, ze is ook krankzinnig. We hebben haar al tweemaal de voet dwars gezet, dus kunnen we maar beter de zaak aanpakken wat betreft The Hollow.

Laten we er maar meteen op afgaan.'

'Was dat vroeger niet de buurt waar het huispersoneel woonde?' vroeg Peter. 'Toen iedereen nog dienstmeisjes en een tuinman had?'

'Ja,' zei Ricky, 'maar dat is het niet alleen. Wat zei ze ook alweer op een van die banden? "Het gebied van de dromen". Een van die plaatsen hebben we gelokaliseerd, maar misschien zijn er nog meer.'

'Kent u iemand die daar woont?' vroeg Don.

'Dat denk ik wel. Ik heb hier mijn hele leven gewoond. Maar ik zie niet in…'

'Hoe zag The Hollow er vroeger uit?' vroeg Peter. 'Toen u nog jong was?'

'Toen ik een jongeman was bedoel je? O, toen zag het er heel gezellig uit. Lang niet zo'n troep als tegenwoordig. Een beetje losbandig, dachten we toen. We beschouwden het als de bohémien-wijk van Milburn. Er woonde een schilder die omslagen maakte voor tijdschriften. Hij had een prachtige witte baard en droeg altijd een cape, precies zoals je je een schilder voorstelt. Ja, we kwamen er vaak. Er was toen een bar met een jazzband. Lewis kwam er graag; je kon er dansen. Tja, het leek wel iets op Humphrey's Place, maar dan gezelliger en kleiner.'

'Een band?' vroeg Peter en Don keek ook op.

'Ja,' zei Ricky en hun opwinding ontging hem. 'Het was maar een klein groepje, zes tot acht man, maar ze konden alles spelen wat destijds tot ver in de omtrek populair was…' Ricky stapelde de borden op, zette ze in de gootsteen en liet er heet water over lopen. 'Ja, Milburn was destijds helemaal een heerlijke plaats. We wandelden kilometers… naar The Hollow en terug om wat muziek te horen en een paar biertjes te drinken; we gingen ook de natuur wel in…' Met zijn handen in het sop leek Ricky plotseling te verstarren: 'Goeie god, ik weet het! Ik weet het weer!' Met een nat bord in zijn hand keerde hij zich om. 'Het was Edward die ik daar kende. We gingen in The Hollow bij hem op bezoek. Hij had daar een appartement en…' Ricky liet het bord vallen, maar het leek niet tot hem door te dringen en hij stapte gewoon over de stukken heen. '…en de eigenaar was onze eerste zwarte cliënt. Het gebouw staat er nog. De gemeente heeft het afgekeurd en het zal van het voorjaar wel gesloopt worden. Wij hadden Edward dat appartement bezorgd, Sears en ik.' Hij droogde zijn handen af aan zijn kamerjas. 'Daar is het, ik weet het zeker. Edwards appartement. *Het gebied van de dromen.*'

'Dus in oom Edwards appartement…' vroeg Don, al hoefde hij

nauwelijks meer iets te vragen.

'Is Eva Galli overleden en zijn onze dromen begonnen,' zei Ricky. 'Mijn god, we hebben haar te pakken.'

16

Ze trokken aan wat Ricky aan warme kleding bezat: ieder een paar stel ondergoed met daarover een paar truien en twee paar sokken. Don slaagde er maar net in zijn voeten in Ricky's grootste laarzen te wringen. Ricky's voorliefde voor goede kleren kwam hun goed van pas; de voorraad was meer dan toereikend. Hij had zelfs een grote doos met wollen sjaals en hij stond erop dat ze die om hun hoofd zouden wikkelen. 'Het is ruim een kilometer lopen naar The Hollow. Het is maar goed dat dit een kleine plaats is. Toen Edward er nog woonde, gingen we er weleens driemaal per dag naar toe en weer terug.'

'Bent u er zeker van dat u het huis kunt terugvinden?' vroeg Peter.

'Ik denk het wel. Is iedereen goed ingepakt? We moeten ook nog een paar hoofddeksels hebben.' Hij trok Peter een bontmuts over het hoofd, zette zelf een rode jagerspet op die een halve eeuw oud moest zijn en Don kreeg een lichtgroene tweed pet, die hem precies paste. 'Die is mij altijd te groot geweest,' zei Ricky. 'Ik heb hem gekocht om met John Jaffrey te gaan vissen, maar ik heb hem maar eenmaal gedragen. Ik hou niet van vissen.'

Aanvankelijk bleven ze warm in Ricky's kleren. In de lichte sneeuwbui liepen ze door het heldere licht langs mannen die bezig waren met schep of sneeuwblazer hun inrit schoon te maken. Op de inritten speelden kinderen in kleurige skipakken als beweeglijke kleurplekken op de glinsterende sneeuw. Het vroor nog hard en de kou beet hen in het gezicht, maar verder konden ze doorgaan voor een paar gewone mannen die iets dringends te doen hadden.

Maar nog voor het weer echt slecht werd, viel het lopen hun al moeilijk. Hun voeten begonnen de kou het eerst te voelen en hun benen werden moe van het baggeren door de dikke sneeuwlaag. Al gauw zeiden ze niets meer omdat het te veel energie kostte en hun adem bevroor op de wollen sjaals. De temperatuur daalde ongewoon snel en het begon steeds harder te sneeuwen. Dons vingers begonnen te tintelen in zijn handschoenen en hij kreeg koude benen. Wanneer ze een hoek omsloegen en een volgende straat inkeken met aan weerskanten een lange sneeuwbank van zo'n vijf meter hoog, dacht Don, moesten ze iets weg hebben van een poolexpeditie uit vroeger tijd, gedreven mannen met zwart geworden lippen en een bevroren huid die hun ondergang tegemoetgingen, nietige figuurtjes in een eindeloos golvend wit landschap.

Ze waren halverwege The Hollow toen Don de temperatuur op vijftien graden onder nul schatte. Zijn wollen sjaal was een stug masker om zijn gezicht geworden met een laag bevroren adem erop. De kou deed pijn aan zijn handen en voeten. Op dat moment worstelden ze de markt over en hadden moeite hun voeten telkens weer uit de sneeuwlaag te trekken. De kerstboom die de burgemeester en drie agenten hadden geplaatst, was een berg sneeuw geworden waaruit hier en daar nog groene takken staken. Omar Norris had hem bedolven bij het vegen van Main Street en Wheat Row.

Toen ze bij de verkeerslichten kwamen, was de lucht donkerder geworden en de sneeuw glinsterde niet meer. De vlokken dwarrelden in dichte massa's neer uit een loodgrauwe hemel. Ze waren alleen. In Main Street staken de daken van enkele wagens boven de sneeuwhopen uit. Alle gebouwen waren gesloten. De sneeuw begon steeds dichter te vallen en de lucht was niet langer grauw maar zwart.

'Ricky?' vroeg Don. Hij proefde bevroren wol en zijn jukbeenderen schrijnden.

'Niet ver meer,' hijgde Ricky. 'Doorlopen. Haal het wel.'

'Jij ook, Peter?'

De jongen keek hem vanonder de beijzelde bontmuts aan. 'U hebt gehoord wat de baas zei. Doorlopen.'

Aanvankelijk viel de sneeuw nog mild, maar toen ze drie straten verder waren en de wind nog steeds aanwakkerde, begon de bui over te gaan in een sneeuwjacht. Ricky viel achterover en toen hij ging zitten, zakte hij tot aan zijn borst in de verse sneeuw weg. Peter stak hem zijn hand toe en Don keek om. 'Gaat het?' vroeg hij.

'Moet even zitten. Even maar.'

Hij hijgde zwaar en Don wist hoe de kou door zijn keel schuurde en in zijn longen drong.

'Niet meer dan een paar straten verder,' hijgde Ricky. 'God, mijn voeten!'

'Ik kreeg daarnet een heel vervelend gevoel,' zei Don. 'Als ze er nu niet is?'

'Ze is er,' zei Ricky en liet zich door Peter uit de sneeuw trekken.

'Daar moeten we zijn, een paar straten nog.'

Toen Don zich weer omkeerde tegen de storm in, kon hij aanvankelijk niets meer zien. Even later zag hij duizenden witte deeltjes op zich afkomen, zo dicht opeen dat ze aan dikke strepen deden denken. Grote, half doorschijnende sneeuwlagen sneden hem af van Ricky en Peter. Hij zag maar nauwelijks dat Ricky hem wenkte door te lopen.

Don was er niet zeker van waar ze The Hollow binnenkwamen; in de sneeuwjacht was er geen verschil met de rest van Milburn. Misschien zagen de huizen er voor het merendeel wat havelozer uit en brandden er wat minder lampen in de kamers, die mijlenver weg leken. Hij had ooit in zijn dagboek iets over de 'warme sepiakleur uit de jaren dertig' geschreven, maar dat leek hem nu wel achterhaald. Hij zag niets dan donkergrijze oude bakstenen en afgeplakte ramen. Zonder de paar lichtjes die door de gordijnen schenen zou het een dreigend, verlaten oord zijn geweest. Hij herinnerde zich nog iets anders dat hij in zijn dagboek had geschreven: *Als er ooit moeilijkheden komen in Milburn, zullen die nimmer in The Hollow beginnen.* Nu was Milburn in moeilijkheden geraakt die hier, in The Hollow, op een zonnige dag in oktober een halve eeuw geleden waren begonnen.

In het vale licht van een straatlantaarn bleven ze staan. Ricky Hawthorne stond te wankelen op zijn benen. Hij staarde naar drie identieke hoge bakstenen gebouwen schuin aan de overkant. Don hoorde hem hijgen boven het razen van de wind uit. 'Daar,' zei hij schor. 'Welk huis is het?' vroeg Don.

'Dat weet ik niet,' zei Ricky, zijn hoofd schuddend waarbij sneeuw afkomstig van zijn rode pet rondstoof. 'Ik weet het niet meer.' Hij hief zijn gezicht op in de vallende sneeuw: een hond die een spoor zoekt. Het rechtse pand. Het middelste. Of het linkse. Hij bracht zijn hand met het mes erin omhoog en wees met de punt naar de ramen op een tweede verdieping. Er hingen geen gordijnen voor en een van de vensters stond open. 'Daar. Dat was Edwards appartement.'

Boven hen doofde de straatlantaarn en nam hun laatste licht met zich mee.

Don keek naar het raam hoog in het troosteloze gebouw alsof hij haar gezicht voor het raam verwachtte, alsof ze hen binnen zou wenken. Hij verstarde van angst, die erger was dan de kou.

'Eindelijk gebeurd,' zei Ricky. 'De stroomlijnen zijn omlaaggekomen. Je bent toch niet bang in het donker?'

Met hun drieën ploeterden ze de straat over.

17

Don duwde de deur van het huis open en de andere twee stapten achter hem aan de vestibule in. Ze trokken de wollen sjaals van hun hoofd, maar hun adem vormde nog altijd wolken in de koude ruimte. Peter sloeg de sneeuw van zijn bontmuts en van zijn jas. Niemand zei iets. Ricky zocht steun tegen een muur en leek nauwelijks meer in staat de trap op te klimmen. De gloeilamp boven hun hoofd straalde geen licht uit.

'Jullie jassen,' fluisterde Don, bedenkend dat hun met sneeuw doorweekte jassen hen in hun bewegingen zou belemmeren. Hij legde zijn bijl op de vloer, trok zijn jas uit en liet hem vallen met de sjaal erbovenop. Hij kon zich nog niet goed bewegen in zijn twee dikke truien, maar de zwaarste last was hem althans van de schouders gevallen. Peter trok ook zijn jas uit en hielp Ricky uit de zijne.

Don keek naar hun witte gezichten, vaag te onderscheiden in de duisternis. Zou dit het slotbedrijf worden? Ze hadden de wapens bij zich waarmee ze de gebroeders Bate onschuldig hadden gemaakt, maar hij voelde zich nu zo slap als een vaatdoek en dat zou voor de anderen ook wel gelden. Ricky Hawthorne had de ogen gesloten. Tegen de muur geleund, met ontspannen spieren, had zijn gezicht een dodenmasker kunnen zijn.

'Ricky?' fluisterde hij.

'Laat me even.' Ricky's hand trilde hevig terwijl hij hem naar zijn mond bracht om er warme adem op te blazen. Hij haalde diep adem, hield de lucht lang binnen en ademde uit. 'Goed, laten we gaan. Jij voorop, Don. Ik in de achterhoede.'

Don bukte zich en raapte zijn bijl op. Achter hem wreef Peter het lemmet van zijn mes langs zijn mouw. Met voeten die geen gevoel meer hadden, bereikte Don de onderste tree. Hij keek om. Ricky zocht achter Peter steun tegen de muur van het trappenhuis en had zijn ogen weer gesloten.

'Meneer Hawthorne,' zei Peter, 'wilt u niet liever beneden blijven?'

'Van z'n leven niet.'

Don ging een paar treden naar boven, nu met de andere twee vlak achter zich aan. In de jaren twintig waren drie welgestelde jongelui, twee jeugdige advocaten en een pas gevestigde arts, alsmede een domineeszoon van zeventien jaar dagelijks deze trap opgeklommen, net als de vrouw op wie ze verliefd waren, zoals Don verliefd was geweest op Alma Mobley. Toen hij de tweede verdieping had bereikt, gluurde hij even naar boven, langs de volgende trap waar ze moesten zijn. Half en half hoopte hij daar een open deur te zien die toegang gaf tot een lege kamer waar de sneeuw ongehinderd door een open raam naar binnen kwam...

Maar wat hij zag, deed hem even terugdeinzen. Peter keek over zijn schouder en knikte en toen Ricky boven was, keek ook hij naar de deur boven aan de trap. Door een kier onder de deur viel fosforiserend licht naar buiten en bescheen de overloop en de muren met een zachtgroen licht.

Zwijgend kwamen ze naderbij.

'Bij drie,' fluisterde Don en greep zijn bijl vlak onder het blad beet. De anderen knikten.

'Een. Twee.' Don greep zich aan de overloopleuning vast. *'Drie.'*

Samen wierpen ze zich tegen de deur die opensloeg onder hun gewicht.

Alle drie hoorden ze duidelijk hetzelfde woord, maar de stem die het uitsprak, was voor ieder verschillend. Het woord was *Hallo.*

18

Volslagen in verwarring draaide Don Wanderley zich om toen hij de stem van zijn broer herkende. Warm licht verspreidde zich om hem heen en hij hoorde rumoer van het verkeer. Zijn handen en voeten waren zo koud alsof ze bevroren waren, maar het was zomer. Zomer in New York. Hij herkende de hoek vrijwel meteen.

Het was ergens in de East Fifties en de omgeving was hem zo vertrouwd omdat er vlak bij een café was met een terras buiten waar hij David altijd voor de lunch trof wanneer hij in New York was.

Dit was geen hallucinatie, geen hallucinatie zonder meer. Hij wás in New York en het was zomer. Don voelde iets zwaars in zijn hand en zag dat het een bijl was. *Een bijl? Wat moest hij met...* Hij liet de bijl vallen. Zijn broer riep: 'Don, hier zit ik!'

Ja, hij had een bijl in zijn handen gehad... ze hadden groen licht gezien... hij had zich razend vlug omgedraaid...

'Don?'

Hij keek naar de overkant van de straat en zag David, gezond en wel, op een tafel buiten op het terras staan, lachend en wuivend. Hij droeg een keurig geperst blauw zomerkostuum en had een donkere bril op waarvan de bovenkant onder zijn blonde haar verdween. 'Hé, word eens wakker,' riep zijn broer boven het lawaai van het verkeer uit.

Don streek over zijn gezicht met zijn ijskoude handen. David mocht niet merken dat hij zich verward voelde... David had hem een lunch aangeboden en zou dus wel wat te vertellen hebben.

New York?

Ja, het wás New York en daar stond David lachend naar hem te kijken, verheugd hem te zien, vol van iets dat hij hem wilde vertellen. Don keek naar het trottoir. De bijl was weg. Hij schoot tussen een paar wagens door, omhelsde zijn broer en rook sigaren, een goede shampoo en Aramis-eau de cologne. Hij was in New York en David was in leven.

'Hoe is het met je?' vroeg David.

'Ik ben hier niet en jij bent dood,' hoorde hij zichzelf zeggen.

David leek in verwarring te zijn gebracht, maar verborg dat snel achter een lachje. 'Ga toch zitten, broertje. Zoiets moet je niet meer zeggen.' David nam hem bij de elleboog en bracht hem naar een stoel onder een parasol. Er stond een martini on the rocks in een beslagen glas.

'Ik moet niet...' begon Don. Uitgeput liet hij zich in de stoel vallen. Het verkeer van Manhattan bewoog zich door de fraaie straat in de East Fifties. Aan de andere kant zag hij over de auto's heen de naam van een Frans restaurant in gouden letters op een donker raam. Ondanks zijn koude voeten voelde hij dat het trottoir heet was.

'Nee, dat kun je maar beter niet,' zei David. 'Ik heb steak voor je besteld, goed? Ik dacht dat je niet te zwaar zou willen eten.' Hij keek Don over de tafel heen vriendelijk aan. De grote, modieuze zonnebril verborg zijn ogen, maar Davids knappe gezicht straalde warmte uit. 'Zeg, is dat pak naar je zin? Ik heb het in je kast gevonden. Nu je uit het ziekenhuis bent, zul je wat nieuwe kleren moeten gaan kopen. Zet maar op mijn rekening bij Brooks, hè?' Don keek wat hij aan had. Een bruin zomerkostuum, bruin met groen gestreepte das en bruine lage schoenen. Het zag er allemaal wat ouderwets uit en ook armoedig tegenover Davids chique.

'Kijk me aan en zeg nog eens dat ik dood ben,' zei David.

'Je bent niet dood.'

David zuchtte tevreden. 'Goed zo. Ik heb me bezorgd gemaakt, knaap. Zeg, weet je zo'n beetje wat er gebeurd is?'

'Nee. Wat zei je over een ziekenhuis?'

'Je hebt een kanjer van een instorting gehad, broertje. Je was er bijna geweest. Het gebeurde direct nadat je je boek af had.'

'The Nightwatcher?'

'Ja, inderdaad. Je was totaal van de kaart en als je wat zei, was het nonsens: dat ik dood was en over Alma iets akeligs en geheimzinnigs. Je was een eind van huis. Als je je niets kunt herinneren, dan komt dat door de shockbehandelingen. En nu moeten we je weer aan het werk zien te krijgen. Ik heb met professor Lieberman gesproken en hij zegt dat je in het najaar nog eens naar hem toe moet komen; hij is erg op je gesteld, Don.'

'Lieberman? Nee, die zei dat ik een...'

'Dat was voor hij wist hoe ziek je was. Hoe dan ook, ik heb je uit Mexico weggehaald en naar een particulier ziekenhuis in Riverdale gebracht. Ik heb de rekeningen betaald tot je weer wat was opgeknapt. Je steak komt dadelijk. Drink eerst die martini maar uit. De rode wijn van het huis is hier niet slecht.'

Gehoorzaam nipte Don van de martini, een vertrouwde, koele, sterke smaak. 'Waarom heb ik het zo koud?' vroeg hij aan David. 'Ik zit te rillen.'

'Dat is de uitwerking van je medicijnen.' David klopte hem op de hand. 'Ze hadden me al gezegd dat je je een paar dagen zo zou voelen. Koud en niet al te zeker van jezelf, maar dat gaat wel weer over, neem dat maar van me aan.'

De serveerster kwam het eten brengen. Don liet haar zijn martini-glas meenemen.

'Je had van die merkwaardige ideeën,' zei zijn broer. 'Nu je beter bent, zul je er zelf van schrikken. Je dacht dat mijn vrouw een of ander monster was en dat ze me in Amsterdam had vermoord, daar was je niet van af te brengen. De arts zei dat je het feit van de breuk tussen jullie niet had kunnen verwerken, dat je daarom niet naar New York was gekomen om het uit te praten. Je begon te denken dat alles wat je in je roman had geschreven, werkelijkheid was. Zodra je het boek naar de uitgever had gestuurd ben je in een hotelkamer gaan zitten. Je at niet, je waste je niet – je ging niet eens meer naar de plee. Ik heb je helemaal uit Mexico City moeten halen.'

'Wat deed ik een uur geleden?' vroeg Don.

'Toen kreeg je een kalmerend middel ingespoten. Daarna hebben ze je in een taxi gezet en je hier laten afleveren. Ik dacht dat je dit wel wilde terugzien. Iets bekends.'

'En ik heb een jaar in het ziekenhuis gelegen?'

'Bijna twee jaar. De laatste maanden ben je snel vooruitgegaan.'

'Waarom herinner ik me daar niets van?'

479

'Heel eenvoudig, omdat je dat niet wilt. Wat jou betreft ben je vijf minuten geleden geboren. Maar dat komt geleidelijk aan allemaal weer terug. Je kunt verder herstellen in ons huis op het Island met veel zon, zand en wat vrouwen. Lijkt het je wat?'

Don kneep zijn ogen dicht en keek toen om zich heen. Zijn hele lichaam was onbegrijpelijk koud. Een lange vrouw kwam op straat hun kant uit met een reusachtige herder aan een lijn; ze was slank en gebruind en ze had een zonnebril in haar haar geschoven, en even was ze het symbool van alles wat echt was, een kort begrip van alles wat geen hallucinatie, geen fantasie was, maar van gezond verstand. Ze leek geen bekende persoonlijkheid, hij kende haar althans niet, maar na alles wat David hem had verteld, was zij een toonbeeld van gezondheid.

'Je zult nog genoeg vrouwen ontmoeten,' zei David en lachte hem bijna uit. 'Staar je nu niet blind op de eerste de beste die je pad kruist.'

'Je bent inmiddels met Alma getrouwd,' zei Don.

'Natuurlijk. En ze verlangt naar je komst. Weet je,' zei David glimlachend, zijn vork met een keurig stukje vlees eraan geprikt omhooghoudend, 'ze voelt zich een beetje gevleid met dat boek van je. Ze heeft het gevoel dat ze een bijdrage aan de literatuur heeft geleverd.' Hij lachtte even en schoof zijn stoel dichter bij die van zijn broer. 'Maar ik wilde eigenlijk over iets anders met je praten. Denk je eens in wat de consequenties zouden zijn als het waar was wat je in je boek hebt geschreven. Als dergelijke wezens werkelijk bestonden, zoals jij meende.'

'Ja,' zei Don, 'ik dacht dat...'

'Laat me even uitspreken. Begrijp je niet hoe nietig wij hun zouden voorkomen? Wij leven... hoelang? Zo'n miserabele zestig, zeventig jaar als het meezit. Zij leven als sinds eeuwen, misschien wel honderden eeuwen lang. Ze worden wat ze willen. Ons leven berust op toeval, coïncidentie, willekeurige combinatie van genen; zij maken zichzelf zoals ze willen. Ze zouden niets van ons moeten hebben. En geef ze eens ongelijk. Wat betekenen wij, daarmee vergeleken?'

'Nee,' zei Don, 'daar klopt niets van. Ze zijn woest en wreed, ze leven van de dood...' Hij kreeg het gevoel dat hij moest overgeven. 'Hoe kun je zoiets zeggen.'

'Ach, jij zit nog altijd gevangen in het verhaal dat je jezelf hebt wijsgemaakt, en al ben je er nu af, dat verhaal is ergens in je geheugen blijven hangen. Je behandelend arts vertelde me dat hij nog nooit zoiets had meegemaakt – als jij flipte, dan flipte je een *verhaal* binnen. Je kon in de ziekenhuisgang lopen praten met mensen die er niet waren. Je zat volkomen verstrikt in een of ander komplot. De doktoren vonden het bijzonder boeiend. Je hebt ook met hen gesproken en ze gaven je antwoord, maar voor jouw gevoel zat je te redeneren met ene Sears en met nog een ander, Ricky...' David keek hem hoofdschuddend aan.

'Hoe liep dat verhaal af?' vroeg Don.

'Hè?'

'*Hoe liep dat verhaal af?*' Don legde zijn vork neer en keek zijn broer recht in de ogen.

'Zo ver lieten ze je niet komen,' zei David. 'Ze waren bang dat je... het was alsof je je erop instelde vermoord te worden. Nou ja, dat hoorde natuurlijk bij je ziekte. Je bedacht die fantastische wezens en "schreef" jezelf het verhaal in als hun vijand. Maar zoiets zou natuurlijk nooit te verslaan zijn. Wat je ook deed, zij zouden altijd winnen.'

'Nee, dat is niet...' zei Don. Het klopte niet: hij kon zich het 'verhaal' waarover David het had maar vaag herinneren, maar wat David zei, was niet waar.

'Je artsen vonden het de interessantste manier waarop een romanschrijver zelfmoord kon plegen. Maar ze konden je natuurlijk niet tot het bittere eind laten doorgaan. Ze moesten je eruit halen.' Don kreeg het gevoel dat hij in een ijskoude wind zat.

'Hallo, blij dat je weer terug bent,' zei Sears. 'Die droom hebben we allemaal gehad, maar jij moet de eerste zijn die hem tijdens een van onze bijeenkomsten krijgt.'

'Wat?' zei Ricky. Toen hij opkeek, zag hij dat hij in Sears' gezellige bibliotheek zat. Tegenover hem trok Sears aan zijn sigaar en keek hem een beetje nijdig aan. Lewis en John, met het whiskyglas in de hand en in avondkleding, leken eerder gegeneerd dan kwaad.

'Welke droom?' vroeg Ricky. Hij was ook in avondkleding; uit de sigaar, het tanende licht en allerlei andere dingen kon hij opmaken dat de bijeenkomst van het Chowder Genootschap ten einde liep.

'Je was in slaap gesukkeld,' zei John. 'Direct nadat je verhaal uit was.'

'Welk verhaal?'

'En toen keek je mij aan,' zei Sears, 'en je zei: "Jij bent dood."'

'O, de nachtmerrie,' zei Ricky. 'O ja? Heb ik dat werkelijk gezegd? Mijn god, wat heb ik het koud.'

'Op onze leeftijd krijg je problemen met de bloedsomloop,' zei Jaffrey.

'Welke dag is het?'

'Je hebt écht geslapen,' zei Sears en zijn wenkbrauwen gingen omhoog. 'Het is 9 oktober.'

'En is Don hier? Waar is Don?' Ricky keek gejaagd de bibliotheek rond, alsof Edwards neef zich ergens had verstopt.

'Maar Ricky toch,' mopperde Sears. 'We hebben juist gestemd of we hem zullen schrijven. Dat weet je toch wel. Het lijkt me heel onwaarschijnlijk dat hij zou verschijnen voordat de brief is geschreven.'

'We moeten hem over Eva Galli inlichten,' zei Ricky. Hij herinnerde zich nu de stemming. 'Dat is absoluut noodzakelijk.'

John lachte dunnetjes en Lewis ging achteruit in zijn stoel zitten en keek Ricky aan alsof hij hem voor gestoord hield.

'Je bent wel bezig een grandioze ommezwaai te maken,' zei Sears. 'Heren, aangezien onze vriend hier kennelijk aan slaap toe is, stel ik voor de bijeenkomst te sluiten.'

'*Sears,*' zei Ricky, zich met een schok nog iets anders herinnerend.

'Ja, Ricky?'

'Als we weer bijeenkomen – ik bedoel bij John thuis – vertel dan niet het verhaal dat je in je hoofd hebt. Dat verhaal mag je niet vertellen. De gevolgen zouden vreselijk zijn.'

'Blijf nog even, Ricky,' zei Sears kortaf en liet de andere twee uit.

Hij kwam weer binnen met een pas opgestoken sigaar en een fles. 'Ik geloof dat jij een borrel nodig hebt. Het moet een belabberde droom zijn geweest.'

'Ben ik lang onder zeil geweest?' Buiten voor de deur hoorde hij Lewis pogingen doen de Morgan te starten.

'Tien minuten, langer niet. Wat was dat nu met mijn verhaal voor de volgende keer?'

Ricky deed zijn mond open, trachtend naar boven te halen wat hem even geleden zo belangrijk had geleken en was zich bewust een belachelijke indruk te maken. 'Ik weet het niet meer, het had met Eva Galli te maken.'

'Ik verzeker je dat ik niet van plan was daarover te beginnen. Ik denk dat niemand van ons daar ooit op terugkomt en dat lijkt me ook het beste, nietwaar?'

'*Nee*. Nee. We moeten...' Ricky merkte dat hij weer over Donald Wanderley dreigde te beginnen en kreeg een kleur. 'Ik denk dat het in mijn droom thuishoorde. Staat er een raam open, Sears? Ik heb het afschuwelijk koud. En moe voel ik me ook. Ik snap niet wat...'

'Dat is de leeftijd. Niet meer en niet minder. We komen aan het eind van de reis, Ricky. Wij allemaal. We hebben trouwens ook lang genoeg geleefd, wat jij?'

Ricky schudde zijn hoofd.

'John is al stervend. Je kunt het op zijn gezicht zien, nietwaar?'

'Ja, ik dacht ook al dat...' zei Ricky. Aan het begin van de bijeen-komst had hij die duistere wolk over Johns voorhoofd zien glijden, al had hij achteraf het gevoel dat dat al jaren geleden was gebeurd.

'De dood. Dat had je gezien, dacht je. En zo is het, oude vriend.' Sears lachte vriendelijk tegen hem. 'Ik heb er ook veel over na-gedacht en nu je de naam Eva Galli noemt, komt dat allemaal weer naar boven. Weet je wat ik heb gedacht?' Sears trok aan zijn sigaar en leunde met zijn hele bovenlichaam naar hem toe. 'Ik denk dat Edward geen natuurlijke dood is gestorven. Ik denk dat hij een visioen te zien kreeg van een zo gruwelijke bovenaardse schoonheid dat de schok te groot was voor zijn sterfelijk lichaam. Ik denk dat we ons in onze verhalen een jaar lang langs de rand van die schoon-heid hebben begeven.'

'Nee, geen schoonheid,' zei Ricky. 'Het was iets obsceens, iets lugu-bers.'

'Wacht eens even, ik vind dat je de mogelijkheid van een ander soort wezens – machtig, alwetend en mooi – niet moet uitsluiten. Maar áls ze bestonden, zouden ze niets van ons moeten hebben. We zouden kudden vee zijn bij hen vergeleken. Zij leven eeuwenlang, misschien wel honderden eeuwen, en ze zouden ons als kinderen beschouwen. Zij zouden niet bepaald worden door toeval of coïncidentie, door een willekeurige samenvoeging van genen. Terecht zouden ze op ons neerkijken; we zouden hun aandacht nauwelijks waard zijn.' Sears stond op, zette zijn glas neer en begon door de kamer te lopen. 'Eva Galli. Zij was de kans die we gemist hebben, Ricky. We had-den dingen kunnen leren die het verlies van onze miserabele levens waard waren.'

'Zij zijn nog veel ijdeler dan wij, Sears,' zei Ricky. 'O, nu schiet het me te binnen. De gebroeders *Bate*. Dat is het verhaal dat je niet mag vertellen.'

'Ach, dat is ouwe koek,' zei Sears. 'Dat is toch allemaal voorbij?' Hij kwam naar hem toe, leunde op Ricky's stoel en keek op hem neer. 'Ik vrees dat wij allemaal voortaan – is het nu *hors commerce* of *hors de combat*?'

'In jouw geval is het bepaald *hors de combat*,' zei Ricky, zich de uitspraak herinnerend. Hij voelde zich ellendig; hij rilde en had de zwaarste verkoudheid uit zijn hele leven: longen vol slijm en vermoeide schouders waarop een vracht sneeuw van een hele winter leek te drukken.

Sears bukte zich: 'Dat geldt voor ons allemaal, Ricky. Maar toch, de reis is het waard geweest, nietwaar?' Sears stak de sigaar in zijn mond en bevoelde Ricky's hals. 'Ik dacht dat ik gezwollen klieren zag. Je mag blij zijn als je niet aan longontsteking sterft, Ricky.' Sears zware hand bewoog zich rondom zijn hals.

Machteloos begon Ricky te niezen.

'Luister naar wat ik zeg,' zei David. 'Begrijp je niet hoe belangrijk dit is? Je hebt jezelf in een positie gebracht die logischerwijs je daad tot gevolg moet hebben. Je hebt je weliswaar de wezens die je beschreef als boosaardig voorgesteld, maar onbewust zag je in dat ze superieur waren. Daarom was je "verhaal" zo gevaarlijk. Volgens je arts begreep je onbewust dat ze je zouden doden. Je had iets bedacht dat zo superieur was aan jezelf dat je bereid was hun je leven te offeren. Je bent op een gevaarlijke weg, jongen.'

Don schudde zijn hoofd.

David legde zijn mes en vork neer. 'Ik stel je een experiment voor. Ik kan bewijzen dat je in leven wilt blijven. Goed?'

'Ik weet zo ook wel dat ik in leven wil blijven.' Hij keek naar de overkant van de onmiskenbaar echte straat en zag weer de onmiskenbaar echte vrouw met de herder aan de lijn passeren. Maar nee, het viel hem op dat ze in dezelfde richting liep als de eerste keer, alleen nu aan de overkant. Het was als een film waarin hetzelfde detail in verschillende scènes wordt vertoond, in verschillende rollen; het brengt je in verwarring, maar maakt tevens duidelijk dat het om fantasie gaat. Maar zoals ze daar liep met haar fraaie hond was ze een onderdeel van het straatbeeld en geen fantasie.

'Ik bewijs het je. Ik zet mijn handen om je keel en wurg je. Als je het benauwd krijgt, zeg je maar stop.'

'Dat is belachelijk.'

Over de tafel heen greep David hem bij zijn keel. 'Stop,' zei hij. Maar David kneep harder; hij kwam overeind uit zijn stoel en stootte de tafel opzij. De karaf wankelde en er gutste wijn over het tafelkleedje. Gasten aan naburige tafels leken niets te merken; ze aten rustig door, hun gesprekken maakten een onmiskenbaar echte indruk en ze staken hun vork met onmiskenbaar echt voedsel in hun onmiskenbaar echte mond. 'Stop,' trachtte hij nog eens te zeggen, maar David kneep nu zo hard dat hij het woord niet meer kon uitbrengen. Zijn broer keek alsof hij een laboratoriumproef nam waarover hij een rapport moest schrijven terwijl hij met zijn heup de tafel omgooide.

En opeens was het Davids gezicht niet meer maar de kop van een hert met een gewei of een uil, of beide.

Don schrok heftig toen vlak bij hem iemand luidruchtig niesde.

'Hallo, Peter. Jij komt dus een kijkje nemen achter de schermen?' Clark Mulligan liet hem de projectiecabine binnen. 'Aardig dat u hem hebt meegebracht, mevrouw Barnes. Zoveel bezoek krijg ik hier niet. Wat scheelt eraan? Je lijkt wat in de war, Pete.'

Peter wilde iets zeggen, maar deed het niet.

'Zou je meneer niet bedanken, Peter?' zei zijn moeder snibbig.

'Hij zal geschokt zijn door de film,' zei Mulligan. 'Daar hebben meer mensen last van. Ik heb hem inmiddels eindeloos vaak gezien, maar hij pakt me nog altijd. Meer was het niet, Pete. Een film.'

'Een film,' zei Peter. 'Nee, we gingen de trap op...' Hij stak zijn hand uit en zag het lange mes met het fraaie benen heft.

'Daar was de rol afgelopen. Je moeder zei dat je graag wilde kijken hoe het er van boven allemaal uitzag. En omdat jullie de enige bezoekers waren, had ik daar geen bezwaar tegen.'

'Peter, wat moet je in vredesnaam met dat mes?' zei zijn moeder. 'Geef op, *onmiddellijk*.'

'Nee, ik moet... ik moet nog...' Peter ontweek zijn moeder en keek verdwaasd rond in de projectiecabine. Hij zag een corduroy jasje aan een haak, een kalender en aan de achterwand een gestencilde lijst. Het was er zo koud dat het leek of Mulligan de film op straat vertoonde.

'Kijk, Pete,' zei Mulligan, 'hier heb je onze beide projectors en de laatste rol zit al in deze; ik maak alles tijdig klaar en als ik een bepaald tekentje op het doek zie, weet ik dat ik nog zoveel seconden heb om...'

'Hoe loopt de film af?' vroeg Peter. 'Ik kan me niet goed meer herinneren hoe...'

'O, ze gaan natuurlijk allemaal dood,' zei Mulligan. 'Hoe zou het anders moeten eindigen? Als je ziet waartegen ze vechten, doen ze een beetje zielig aan, hè? Het zijn tenslotte doodgewone onbetekenende mensen en waar ze tegen vechten, zijn... schitterende wezens nietwaar? Je kunt hier de rest van de film wel bekijken. Is dat goed, mevrouw Barnes?'

'Dat lijkt mij ook beter,' zei Christina en schoof naar hem toe. 'Hij

485

is daar beneden een beetje in trance geraakt. Geef hier dat mes, Peter.'

Peter hield het mes achter zijn rug.

'Ach, hij ziet het zo meteen wel, mevrouw Barnes,' zei Mulligan en hij schakelde de andere projector in.

'Wat zie ik?' zei Peter. 'Ik bevries hier zowat.'

'De verwarming is defect. Je krijgt hier winterhanden. Wat je zult zien? Nou, eerst worden er twee mensen vermoord natuurlijk en dan... nou ja, kijk zelf maar.'

Peter bukte zich en keek door een spleet in de wand en daar lag de lege zaal, daar stond de lichtbundel die zich naar het doek toe verbreedde...

Vlak naast hem begon een onzichtbare Ricky luid te niezen en hij zag alles weer verschuiven; de wanden van de cabine wankelden en er was iets dat walgend ineenkromp, alsof Ricky het had bespuwd. Even later verscheen Clark Mulligan weer in beeld en zei met trillende stem: 'Er zit ergens een slechte plek in de film geloof ik, maar nu gaat het wel weer.' En zijn moeder zei: 'Geef dat mes hier, Peter.'

'Het is alleen maar een truc,' zei hij. 'Weer zo'n smerige truc.'

'Peter, doe niet zo grof,' zei zijn moeder.

Clark Mulligan keek hem aan met een bezorgde, verbaasde blik en Peter, die zich de raad uit een vroeger jongensboek herinnerde, stak het mes opwaarts in Mulligans dikke buik. Zijn moeder gilde en begon te vervagen zoals al het andere om hem heen en Peter greep het benen heft in beide handen en stak nog eens terdege toe. Hij huilde van ellende, maar toen viel Mulligan achterover tegen de projectors en gooide ze van hun standaards.

19

'O, Sears,' zei Ricky, hijgend naar lucht. Zijn keel stond in brand. 'O, mijn arme vrienden.' Een ogenblik waren ze allemaal weer tot leven gewekt en hun fragiele wereld had zich hersteld; dit dubbele verlies van vrienden en een comfortabel bestaan schokte hem tot in het diepst van zijn ziel en er prikten tranen in zijn ogen.

'Meneer Hawthorne,' hoorde hij Don zeggen en hij keek opzij. Toen hij zag wat er in het appartement gebeurde, ging hij rechtop zitten. 'Peter heeft het er goed afgebracht,' zei Don ergens naast hem.

De jongen stond zo'n anderhalve meter van hem af met een strak gezicht neer te kijken op het lijk van een vrouw dat even verderop lag. Don lag naast hem op zijn knieën en masseerde zijn nek. Hun blikken ontmoetten elkaar en ze lazen er beiden leed en afschuw in. Toen keken ze weer naar Anna Mostyn.

Een moment lang zag hij haar weer zoals ze was geweest toen ze zich meldde bij de receptie van Wheat Row: een jonge vrouw met een boeiend, smal gezicht en donker haar. En nog altijd was er iets over van de echte intelligentie en de gespeelde menselijkheid op dat ovale gelaat. Haar hand omklemde het benen heft dat vlak onder haar ribben naar buiten stak en er stroomde al donker bloed uit de lange wond. De vrouw sloeg met haar voeten tegen de vloer, haar gezicht was verwrongen en haar oogleden trilden. Sneeuwvlokken dwarrelden het openstaand raam binnen en daalden neer op haar ogen.

Plotseling sloeg Anna Mostyn haar ogen op. Ricky zette zich schrap, hij dacht dat ze iets ging zeggen, maar de mooie ogen werden wazig en ze leek hen niet te herkennen. Uit de wond gutste een golf bloed en toen nog een die uitvloeiden over haar lichaam en de knieën van de beide mannen bespatten. Ze glimlachte vaag waarna een derde golf over haar lichaam stroomde en een plas op de grond vormde.

Een ogenblik zagen ze alle drie, alsof het lichaam van Anna Mostyn niet meer was dan een gevoelige filmlaag over een andere substantie, een spartelend leven binnen de huid van de dode vrouw, niet een hert of een uil, geen menselijk of dierlijk lichaam, maar een mond die zich onder de mond van Anna Mostyn opende en een lichaam dat gevangen zat binnen haar bebloede kleren en dat worstelde om tot leven te komen. Het draaide en vertoonde kleuren net als een olielaag en haalde naar hen uit zolang het zichtbaar was. Daarna werd het zwart en vervaagde en alleen de dode vrouw bleef op de vloer achter.

Het volgende ogenblik was haar gelaatskleur overgegaan in een krijtachtig wit en haar ledematen kromden zich naar binnen, als in een wind die de anderen niet konden voelen. Toen rolde de dode zich op als een velletje papier in de vlammen, ze werd kleiner en haar hele lijf krulde zich inwaarts. Voor hun ogen teerde ze weg tot haar halve lengte en nog kleiner. Ze had niets menselijks meer maar was één brok gemarteld vlees dat steeds verder inkromp, gewond en gebeukt door een niet voelbare wind.

De kamer zelf leek een zucht van opluchting te slaken door wat er nog van haar keel over was. Om hen heen flitste een felgroen lichtschijnsel, als duizend lucifers; het restant van Anna Mostyns lijk trilde nog even en loste zich op. Ricky, op handen en voeten steunend, zag hoe sneeuwvlokjes rondwervelden waar het lichaam in rook was opgegaan, om vervolgens eveneens te verdwijnen.

Dertien straten verder stortte in Montgomery Street het huis tegenover dat van Jaffrey in. Milly Sheehan hoorde de knal en vloog naar het raam en ze zag nog juist dat de gevel van Eva Galli's huis zich als karton naar binnen vouwde en verbrokkelde tot afzonderlijke bakstenen die werden weggeslingerd in de hoog oplaaiende vlammen midden in het huis.

'De lynx,' fluisterde Ricky. Don rukte zijn blik los van de plek op de vloer waar Anna Mostyn zich had opgelost en zag op de vensterbank van het openstaande raam een mus zitten. Het vogeltje keek hen met de kop schuin aan en toen ze het naderden, vloog het van de vensterbank door het open raam naar buiten.

'Nu is het gebeurd,' zei Peter. 'We hebben hen tot de laatste toe vernietigd.'

'Ja, Peter,' zei Ricky. 'Hiermee is het afgelopen.'

De twee mannen wisselden een blik van verstandhouding. Don liep naar het raam en keek naar buiten, maar hij zag alleen dat de sneeuwstorm luwde. Hij keerde zich om naar Peter en omhelsde hem.

20

'Hoe gaat het ermee?' vroeg Don.

'Hij vraagt hoe het gaat,' zei Ricky, overeind zittend in de kussens van zijn bed in het ziekenhuis van Binghamton. 'Longontsteking is geen lolletje. Begin er maar nooit aan.'

'U was er bijna geweest,' zei Don. 'Ze hadden de autoweg juist op tijd vrij om u per ambulance hier naar het ziekenhuis te brengen. Als u het niet had gehaald, had ík straks met uw vrouw naar Frankrijk gemoeten.'

'Zeg dat maar niet tegen Stella. Ze wil zo graag naar Frankrijk dat ze er zelfs met zo'n verwaande kwast als jij naar toe zou gaan.'

'Wanneer mag u naar huis?'

'Over twee weken. Ik voel me nog niet best, maar verder heb je het hier goed. Stella heeft de wind er flink onder bij de verpleegsters en ze leggen me behoorlijk in de watten. O ja, nog bedankt voor de bloemen.'

'Ik mis u,' zei Don. 'En Peter mist u ook.'

'Ja,' was alles wat Ricky zei.

'Dat is het plezierigste van de hele affaire,' zei Don. 'Ik voel me sterker aan u en Peter – en aan Sears ook, moet ik zeggen – gebonden dan aan wie ook na Alma Mobley.'

'Nou, je weet hoe ik daarover denk. Dat heb ik er al uitgegooid toen die dokter me zo zwaar onder de verdovende middelen had gezet. Het Chowder Genootschap is dood, lang leve het Chowder Genootschap. Sears liet zich eens ontvallen dat hij het jammer vond dat hij al zo oud was. Ik schrok er destijds van, maar ik ben het nu wel met hem eens. Ik zou Peter Barnes graag zien opgroeien... en helpen waar nodig. Dat zul jij nu voor me moeten doen. We hebben ons leven aan hem te danken, nietwaar?'

'Ja, ik weet het. Voor zover we het niet aan uw verkoudheid te danken hebben.'

'Ik was tot niets in staat daar in die kamer.'

'Ik net zo min.'

'Gelukkig dat Peter er was. Ik ben blij dat je hem niet wijzer hebt gemaakt.'

'Ja, hij heeft al genoeg achter de rug. Maar we moeten nog altijd de lynx schieten.'

'Ja,' zei Ricky. 'Want als we dat niet doen, zal ze toch weer terugkomen. Net zolang tot ieder van ons en onze naaste verwanten dood zijn. Ik zou mijn kinderen niet graag deze weg zien opgaan. En hoe erg ik het ook vind, ik denk dat jij deze taak op je zal moeten nemen.'

'Ik ben er geheel toe bereid,' zei Don. 'Tenslotte hebt u eigenhandig de gebroeders Bate onschadelijk gemaakt en Peter heeft hun meesteres uitgeschakeld. Dus zal ik de rest maar doen.'

'Ik benijd je er niet om, maar ik heb vertrouwen in je. Heb je dat mes nog?'

'Dat heb ik van de vloer opgeraapt.'

'Mooi. Ik moet er niet aan denken dat je het kwijtraakt. Weet je, in die afschuwelijke kamer heb ik vermoedelijk het antwoord begrepen op een van de raadsels waar ik met Sears en de anderen altijd over nadacht. Ik geloof dat we hebben begrepen waardoor je oom een hartaanval kreeg.'

'Het werd mij ook duidelijk,' zei Don.

'Arme Edward. Toen hij naar Johns logeerkamer ging, zal hij niets erger hebben verwacht dan dat zijn actrice met Freddy Robinson in bed lag. En in plaats daarvan deed ze... wat? Ze wierp het masker af.'

Ricky zag er erg moe uit en Don stond op. Hij legde een stapeltje pockets en een zak sinaasappels op het nachtkastje.

'Don?' De stem van de oude man was hees van uitputting.

'Ja?'

'Je hoeft mij niet in de watten te leggen. Ga jij de lynx maar schieten.'

21

Drie weken later, toen Ricky Hawthorne werd ontslagen uit het ziekenhuis, deden zich geen sneeuwstormen meer voor. Milburn was geen belegerde plaats meer en herstelde even voorspoedig als de oude jurist. De schappen in de winkels waren weer gevuld en het voedselprobleem behoorde tot het verleden.

De scholen gingen weer open. Zakenlieden en bankiers verschenen weer op hun werk en worstelden zich door bergen achterstallige bezigheden heen. En het duurde niet lang of ook de joggers en wandelaars vertoonden zich weer in de straten van Milburn. Annie en Anni, de knappe serveersters van Humphrey Stalladge, misten Lewis en trouwden met de mannen met wie ze al samenwoonden. Ze werden allebei snel zwanger, met een week tussenruimte. Als ze zoons kregen, zouden ze hen Lewis noemen.

Er waren ook zaken die niet meer opengingen. Sommigen van hun eigenaren waren failliet gegaan en wie een winkel heeft, moet huur en onroerend-goedbelasting betalen, ook al is het pand ondergesneeuwd. Anderen moesten om nog triestere redenen sluiten. Leota Mulligan wilde aanvankelijk zelf de bioscoop gaan exploiteren, maar verkocht de zaak tenslotte aan een franchiseketen en trouwde een half jaar later met de broer van Clark, Larry. Hij had minder fantasie dan Clark, maar hij was betrouwbaar en plezierig gezelschap en hij vond dat ze lekker kookte. Ricky Hawthorne wilde het advocatenkantoor geruisloos opdoeken, maar een jonge advocaat stelde voor hem naam en goodwill van de firma te verkopen. De nieuwe eigenaar nam Florence Quast weer in dienst en liet nieuwe naamplaten aan gevel en voordeur maken. Daarna heette de firma Hawthorne, James en Whittacker.'

Intussen wachtte Don af. Hij praatte met Ricky en Stella over de reisgidsen die over de salontafel verspreid lagen, en wanneer hij Peter ontmoette, spraken ze over Cornell, over boeken die de jongen las en over zijn vader, die gewend begon te raken aan het leven zonder Christina. Tweemaal reden Don en Ricky naar Pleasant Hill en legden bloemen op alle graven die erbij waren gekomen sinds John Jaffreys begrafenis. Ze lagen daar op een lange rij: Lewis, Sears, Clark Mulligan, Freddy Robinson, Harlan Bautz, Penny Draeger en Jim Hardie... zoveel nieuwe graven, aardhopen nog. Hun zerken zouden ze later krijgen, wanneer de grond wat bestorven was. Christina Barnes lag verderop begraven in een vers gedolven graf voor twee personen dat Walter Barnes had gekocht. Het gezin Elmer Scales had een plaats gevonden dicht bij de top van de heuvel, in het familiegraf dat Elmers grootvader al had gekocht en waar een verweerde stenen engel over hen waakte.

'Nog geen spoor van de lynx,' zei Ricky op de terugrit.

'Nee,' zei Don. Ze wisten allebei dat het de volgende keer weer geen lynx zou zijn en dat het wachten maanden, zo geen jaren kon duren. Don las, ging eten bij Ricky en Stella, keek naar oude films op de televisie en kon niet aan het werk komen. Vaak werd hij midden in de nacht huilend wakker. Ook hij moest genezen.

Halverwege maart, op een grauwe winterse dag, werd er door een postbestelwagen een pakket bezorgd van een filmverhuurmaatschappij in New York. Het had de firma twee maanden gekost een kopie van de film *China Pearl* te vinden.

Hij zette de film in de projector van zijn oom en plaatste het scherm. Zijn handen trilden zo hevig dat hij geen sigaret kon aansteken. De enige film waarin Eva Galli ooit een rol had gespeeld, riep bij voorbaat beelden op van Gregory Bate in Rialto, waar ze allemaal hadden kunnen sterven. Hij vreesde ook dat Eva Galli uiterlijk op Alma Mobley zou lijken.

Hij schakelde de speakers in voor het geval dat de film zou worden vergezeld door muziek, maar *China Pearl,* opgenomen in 1925, was een stomme film. Toen hij de projector had ingeschakeld en ging zitten met een glas in de hand tegen de zenuwen, kwam hij tot de ontdekking dat de kopie door de distributiemaatschappij was bewerkt. Het was niet meer *China Pearl,* maar nummer achtendertig van de serie 'Klassieken van de stomme film'. Behalve een muziekband was er ook commentaar aan toegevoegd. Dat betekende, zoals Don wist, dat er behoorlijk in de film was geknipt.

'Een van de grootste sterren in de tijd van de stomme film was Richard Barthelmess,' zei de kleurloze stem van de commentator, en in beeld verscheen de acteur wandelend door een decorstraat in

Singapore. Om hem heen waren Hollywoodse Filippino's en Japanners te zien, gekleed als Maleiers, die moesten doorgaan voor Chinezen. De commentator beschreef vervolgens de carrière van Barthelmess en gaf een korte inhoud van het filmverhaal. Het ging over een testament, een gestolen parel en een valse beschuldiging van moord; aan het begin was de film al meteen met een derde ingekort. Barthelmess was in Singapore op zoek naar de echte moordenaar, die tevens de 'vermaarde Parel van de Oriënt' had gestolen. Hij werd bijgestaan door Vilma Banky, eigenares van een bar die 'gefrequenteerd werd door het schuim van de haven', maar 'als meisje afkomstig uit Boston een hart had zo groot als Cape Cod...'

Don schakelde de speakers uit. Een minuut of tien keek hij naar de kleine gegrimeerde acteur die sentimenteel naar Vilma Banky staarde, het 'havenschuim' tegen de grond kwakte en op schepen rondrende; hij hoopte dat hij Eva Galli zou herkennen, als ze in deze verminkte versie nog voorkwam. De bar van Vilma Banky was werkterrein van een aantal vrouwen die zich tegen de klanten vlijden en loom uit hoge glazen dronken. Sommige prostituées waren knap, andere weer niet, maar stuk voor stuk hadden ze Eva Galli kunnen zijn, meende hij.

Toen verscheen een jonge vrouw in de deur van de bar met studiomist achter zich, die met een pruilmondje in de camera keek. Don zag het sensuele gezicht met de grote ogen en verstarde. Haastig schakelde hij het geluid weer in.

'...de beruchte Singapore Sal,' bralde de commentator. 'Zal zij haar held krijgen?' Natuurlijk was het niet de beruchte Singapore Sal, dat was een verzinsel van de idioot die het commentaar had geschreven, maar hij was ervan overtuigd dat het Eva Galli was. Ze slenterde door de bar, kwam langs Barthelmess en streek hem langs de wang. Toen hij haar hand wegsloeg, nestelde ze zich op zijn knieën en stak een been in de lucht, waarop de acteur haar op de vloer smeet. 'Daar gaat Singapore Sal,' lichtte de commentaarstem toe.

Weer zette Don het geluid af en liet de film terugspoelen naar het moment waarop Eva Galli binnenkwam, waarna hij de reeks gebeurtenissen opnieuw liet aflopen.

Hij had verwacht dat ze mooi zou zijn, maar dat was ze niet. Onder de make-up was ze niet meer dan een doodgewoon meisje met een knap gezicht. Ze leek ook in geen enkel opzicht op Alma Mobley. Het was duidelijk dat ze genoot van het acteren, dat ze het spelen van de rol van een ambitieus meisje amusant had gevonden en dat ze graag een ster had willen worden! Als Ann-Veronica Moore was ze weer gaan acteren en zelfs Alma Mobley had geknipt geleken voor de film. Met dat mooie, passieve gezicht had ze tientallen rollen kunnen uitbeelden. Maar in 1925 had ze zich verrekend, had ze een vergissing begaan: de camera's lieten te veel zien en als je naar Eva Galli op het witte doek keek, zag je een jonge vrouw die niet aantrekkelijk was. Zelfs Alma Mobley was niet aantrekkelijk geweest. Ook Anna Mostyn was als je haar nuchter bekeek – wat hij had gedaan tijdens het etentje in huize Barnes – een kil, pervers karakter, gedreven door de eigen wil. Voor een poosje konden ze liefde bij iemand opwekken, maar ze konden er niets voor teruggeven. Wat je uiteindelijk overhield, was hun leegte. Ook die konden ze tijdelijk maskeren, maar niet blijvend, en dat was de grote fout die ze maakten. Een existentiële fout. Don was er zeker van dat hij die leegte voortaan overal zou herkennen, in elke nachtwaker die zich man of vrouw noemde.

22

Begin april kwam Peter Barnes op bezoek. Aanvankelijk had het geleken alsof hij de gruwelijke winter te boven begon te komen, maar nu liet de jongen zich moedeloos in een stoel vallen en streek met zijn handen langs zijn gezicht. 'Neem me niet kwalijk dat ik stoor,' zei hij. 'Als u het druk hebt ga ik weer.'
'O nee, je kunt altijd bij me aankomen,' zei Don. 'Daar hoef je echt niet over in te zitten, Peter, ik ben altijd blij je te zien.'
'Fijn dat u dat zegt. Meneer Hawthorne gaat al gauw op reis, hè?'
'Ja. Volgende vrijdag breng ik hem en zijn vrouw naar het vliegveld. Ze verheugen zich geweldig op de reis. Maar als je Ricky nog wilt spreken, wil ik hem wel even voor je bellen. Dan is hij er zo.'
'Nee, laat maar,' zei de jongen. 'Het is al erg genoeg dat ik u lastig val.'
'Maar Peter, er zijn toch geen moeilijkheden, hoop ik?'
'Nou, ik heb wel een rottijd achter de rug. Daarom wilde ik u spreken.'
'Gelukkig dat je bent gekomen. Wat is er aan de hand?'
'Ik zie nog steeds mijn moeder,' zei Peter. 'Dat wil zeggen, ik droom voortdurend over haar. Het is net of ik weer terug ben in het huis van Lewis en ik zie dat die Gregory Bate haar grijpt en ik zie hem ook weer voor me in het Rialto. Toen we hem met de bijl bewerkten dat de stukken erafvlogen en hij maar niet dood wilde.' Hij stond op

het punt in tranen uit te barsten.
'Heb je hier met je vader over gepraat?'
Peter knikte. 'Ik heb het geprobeerd. Ik wilde hem alles vertellen, maar hij wil niet luisteren. Hij kijkt naar me of ik een kind ben dat aan het fantaseren slaat. Dus hield ik mijn mond maar verder.'
'Je moet het hem maar niet kwalijk nemen, Peter. Niemand die er niet is geweest, zou er iets van geloven. Maar misschien is er toch iets van wat je hem hebt verteld tot hem doorgedrongen. En ik denk dat je met nog een ander probleem zit. Zodra je al die angst en gruwelen achter je laat, zul je het gevoel hebben dat je je moeder in de steek laat. Je moeder hield van je, maar ze is nu dood. Ze is op een afschuwelijke manier gestorven, maar ze heeft je zeventien of achttien jaar al haar liefde gegeven en daar kun je ook nu nog op teren. Het enige dat je kunt doen, is volhouden.'
Peter knikte.
Don zei: 'Ik heb eens een meisje gekend dat de hele dag in de biblio-theek zat en beweerde dat ze een vriendin had die haar tegen het kwaad beschermde. Ik weet niet hoe het haar is vergaan, maar ik weet wel dat een ander ons niet tegen het kwaad kan beschermen. En ook niet tegen verdriet. Je kunt niet meer doen dan zorgen jezelf te blijven en doorgaan tot je je doel hebt bereikt.'
'Dat weet ik wel,' zei Peter, 'maar het valt niet mee.'
'Je doet het heel goed,' zei Don. 'Dat je hier komt praten, heeft ook te maken met het bereiken van je doel. Je gaat naar Cornell en ook dat hoort erbij. Je zult het zo druk krijgen dat je geen tijd meer hebt om over Milburn te piekeren.'
'Mag ik nog eens terugkomen? Wanneer ik eenmaal op de universi-teit zit?'
'Wanneer je maar wilt. En als ik niet hier ben, laat ik je mijn tijdelijk adres weten zodat je me altijd kunt bereiken.'
'Bedankt,' zei Peter.

23

Ricky stuurde hem ansichtkaarten uit Frankrijk, Peter kwam af en toe bij hem en Don zag dat de jongen geleidelijk aan de gebroeders Bate en Anna Mostyn naar de achtergrond van zijn denken ver-schoof. Bij het warme weer en een nieuw vriendinnetje dat ook naar Cornell ging, begon Peter tot rust te komen.
Maar het was een denkbeeldige rust en Don wachtte nog altijd af.

Hij liet Peter niets van zijn spanningen blijken, maar het was een feit dat die met de week toenamen.

Hij had nieuwe inwoners van Milburn gadegeslagen, hij had een blik geworpen op de toeristen die een kamer in Hotel Archer namen, maar er was er niet één bij die hem de kille schrik bezorgde die hij had gekregen toen hij Eva Galli zag in een film van een halve eeuw oud. 's Avonds dronk hij dikwijls te veel, en op zo'n avond had hij eens de hoorn van de haak genomen, het nummer van Florence de Peyser gedraaid en gezegd: 'Met Don Wanderley. Anna Mostyn is dood.' De eerste keer had iemand aan de andere kant eenvoudig opgelegd. De tweede keer zei een vrouwenstem: 'Spreek ik met de heer Williams van de bank? Ik vrees dat uw lening zal worden ingetrokken, meneer Williams.' En de derde keer had een telefoniste hem verteld dat de abonnee een geheim nummer had genomen.

Een bijkomstige angst was dat hij door zijn geld heen raakte. Hij had nog maar enkele honderden dollars op zijn bankrekening, toereikend voor enkele maanden nu hij weer meer dronk. Daarna zou hij in Milburn op een baan uit moeten, waarna hij niet meer op zoek zou kunnen gaan naar het wezen waarvan Florence de Peyser hem de komst had aangekondigd.

Nu het mooi weer was, zat hij iedere dag een paar uur op een bank bij het speelterrein in het enige park van Milburn. Je moet aan hun tijdschema denken, hield hij zich voor. Je moet beseffen dat Eva Galli er een halve eeuw voor uittrok om de strijd tegen het Chowder Genootschap voort te zetten. Een kind dat onopvallend in Milburn opgroeide, zou Peter Barnes en hem vijftien of twintig jaar respijt kunnen geven. Ze zouden zich redelijk veilig kunnen voelen tot ze haar spel met hen begon. En het zou iemand zijn die heel Milburn kende, het zou een huis hebben, het zou niet als vreemdeling worden beschouwd. De nachtwaker zou ditmaal behoedzamer te werk gaan. De enige tijdlimiet zou zijn dat er moest worden opgetreden voor Ricky van ouderdom stierf, dus over een jaar of tien.

Hoe oud moest het nu dan zijn? Acht, negen jaar. Of tien.

Don wachtte af.

24

En zo vond hij haar. Aanvankelijk twijfelde hij wanneer hij keek naar het meisje dat op een middag op het speelterrein was verschenen. Ze was niet mooi, niet eens aantrekkelijk, donker van uiterlijk en met iets gespannens terwijl haar kleren er niet bepaald schoon uitzagen. De andere kinderen lieten haar links liggen, zoals kinderen wel vaker doen. En haar reactie daarop, zich ook afzijdig houden, landerig op een schommel hangen of aan de ene kant van de wip wat op en neer gaan terwijl aan de andere kant niemand zat, zou de reactie op afwijzing geweest kunnen zijn van elk kind dat zich niet klein laat krijgen.

Het kon ook zijn dat kinderen eerder dan volwassenen oog hadden voor iets dat afweek.

Hij zou vlug moeten besluiten: zijn rekening was geslonken tot honderdvijfentwintig dollar. Maar als hij het meisje meenam en hij bleek zich vergist te hebben, wat zou hij dan zijn? Een maniak?

Hij maakte er een gewoonte van het mes met het benen heft bij zich te steken, verborgen onder zijn shirt, wanneer hij naar de speelplaats ging.

Ook al had hij gelijk en was het kind de 'lynx' van Ricky, ze zou het hem behoorlijk moeilijk kunnen maken als hij haar meenam. Zonder dat ze hem iets wijzer maakte, kon ze wachten tot de politie hen vond. Maar de nachtwaker had het op hun leven voorzien: als hij wel gelijk had, zou ze hem niet aan de rechter uitleveren maar een feestelijker verloop afwachten.

Het kind toonde geen belangstelling voor hem, maar ze verscheen steeds vaker in zijn dromen en zat hem dan koel te observeren, en eenmaal betrapte hij haar toen ze lusteloos schommelend naar hem gluurde.

Don had maar één concrete aanwijzing dat ze niet het onschuldige kind was dat ze leek te zijn, en daar klemde hij zich hardnekkig aan vast. Toen hij haar voor het eerst onder ogen kreeg, was hij verkild.

Hij werd een vertrouwde verschijning in het park, een man die stil op een bank zat, nooit zijn haar liet knippen en zich zelden schoor. Na enkele weken hoorde hij bij de speeltuin, net als de schommels en de wip. Ned Rowles had dat voorjaar een artikeltje over hem geschreven in *The Urbanite,* met foto, en elke agent kende hem en liet hem zonder argwaan zitten. Hij was schrijver, hij zou wel zitten nadenken over een boek en hij bezat tenslotte een huis in Milburn. Als mensen hem al vreemd vonden, waardeerden ze het toch een bekende excentriekeling in hun midden te hebben en hij was trouwens bevriend met het echtpaar Hawthorne, wist men.

Don hief zijn bankrekening op en stak het geld dat hij nog over had bij zich. Hij sliep slecht, ook wanneer hij veel dronk, en hij dreigde terug te vallen in het patroon van zijn inzinking na Davids dood. Elke ochtend stak hij het mes bij zich voor hij naar het park ging. Als hij niet in actie kwam, zou hij vandaag of morgen zijn bed niet meer uitkomen, wist hij. Zijn besluiteloosheid drong in al zijn vezels door en zou hem verlammen. En ditmaal kon hij het niet meer van zich afschrijven.

Op een ochtend klampte hij een jongetje aan en het kind kwam schuchter naar hem toe.

'Hoe heet dat meisje?' vroeg hij en wees haar aan.

De jongen schuifelde wat met zijn voeten en zei: 'Angie.'

'Angie, en hoe nog meer?'

'Dat weet ik niet.'

'Waarom wil niemand met haar spelen?'

De jongen keek hem aan met het hoofd scheef. Toen hij tot de conclusie kwam dat hij te vertrouwen was, hield hij zijn handen om zijn mond alsof hij een duister geheim ging vertellen en zei: 'Omdat ze *gemeen* is.' Hij rende weg en het meisje schommelde heen en weer, steeds hoger, volkomen onverschillig.

Angie. Hij kreeg het koud, ondanks de warme zon van elf uur 's ochtends.

's Nachts viel Don onder een afschuwelijke droom uit zijn bed. Hij krabbelde op en greep naar zijn hoofd, dat aanvoelde als een bord dat in scherven was gevallen. Hij ging in de keuken een glas water en een aspirine halen en zag – meende te zien – dat Sears aan de eetkamertafel patience zat te spelen. Zijn hallucinatie keek hem met weerzin aan en zei: 'Je moet eens orde op zaken stellen,' waarna hij zich weer in de kaarten verdiepte.

Hij ging terug naar zijn slaapkamer en begon kleren in een koffer te stoppen. Het jachtmes rolde hij in een overhemd, waarna hij het eveneens in de koffer stopte.

Om zeven uur kon hij niet meer wachten maar reed naar het park en ging op zijn bank zitten.

Om negen uur kwam het meisje door het natte gras aanslenteren. Ze droeg een armoedig rood jurkje waarin hij haar al vaker had gezien en ze keek niet op of om. Voor het eerst sedert Don op het idee was gekomen het speelterrein in het oog te houden, waren ze alleen. Hij kuchte en nu keek ze hem aan.

En nu meende hij te begrijpen dat hij, vastgenageld aan zijn bank en vrezend voor zijn geestelijke gezondheid, al leek ze verdiept in wat ze aan het doen was, een pion in haar spel was geworden. Ze had hem afgemat, uitgeput en gekweld, zoals ze John Jaffrey moest hebben gekweld tot ze hem bewoog van de brug te springen in een ijskoude rivier. Als hij gelijk had.

'Jij daar,' zei hij.

Het meisje was op een schommel gaan zitten en keek naar hem over de breedte van de speelplaats.

'Jij daar.'

'Wat wil je?'

'Kom eens hier.'

Ze liet zich van de schommel glijden en kwam naar hem toe. Hij kon er niets aan doen, hij was bang voor haar. Een meter van hem af bleef ze staan en keek hem met haar ondoorgrondelijke, donkere ogen aan.

'Hoe heet je?'

'Angie.'

'En hoe nog meer?'

'Angie Messina.'

'Waar woon je?'

'Hier. In Milburn.'

'Waar?'

Ze wees ergens naar het oosten, richting The Hollow.

'Woon je daar met je ouders?'

'Mijn ouders zijn dood.'

'Bij wie woon je dan?'

'Bij andere mensen.'

'Heb je ooit van een vrouw gehoord die Florence de Peyser heette?'

Ze schudde haar hoofd en wellicht had ze inderdaad nooit van die vrouw gehoord.

Hij keek even omhoog naar de zon; hij zweette en kon geen woord meer uitbrengen.

'Wat moet je?' wilde het kind van hem weten.

'Dat je met me meegaat.'

'Waarheen?'

'Een eind rijden.'

'Goed,' zei ze.

Trillend stond hij op. Het ging vanzelf. *Het ging vanzelf.* Niemand zag hen weggaan.

Wat is het ergste dat je ooit hebt gedaan? Dat je een kind zonder relaties ontvoerde, dat je met haar bent weggereden en zonder te slapen, zonder veel te eten, dat je geld hebt gestolen toen je door je eigen dollars heen was?

Wat was het ergste? Niet de daad als zodanig, maar de gedachten achter de daad: de bontgekleurde film die zich in je hoofd afrolde.

Epiloog

Sterven als een insekt

'Doe dat mes weg,' zei de stem van zijn broer. 'Heb je me gehoord, Don? Doe dat mes weg. Daar heb je nu niets meer aan.'

Don deed zijn ogen open. Hij zat nog op het terras van het restaurant en hij zag de gouden letters aan de overkant. David zat tegenover hem aan de tafel, nog altijd knap, nog altijd vol bezorgdheid, maar gekleed in de half vergane lompen van wat eens een kostuum was geweest. De revers zaten onder fijn grijs stof en uit de naden hingen witte rafels. Op de mouwen zat schimmel.

Zijn vlees en een halfvol wijnglas stonden nog voor hem. In zijn linkerhand had hij zijn vork, in zijn rechterhand het jachtmes.

Don maakte een knoop van zijn overhemd los en stak het mes tussen de stof en zijn huid. 'Ik ben die trucs beu,' zei hij. 'Je bent mijn broer niet en we zijn ook niet in New York. We zitten in een motelkamer in Florida.'

'En jij bent een hoop slaap achter,' zei zijn broer. 'Je ziet er bedonderd uit.' David plantte een elleboog op het tafelblad en zette de modieuze zonnebril af. 'Maar misschien heb je gelijk. Je laat je niet meer zo gemakkelijk wat wijsmaken, hè?'

Don schudde zijn hoofd. Zelfs de ogen waren die van zijn broer; hij vond het onbeschaamd dat ze zijn ogen zo precies had gekopieerd. 'Het bewijst dat ik gelijk had,' zei hij.

'Wat dat kleine meisje in het park betreft, bedoel je. Ja, uiteraard had je gelijk. Het was de bedoeling dat je haar zou vinden, had je dat nog niet begrepen?'

'O, jawel.'

'Maar over een paar uur is Angie, dat zielige weesmeisje, weer terug in het park. Over tien tot twaalf jaar zal ze net oud genoeg zijn voor Peter Barnes, denk je ook niet? En die arme Ricky zal zich dan allang van kant hebben gemaakt.'

'Van kant gemaakt.'

'Dat is heel gemakkelijk te regelen, waarde broer.'

'Noem me alsjeblieft geen *broer*,' zei Don.

'Maar we waren toch broers,' zei David lachend en knipte met zijn vingers.

In de motelkamer ging een zwarte man die er moe uitzag in de stoel tegenover hem zitten en maakte zijn tenorsaxofoon los van de riem om zijn hals. 'En mij ken je vast wel,' zei hij en legde de saxofoon op het nachtkastje.

'Dr. Rabbitfoot.'

'In hoogst eigen persoon.'

De muzikant had een zwaarmoedig, autoritair gezicht, maar in plaats van het kleurige minstreelkostuum dat Don hem had toegedicht, droeg hij een gekreukt bruin pak met glimmende strepen van een lichter, bijna rossig bruin. Hij zag er zelf ook wat verkreukeld uit, moe van een heel leven bij de weg. Zijn ogen waren even uitdrukkingsloos als die van het meisje waren geweest, maar bij hem was het wit van de ogen geel geworden, als oude pianotoetsen.

'Ik had me jou heel anders voorgesteld.'

'Maakt niet uit. Ik ben niet zo lichtgeraakt. Je kan nou eenmaal niet aan alles denken. Zo zijn er heel wat dingen waaraan jij niet hebt gedacht.' De vertrouwelijk fluisterende stem van de muzikant had het timbre van zijn saxofoon. 'Een paar overwinningen betekenen nog niet het einde van de oorlog, daar moet ik de mensen vaak aan herinneren. Zie je, ik sta hier nu wel, maar waar sta jij *zelf*? Het is maar een voorbeeld van het soort dingen waaraan men moet denken, Don.'

'Waar ík sta? Recht tegenover jou,' zei Don.

Dr. Rabbitfoot schaterde het uit met zijn hoofd achterover, een licht, knallend geluid als van een steen die over het water wordt gekeild, en plotseling zat Don in Alma's appartement met alle kostbare voorwerpen weer om hem heen. Alma zat tegenover hem op een kussen.

'Dat is een bekend geluid,' zei ze nog lachend. 'Recht tegenover... hoe vaak hebben we niet recht tegenover elkaar gezeten of gelegen... of omgekeerd.'

'Je bent een verachtelijk wezen,' zei hij. De transformaties begonnen op zijn zenuwen te werken. Hij had pijn in zijn maag en zijn slapen klopten.

'Ik dacht dat je dergelijke dingen nu wel te boven was,' zei ze. 'Goed beschouwd weet je meer van ons af dan vrijwel ieder ander op deze planeet. En al mag je ons wat betreft ons karakter niet, je kunt niet ontkennen dat we over bepaalde vaardigheden beschikken.'

'Vaardigheden? Die heeft de eerste de beste goochelaar in een nachtclub ook met zijn goedkope trucs.'

'Ik zal je wat respect voor onze vaardigheden bijbrengen,' zei ze, en toen ze zich naar hem toe boog, was ze David, maar met aan een kant een ingedrukte schedel, een gebroken kaak en een lichaam vol kneuzingen.

'Don? In godsnaam, Don... help me. Jezus, Don.' David viel zijde-

504

lings op het Bochara-tapijt, kermend van pijn. 'Doe iets voor me, in godsnaam...'

Don kon er niet meer tegen. Hij rende weg om het lichaam van zijn broer heen in de wetenschap dat het zijn einde zou betekenen als hij een hand naar David uitstak. Hij rukte de deur van Alma's appartement open en gaf een schreeuw: hij bevond zich in een overvolle zaal vol zwetende mensen, een of andere nachtclub (dat is omdat ik *nachtclub* zei), waar zwarte en witte mensen samen aan tafels naar een band op een podium zaten te kijken.

Dr. Rabbitfoot zat aan de rand van het podium naar hem te knikken. Spelend met de toetsen van zijn saxofoon die weer aan de riem hing, zei hij: 'Jongen, je zult ons toch moeten respecteren. We kunnen je hersenen nemen en er pap van maken.' Hij liet zich van het podium glijden en stevende op Don af. 'Nog even' – en onthutst hoorde hij dat het Alma's stem was die uit zijn mond kwam – 'en je weet niet meer waar je bent of wat je doet; je gedachten worden een rommeltje en je kunt niet meer zeggen wat leugen is en wat niet.' Hij lachte vriendelijk. Met de stem van de dokter ging hij verder: 'Neem dit instrument nou. Ik kan kleine meisjes via de saxofoon vertellen dat ik ze liefheb en dat is waarschijnlijk een leugen. Ik kan er ook mee zeggen dat ik honger heb en dat is dan om de donder geen leugen. Ik kan ook iets poëtisch zeggen en wie zal uitmaken of dat een leugen is of niet? Ingewikkeld, nietwaar?'

'Het is me hier te heet,' zei Don. Zijn benen trilden en zijn hoofd leek in wijde kringen rond te tollen. De andere muzikanten op het podium gingen stemmen en sommigen namen A groot over die de pianist aansloeg, anderen speelden toonladders; zodra ze werkelijk gingen spelen zou de muziek hem verpletteren, vreesde hij. 'Zullen we gaan?'

'Je doet maar,' zei dr. Rabbitfoot en zijn geel geworden oogwit glinsterde.

De drummer begon op een bekken te slaan en een trillende toon van een bas vibreerde in de vochtige lucht terwijl de rest van de muzikanten eveneens inzette, waarna het klankgeweld als een huizenhoge golf over hem heen sloeg.

Toen liep hij met David langs het strand ergens aan de Pacific, allebei op blote voeten; een zeemeeuw zwenkte over hun hoofden en hij durfde niet naar David te kijken, die het half weggerotte begrafenispak nog aan had. Daarom keek hij maar naar het water en naar de plassen op het zand waarop een laagje olie dreef in glinsterende structuurkleuren. 'Ze hebben het voor mekaar,' zei David. 'Ze hebben ons zo lang bespioneerd dat ze ons door en door kennen, zie je. Dat is de reden waarom wij dit nooit kunnen winnen en waarom ik er nu zo bijloop. Je kunt nog wel eens ontsnappen zoals jij in Milburn bent ontsnapt, maar neem van mij aan dat je hun deze keer niet ontkomt. En zo erg is het niet.'

'*Nee?*' fluisterde Don, al half bereid dat te geloven, maar achter Davids zwaar verminkte hoofd zag hij op een steile heuvel het 'vakantiehuisje' staan waar hij met Alma had gelogeerd, duizend jaar geleden leek het wel.

'Het is net als toen ik voor het eerst praktijk ging doen,' zei David. 'Ik vond mezelf zo geweldig, Don... Jezus, ik dacht dat ik de maatschappij op z'n kop kon zetten. Maar de ouwe rotten in die firma, Sears en Ricky, die kenden zoveel trucs, die waren zo glad als een aal, jongen. En het enige dat ik op de kop zette, was mezelf. Toen ben ik pas echt gaan studeren, broertje, ik werd hun leerling; ik had begrepen dat, wilde ik ooit iets bereiken, ik moest worden zoals zij. Zo ben ik vooruit gekomen.'

'Sears en Ricky?' vroeg Don.

'Ja hoor. Hawthorne, James en Wanderley. Zo was de naam volgens mij.'

'Zo ongeveer,' zei Don en knipperde tegen het rode zonlicht.

'Zo was het *precies*. En dat moet jij ook doen, Don. Je moet eerbied hebben voor degenen die boven je staan. Bescheidenheid tonen, respect voor mijn part. Deze lieden hebben het eeuwige leven, zie je, ze kennen ons door en door. Je denkt dat je hen klem hebt, maar even zo vrolijk steken ze de kop weer op, net als die ouwe advocaten bij mij op kantoor. Ik heb mijn les geleerd en nu bezit ik dit allemaal.' David vatte in één gebaar het huis, de oceaan en de zon samen.

'Dit alles,' zei Alma en verscheen naast hem in haar witte jurk, 'en mij erbij. Zoals de saxofonist al zei, het is een ingewikkeld zaakje.'

De olievlekken in de strandpoelen verdiepten zich en de kleurige patronen wikkelden zich om zijn enkels.

'Wat jij moet hebben, jongen,' zei dr. Rabbitfoot, 'is een uitweg. Je hebt een ijspegel in je maag en een priem door je kop en je bent zo moe als na drie weken zomer in Georgia. Jij moet naar de laatste maat toe, jongeman. Je hebt een deur nodig.'

'Een deur,' herhaalde Don doodmoe en meteen zag hij een hoge houten deur rechtop in het zand staan. Er was op ooghoogte een mededeling op vastgeprikt. Don strompelde dichterbij en las de getypte tekst.

Gulf Glimpse Motor Lodge

1 De directie verzoekt de gasten voor twaalf uur 's middags de kamers te ontruimen of kamerhuur voor de volgende nacht te betalen.

2 Wij ontzien uw eigendommen, ontziet u de onze.

3 In de kamers mag niet gebakken, gegrild of gekookt worden.

4 De directie heet u welkom, wenst u een plezierig verblijf en een vertrek naar een zinvolle bestemming.

De Directie

'Snap je?' zei David achter hem. 'Naar een zinvolle bestemming vertrekken. Je moet doen wat de directie zegt. Dat bedoelde ik daarnet, doe die deur open, Don.'

Don gehoorzaamde en stapte door de deur. De kokend hete zon van Florida trof hem en roosterde het glimmend asfalt van een parkeerplaats. Angie stond op hem te wachten en hield het portier al open. Don zocht steun aan de gloeiend hete zijkant van een rood Chevroletbusje. De bewaker in zijn cementen hokje keek verbaasd naar hem om. Er weerkaatste licht in zijn dungouden brilmontuur. Don stapte in.

'Rij maar weg,' zei dr. Rabbitfoot naast hem en leunde behaaglijk achterover. 'Je hebt je deur gevonden, hè? Het komt allemaal best in orde.'

Don nam de uitrit. 'Welke kant uit?'

'Welke kant, jongen,' giechelde de zwarte man en opeens begon hij daverend te lachen. '*Onze* kant uit natuurlijk. Er is geen andere richting. Wij gaan samen een beetje het binnenland verkennen hè?'

En toen zag hij het: zodra ze op de autoweg waren en Panama City achter zich hadden gelaten, was het niet meer de weg die hij voor zich had maar een uitgestrekt veld, een geblokt tafelkleedje in het gras en een windmolen die stond te draaien in de heerlijk geurende lucht. 'Niet doen,' zei Don. 'Doe dat nou niet.'

'Goed, jongen. Rij maar door.'

Don keek voor zich uit naar de gele middenstreep, hijgend naar adem. Hij was zo moe dat hij achter het stuur in slaap kon vallen.

'Jongen, je stinkt als een bunzing. Je moet onder de douche.'

Zodra de muzikale stem het had gezegd, sloeg er een stortbui tegen de voorruit. Hij schakelde de wissers in en telkens wanneer de ruit even schoon was, zag hij regengordijnen opspringen van het wegdek en weer neervallen in een lucht die ineens donker was geworden.

507

Hij schreeuwde en trapte onwillekeurig het gaspedaal in.
De wagen schoot vooruit terwijl de regen het portierraam instroomde; toen raakten ze van de autoweg en rolden de berm af.

Zijn hoofd raakte het stuur en hij wist dat de wagen kantelde. Toen hij op het dak terechtkwam, raakte hij van de zitting, maar na nog een keer kantelen zat hij weer op zijn stoel. Vervolgens reed de wagen omlaag naar de spoorrails en de Golf van Mexico.
Op de rails stond Alma Mobley met opgestoken hand, alsof ze de wagen kon tegenhouden. Ze flikkerde aan en uit als een knipperlicht op het moment dat de auto over de rails hotste en met toenemende snelheid naar de oprit van de snelweg schoot.
'Verdomde brokkenmaker,' riep dr. Rabbitfoot. Hij sloeg met kracht tegen hem aan en sloeg weer terug naar het portier.
Don voelde een prik in zijn zij, greep naar de plek en vond het mes. Hij rukte zijn hemd open en riep iets, maar niets verstaanbaars, en toen de zwarte man weer zijn kant uit kwam, had hij het mes gereed.
'Verdomde... *brokkenmaker,*' kon dr. Rabbitfoot nog net uitstoten. Het mes was op een rib gestuit en de muzikant sperde zijn ogen open en greep Don bij de pols. Don drukte door met al zijn wilskracht en het mes gleed van de rib af en trof het hart.
Alma Mobleys woest vertrokken gezicht verscheen door de voorruit en ze krijste. Don was met zijn hoofd op de schouder van dr. Rabbitfoot gevallen en voelde bloed over zijn hand stromen.
De wagen sprong een decimeter omhoog, gedreven door een windstoot in het interieur die Don tegen het portier smeet en zijn overhemd omhoog tegen zijn gezicht sloeg. Ze hotsten de oprit over en weer af en reden bij het sterven van de nachtwaker de Golf van Mexico in.

De wagen begon in het water te zakken en Don zag het lijk naast zich krimpen en afnemen zoals eerder dat van Anna Mostyn. Hij voelde warmte en begreep dat de regen was opgehouden nog voor hij het zonlicht op de spartelende, bloedende muzikant zag vallen. Er stroomde al water binnen langs de onderkant van de portieren. Het schoot in stralen omhoog als begeleiding bij dr. Rabbitfoots laatste dans. Een paar potloden en kaarten op het dashboard verschoven en dansten op het opspuitend water.
Talrijke krijsende stemmen omringden hem.
'Kom op, vuile schoft,' fluisterde hij in afwachting van het kreunen van de geest die in de wegslinkende gedaante had gewoond.

Een rondwervelend potlood verdween uit zijn blikveld en een vibrerend, groenachtig licht kleurde alles om hem heen als een groene bliksemschicht. *Brokkenmaker,* siste een stem uit het niets. De wagen dook snel voorover en alsof de wagen een prisma was, schoten kleurbundels naar alle kanten uit het midden van het kolkende water dat binnenstroomde.

Don richtte zich op een plek enkele centimeters boven de draaikolk en greep toe op het moment dat hij het laatste sissen van de stem hoorde overgaan in een nijdig aanhoudend gegons.

Zijn handen sloten zich om een zo miniem wezen dat hij aanvankelijk dacht dat hij had misgegrepen. Door de kracht achter zijn greep schoot hij naar voren, zijn samengeklemde handen raakten het portier en hij viel van zijn stoel in het water.

Het wezen in zijn handen stak hem.

LAAT ME LOS!

Het stak hem opnieuw en zijn handen leken op te zwellen. Krachtig wreef hij zijn handpalmen langs elkaar en werkte het ding in zijn linkerhand.

LAAT ME GAAN!

Hij drukte zijn vingers tegen zijn handpalm en weer werd hij gestoken voor de kolossale stem in zijn hoofd afnam tot een ijl en bibberend gegil.

Huilend, deels van pijn maar meer van triomf, alsof hij de stralende zon zelf was, viste hij met zijn rechterhand het mes van de doorweekte voorstoel en smeet het rechterportier open om het gulzige water van de Golf vrij toegang te verschaffen.

De stem in zijn hoofd zwol weer aan, schallend als een jachthoorn. De wesp stak hem tweemaal snel achtereen aan de inplanting van twee vingers.

Don kroop bijna snikkend achteruit over de stoelen en plonsde weer in het water, dat hem tot aan het middel kwam. *Nu eens kijken wat er gebeurt als je de lynx schiet.* Aan het strand zag hij een rij mannen staan die met de hand boven de ogen tegen de laaiende zon toekeken. Een gezette man in het uniform van de strandbrigade rende naar de waterlijn.

Kijken wat er gebeurt. Kijken... Hij gaf de strandbrigadier met een gebaar van zijn rechterhand te verstaan dat hij niet in nood verkeerde terwijl hij zijn linkerhand in het water stak om de wesp te verdoven.

De brigadier zag het mes in zijn hand en sloeg zijn eigen hand aan zijn holster. 'Alles goed?' riep hij.

'Blijf daar!'
'Hoor es, vrind…'
LAAT ME LOS!
De strandbrigadier liet zijn hand zakken, ging een paar stappen achteruit en de strijdvaardigheid op zijn gezicht maakte plaats voor verbijstering.
JE MOET ME LOSLATEN!
'Als ik gek ben,' zei Don en waadde naar het strand, waar hij zich op zijn knieën liet vallen met zijn linkerhand stijf dichtgeknepen. 'Het wordt tijd de lynx te schieten.'
Hij hield het mes open boven zijn gloeiende gezwollen linkerhand en ontspande zijn vingers millimeter voor millimeter. Zodra er een stukje wesp zichtbaar werd, een en al trappelende poten en een opgezet achterlijf, sloeg hij toe met het mes en sneed in zijn eigen hand.
NEE! DAT MAG JE NIET DOEN!
Hij hield zijn hand scheef en liet de afgesneden schijf wesp in het zand vallen. Weer sloeg hij toe en sneed wat er van de wesp over was in tweeën.
NEE! NEE! NEE! MAG NIET!
'Hé, meneer,' zei de strandbrigadier die naar hem toe kwam. 'U snijdt uw hand in flarden.'
'Niets aan te doen,' zei Don en liet het mes bij de stukken wesp in het zand vallen. De luide schetterstem ging over in schril piepen. De brigadier keek met een rood gezicht verbijsterd neer op de stukken wesp, die stuiptrekkend over het zand spartelden. 'Een wesp,' zei hij. 'Ik dacht dat u door die onverwachte stortbui een beetje van de kaart… eh… ik bedoel…' Hij streek langs zijn mond. 'Hij heeft u zeker gestoken, hè? Tjee, nooit geweten dat die beesten nog leven als je ze… eh…'
Don wikkelde zijn hemd om de gestoken hand en stak hem in het water om de pijn te laten afnemen.
'U wilde zeker wraak nemen op dat kleine kreng?'
'Inderdaad,' zei Don en de man begon te lachen. 'Ja, zo is het precies.'
'Nou, het is u gelukt,' zei de brigadier. Samen keken ze naar de losse stukjes wesp die zich door het zand wentelden. 'Dat beest is gewoon niet dood te krijgen.'
'Ja, dat mag je wel zeggen.' Met zijn teen schraapte Don zand over de kronkelende stukken wesp in het natte zand. Zelfs toen zagen ze nog dat ze zich onder de laag zand tegen de dood verzetten.

510

'Het tij komt op, dat neemt ze straks wel mee,' zei de brigadier. Hij wees naar de loodsen, waarbij de nieuwsgierige mannen stonden te kijken. 'Kunnen we iets voor u doen? We kunnen een takelwagen bellen om uw wagen uit het water te hijsen.'

'Ja, graag. Bedankt.'

'Moet u ergens op tijd zijn?'

'Nou, op tijd...' zei Don en plotseling werd het hem duidelijk wat hij nog te doen had. 'Ik moet naar een vrouw in San Francisco.' Samen liepen ze naar de loodsen en de toeschouwers. Don keek nog eenmaal om en zag alleen zand. Hij kon de plek waar hij de wesp in de grond had getrapt niet eens meer terugvinden.

'Het afgaand tij neemt dat rotding straks mee tot halverwege Bolivia,' zei de gezette brigadier. 'Daar hebt u geen omkijken meer naar, meneer. Dat is om vijf uur voer voor de vissen.'

Don stak het mes in zijn riem en er sloeg een golf van liefde over hem heen voor alles wat sterfelijk was, alles wat een korte spanne leven toegemeten kreeg. Hij voelde tederheid voor alles wat leven ter wereld kon brengen en kon sterven, alles wat kon leven – zoals die mannen bij de loodsen – in de zonneschijn. Hij begreep dat het van opluchting en adrenaline kwam, maar het was desondanks een mystieke en bijna religieuze ervaring. Lieve Sears, lieve Lewis, lieve David. Lieve John Jaffrey, al heb ik je niet gekend. Lieve Stella en Ricky, lieve Peter. Lieve medemensen, lieve mensheid.

'U ziet er nogal vrolijk uit voor iemand die zijn wagen in het zoute zeewater moet achterlaten,' zei de agent van de strandbrigade.

'Ja,' zei Don, 'ik ben ook vrolijk. Maar ik kan moeilijk uitleggen waarom.'